THE BURNING WORLD

타오르는
세계

THE BURNING WORLD :
A Warm Bodies Novel
by Isaac Marion

Copyright © Isaac Marion 2017
All rights reserved.

Interior illustrations adapted by Isaac Marion
from sources in the public domain.

Korean Translation Copyright © Minumin 2018

Korean translation edition is published by arrangement with
Isaac Marion c/o Regal Literary, Inc. through Milkwood Agency.

이 책의 한국어판 저작권은 밀크우드 에이전시를 통해
Regal Literary, Inc.와 독점 계약한 (주)민음인에 있습니다.
저작권법에 의해 한국 내에서 보호를 받는 저작물이므로 무단 전재와 무단 복제를 금합니다.

타오르는
THE BURNING WORLD
세계

아이작 마리온 | 박효정 옮김

황금가지

차례

내가 그 사다리를 처음으로 발견했던,

마운트 버넌 도서관에 바친다.

우리

우리는 강에서, 숲에서, 하늘에서 그리고 도시와 태양에서 기다렸지만, 진득하게 기다리지는 못했다. 우리는 너무나도 오래 견뎌 왔다. 우리는 이길 수 없다고, 우리가 바랄 수 있는 최선은 균형이라고 듣고 또 들어 왔지만, 더 이상은 이것을 받아들일 수 없다. 우리는 움트는 새로운 미래, 우리 밑에서 대지를 밀어붙이며 끓어오르는 가능성의 마그마를 느낀다.

우리는 산이 되어 가고 있다.

우리는 분출할 것이다.

제1부

문

나는 황천의 문을 부술 것이다,
나는 그 문설주를 박살내고, 부서진 채로 내버려 둘 것이다,
그리고 죽은 자들이 올라와서 산 자들을 먹게 할 것이다!
그리고 죽은 자들이 산 자들을 압도할 것이다!

—「길가메시 서사시」

슐츠: 말해야만 해.

이발사: 못 하겠어.

슐츠: 그게 우리의 유일한 희망이야.

—「위대한 독재자」, 찰리 채플린

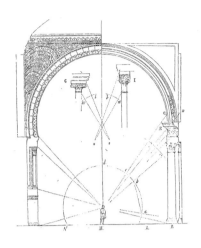

나

　내 이름은 R. 이름이라기엔 조금 모자라지만, 내가 사랑하는 누군가가 나에게 준 것이다. 나에게 돌아온 과거의 삶이 무엇이었든 그리고 그 삶이 불러온 다른 이름들이 무엇이든, 내게는 이 이름만이 중요하다. 나의 첫 인생은 뒤에 남기는 것 하나 없이 싸우지도 않고 달아나 버렸고, 그래서 그것이 애석해할 가치가 있는 상실인지도 의심스럽다. 내가 기억하지 못하는 한 남성이, 역시 기억나지 않는 한 여성과 결합한 결과 내가 세상이란 무대로 불려 나왔다. 산도(産道)의 눈부신 빛에 찡그리면서 비틀거리며 커튼을 나와서는 짧고 시시한 공연을 한 뒤에 죽었다.

　검증되지 않고, 눈에 띄지 않고, 특별할 것 없는 평균적인 인생의 궤적을 그렸고 거기에서 끝났어야만 했다. 더 단순한 시대에 인생은 한 편의 단막극이었다. 그것이 끝났을 때 우리는 고개 숙여 인사하고 장미 꽃다발을 받으며 우리가 이끌어 낸 박수갈채를 즐기고, 그 후 스포트라이트가 꺼지면 영원과도 같은 대기실에서 크래커를 야금야금 먹으러 무대 뒤편으로 비틀비틀 걸어 나가는 것이다.

이제는 조금 다르게 돌아간다.

이제 우리는 또 다른 무대를 찾아 커튼 뒤로 쑥 들어간다. 먼지투성이에 춥고, 빡빡하게 쳐진 거미줄과 산패한 고기의 악취가 풍기는 그곳에는 스포트라이트도 없고, 관객도 없고, 그저 어둠 속에서 한숨짓는 이름 없는 조역들만 있을 뿐이다. 내가 읽을 수도 없는 대본으로 만들어진 그 끔찍한 장면을 연기하면서 몇 년이나 그 무대를 떠돌았는지는 모르겠다. 아는 것은 67일 전에 내가 출구를 찾았다는 것이다. 나는 문을 걸어차고서 기대한 적도 없고 분명히 받을 자격도 없었던, 내 세 번째 삶의 햇빛 속으로 비틀비틀 걸어 나왔다. 지금 여기에서 어떻게 그 인생을 살아갈지를 어색하게 배우고 있다.

* * *

나는 합판을 벽에 대고 누르면서 주머니 속을 뒤지며 못을 찾았다. 한 개를 꺼내는 순간 떨어뜨리고 말았다. 다른 것을 잡아 보려 했지만 또 떨어뜨린다. 세 번째 못을 끄집어내서 수술 동작처럼 천천히 나무판에 박는다. 그러다 이번엔 망치를 떨어뜨린다.

목구멍에 가벼운 욕설이 부글부글 약간 일어났다가 입술에 닿기 전에 증발해 버린다. 내 몸은 이 새로운 삶을 받아들이는 것을 서두르지 않는다. 신경이 거의 발달하지 못한 내 손 안에서 망치는 한 덩어리 얼음이고, 못들은 작은 고드름이다. 심장이 뛰고, 폐는 부풀어 오르고, 검은 피는 붉게 변해 세포들을 긴 잠에서 깨우려고 필사적으로 움직이며 내 몸을 분주하게 돌고 있지만, 나는 정상적인 인간이 아니다. 여름 야구를 준비하는 탄탄하게 그을린 십 대가 아니라, 다시 데워진 죽은 사람이다.

망치를 집어서 들어 올린다. 헛스윙! 이번에는 욕 몇 마디가 입술을 통과한다. "젠장." 그리고 "제기랄."까지도. 특별하게 대담한 말도 아니었지만 압박감을 어느 정도 해소해 준다. 손을 꼭 쥐고, 어두워진 손톱 밑의 피부를 들여다본다. 풍성한 상처들의 태피스트리에 멍이 하나 더 생겼다. 나의 뇌는 몸이 소중하다는 것을 아직 기억해 내지 못했고, 그래서인지 몸이 타격을 받았을 때 나에게 거의 알릴 생각도 없는 듯하다. 나는 아직도 살아 있는 것들의 영토에 있는 여행자다. 호텔 발코니에서 그들의 분투를 사진으로 찍고 있지만, 사실 뛰어 내려가 합류하고픈 여행자. 무감각은 너무나 잃고 싶은 사치다.

나무판이 미끄러져 내려와서 내 발에 떨어진다. 발가락 하나가 부서지는 소리가 들린다. 욕을 할 기운조차 없다. 나는 그저 긴 한숨과 함께 소파에 가라앉듯 주저앉아서 검게 탄 거실 벽의 갈라진 틈을 응시한다. 우리는 신혼부부고 이곳은 우리의 첫 집이다. 수리할 곳이 많은 폐가. 수없이 뚫린 총알구멍들은 퍼티 약간으로 때울 수 있겠지만, 수류탄에 당한 피해를 복구하려면 하루 종일 걸리는 데다

19

핏자국을 지우는 일은 시작조차 하지 못했다. 어쨌든 적어도 경비는 시체들(살집이 있는 것들)을 치워 줄 정도로는 친절했다. 우리는 그들이 남기고 간 것들을 치우는 데 최선을 다했지만, 아직도 가끔 카펫에서 뼛조각을 발견한다. 부엌 탁자 위에서 경련하는 손가락뼈 몇 조각을, 침대 밑에서 희미하게 윙윙거리는 두개골을.

왜 우리는 여기에 있을까? 모든 사람들이 안락하고 안전한 곳을 꿈꾸는 세상에서, 왜 우리는 전쟁터 한가운데 있는 이런 흉가를 선택했을까? 나는 우리가 스타디움의 두꺼운 벽을 거부한 이유, 뭔가 고고하고 웅장하며 심오하게 중요한 이유가 있다는 걸 안다. 그러나 나 자신이 이 나무를 위한 토양이 되는 작고 연약한 인간의 염려라는 간단한 설명에 끌리는 것을 깨닫는다.

나는 꺼끌꺼끌한 쿠션에 등을 기대며 처음으로 이 소파에 앉았던 때를 떠올린다. 추운 밤. 긴 운전. 완전히 젖은 옷을 입고 계단참에서 위층으로 나를 초대했던 줄리.

그곳은 꽤 살기 좋았다. 더 부드럽고 더 안전한 장소였다. 하지만 이곳은 우리의 것이다.

* * *

미처 내가 보기도 전에 그녀가 오고 있는 소리가 들린다. 마치 이따금 총성처럼 이웃을 뒤흔드는 폭발음 같은 크고 털털거리는 굉음. 낡은 메르세데스는 내가 발견했을 때에는 과시할 만한 상태였으나, 우리 가족으로 편입되면서부터 고된 생활을 해 왔다. 엔진은 덜거덕거리며 연기를 토해 내고 선홍색 몸체에는 찌그러지지 않은 곳이 없었지만 그래도 계속 달리기는 한다.

줄리는 막다른 골목으로 천천히 들어와 바퀴 하나가 연석 위로 걸쳐졌을 때 멈춘다. 그녀의 파란 격자무늬 셔츠는 페인트, 퍼티, 그리고 좀비 혈액의 검은 얼룩 몇 개로 얼룩져 있다. 그 피 얼룩이 오래되고 마른 것이길, 새로이 묻은 게 아니길 바란다. 그녀는 문을 열다가 보안 팀이 연석 위에 있던 밴에서 나와 자기 쪽으로 몰려드는 것을 보더니 좌석 머리 받침대에 머리를 툭 기댄다.

"맙소사, 당신들. 정말 이럴 필요 없다고요."

이름을 또 잊어버린 팀장이 소총을 꼭 쥐고는 그녀에게 다가간다.

"괜찮나? **죽은 자**와 마주치진 않았나?"

"괜찮아요."

"로소가 널 24시간 호위하라고 명령했어. 왜 자꾸 이러지?"

"그들이 인간이라는 것을 상기시켜 주려고 노력 중인데, 총을 겨누는 남자들은 도움이 안 되니까요. 로지에게 계속 말했는데도 ……."

"줄리." 군인이 그녀 쪽으로 몸을 기울이며 한층 심각한 태도로 묻는다. "**죽은 자**를 하나라도 마주쳤나?"

E로 시작하는 이름이었는데…….

줄리는 차에서 내려서 페인트칠 도구들이 들어 있는 가방을 어깨 위로 내던지듯 멘다. "네, 소령님, 몇 명 마주쳤어요. 멈춰 서서 잠시 이야기를 했지요. 마치 길 잃은 아이처럼 저를 쳐다보던데, 저는 그들에게 계속 힘내라고 하고는 제 갈 길을 갔지요." 그녀는 문짝이 떨어지고 창문은 산산조각이 난 총구멍으로 벌집이 된 길 건너편 방갈로를 향해 손을 흔든다. "안녕, B!"

안쪽의 그늘진 곳에서 신음 소리가 흘러나온다.

"적대적인 놈들을 말하는 거다." 소령은 인내심을 쥐어 짜며 말한다. "**'완전히 죽은 자.'**"

"아니요, 소령님, 저는 **완전히 죽은 자**, 보니, 노상강도나 버너랑은 안 마주쳤어요. 염려해 주시는 건 감동스럽지만 전 괜찮아요."

그는 자기 부하 한 명에게 고갯짓을 한다.

"트렁크를 확인해. 그것들은 가끔 트렁크에도 숨어 있으니까."

줄리는 포기하고 문에서 등을 돌리면서 손짓으로 그를 내쫓는다.

"공포영화를 너무 많이 보셨네요, 에반 소령님."

저거다. 나는 밧줄을 내려서 그 이름이 다시 달아나 버리기 전에 내 금고 안에 넣고 잠근다. 에반 케널리. 탄탄한 근육. 얽은 자국이 있는 갈색 피부. 군대에 있는 척하길 즐기는 것 같은 남자. *에반.*

"제 불쌍한 차를 구석구석 뒤지고 나시거든요, 저 페인트 통들 좀 갖다 주시겠어요? 아, 그리고 트렁크에 있는 커피 탁자는 조심해 주시고요. 그 녀석이 적대적일지도 모르니까."

군인들에게 등을 돌리고 마침내 나를 보자, 줄리의 짜증이 미소 속으로 녹아들어 간다. 그들의 세계에서 우리의 세계로 전환하는 그녀를 지켜보는 것이 좋다. 봄의 해빙만큼이나 엄청난 변화다.

"안녕, R."

"안녕, 줄리."

"여긴 잘 되어 가?" 그녀는 솔과 롤러가 들어 있는 가방을 내려놓고 벽에 뚫린 구멍을 검토하더니, 진척의 징후를 찾으며 한 바퀴 돌아본다. 그녀는 이웃에서 물자나 살림살이(온 세상이 마당 세일 중이었다.)를 긁어모아 오기 위해 하루 종일 나가 있고, 나는 여기에 남아 부지런하게 아무것도 하지 않는다.

그녀는 온통 보라색이 된 내 오른 손가락들을 쳐다본다. 그녀의 미소는 동정 어린 시선으로 바뀐다. "아직도 문제가 있어?"

나는 손가락 관절로 소리를 내 본다. "감각이 없어."

"두 달 전에는 어떻게 숨 쉬는지도 몰랐잖아. 그러니까 넌 꽤 잘하고 있다는 얘기야."

나는 어깨를 으쓱한다.

"판자 좀 잡아 봐, 내가 미세근육 다루는 걸 도와줄 테니까." 줄리가 내 앞에서 손가락을 꼼지락거린다. "난 유명한 화가잖아, 기억해? 내 작품들은 살바도르 달리의 작품들 옆에 걸려 있다고." 줄리는 망치와 못을 한 줌 집는다. 그녀가 한쪽 눈을 가늘게 뜨고 못 하나를 잡고 있는 동안 나는 판자를 구멍 위에 댄다.

줄리는 내가 아는 누구보다 더 욕을 잘한다. 그녀는 무궁무진한 더러운 어휘를 끌어와 다양하게 조합하여 독창적인 욕설을 창조해 내거나, '젠장'이란 단어로 하고 싶은 말을 다 표현해 내기도 한다. 불경한 언어의 시인인 그녀가 손을 꼭 쥐고는 다채로운 가운을 뿜어 내며 방 안을 쿵쿵거리며 돌아다니자, 나는 박수를 치고 싶은 본능을 억누른다. 그러나 망치에 손가락을 찧는 경험에 대한 우리의 반응이 다르다는 것을 깨닫고 나서 내 얼굴의 미소가 조금 희미해진다. 줄리는 투광 조명등이고 나는 양초 하나다. 그녀는 눈부시게 빛나지만 나는 깜빡거린다.

줄리는 구멍으로 망치를 내던지고 소파에 무너지듯 주저앉는다.

"오늘은 재수가 없어."

나는 그녀 옆에 앉는다. 우리는 벽에 난 구멍이 텔레비전이라도 되는 양, 엉망으로 파괴된 교외를 응시한다. 큰 구멍이 파인 도로. 타이어 자국이 난 잔디밭. 무너지거나 완전히 타 버린 집. 엄청나게 재미없는 시트콤의 제목이 나오는 시작 화면.

문이 열리고 에반 케널리가 들어왔지만, 그는 재담이나 표어를 내놓진 않는다. 그는 페인트 통들을 입구에 내려놓고 나가려고 몸을 돌리더니 출입구에서 멈춘다.

"고맙습니다?" 줄리가 말한다.

그가 돌아선다. "줄리, 들어 봐……." 그가 나에게 말을 걸거나 눈이라도 마주치는 장면은 기억나지 않는다. 마치 내가 줄리의 상상력의 산물이라도 되듯이. "여기 바깥에 사는 것으로써 선언하고 싶어 하는 거 알아. 사람들에게 역병은 끝났고 모든 것이 괜찮다고 보여 주길 바라는 거……."

"우린 그렇게 말한 적 한 번도 없어요. 우리가 여기에 있는 이유는 그런 게 전혀 아니에요."

"네 이웃 B는 사람을 먹는 시체야. 넌 사람 먹는 시체 수백과 이 주변을 공유하고 있는데 자기 집 문조차 못 잠그고 있지."

"그들은 더 이상 사람을 먹지 않아요. 다르다고요."

"넌 그들이 무엇인지 몰라. 그저 지금 그들이…… 혼란에 빠져 있다고 해서, 네가 잠든 사이에 자기네 본능을 기억해 내지 못한다는 뜻은 아니지." 그의 시선이 내게 휙 향하더니 줄리에게로 돌아간다.

"넌 그들이 무엇을 할지 몰라. 아무것도 모른다고."

줄리는 딱딱한 얼굴을 하고 허리를 쭉 편다.

"그걸 믿든 아니든 간에요, 소령님. 이 세상이 위험하다고 말한 게 당신이 처음인 줄 알아요? 우리가 두려워해야 할 이유는 수도 없이 들어 왔어요. 더 제안하실 게 있나요?"

케널리는 아무 말도 하지 않는다.

"우리도 여기 바깥이 안전하지 않다는 거 알아요. 우리도 위험성을 인식하고 있어요. 우린, 빌어먹을, 상관없다고요."

케널리는 고개를 젓는다. 그의 뒤에서 문이 쾅 닫힌다.

줄리는 곧은 자세를 누그러뜨리고 다시 소파에 축 늘어지더니 팔짱을 낀다.

"말 잘했어." 나는 줄리에게 말한다.

그녀는 한숨을 쉬고 천장을 응시한다.

"모두들 우리가 미쳤다고 생각해."

"그들이 맞아."

나는 그저 장난스럽게 말했을 뿐이었지만, 그녀의 얼굴에는 구름이 드리워진다. "다시 돌아가는 게 좋을 거 같아?"

"난 그런 게 아니고……."

"노라는 거기에 있잖아. 개라면 묘지에 사는 것도 신경 쓰지 않을 거 같은데."

"노라의 직장이 거기에 있잖아. 우리는…… 여기고."

"하지만 정말로 이 바깥에서 우리가 뭘 하고 있는 건데? 뭐라도 하고 있는 게 있나?"

이런 연약한 질문들과 케널리에게 했던 열렬한 반박 사이의 대조는 내가 사실이 아니기를 바라는 뭔가를 드러낸다. 의심을 품고 있는 게 나 하나가 아니라는 것. 다음에 무슨 일이 생길지 궁금해하는 게 나 하나가 아니라는 것. 하지만 적절한 대답이 혀로 나와서 나는 그것을 말한다. "우리는 치유를 퍼뜨리고 있어."

줄리는 일어나서 손가락으로 머리카락을 꼬면서 빙글빙글 서성거린다. "그게 무슨 뜻인지는 알겠는데, 공항에서의 난장판 이후로…… 그리고 B도 나아지질 않고……."

"줄리." 나는 팔을 뻗어서 줄리의 손을 잡는다. 그녀는 서성거리기를 멈추고 기다리면서 나를 쳐다본다. "뒤로 돌아가는 일 없어." 나는 그녀를 소파 쪽으로 잡아당겨서 내 옆에 앉힌다. "앞으로 가자."

나는 항상 거짓말을 썩 잘하지 못한다. 검정이라고 생각하는데 하얗다고 말할 수 있었던 적은 한 번도 없다. 그러나 내 범위 안에 반쯤은 진실인 회색 진창이 있어야만 했는데, 그래야 줄리가 웃고 불안감을 떨쳐 내고 그 순간이 끝나기 때문이다. 줄리가 턱을 들고 눈을 감는다. 이건 그녀가 나에게 키스를 받고 싶다는 의미다. 그래서 나는 키스를 한다.

그녀는 그 망설임을 알아챈다. "뭔데?"

"아무것도 아니야."

나는 다시 키스한다. 그녀의 부드러운 분홍빛 입술은 자신의 본분을 알고 있다. 내 것은 뻣뻣하고 창백하고 최근에서야 무엇을 해야 하는지 배웠다. 어떻게 이 작업이 줄리로 하여금 정열에 차서 내게 기대게 하는지 기억해 내려고 애쓰며, 내 입술로 그녀의 입술을 누르고 이리저리 움직여 본다. 나는 이 사람을 사랑한다. 우리가 만나기 전, 허물어져 가는 교실에서 처음 흘긋 봤을 때로 거슬러 올라가는 잃어버린 기억들의 세월 이래로 나는 그녀를 사랑해 왔다. 줄리는 나를 무덤에서 파냈다. 그녀의 주변에 있는 것이야말로 내가 아는 가장 큰 특권이다.

그런데 나는 왜 그녀를 만지길 두려워하는가?

줄리는 나를 더 세게 밀치더니 내 열정을 끌어내려 시도하며 더 깊이 키스한다. 나는 눈을 감고 있어야 한다는 것을 알면서도 몰래 훔쳐본다. 이렇게 가까이서 보면 그녀는 분홍과 노랑의 흐릿한 형체를 한 인상파 화가의 아름다운 소녀 그림 같다. 그러다가 그녀가 숨을 고르느라 물러나면 얼굴에 초점이 잡힌다. 바람에 날린 깃털처럼 들쑥날쑥 제멋대로인 짧은 금발, 옅은 흉터들이 줄지어 있는 하얀 피부. 그리고 다시금 그녀의 파란 눈. 그 있을 법하지 않은 금빛 반짝임이 사라진다.

스타디움 지붕 위에서 우리가 했던 첫 키스의 신비한 순간에 내가 몸을 뗐을 때 느낀 그 충격을 기억한다. 우리 내부에서 일어난 그 무엇을 시각적으로 확실하게 보여 주는 기이하고 인간의 것이 아닌 색조의 태양광 같은 노랑. 우리는 한 번도 그것에 대해 이야기하지 않았다. 경전의 언어와 접해 녹아든 꿈속에 나타난 진실처럼 너무 이상하고, 너무 심오했다. 우리는 그것을 내부에 간직했지만 어쨌든 희미해졌다. 우리는 거울 앞에 함께 서서 그것이 무슨 의미인지를 궁금해하면서 수일간의 추이를 거듭 검토하며 지켜봤다. 그녀의 것은 파란색으로 돌아왔고, 내 것은 한동안 이런저런 색이 뒤섞이다 갈색으로 정착했다. 정체가 무엇이든 그 마법이 나를 바꿨다는 작은 증거가 있었다. 정말로 무슨 일이 있어났는지 아무것도 확신할 수 없던 낮들과, 이 즐거운 백일몽에서 깨어나서 과거에 모든 것을 먹어 치운 것처럼 옆에 놓인 고기를 탐식하고 어둠 속으로 돌아가 헤매리라 예상했던 밤들이 있었다.

나는 줄리를 밀어내고 지하로 달아나고 싶은 충동과 싸운다. 지하에는 내 생각의 불길을 잠재우는 효과가 있는 먼지투성이 보드카 병이 있다. 하지만 그러기에는 너무 늦었다. 그녀가 셔츠 단추를 푼다. 나는 그녀의 어깨에서 셔츠를 미끄러뜨려 벗겨 낸다. 그녀의 거친 호흡을 들으면서 인간이 되려는 또 다른 시도를 준비하며 그녀의 눈에 어린 감정을 읽어 내려 애쓴다.

전화가 울린다.

날카로운 비명은 열린 에어로크처럼 방 안의 열의를 빨아들인다. 울리는 전화는 한때 묵살할 수 있는 짜증거리가 아니다. 이 전화는 스타디움의 사령실의 직통 내선으로, 모든 연락이 긴급한 것이다.

줄리는 나에게서 떨어져 셔츠를 다시 걸치면서 위층으로 뛰어간다. 나는 안도감을 느끼지 않으려고 애쓰며 그녀 뒤로 터덜터덜 걸어간다.

"줄리 캐버넷입니다."

그녀가 침대 옆에 있는 커다란 수화기에 대고 말한다.

로렌스 로소의 목소리가 수화기 너머에서 들려왔는데, 말은 알아들을 수 없었지만 긴장감을 느낄 수 있다. 나는 오늘 밤에 그와 만나 짧게 이야기를 나누기로 했다. 그는 **죽은 자**에 대해서, 나는 살아 있는 것에 대해서 물을 예정이었다. 그러나 줄리의 어두워지는 표정은 오늘 밤의 차가 차갑게 식을 거라고 말하고 있다.

"무슨 뜻이에요?" 줄리가 묻더니 상대의 이야기를 경청한다. "알겠어요. 그래요. 우리가 거기로 갈게요."

그녀는 전화를 끊고 벽을 쳐다보며 다시 머리카락을 꼬기 시작한다.

"무슨 일이야?"

"확실하지 않아. 교통 문제라는데."

나는 눈썹을 추켜세운다. "교통 문제?"

"골드만 돔 근처에서 '혼란스러운 교통 문제'가 발생했대. 그걸 의논하려고 주민 회의를 소집하는 중이래."

"그게 다야?"

"전화로 말하길 원치 않으셨어."

나는 망설인다. "걱정해야 하는 일일까?"

줄리는 잠시 이것에 대해 고려한다. "로소는 예민한 사람은 아니야. 길에서 낯선 사람을 만나면 아빠는 총을 흔들면서 신분증을 요구하는 반면에 그분은 언제나 같이 와인 마시자고 초대하는 타입이었지." 그녀는 머리카락을 단단한 고리로 감았다가 푼다. "하지만 그도 어떤 일이 있고 나서…… 아주 조금 더 방어적이 되긴 했어." 그녀는 억지미소를 짓는다. "아마도 '혼란스러운 교통 문제'는 그저 골드만 아이들 몇 명이 회랑에서 레이싱을 벌인 정도일 거야."

그녀는 조금 너무 빠르게 서랍장에서 차 열쇠를 잡아채서는 탭댄스를 추는 박자로 계단을 내려간다. 그 질문은 하지 말았어야 했다. 나 자신의 머릿속에 이미 충분히 많은 걱정이 들어 있다. 바깥에서

29

오는 더 많은 걱정은 필요 없다.

차에 이르자 나는 집을 흘깃 돌아보고, 집을 떠나는 데서 오는 또 다른 죄책감 어린 안도의 물결이 밀려오는 것을 느낀다. 이곳은 나의 집이지만, 동시에 내가 비틀거리며 인간 쪽으로 가는 시련과 굴욕의 현장인 레슬링 경기장이기도 하다. 도시에서 벌어지고 있는 일이 무엇이든 적어도 나에 대한 것은 아닐 터이다.

"내가 운전할게." 나는 줄리 앞을 가로지르며 말한다.

그녀가 나를 의심스럽게 쳐다본다. "정말로?"

그녀의 반응은 이해가 가지만(나는 아직도 다른 차들을 주차 제동장치로 쓰는 버릇이 있었기에) 직전에 침실에서 실망스러운 일을 경험한 후라 남자다움을 회복할 필요를 느낀다.

"나아지고 있잖아."

"네가 그렇게 말한다면야, 도로의 전사님."

그녀는 미소를 짓고 나에게 열쇠를 던져 준다.

나는 시동을 걸어 기어를 넣고 몇 번 확 잡아당기고 털털거리면서 경미한 접촉 사고들을 낸 후 군인들의 웃음을 무시하면서 막다른 골목에서 빠져나온다. 당혹감은 내가 다시 살기를 선택했을 때 받아들인 수많은 위험 중 하나일 뿐이다. 살아 있다는 것은 어색하다. 삶은 아프다. 내가 그 외의 다른 것을 기대했던가?

옛날 옛적에 짧고 달콤한 동화 속에서는 그랬을지도 모른다. 나는 그때 어린아이였고, 한 남자를 조종하는 신생아였다. 하지만 나는 급격히 자라나는 중이고, 프랭크 시나트라의 환상의 세계는 희미해져 가는 중이다. 내 뜻대로 되는 세상은 없고 줄리는 '나의 명랑한

밸런타인*My Funny Valentine*'(프랭크 시나트라를 비롯하여 여러 재즈 가수들이 부른 곡 ─ 옮긴이)이 아니다. 우리는 미친 세상에 녹슨 차를 몰고 가는 천식 있는 고아와 되살아난 시체이다. 에반 케널리가 옳다. 우리는 아무것도 모른다.

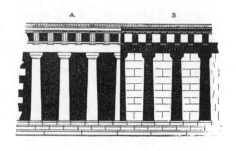

우리

우리는 지구의 해류를 느낀다. 우리는 고요함 밑의 움직임을 본다. 우리는 사람들이 자기 집에 홀로 앉아 있는 것을 지켜보고, 그들의 머릿속에서 녹아내린 강물 소리를 듣는다.

키 작은 남자 한 명이 안락의자에 깊숙이 주저앉아 있다. 그는 16일 동안 움직이지 않았다. 그가 단순하게 죽었다면 특이한 일은 아니겠지만, 그 역시 우리가 지대한 관심을 가진 상태의 **죽은 자**다. 죽음을 맞은 존재는 점차 증발되고 우리는 그것을 들이마시지만, **죽은 자**는 여전히 무게감과 주체성이 남아 있다. 죽는다는 것은 이 세상에서 떠난다는 말이다. **죽은 자**가 된다는 것은 낙인이 찍히고 죽음이 이끄는 군대에 징집되는 것이지만 여전히 축복이자 저주인 육체를 지니고, 그래서 여전히 선택이 넘쳐나는 채로 아직 여기에 있다는 의미다.

이름이 뭐냐는 질문을 받았을 때, 그 **죽은 자**는 입술을 꾹 다물고 두들기듯 더듬거리는 소리만 냈다. 그의 이웃, 살아 있는 여자아이는 그에게 'B'라고 별명을 붙여 줬다. 하지만 이것은 이 여자아이와 당황스러운 냄새, 숨 막히는 죽음의 무가치함과 전기처럼 짜릿한 생명의 달콤함을 동시에 풍기는 창백한 친구 사이의 상호작용에서 비롯된 것이다. 그리고 이 아래에는…… 뭔가 다른 것이 있다. 매우 멀리 있으면서도 엄청나게 방대한 뭔가가. 이 세 번째 냄새를 맡았을 때, B는 자기 발밑으로 흐르는 것들을 느꼈다. 자기 주위로 열리는 광활함을 느꼈다. 경외와 공포를 느껴서 이웃들이 가 버리고 그 냄새가 희미해질 때까지 숨을 참았다.

이 생명체들은 누구일까? 원하는 것은 무엇일까? 그들은 왜 두려워하지 않을까? 그들은 그의 내부의 혼란을 알까? 그의 머릿속에서 각자의 목을 조르고 있는 수많은 상반된 충동을? 그들은 며칠마다 그를 방문했다. 거실로 살금살금 들어와 어째서 그가 그들을 먹지 않는지를 이해하려고 애쓰면서, 텔레비전 화면에 반사되는 그들의 모습을 응시하며 어둠 속에 앉아 있는 그와 대화를 시도했다.

그는 무엇인가 변했던 하루를 기억한다. 산들바람의 이동과 중력의 방해를, 단순한 질문(*왜 여기에 있는 거지?*)의 형태에서 그의 먼지 쌓인 영혼으로 흘러드는 시원하고 깨끗한 물줄기를 느꼈다. 그날이 그가 쓰고 있던 따스한 시체를 두고 일어나서 공항 밖으로 걸어 나왔던 날이다. 그는 이 집을 발견했다. 이 의자에 앉았다. 계속 이 의자에 앉아서 생각만 하고 별로 움직이지는 않았다. 관심을 바라지만 그리 많이 받지 못하면서. 기다리고 텔레비전을 보면서.

그는 일관성 없이 계속 돌고 도는 이미지의 자료(수영장에서 나타나는 비키니 입은 여성의 모습을 자르고 팽팽한 축구 경기가 나타나더니 감동적인 인용문을 낭송하는 편안한 목소리와 함께 흰 화면이 나오고 나서는 구운 돼지고기 샌드위치가 나온다.)로부터 열린 현관을 통해 이웃이 털털거리는 고물 자동차 한 대를 운전해서 지나가는 광경으로 눈길을 돌린다. 그 차가 가 버리면 그의 눈은 움직이지 않는다. 두 눈은 사람의 손이 닿지 않아 여름의 태양 아래 노랗게 시들어 버린 그의 잔디밭 위에 게으르게 머무른다.

다른 눈들은 그 근처를 지나 고속도로로 나가는 메르세데스를 지켜본다. B에게는 많은 이웃이 있다. 누군가는 공항에서, 다른 이는 또 다른 어딘가에서, 새로운 이들이 휘청거리며 마을로 들어와서 눈을 가늘게 뜨고 잃어버린 뭔가의 희미한 기억과 인식의 흔적을 따라 거리와 집들을 보며 매일 도착한다.

죽음의 군대는 거대하고 강하며 탈영병을 가혹하게 다루지만 거기에는 소요가 인다. 어쩔 줄 모르는 시체들이 생각하고, 지켜보고, 기다리면서 그들의 집에 앉아 있거나 거리에 서 있다. 그리고 그들은 먼 곳에서 들려오는 소리를 듣는다. 낮게 고동치는 윙윙거림.

동쪽 하늘의 갈색빛을 띤 파랑 안개 속에서 검은 형체 셋이 점점 커지고 있다.

나

　내가 운전 기술(도로의 윤곽과 상태, 차의 속도와 관성, 조절판과 클러치의 복잡한 상호 작용)에 사납도록 집중하고 있는 중이라, 줄리가 먼저 그 소리를 듣는다.

　"저게 뭐지?" 그녀가 주변을 훑어보며 말한다.

　"뭐가?"

　"저 소리 말이야."

　내가 그 소리를 듣는 데에는 몇 초가 걸린다. 세 대가 불협화음을 만들어 내며 약간씩 최고조의 음을 상쇄하는, 먼 곳에서 들려오는 윙윙거림. 그 순간 나는 이 소리를 알아듣고 두려움으로 척추가 뻣뻣해진다.

그러자 줄리가 자기 자리에서 몸을 틀고 말한다. "헬리콥터?"

후방거울을 확인해 보니 검은 형체 세 개가 동쪽에서 접근하고 있는 중이다.

"누구지?" 나는 궁금증을 입 밖으로 뱉어낸다.

"우리가 아는 자들은 아니야."

"골드만 돔일까?"

"요즘에 운항하는 항공기는 사실상 없어. 만약 골드만이 헬리콥터를 보유했다면 우리에게 말했겠지."

헬리콥터는 우리 머리 위에서 으르렁거리며 도시로 날아간다. 나는 아직도 줄리의 세계가 새롭고 최근의 정치적 풍토에 대해서도 아는 바가 적지만, **죽은 자**들만이 위협은 아니며 예기치 못한 손님들은 거의 환영받지 못하는 존재라는 것도 알고 있다.

줄리는 무전기를 꺼내서 노라의 주파수로 다이얼을 돌린다.

"노라, 나 줄리야. 응답해."

무전기는 고풍스러운 라디오 잡음 대신에 부드럽고 자연스럽게 왜곡된 비명을 발산한다. 이 역사의 한 조각이 뭔지 줄리에게 물어볼 필요도 없다. BABL 신호. 과거에 정부가 모든 논쟁을 억제함으로써 국가 통합을 지키려 했던 마지막 발악. 통제를 풀기를 거부하는 지나간 시대의 유령인 방해 전파가 만들어 내는 소음의 벽을 뚫고 간신히 노라의 목소리가 들린다.

"……내 말 들려?"

"간신히." 줄리가 말한다. 나는 그녀가 소리를 높이자 움찔한다. "헬리콥터 봤어?"

"나 일하는 중인데도 그거……었어."

"무슨 일이야?"

"몰라. 로소…… 회의를…… 너 거기에……?"

"우리는 가는 길이야."

"난 일……가 시작하기 전에……나한……와. 보여 주고 싶은……있어."

손톱으로 칠판을 긁는 소리가 섞여 들어와서 줄리는 무전기로부터 몸을 떼며 움츠린다.

"노라, 방해 전파가 너무 심해. 갑자기 급증하는 거 같아."

"……젠……어먹을 급……."

"금방 갈게. 캐버넷 무선 종료."

줄리는 무전기를 내던지고 돔 근처 거리로 착륙하고 있는 헬리콥터를 지켜보며 힘없이 제시한다.

"어쩌면 골드만의 정찰대가 예전 기지에서 저것들을 발굴해 냈는지도 모르지."

우리는 대다수의 사람들이 '포스트'라고 부르고 몇천 명은 '집'이라고 부르는 망각된 메트로폴리스의 사체인 도시 안으로 경사로를 내려간다. 헬리콥터들은 허물어진 고층 건물 뒤로 사라진다.

＊ ＊ ＊

청소 작업자들은 나의 옛 친구들이 만들어 놓은 엉망진창의 흔적을 깨끗하게 지워 놓았다. 뼈와 시체는 전부 치웠고, 구덩이들도 메웠고, 1번 통로의 장벽들은 깨끗하고 비교적 안전하게 스타디움으로 통하는 고속도로만 남겨 놓고 거의 완공되었다. 하지만 한층 더 대단한 것은 진행이 부진했던 몇 년 이래 양쪽 끝에서부터 공사가 재개된 2번 통로이다. 캐스캐디아에서 가장 큰 두 거주지는 그들 사이를 분리하는 몇 킬로미터를 가로질러 팔을 뻗는 중이다. 실제로 그 합병에 안전한 자원 교환보다 중요한 의미는 없었지만, 나는 인간의 뇌에 있는 뉴런들이 시냅스를 형성하는 것과 비슷하다고 상상하기로 했다.

하나의 연결 후에 또 다른 연결. 이것이 우리가 배우는 방식이다.

나는 스타디움 주차장으로 들어가서 허머 두 대 사이에 주차할 곳을 발견하고, 몇 군데 긁힌 곳 없이 차를 밀어 넣는다. 문 쪽으로 향하다가 우리의 화려한 빨간 로드스터를 휙 돌아보고는 연민을 느끼고 미간을 찌푸린다. 칙칙하고 거대한 황록색 허머 두 대 사이에 빤히 불편하게 웅크리고 있는 것처럼 보인다. 하지만 무생물을 의인화하는 줄리의 버릇 덕에 인격(강하고 조용한 타입)과 이름을 부여했음에도, '메르시'는 그냥 자동차일 뿐이고 그것의 '불편'은 내 감정의 투영된 것이다. 장갑 트럭에 둘러싸인 윤이 나는 빨간 클래식 자동차처럼, 나는 이 실용적인 사회에서 내가 있을 자리를 찾아 버둥거려 왔다. 내가 누구이고 무엇인지 모든 단계마다 모순이 번져 있지만, 그 시작은 가장 표면인 내 옷에서부터 시작한다.

패션은 나에게 문젯거리다.

처음에 줄리는 유행에 맞춰 멋지게 입도록 나를 설득했다. 원래 입고 있던 수의는 수없이 세탁한다 해도 거기에 담긴 끔찍한 역사를 지울 수 없을 것이기에 보내 줘야만 했다. 그러나 줄리는 놀랍게도 아직도 상태가 좋은 빨간 넥타이는 계속 매라고 간청했다.

"일종의 성명이야." 그녀가 말했다. "일과 전쟁 이상의 것이 너에게 있다고 말하는 거지."

"성명을 할 준비는 안 되었는데."

나는 군인들의 믿을 수 없다는 시선 아래 주눅이 들어 말했고, 결국에는 줄리가 누그러지며 동의했었다. 그녀는 쇼핑하는 데 나를 데려갔다. 폭탄에 폭파된 타깃 매장의 잔해를 함께 꼼꼼하게 뒤진 후, 나는 갈색 캔버스 소재 바지와 회색 헨리 셔츠, 그리고 내가 죽었을 때 신었던 것과 같은(내 예전 비즈니스 의류와는 어울리지 않았지만 암울한 앙상블에는 완벽했던) 검은 부츠를 착용하고 탈의실에서 모습을 드러냈다.

"괜찮네." 줄리는 한숨을 쉬었다. "괜찮아 보여."

체념을 나타내긴 하지만 나의 중간색 옷차림 덕에 스타디움 입구로 가는 길이 편안해졌다. 선명한 색상의 옷은 내가 아직 가지지도 못한 용기를 앗아 간다. 인간의 변두리를 어슬렁거렸던 몇 년 이후로, 이제 내가 원하는 건 그 안에 섞여드는 일뿐이다.

"안녕, 테드." 줄리는 출입관리원에게 고개를 끄덕이며 인사한다.

"안녕, 테드." 나도 내가 여기에 있음을 알리는 모든 신호를 어조에 담으려고 애쓰면서 인사한다. 회한. 악의 없음. 잠정적 동지애.

테드는 아무 말도 하지 않는다. 어쩌면 내게는 가장 다행스러운 일일지도 모른다. 그가 문을 열자 우리는 스타디움으로 들어간다.

* * *

울퉁불퉁한 아스팔트 위의 개똥. 앙상한 염소와 소의 임시 우리. 잡초가 제멋대로 자란 스타디움 장벽에 고정시킨 거미줄같이 얽힌 케이블로 간신히 똑바로 서 있는, 카드로 만든 집처럼 불안하게 흔들거리는 판잣집에서 유심히 내다보는 아이들의 더러운 얼굴. 줄리와 내가 키스했던 때 우리는 사악한 주문을 깨뜨리지 못했다. 스타디움을 하얗게 씻어 내고 괴물 석상을 천사로 변신시키는 마법 같은 정화의 물결도 없었다. 누군가는 우리가 역효과를 냈다고 말할 수도 있겠다. 이제 거리에는 시체들이 득실거리고 있으니. **거의 산 자**라는 말이 내가 들은 중 그들을 부르는 가장 낙관적인 호칭이었다. 살인적인 **완전히 죽은 자**도 아니고, 헤매고 방황 중인 우리 친구 B처럼 '대체로 죽은 상태'로 아직은 나만큼 살아 있는 상태가 아닌 존재를 일컬을 때 말이다. 우리의 연옥은 끝없는 회색 페인트 견본들의 벽이고, '돌'과 '석판' 사이, '안개'와 '연기' 사이의 차이를 알아채려면 날카로운 안목이 있어야 한다.

거의 산 자들은 가까이에서 주시하는 보호 관찰 기간 몇 달을 거쳐 자신을 증명하고 이제는 자유롭게 스타디움을 돌아다닌다. 하지만 당연하게도 그것이 그들이 잘 섞여 들었음을 뜻하지는 않는다. 그들은 두려움으로 인해 비눗방울로 몸을 감싸고 회피하는 주민들 사이를 떠돈다. 신호(뻣뻣한 걸음걸이, 충치, 혈액의 절반 정도 수준의 산소 공급으로 인해 보라색이 도는 창백한 피부)를 읽어 낸 사람들이 거리를 두면서 그들 주위로 드넓게 인파가 갈라져 버린다.

그들은 우리에게 고개를 끄덕이고 우리는 통과한다. 줄리는 진심어린 미소와 함께 마주 인사하지만, 그들의 눈에 떠오른 표정이 나를 안으로 움츠러들게 한다. 존경. 심지어 숭배. 아무튼 그들은 그 부패한 머리로 줄리와 내가 특별하다고 이해한다. 우리가 그 역병을 종식시키고 새로운 시대로 안내하려고 여기에 왔다고. 그들 자신이 하지 않았던 것은 우리 역시 하지 않았고, 우리가 그저 처음일 뿐이라는 사실을 이해하지 못한 것 같다. 그리고 우리도 다음에 무엇을 해야 할지를 모른다는 사실도.

* * *

스타디움의 삶에 대한 나의 불쾌감에도 불구하고, 새로운 운영 아래 이곳이 아주 조금은 덜 끔찍해진 느낌이라는 것은 인정해야겠다. 로소는 일부 직원들을 교육처럼 대체로 잊힌 공동체 사업으로 다시 발령을 내면서 보안 강도를 그리지오 체제 이전의 수준으로 조정했다. 전직 교사들은 그들 책에 쌓인 먼지를 털어내서 역사, 과학, 그리고 기본적인 읽고 쓰기 같은 신비한 지식을 가르치고 있다. 감염 순찰 때 쓰이거나 늙고 병든 이들을 겨냥하던 총기가 감소하면서, 도시는 격리 수용소 같았던 느낌이 약간 줄어들었다. 일부 구역은 거의 목가적이라 부를 만한 분위기를 풍긴다. 나는 자기 집 앞마당의 초록색 잔디밭에서 강아지와 함께 놀고 있는 어린 소년의 얼굴에 난 흉터들과 주머니에 든 권총, 그 마당이 인조잔디로 이루어졌다는 사실을 무시하려고 애쓰면서 소년에게 미소를 짓는다.

전형적인 미국의 소도시.

"안녕, 줄리." 그 소년은 우리를 알아채자 아는 척을 한다.

"안녕, 윌리, 네 강아지도 잘 지내?"

소년은 그 질문은 무시하고는 신경질적으로 나를 쳐다본다.

"아직도…… 살아 있어?"

줄리의 미소가 식는다. "그래, 윌리, 여전히 살아 있어."

"우리 엄마가 말씀하시길……."

"뭐라셨는데?"

소년은 나에게서 눈을 돌리더니 다시 강아지랑 놀기 시작한다.

"아무것도 아니야."

"너희 어머니께 R은 따뜻하고 훌륭한 인간이고, 인간으로 있기를
멈추지 않을 거라고 말씀드려. 다른 사람들도 마찬가지고."

"알았어." 소년은 올려다보지 않고 웅얼거린다.

"강아지 이름은 뭐야?" 내가 묻자 소년은 깜짝 놀란 기색이다.

"음…… 버디."

나는 쪼그리고 앉아서 무릎을 친다.

"안녕, 버디."

강아지는 혀를 늘어뜨리고 나에게 달려온다. 나는 강아지가 나를
물어뜯을 시체로 보지 않길 바라며 개의 얼굴 털을 흐트러뜨린다.
강아지는 내 손 냄새를 킁킁 맡더니 나를 올려다보고, 다시 손 냄새
를 맡고는 내가 충분히 살아 있다고 여기기로 한 듯 바닥에 등을 대
고 뒹굴며 배를 내보인다.

"우린 가 봐야겠다." 줄리는 내 어깨를 건드리며 말한다.

"회의에?" 월리가 말하자 이번에는 우리가 깜짝 놀랄 차례다.

"알고 있었어?"

"모두가 알아. 스피커로 우리 모두에게 들으라고 방송했거든. 헬리콥터에 대한 거잖아?"

"음…… 그래……."

"우리 다시 전쟁하는 거야?"

줄리는 나를 보더니, 다시 열두 살도 안 되어 보이는 월리를 본다.

"진정해, 꼬마야. 권총 그만 갖고 놀고."

소년은 자기 손가락이 청바지 주머니에 있는 권총을 어루만지고 있다는 것을 깨닫고는 얼굴을 붉히면서 등 뒤로 손을 꽉 맞잡는다.

"우리도 무슨 일인지 몰라. 아는 거라고는 저 헬기들이 사탕으로 가득한 상자를 싣고 아이슬란드에서 온 지원 수송기라는 거지. 그러니 강경파 같은 건 아니야." 줄리는 내 손을 잡는다. "가자, R."

나는 버디를 자기 주인에게로 보내 준다. 우리는 전보다 더 불안해져서는 계속 도시로 들어간다. 우리가 속삭인 것을 꼬마가 큰 소리로 외치도록 내버려 둔 채.

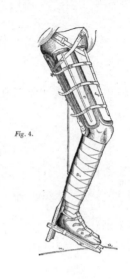

Fig. 4.

"포스트에서 명성이 자자한 유명인사 커플이 아니신가!" 노라가 창고 건너편에서 우리를 부른다. "룰리? 자르? 아직도 이름 안 골랐어?"

그녀는 완벽한 간호사의 상징물(헐렁한 파란 수술복, 라텍스 장갑, 목에는 마스크와 청진기)로 차려입었다. 수술복의 허리 주변을 가느다란 벨트로 묶어서 멋을 내려 했지만, 앞섶에 얼룩진 검은 핏자국으로 인해 그 효과는 사라져 버렸다. 수풀 같은 곱슬머리는 뒤에서 단단하게 올림머리로 묶여 있었지만 몇 가닥이 느슨하게 풀려 있다. 작업하는 곳에 빠졌던 머리카락은 고름딱지와 함께 레게머리처럼 굳어 가고 있다. 그러나 어쨌든 그녀에게 잘 어울리는 차림이다.

"그만 좀 할래?" 줄리는 그렇게 물으면서도 미소를 짓고 있다. "안 그래도 복잡한 일 투성이라고."

"그렇겠지." 노라는 우리 앞으로 와서 나를 한 번 훑어본다. "좋아

보인다, R."

"고마워."

"교외 생활은 어때? 사는 건 어떤데? 살아 있다는 건 어때?"

"음…… 좋다?"

"너희 아이들은 어때?"

나는 조금 꼼지락거린다. "걔들은…… 걔네 엄마랑 같이 있어."

"진전이 없어?"

나는 점점 침울해지며 고개를 젓는다.

"어쨌든 무슨 일이 있었는지 이야기해 줄래? 공항이 변혁의 근거지인 줄 알았는데. 밖에서 너희들이 치유를 퍼뜨리는 줄 알았어."

"우리가 바라는 대로…… 잘 되진 않았어." 나는 말을 더듬는다. "뭔가 있었던 건 아는데……."

"노라." 줄리가 말한다. "다른 이야기를 하면 안 될까? 공항은 R한 테 썩 유쾌한 주제가 아니거든."

노라가 손을 든다. "그렇지. 미안해. 너네를 만나서 좀 흥분했나 봐. 안아 주고 싶지만……." 그녀는 엉망진창인 수술복을 가리킨다.

"이게 다 뭐야? 저 사람들, 아직도 난폭해?"

노라는 고개를 갸웃거린다. "여기 와 본 적이 없었던가? 내가 일 하는 데 오는 게 이번이 처음이라고?"

줄리는 주변을 대충 둘러본다. "그럴걸."

"그래, 교외에서 전업주부로 지내는 게 그렇게 여유롭진 않겠지." 줄리가 뭐라 대꾸하기도 전에 노라는 돌아서서 걷기 시작한다. "그 래, 어쨌든 이것 좀 봐. R을 고치는 건 재미있었지. 몇 군데 뼈가 부러지고 칼자국이 난 게 다였지만…… 아, 미안. *경미한 자상이랄까.* 아무튼 그때보다 훨씬 더 흥미로운 사례들을 얻었어."

우리는 노라를 따라 그녀의 작업장(광활하고 병원을 닮은 뭔가로 개조한 뚫린 창고)으로 깊숙이 들어간다. 벽은 깔끔한 흰색으로 페인트칠한 골진 금속판으로 되어 있고 심전도계, 엑스레이기, 인공 폐, 작은 전기톱 등에 전기를 공급하는 지지대 근처에 구불구불 전선들이 늘어져 있다. 지난번에 봤던 때 이후로 상당히 변했는데, 더 정리되고 소독되어 있지만 내가 있는 곳이 어디인지는 알 수 있다.

"이곳." 입을 열자 할 말이 떨어진다. "너희는 여기서……."

"그래." 노라가 걸으면서 말한다. "좀비들을 해부했던 장소지. 주로 너희들을 죽일 새로운 방법을 찾으려 했었지만, 여기에서 의료 실습 또한 많이 했었어. 너희는 훌륭한 대상이었으니까."

줄리는 얼굴을 찌푸렸지만 아무 말도 하지 않는다.

"약간 청소는 해야 했지만, 기본 장비는 전부 같으니 이곳을 좀비 전용 병원으로 만들어도 되는 거지. 전에는 시체 안치소라고 부르던 것을, 그래도 지금은…… 음, 여전히 시체 안치소라고 부르지만 지금은 반어적으로 그러는 거지."

그녀는 의료 활동이 대부분 이루어지는 듯한 건물 가장 끝 쪽으로 우리를 데려간다. 부패 상태가 다양한 남자, 여자, 아이 들이 수술대 위에 누워 있다. 그 장면은 내가 전에 봤던 한 장면과 거의 동일했지만 결정적인 차이가 있다. 여기 있는 젊은 의사들은 시체들을 조각내지 않는다. 그들은 사람들을 다시 원래대로 돌려놓고 있다.

피부가 회색이지만 그 외에는 거의 신경 쓸 데가 없어 보이는 소녀도 있다. 간호사 한 명이 그녀의 맥박과 다른 생체 징후를 확인해 보려고 들렀는데, 누워 있는 아이가 혼란스럽고 놀라운 표정으로 방을 여기저기 둘러봐도 그냥 내버려 둔다.

"어때요, 앰버?" 노라가 아이에게 묻는다.

소녀는 천천히 입술을 늘려 미소를 지으며 조그맣게 말한다.

"좋아졌어요."

"그 말을 들으니 기쁘네요."

앰버 옆에는 피부가 아주 약간 부패하고 여러 군데의 총상과 그 상처에서 흐르기 시작한 피로 고통스러워하는 남자가 있다. 간호사 두 명이 오랫동안 피가 굳어 있던 상처에서 총탄을 제거하는 작업을 하며 위를 맴돌자 그의 얼굴엔 흥분과 두려움이 뒤섞여 나타난다. 나는 그에게 위로의 표정을 지어 보인다.

"T씨는 여기에 너랑 거의 똑같은 형태로 들어왔어." 노라가 나에게 말한다. "그러니 T씨가 어떻게 되어 갈지는 너도 알 거야."

그렇다. 술에 취해 의식을 상실했을 때처럼, 지난밤에 도대체 무슨 악몽 같은 일이 있었는지 궁금해하며 깨어날 때 느릿느릿 슬그머니 기어오르는 고통을 기억한다. 어깨를 칼에 찔렸던 때가 언제였지? 언제 네 번이나 총을 맞았지? 지붕에서 떨어져서 전신의 뼈 대부분이 골절되었던 건? 그럴 때에는 천연 마취 상태가 주는 기대치 않았던 선물인 무감각증이 얼마나 고마운 것이었는지를 떠올린다. 하지만 왠지 내 상처들이 치유될 땐 그것도 끝이 나리라 여겼다.

"부패한 부위들은 어떻게 치료해?" 줄리가 묻는다. "피부 이식?"

"음, 그게 좀 이상한 부분이 있는데. A부인을 소개할게."

노라는 다른 환자들과 따로 떨어진 구석의 침상으로 이동한다. 한 여성이 방수포 위에 알몸으로 누워 있고, 바닥에 깔린 다른 방수포가 엉망이 된 몸에서 스며 나오는 다양한 체액들을 받아 내고 있다. 이 여성은 오랜 시간 **죽은 자**였다. 피부는 어두운 회색이다. 나는 여성이 중년이 아닐까 싶었지만 피부가 메말라서 할머니처럼 늘어져 있다. 살가죽이 말라붙고 십여 군데는 완전히 피부가 벗겨져서 그 밑의 뼈가 드러났다. 내가 공항을 떠돌던 시절 이 여자와 마주쳤다면 거리를 두고 그녀가 언제 거칠고 사나운 소리를 내며 자신의 눈을 할퀴기 시작할지 지켜보았을 것이다. 그녀의 뼈들로부터 들려오는 불쾌한 곡조를 기다리면서.

"이런 지경까지 간 채 우리에게 오는 건 매우 드문 일이야. 이 부인을 각성하게 한 것이 뭔지 상상도 할 수 없지만, 그녀를 봐. 얼마나 힘겹게 싸우고 있는지를 보라고."

여성에게서 가장 이상한 점은 눈이다. 몸의 나머지는 썩었는데도 눈만은 어울리지 않게 온전하다. 그 눈은 마치 그녀 내부 어딘가에서 감당하기 불가능한 무게를 들어 올리고 있는 듯 매서우리만치 강렬하게 천장을 응시한다. 사람과 장소와 생애의 기억. 깊숙한 곳에서 힘겹게 끌어올리는 원초적인 인간의 영혼 천 톤.

홍채는 평범한 금속성 회색이지만, 내가 가만히 들여다보자 깜빡인다. 깊은 강의 모래 속에 있는 사금 같은 잠깐의 반짝임이 있다.

"저게 뭐야?" 줄리가 묻는다. A부인의 눈을 보고 있는 것은 아니다. 줄리는 여자의 가슴 쪽으로 몸을 기울이며 썩어서 떡 벌어진 흉곽의 구멍을 가리킨다. "그거 봤어?"

"반짝이는 거? 거기 있는 작은 거울에 햇빛이 드는 것처럼?"

"그래…… 아주 잠깐. 내가 잘못 본 건가 했어."

노라는 고개를 끄덕인다.

"그게 내가 말하려고 했던 '이상한' 거야. 그리고 부패한 부위 치료에 관해 네가 했던 질문의 답은…… 더 가까이 봐 봐."

줄리와 나는 둘 다 몸을 기울인다. 여자 옆구리에 난 구멍이…… 더 작다. 가장자리는 약간 더 밝다. 그 주변 조직에는 분홍빛 부분이 있다.

"이게 뭐야?" 줄리가 경외감에 소곤거리며 묻는다.

"모르겠어. 뭔가에 대해 이렇게까지 모르겠는 건 처음이야. 우린 이걸 '반짝임'이라고 불러. 때때로 가끔 그게 그냥…… 일어나. 그리고 **죽은 자**가 약간 덜 죽은 상태가 되는 거지."

내 중심부로 이상한 느낌이 흘러간다. 거리의 군중 속에서 조상을 알아봤을 때처럼 묘하게 익숙한 냉기. 나도 이 반짝임을 느낀 적이 있다. 눈에서, 뇌에서, 무르기 짝이 없는 부러진 뼈들에서. 그것이 나를 둘러싸고 앞으로 나가라고 재촉하며, 내 발을 들어 올리게 했던 것을 느꼈다. 나는 중압감에 과열된 여자의 부릅뜬 눈을 마주한다. "당신은 안 죽었어요." 나는 줄리와 노라가 듣기에는 너무 조그맣게 여자에게 웅얼거린다.

"그래서 그게 저들을 치료하고 있다고?" 줄리가 묻는다.

"네가 그렇게 말할 거라 예상했지."

"그러면 굳이 치료가 왜 필요한 거야? 그냥 반짝임이 저들을 치유하도록 기다리기만 하면 되는 거 아냐?"

49

"음, 거기가 더 이상해지는 지점이야. 그게 상처는 치료하지 않거든. 부패된 곳만이야."

"그게 무슨 소리야?"

"이게 괴사한 세포들을 소생시키고 커다랗고 역겨운 구멍을 한데 봉합하는데…….." 그녀는 A부인의 가슴을 가리킨다. "하지만 상처들은 *건너뛰어*."

"건너뛴다고? 의도적인…… 것처럼?"

노라는 어깨를 으쓱한다.

"가끔 그런 식으로 보여. 때로 점액질로 범벅이 된 썩은 살점을 지켜보고 있으면 반짝임이 그 부분을 재생할 때까지는 거기에 상처가 있는지도 몰랐다가, 갑자기 온통 피투성이에 방금 생긴 것처럼 보이는 총상이 나타나는 거야. 마치 반짝임이 그 자리에 상처가 있었다는 걸 기억하고 우리에게 고치라고 남겨 두는 것처럼."

줄리는 우리가 안 보고 있던 사이에 더 줄어든 듯이 보이는 그 구멍을 노려본다. "말도 안 돼."

"상처들은 역병이 아니잖아." 그러자 두 사람은 마치 내가 여기 있다는 것을 잊고 있었다는 듯이 약간 펄쩍 뛴다. "우리가 스스로에게 입힌 피해는 우리 책임이지."

노라는 눈썹을 치켜세우고 아랫입술을 쭉 내민다.

"와, R. 너 영어 실력이 정말 늘었다."

A부인이 침상 위에서 몸을 부르르 떤다. 나는 시야 구석에서 금색 섬광이 휘몰아치는 것을 알아챘지만 거기에 초점을 맞추기도 전에 사라져 버린다. 그녀의 피부는 단단해지기 시작한다. 주름들이 서서

히 사라져 가고 색깔이 돌아온다. 그녀의 진짜 얼굴이 부패로부터 드러났는데, 내 생각이 맞았다. 그녀는 젊다. 삼십 대 중반 정도. 액상 납이 그녀의 눈에서 빠져나가고 진한 파란색이 남는다.

"이 사람, 돌아왔어." 줄리가 몸을 더 가까이 기울이고 조그맣게 속삭인다. 약간 떨리는 목소리다. "마침내."

나는 노라가 뒤에서 굳은 얼굴로 멈췄다는 것을 알아챈다. 그녀는 급히 수술용 마스크와 고글을 썼는데, 그녀의 시선을 따라가다가 나는 그 이유를 깨닫는다. 여성의 몸에 온통 크게 난 구멍에서 붉은 피가 쏟아져 나오고 있다. 우리가 다가갔을 때에는 검고 건조했던 부분들이 피부가 벗겨지고 붉은 상처로 빨갛게 변해 가더니, 그녀의 새로운 살아 있는 혈액이 고인다.

"저 다리는 보내 버려야겠어."

노라는 이제는 반쯤 응고된 피가 솟구치고 있는 상처난 왼쪽 넓적다리를 검사하며 중얼거리고는 전기톱에 손을 뻗는다.

"너 뭐하는 거……."

줄리가 묻기 시작했지만 노라는 그 말을 잘라 버린다.

"뒤로 물러서는 게 좋을걸."

그녀는 우리가 따르길 기다려 주지 않는다. 그녀는 전기톱의 시동 손잡이를 당겼고 우리는 벽에 일자를 그리며 흩뿌려지는 혈액을 피하려고 몸을 웅크린다.

내가 자세를 바로 했을 때, 노라는 이미 절단된 부분을 꿰매고 있다. 줄리의 얼굴에서 들뜬 희망으로 발그레해진 기운이 빠져나가는 것이 보인다.

"장난해? 그냥 죽어 있는 상태가 끝날 정도로 긴 시간이 흐르면 되살아난다는 거야?"

고글에 묻은 피의 분무 뒤에 가려진 노라의 눈은 무슨 생각을 하는지 알 수가 없다. 다리를 처리하고 체처럼 구멍이 숭숭 난 A부인의 몸을 깁는 작업을 재개했지만, 누가 봐도 빠르고 확실하게 구조해 낼 수 없는 상태가 되고 있다.

"무슨 의미야?" 줄리의 목소리가 약해진다. "이들을 구할 수 없다면 무슨 의미가 있어?"

"몇 명은 구할 수 있어." 여자의 이두박근에 난 물린 상처를 봉합하는 노라의 바늘의 형체가 흐릿해진다. "죽었던 때와 같은 상태에서 돌아오는 거야. 그러니까 딱 한 곳 물린 거라면 괜찮아. 고칠 수 있는 부상이라면 우리가 고칠 수 있으니까. 하지만 심장을 관통하는 총탄에 죽었다거나, 예를 들어 신체 대부분을 먹혔다거나……." 그녀는 잠시 말을 멈추고는 가망 없이 엉망이 된 A부인의 몸을 훑어본다. "……그러고 나면 이것이 그냥 에필로그가 되는 거지." 그녀는 고집스러운 강도로 봉합을 재개한다. "여기 있는 우리 친구처럼 연옥에서 빠져나오려고 싸울 수 있다면 훌륭해. 천국에서 분명 보너스 점수를 얻을 수 있겠지. 하지만 여전히 죽는 거야."

"역병은 불멸이 아니구나." 나는 혼잣말을 중얼거린다. "연명하는 게 아닌 거야. 그저 죽음을 연장하는 것일 뿐."

"유창하기도 하네, R. 네가 우리 동네 시인이 될 거라고 누가 알았겠어?" 이 말에 담긴 날카로움에 나는 말을 멈춘다. 노라는 상처 하나를 끝내고 다음 상처로 이동한다. "좀비가 된다고 해서 규칙에서 벗어날 수 있는 건 아니야." 노라의 목소리는 딱딱했지만 움직임의 속도는 그녀의 헛된 갈망을 보여 주고 있다. "반짝임은 위대한 부활 같은 게 아니야." 그녀는 실을 자르고 자신의 작업을 점검하려고 뒤로 물러선다. "간 건 간 거지."

A부인은 붉은 바다에 뜬 한 개의 섬 같다. 한순간 빨라져서 급격하게 숨을 쉬던 그녀의 호흡은 다시 느려지고 있다. 아마도 수년간의 힘겨운 노력으로 얻어 낸 단 몇 분의 새로운 삶 뒤에 그녀는 다시 죽을 것이다.

"돌아온 걸 환영해요, A부인." 노라는 있는 힘껏 위로의 미소를 지으며 말한다. "미안해요, 내가……." 그녀는 미소를 유지하지 못한다. 그 미소는 떨리다가 사라진다. "구해 주지 못해서 미안해요."

나는 A부인과 눈을 맞춘다. 그 안에는 비난도, 두려움도, 슬픔조차도 없다. 몸은 끔찍한 범죄 현장 같았지만 얼굴은 평화롭다. 그녀가 고개를 살짝 돌려 마치 나에게 뭔가 할 말이 있는 것처럼 입을 열었지만, 아무 말도 나오지 않는다. 그녀는 그냥 그대로 받아들인다. 떨리는 입술로 미소를 지으며 눈을 감는다. 그녀의 상처들은 박동을 멈춘다.

줄리와 노라는 고요하게, 장례식에 온 문상객처럼 죽은 시신을 굽어보며 서 있다. 줄리의 눈에 물기가 반짝여서 놀랍다. 아버지의 끔찍한 죽음에 그녀는 며칠을 울면서 지냈다. 어떻게 낯선 이의 쓸쓸한 죽음에도 이렇게 슬퍼할 수 있을까?

"줄리?" 다정하게 불러 보지만 그녀는 대답이 없다. "괜찮아?"

그녀는 시신으로부터 눈을 돌리고 슬쩍 문질러 닦았지만, 붉은 기

53

는 남아 있다. "괜찮아. 그냥 좀 슬퍼서."

노라가 마스크와 고글을 벗어 바닥에 떨어뜨리고 손을 씻으러 돌아서기 직전에, 불그레해진 그녀의 눈이 언뜻 보인다. 내가 뭔가를 놓쳤던 걸까? 나는 그저 섬뜩하고 비극적인 것을 봤다. 그렇다, 하지만 또한 아름다웠다. 나는 한 여성이 스스로를 무덤에서 끌어내서 무엇인지는 모르겠으나 그 다음 단계로 끌어올리는 것을 봤다. 한 여성이 자신의 영혼을 구원하는 것을 봤다. 그들이 본 것은 무엇이었을까?

우리 셋은 주민 회관으로 향하면서 대화를 조금 나눈다. 줄리와 노라는 내가 말없이 있는 동안 항상 수다스러웠고, 나는 뒤에서 그들이 나눈 대화의 항적을 따라 둥둥 떠서 따라 흘러가곤 했다. 하지만 오늘 그들은 아무 말도 하지 않았고, 말할 것도 없다. 너무나 어색해서 내가 날씨에 대한 이야기를 꺼내는 것처럼 상상할 수 없는 무언가를 막 하려던 차에 줄리가 결국 그 침묵을 깬다.

"그나저나, 노라." 마치 바쁜 대화의 흐름 중에 잠시 곁길로 빠지는 이야기라도 하는 듯한 말투다. "좀비에 대해서 말할 때 '너희'라고 좀 그만하면 안 돼? R은 좀비가 아니야."

노라는 쿡쿡 웃을 뿐 대답은 하지 않는다.

"노라. 난 심각해."

"내가 널 불쾌하게 했어, R?" 노라가 진지함을 조롱하며 묻는다.

55

나는 어깨를 으쓱한다.

"나를 불쾌하게 한다고." 줄리가 말한다.

노라는 한숨을 쉰다. "너희 둘 다에게 사과할게. 넌 좀비가 아니야, R. 난 네 거시기가 딱딱하게 굳을 거라 확신해."

줄리가 걸음을 멈춘다. "도대체 뭐가 문제야?"

노라는 몇 걸음 앞에서 멈춘다. "더는 사람들이 사소한 모욕 따위를 불쾌하게 여길 거라는 생각을 안 했거든."

"R에게는 사소하지 않아."

"쟤도 그냥 으쓱했잖아, 안 그래?"

"R은 항상 으쓱거려. '으쓱이'란 말이야. 하지만 저 지옥에서 힘겹게 자신을 끌어내느라 분투했고 아직도 매일 싸우고 있다고. 그러니 적어도 인간이라 불러서 예의를 차려야지."

노라는 불만에 차서 입을 오므린다. 혼나서 위축된 것처럼 보였지만, 양보할 수 없는 뭔가가 그녀 안에서 끓어오르고 있다.

"좋아. 널 비인간화해서 미안해, R." 그녀는 남아 있는 네 왼손가락을 꼼지락거린다. "이거 몇 개 먹는 걸로 우리 쌤쌤인 거다?"

노라는 대꾸를 기다리지도 않고 걸어가 버렸고 우리는 그녀의 등을 물끄러미 쳐다본다. 마지막으로 봤을 때, 노라는 도시 계획 사안과 시체 안치소의 전임 근무 준비에 들어가는 문제로 로소를 도와주고 있었다. 그녀는 긴장했고 약간 불안해했지만 거의 흥분한 상태였다. 줄리처럼, 우리 모두처럼, 그녀는 도시로부터 조금씩 흘러드는 재생한 **죽은 자**들의 계속되는 행렬을 지켜봤고, 그것을 죽음의 잔혹한 정권에 대적하는 쿠데타의 시작으로 보고 있었다. 우리 모두와

56

같이 희망으로 가득 찼었고 그 싸움에 간절히 가담하고 싶어 했다. 하지만 마지막으로 본 이후로(2주 전이었나? 어쩌면 3주?) 노라는 뭔가 변해 있었다. 그저 새로운 일의 중압감일까? 그녀는 역사상 가장 끔찍한 응급실에 투입된 수련 중인 의대생이다. 그렇다 해도 나는 그게 그렇게 간단한 이유라는 것이 의심스럽다. 노라는 일의 중압감 따위에 망가지지 않을 정도로 인생에서 너무나 엄청난 참상들을 견뎌 왔다.

"그래." 줄리는 노라가 주민 회관 안으로 사라지자 한숨을 쉰다. "오늘 시작이 엄청 좋네."

멀리서 헬리콥터들이 난해하고 뒤틀린 웃음소리를 내듯이 우르릉거린다.

＊＊＊

스타디움은 절대로 도시가 되려는 의도는 없었다. 겁에 질린 난민들 몇 명이 경기장에 던져 놓은 담요를 시작으로, 그다음엔 판잣집 몇 개가, 그러고 나서 더 커지고 커진 판잣집들이 모여 수많은 원시적인 고층 건물을 이루며 그렇게 되었다. 하지만 청사진은 없었다. 잘 계획되었다거나 타당하다고 할 만한 게 없었는데, 그중 특히 주민 회관이 그렇다. 주민 회관은 무수한 다른 건물의 조각들을 대충 꿰맞춘 건축학적 키메라다. 조화로운 구석이 하나도 없거니와, 뚜렷이 맥도널드(유전자 변형 식품의 군대를 이끄는 시꺼먼 눈의 광대를 그린 벽화)에 속한 회의실 한쪽 벽은 회의 동안 주의를 산만하게 할 만하다. 그러나 오늘날의 건축가는 자유롭게 쓸 수 있는 벽을 그냥 지나치지 못했으리라.

이렇게 조각조각 모아 지은 건축물과 그것이 축구장 한가운데 위치해 있다는 사실에도 불구하고, 얼마나 실제 주민 회관처럼 느껴지는 곳인지는 주목할 만하다. 배구장, 탁상 축구 게임기, 돌아올지 못 돌아올지 모르는 부모를 찾아 소리 지르는 아이들의 놀이방, 피임기로 가득한 자판기도 한 대 있다. 스타디움의 젊은이들에게는 모이는 장소를, 어른들에게는 그날의 주제를 토론하는 의사당으로서의 장소를 제공하는 전통적 주민 회관의 기능 대부분을 수행하지만, 과거에 그랬던 것보다 훨씬 더 긴급한 주제를 논의하는 경향이 있다. '공원에 새로운 정자가 필요한가?'에서 '겨울을 지낼 식량이 충분한가?'가 된 것이다.

줄리는 인생을 통틀어 몇 번 이상 이 회의에 참석했었는데, 처음엔 그리지오 장군의 딸로서, 나중에는 그녀 자신으로서였다. 주변에 모인 이들이 줄리를 보는 얼굴에는 가족적인 애착이 있다.

"안녕, 줄리."

"보니까 좋다, 줄리."

"아버님이 그렇게 돌아가셔서 유감이네, 그리지오 양."

아버지나 로소의 친구들, 그리고 그녀의 친구 몇 명. 줄리는 항상 나이가 더 어리든 많든 세대차를 가로지르는 데 문제가 없었지만, 오늘은 버거워하는 게 보인다. 아버지의 비현실적인 자살 후로 아직 두 달째다. 그녀는 여전히 애도 중이다. 그녀의 미소는 찡그림으로 변해 간다. 이들은 죽음이 더 거대한 공포로 인해 그저 일상적인 일처럼 작게 느껴지기 이전 시대의 사람들이다. 그들은 줄리가 산산조 각 날 거라 예상했고, 어쩌면 그러길 바랐는지도 모른다. 그러나 그 녀는 그들에게 눈물을 보이려 여기에 온 게 아니다.

"고마워요, 테일러. 고마워요, 브리트니. 그나저나 저 헬리콥터 문 제는 어떻게 되어 가요?"

그녀와 더욱 나이가 맞는 지인들은 우리가 회의실로 가는 길을 막아선다. 위탁 가정에서 온 십 대들, 발굴 작업반에서 온 스물 몇 살들, 그리고 나처럼 정확하게 나이를 알 수 없는 애매한 몇 명. 나 와 달리 이 사람들 모두는 여기에, 역사에 자기 자리가 있다. 나는 그들이 하는 인사의 수월함에 부러움을 느낀다.

"안녕, 줄리."

"잘 지내, 줄리?"

"오랜만이야, 캐버넷."

나는 그들의 이름들을 떠올리려고 안간힘을 쓴다. 언제라도 줄리 가 사는 세계의 일부가 되려면 적어도 그런 것은 감당해야만 한다. 그녀의 삶은 내 것처럼 신선한 첫 장이 아니라, 낯선 인물들과 헷갈 리는 부차적인 줄거리로 채워진 이야기가 하나 이미 진행 중이다.

제인? 루르드? X가 들어가는 뭔가?

내가 편하게 등장하도록 애써 주는 이는 아무도 없다. 나를 향한 아는 척이라고는 몇몇 신경질적인 시선이 전부다. 하지만 오늘은 친 구를 만드는 날이 아니다. 줄리마저도 불편하고 떠나고 싶어 하는 것 같다. 너무 많은 폭풍우 구름이 대기에 걸려 있다.

노라는 팔짱을 낀 채 아이들이 공을 여기저기로 던지는 것을 지켜보며 배구장 창틀 앞에 서 있다. 그녀의 얼굴이 유리창과 가까이 있어서 뒤에 있던 나는 창에 반사된 그녀의 눈을 볼 수 있다. 우리의 접근을 알아챈 노라의 멍한 얼굴이 아련하게 슬픈 표정으로 변해 간다. "미친년이라 미안하네." 그녀는 여전히 아이들을 보면서 말한다.

줄리는 그녀 쪽으로 움직였지만 친밀한 거리에 조금 못 미쳐서 멈춘다. "또 늑대 꿈을 꾼 거야?"

노라가 돌아선다. "그냥 미안하다고 말하고 여길 떠도 괜찮을까?"

두 여성은 서로를 쳐다본다. 줄리는 탐색하고, 노라는 회피한다.

"그래." 줄리가 말한다. 결말 없이, 하지만 책갈피는 꽂아 둔 채.

가느다란 팔 한 쌍이 줄리의 어깨를 감싸며 갑작스런 포옹에 깜짝 놀란 그녀를 가둔다. 그녀가 그 포옹에 답하기 위해 돌아서자 얼굴에 묻어나던 긴장이 녹아내린다.

"맙소사, 엘라, 노부인이라기엔 살그머니 접근하는 기술이 제법인데요."

"로렌스한테 기술을 좀 배웠거든. 어떻게 지냈어, 아가?"

"버티는 중이지요."

엘라를 향한 그녀의 미소는 따스하고 거리낌이 없다. 줄리의 일반적인 인기에도 불구하고, 그녀의 진정한 친구들은 훨씬 더 작은 모임을 형성하고 있는 것이 아닌가 하는 의구심이 든다. 아마도 이 방의 모퉁이보다 더 넓진 않을 것이다.

"그리고 넌 어때, R?"

엘라는 나에게 한층 예리한 흥미를 보이며 인사한다.

"잘 지내고 있어요, 데스⋯⋯ 데스콘⋯⋯."

그녀는 미소를 짓는다. "데스콘사도."

나는 고개를 젓는다. 나는 거의 매주 그녀의 집을 방문한다. 그녀의 이름 정도는 발음할 수 있어야 하는데.

"어쨌든 대다수는 그냥 로소 부인으로 부르고 말지. 하지만 내가 계속 얘기했듯이 엘라라고 부르렴."

나는 목을 가다듬는다.

"전 나아지고 있어요, 엘라. 버티고…… 발전하는 중이지요."

"그 말을 들으니 기쁘구나."

엘라는 연세가 있는 어르신이지만, 어울리지 않게 젊은이의 기운을 뿜어 낸다. 어두운 색 눈동자는 맑고 예리했고, 은퇴 연령에도 아랑곳 않고 생존 건강 식이요법의 결과로 자세가 곧다. 할머니다운 구불구불한 컬이 아니라 빨간 손수건으로 뒤로 당겨 멋을 낸 회색 머리 사이에 검은 머리카락도 드문드문 보인다. 그녀는 작은 노부인이 아니다. 그녀는 여성이다.

노라가 앞으로 손을 모으고, 우리가 이룬 삼각형 가장자리로 흘러들어와서 조용하게 인사한다.

"안녕하세요, 엘라."

"만나니 좋구나, 노라. 요즘에 거의 못 봤지, 그렇지 않니?"

"좀비들 꿰매느라 바빴어요."

"그렇지."

줄리가 노라를 쳐다본다. 노라는 그녀를 흘깃 보더니 눈길을 피한다.

"네가 특히 한 사람과 많은 시간을 보내는 건 알고 있단다."

엘라는 음모를 숨긴 듯한 미소를 노라에게 지으며 말을 이었지만,

61

노라는 미끼를 물지 않는다.

"마커스를 말씀하시는 거 같은데요. 그 사람은 작업이 많이 필요해서요. 총상 여섯 군데에 턱까지 으스러졌거든요."

엘라는 살짝 실망해서 고개를 끄덕인다.

"그런데 그 사람은 지금 어디 있니?"

"좋은 질문이야." 노라는 나를 쳐다본다. "네 친구는 어디 있니, R?"

나는 이것에 어떻게 대답해야 할까 잠시 생각한다. 산들바람에도 흔들거리는 합판 벽이 띵한 감각을 주는, 아파트 탑 꼭대기 층에 있는 M의 임시 주거지까지 오르는 긴 등산을 기억한다. M의 간소한 스파르타식 숙소로 들어가는 문을 열었더니, 그가 가방 안에 몇 안 되는 소지품(흰 티셔츠 두 벌, 사냥용 칼 하나, 캡테인 한 상자, 그리고 고전적인 포르노 잡지 한 뭉치)을 쑤셔 넣고 있는 광경을 목격한 것을 기억한다.

'나는 한동안 캠핑을 갈 거야.' 그는 그렇게 말했다. 그가 한 말의 내용보다는 양과 유연성에 더 주의를 기울였던 게 기억난다. 그때는 우리가 회복하기 시작한 초기 단계였는데, 우리는 여전히 말하는 능력에 너무 들떠 있었다. 우리는 그의 방에 몇 시간이고 앉아 말하는 문장의 길이를 비교하면서 되는 대로 말하곤 했다.

'어디로?' 문장 길이로 보아 이번엔 내가 압도적으로 패배했다.

'아직 몰라. 그냥 나가야 해. 혼자서. 우리가 지금 하고 있는 일은……' 그는 이마를 탁 쳤다. '아프다.'

나는 공감은 할 수 없었음에도 그가 뜻하는 바를 알았다. M은 회복되고 있는 **죽은 자** 대다수처럼 예전 인생을 기억해 내고 있는 중이었다. 작은 비틀림과 잽, 예전 정체성의 조각들이 서서히 그의 새로운 인생을 꿰뚫고 병합하고 결합했다. 갈피를 잡을 수 없이 혼란스러운 과정이었다. 몇몇은 그것에서 살아남지 못했다. 어떤 이는 서서히 안으로 들어오는 누군가에게 "내 안에서 나가!"라고 비명을 지르면서 스타디움 지붕에서 뛰어내렸다. 다른 이는 도시 안으로 달려가 섬뜩하게 그를 거부하는 **완전히 죽은 자**들의 무리에 끼려고 시도했다. 누군가는 간단하게 그녀 자신을 쏴 버렸다. 나는 이 이야기들을 현재에 맹렬하게 매달리라는 교훈으로 들었다. 나는 아직도 줄리가 쓴 것 외에는 아무것도 적혀 있지 않은 빈 석판이었고, 그런 식으로 계속 유지해 나갈 작정이었다.

'행운을 빌게.' 내가 스타디움 문 앞에서 말하자 M이 돌아섰다. 내가 알아 왔던 M이라면 내 어깨를 쳤을 것이다. 이 M은 나를 꽉 껴안았다. M의 변화가 그를 감성적으로 만든 것이었든지, 아니면 내가 알던 것보다 더 큰 작별인사였든지. 오늘날의 탁 트인 야외는 포식자(인간, 짐승, 그 외의 것)로 가득하고 '캠핑을 간다'는 것은 자살의 대중적인 방식이다.

'나중에 보자.' 그는 도시로 걸어 나가면서 어깨 너머로 말했다. 나는 그가 뜻한 바대로 되길 바라고 또 바랐다.

"그는 캠핑을 갔어요." 노라와 줄리가 나를 기대하는 눈빛으로 쳐다보는 동안 내가 엘라에게 말한다. 충격 받은 엘라의 표정에 나는 재빨리 덧붙인다. "돌아오고 있는 중이에요."

"그건 두고봐야겠지." 노라가 말한다.

엘라는 고개를 끄덕이고 천천히 시선을 돌린다.

"돌아오는 것은…… 분명 어려운 일이 될 거야. 너희가 겪고 있는 게 뭔지 상상이 잘 안 가는구나."

"네 자아 탐구는 언제 할 건데?" 노라는 희미하게 날이 선 목소리로 나에게 묻는다. "너도 네 과거 인생이나 뭐 그런 거 찾으러 저기 바깥에 숲하고 공동체로 나가 봐야 하는 거 아니야? 모두들 그렇게 하고 있잖아."

나는 이 대화를 가장 빠르게 끝낼 길을 탐색하며 바닥을 내려다본다. "난 지난 인생을 원하지 않아."

"왜지?" 엘라가 묻는다.

줄리는 나를 향해 눈살을 찌푸리며 기다린다. 이건 전에 우리가 나눴던 대화고, 그녀는 항상 조심스럽게 이중적인 태도를 취한다. 그녀는 새로운 시작에 대한 나의 열망을 공격하길 원하지 않고, 마찬가지로 방어하고 싶어 하지도 않는다.

"난 이번 인생을 원하니까요." 나는 이 감정의 매력이 사라져 감을 알면서도 거의 한숨을 쉬며 대답한다.

노라가 웃음을 터뜨릴 거라 예상했지만, 그녀는 팔짱을 끼고는 그저 나를 쳐다보기만 한다. 그녀의 얼굴에는 내가 읽을 수 없는 감정의 구름이 껴 있다.

"다정하구나." 엘라가 말한다. "하지만 노인의 지혜 한 조각 듣지 않을래?"

나는 어깨를 으쓱한다.

"사람들은 과거를 갖고 있지. 넌 그것 없이는 사람이 될 수 없어."

그러자 노라가 입을 열었다가 다물고는 바닥을 내려다본다. 내가

64

아직 들어 보지 못한 의견이이 있는 듯하지만, 그녀는 대화에서 빠져나간 것 같다. 나도 똑같이 할 수 있기를 바란다. 줄리는 내가 어떻게 엘라의 논리적인 장악에서 빠져나오는지를 보려고 기다리며 나를 쳐다본다.

"테스트." 귀를 강타하는 쿵 소리 세 번에 뒤이어 로소의 목소리가 회의실에서 터져 나오고 끼이익 하는 잔향이 이어진다. "됩니까?"

"맙소사." 줄리가 귀를 막으면서 말한다. "귀가 머셨대요?"

"멀어 가고 있는 중이지. 이 일을 하기엔 너무 늙었으니 에반에게 물려주는 게 좋겠다고 내가 계속 이야기하는데도……."

"아니, 안 돼요." 줄리가 엘라의 말을 자른다. "제발 에반은 안 돼요."

"이런, 그가 다음 계급인데."

"전 우리가 더 이상 계급 따위는 매기지 않는다고 생각했는데요."

"로렌스도 직함을 좋아하지 않지만, 우리는 아직 지도 체계가 필요하단다. 모두들 그렇게 말하지."

"테스트, 테스트."

또 끼이익 하는 뒤울림 소리를 내며 로소가 말한다.

"돼요!" 줄리가 홀 입구 쪽을 향해 소리친다. "빌어먹을 헤비메탈 광팬님, 소리 좀 줄여요!"

엘라가 웃는다. 웃음이 기침이 되고, 기침은 너무 길게 지속된다.

줄리가 그녀의 어깨를 건드린다. "저기…… 괜찮으세요?"

"괜찮아." 엘라는 깊게 숨을 쉬며 몸을 추스르며 대답한다. "그냥 늙어서 그래."

줄리는 자신의 대모가 입술에서 침을 문질러 닦아 내는 것을 지켜본다. 그녀는 그 어깨를 놔주지 않는다.

"정말로 그렇게 컸어?" 로소가 의아해하며 홀에서 걸어 들어온다.
"무대에서는 분간하기가 어려워. 음향 담당자가 잘 못해."

엘라가 고개를 든다.

"당신이 쇼를 하고 있다고는 생각 안 해. 혹시 그런 거야? 제발 당
신이 귀가 먹은 것만큼 노망이 들어 가는 게 아니라고 말해 줘."

"엘라, 그러니까 나 좀 도와……."

"'거절당한 이슈타르'는 30년 전에 부서졌어, 여보. 세상의 종말
이 닥치자, 당신은 생존자 구조를 위한 시청 회의를 하고 있었는
데……."

"알았소, 충분해." 로소는 눈동자를 굴리며 나에게 '여자란!' 하는
표정을 지어 보였고, 이 행동이 얼마나 나를 기쁘게 했는지 나는 깜
짝 놀란다. 나는 형제 사이에 주고받는 위로의 적절한 표정을 지어
보려 했지만, '그렇군요, 형제여.'에는 못 미치고 '변비에 걸렸어요.'
보다는 과한 것이 나온다.

"내가 약간 예리함을 잃은 것 같소." 로소가 그의 부인에게 말한
다. "수십 년을 하드록과 총소리로 지냈으니 그렇게 되겠지만, 그게
한 남자가 세월과 함께 잃을 수 있는 것 중 최악은 아니잖소. 그러니
물러납시다."

엘라가 숨죽여 웃는다. 나는 이 두 연로한 인간들을 자세히 살펴
보고 그들이 다르게 해 온 것이 무엇일까 생각한다. 나이는 대부분
그렇게 하는 것과 달리 이들을 파괴하지 못했다. 로소는 부인의 신
체적 우아함(그는 눈과 귀가 나쁘고, 머리카락은 드문드문했고, 관절은 뻣

뻣하다.)은 간직하지 못했지만, 엘라처럼 유연한 영혼을 유지하며 살아가고 있다. 나는 스타디움 입구에서 줄리가 그에게 우리를 믿어달라고 애걸했을 때, 내가 무엇인지를 완벽하게 잘 알고 있었음에도 나를 위해 문을 열어 주고 안으로 들여보내 줬던 그가 나를 쳐다보던 방식을 기억한다. 더 젊은 다른 이들처럼 편견의 덩어리로 쪼그라들지 않았다. 그는 아직 살아가고 있는 중이다.

"정말로 마이크가 필요해요?" 노라가 묻는다. "항상 몇십 명밖에 안 오잖아요."

로소는 불편한 기색이다.

"우리는……오늘은 더 많은 군중이 오리라 예상하고 있단다."

지금 그 질문을 할지 아니면 공식적으로 밝혀질 때를 기다릴지를 고민하며 모두가 일순 멈췄지만, 우리가 결정하기도 전에 문이 쾅 열리고 사람들이 줄지어 들이닥친다.

"얼마나 더 *많은데요?*" 노라는 로비가 채워지자 묻는다.

"모두 다."

로소는 낯익은 얼굴들에게 고개를 끄덕여 인사를 하고 기름투성이 점프슈트를 입은 노동자 회장 등 몇 명과는 악수를 나눈다.

"음, 전부라면 2만 명인데요." 노라가 말한다. "홀에는 200명밖에 못 들어가요."

"마이크를 스타디움 확성기에 붙여 놨단다. 대표들만 참석할 수 있겠지만, 모두가 들을 수는 있지."

줄리의 얼굴에 두려움이 스멀스멀 기어간다.

"그렇게 중요한 거예요?"

"모든 것이 다 중요하지. 우리는 이곳 전부를 공유하고 모두가 무슨 일이 일어나고 있는지를 알아야 마땅하지. 우린 비밀 벙커 회의를 했었지만, 그것이 어디로 이끌어 가는지를 봐 왔지 않니."

우리 넷은 기다리면서 그를 쳐다본다. 그의 어조는 한풀 꺾인다.

"하지만 그래, 이건 그렇게 중요한 일이다."

"다시 세상의 종말이 오고 있는 건가요?"

억지로 희미한 미소를 지으며 줄리가 묻는다.

로소는 굳은 얼굴로 그 질문이 걱정스러울 정도로 진지한 것인가를 고려하며 잠시 그녀를 쳐다본다. "미안하구나." 그렇게 말하고는 군중 속으로 사라진다.

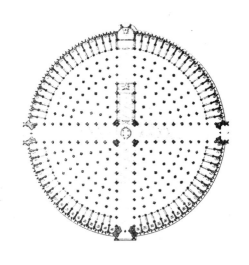

우리

우리는 고층 건물들의 토대를 올려다보며 흙과 자갈 위를 지나 도시 아래로 흘러 내려간다. 우리가 길고 유려한 연설문을 쓰러 올라갔던 고층 건물들은 당시에는 인류의 우위를 알리는 느낌표처럼 서 있었지만, 이제는 여기 억겁의 양쪽에 다리를 걸치고 아기의 첫 앓는 소리에 더 가까워 보인다.

우리는 그 아기에게서 나온 침과 배설물까지도 사랑한다. 우리의 아이고, 우리 자신이기에 그것이 자라나길 바란다.

그래서 우리는 도시 쪽으로 올라간다. 그 표면 아래로 미끄러져 내려가는 와중에 친숙한 유골들을 어루만지면서도 그들의 향수에 저항하며, 거대한 것부터 뒤뜰의 성냥갑 같은 것까지 수없이 많은 무덤들을 지나간다. 오늘은 대지에 무슨 일이 일어날 것 같은 긴장감이 돈다. 우리에게 계속해서 움직이라고, 계속 지켜보라고, 할 수 있는 한 전부 모이라고 말하는 엄청난 긴장감이.

그리고 우리는 목소리를 듣는다.

"스타디움의 에반 케널리가 골드만 돔에 연락드립니다, 응답하십시오."

도시 아래 거미줄처럼 연결된 회선은 거의 불통이다. 통신탑들로 연결되는 전화선은 전부 말하기를 멈췄다. 하지만 그중 하나, 아이의 깡통전화기처럼 도시를 가로질러 길게 이어진 낡은 케이블 하나는 아직 시도하는 중이다.

"골드만 돔, 응답하십시오."

우리는 케이블을 질주하는 이 불길한 목소리를 따라간다. 자기 집으로 되돌아가는 건설 노동자들의 쿵쾅거리는 발소리 아래, 그들의 통로 프로젝트의 벽으로 둘러싸인 거리 바로 밑으로 달리며, 우리는 한 거주지에서 다른 거주지 사이의 먼 거리를 횡단한다. 땅을 뚫고 올라가 돔의 깊은 지하 어딘가로 들어가는 신호를 따라갔고, 여기에서 신호가 끊긴다. 케이블이 잘린 것이다. 에반 케널리의 목소리는 주변에 전자(電子) 상태로 흩어진다.

우리는 갈라지고 그을린 벽, 숯이 된 잔해들의 무더기를 더듬으면서 그 역사의 장을 훑어보며 이 암실에서 정지한다. 즐겁지 않은 거래를 하고, 전화기에 대고 외치는 인간들의 수십 년, 그리고 전쟁과 방어, 전쟁의 방어를 계획하는 인간들의 수십 년…… 그러고 나서 이것. 미완성된 책들이 문장 중간에서 끝나 버렸다. 더 높이 있는 책장의 페이지는 여기에서 쓰여진 적이 없다. 어마어마한 양의 슬픈 문서 작업 위에 또 그만큼의 어마어마한 양, 베이지색 플라스틱으로 장정된 청구서들의 문집, 그리고 더 나쁜 무언가가 쌓일 뿐이다. 우리 주변의 홀에서 무언가가 움직인다. 세상의 얇은 껍데기를 찌그러 뜨리는 낮은 책장의 무거운 꿈 덩어리.

우리는 여기에 있고 싶지 않다. 이렇게 모여 있고 싶지 않다.

우리는 더 밝은 책들을 희망하며, 대지의 편안한 밀도로 다시 뛰어들어 그 원천으로 연결되는 케이블을 되짚어 간다. 그것이 도시이든 소수 집단 거주지이든 텐트 안에 있는 가족이든, 우리는 마음속에 늘어 가는 모든 것들을 사랑한다. 가장 작은 접속점조차 보물이고, 경험, 인식, 이야기(세상의 시체들 안에서 벌떡거리는 심장)에서 멀리 솟구치는 의식의 덩어리이다.

스타디움의 한가운데 대지에 나타난 우리에게로 친숙함이 흘러들어 온다. '아, 그래.' 우리 중 몇 부분은 속삭이고, 그 나머지는 그 느낌에 참여한다. *이 거리들. 이곳.*

월리라는 이름의 어린 소년은 버디라는 이름의 강아지와 함께 뒤뜰에 서 있다. 둘 다 집 근처 전신주에 매달린 스피커에 집중한다. 음악을 듣고 있는 중일까? 우리는 음악을 듣고 싶다. 석기 시대의 여명 이래 세상이 이렇게 듣기 싫은 적은 없었다. 하지만 그것은 음악이 아니다. 한 노인이 군중에게 말을 거는 소리고, 에반 케널리의 목소리와 비슷하다. 불길하고 무미건조한 목소리.

"밖에서 듣고 계시는 여러분, 주민 회관 홀에서 여러분에게 말하고 있는 저는 형식상 장군으로 알려진 장교인 로렌스 로소입니다.

잘 들렸으면 좋겠군요, 이번은 우리가 시도한 첫 번째……."

끼익하는 잔향이 스타디움을 울린다. 강아지 버디가 귀를 눕힌다.

"죄송합니다, 여러분. 밥, 소리 좀 약간 줄여 주겠나?"

데이비드라는 이름의 소년이 옆집에서 밖으로 나왔고 트리나라는 개가 버디를 맞이하며 달려든다.

"안녕, 윌리." 데이비드가 인사한다.

"쉬." 윌리는 스피커에서 눈을 떼지 않으며 말한다.

"*확인. 확인. 나아졌습니까?*"

데이비드의 쌍둥이 누나, 마리가 그의 뒤 출입문에서 나타난다. 그들의 세포가 어머니에게서 갈라져 나오고 몸이 형성된 이래로 6년하고도 9개월이 지났다. 데이비드가 자궁에서의 기억과 그 전의 어둠, 출생의 고통과 정신을 건축하는 중압감을 잊고, 그가 자신을 찾은 곳에서 관계를 맺기 시작한 것이 2년이 된다. 아직 기억을 하는 마리는 그래서 낯선 세상을 탐구하는 방문자의 시선으로 모든 것을 바라본다. 곧 그녀는 이 페이지들을 도서관에 넘겨줄 것이고, 우리는 그녀가 새로운 페이지를 더 쓰러 나가는 동안 그것들을 맛보게 될 것이다.

"뭐 해?" 데이비드는 강아지들이 서로의 구멍 냄새를 맡고 있는 동안 자기 친구에게 묻는다.

"너희 엄마가 말씀 안 하셨어?" 윌리가 묻는다. "큰 회의가 있어서 모든 사람들이 이 시간에 이걸 듣고 있어. 아이들까지도 말이야. 그러니까 조용히 해."

"좋아." 스피커가 울리자 아이들이 올려다본다. "이제 막 고친 것

72

같습니다. 괜찮으시다면 모두 잠시 일상을 멈추어 망치를 내려놓고 아기들에게는 아끼는 인형을 안겨 주고 들어 주십시오."

마리는 스피커의 검은 금속 덮개를 응시한다. 그녀는 심장박동처럼 고동치는 종이 원뿔의 진동을 본다. 마지막으로 한 번 추억에 잠겼다가 놓아 버린다. 그녀의 기록되지 않은 엷은 분홍빛 과거는 서서히 사라진다. 그녀는 흙 위에 맨발로 선 채 경청하면서 여기 지구 위에 있다.

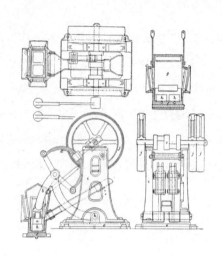

나

"여러분 모두 헬리콥터를 목격하셨겠죠." 로소는 음향 담당자 밥이 방 뒤에서 샌드위치를 우적우적 먹는 동안 마이크에 대고 말한다. "그리고 몇 명은 오늘 아침 일찍 수송 트럭을 봤고요. 이 운송 수단들은 우리 게 아니고, 골드만 측의 것으로 보이지도 않습니다."

"빌어먹을 그 밖에 누가 있단 말이야?" 군중 속에서 들려온 그 큰 목소리가 천장에 매달려 있는 마이크에 닿아 더 크게 울린다.

로소는 말하는 사람 쪽으로 안경을 맞춘다.

"발트 씨. 타당한 질문입니다만, 스타디움 전체에 방송하고 있는 중이라고 다시 한 번 알려 드리며, 정중한 언어를 유지합시다."

"미안하다, 얘들아." 남자가 천장에 있는 마이크에 직접 대고 말한다. "팀 아저씨가 잠시 미쳤다."

구불거리는 금발. 검은 탱크톱 밖으로 나온 햇볕에 타고, 문신이 있는 팔. 의기양양한 웃음을 지지하는 뻣뻣한 수염이 난 튀어나온 턱. 나는 이 남자를 기억한다. 내가 전에 한 번 그의 머리를 벽에 처박았다. 죽이지 않았던 모양인데, 그건…… 잘한 것 같다.

로소는 엄청난 자제심으로 말한다.

"질문에 답하자면. 우리는 다른 누가 있는지 모릅니다. 아는 것이 많지 않아요. 그리지오 장군은…… 그는 지원 활동을 우선적으로 처리하지 않았었지요." 예전 친구를 떠올리자 그의 어조가 전문적인 톤에서 잠시 벗어난다. "우리는 7년간 캐스캐디아 너머로 정찰대를 보낸 적이 없습니다. 여행자들도 드물고 그들의 보고도 신뢰할 수가 없어요. 연감조차도 더는 나오지 않는 것 같습니다."

"이건 완전 헛소리야." 발트가 팔짱을 끼자 이두박근이 불룩해진다. "우리는 저기 밖에 누가 있는지 알아야 해. 우리 적이 누군지 알아야 한다고!"

"저기 밖에 있는 모두가 우리 적이니까." 줄리가 조그맣게 투덜거린다. 그녀와 노라와 나는 벽 가까이 붙어 군중들에게서 살짝 떨어져 있다. 두 사람은 공식적인 대표자는 아니었지만, 완전하게 죽지 않은 사람들의 위협에 조예(노라의 경우에는 시체 안치소, 그리고 줄리의 경우에는…… 나)가 깊어서 '특별 자문 위원'으로 여겨지고 있다.

그리고 나는? 나는 왜 이 방에 있어야 할까? 나는 명분도 없고, 직업도 없고, 내가 주변을 맴돈다면 쏴 버리는 게 옳다고 여기는 사람의 비율이 반쯤 될 터이다. 하지만 로소는 이제는 어두운 갈색이 된 내 눈에서 뭔가를 봤다고 주장한다. 내게 중요한 할 일이 있다고도 한다. 그가 더 구체적으로 말했으면 좋겠다.

"좋습니다, 발트 씨." 로소가 다시 심기가 불편해진 듯 말한다. "당신이 BABL 발생기의 위치를 찾아내고 망가뜨릴 수 있다면, 우리의 적들에게 정체를 밝히라고 요청하는 전국 방송을 기쁘게 내보내겠소. 그때까지 우린 어두운 무대의 비좁은 스포트라이트 안에 살고 있는 거요."

발트는 로소를 노려볼 뿐 아무 말도 하지 않는다.

"골드만은 뭐라고 하나요?" 줄리가 묻는다. "그들도 뭔가 아는 게 없었나요?"

로소는 망설인다. "그들에게 물어보려고 시도해 왔습니다만." 그는 이 회의를 공개적으로 연 결정을 갑자기 재고하는 듯, 또다시 잠시 말을 멈춘다. "골드만 사령부가 단절된 것 같습니다."

두려움에 차서 중얼거리는 소리의 파도가 방을 휩쓸었고 거리를 통해 바깥까지 퍼져 나가는 것을 들을 수 있을 지경이다.

"그게 그거지, 그러니까!" 발트가 펄쩍 뛰며 말한다. "그놈들이 골드만을 침공한 거라고. 망할 전쟁이잖아!"

"밖에서 듣고 계신 분들." 로소는 마이크에 대고 한숨을 쉰다. "발트 씨가 눈에 띄게 발광하는군요."

"눈에 띄게 뭘 한다고?"

"앉으시오, 팀. 침략일 수도 있고, 아닐 수도 있소. 정찰대는 우리가 말한 대로 돔으로 가고 있는 중이오."

발트가 확인을 위해서 케널리를 쳐다보자 케널리는 고개를 끄덕인다. 발트는 회색 작업복을 정돈하며 과장스럽게 느릿느릿 앉는다.

"'불의 교회'일 수도 있을까요?" 군중 속의 한 남자가 묻는다.

"침략은 그들의 방식이 아니라네. 그들은 도시들을 지배하는 게 아니라 완전히 태워 버리니까."

"예전의 기업 민병대는 어때요?" 할머니 한 명이 묻는다.

"큰 부대들은 합병 전쟁 때 서로를 붕괴시켰습니다. 생존자들은 자치구 갈등으로 숨통이 막혔고, 국가적인 규모의 세력은 미국에 남아 있지 않습니다, 우리가 아는 한." 그는 목을 가다듬는다. "하지만 말씀드렸듯이…… 우리는 그리 많이 알지 못합니다."

질문을 하든 답변을 하든 긴장을 완화시켜 줄 다른 누군가를 바라며 모두가 주변을 둘러보자 방 안이 침묵에 빠진다. 몇 줄 뒤의 엘라가 일어선다. "침략이라고 상정합시다. 골드만을 정복했고 다음으로 우리에게 오고 있다고 가정해 보자고요. 그들이 누구든지, 헬리콥터 함대가 있다면 분명 국가 수준의 규모일 거고, 이제 골드만의 자원까지 가졌죠. 그런데 그들이 이 스타디움을 원한다면…… 우리는 정말로 그들과 싸워야 할까요?"

"당연히 싸워야죠!" 발트는 모욕이라도 당했다는 듯 악쓴다. "젠장할, 우리가 그거 말고 뭘 합니까?"

"떠나는 것은요? 어딘가 다른 곳으로 가서 새로운 뭔가를 시도하는 것은? 로렌스가 말한 것처럼 저기 밖은 야생의 영역입니다. 비옥한 땅과 신선한 물이 있을 수 있죠. 누군가의 정복 목록에 들어 있지 않은 살기 좋고 아름다운 곳일 수도 있고요. 어째서 콘크리트 상자하나를 위해 목숨을 희생해야 할까요?"

"놈들이 이 상자 밖에 있기 때문이죠." 발트의 손가락이 내 머리를 가리키고 있는 것을 알아채고는 가슴이 철렁한다. "그래, 너 멀대 같은 후레자식. 내가 널 까먹고 있는 줄 알았지?" 그는 다시 일어선다. 로소는 다시 한숨을 쉰다. "난 잊지 않았어. 하지만 다른 모두가 그랬을까? 저 빌어먹을 썩은 조각하고 우리가 우리 집 주변에 매달아 둔 다른 식인종들 전부에 대해 잊었단 거야? 그놈의 '치유' 같은 헛소리……." 그는 몇 번이나 나에게 삿대질을 한다. "그래, 그놈의 헛소리!"

노라는 비웃음을 억누른다. 줄리는 노려보느라 너무 바쁘다.

"그것들이 전부 '변환된', 아니면 빌어먹을 너희들이 뭐라고 부르든, 그 전날 밤에 이 썩을 놈의 시체들이 나랑 내 친구들을 거의 죽일 뻔했단 말이야. 그러더니 저놈이 기어 나와서는 우리 녀석들 중 하나를 먹어 버렸어, 썩을. 그리고 이제는 저 자식이 썩을 귀빈처럼, 여기 우리의 썩을 회의실에 서 있다고."

동의의 웅얼거림이 군중 속으로 빠르게 번진다. 나는 400개의 눈이 내 이마에 겨냥된 레이저 점처럼 집중되는 것을 느낀다. 그의 말에 일리가 있다는 것을 나는 인정해야만 한다.

"저 역시 당신을 '거의 죽이고' 싶은데요." 줄리는 기대고 있던 벽에서 몸을 떼고 앞으로 걸어오면서 톡 쏜다. "그러고 싶은 사람 많이 아는데, 그래서 뭐?"

내가 어깨에 손을 얹었지만 그녀는 알아채지 못한다. "그날 밤에는 뭐 같은 일들이 많이 일어났었죠." 그녀가 계속해서 말한다. "크라우스가 R을 막 죽이려던 차에 R은 크라우스를 죽였어요. 이 방에 있는 모두가 어떤 지점에서 누군가를 죽이지 않을 수가 없었어요. 상황이 그랬다고요. 그러니 R이 한 사람을 죽였다는 사실은 내려놓고 스스로 회복한 좀비라는 사실에 집중합시다!"

"어떻게?" 무리 속 누군가가 외친다. "그 녀석은 어떻게 그렇게 했지?"

"나머지 놈들은? 그게 얼마나 멀리까지 퍼지는 중인데?"

"그게 영구적이라는 것을 우리가 어떻게 알아?"

"모두들, 들으세요." 로소가 말해 보나 군중은 끓는점에 도달한다.

"우리가 스타디움을 떠나고 나서 전부 다시 변하면?"

"맞아, 그게 속임수라면 어떡하지?"

"속임수?" 로소는 못 믿겠다는 듯이 말한다. "좋아요, 이건……."

"우리는 그들에 대해 아무것도 모르잖아!"

"속이고 있는 거라면 어쩌지?"

"그들이……."

"여러분!" 로소가 마이크에 대고 소리친다. 귀를 찢을 듯이 윙윙대는 스피커 소리에 모두들 손으로 귀를 막자, 걷잡을 수 없는 문답은 끝나 버린다. 음향 담당자 밥은 윙크를 하고는 로소에게 엄지손가락을 세워 보인다.

"여러분." 로소는 허벅지에 마이크가 떨어지게 두고는 한숨을 쉰다. "그중 몇 가지는…… 타당한 질문들입니다. 하지만 거기에 대답할 수 있는 건 이 방 안에 단 한 명뿐이지요."

이 수수께끼 같은 현자가 누구일까 궁금해하면서 나는 군중을 훑어본다.

"여러분 모두가 잠시만 친절하게 입을 다물어 주신다면……." 로소는 내 쪽을 쳐다본다. 아니다, 그는 '나'를 쳐다본다. 그러고는 나에게 마이크를 내밀며 말한다. "R군? 언데드 문제의 최근 상황에 대해 어떤 통찰이든 줄 수 있습니까?"

내 시야의 로소가 흐릿해지더니 그의 뒤에 있는 맥도널드 벽화에 초점이 맞는다. 그 광대의 작고 까만 눈. 빨갛게 문댄 입술. 메이어 맥치즈(치즈버거 머리에 시장(Mayor)이라고 적힌 어깨띠를 두른 맥도널드의 캐릭터 —옮긴이)의 불가해한 해부학적 구조.

"R." 줄리가 나를 앞으로 살살 밀면서 속삭인다. 나는 단상 위로 올라가 마이크를 응시한다. 어두운 총열 같은 그것이 내 얼굴을 똑바로 겨눈다. 나는 그 마이크를 응시한다.

"R?" 로소가 마이크를 가까이 밀어 주며 나를 거든다.

나는 그것을 잡는다. "아…… 안녕하세요." 아주 드물게 사용하는 나의 목소리가 눈이 휘둥그레지도록 나를 반격해 온다. 목소리가 온 스타디움으로 퍼져 나가 2만 쌍의 귀로 들어가는 걸 상상하니 턱이 탁 벌어진다.

"무기는 준비됐어, 야." 발트가 낄낄거린다. "지금 막 다시 변하려고 하는 것 좀 봐."

나는 군중과 그 모든 불신의 얼굴들에게서 눈을 돌려 줄리를 쳐다본다. 그녀의 얼굴에는 너무나 많은 것들이 담겨 있다. 두려움, 절박감, 짜증 약간, 하지만 내가 가장 알겠는 것은 사랑이다. 줄리는 나를 사랑한다. 그녀는 내가 나 자신에게 그러한 것보다도 더 나를 믿는다. 그리고 그녀는 내가 말하기를 바란다.

내 입술이 마이크를 스친다. 전기 스파크가 입술에 탁 튀자 나는 놀라서 입술을 문지르며 뒤로 휙 물러난다. "아프네요." 나는 갑자기 큰 목소리로 웅얼거린다.

"미안한데, 뭐?" 발트가 귀에 손을 말아 쥐고 가져다대며 묻는다.

나는 시선을 들고 허둥지둥 몰아치며 불쑥 말해 버린다.

"당신 질문에는 대답할 수 없습니다."

나의 대단한 화해의 연설에 걸맞은 가장 강력한 시작은 아니었다. 발트는 비웃으며 손을 들어 흔들어 댄다.

"제 말 뜻은…… 제가 아는 건……." 내가 이해하지 못하는 것들을 설명할 단어를 찾느라 머리가 정신없이 돌아간다. "저는 우리를 치료한 것이…… 무엇인지 모릅니다. 그것은……모두에게 다르지만, 그렇지만 저에게는…… 저는 결정했어요……. 되고 싶어서…… 그냥 애를 썼는데……."

내 입술이 다음 음절을 기다리며 동그랗게 딱 벌려진 채 얼어붙어 버렸지만, 아무것도 나오지 않는다. 내 시선이 줄리에게 휙 돌아간다. 그녀는 나에게 더 많은 것을 기대할 수 없었다. 우리는 치유의 수수께끼에 대해 수없이 논의했고 그녀의 거칠 것 없는 표현으로조차, 더 멀리 나갈 수는 없었던 것이다. 하지만 그녀는 아직도 실망한 표정이다. 무대 위의 엄청난 순간, 나 자신과 스타디움 전체의 앞에 있는 내 동료들인 예전의 **죽은 자**들을 구원할 수 있는 기회인데. 내 혀가 축 늘어져 간다.

"자, 알겠지요, 여러분." 발트가 말한다. "지금 우리의 주민 좀비가 우리를 위해 모든 것을 해결해 주었습니다. 우리 장벽들을 폭파

시키고 썩을 놈의 목초지에서 춤이나 추러 가십시다."

로소는 고개를 저으면서 걸어 올라와 나에게서 마이크를 가져간다. "좋습니다, 솔직하게." 그는 손으로 발트를 찌르며 말한다. "누가 이 사람을 선출했습니까? 당신 건물은 뭡니까, 발트?"

"콕(Cock, 수탉) 거리21이다, 암캐들아!"

그가 허공에 주먹질을 하면서 과장된 바리톤으로 말한다. 바깥 어디에선가 한 무리가 폭소하는 소리가 들린다.

"루스터(Rooster, 수탉) 거리겠지, 멍청아." 줄리가 말한다.

로소는 손바닥으로 얼굴을 감싼다.

"이런 건 다 지나간 줄 알았는데." 그는 마이크를 간신히 들고 손가락 사이로 말한다. "짐승들하고는 이미 끝났다고 생각했는데."

"뭐요, 래리?" 발트는 다시 귀에 손을 말아 대고는 묻는다. "늙어가고 있는지라 내 청력도 예전만 못하거든."

"듣지 못하는 자에게 복이 있나니." 로소는 자기만 들을 수 있게 중얼거린다. "그들이 땅을 기업으로 받을 것임이요.(마태복음 5장 5절을 변형하여 인용한 것으로 원래는 '듣지 못하는 자' 대신 '온유한 자'가 들어간다—옮긴이)"

밤이 점점 줄어드는 로소의 목소리를 끌어올리려고 마이크들을 돌리자, 방의 음향이 달라진 것을 들을 수 있다. 프로답게 그가 무대 마이크 대신에 실내 마이크 소리를 높이니 사람들이 내는 작은 소리들이 들린다. 의자를 끄는 소리, 이를 가는 소리, 거친 숨소리. 필연적으로 발트가 다시 소리를 지르기 시작했을 때 나는 귀가 먹먹해질 것이라 마음의 준비를 한다. 그러나 그가 소리치려고 막 숨을 들이 마시자마자 뒤에서 흥미로운 소리가 들려온다.

일정한 소리가 세 번 이어지더니 따스하고 안심시키는 듯한 남성의 목소리가 들려왔다.

"미 합중국에 전화 주셔서 감사합니다. 당신이나 당신의 거주지가 현재 공격당하고 있다면, 전화를 끊고 지역 민병대와 연락하시기 바랍니다."

"이 빌어먹을 것은 뭐야?"

발트의 목소리는 그조차 움찔할 정도로 매우 크게 울린다. 스피커에서 잔향이 울리기 시작한다. 낮고 위협적인 윙윙 소리.

"그거 끄게, 밥."

로소의 말에 밥이 확성장치를 끄자 방은 조용해진다.

"다음의 선택지를 들어 주십시오……."

그 소리는 로비에서 들려온다. 로소는 무대에서 뛰어내려 놀랄 만한 힘으로 발트를 옆으로 밀쳐내면서 사람들 틈으로 지나간다. 나는 무대를 돌아 다른 모두만큼이나 어쩔 줄 몰라 하는 표정의 줄리와 노라에게 합류했고, 우리는 로소를 따라 로비로 향한다.

"군사적 원조를 원하면 1번을 누르세요. 군사적 학대를 보고하려면 2번을 누르세요."

로비 구석에 있는 안내 데스크 위에 '골드만'이라고 적힌 선이 달린 낡은 사무실 전화기가 빨갛게 점멸하고 있다. 전화기 스피커에서 흘러나오는 그 목소리는 희미하게 흐르는 음악을 배경으로 깔고 있다. 이따금 일렁이는 색소폰 소리와 함께 들리는 차분한 신시사이저 화음.

"새로운 발진에 대해 제보하려면 3번을 누르세요. 원인이나 치료에 대한 정보를 보고하려면 전화를 끊고 국립 전염병 핫라인인 '로틀라인(Rotline)' 1-803-768-5463으로 전화하세요."

녹음된 목소리는 수십 년간 돌린 테이프처럼 쉭쉭거리다 웅웅거리며 불안정하게 흔들린다. 로소는 이해할 수 없는 장난에 당한 듯이 어안이 벙벙한 표정이다. 그는 특정한 누구에게랄 것 없이 묻는다.

"누가 연방 정부 800번에 전화를 걸었지?"

"지역 정부로부터의 위협이나 지역 정부가 받는 위협을 보고하려면 4번을 누르세요. 당신의 주가 분리 독립을 시도하고 있고, 당신이 보복성 공격으로부터 면제를 요청하고 싶다면 5번을 누르세요."

"제가 몇 시간 전에 골드만에 다시 전화를 걸었습니다." 케널리가 말한다. "회선은 여전히 죽어 있었지만 만약을 위해서 자동 다이얼로 뒀었거든요."

"어째서 골드만 본부 회선이 연방 정부 800번으로 이어진 거지?"

"감염 방지 조언은 6번을 누르세요. 대표자와 실시간으로 말하려면 7번을 누르세요. 그리고 단순하게 안정을 찾고 싶은 거라면 8번을 눌러 로터스 피드로 통화를 돌려주세요."

부드러운 라틴 콩가 리듬으로 전환된 배경 음악만 남겨 두고 목소리는 조용해진다. 로소는 케널리를 쳐다보고는 어깨를 으쓱하고 7번을 누른다.

"높은 국가 위기 등급과 급격한 인원 감소로 인해 평상시 대기 시간보다 더 길어졌습니다. 대표자 연결 대기 추정 시간은 365일입니다. 지연에 사과드립니다. 죄송합니다."

프렛리스 베이스 위에 얹어진 잔잔한 스패니시 기타의 반복 악절.

"내가 뭘 기대했는지 모르겠군."

로소는 통화를 끊으려 손을 뻗는다.

윙윙대는 소리가 나더니 날카로운 찰칵 소리가 난다.

"여보세요?"

로소의 손이 버튼 위에서 얼어붙는다. "아…… 여보세요?"

"누구십니까?"

"나는 시티 스타디움의 로렌스 로소라고 하오. 누구…… 통화하고 계신 분은 누구요?"

잠시 멈춤.

"이 회선은 아직 준비되지 않았습니다. 대답을 드릴 수 없습니다."

로소는 케널리를 흘깃 보더니 다시 전화기를 쳐다본다.

"골드만 돔 본부 맞소?"

"네."

"신자 장군과 이야기할 수 있겠소?"

또다시 멈춤.

"골드만 돔은 새로운 관리 아래로 들어왔습니다. 신자 씨는 더 이상 우리와 함께하지 않습니다."

"새로운 관리라는 게 무슨 뜻이오?"

"이 회선은 아직 준비되지 않았습니다. 대답을 드릴 수 없습니다. 홍보자가 당신의 거주지로 한 시간 이내에 저희 조직을 소개하러 도착할 겁니다."

"당신네 조직이 뭐……."

"그 홍보자가 저희 조직을 소개할 겁니다. 그들은 한 시간 이내에 도착할 거예요. 액시엄(Axiom) 그룹에 전화 주셔서 감사합니다."

딸깍. 빨간 불이 꺼져 간다.

군중의 다수가 회의실에서 서서히 나왔지만, 사람들로 꽉 차 있는 상태에도 불구하고 로비는 완벽하게 고요하다. 로소는 전화기를 봤지만 먼 곳으로 시선을 돌린다. 나는 줄리를 보고 그녀의 표정에도 유사한 거리감이 있는 것을 발견한다. 방 안에 있는 사람들 대부분의 얼굴은 기본적으로 혼란과 불편함(조바심 내는 눈길, 꽉 움켜진 손, 제일 가까이에 있는 이웃에게 웅얼거리는 질문들)을 드러내지만, 네다섯 사람마다 한 명은 익숙한 향기가 주는 충격에 의해 어린 시절의 몽상 속 깊이 뛰어든 누군가처럼 꿈꾸는 듯이 멍하게 쳐다보는 이상한 표정을 짓고 있다.

"내가 어째서 저 이름을 아는 거지……."

거의 속삭이다시피 말하는 줄리의 목소리에 담긴 감정은 나에게 이것이 즐거운 종류의 기억이 아니라는 것을, 좋아하는 사탕의 맛이나 자장가의 첫 음이 아닌 다른 부류라는 것을 알려 준다. 치료사가 특별한 인형으로 캐물을 법한 종류의 기억.

그러면 나는 그것을 느끼고 있는가? 이 불편한 향수(鄕愁)를? 그렇지 않다. 아무것도 못 느낀다. 문 위에 회반죽칠을 해 놓고 '문이 아님'이라고 써 붙인 것처럼, 솜털 같은 하얀색만큼 완벽하게 의심스러운 것도 없다. 완전히 새로운 수준의 무감각.

"나한테는 빌어먹을 침략으로 들리는데." 발트가 별로 놀랍지 않게도 자아 성찰의 주문에 영향을 받지 않고 툴툴거린다. "우리가 가진 총 전부를 들고 입구에서 그들을 만나야 한다는 얘기요."

"발트 씨." 로소는 부드럽게 부른다. "당신은 고위급 장교가 아니니 당신네 조합을 모아서 빌딩으로 돌아가 주시오. 여기서 마치겠소." 그는 홀로 되돌아가서 마이크에 대고 말한다. "회의는 종료됐습니다, 주민 여러분. 뭔가…… 애매한 국면으로 진행되네요. 여러분께 계속해서 알려 드리도록 하겠습니다."

불안한 수다의 조수 위에 떠서 흘러가며 로비에 모여 있던 인파가 흩어지기 시작한다. 발트는 그냥 그러고 싶어서 떠나는 것이라는 암시를 풍길 정도로 오랫동안 미적거렸지만 결국 자리를 뜬다. 에반과 다른 장교들 몇 명이 로소를 기다리며 남는다.

"한 부대가 문 밖에 있습니다. 무장했지만 공격적이지는 않습니다. 곧 합류하겠습니다."

에반은 전통적인(괴짜 같은 시대착오라기보다는 희미해지는 정부의 역사에 더 가까운) 육군 경례를 하더니 장교들과 함께 빠져나간다.

만원을 이루던 집에서 급류타기의 소음이 흐른 뒤, 단 다섯 명만 남은 주민 회관에는 으스스한 느낌이 감돈다. 노라는 탁상 축구 게임기의 막대를 빙글 돌린다. 조그만 빨간 남자가 멀리 찼지만, 거기에는 공이 없다.

"이게 뭐죠?" 줄리는 로소가 바닥을 응시하자 묻는다. "저들은 누구예요?"

"액시엄은…… 민병대였어." 나는 더 길고, 더 어두운 서술이 저 생략된 부분에 묻혀 있는 것을 들을 수 있다. 로소가 미세하게 고개를 젓는다. "하지만 그건 사라졌어. 너희가 어린애였던 수년 전에 섬

멸되었지. 아직 남아 있을 방도가……."

그를 쳐다보는 엘라의 기도가 서서히 수축된다. 그러더니 날카롭고 젖은 기침이 그녀의 폐에서 터져 나온다. 그녀는 등을 구부리고는 숨을 들이쉬고, 기침하고, 들이쉬고, 기침한다. 로소가 그녀의 등을 문질러 준다. "약은 어디에 있소, 엘?"

발작이 진정되고 방금 마라톤을 한 사람처럼 쌕쌕거리며 그녀는 등을 똑바로 편다. "집에 놓고 왔어요."

로소는 로비 문을 흘깃 보더니 나를, 그러더니 줄리와 노라를 본다. "여자아이들은 엘라를 집에 데려다주고 약을 먹는지 확인 좀 해주겠니? 나는 입구로 가야겠다."

둘은 고개를 끄덕이며 엘라의 팔을 잡고 부축한다. 나는 그들을 따라가려고 움직인다.

"R." 로소가 부른다. "넌 나와 함께 갔으면 하는데."

나는 줄리를 쳐다보고, 내가 잘못 들은 게 틀림없을 거라 생각하며 로소를 본다. "같이 가자고요?"

"그래, 입구로."

나는 말을 멈춘다. "왜요?"

"나도 왜라고는 확신을 못 하겠네. 하지만 네가 거기에 있었으면 좋겠어."

나는 줄리에게 필사적인 표정을 지어 보인다. '거기'는 내가 가장 가고 싶지 않은 곳이다. 나는 구멍을 메우고 바닥을 문지르고, 지저분한 낡은 소파에서 옆에 앉은 줄리가 나에게 음절을 소리 내도록 돕는 동안 아동서를 읽고, 그녀가 오믈렛을 요리하는 것을 지켜보고 이것이 음식이며 인간은 음식이 아니라고, *이게* 음식이라고 자신에게 말하며 그것을 먹어 보려 시도하는 우리 집으로 돌아가고 싶다.

이런 걱정스러운 군중과 군사적인 작전을 논쟁하는 시끄러운 사람들 틈이 아니라 그녀와 단둘이 있고 싶다. 나는 지금 막 인류에 다시 합류했을 뿐이다. '호기심 많은 조지'(호기심이 많은 개구쟁이 원숭이 조지의 이야기를 담은 유아용 그림책—옮긴이)도 읽기 힘든 수준이다. 나는 이런 일을 할 준비가 되어 있지 않다.

"가 봐." 줄리는 걱정으로 가득한 눈을 하고 말한다. "내가 나중에 찾아갈게."

로소는 인내심 있게 기다린다. 그는 나의 두려움을 안다. 내가 회복하는 동안 그가 상담을 맡았을 때 그의 서재에서 두려움에 대해 논의하며 많은 밤을 보냈다. 하지만 오늘 그의 눈에는 연민도, 위로도 없고, 오직 한 남자에게 무엇을 해야 하고 그것을 해내리라 믿는다고 이야기하는 한 남자의 한결같은 결의만이 있다.

나는 인간이 되고 싶다. 세상의 일부가 되고 싶다. 음, 이것이 세상이다. 아늑한 작은 집이 아니라 전장이다. 나 자신을 대비할 시간이 더 있다고 생각했지만, 여기에서 거주한 짧은 시간 동안 내가 배워 온 한 가지가 있다면 그것은 바로 준비가 다 되었을 때 벌어지는 일은 없다는 것이다. 당신이 인생에게 "셋을 세고 하는 거다!"라고 말하면 그 일은 둘을 셀 때 벌어진다.

나는 나 자신을 줄리에게서 밀어내며 로소에게 고개를 끄덕인다. 우리는 입구 쪽으로 걸어간다.

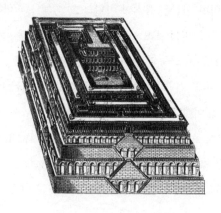

늦은 7월이고 평균 기온은 섭씨 49도 근처에 머무른다. 인류가 새로운 기후에 적응하기 위해서는 몇 세대가 걸리지만, 스타디움에 있는 모두는 여전히 비참하게 땀을 뚝뚝 흘리고 있다. 나의 피폐한 몸뚱이는 더 필수적인 기능들을 다시 학습하느라 바빠서 땀을 흘리는 것에 신경을 쓰지 못했고, 그 열기는 절여지지 않은 내 살점을 굽고 있다. 이번만큼은 스타디움 슬럼가의 탑들이 으스러진 데 고마움을 느낀다. 곰팡내 나는 합판과 녹슨 판금으로 된 5층짜리 아파트들이 거주지 대부분을 그늘로 휩싸서 오븐 온도를 조금 더 살 만한 38도 정도까지 떨어뜨려 준다.

"난 너와 더 명확해질 수 있길 바란단다." 우리 부츠가 녹은 아스팔트를 찰싹 쳤다가 쩍 떨어지는 와중에 로소가 말한다. 그 '거리'는 정말로 대충 포장한 오솔길보다 조금도 낫지 않다. 나란히 걷기에는 너무 좁아서 나는 뒤를 따라가면서 그의 표정을 추측만 할 수 있다.

"내가 말할 수 있는 건 네가 중요하다는 사실을 믿는다는 것뿐이야."

나는 아무 말도 하지 않는다.

"네가 중요한 무언가를 대표하고 있다고 말하려는 거야. 너와 너같은 다른 자들. 그리고 나는 그게 무엇인지를 밝혀내는 것이 매우흥미롭단다."

나는 그대로 침묵한다. 그는 나를 뒤돌아본다.

"내가 너무 너한테 부담을 주고 있나?"

나는 고개를 끄덕였다.

그는 미소를 짓고는 다시 길로 몸을 돌린다.

"미안하구나. 섣불리 영웅의 여정을 떠넘기려는 내가 없어도, 네가 지금 충분히 잘 헤쳐 나갈 수 있으리라 확신한단다."

"저는 중요하지 않아요." 나는 그의 뒤통수에 대고 말한다. "저는…… 무력해요."

"왜 그런 말을 하나, R?"

자세하게 설명할 작정은 아니었지만, 그의 어조에 어린 다정한 진심 안의 무언가가 나를 부글부글 끓어 넘쳐나게 한다.

"저는 못 읽어요. 말도 못 해요. 손가락은 제대로 안 움직이고요. 우리 아이들은 사람 먹기를 멈추지 않을 거예요. 저는 직업이 없어요. 저는 관계도 못 가져요. 사람들 대부분은 저를 죽이고 싶어 해요."

로소는 빙긋 웃는다. "아무도 인생이 쉽다고 말하지 못해."

"더 쉬워지지는 않나요?"

"아니야." 그는 다시 나를 돌아본다. "음, 네 경우에는 약간은 그럴지도 모르지. 하지만 나는 그렇게 될 때까지 기다리지 않을 거야. 네가 너의 마지막 문제를 풀 그날은 네가 죽는 날이거든."

우리는 반투명한 벽을 통해 흐릿한 초록빛 구름들이 보이는 5층 높이의 온실 단지인 농업 건물을 지나친다. 아래층에서 물을 길어 나르는 작업자들의 꾸준한 행렬이 이어진다. 그들의 등은 신선한 채소들이 든 자루들로 구부러진다. 이 모든 노력으로 스타디움에서 필요로 하는 식량의 3분의 1 정도를 가까스로 공급한다. 각설탕 모양 캅테인의 지속적인 섭취에 보충하는 멋진 소량의 유기물. 이 사람들은 예전 세계의 잔유물들이 다 떨어졌을 때 무엇을 할까? 약품은? 총알은? 여기 있는 사람들은 아무도 이런 것들을 어떻게 만들고 그 원료들을 구하는지 모른다. 거주지는 자급자족의 환상을 창조하려고 열심히 일하지만, 모든 거주지(그리고 그들보다 앞서간 도시와 나라들)처럼 바깥세상에서 혈액을 퍼 오는 수많은 정맥에 의존하고 있다. 그 심장이 갑자기 멈췄을 때 어떤 일들이 벌어질까?

"나는 냉정한 현실을 믿는다네." 로소는 몇 블록을 침묵 속에 걷고 나서 말한다. "하지만 지금 당장은 나도 내 충고가 의심스럽다는 걸 인정해야겠지."

"왜요?"

위탁 가정들이 있는 블록을 지나가는 중에 로소는 창문들을 올려다본다. 아이들 중 거의 반은 자기네 삶이 변할지도 모른다는 어떤 암시라도 받은 듯한 눈으로 거리를 훑어보며 창턱 위에 팔짱을 끼고 턱을 묻은 채 쓸쓸한 얼굴을 하고 있다.

"얼마 전에 비슷한 대화를 다른 젊은이와 나눴었거든."

내 걸음이 흔들리면서 잠시 로소의 뒤로 처졌지만, 그는 알아채지 못한 것 같다.

"매우 다른 역경을 거치고 아주 다른 인생을 살았지만, 그 아이도 비슷한 질문을 했고, 나도 비슷한 답을 했지." 그는 땅으로 눈길을 떨어뜨리고 끊임없이 그의 발밑을 굴러다니고 있는 쓰레기의 행렬을 쳐다본다. "이야기하고 얼마 지나지 않아 그 아이는 죽었네. 나는 그게 그 아이의 선택이었다고 믿었지." 맥주 캔 하나. 탄피 한 개. 알아보지도 못하게 썩어 문드러진 과일 하나. "어쩌면 내 말을 듣지 않는 게 더 좋을지도 모르겠네."

돌을 삼키기라도 한 것처럼 뱃속이 묵직해지는 느낌이 든다. 페리 켈빈의 생각을 한 지도 제법 오래되었다. 새로운 인생의 모든 환희와 공포에 빠진 상황에서 내가 여기로 납치했던 것을 잊기란 쉬웠다. 그의 뇌의 맛. 그의 기억들의 돌진. 내면의 탐험을 함께하는 예상 밖의 동반자로서 우리가 서로를 앞으로 안내해 갈 때 내 머릿속에서 들리던 그의 비꼬는 목소리.

로소는 아마도 대답을 기대하면서, 침묵 속에 걸음을 옮긴다. 항상 그렇듯 계속 입을 다물고 있는 것이 나에게는 최선일 것이다. 그러나 이 사람은 고통스러운 삶을 살고 있는 좋은 사람이다. 내가 얼마나 끔찍한 경로로 알게 되었든지 간에, 내 지식이 그를 편안하게 해 줄지도 모른다.

"당신은 페리에게 많은 의미가 있었어요. 그래서 당신의 충고도 의미가 있었고요."

로소가 나를 뒤돌아본다.

"그는 계획을 세우고 있었어요. 당신은 거의 그의 마음을 흔들었고요. 그게 그저……너무 늦었을 뿐."

"네가 어떻게 그런 걸 아니?" 로소는 앞을 똑바로 보며 말한다. "줄리가 그 아이에 대해 조금 말했을 것 같다만…… 그래도 많이는 아닐 텐데."

"저는…… 그의 책을 읽었어요." 나는 완전한 진실 근처로 가는 길을 탐색하며 말한다. "그가 죽기 전에 쓰고 있던 책이오."

"책을 못 읽는 거 아니었나?"

"……대충 훑었죠."

로소는 한동안 걷더니 고개를 젓는다.

"그 아이가 책을 쓰고 있었다는 걸 몰랐어. 더 슬퍼지는구나."

"더 슬퍼요?"

"그런 힘든 일 도중에 포기한 것 말이다. 끝내지 않은 걸 그렇게나 많이 남기고 떠났다니……." 그의 목소리는 떨리다가 뒷말을 흐린다.

위로는 이쯤에서 그만두자. 내가 다음에 할 말이 무엇인지 설명할 것이 없다는 것은 알았지만, 가장자리까지 걸어와 버린 지금은 뛰어내리는 편이 낫다.

"그는 그것을 마쳤어요. 어떤 의미에서는요. 최선을 다해 썼어요……. 죽은 뒤에."

성큼성큼 걷던 로소의 걸음이 보통 걸음으로 주춤해지더니 다시 빨라진다.

"그는 죽지 않았어요." 나 자신이 말하는 것을 들었지만, 그 단어들은 즉흥적이다. 그 말은 내 뇌를 거치지 않고 혀 위에 나타난다. "그의 삶은 끝났을 때 사라지지 않았어요. 항상 존재할 거예요."

로소는 멈춰 서서 몸을 돌린다. 그가 나에게 무슨 뜻인지를 묻는다면, 나는 대답할 수 없을 것이다. 하지만 그는 그저 나를 들여다본다. 내가 말하고 있는 것을 나보다도 그가 더 잘 이해하고 있다는 그런 감각이 느껴진다. 그는 눈을 조금 깜빡여 눈에서 물기를 말린다. 그러고는 거의 못 알아볼 정도로 고개를 끄덕이고 돌아선다. 우리는 문 쪽으로 걸어간다.

＊ ＊ ＊

이곳은 한때 매점과 스포츠 기념품, 서까래에 매달린 삼각 깃발과 운동용 셔츠들이 늘어서 있던 시티 스타디움 로비였지만, 경기장의 격렬한 청춘의 모든 흔적은 오래전에 싹싹 문질러 씻겨 나가 버렸다. 그 장벽들은 이제 탄약 상자, 방탄유리로 된 안내소의 입장권 창구에 꽂혀 있는 포탑포, 그리고 거의 아무에게도 열어 주지 않는 강철판으로 대체된 고상하고 작은 자동문들이 늘어서 있다. 스타디움은 모든 면에서 성장했다.

군인들은 로소를 기다리면서 문 앞에 집합했는데, 뒤에 딸려오는 나를 보더니 혼란스럽다는 시선을 교환한다. 로소는 테드에게 고개를 끄덕인다. 테드는 걸쇠를 들어 올리고 문이 덜커덩하고 끼익하는 소리를 내며 그 궤도를 따라 열릴 때까지 힘껏 민다. 나는 군인들의 시선을 무시하려고 애쓰면서 로소를 따라 입구를 지난다.

바깥에는 더위를 피할 대피처가 없다. 해가 지고 있는 중이지만 저녁 햇빛조차 살벌했고, 아스팔트에는 기름진 잔물결의 아지랑이가 피어오르고 있다. 군인들이 그다지 어울리지 않는 회색 재킷과 작업복 바지의 임시 군복을 입고 땀을 흘리며 내 뒤로 줄지어 선다. 케널리는 육군 훈장을 한 움큼 달고 있는데, 직접 받았다고 하기엔 그가 너무 젊어서 나는 그의 아버지 것이 아니었을까 궁금해진다. 케널리가 몸을 키운 이유는 채 여드름 흉터가 가시지 않은 나이여서 느낀 자격지심 탓인지도. 내가 비정상이 아니었다면 그는 나를 어떻게 생각했을지도.

"장군님. 그가 왜 여기에 있는지 질문해도 됩니까?"

로소가 손으로 눈에 그림자를 드리우고 먼 거리를 내다본다.

"자네가 언급하고 있는 사람이 누구인가?"

케널리는 턱짓으로 나를 휙 가리킨다.

"이건 잠행 작전이 아닙니다, 장군. 비언어적인 지시는 필요가 없지요. 아니면 군사 암호라도 찾고 계신 겁니까? 오스카(Oscar)? 파파(Papa)? 퀘벡(Quebec)……?" 케널리의 턱에 힘이 들어간다. "왜 R이 여기에 있는지 질문해도 됩니까, 장군님?"

나는 로소가 '그런 감이 든다'는 둥 또 다른 애매한 말로 그를 무시해 버릴 거라 예상했지만, 대신에 그는 도시에서 눈을 돌리지 않은 채로 말한다.

"R은 우리가 이해하지 못하는 세상에서 온 망명자이기 때문에 여기에 있는 거고, 나는 우리 손님에 대한 그의 의견을 원하네."

"세상에 어느 좀비가 액시엄 그룹에 대해서 안답니까, 장군님?"

결국 돌아서는 로소의 얼굴엔 엄격하게 자제된 분노가 담겨 있다.

"액시엄은 자치구 간 분쟁 때 섬멸됐고, 본사와 경영진은 8·6 지진 때 매몰됐지. 존과 내가 돌아가서 직접 확인했고, 그들의 작은 왕국이 있었던 호수 옆에서 찍은 우리 사진이 내 사무실에 있네."

그의 말에 나는 뱃속에서 메스꺼운 감각을 느꼈다. 초저주파의 윙하는 소리가 지하에서부터 말려 올라와서 내 정신의, 미심쩍은 문의 형태를 한 공백 위로 치덕치덕 발라진 회반죽에 생긴 균열들을 우르릉거리며 지나간다.

"액시엄은 죽었어. 죽은 지 거의 10년도 더 됐지. 그리고 죽은 것들이 다시 움직이기 시작했을 때, 나는 미신을 믿게 됐지. 그러니 내 마음대로 하게 두도록."

로소는 내가 계속 따라오고 있는지 확인하는 것 같은 표정으로 보고, 나는 다시 이끌려 간다. 그것이 무엇을 뜻하는지 확신하지 못했음에도, 나는 몇 번 눈을 깜빡이고 그에게 고개를 한 번 끄덕인다. 나는 뭔가에 동의하고 있는 것일까? 내가 서명하는 계약서를 읽을 수 있었으면 좋겠는데.

"그들이 여기 왔습니다."

경비 한 명이 말했다. 갑자기 나는 더 이상 주목의 한가운데 있지 않게 된다. 메인 거리는 도시 바깥의 풀로 덮인 언덕들로 가는 모든 길, 포스트의 한가운데를 가로지르며 길고 쭉 뻗어 있다. 그 도로의 소실점 근처에서 어두운 형체 하나가 점점 커지고 있다.

"어디에서 오고 있는 거지?" 케널리는 소리 내어 궁금증을 표한다. "골드만은 다른 길인데."

우리는 지고 있는 태양의 주황색 아지랑이로부터 나타나 천천히 알아볼 수 있는 형체로 귀결되는 형태를 지켜본다. 별 특징 없고 아무 표시도 없는 베이지색 SUV 한 대. 저가의 리무진 서비스에 어울리는 익명의 수송 차량 중 가장 세련된 차종. 군인들은 공격적이지 않은 태도로 자세를 취하고 자신의 소총을 가볍게 쥐었지만, 움켜쥔 손가락에 힘을 주고 있는 것이 보인다. 저들이 이렇게 사절을 보낸 것을 어떻게 생각해야 할까?

SUV는 문 앞까지 굴러 와서 대부분이 비어 있는 주차 자리 몇백 개 중 하나의 주차선 안에 깔끔하게 멈춰 선다. 앞문이 열린다. 소위 액시엄 그룹이라는 곳, 그곳의 소위 '홍보자'라는 대표자가 차량 안에서 나타난다.

그들이 다가오자 다시 뱃속에서 초저주파 소리가 알아들을 수 없게 지껄이는 것 같은 느낌이 든다. 희미하게 덜컹거리는, 문이 아닌 그 문.

홍보자는 제복 차림이다. 검은 바지. 회색 셔츠. 파랑, 노랑, 검정 실크 넥타이. 그들은 백자처럼 하얀 치아를 드러내며 함박웃음을 짓는다.

"안녕하십니까!" 파란 넥타이를 맨 사람이 풍부하고 권위 있는 바리톤으로 말한다. "저희를 만나러 시간을 내주셔서 감사합니다."

"물론⋯⋯." 로소가 '물론'과는 거리가 먼 목소리로 대답한다.

"저희는 액시엄 그룹 골드만 돔 지점의 대표입니다." 노란 넥타이를 맨 사람이 말한다. 이 홍보자는 여성이다. 그녀는 갈색 머리카락을 단정하게 한 갈래로 올려 묶고, 내가 종말 이후에 봐 온 여성 중에서 가장 진한 화장을 하고 있다. 밝은 빨강 립스틱, 라텍스 장갑의 광택 없는 둔함을 피부에 제공하는 두툼하게 바른 파운데이션. "액시엄 그룹은 새로운 문제에 유효성이 입증된 진정한 해결책을 제공합니다." 그녀의 어조는 너무 다정해서 거의 웃음으로 넘쳐날 것 같다. "안으로 들어가서 액시엄이 여러분의 거주지에 무엇을 해 드릴 수 있는지 상의해 보는 건 어떨까요?"

"내가 기억하는 바로는 액시엄은 8년 전에 무너졌는데." 로소는 목소리와 표정을 단호하게 유지한 채 말한다. "병력은 자치구 간 분쟁 때 섬멸됐고, 남긴 거라고는 8·6 지진에 파묻힌 것들이지."

"그건 사실입니다, 손해가 막심했던 해였죠." 파란 넥타이가 침울하게 설명하는 어조로 말한다. "심각한 패배를 겪고 폐쇄 직전까지 갔었죠."

"다행스럽게도." 노란 넥타이가 재잘댄다. "액시엄의 기반은 깊고 흔들리지 않습니다. 잠깐의 휴업과 가벼운 구조 조정 후에 업무를 재개했고 더 잘해 나가고 있지요. 안으로 들어가서 저희 서비스에 대해 의논드려도 될까요?"

"의논할 서비스라는 게 어떤 걸 말하는 거요?"

"아시다시피 골드만 돔은 액시엄이 경영을 맡았을 때 시티 스타디움과 합병 절차 중이었습니다. 저희는 그 절차를 계속 진행하고 싶습니다."

로소와 케널리는 시선을 교환한다. 나는 그들이 이 만남으로부터 무엇을 기대하고 있는지 모르지만, 이 쾌활한…… 뭔가가 의심스럽다.

"안으로 들어가서 저희 서비스에 대해 의논드려도 될까요?"

노란 넥타이가 반복해서 말한다.

로소는 나를 봤지만, 내가 제공할 수 있는 거라고는 불안한 시선이 전부다. "우리는 항상 의논에 열려 있소."

"멋지네요."

SUV의 뒷문이 열리더니 남자 두 명이 더 나타난다.

"저 사람들은 누구지?" 로소가 뻣뻣하게 말한다.

"저희 보조원입니다." 파란 넥타이는 그 질문에 놀라기라도 한 듯 대답한다. "합병 절차를 보조할 겁니다."

하얀 반팔 셔츠에 검정 슬랙스를 입은 창백하고 둔해 보이는 작은 남자들이다. 사무용품점 직원 같아 보이기도 한다. 한 명은 두꺼운 노트북을, 다른 한 명은 작은 금속 서류가방을 들고 와서 검은 넥타이에게 전달한다.

케널리가 한 걸음 앞으로 나선다.

"그 서류가방 안에는 뭐가 들어 있습니까?"

검은 넥타이가 무표정하게 케널리를 응시한다. 그 그룹에서 가장 키가 큰 그는 무시무시한 경호원처럼 다른 이들 뒤에 서 있었는데, 이상하도록 정적이고 멍한 눈을 하고 있다. 그는 불쑥 걸쇠를 열더니 서류가방을 노란 넥타이에게 건넨다. 그녀는 뚜껑을 들어 올리고는 텔레비전 게임 쇼 경품처럼 내용물을 보여 준다. 마닐라 서류철에 밀어 넣은 서류 한 뭉치.

"저희가 발표할 자료입니다." 그녀가 케널리에게 인내심 어린 미소를 지으며 말한다. "정보 제공용 팸플릿, 합병 지침과 동의서, 기타 등등이지요."

"저희도 요즘 세상에 바깥세상의 어느 단체든 신뢰하기가 얼마나 어려운지 알고 있습니다." 파란 넥타이가 말한다.

"저희는 완벽한 투명성이 좋다고 생각합니다."

검은 넥타이는 아무 말도 하지 않는다.

로소의 턱이 이성과 본능 사이에서 갈등하느라 움직이는 것이 보인다. 깊은 곳에서는 불안을 조성하는 모양새로 헤엄치고 있었지만 표면은 평화롭다. 연합 제안을 널리 퍼뜨리려는 비무장 사절 다섯 명. 위협이 있다면 그것은 저들의 밝고 진심 어린 눈 뒤 어딘가에 숨겨져 있을 것이다.

"너무 덥군요." 노란 넥타이가 완벽하게 말라 있는 이마를 훔쳐내는 행동을 몸짓으로 표현하며 말한다. "안으로 들어가서 저희 서비스에 대해 의논해도 될까요?"

로소의 시선이 보통의 얼굴에서 미소 지은 얼굴로 움직이며 선택권을 찾아 헤맸지만 결국 실패하고 만다. "아무렴." 그는 그렇게 말하고는 케널리에게 고개를 끄덕인다. "의논해 봅시다."

우리의 방문자들을 둥글게 둘러싼 군인들은 소총을 꽉 쥐었고, 우리는 철제문을 통과한다.

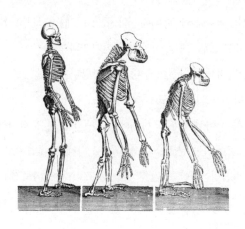

발트는 안쪽에서 우리를 기다리고 있었다. 표면상으로는 그냥 테드와 수다를 떨고 있었는데, 모든 것을 엿듣기 충분할 만큼 문에 가까이 앉아 있다. 그는 액시엄의 대리인들을 판단하면서 일어나 가슴을 펴고 자리를 잡는다.

"안녕하세요!" 파란 넥타이가 그에게 손을 흔들며 인사한다. 나는 로비의 강한 형광등 아래에서, 노란 넥타이보다는 미묘하지만 파란 넥타이와 검은 넥타이 역시 화장했다는 것을 깨닫는다. 가상 텔레비전 카메라의 가차 없는 렌즈로부터 보호해 주는 가벼운 파운데이션에 번들거림을 방지하는 분칠. "저희는 액시엄 그룹의 골드만 지부를 대표합니다. 합병을 완수하려고 여기에 왔습니다."

"발트 대위요." 그는 경계하며 말하면서 손바닥을 내민다. "콕 거리 21번가와 블록 주위를 대표하고 있소."

"그는 대위가 아니오." 로소는 한숨을 쉰다. "그리고 콕 거리도 아니고."

파란 넥타이는 발트의 악수를 정확하게 거절하진 않지만, 믿음직한 눈 맞춤과 굳건한 끄덕임으로 대신하며 회피한다.

"이런 극단적인 시대에 대표 선출에 의존하는 것은 매우 위험한 관용이 될 수도 있죠." 그는 내내 우호적인 미소를 지으며 말한다.

"하지만 미래에 여러분과 함께 다양한 시민 정부 형태를 분석할 수 있었으면 좋겠군요." 노란 넥타이는 발트를 부츠 발끝에서부터 올라가며 훑어보더니 약간 더 높고 더욱 여자다운 음조로 말한다. "당신은 대표자로서 준비가 잘 된 분 같군요." 그녀의 미소는 더 이상 그다지 전문적으로 보이지 않는다. "당신네 사람들은 이미 당신의 잠재력을 최대한 활용하고 계시겠죠?"

"그렇지도 않지." 발트가 앓는 소리를 낸다. 그는 정확히 어디에다 고함을 쳐야 할지 확신하지 못하고 허를 찔린 것처럼 보인다.

"액시엄 그룹은 언제나 잠재력을 알아보지요." 단어들의 진지함과 교태를 부리는 어조가 부조화를 이룬다. "이런 불확실한 시대에, 저희는 개인적 신념의 가치를 이해합니다. 당신의 거주지가 저희와 협력하길 선택한다면, 당신 같은 분이 빛을 발할 수 있는 곳을 찾도록 저희가 도와드리겠습니다." 그녀의 입술은 너무 빨개서 욱신거리는 것처럼 보인다. "당신의 역량을 보게 되길 고대하죠."

그녀는 다시 로소에게 주의를 돌렸는데, 방금까지 발트에게 뻗어 있던 무언가가 이제는 다시 제자리로 돌아온 듯이 보인다. 그녀의 목소리는 처음처럼 전문적인 톤으로 돌아간다.

"합병을 논의하는 동안, 저 대위님이 저희 보조원들을 데리고 잠시 한 바퀴 둘러보도록 해도 될까요?"

"'한 바퀴 둘러본다.'" 로소가 따라 말한다.

"합병의 조건을 더 명확하게 규정할 수 있도록 거주지 자산을 형식적으로나마 평가하고 싶습니다. 괜찮으시겠지요?"

로소는 그 보조원 두 명을 쳐다보고 나서 노란 넥타이를 본다.

"아니요. 그건 안 될 것 같소."

그녀는 눈썹을 치켜세운다. "이해가 안 되네요."

그녀가 말한 것들 중 처음으로 내가 믿을 수 있는 말이다. 그녀는 순서도를 따라 내려가는 중이었는데 그 순서도에는 거부했을 경우의 흐름선이 존재하지 않았다.

로소는 주의 깊게 중립적인 어조로 말한다. "외람되지만 우리는 외부 민병대 조직의 대리인들에게 '둘러보기'를 제공하는 습관이 없소. 당신들은 당신네 이름조차 밝히지 않았잖소."

노란 넥타이는 요동치기 시작한 미소를 가라앉힌다.

"저희가 여러분의 약점을 알아내려고 여기에 왔다고 우려하신다면, 그렇게 복잡한 일도 없다고 분명히 말씀드리죠. 여러분의 거주지는 운동 경기장입니다. 약점이랄 게 없는 것이, 강점도 없기 때문이죠. 여러분들은 간단하게 상자 안의 사람들이니까요." 그녀가 따스하게 씩 웃는다.

"액시엄 그룹은 침략에는 관심이 없습니다." 파란 넥타이가 말한다. "침략은 자원 낭비이고 복합 기업 내에 위험한 긴장만 생성시킬 뿐이죠. 저희는 합병 대상이 기꺼이 수용하는 편을 선호합니다."

로소의 얼굴이 굳어 간다.

"내가 기억하는 액시엄은 확장에 그리 신중하지 않았소. 뉴욕의 절반을 먹어 치우고는 감히 자기 스스로 새로운 미국 정부라고 참칭하고 여러 군 부대는 달리 결정했던 것으로 기억하는데."

"실수는 했었죠." 로소가 처음으로 그들 역사를 꺼냈던 때에 그랬듯이 파란 넥타이가 똑같이 심각하게 고개를 끄덕이며 말한다. "저희 조직은 열정적이었고, 이로 인해 극단으로 이어졌던 거죠. 하지만 많은 것이 바뀌었어요. 저희는 다양한 대중과 함께 효과적인 상호작용을 위해 지속 가능한 계획을 개발해 왔습니다."

"저희는 저희의 가치를 입증하려고 여기에 온 겁니다." 노란 넥타이가 사슴 같은 순수한 눈망울로 말한다. "도우려고 여기에 온 거라고요."

검은 넥타이는 아무 말도 하지 않는다.

로소가 나를 또 쳐다보지만 나는 또 애매하고 불분명한 불안밖에는 내놓을 게 없다. 사실 노란 넥타이의 말이 맞다. 여기에는 정보를 훔치는 첩자들이 탐낼 만한 비밀이 없다. 접속 코드나 방어 전략이 없다. 그저 겁에 질리고 배고픈 2만 명이 쓰레기로 만든 집들을 가득 메우고 있을 뿐. 하지만 로소는 어딘가에 선을 그어야만 한다.

"당신네 보조원이 머물면서 협상을 돕는 것은 환영하오." 그는 억지로 옅은 미소를 지으면서 말한다. "하지만 이번에는 안내를 받으며 한 바퀴 둘러보는 일은 할 수 없을 것 같아 유감이오."

홍보자가 로소를 쳐다본다. 형광등이 벌집처럼 윙윙거리는 소리를 낸다. 노란 넥타이는 이를 드러내며 한껏 크게 미소를 짓는다. "실질적인 타협에 이르러서 기쁘네요." 그녀의 목소리는 짜증의 흔적조차 드러나지 않는다. "저희가 발표를 시작해도 될까요?"

로소는 근처의 식당 테이블을 가리킨다. "앉으시오."

파란 넥타이가 그 테이블을 따져보더니 스타디움 내부로 햇살이 내리쬐는 통로를 쳐다본다. "저희는 더 안전한 장소를 선호합니다."

로소는 손을 펼친다. "돌아다니는 거야말로 안전한 것 같아 유감이군. 당신이 제대로 지적했던 것처럼 우리는 그저 상자 안에 있는 사람들일 뿐이니 말이오."

"시민들의 귀로부터 떨어져서 작전을 논의할 공간은 분명히 있으시겠죠."

"선대 지도자는 그런 방을 지었었지. 더 이상은 쓰고 있지 않소. 영향을 받게 될 사람들에게 작전을 숨기는 일은 그만뒀소."

파란 넥타이는 여전히 미소를 유지한 채로 몇 번 눈을 깜박인다.

"그런 식으로 문제가 해결되진 않습니다."

"당신이 완벽한 투명성을 믿는다고 말했지 않소."

"저희의 빈약한 단어 선택을 사과드립니다." 노란 넥타이가 말한다. "저희는 반투명을 말했던 겁니다. 완벽한 반투명을 믿는다고요."

"외람되지만……." 로소가 말을 멈춘다. "미안한데, 아직도 당신들 이름을 듣지 못했소."

"저희는 액시엄 그룹의 골드만 돔 지부의 대표자들입니다. 저희가 어떻게 당신의 요구에 맞출지 결정하는 동안 인내해 주셔서 감사드립니다."

"내 말 못 들었소?" 로소는 눈에서 불꽃을 튀기기 시작하며 딱딱거린다. "나는 당신들 이름을 묻고 있……."

"당신의 태도가 이번 회의에서 부정적인 결과를 초래할까 걱정되는군요." 갑작스럽게 큰 목소리로 끼어든 파란 넥타이의 미소 짓던 입꼬리가 내려간다.

로소는 입을 다문다. 홍보자의 사교적인 인사말의 따스한 행렬은 헬리콥터와 트럭 호송대, 그리고 '새로운 경영 아래'라는 문구를 잊어버리기 쉽게 한다. 하지만 파란 넥타이의 처신으로, 모두가 갑자기 그 상황의 상태를 상기한다.

노란 넥타이가 깊게 사과하는 조심스러운 어조로 말한다.

"내용의 민감한 성격 때문에. 이렇게 공개된 자리에서는 저희 발표를 전달할 수 없습니다. 제한된 비공개 장소를 제공해 주실 수 있다면……." 구름을 뚫고 나온 햇살처럼 그녀의 미소가 다시 돌아온다. "……여러분의 거주지와 캐스캐디아 전 지역을 위한 저희의 개발 계획을 기꺼이 공유하겠습니다."

로소는 케널리를 힐끔 본다. 케널리의 얼굴은 땀으로 번들거렸고 손가락은 단단하게 소총을 쥐고 있다. 그러나 홍보자들은 그냥 형형색색 넥타이를 맨 미치광이 세 명일 뿐이다. 진짜 위협이 무엇이든지, 그것은 그들 뒤 그림자에서 기다리고 있다.

케널리는 고개를 끄덕인다.

"당신들을 우리 사령부 사무실로 데려가겠소." 로소가 말하고는 망설인다. "하지만 당신들 세 명만이오. 당신네 '조수들'은 밖에서 기다리시오."

"저희 조수는 밖에서 기다리는 것으로 하죠."

노란 넥타이가 조금은 지나치다 싶을 정도로 손쉽게 동의한다.

보조원들은 갑작스런 해고에도 동요하지 않고 돌아서서 문을 통해 빠져나간다. 발트는 그들이 가는 것을 지켜보고는 눈살을 찌푸리고 노란 넥타이를, 그러고 나서 로소를 흘깃 쳐다본다. "내가 저들을 감시하러 가겠소." 그는 남자들을 따라 바깥으로 나가면서 연기 못하는 연극 배우처럼 과장되게 큰 목소리로 외친다.

하지만 로소는 발트의 말을 듣고 있지 않다. 그는 머릿속에서 불쾌한 시나리오를 돌리고 있기라도 한 듯, 암울하고 강렬한 눈으로 홍보자를 응시한다. 별다른 말 없이 그는 가장 가까운 통로 쪽으로 걸어갔고 홍보자들은 거의 그의 발꿈치 바로 뒤를 따라간다. 터널의 어둠은 햇빛에 길을 양보했고, 하늘이 어둑한 자주색이 되고 공기가 서늘해지긴 했지만, 손바닥 안이 축축해지는 느낌이 든다.

나는 마침내 땀을 습득한다.

* * *

비즈니스 정장과 어울리지 않는 무거운 검은 부츠를 신은 홍보자들의 발이 찐득한 아스팔트를 비비는 것을 지켜보며, 나는 군인들과 함께 느릿느릿 뒤를 따라간다. 앞에서 로소와 케넬리가 스타디움 심장부에 들어온 저 이상한 불법 침입자들을 이끌고 암울한 적막 속에 걷고 있는데, 그들이 무장하지 않았음에도 총구를 겨누고 숲속 외딴 곳을 행군하는 것 같은 느낌이다. *저 삽을 들어라. 땅 파기를 시작하라.*

아직 내가 느끼는 것은 두려움이 아니다. 나는 상실감을 느낀다.

완전히 뭐라 이름 붙일 수 없는 무언가를 향한 향수. 내 정신은 이 걱정스러운 협상 밖으로 떠내려가 나를 둘러싼 거리와 건물로 흘러든다. 나는 이 도시가 싫다. 우리가 이 도시를 필요로 하지 않기를 원한다. 하지만 이 도시는 내가 사랑하는 사람들로 가득하고 그들의 지문으로 덮여 있다. 나는 줄리의 오래된 침실, 여러 색으로 칠한 벽과 피카소와 달리의 숙련된 형태 옆에 나란히 걸려 있던 그녀 자신의 가공되지 않은 감정의 화사한 색으로 그린 그림들을 생각한다. 여느 부모들보다 나이가 많았지만 그녀만의 아파트를 구해 주길 거부했던 위탁 가정에서 마치 거울을 보듯이 겁에 질린 고아들의 얼굴로 가득한 세 층을 돌보기 위해 남아 있던 노라를 생각한다. 로소의 집, 로렌스가 불가에 앉아 이미 광활한 그의 내부의 도서관에 지식을 더욱 밀어 넣으면서 어떤 고대 서적의 바스라질 것 같은 페이지를 읽는 동안, 주방에서 이야기하고 있는 엘라와 소녀들을 생각한다.

나는 이 모든 것을 생각하고, 그것들을 파괴하는 것을 상상한다. 탱크가 그림들과 책들 위를 갈아 뭉개면서 지나간다. 구부러진 고철과 그을린 합판 사이로 도망가는 아이들. 그리고 재의 먹구름 사이로 모두의 이름을 소리치며 마을 한가운데 서 있는 나.

손에 쓸모가 없어진 반사적인 경련 한 번. 나는 거기에 없는, 있더라도 작동하지 않을 전화기를 찾으려고 주머니에 손을 뻗는다. 위성들은 우주에서 죽은 채 표류하고 있다. 지구의 대기는 전서구조차 길을 잃을 정도로 두꺼운 전파방해의 안개에 둘러싸여 고요하다. 끊어진 지 오래된 일반 전화들 대부분과 함께, 인류는 청동기 시대로 돌아갔다. 고립된 부족들이 어두운 세계를 응시하고 있다.

하지만 나는 줄리에게 말해야만 한다. 그녀의 목소리를 듣고 그녀가 여전히 현실이며, 악몽으로 향하는 즐거운 전주곡이 아님을 알아야 한다.

"무전기를 좀 빌릴 수 있을까요?"

나는 옆에 있는 군인에게 조그맣게 말한다.

그는 놀란 것처럼 보인다. "왜?"

"제가…… 여자친구에게 전화를 걸어야 해서요."

그는 이 터무니없는 일을 머릿속으로 처리하며 망설이더니 나에게 자기 무전기를 건네준다. 이런 구식 장비들은 귀중한 물품이 되었고, 줄리는 항상 우리 사이에 공유하는 것을 하나 가지고 다닌다. 내가 집안일이나 채소밭 일을 하거나, 우리 무뚝뚝한 이웃들과 억지로 대화를 하고 보이지 않는 적에게 주먹을 휘두르며, 그저 무슨 일이 생기기만 기다리면서 나날들을 보내는 동안에는 긴급하게 연락할 일이 거의 없었다. 음…… 지금은 뭔가 벌어지고 있긴 하다.

나는 줄리의 주파수에 맞추고 통화 버튼을 누른다. 수신기 잡음의 끼익하는 소리에 움찔했지만, 그 기기를 내 얼굴에 가까이 꼭 쥐고 웅얼거린다. "줄리?"

단어들의 리듬으로 들리는 잡음이 폭발하는 게 들렸지만, 그 의미는 빠져나가 버리고 치찰음과 억양이 뒤죽박죽된다.

"내 말 들려?"

더 시끄러운 소음. 또다시 밀려드는 전파방해. 겨우 몇 블록 떨어져 있을 뿐인데, 우리는 멀리 떨어진 행성에 있는 것처럼 서로에게 웅얼거리고 있다.

110

나는 군인에게 무전기를 돌려주고 한층 깊어진 비운의 감각과 함께 행진한다.

"거주지의 성장이 인상적이군요." 노란 넥타이는 각 건물을 상세히 들여다보며 로소에게 말한다. "우리와 합병하기로 결정하면 액시엄 가족의 소중한 일원이 되겠네요."

"묻겠소. 그저 가설이지만 우리가 합병하지 않기로 결정하면 골드만 돔과 우리의 관계는 어떻게 되겠소?"

파란 넥타이가 근엄한 표정을 짓는다. "우리는 위험한 시대에 살고 있습니다. 세상은 강간범, 연쇄살인마, 소아성애자, 테러범, 그리고 자기 가족을 먹으려 하는 잔혹한 괴물들로 가득하죠."

"액시엄 그룹은 모든 것들로부터 안전을 제공합니다."

노란 넥타이가 말한다.

검은 넥타이는 아무 말도 하지 않는다.

로소는 그들의 깊은 진심이 어린 눈을 들여다본다. 암울한 웃음이 그에게서 비어져 나온다. "잘 알겠소. 분명하게 말해 줘서 고맙군."

총 거리의 끝에 다다르자 무기고의 문이 보인다. 스타디움 내부에 있는 대다수의 문들은 거칠게 한 번 밀면 열리는 얇은 합판들로 되어 있다. 이 문은 거의 정문만큼이나 열기 어려웠는데, 험비 차량이 지나갈 정도로 충분히 넓은 강철판으로 된 문이었지만, 주위를 콘크리트가 둘러싸고 있어서 좁아 보인다. 이것이 내부에서 잠겨 있는 유일한 문이다.

로소가 열쇠를 꽂는다. 케널리는 문을 여는 그를 돕기 위해 앞으로 나섰지만, 로소는 손사래를 치고는 쉽게 문을 끌어당겨 연다. 나는 이 점에서 작은 위안을 찾는다. 그의 주먹은 기만적이다. 안경은 위장이다. 그는 이름을 댈 수 있는 사람 대다수보다 더 많은 전쟁에서 싸웠고, 주름진 피부 아래에는 강철 핵이 있다. 아마도 그에게는 계획이 있을 것이다.

홍보자들은 그를 따라 내부 장벽의 콘크리트 통로로 들어간다. 이 통로는 아마 경기 중에 사람들이 서로를 다치게 했을 때 경기장 뒤로 응급 차량에 타게 할 의도로 만들어진 것 같다. 이제는 다른 종류의 응급 차량에 장소를 제공하고 있다. 줄지어 있는 트럭들이 소리가 울리는 무기고의 차고를 채우고 있었는데, 몇 대는 군용이었고 몇 대는 무장되어 있다. 위장한 육군 험비들이 파워 선루프와 달궈진 좌석이 있는 허머 H2들 옆에 나란히 서 있다. 한때 운동선수(세계가 전사라고 여기던 사람)들이 선호하던 차량들은 이제 죽을 준비를 하는 겁에 질린 십 대들이 몰고 전장으로 들어간다. 근래, 인류의 갈증을 풀기 위한 전쟁이 너무 많았다. 우리는 더 이상 그것을 가장할 필요가 없다.

차고 너머에는 지게차로만 접근할 수 있는 높은 선반들이 늘어선 크고 개방된 방이 있다. 그 선반 위의 장비들이 건설과 정반대 목적으로 쓰이는 것만 제외하면 건설 물품 보급 창고와 비슷하다. 무기고에는 한 번도 와 본 적이 없었는데, 잠시 소녀 편도체에서 총기에 대한 열망에 빠져 있는 자신을 깨닫는다. 권총에서 산탄총, 로켓탄 발사기까지 무기류의 받침대. 수류탄 상자. 지뢰. 그리고 좀비 학살 장비로 찬 한 모퉁이 전체. 살집이 있는 것들을 위한 전기톱, 보니들을 위한 강철 곤봉, 양쪽 모두로부터 방어를 위한 폭동 진압용 경찰

보호구. 이런 장비들 위에 두텁게 발려 말라붙은 검은 용액은 나의 흥분을 급격하게 냉각시키는 기억들을 상기시켰지만, 깊은 감명은 사라지지 않는다. 스타디움이 이렇게 장비를 잘 갖추고 있는 줄은 전혀 몰랐다. 로소가 이곳에서 회의를 하는 데 동의한 좋은 이유가 있으리라는 생각이 든다. 아마도 로소 자신이나 이 거주지가 보기보다 무방비하지 않다는 것을 액시엄 대표들이 보길 원했을지도 모른다.

"자." 그가 손을 펼치며 말한다. "여기요. 콘크리트 벽. 입구 한 개. 당신들에게 충분히 안전하지요?"

"네." 노란 넥타이는 그렇게 말하면서도 가운데에 있는 회의 테이블 쪽으로 움직이지 않는다. 대표자 세 명 모두 방 가운데 서서 받침대와 선반 들을 이리저리 쳐다보고 있다. 파란 넥타이는 열려 있는 상자 하나에 손을 뻗어 미국 국기가 찍힌 로켓탄을 손가락으로 훑는다. "이건 적어도 13년 전에 만든 미국 육군 군수품이군요. 불안정하고 위험하지요."

로소는 도로 상자 뚜껑을 덮고는 잠근다.

"우리 폭탄들은 약간 오래되었을 수는 있지만 제 역할은 하지. 내가 한창이었을 때는 여기서 침략자들을 몇 번 처리했고, 대다수는 육군 훈련을 받은 경비 병력이 얼마나 효과적일 수 있는지에 놀랐소. 아직 한 명이라도 찾을 수 있거든 UT-AZ 원로들에게 물어보시오."

"그레이리버 내셔널이 생산한 군수품들을 추천합니다." 파란 넥타이가 로소의 그렇게 은근하지만은 않은 위협을 인식한 기색을 보이지 않으면서, 마치 말을 멈춘 적이 없었다는 듯이 이어서 말한다. "바로 8년 전에 생산되었고 보관 기간을 연장해서 더 오래 견딜 수 있도록 설계되었죠. 액시엄 그룹의 일원으로서 저희 공급망에 완전한 접근 권한을 가지게 되실 겁니다."

로소의 얼굴이 더 딱딱해진다.

"우리가 여기에 수류탄 보관 기간을 논하려고 있는 거요? 아니면 도대체 당신들이 온 곳이 어디든지 간에, 도대체 왜 여기에 왔는지 분명하게 밝힐 수 있소?"

노란 넥타이가 미소를 짓는다.

"물론입니다. 그거라면 기꺼이 도와드릴 수 있죠."

무언의 신호를 듣기라도 한 양, 검은 넥타이가 들고 있던 가방을 탁 열더니 서류를 꺼내서 그녀에게 건넨다. 그녀는 그 서류를 받는다. 이제는 가방이 비어 있음에도, 검은 넥타이는 그것을 닫지 않는다. 그는 무리에게서 떨어져서 회의 테이블에 빈 가방을 올려놓더니 그 옆에 선다. 나는 그가 SUV에서 내린 이후로 누구와도 눈을 맞추는 것을 본 적이 없다. 눈이 안 보이는 것은 아닌데, 하지만…… 약에 취했나? 몽유병인가?

파란 넥타이는 군인 한 명 한 명에게 시선을 고정하다가 나를 본다. 그가 처음으로 나를 똑바로 쳐다본 것이었는데, 그 시선(홍채의 별나도록 강렬한 파란색, 단호한 선언을 전달할 때조차 절대로 사라지지 않는 그 희미한 미소)에는 내 척추 안에서 벌레들이 꿈틀거리는 느낌이 들게 하는 뭔가가 있다.

"유감스럽게도 간부급 직원들에게 이제 나가 달라고 요청해야 할 것 같군요." 그는 여전히 나를 쳐다보면서 말한다.

"지금? 빌어먹을, 잠깐만 기다리라고." 케널리가 말한다.

114

"저희 발표는 오직 고위 경영진에만 적절한 민감한 자료들도 포함하고 있답니다." 노란 넥타이가 말한다.

로소는 그녀 쪽으로 작게 한 걸음 옮긴다.

"들으시오, 액시엄 그룹의 골드만 돔 지점의 대표자 양. 나는 이미 당신들을 위해서 비밀리에 이 회의를 개최함으로써 규정을 어겼소. 어째서 우리 장교들과 고문들이 당신네가 할 말을 들을 수 없는지 그 이유를 모르겠소."

파란 넥타이는 이미 낮은 목소리를 지금까지는 사용하지 않았던 이상하게 친밀감이 드는 나직한 소리로 낮추며 가까이 몸을 기울인다.

"저희의 방안을 제대로 인식하려면 어느 정도 폭넓은 관점이 필요하답니다. 저희는 권력을 가진 위치에 있지 않은 사람들은 이런 관점이 결여된 경향이 있다는 것을 발견했지요. 제안의 가치를 전체적으로 고려하는 대신에 세부 사항에 집착해서 불쾌한 부분을 찾아내더군요."

"일단 저희 제안에 동의하시면." 노란 넥타이가 말한다. "주민들이 인정할 수 있는 형태로 함께 그 정보를 공유하셔도 좋습니다."

"하지만 유감스럽게도 이번에는." 파란 넥타이가 결론을 내린다. "간부급 직원들에게 나가 달라고 요청해야겠군요."

무기고는 정적에 빠진다. 약해진 도시 주민들의 소리가 유령의 속삭임처럼 벽을 통해 스며들어 온다. 피부 아래로 턱 근육에 힘이 들어가 있는 로소의 얼굴을 보면서, 나의 조심스러운 신뢰가 벗겨져 나가는 것을 느낀다. 그는 보이는 것보다 더 강할 테고, 그리지오보다 더 현명할 테고, 더 마음이 열려 있고 숨김 없으며 분별력 있는 사람이지만 이 상황의 지배력은 잃었다. 그것을 가지는 것이 가능하기라도 했었다면 말이다.

로소는 파란 넥타이의 응시를 피하지 않고 말한다.

"케널리 소령. 자네와 대원들은 밖에서 기다리게."

"장군님, 이건……."

"우리 손님들이 범죄자들처럼 비공개로 영업하기를 선호한다면 잠시 마음대로 하도록 두지."

"하지만 장군……."

로소는 부드러운 눈빛으로 케널리를 본다. "우리는 우리 전투를 선택하네, 에반. 가능하다면 전투를 선택하지 않을걸세."

케널리는 망설이더니 경례를 하고 휙 돌아선다. 군인들이 몰려나가기 시작했지만 나는 내가 움직일 수 없다는 것을 깨닫는다. 한 가지 생각이 내 두개골 안에서 이리저리 튀는데, 너무 확실하고 끈질겨서 그게 내 생각인지 확신이 들지 않는다.

가지 마. 그를 여기 남겨 두지 마.

하지만 난 그래야만 해.

그러지 마.

그 속삭임은 어렴풋하게 낯익었지만, 내 머리는 수많은 다른 목소리들을 관리해 왔고 나는 이름에 약하다.

내가 어떻게 해야 하는데?

그를 남겨 두지 마.

"R. 너도 가도 된다."

"싫어요."

"가, R."

"저 사람들 믿을 수가 없잖아요."

노란 넥타이가 상처받았다는 듯 나에게 얼굴을 찌푸린다.

"저들은 신뢰를 요구하고 있는 게 아니다. 협조를 구하고 있는 거야. 그리고 일단 저들의 제안을 들어 보고 협조할 수 있을지를 결정할 거다."

세 명의 미소가 상냥하게 나에게 쏟아져 내린다.

케널리가 내 어깨를 붙들지만, 나는 꿈쩍도 하지 않는다.

"그저 회의일 뿐이야." 내가 상기하기로는 처음으로 케널리가 나에게 직접 말을 걸어 온다. "원래는 기밀 회의가 정석이지." 그는 나에게 하려는 만큼이나 자신을 설득하려 애쓰는 것 같다. "움직여."

그는 나를 입구 쪽으로 떠밀었고 나는 나머지 사람들과 줄을 맞추면서 걷기 시작한다. 험비의 거울을 통해 홍보자들에게 얼굴을 돌린 로소가 보인다. 노란 넥타이가 서류철을 여는 것이 보인다. 내 뒤로 희미해져 가는 그녀 목소리의 유독한 온기가 들렸다. 나는 무기와 트럭 들을 지나쳐 길고 어두운 통로를 지나온다. 밖으로 나왔을 때에는 달이 조그맣게 보인다.

케널리와 그의 부하들은 무기고 문 바깥에 자리를 잡았지만, 나는 내 생각들이 서로에게 으르렁거리고 짖어 대는 동안 이런 금욕주의적인 협약의 기둥들과 함께 여기에서 기다릴 수가 없다. 느릿느릿 텅 빈 거리로 나간다. 도시는 잠들었다. 나는 깜빡거리는 가로등 아래 혼자다.

마실 것이 필요하다.

　나는 과수원으로 가는 길에 로소의 아파트를 지나친다. 창문을 통
해 한동안 음악처럼 내 마음을 흔들었던 생기 있는 리듬, 줄리와 노
라의 목소리를 들을 수 있다. 그들이 얼마나 손쉽게 대화를 하는지,
내가 항상 그러듯이 어색하게 오래 말을 멈추기는커녕 거의 박자를
놓치는 법 없이 매끄럽게 주고 받는 대화에 여전히 경탄하지만, 그
것은 더 이상 예전만큼 나를 도취시키지는 못한다. 나는 말소리를
들으러 멈추지 않고 눈을 감거나 리듬을 타지도 않는다. 마음이 말
벌들로 가득 찬다.
　전에 과수원에 딱 한 번 가 봤을 뿐인데 마치 주기적으로 다녔던
것처럼 합판의 미로를 지나는 통로가 내 앞에 펼쳐진다. 여기에 오
는 방법을 조금 기억해 낸 것만으로 술집의 두꺼운 오크목 문 앞에
서 있는 나를 발견한다. 지난번에 본 이후로 노랗게 페인트칠한 나

무의 껍질이 조금 벗겨져 있다. 알루미늄 외장재에는 여전히 머리 둘레만큼 움푹 들어간 자국 두 군데가 있다. 흡족한 미소가 내 얼굴 위로 서서히 퍼져 나가지만, 나는 그것을 멈춘다. 내가 왜 이렇게 찌그러뜨려 놨었지? 발트의 머리를 깨서 내가 성취하려 했던 것은 무엇이었지? 어린 소녀들을 위협하는 남자를 심판하고 있었던 것일까, 아니면 그저 내 친구를 모욕한 누군가에게 뇌간이 반응한 것이었을까? 정확히 발트 같은 사람들의 인생을 몰아가는 원시적인 반사의 종류였을까?

거기에 서서 문을 응시하고 있는 동안 문이 휘익 열리면서 내 눈 사이를 세게 때린다. 나는 거의 중이층에서 떨어질 뻔한다.

"어이, 미안!" 문을 열었던 군인이 내가 흔들리지 않도록 잡아 주려 손을 뻗으며 사과한다. "내가 못 봐서……."

나를 알아본 그는 내가 뜨거운 난로라도 되는 양 손을 탁 떼고는 자세를 바로잡고 더 이상 말하지 않고 가 버린다.

나는 난간에 기대서 이마를 문지른다. 술집에서 나에게 무슨 일이 벌어지길 기대했던 걸까? 동지들과 대화를 트고, 운동 경기와 자동차에 대해 이야기하고, 허공에 맥주를 흔들어 대며 '우리 대 그들'의 성가를 자아내도록 모두를 이끌려고 하려는 걸까? 아니다. 나의 의욕은 그렇게 원대하지 않다. 그저 내 머리가 작동하는 것을 멈추게 하려고 여기에 왔을 뿐이다.

그리지오의 금주령은 끝났다. 그래서 소음의 크기는 이제 적당하게 커졌고, 분위기는 적절하게 시끌벅적했으며, 술잔에 든 호박색 과일즙은 결국은 사과 주스가 아니게 되었다. 술집은 다시 한 번 지어진 목적대로 존재한다. 사람들이 다른 이들을 들어오게 하고 그들 자신은 나갈 수 있도록, 인생은 힘든 일상의 비극을 희미하게 비추던 빛 이상이며 그들의 도개교를 낮추도록 하는 장소임을 기억하도록 말이다. 하루의 터널 끝에 있는 따스하고 몽롱한 불빛.

이것은 물론 여기에서의 내 경험이 되진 않을 것이다. 나는 인파 사이를 빠져나가서 바의 제일 먼 끝에 있는 등받이가 없는 의자에 앉았는데, 내 등에 꽂히는 십수 개의 시선이 느껴진다. 몇 개는 좋고 대다수는 나쁜 다양한 이유로 나는 유명하다. 나는 역병에 저항한 첫 번째 좀비이고, 아직도 퍼져 나가고 있는 변화를 촉발했던 자이다. 나는 스스로 치유된 질병이다. 그리고 그리지오 장군의 딸을 납치하여 그 질병과 사랑에 빠지도록 세뇌시킨 괴물이다. 나는 해골의 군단을 스타디움으로 유인해서 군인 수백 명을 죽게 했고, 어쩌면 그리지오 장군을 직접적으로 감염시켜 변이된 시체를 스타디움 지붕에서 내던진 악마다. 나는 좀비들로 하여금 그들의 거리에 돌아다니고 아이들을 쳐다보게 한 원인이다. 말도 되지 않는 그 원인이다.

나는 바텐더를 제외한 누구와도 눈을 맞추는 것을 피한다. 마침내 그가 나에게 고개를 끄덕였을 때, 나는 로소가 "내가 설 자리를 찾는 것"에 도움이 되라며 줬던 작은 뭉치에서 지폐 한 장을 꺼내서 바에 올려놓는다.

바텐더는 나를 불편하게 쳐다본다. "어…… 무엇을 드릴까요?"

또 하나의 선택. 내가 어떤 종류의 사람인지를 세상에 말해 줄 또 다른 기회. 나는 무엇을 입었나? 내가 듣는 음악은 어떤 종류인가? 내가 제일 좋아하는 음료는 무엇인가?

나는 어깨를 으쓱하고는 웅얼거린다. "술."

　그는 스타디움의 처량할 정도로 작은 개인 경제 내에서 술 한 잔을 살 수 있는 교환권보다 살짝 가치가 높은 100달러짜리 지폐를 집고 나에게 위스키를 따라 준다. 나는 그것을 나의 무감각한 목구멍에 대충 들이붓고 바 윗면을 응시한다. 두꺼운 소나무 판자는 머리글자, 끼적거린 낙서, 그리고 무신경한 짧은 대화들로 완전히 뒤덮여 있다. 나는 책등을 읽듯이 제목 뒤의 이야기들을 상상하려고 해 보며 그 글자들을 정독한다.

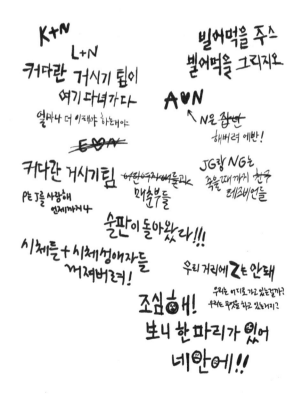

그것은 멈출 줄 모르고 그 판자를 뒤덮어 내려온다. 사랑, 증오, 농담들, 그리고 관심을 기울일 간단한 충고를 해마다 노란 나무에 새겼던 것이다. 새겨진 글의 대부분은 시끄러운 파티에서 떠드는 수다처럼 부딪히고 겹치면서 나무판의 윗면에 있었지만, 아래로 숙이자 마치 절대로 보여 주지 않겠다는 의도인 듯 밑면에도 몇 개가 적혀 있는 것을 알 수 있다. 대부분은 일반적인 강렬한 사랑 고백이다. 제리는 제니를 사랑해, 제니는 조이를 사랑해, 조이는 제리를 사랑해. 그러나 한 항목이 내 눈을 사로잡는다. 그것은 새겼다가 곧바로 줄을 그어 지워 버린 것처럼 보인다. 간신히 붙어 있는 글자들을 조각조각 알아볼 수 있다.

~~애덤스~~

나는 움찔한다. 가슴에 꽂힌 차가운 바늘들. 어째서 이 단어가 이렇게 쓰라린지 모르겠다. 나는 그것에서 눈을 돌린다. 그것들은 구석 깊은 곳 다른 줄 바로 옆에 너무 얕게 새겨져 있어서 어둑한 불빛 아래서 거의 못 보고 지나칠 뻔한다.

안녕히 엄마

나는 갑작스레 화끈거리는 눈을 편하게 해 줄 소금기 있는 물을 바라면서 눈을 감는다. 다시 눈을 뜨니 바텐더가 나를 쳐다보고 있다. 나는 그에게 100달러를 또 한 장 내민다.

......

"R?"

내 이름이 차가운 물세례처럼 나를 때려서 바에서 얼굴을 뗀다. 제대로 중심을 잡고 줄리에게 초점을 맞추기 전에 한순간 방이 빙 돈다.

"여기에서 뭐하고 있는 거야?" 그녀의 눈은 흐릿한 술집 안에서 밝은 파랑 신호등 같았고, 커다랗고 걱정스러운 눈빛이다.

"술 마셔." 내 앞에 있는 잔을 몇 번을 비웠는지 모르겠다. 두 번 뿐일 리는 없었는데, 내 몸은 여전히 그 한계를 정하는 중이고 아무래도 나는 취한 것 같다.

"도대체, R, 회의에서 무슨 일이 있었던 거야? 나는 아직도 로지에게 아무것도 듣지 못했는데, 그나저나 왜 나를 찾으러 안 왔어?"

그녀가 화가 났다는 것을 알 수 있다. 위기 상황 한가운데에서 혼자 술을 마시러 여기에 온 내가 이상하다는 것을 알 수 있다. 그녀의 딸기 같은 입술과 블루베리 같은 눈동자, 복숭아 같은 뺨의 솜털을 보며 그녀가 아름답다는 것을 알 수 있다. 그녀 뒤로 텔레비전이 보인다. 관련 없는 이미지들의 갈피를 잡을 수 없는 몽타주. 축구 경기 조금, 에어브러시로 수정한 모델 몇 명, 육즙이 도는 안심, 귀여운 아기, 일출을 담은 자료 화면을 바탕으로 한 대중적인 사색가의 감상적인 인용문.

"R!"

거기가 아니라고 주장하는 지하실 문. 하얀 회반죽으로 칠해지고 전체적으로 균열이 뻗어 있다. 문이 문이 아니게 되는 건 언제일까? 살짝 열려 있을 때! 불타고 있을 때! 부서졌을 때! 매력적인 부인들과 함께 나오는 뚱뚱하고 어리석은 남자들처럼 수십 년도 더 전에 죽은 사람이 출현했던 고전 시트콤에 나오는 예의 바른 웃음이 흐른다.

줄리는 내 옆에 앉는다. 우리는 어떤 것의 비유일까? 총을 들고 다니는 십 대 고아와 그녀의 불운한 기억상실 남자 친구? 우리가 들어갈 상자는 어디에 있을까? 여기 바깥은 추운데.

그녀가 내 팔을 건드린다. "R. 괜찮아? 무슨 일이야?"

"로소를 그들과 함께 두고 왔어." 내가 말하는 것이 들린다. "그들은 자기네가 주장하는 그런 게 아니야. 그들은 우리를 먹고 싶어 하는데 나는 로소를 그들과 함께 두고 와 버렸어."

"우리를 먹고 싶어 한다고? 무슨 말을 하고 있는 거야?"

"난 그들을 알아." 나는 웅얼거린다. "그들을 알아, 안다고."

과수원에 있는 누구도 더 이상 나를 쳐다보고 있지 않다. 내 등장으로 인한 첫 충격 이후 어떤 시점부터 그들은 모두 자기네 대화로 되돌아갔거나, 그 공간에 남아 있는 모든 구석에서 신경을 짜릿하게 하는 문화의 콜라주가 획획 지나가는 텔레비전을 멍하게 들여다보고 있다. 악수하는 사업가의 화면 위에 뜬 인용구는 방 안에 있는 어느 문맹자를 위해 낭독된다. 당신에게 이득이 되는지 묻지 말라. 당신이 어떻게 기여할 수 있을지 물어라.

셔츠를 입지 않은 암벽 등반가 한 명. 솜털 같은 구름들. 초계함 한 척.

나는 술잔에 손을 뻗어 내 혀 위로 마지막 한 방울을 털어 넣으려고 애쓴다.

줄리는 내 손에서 잔을 낚아채서 바 저편으로 밀어 버린다.

"R, 그만해! 집중 좀 하라고. 진정하고 무슨 일이 벌어지고 있는 건지 말해 봐. 경계경보를 울려야 하는 거야?"

"그들도 알아. 에반 케널리 소령도 거기에 있었어. 그들이 우리를 전부 나가게 했어. 우리가 거절할 수 없다는 걸 알아. 그들은 우리가 두려워하고 있다는 걸 알아." 내 손이 바 위에서 떨린다. 나는 내가 가진 마지막 100달러짜리를 꺼내서 바텐더에게 떠민다. "한 잔 더."

줄리는 그 지폐를 집어서 자기 주머니에 쑤셔 넣는다.

"한 잔 더 필요하단 말이야!" 내 목소리…… 그게 그렇게 크게 들렸던 적이 없었는데. 그것은 손과 함께 떨린다. 텔레비전들이 나에게 소리를 질러 댄다. 야구 명장면이 노래를 부르고 있는 가수가 길고 높게 과시하고 있는 리듬 앤드 블루스 코러스의 한 중간을 자른다. "그들은 거짓말쟁이야, 그들은 우리가 건설한 모든 것을 먹으려고 해, 그들은……."

줄리가 내 얼굴을 잡고 나에게 키스한다. 내 입술은 움직이지 않는데도 그녀는 정신이 나가서 눈을 휘둥그레 뜨고 있는 뻣뻣한 녀석 대신 연인에게 하듯 열정을 담아 키스를 하고 있다. 나를 둘러싼 소음이 누그러진다. 내 안의 소음이 누그러진다. 방은 회전을 멈추고, 내 얼굴에 밀어붙여져 있는 사랑스러운 얼굴이 중심으로 들어온다. 우리의 뇌는 연결될 수 있을 정도로 가까이 맞닿는다.

그녀는 물러나더니 여전히 내 얼굴을 붙든 채로 나에게 시선을 고정하고 속삭인다.

125

"내 눈에 집중해, 알겠지? 그냥 내 눈을 보고 숨을 몇 번 쉬어 봐."

나는 그녀의 눈을 들여다본다. 커다랗고 동그랗고 멀리 있는 별들처럼 파란 중심에 술집의 조명이 반사된다. 나는 숨을 들이쉰다.

"숨 쉬기는 좋아. 진정시켜 주니까. 너한테는 새롭다는 걸 알지만, 그래도 기억해 보려고 시도해 봐. 그냥 내 눈을 보고 숨을 몇 번 쉬고, 알겠지? 숨 쉬고, 숨 쉬는 것에 대해 생각해."

나의 초점은 그녀 뒤의 모든 것이 흐릿해질 때까지 좁아진다. 나는 숨 쉬는 것에 대해 생각한다. 나의 폐는 몇 년간 사용하지 않아서 여전히 화끈거렸지만, 천천히 준비운동을 하며 순수하고 달콤한 산소를 뽑아 뇌에 보내서 살아 있는 생각을 할 힘을 주는 임무를 재개하고 있다. 나의 뇌가 한때 사용하던 어둠의 연료가 무엇이었든 간에 그것은 인간의 성격, 인간의 희망과 꿈의 매력적인 복잡성보다는 명령과 재촉에 더 적합하다.

나는 이것들을 가졌어. 나는 선생님 같은 줄리에게 의지해서 우주의 침묵 속을 떠다니는 나 자신에게 말한다. *나에게는 이것들이 허용돼. 아무도 그것들을 가져갈 수 없어.*

"잘했어. 계속 숨을 쉬어. 우리는 괜찮아질 거야. 이게 무슨 일이든 우리는 해낼 수 있어. 그게 없다고 못 사는 건 아무것도 없으니까."

"우리 떠날 수 있을까?" 나는 천천히 숨을 내뱉으며 말한다. "이 도시가 우리에게 필요할까?"

"어디로 가면 좋을까?"

"멀리. 언덕 위의 오두막. 우리 둘만."

"R." 그녀가 불렀고, 그 한 음절의 어조는 내 질문의 비겁함을 드러내기에 충분하다. "우린 도시가 필요하지 않아. 하지만 사람들은 필요하지. 그리고 그들은 우리가 필요해."

"왜?"

"우리는 뭔가를 지으려고 애쓰고 있잖아, 기억나? 우리는 도망칠 수 없다고 나한테 말했던 게 너잖아."

내 얼굴은 그녀의 손아귀 안에서 축 처진다. "하지만 난 지쳤어."

"넌 지치지 않았어." 그녀는 쓴웃음을 지으며 말한다. "넌 그냥 취한 거야."

그녀가 내 얼굴을 놔주자 나는 천천히 움직인다. 텔레비전 다섯 대를 올려다보고 있는, 화면의 빛 때문에 회색조를 띠는 술집 고객들의 얼굴을 따라가며 내 시선은 술집을 맴돈다.

"R?" 줄리는 나를 다시 지구로 돌아오게 하려고 애쓰며 부른다. "회의에서 무슨 일이 있었는지 말해 줄 수 있어?"

지나간 시대의 랩 음악이 흐른다. 먼 곳에서 음산한 윙크와 함께 전달하는 부와 사치에 대한 자랑, 쓰레기통으로 연주했을 적막한 리듬.

"로지의 무전기가 꺼졌어. 확인하러 가 볼까? 두 시간이나 됐어."

텔레비전에서 나온 정적인 흐릿함이 오디오로 기어들어 가기 시작하면서 래퍼의 애절한 환상은 들리지 않게 된다.

"회의를 어디에서 했어? 주민 회의소에서?"

나는 제일 가까운 화면을 보려고 목을 튼다. 오디오는 완전하게 정적인 것으로 대체되었고 이제는 이미지가 더듬거리기 시작하더니 (래퍼가 서류가방을 연다. 그것은 돈으로 가득하다. 그는 그것을 불길 속에 던져 넣고 그 불에 손을 쬔다.) 검게 변해 간다.

방 안의 모두에게서 항의의 아우성이 일어난다. 누군가가 텔레비전을 향해 던진 텀블러가 빗나가서 술 진열장을 친다. 위스키와 유리 조각이 바에 보슬보슬 흘러 내린다. 하지만 화면은 몇 초간 검게 남아 있다. 화면이 깜빡거리더니 크게 펑 소리가 나면서 새로운 영상이 나타난다.

입자가 거친 방범 카메라의 어안 렌즈는 커다란 계기판을 만지작거리는 흰 셔츠를 입은 남자 하나를 내려다보는 영상을 보여 준다. 흰 셔츠를 입은 또 다른 남자는 어둠 속에 희미하게 보였고, 캡틴 티모시 발트는 내가 그를 알아 온 이후 처음으로 자신 없어 보이는 표정으로 그들 사이에 서 있다.

여기는 뭐야? 그가 그들 주위의 어둠 속을 들여다보며 묻는다. 당신들은 어떻게 여기 아래에 있었던 것을 알았지?

계기판 앞에 있던 그 남자는 앞에 뭔가 있다는 것을 알아채고 그의 얼굴을 동글납작 괴기스럽게 비틀고 있는 카메라 렌즈를 휙 쳐다본다. 그가 근처에 있는 잭에서 케이블 하나를 잡아 빼자 이미지는 다시 검은색으로 돌아간다.

"도대체 무슨 일이 벌어지고 있는 거야……?" 줄리가 말한다.

귀에 거슬리는 끼익 소리가 모든 텔레비전에서 터져 나오더니 모두가 귀를 틀어막고 있는 동안 화면에서 뭔가 번쩍인다. 간신히 한 장면이 나온다. 완전히 파악하기에 너무 잠시였지만, 나의 뇌가 징처럼 울린다. 나는 그 문을 다시 본다. 바스러져 떨어지는 회반죽에서 비어져 나온 녹슨 금속 모퉁이를. 문 뒤에서 낮게 웅웅거리는 소리가 들린다. 우르릉 하며 지하에서부터 올라오는 낮은 소리의 진동에 회반죽 가루가 팝콘처럼 튄다.

눈을 질끈 감는다. 내 마음은 어둠에 휩싸인다. 미치도록 짧게 어둠 속에서 깜박거리는 그 이미지, 딱 손에 닿지 않는 그것의 윤곽들이 나를 괴롭힌다. 나는 내 손이 움직이고 있는 것을 느낀다.

"R……?"

나는 마티니 잔을 집어서 바에 세게 내리친다. 그러고는 가느다란 손잡이 부분을 단검처럼 쥔다.

"R! 도대체 뭐하는 거야!"

줄리가 나에게서 펄쩍 뛰어 떨어지면서 의자가 바닥을 긁는 소리가 들린다. 내가 그녀를 겁에 질리게 하고 있다. 다시는 그녀를 놀라게 하지 않을 거라고 꽤나 확신했었는데. 내 손이 움직이는 대로 공항과 비명 그리고 검은 피 얼룩의 기억들이 내 머리를 채운다.

톱니바퀴 같은 동심원의 형태들. 각을 삼킨 각. 그 중심에 아무것도 없는 기괴한 만다라.

나는 눈을 뜬다.

그리고 어떤 도안(로고)을 바의 표면에 새긴다. 깊게 파인 선들이 연인들의 머리글자를 갈라 놓는다.

그 문이 덜컹거린다.

"애트비스트." 내 입이 말한다.

그 문이 끼익 열린다.

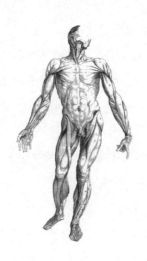

높은 건물. 어두운 방. 늙은 남자. 웃음.

서류가방. 계획. 나는 망설인다. 받아들인다.

나는 비행기에 탄다. 스크린을 지켜본다. 자연의 공연. 벌레 한 마리와 말벌 한 마리. 나는 지켜본다. 움찔한다. 지켜보길 계속한다.

벌레가 말벌에게 파고든다. 그 벌레는 말벌의 뇌를 꽉 움켜잡는다. 날아갈 곳을 말해 줘. 벌레는 말벌의 내장을 먹는다. 말벌의 시체 바깥에 집을 짓는다. 벌레는 작고, 영리하고, 휘어 있고, 말도 안 되는 존재다. 벌레가 이겼다. 벌레는 아름다움도, 기쁨도, 목적도 모른다. 벌레는 그것이 하는 것 외에 아무것도 아는 것이 없다. 벌레는 이겼고 그리고 포식한다. 말벌, 늑대, 시인, 대통령. 벌레는 포식한다.

"나를 믿어, 꼬마야." 누런 이. 얼룩진 잇몸. 내 어깨 위에 얹은 뼈만 앙상한 손. "나는 내 사업을 알아."

＊＊＊

"R!"

손바닥으로 철썩 얻어맞은 얼얼함. 겁에 질린 파란 눈이 어둠 속에서 내 눈을 찾고 있다. 나는 지하실 문을 쾅 닫고 과수원을 다시 시야에 밀어 넣는다. 어슴푸레한 파편들 전부가 마음속에서 휘도는 가운데 해야만 하는 일 한 가지를 깨닫는다.

나는 줄리를 뿌리치고 달린다.

"R, 멈춰!"

나는 데크 울타리에 등을 대고 넘어져 있던 군인 두 명을 쓰러뜨리며 무거운 문을 거칠게 밀어 연다. 줄리가 출입문에서 나를 부르고 있었지만 멈출 수 없다. 나는 달리고, 휘청거리면서, 좁은 통로에서 떨어지지 않으려고 케이블을 꽉 붙잡아 계단을 미끄러져 내려가면서 벽에 부딪쳐 튕긴 끝에 마침내 거리로 뛰쳐나온다. 윤활유를 치지 않은 관절이 삐걱거리고, 내가 전력질주로 내몰자 뻣뻣한 인대가 저항하는 것을 느낀다.

서류가방의 놀라운 무게. 내 손 안의 그 차가운 금속. 내가 하지 않았다고 주장하는 그 결정.

나는 길 끝에 있는 무기고 문을 본다. 금속과 합판으로 만든 탑이 심판처럼 나에게 어렴풋이 다가왔지만 그렇게 가깝지는 않다. 누군가 깨닫기 전에 내 실수를 바로잡을 수 있다. 나는 할 수……

섬광. 허공의 망치.

나는 날듯이 뛴다.

느긋한 여름철 강을 흘러 내려가면서 팔을 휘저으며 뒤로 나아가는 나에게 달빛이 내리쬔다. 아직도 이게 네가 원하는 자리야? 달이 나에게 묻는다. *드러누워 반쯤 잠들어서, 싸움에서 도망치는 것이?*

어느 아파트의 벽을 쳤는데 판금을 뚫고 어린이의 침실로 들어가 버린다. 한 소녀가 자기 침대로 뛰어 들어간다. 나는 공포로 소리를 지르려고 일그러지는 아이의 얼굴을 봤지만 고요하다. 나에게는 소리굽쇠의 높은 울림만 들릴 뿐이다. 나는 그 잔해에서 몸을 뺀다. 휘청거리며 거리로 돌아와 고요한 악몽으로 들어선다.

하늘에서 콘크리트 덩어리가 비처럼 내리며 아스팔트에 고요하게 웅덩이를 만들고 벽과 지붕에 구멍을 뚫는다. 조용한 로켓들이 연기 구름에서 쏜살같이 날아와 건물들을 소각한다. 스타디움 벽에서 콘크리트 덩어리들을 뜯어내는 고요한 불덩이들이 꽃처럼 활짝 피어나면서 미친 듯이 바람개비처럼 돌며 스타디움을 통과한다. 건물을 지지하는 케이블들은 콘크리트 밖으로 튀어나왔고 곧 무너질 것 같은 탑상형 공동주택들은 흔들거린다. 그중 두 개는 고요하게 서로 충돌하여 가운데가 분열되어 열리고, 침대에서 빠져나온 사람들을 줄지어 거리로 내던지며 무너진다. 자신들의 집 아래 묻히기 전에 헛된 방어의 몸짓을 하며 손을 들 정도의 시간밖에 없는 그 멸망에서 살아남은 사람들.

어둠은 셀 수 없는 불길로 빨갛게 고동친다. 수류탄 상자들이 흰 섬광의 파열 속에서 폭발한다. 나는 꿈틀거리는 죽은 시체들을 지나쳐 달리며 두 번째 운명을 결정할 다른 누군가에게 그들을 맡겨 둔 채 떠난다. 나는 멈출 수 없다. 나는 연기가 나고 있는 구멍을 향해 달리고 있다. 나를 믿어 준 누군가를 버리고 떠나온 곳으로. 청력이 돌아온 순간, 나는 내가 비명을 지르고 있다는 것을 깨닫는다.

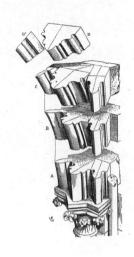

산산조각 난 콘크리트의 거친 가장자리는 내가 그 잔해를 파헤치며 나아갈 때 손에 화상을 입힐 만큼 아직도 뜨거웠지만, 내가 느끼는 감각은 그보다 한층 더 거리가 멀다. 잔해 어디에선가 기습 공격을 하는 총소리가 들려왔지만, 이것은 전투가 아니다. 그저 탄약이 폭발하고, 총탄들이 방아쇠가 당겨지길 기다리지 않고 스스로 발포되는 것이다. 마치 그것들 스스로 무엇을 위해, 그리고 무엇을 하고자 하는 열망으로 만들어졌는지를 알기라도 하듯이 말이다.

나는 콘크리트 판 하나를 한쪽으로 힘겹게 던져 놓고 무기고의 남아 있는 공간으로 들어가는 틈새를 지나간다. 어두웠지만 보급품 상자들이 타며 내는 붉은 불빛과 함께 잘린 전선들이 동굴을 푸른 섬광으로 비추고 있다.

"로소!" 나는 깜빡거리는 어둠 속에 대고 외친다. "로소 장군님!"

들쭉날쭉 정신없는 콘크리트와 부러져서 창처럼 된 강철봉으로 통로가 어지러웠지만, 나는 달리기 시작한다. 뭔가 부드러운 것에 발이 걸려 넘어지기 전까지 몇 걸음 걷지도 않았다. 머리 위의 전선이 펑 터지면서 그슬리고 금이 간 해골을 드러내고, 그 목 주위를 둘러싼 갈가리 찢어진 넥타이로만 알아볼 수 있는, 살점 대부분이 떨어져 나간 시신을 밝게 비춘다.

검은 넥타이는 아무 말도 없다.

나는 더 안쪽으로 밀고 들어가서 차고를 지나 그리지오가 아끼던 작전실로 들어간다. 타이어 몇 개가 타며 나오는 역겨운 오렌지색 불빛 속에서 나는 다른 두 홍보자들을 발견한다. 짓이겨진 몸이 구석에 3미터 깊이로 푹 처박혀 있는 파란 넥타이는 믿을 수 없을 정도로 파란 눈으로 천장과 신뢰를 쌓으려고 시도하며 바닥에서 웃는 얼굴로 나를 올려다본다. 강철봉은 노란 넥타이의 두개골을 관자놀이에서 관자놀이로 관통해 머리를 바닥에 고정시킨다. 나는 그녀의 마지막 표정에서 이해의 단서나 어떤 배신의 인식을 찾아봤지만, 단조롭고 쾌활한 가면처럼 보이는 채로 남아 있다.

이 사람들 뭐지?

어둠 속 어디선가 기진맥진한 숨소리가 들린다. 나는 억지로 움직인다.

그는 잔해 더미에 쓰러져 누워 있다. 가슴은 온전한 형태가 아니었고 회색 작업복은 진한 보라색으로 변해 있다. 어쩌면 와인을 쏟은 걸지도 모른다. 시음회에 미쳐 조금 과하게 선을 넘어서. 그는 아침에 두통에 시달리겠지만, 함께 나눌 재미있는 이야기들이 남아 있

을 것이다. 엘라가 주방에서 고개를 젓는 동안 줄리와 나는 그의 벽
난로 옆에 앉아 서로를 응시하고 미소를 지으며 들을 것이다. 늙었
지만 여전히 생기 있는 그가 책을 읽고 와인을 마시고 나에게 사람
이 되려면 어떻게 할지를 가르쳐 줄 수없이 많은 날이 남아 있다.

"미안하구나." 내가 곁에서 무릎을 꿇자 그가 조그맣게 말한다.

"뭐가요?"

어째서 내 목소리가 조금 떨리는 걸까? 그는 그냥 취했을 뿐인데.

"나는 네 삶을…… 보기를 간절히 원했어. 너와 줄리." 그가 기침
하자 미세한 와인 반점이 내 셔츠에 뿌려진다. "나도 거기에 있고 싶
었단다."

어째서 눈이 쓰라리지? 어째서 시야가 흐려지는 거야?

"그래도 재미있기도 했어." 그는 천장에 난 구멍을 통해 보이는
밤하늘 조각을 올려다본다. "굉장히 오랫동안 다음에는 무슨 일이
생길까 궁금했지."

취한 사람이 이상한 이야기를 하고 있다. 눈을 질끈 감았더니 따
스한 액체가 스며 나온다.

"아." 갑자기 그의 어조가 달라진다. 나는 눈을 뜨고 그의 입이 경
외심으로 벌어지고 살짝 말문이 막힌 것을 본다. "그게 보이는구나."

"그만하세요." 나는 그의 어깨를 잡는다. "기다려요."

그는 굉장히 흥분한 강렬한 눈빛으로 내게 초점을 맞춘다.

"우린 거의 다 왔어, R. 그들에게 보여 주렴."

"무슨 말씀을 하시는지 모르겠어요!"

그의 눈이 다시 천장을 올려다본다. 몸에서 힘이 빠지기 시작한다.

"아름답구나." 그는 미약한 호흡을 내쉬며 말한다. "그게 전부야."

한동안 그의 얼굴을 들여다본다. 내 기억 속에 그 이미지를 각인시킨다. 이런 표정은 한 번도 본 적이 없다. 그것은 그 누군가의 어휘가 얼마나 광대하든 그들의 혀가 얼마나 유연하든지에 상관없이, 아무도 분명하게 설명할 길 없는 것들을 말하고 있다. 그리고 순식간에 그것은 사라져 버릴 것이다.

나는 잔해를 파헤치며 나아간다. 수류탄 한 개, 전기톱 하나…… 아니다. 우아한 무언가. 경건한 것. 이런 일을 하는 데 경건한 방법이 있다면. 가장 중요한 것은 내가 곧 그것을 한다는 것이다. 이 사람의 부서진 몸을 위한 두 번째 인생은 있을 수가 없다. 나처럼 변하는 치욕으로 그를 고통스럽게 하는 것도 나는 원치 않는다.

총소리가 들린다. 또 다른 불붙은 화약 상자 소리라 여기고 무시했지만, 그러다 작고 힘없는 흐느낌을 듣고 돌아본다. 엘라는 그슬리고 헝클어진 머리카락을 하고 바지의 무릎은 찢어지고 피에 젖은 채 남편 앞에 무릎을 꿇고 앉는다.

속삭이는 본능이 나에게 그녀 쪽으로 움직이라고 부드럽게 말해준다. 내가 가까이 다가가자마자, 그녀는 내 가슴으로 축 처지며 댐이 무너지듯 울음을 터뜨린다.

＊ ＊ ＊

터널 출구에 다다르자 줄리의 목소리가 들린다. 줄리는 그녀에게 소중한 모든 사람들의 이름을 부르고 있다. 노라의 이름. 엘라의 이름. 로소의 이름을. 내 이름도. 우리 중 누군가 오늘 밤 그녀에게 어떤 위안이라도 줄 수 있을지 모르겠다. 나는 엘라가 마지막으로 들쭉날쭉한 잔해 무더기를 넘을 수 있도록 도와줬고 우리는 거리의 혼란 속으로 비틀거리며 나온다. 어느 정도 질서를 확립하려고 집에서 집으로 서둘러 돌아다니는 경비 팀은 오늘 밤 공연의 주역이다. 케널리처럼 보이는 중상자를 실은 들것의 한쪽 끝을 잡고 있는 노라가 언뜻 보인다. 그녀는 모퉁이를 돌아 사라지기 직전에 나를 봤는데, 충격으로 동요하는 눈동자가 얼마나 안 좋은 상황인지를 말해 주고 있다. 하지만 지금 당장, 낯선 사람 수백 명의 고통은 인식되지도 않는다. 나는 내 품에서 울고 있는 여성과 두려움으로 가득한 눈을 하고 내 쪽으로 달려오고 있는 소녀에게 집중한다.

"무슨 일이야?" 줄리가 소리친다. "빌어먹을, 도대체 무슨 일이야, 무슨 일이 벌어진 거야?"

그녀는 내 손목을 붙잡고 대답할 수 없는 질문들을 더 물어보려고 숨을 들이마신다. 나는 그녀에게 팔을 둘러 가까이 끌어당긴다. 내 팔꿈치 너머로, 그녀는 한 공동주택 입구 계단에 주저앉아 있는 엘라의 눈이 주름을 타고 흘러내리는 눈물을, 연기가 나고 있는 스타디움 벽에 난 큰 구멍을 본다. 그녀는 알아차린다.

"안 돼." 그녀가 말한다. "안 돼."

"미안해." 나는 그녀의 머리카락 속으로 속삭인다.

"아니야!" 그녀는 소리를 지르고는 내 품에서 난폭하게 빠져나간다. "이건 말도 안 돼. 이건 아니지. 아니야!"

그녀는 나와 엘라에게서 물러나 혼자 거리 한가운데에서 주먹을 꽉 쥐고 이를 간다. 그녀는 나와 만나기 오래전에 어머니를 잃었다. 그녀의 아버지는 몇 년간 서서히 떠나갔지만, 무덤의 흙에서 잔디가 싹을 내기도 전이다. 그리고 지금. 이제 로렌스 '로지' 로소, 그녀의 가족 중 마지막에서 두 번째 조각이 사라졌다.

비통. 분노. 두 가지 모두 우주의 잔혹한 순간에 합당한 반응이다.

나는 다가가서 다시 줄리를 안아 주려고 했지만, 그녀는 위로받을 준비 근처에도 가지 못했다. 그녀는 나를 거의 넘어질 정도로 거칠게 떠밀고는 지나쳐서 무기고 쪽으로 달려간다.

"줄리, 그러지 마." 엘라가 그녀를 부른다. "거기엔 도울 일이 아무것도 없어."

줄리는 잔해 가장자리에 멈춰서 어두운 구멍을 들여다보며 몸을 떨고, 짧고 격하게 숨을 들이마신다. 거칠게 쌕쌕거리는 호흡으로 바뀌자 그녀는 흡입기를 꺼내려고 주머니를 뒤적거린다. 한 번 들이마셨지만 호흡은 점점 짧아져 간다. 그녀는 목을 움켜잡는다.

"숨을 못…… 못 쉬겠……."

나는 옆으로 달려가서 그 잔해로부터 줄리를 끌어내리려고 애썼지만, 그녀는 기관지를 힘겹게 들썩이며 인도 위에 축 늘어진다. 위로가 될 뭐라도 말하고 싶었지만, 내가 뭐라고 말할 수나 있을까? 내 입은 위로를 건네는 것에 익숙하지 않다. 내 혀와 치아의 기관은 항상 무기였다. 어떻게 치유를 위해 이용하는 걸까?

나의 쓸모없는 침묵 속에 마침내 흡입기의 효과로 그녀의 호흡이 느려지기 시작한다. 그녀는 힘겹게 일어나서 후들거리는 다리로 엘라가 앉아 있는 계단으로 걸어간다. 깊은 숨을 들이쉬고 내뱉더니,

엘라 옆에 쓰러지듯 앉아 손에 얼굴을 묻는다. 그녀의 작은 몸이 조용한 흐느낌으로 흔들린다.

나는 그들과 떨어진 곳, 내가 있는 곳에서 기다리며 머무른다. 차가운 빗방울이 떨어지는 것을 느끼고는 하늘을 올려다본다. 하늘은 맑다. 달은 밝다. 공황 상태에 빠진 사람들 2만 명이 내는 소음과 함께, 아파트 옥상들에서 밀려드는 불길 위로 물을 뿌리고 있는 머리 위의 헬리콥터들을 나는 알아채지도 못했다.

나는 이제야 그것을 본다. 헬리콥터들이 달칵 소리를 낸다.

우린 도우려고 여기 왔습니다.

신성한 지혜의 책처럼 떠도는 점보트론(광고용 대형 화면 ─ 옮긴이)이 저 높은 곳에서 깜박거린다. 노란 넥타이를 맨 잘생긴 남자 한 명이 시야로 걸어 들어와서 마이크 앞에 앉는다.

"시티 스타디움의 거주자 여러분." 그는 온화한 바리톤으로 말한다. "침착해 주십시오. 유효 기간이 지난 탄약이 부주의하게 보관되어 있다가 끔찍한 비극을 야기하고, 두 거주지에서 인명 손실이 발생했습니다. 그러나 액시엄 그룹은 여러분의 새로운 이웃으로서 이미 손실을 최소화하기 위해 최선을 다해 일하고 있습니다."

나는 소화기와 구급상자를 들고 거리로 달려 나가고 있는 남자들이 낯선 제복(카키색 바지 위에 베이지색 재킷)을 입고 있음을 깨닫는다.

"재난 사태는 곧 수습될 것이고, 머지않아 우리는 질서 회복을 돕기 위해 여러분의 지도자들과 긴밀하게 협력할 것입니다. 여러분이 진정하고, 안전한 상태로 안심하고 계시길 요청드립니다. 모든 것이 제대로 돌아갈 겁니다."

줄리는 손가락 사이로 도시를 내려다보며 씩 웃고 있는 거대한 얼굴을 엿본다. 스크린은 내가 바에 새겼던 로고가 잠시 반짝이는 것을 보여 주고, 미식축구 선수들이 버드라이트 맥주를 단숨에 들이 켜는 스톡 애니메이션을 틀더니 검게 변한다.

"무슨 일이 일어나고 있는 거야."

그녀는 손바닥 안에서 조그맣게 말한다.

점보트론의 발표를 듣고 공황에 빠진 스타디움의 소음, 사실 현저하게 잦아든 그 소음을 뚫고 트럭이 거친 소리를 내며 다가온다. 화면의 낯선 이로부터 받은 진정하라는 요청은 이 모든 사람들이 진정해야만 한다는 의미 같다. 저 사람들은 자기 생명을 책임질 사람이 누구든지 상관이 없다는 것일까, 아니면 잘생긴 얼굴이면 충분하다는 걸까? 어떤 넥타이를 두른 단정한 머리든, 확신을 가지고 거짓말을 할 수 있는 어떤 입이든?

헬리콥터를 올려다보던 나는 불그레한 볼에 뿌려지는 차가운 것을 느끼며 아직도 내가 취해 있음을 깨닫는다. 아니, 어쩌면 더욱 약화시키는 무언가일지도. 나는 위스키, 아드레날린, 충격, 그리고 슬픔의 끔찍한 칵테일을 마셨다. 구역질이 난다.

베이지색 에스컬레이드 한 대가 우리 옆에 서더니 베이지색 재킷을 입은 남자 여섯 명이 내린다. 따뜻하지도 않고, 모래 같은 메스꺼운 황갈색이다. 녹색-회색-회갈색의 중간쯤 되는 그 색은 오래된 사무실 컴퓨터, 싸구려 호텔, 교외 쇼핑몰과 지방 자치 단체의 카펫을 연상시킨다. 남자들은 그들 사이에서 빈 시체 운반용 부대 세 개를 가져온다. 그들이 무기고 입구 쪽으로 이동하자 갑자기 줄리가 일어선다.

"뭐하는 거야?" 그녀가 빨간 눈을 훔치며 그들을 막으려고 휙 달려가면서 쏘아붙인다. "당신들은 누구고 여기서 뭐하는 거야?"

"시신들을 가지러 왔다."

남자 한 명이 줄리를 쳐다보거나 멈추지도 않고 대답한다. 그와 일행이 근처로 와서 잔해 사이로 올라가기 시작했지만, 그녀가 다시 그들 앞으로 뛰어든다.

"당신들 누구냐고 물어봤잖아?"

남자들은 완전히 멈추는 일 없이 전진을 늦춘다.

"우린 액시엄과 함께한다. 시신들을 가지러 왔다."

"저 안에 있는 건 내 친구고, 나는 당신네 같은 사람들은 모른다고." 줄리는 자신보다 훨씬 큰 남자들을 노려보며 말한다. 그녀의 목소리가 다시 떨리기 시작한다. "그 사람은 못 데려가. 가."

"거주지 주민들이 손을 대기 전에 시체들을 전부 가져오라는 명령을 받았다. 옆으로 물러나." 그는 줄리를 밀치고 지나간다.

그녀가 남자의 재킷을 잡고는 뒤로 휙 잡아당기자 그는 들쑥날쑥한 콘크리트 조각들 위로 주저앉으며 넘어진다. 갈비뼈 몇 개가 부서지는 소리가 들린다.

"가라고 말했잖아!"

쉰 목소리로 외치는 그녀의 눈에서는 다시 눈물이 솟아나온다.

나의 멍한 지각에서는 모든 것이 느리게 느껴진다. 나는 줄리 쪽으로 갔지만, 발이 무거운 것에 묶여 있는 듯하다. 그들 중 하나가 줄리를 밀친다. 그녀는 잔해 속으로 쓰러진다. 그러나 일어나서 이마에 긁힌 상처에서 나오는 피를 훔쳐내고는 남자에게 덤벼든다. 얼굴에 닿기에는 너무 짧았던 그녀의 주먹은 대신 그의 목을 친다. 남자는 숨이 막혀 뒤로 비틀거렸다. 나는 줄리의 비명을 듣는다.

"여기서 꺼지라고! 나가라고!"

나는 거의 그곳에 다다른다. 땅이 깊은 타르 웅덩이처럼 내 발을 빨아 당긴다. 나는 남자 네 명이 그녀에게 모여들자 잔해 더미로 기어 올라간다. 줄리가 제일 가까이 있는 남자에게 주먹을 휘둘렀지만 그는 그녀의 팔을 잡아서 꺾더니 어깨뼈 사이를 세게 걷어찬다. 그녀는 돌무더기를 치우며 날아가서 아스팔트 바닥에 얼굴을 찧는다.

이 남자를 죽이게 되리라 지금 깨달은 나는 두려움에 휩싸인다. 뉴턴의 법칙에 의하면 그의 행동에 따른 반작용으로서, 피할 수 없는 일이다. 나는 돌무더기에 올라가서 남자의 머리를 와락 붙잡아 콘크리트 모서리에 얼굴을 처박았고, 그는 피거품 속에서 죽음을 맞는다. 나에게 다가온 다음 남자는 죽지는 않는다. 그러나 내가 평판에 내던지고 주먹으로 견갑골을 내리쳤을 때, 인대가 툭 끊어지고 실질적으로 팔이 절단되면서 확실하게 불구가 된다. 굵은 팔들이 내 목을 감아서 나를 땅에서 들어 올렸지만, 내 두뇌는 모든 상황에 대비한 행동 방침이 있는 것 같다. 팔꿈치를 제대로 겨냥해서 상대의 갈비뼈들을 부러뜨리고 폐가 있을 곳을 뚫자, 죄고 있던 힘이 누그러지며 나를 떨어뜨린다.

먼 곳에서 들려오는 목소리 하나가 묻는다. 내가 뭘 하고 있는 거지? 어떻게 한 거야? 이런 기술이 필요하고 냉혈한 폭력을 상대에게 가하는 자는 어떤 사람일까?

결국 누군가가 사람을 죽이는 데 탄력이 붙은 나를 구한다. 총의 개머리판이 내 머리 옆면을 거세게 때리자, 이미 느려진 세상이 잔물결 치는 진흙탕 속으로 빙빙 돌아 들어간다. 내가 쓰러졌다는 것을 깨달았지만, 얼굴이 줄리 옆의 보도에 부딪혔을 때는 아무것도 느끼지 못한다. 그녀의 빨갛고 젖은 눈과 그저 노려보며 뜨고만 있는 내 눈, 우리의 눈이 마주친다. 금색은 어디로 갔지? 변화가 일어났고 우리가 바뀌었음을, 세상이 우리와 함께 변해 가고 있음을 말해 준, 있을 것 같지 않은 태양의 황금빛은 어디로 갔을까?

어두운 반점들이 시야에 후드득 떨어지기 시작한다. 나는 줄리에게 말하려고 애를 쓴다. *계속 숨을 쉬어. 우린 괜찮아질 거야.* 하지만 내 입술은 복종하길 원치 않는다. 나는 눈으로 그 말을 전하려고 애쓴다. 눈이 말려 올라갈 때까지 계속해서 시도한다.

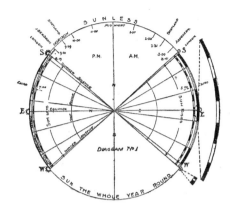

우리

우리는 움직일 필요가 없다. 우린 이미 모든 곳에 있다. 하지만 어디에나 있다는 편재(遍在)는 따분한 일일 수 있고, 그래서 우리는 존재하는 곳에 탐닉한다. 우리는 자신을 점으로 압축해서 진기하고 예스러운 영혼의 관념(유령, 천사, 그리고 흰 옷 입은 다른 것들)처럼 대지를 방랑한다.

우리는 세상 그 자체, 실제적인 물질과 공간에는 별 흥미가 없다. 우리는 먼지와 바위를 뒤덮은 자의식의 풍경을 위해, 이야기를 위해 여기에 있다. 그 풍경에는 평원에 솟아오른 뾰족한 산봉우리들, 지진과 홍수와 허리케인, 그리고 표면을 억누르는 마그마의 강이 있다. 그 풍경은 변하는 중이고, 변화는 우리의 관심을 요한다.

그래서 우리는 움직인다. 연기의 냄새, 화염의 고통, 상실의 슬픔을 기억하며 위기 속에서 도시의 격변을 타고 흘러간다.

어디에서나 베이지색 재킷을 입은 남자들이 상황을 통제하고 있고 모든 것이 '정상'으로 돌아가리라고 장담하며 사람들을 집으로 데려다 주고 있다. 수많은 변혁을 묻어 버린 그 안락한 이상으로.

공포에 빠진 대다수의 사람들은 그들이 말하는 대로 한다. 눈앞에서 명확한 지시를 발표하는 자신감 있는 이 남자들이 누구인지 또는 어떤 지시들이 수반되는지에 그리 많은 신경을 쓰지 않는다. 그저 가족들을 안전하게 지키길 바란다. 그저 이 밤에 생존하길 바란다. 질문할 시간은 다음에, 좀 지난 아침에 불들이 다 꺼지고 나서 더 이상 두렵거나 다치거나 배고프지 않을 때 있을 것이다.

하지만 베이지색 재킷을 입은 남자들은 예상 밖의 심한 변수와 맞닥뜨리고 있다. 이 고요한 순종의 바다에 이는 잔물결 하나. 예상한 반응을 보이지 않는, 군중 속에 흩어진 특정 개인들이 있다. 그들의 정신은 자기네에게 향하는 외침의 의미를 해석할 수단이 결여되어 있어서, 아무리 자신 있는 설명이나 장담이 이어져도 반응이 없다. 그들은 스타디움 확성기에서 흘러나오는 약속들을 배경으로 명령을 외쳐 대는 베이지색 재킷의 사람들을 지켜보면서 반응하지 않고 미동도 없이 거리에 서 있다.

베이지색 재킷의 남자들은 더 강압적으로 나가려고 가까이 왔는데, 그때 이들이 무언가 다르다는 것을 깨닫는다. 피부 색조. 느린 움직임. 총에 뚫리고 칼에 베인 모양의 흉터, 부패한 부분이 재생되며 생긴 넓은 부분들. 하지만 일반적으로는 그들의 눈이다. 저항과 아주 비슷하지만 너무나 다른 색깔.

* * *

우리는 고통이 퍼져 나오는 건물 쪽으로 천천히 움직였는데, 더 가까워질수록 다른 축적물이 있음을 깨닫는다. 역병과 반대인 치유의 금빛 반짝임. 우리의 광대함에 퍼져 나가는 미소와 같은 뭔가.

"괜찮을 거예요." 노라 그린이 등에서 커다란 콘크리트 조각 세 개가 삐져나온 남자에게 말한다. "깊지는 않아요. 응급 처치를 해 주러 금방 올게요."

"기다려." 그는 그녀가 자리를 뜨자 숨을 들이켠다. "남겨 두지 마."

"맙소사, 불쌍해라. 이래서 우리가 일을 못 한다니까."

"노라."

"당신은 괜찮아질 거예요, 에반. 그냥 진정해요. 바로 돌아올 테니까."

그녀는 침대에서 잽싸게 달아나서 다른 사람을 돌본다. 창고는 언뜻 이 축소판 응급실로 쓰기에는 어설프게 넓은 것처럼 보였지만, 이제는 빈 공간의 곳곳이 부상자들로 가득 들어찬다. 얼룩진 트윈 매트리스가 깔린 제대로 된 전동식 병원 침대에서부터 콘크리트 바닥에 던져 둔 울 담요들까지, 그들이 누울 자리는 꾸준하게 증가하는 절망의 등급에 따라 달라진다. 우리는 간호사에서 간호사(이 궁핍한 시대에 제대로 된 의사는 드물다.)로 옮겨 다니다가 노라에게로 돌아와서, 그녀가 살아 있는 사람에게는 붕대를 감아 주고 죽어 가는 사람에게는 위안을 주는 동안 따라다닌다. 작별인사를 할 시간을 알리는 신호 뒤에 사랑하는 사람의 머리에 총을 쏘는 것을 기다리는 민간인 한 무리가 구석에 서 있었지만, 이따금 그들이 할 수 없을 때면 그 일은 노라에게 떨어진다. 현대 의학에 필수적인 기구인 콜트 45구경 권총이 그녀의 수술복 허리띠에 마치 의료용 메스처럼 꽂혀 있다.

피와 비명 속에서, 벽을 따라 놓인 침대의 특별한 환자 행렬에는 아무도 관심을 기울이지 않는다. 이들 중 다수가 한층 더 심각한 부상(사지를 잃었다든가, 총에 맞았다든가, 부패한 부분이 벌어진)을 입었지만 상처에서 피가 흐르지 않는다. 그들은 침대에 일어나 앉아서 동그래진 눈으로 그 혼란스러운 상황을 지켜본다. 살아 있는 것들은 모든 일을 그렇게 활기차게 한다. 파티의 샴페인처럼 피가 뿌려지는 와중에 그들은 복음 성가를 부르듯이 웃고 울부짖는다. 극도의 고통 속에 있을 때조차 그들은 선망의 대상이다.

죽은 자들이 산 자의 죽음을 지켜보는 동안, 흰 셔츠를 입은 남자 한 무리가 옆문으로 밀려들어 와서 그들을 둘러싼다. 한 명이 주머니칼을 펼치고 한 환자의 팔에 꽂는다. 그녀는 움츠러들지 않았지만 불쾌한 표정으로 남자를 올려본다. 아픈 감정.

"넌 뭐야?" 남자가 따져 묻는다.

"사람." 환자가 대답한다.

"아니, 넌 아니야."

남자가 말하고는 환자의 팔을 칼로 내리긋는다. 상처가 벌어진다. 환자의 표정이 어두워진다. "그만해."

"이봐!" 노라가 방 건너편에서 소리친다. 그녀는 자기 환자를 다

148

른 간호사에게 넘기고 이 잊힌 병원 모퉁이로 달려온다. "당신들 도대체 뭐하는 거야? 누군데?"

"액시엄 그룹에서 왔다. 이들은 뭐지?"

"뭐냐니, 무슨 뜻이야?"

"살아 있는가 아니면 죽었는가?"

"그들은 결정하려고 애쓰고 있어. 왜 너 같은 놈들이 와서 내 환자한테 칼을 꽂고 난리야?"

"이 분류되지 않은 개인들을 조사하라는 지시를 받았다."

"그들은 좀비지만 그렇게 되지 않으려고 애쓰고 있어. 그 밖에 뭘 더 알아야 해?"

"**죽은 자**들은 '애쓰지' 않는다. 그들은 외부 자극을 기다리고 있는 불활성 조직이지."

노라가 눈을 부라린다.

"아이고 맙소사, 또다시 그리지오가 납신 줄 알았네. 들어 봐, 난 이러고 있을 시간이 없어. 사람들을 꿰매야 한단 말이야."

그는 칼로 환자의 얼굴을 겨눈다. "이놈들이 우리 지시를 무시하고 구호 활동을 방해하고 있다고." 환자는 철썩 때려서 그의 손에서 칼을 떨어뜨리고는 노려본다. 남자는 놀란 것 같다. "봤어?"

"내 시체 안치소에서 나가."

"연구를 위해서 몇 명을 골드만으로 데려가야겠어. 지금은 셋이면 충분할 것 같군."

노라는 그 남자 쪽으로 한 걸음 나선다. "나가라고 말했다."

우리는 흥미를 끄는 노라 그린에 대한 점들을 깨닫는다. 수많은 작은 흉터들이 그녀 팔과 얼굴의 피부를 어둡게 만들었고, 왼손에는 손가락이 하나 없다. 노라가 거친 인생의 시기들이 우리에게 그것을 읽으라는 듯 그녀의 몸에 굵게 쓰여 있다. 흰 셔츠를 입은 남자 역시 이런 것들을 알아채고 어떤 영향을 받는다. 하지만 노라가 강조하듯 허벅지에 툭툭 두드리고 있는 리볼버만큼 큰 영향은 아니다.

남자는 무전기를 꺼낸다.

"운영진? 의료원에 지원 요청합니다." 그는 노라의 피에 젖은 수술복에서부터 핏발 선 눈까지 들여다본다. "저항에 부딪혔습니다."

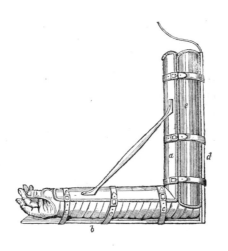

나

　나는 잠을 잘 자지 못한다. 잘 그러지 못한다. 잠은 삶과의 휴전이
고, 나는 나의 상대를 신뢰하지 않는다. 나는 매복 공격을 예상하며
밤새 깬 채로 누워 있다. 내가 죽어 있던 나날에 잠이란 천장을 응
시하면서 분해되고 있는 나의 의식을 다시 모아 보려 애쓰며 바닥
에 누워 있는 것을 의미했다. 나는 잠 없이 몇 달을 보내곤 했다. 잠
이 올 때면 그것은 언제나 끔찍한 붕괴로 나타난다. 책 한 권과 캐모
마일 차 한 잔과 함께 평화롭게 깃털 이불 속으로 뛰어드는 것이 아
니다. 혼돈과 공포에 질린 나를 바닥에 쓰러뜨리며 슬개골에 날아온
기습적인 총알에 더 가깝다.
　흰곰팡이가 핀 낯선 이의 매트리스에 누운 줄리 옆에서 눈을 감

151

고 진짜 꿈을 꾼 첫날 밤 이후로 잠과 나의 관계는 개선되었지만, 여전히 제대로 기능하지는 않는다. 대다수의 밤, 줄리가 씰룩이고 훌쩍이며 반쯤 웅얼거리는 단어들을 해독해 보려고 애쓰면서 지나가는 시간, 그녀의 뇌가 그녀를 위해 준비했을 다채로운 공포를 상상해 본다. 그리고 줄리가 일어났을 때 얼마나 편안해졌을지 궁금해하며 아침 늦게까지 그녀가 가볍게 코고는 소리를 듣고 있는 나를 깨닫는다. 운이 좋았다면 한두 시간 얕은 잠으로 빠져들 수 있었겠지만, 수년간의 죽음으로 인해 상처받은 내 정신은 그와 닮은 어느 것에라도 경계하는 채로 남아 버렸다.

그러니 어떤 면에서는 개머리판에 얻어맞아 의식을 잃는 편이 더 재충전에 좋을 것이다. 몇 년간 이렇게 잘 잔 적이 없었으니까.

나의 정신 속 어두운 골목 깊숙이, 머리가 희끗한 거리의 예언자가 불과 심판의 소식을 웅얼거리고 있었지만, 나는 그를 무시하고 턱을 높이 든 채 성큼성큼 그를 지나친다. 나는 가뿐함을 느낀다. 나는 열대 섬에서 갈매기들이 위로 날아오르고 돌고래들이 수면 아래로 미끄러지듯 들어가는 동안 따스한 푸른 물에서 수영을 하고 있다. 내 복근은 깎아 놓은 보석 같고 피부는 건강한 구릿빛이다. 비키니와 선글라스 차림의 줄리는 해변에서 티 하나 없는 몸, 거대한 가슴, 끝없이 긴 다리에 오일을 바르고 있다. 우리는 휴가를 왔고 사랑하는 사이며 우리는…….

이번에는 나이트클럽에 있다. 쿵쿵거리는 음악을 배경으로 나는 줄리와 함께 춤을 추고 있다. 나는 춤을 잘 춘다. 일말의 수치심도 없이 100여 명의 낯선 이들 앞에서 성적인 몸짓을 하며, 허리와 팔다리가 완벽한 리듬으로 흔들거린다. 주머니는 돈과 마약으로 가득하고 줄리는 나에게 방종하게 몸을 문질렀는데, 그녀의 긴 머리카락이 내 얼굴을 채찍질하고 붉은 셔츠가 높이 더 높이 들쳐 올라간다. 모두가 부러움과 욕정으로 우리를 지켜보고 있다. 나는 그들에게 능글맞게 웃어 주고는 줄리를 우리의 고층 콘도로 데려온다. 우리는 서로를 보는 대신 창문 아래로 마치 우리에게 모든 것을 바치려는 순종적인 매춘부처럼 있는 도시를 쳐다보며, 멈추거나 거리낌 없이 밤새도록 관계를 나눈다.

이번에는 전용기의 부드러운 가죽 의자에 편안하게 자리를 잡고, 끝없이 펼쳐지는 무너진 도시와 아직도 거기에 거주하는 불쌍한 멍청이들을 내려다보며 열대 재즈에 젖어 든다. 줄리는 내 옆에 앉아 있는데, 그녀를 보자 얼굴이 험악하게 찌푸려진다. 나는 중요한 사업 때문에 은색 셔츠에 붉은 넥타이로 차려입고 있었는데, 그녀는 바지 정장이나 펜슬 스커트 차림도 아니고 어깨심이 들어간 블레이저조차 입고 있지 않다. 청바지에 격자무늬 플란넬 셔츠를 입고, 헝클어진 머리카락 위에는 술이 달린 빨간 모자를 쓰고 있다. 막 그녀에게 한마디 하려는 찰나에 나 자신의 옷차림 역시 약간 벗어나 버린 것을 깨닫는다. 내 셔츠 천은 두껍고 거친 질감이고, 고전적인 이탈리안 윙팁스 신발 대신에 진흙이 두텁게 말라붙은 무거운 검정 부츠를 신고 있다.

나는 줄리를 올려다본다. 나에게 간곡하게 부탁하는 얼굴은 슬픔과 두려움으로 긴장되어 있다. 그녀가 쓴 모자의 가장자리가 젖어 있다. 피가 약간 그녀의 이마에서 흘러내려 눈으로 고여 들어간다.

오른쪽을 흘깃 봤더니 내 복장과 똑같이 입은 두 남자와 한 여자가 보인다. 남자 하나는 은색 서류가방을 들고 있다. 그가 나에게 윙크를 한다. 비행기가 끝없이 펼쳐진 진녹색 숲으로 돌진해 내려가며 급강하를 하자 자리에서 들리는 느낌이 든다. 우리가 떨어질수록 음악은 커져 가고, 마림바 연주자는 세게 악기를 두드리며 말렛을 부러뜨린다.

"제발 날 두고 가지 마." 줄리가 내 귀에 속삭인다. "제발 돌아가지 마."

＊ ＊ ＊

눈을 반쯤 떴지만, 내가 깨어났다는 확신이 들지 않는다. 이제 적당한 음량으로 내려간 음악이 여전히 흘러나오고 있다. 열대 재즈는 컨트리 음악으로 바뀌었는데, 여전히 밋밋하고 특징 없지만 희미하게나마 다른 문화권의 억양임을 알아챌 수 있다. 나는 어두운 회의실 같은 곳에 있었는데 천장 스피커에서 음악이 나오고 있다. 7월 4일 독립기념일 불꽃놀이가 바깥세상에서 펼쳐지고 있기라도 하듯 시야에 나타난 다채로운 빛깔의 반점들 때문에 자세히 파악하기가 힘들다. 머리가 지끈거린다.

경첩이 삐걱하는 소리가 들리더니, 흐릿한 윤곽이 문가를 서성인다. 내 망막이 다시 느슨해지기 전 아주 잠시 그 얼굴에 초점이 맞았는데, 내가 겪고 있는 망상에 두려움이란 오물을 끼얹기 충분한 시간이다. 내가 즉시 알아본 그 얼굴은 이미 죽은 누군가의 얼굴이다.

아마 나 역시 죽었는지도 모른다. 이미 수년 전에 죽어서 굶주린 어린이와 걸어 다니는 시체와 끝없고 무의미한 전쟁이 넘쳐나는 지옥에 있는지도.

나는 폐 속으로 공기를 불러들이고 쉰 목소리를 낸다. "페리?"

놀란 눈이 언뜻 보이더니 불꽃놀이가 다시 보이기 시작한다. 페달스틸 기타 소리는 커지고⋯⋯

나는 목장에 있다. 줄리가 새로 온 수망아지를 타고 경기장을 도는 동안 나는 줄을 붙들고 있다. 그보다 더 행복해하는 것을 본 적이 없다. 그녀의 얼굴은⋯⋯

누군가 내 어깨를 흔들고 있다. 나는 노려보고는 더 깊이 땅을 판다.

내가 망아지를 외양간으로 끌고 돌아가자 줄리는 망아지의 일렁이는 적갈색 목에 기대 갈기에 뺨을 댄다⋯⋯.

일어나. 남자가 내 귀에 대고 소리친다.

나는 몸을 꿈틀거리며 그를 떨쳐내려고 애를 쓴다. 그가 누구든, 이 끔찍한 알람이 나를 끔찍한 아침으로 끌어내고 있다. 자자, 자자, 제발 잠 좀 자자.

우리는 손에 손을 잡고 농가 쪽으로 산책을 했는데, 그곳은 따스하고 이야기로 가득하다. 그 집은 우리 가문에 대대로 내려왔는데, 자기 아들에게 희망 외에 다른 것은 심어 주지 않고 오직 신만이 더러운 인간들의 심장을 사랑할 수 있다는 말을 단 한 번도 한 적이 없는 친절하고 용감한 아버지를 거쳐 나에게 전해진다.

음악이 멈춘다.

눈이 딱 뜨인다.

한 남녀가 작은 탁자 앞에서 나를 지켜보고 있다. 다른 남자 한 명이 내 갈비뼈에 전기가 흐르는 전선을 누르며 옆에 서 있는데, 그것이 어째서 내 허리가 동그랗게 휘었고 손목이 꽉 죄어드는지와 왜 내가 동축 케이블로 의자에 묶여 있는지를 설명해 주고 있다.

남자가 전선을 치우자 나는 축 늘어진다.

"너 정말 잠을 깊게 자는구나!"

노란 넥타이를 맨 여자가 십 대 아들을 꾸짖는 엄마처럼 말한다.

"조금이라도 불편했다면 사과할게."

파란 넥타이를 맨 남자가 덧붙인다.

검은 넥타이를 맨 남자는 자기 자리로 돌아간다.

나는 정말로 죽었다. 피투성이가 되고 검게 그슬어 바닥에 쓰러진 것을 확인했던 얼굴들이 나를 둘러싸고 있다. 이런 터무니없는 사람들과 그것을 공유해야 하다니, 이 무슨 부당한 사후세계란 말인가?

"깨어나서 기뻐." 노란 넥타이가 내 쪽으로 다가와 테이블 위에 손바닥을 얹으며 친밀감과 신뢰감을 떠올리게 하는 몸짓을 취한다. "너와 공유할 아주 흥미로운 제안이 하나 있거든."

물론 진짜 노란 넥타이는 아니다. 아무튼 머리에 봉이 꽂힌 걸 봤던 그 사람은 아니다. 더 긴 콧대, 더 얇은 입술. 하지만 그녀 이목구비의 차이들은 그 외 모든 것들의 동일함 속으로 이상하게도 사라져 버린다. 그녀의 복장, 자세, 비현실적인 진지함. 파란 넥타이는 더 밝은 머리카락에 턱은 더 날카로웠고, 검은 넥타이는 덩치가 더 작다. 그러나 마치 몸은 달라도 영혼이 복제된 것처럼, 그들은 동일한 세 사람이다.

나는 문 주변을 재빨리 둘러본다. 조명은 머리 위에서 윙윙대는 형광등 하나를 빼고 전부 깨졌다. 홍보자들을 창백하게 보이도록 하는 형광등 불빛이 화장과 피부 사이 경계를 확연히 드러낼 정도로 가차없이 내리쬐고 있다.

그러면 너희 꼬마들은 뭐니?

우리는 인간이다. 과자 안 주면 장난칠 거야!

방은 어두웠지만 나 혼자 이 생명체들과 있음을 알 수 있다.

"줄리는 어디에 있어?"

노란 넥타이에게 묻는다. 특정한 권력 관계를 전혀 감지할 수 없었지만, 사람들이 듣고 싶어 하는 것들을 말해 주는 게 그녀의 역할인 것 같았다. 그 말이 세상에서 제일 믿을 수 없는 입에서 나온다고 할지라도, 나는 줄리가 안전하다는 말을 듣고 싶다.

그 입이 단조로운 미소를 지었다. 나는 일어나려고 시도하다가 발목이 의자 다리에 묶여 있다는 것을 깨닫는다.

"조금이라도 불편했다면 사과할게." 파란 넥타이가 다시 말한다. "유감스럽게도 최근의 말썽 때문에 액시엄 직원들의 안전을 보장하기 위해서 이번엔 널 억제할 필요가 있어서."

"줄리는 어디에 있어?"

그에게 소리쳤지만, 그들 전부가 짓고 있는 차가운 플라스틱 미소는 보통 사람들처럼 진전된 대화를 할 수 없을 거라고 말한다. 나는 대화를 하고 있지 않다. 광고를 한 편 보고 있는 것이다.

"네가 스타디움에서 일어난 끔찍한 비극에 대해 잘 알고 있다는 것엔 의심의 여지가 없지." 파란 넥타이가 심각하고 경건한 얼굴로 바꾸면서 말한다. "유효 기간이 만료된 탄약들이 부적절하게 보관되어 있다가 이 거주지의 중심인 지도자를 포함해 거의 100명의 목숨을 앗아간 폭발을 야기했어."

노란 넥타이가 화음을 넣는 것처럼 맞장구를 친다.

"다행스럽게도 액시엄 그룹은 우리의 새로운 서부 해안 이웃들을 도울 준비가 된 바로 옆집이지. 시티 스타디움 기존 경비와 의료진과 가까이 일하면서 피해를 방지하고 피해자들에게 도움을 제공할 수 있었어."

"너희가 이랬군." 나는 탁자를 쳐다보며 중얼거린다. "너희 짓이라는 걸 모두가 알게 될 거야. 모두 너희와 싸울 거야."

꿈의 한순간을 다시 체험하는 기이한 감각. 절대로 한 적이 없었던 대화의 기억.

나를 믿어, 꼬마야. 나는 내 사업을 알아.

"우리 최고의 인재들 중에서 도시 운영의 공백을 메울 몇 명을 제공했어." 노란 넥타이가 말한다. "남아 있는 구성원들은 우리 도움을 선뜻 받아들였고."

나는 고개를 흔들고 케이블에 묶인 팔에 힘을 주기 시작한다.

"우리가 어려움과 맞닥뜨린 곳은." 파란 넥타이가 말한다. "스타디움의 살아 있지 않은 인구와 그 주변 지역이야."

나는 머리 흔들기를 멈추고 올려다본다.

"서부 해안에 도착한 이래 우리는 이해할 수 없는, 이해할 수 없는……" 노란 넥타이가 눈을 깜박인다. "……이해할 수 없는 것과 마주쳐 왔지."

녹음된 것을 재생하는 데 문제가 생겼나? 그녀의 미소가 처음으로 불안정해지더니 불편함 같은 뭔가로 표정이 쪼그라든다.

파란 넥타이가 그녀를 구하려고 나선다. "우린 일반적으로 볼 수 없는 살아 있지 않은 자들과 마주쳐 왔어. 그…… 이해할 수 없는 징후를 보이는 자들." 그는 얼굴을 찌푸리고 고개를 숙인다.

"생명의 징후?" 내가 의견을 제시한다.

"알려지지 않은 존재와 마주쳤지." 노란 넥타이가 불쑥 말한다.

파란 넥타이가 다시 고개를 든다.

"알려지지 않은 존재와 마주쳤어. 그들은 다르게 행동했지. 그들의 반응을 예측할 수가 없었는데, 이것은 위험한 일이야."

"액시엄 그룹은 도움을 원해. 우리는 이 지역과 전 세계에 보안을 제공하길 원하지."

"하지만 보안이라는 건 알려지지 않은 존재가 있어서는 안 돼. 그런 존재가 수십만이나 있어서야 불가능하지."

정적. 노란 넥타이와 파란 넥타이는 둘 다 괴로운 표정으로 나를 쳐다본다. 우스꽝스럽게도 나는 내가 안내를 바라며 검은 넥타이를 쳐다보고 있었다는 것을 깨닫지만, 그는 줄곧 조각상보다 아주 약간 나은 수준이다.

정적이 어색하게 흐른다.

"나한테 원하는 게 뭐야?"

내가 툭 내뱉는다. 그 말이 튀고 있던 레코드 바늘을 다시 홈으로 밀어 넣어 준 것 같다. 넥타이들의 미소가 다시 깜박거린다.

"너는 그들과 비슷해." 노란 넥타이가 그다지 나에게는 닿지 않게, 다시 손바닥을 탁자 위로 밀며 말한다. "하지만 넌 달라. 네가 그들에게 영향을 끼쳤지."

"아닌데."

"네가 그 일탈을 선동한 게 널리 알려졌어." 파란 넥타이가 말한다. "네가 저 알려지지 않은 것들을 나타나게 만든 거야."

"난 아무것도 안 했어. 그냥 일어난 일이야."

노란 넥타이는 가식을 털어내고 서로에게 진실로 대할 시간이라고 제안하는 친밀한 표정으로 나를 매만지며 내 쪽으로 몸을 기울인다.

"우리는 네 도움이 필요해." 그녀가 다정하게 말한다. "우리는 모두가 자기 지역에서 안전하길 원해. 혼란을 제거하고 싶어. 하지만 저 표준에서 벗어난 개인들에게 그 혜택을 전달하는 것이 어렵다는 것을 발견했거든. 우리 도움에 비정상적으로 저항하더라고."

눈을 크게 뜨고 애원하는 듯한 그녀의 얼굴은 내 얼굴과 약 60센티미터 정도 거리에 있다. 나는 그녀의 화장이 목까지 전부 이어져 있음을 깨닫는다. 그 화장이 핏발 선 가슴을 갈색으로 칠하고 메마른 피부의 구멍들을 매끈하게 하며, 몸 전체를 덮고 있는지 궁금해진다. 지나치게 익은 파인애플 같은 향이 그녀의 옷깃에서 퍼져 올라온다.

"시체들은 죽음이 어떤 냄새를 풍기는지 알아." 나는 그녀의 얼굴을 응시하며 말한다. "네 싸구려 향수는 그것을 감추지 못해."

그녀의 표정이 잠시 정지한다. 그러더니 갑자기 미소가 떠오른다. 검은 넥타이는 탁자 근처로 걸어와서 전선을 내 목에 들이댄다.

내가 경련을 일으키자 파란 넥타이가 말한다.

"유감스럽게도 우리랑 일해서 얻는 보상이나 거절할 때의 위험을 깨닫지 못한 거라면, 이번에는 강요가 필요하겠군."

"이번 면담 동안 언제라도 우리 제안을 받아들이고 싶어진다면 간단하게 '네'라고 말해."

전기 충격은 이상스런 고통이다. 이 전압에서는 아주 적은 물리적 손상이 일어나지만, 내 신경들은 여전히 성질을 부리고 있다. 근육들은 뻣뻣하게 뭉치고, 관절에는 불이 터지고, 뼈들은 엄청난 충격을 받아 부서지고 있다고 뇌에 신호를 보낸다. 뇌는 자신에게 뜨거운 석탄과 단도들에 대해 불평한다. 하지만 검은 넥타이가 전선을 치웠을 때, 큰 피해는 남아 있지 않다. 그들이 농담 삼아 말한 것처럼 피도, 더러움도 없다.

매력적인데.

홍보자들은 나를 지켜보며 기다린다. 나는 방 주변을 가만히 둘러보며 의자에 앉아 있다. 그들은 얼굴을 찡그렸고, 검은 넥타이는 내 목구멍 안으로 전선을 쑤셔 넣는다.

목의 힘줄들이 불룩해진다. 고통의 불꽃이 확 타오르더니 척추를 타고 내려갔고 전자레인지 안의 고기처럼 뇌가 데워지는 것을 느낄 수 있다. 하지만 나는 값비싼 줌 렌즈로 먼 곳에서 사진을 찍으면서, 내가 묵은 호텔 발코니에서 이 모든 고통을 지켜본다. 그 고통은 진짜다. 나는 내가 극도의 고통 속에 있다는 것을 깨달았지만, 그냥 신경 쓰지 않는다.

검은 넥타이가 전선을 제거하자, 파란 넥타이와 노란 넥타이는 기대에 차서 나를 바라본다.

나는 어깨를 으쓱한다.

"이런 식으로 인내력을 내보이는 건 쓸데없는 짓이야." 파란 넥타이는 얼굴에 미소를 붙인 채 말한다. "계속 버텨낼 수 없을 거야. 두 가지 가능한 결과 중 하나에 도달할 때까지 계속될 테니까."

"하나의 결과는 네가 우리를 도와주는 것이고."

"다른 하나는 네가 죽는 거지."

나는 다시 어깨를 으쓱한다.

"그 전부터 죽어 있는데. 그리 나쁘지 않아."

그들의 미소가 흔들린다. 나는 3초의 승리를 즐겼고, 홍보자들은 귀를 쫑긋하며 고개를 세운다. 내 뒤에 있는 벽을 통해 가구들이 덜그럭거리는 소란스러운 기척과 소리를 죽인 고함이 들려온다. 홍보자들은 말도 움직임도 없는 명랑한 마네킹들처럼 마치 뭔가를 기다리는 것처럼 나를 본다.

벽을 통해 분개한 격노가 섞인 고통의 높은 비명이 들려온다.

"빌어먹을! 빌어먹을, 똥자루를 차려입은 것들! 보톡스 맞은 쓰레기들!"

줄리다.

나는 의자를 돌려보려고 애를 쓰면서 묶인 몸을 흔든다.

"줄리! 나 여기 있어!"

이번에는 분노는 줄고 고통이 더 늘어난 듯한 또 다른 비명이 들려온다. 말은 없다.

"줄리한테 뭘…… 하고 있는 거야?"

내게 닥친 공황의 열기로 힘들게 습득한 언어의 유창함은 전부 녹아 사라져 버린다. 나는 홍보자들에게 으르렁거린다.

"저 애에게도 비슷한 제의를 하는 중이거든." 노란 넥타이가 말한다.

"네가 불편함에 대해 느끼는 양가감정을 저 애도 공유하나 보지?" 파란 넥타이가 내게 묻는다.

줄리의 비명이 점점 더 높아지더니 갈라지고, 흐느낌으로 무너져 내린다.

나는 눈을 질끈 감는다. 불꽃놀이가 보인다. 불을 본다. 지붕 위에서 포효하는 불꽃을, 학교에서 뛰쳐나오는 아이들을 본다. 불꽃과 나를 지켜보면서 박수를 치고 갈채를 보내고 오렌지색 불빛에 눈을 번뜩이며 황홀해하는 얼굴들이 보이고, 내 손 안의 병 하나, 그 안에 쑤셔 넣은 불붙은 누더기……

싸구려 합판으로 만든 관이 땅에 있는 구덩이로 내려가고, 어리석은 자들이 지켜보면서 우는 척하는 동안 전도사가 변기로 들어가는 소변처럼 그 아래에 대고 상투적인 말들을 뿌리는 것이 보인다.

멍들고 피투성이가 된 금발 여성이 증오로 가득한 눈으로 내 총을 자신의 이마에 대고 있는 것이 보인다.

나는 눈을 뜬다.

줄리는 내 옆에 있는 의자에 묶여 있다. 우리의 어깨는 거의 닿을 것 같다. 그녀는 빨갛고 젖은 눈으로 거칠게 숨을 쉬며 미안해하는 것 같은 절망적인 미소를 띠고 나를 쳐다본다.

"안녕, R."

그녀의 얼굴은 작은 멍들로 얼룩져 있다. 아랫입술은 갈라지고 부어 있다. 목 옆 쇄골 바로 위, 내가 제일 키스하기 좋아하는 바로 그

자리의 피부는 감전 화상 때문에 푸른빛이 도는 갈색으로 얼룩덜룩하다.

텔레비전 케이블이 발목과 팔뚝으로 파고드는 것이 느껴진다. 중압감 아래 의자가 삐걱거리는 소리가 들린다.

"그만해." 그녀가 부드럽게 말한다. "난 괜찮아. 저들이 원하는 것은 주지 마."

"유감스럽게도." 파란 넥타이가 말한다. "우린 이 면담을 계속해야만 해."

"기억해." 노란 넥타이가 말한다. "언제라도 우리 제안을 받아들이고 싶으면 간단하게 '네'라고 말해."

검은 넥타이가 전선을 줄리의 목에 남은 화상 자국에 들이댄다.

"그만해!" 그녀가 묶인 몸을 고통으로 뒤틀자 나는 소리를 지른다. "그만!"

"우리 제안을 받아들이고 싶으면 간단하게 말해……."

"우린 너희가 원하는 대로…… 못 해!" 나는 내 혀에 목이 막혀 더듬거리며 말한다. "하고 싶다 하더라도…… 못 해! 우린 죽은 사람들을 조종할 수 없어!"

"우리가 받은 보고에서는 네가 살아 있지 않은 자들이 생각하는 지도자로 보인다고 나와 있는데." 노란 넥타이가 말한다. "서로 더욱 이해하는 방향으로 너와 함께 일할 미래를 고대하고 있어."

"그래!" 줄리는 의자에서 몸을 비틀면서 꽉 깨문 이 사이로 그르렁거린다. "알았다고!"

검은 넥타이가 줄리의 목에서 전선을 치우자 그녀는 숨을 헐떡이며 푹 쓰러진다.

"우리를 돕는 데 동의하는 건가?"

노란 넥타이는 호의를 방출하는 미소를 지으며 묻는다.

"그래." 줄리는 숨을 쌕쌕거린다.

나는 어떤 느낌을 받아야 할지 확신하지 못하고 그녀를 쳐다본다.

"너도 알겠지, 물론." 파란 넥타이가 말한다. "이런 면담은 우리가 동업하는 동안 계속 가능할 거야. 너희 협력이 약해지는 순간 다시 재개될 테니까."

"이 얘기가 탁월한 결론으로 이어지리라 믿어도 되겠지. '그래'라는 말은 그냥 한 단어 이상의 의미가 있을 테니까."

"어라." 줄리는 의자에 앉은 채 자세를 바로잡으면서 말한다. "그런 거라면 싫은데."

노란 넥타이는 실망한 어머니처럼 고개를 갸웃하고 입을 내민다.

"대화를 효과적으로 이끌어 나가지 못해서 유감이군."

파란 넥타이가 말한다.

검은 넥타이는 전원 코드를 뽑더니 전기 기술자의 공구들로 가득한 상자를 연다.

"줄리."

무엇을 애걸해야 하는지 몰랐음에도 나는 그녀에게 간곡하게 애걸하고 싶다. 나는 항복하고 싶은 걸까? **죽은 자**들이 살아 있는 사람들과 더불어 살아가도록 최선을 다해 돕고 싶은 걸까? 줄리를 안전하게 지키기 위해서 나는 얼마나 더 많은 세상을 불태워야 하는 걸까?

"괜찮아." 그녀가 말한다. "우린 괜찮을 거야."

검은 넥타이가 케이블 절단 가위를 하나 꺼낸다. 그는 그것을 줄리의 무릎에 올려놓고 의자 팔걸이에 억지로 손가락이 펼쳐지도록 그녀의 주먹을 비집어 연다.

"안 돼." 나는 말한다. "안 돼. 안 돼. 줄리, 난 못 해……."

"R, 내 말 잘 들어." 그녀가 떨리기 시작하는 목소리로 말한다. "난 저들을 돕지 않을 거야. 그게 내 선택이야. 그러니까 저들이 나한테 무슨 짓을 하더라도……."

검은 넥타이가 손가락을 펴고 가위를 집어 들자 줄리의 눈길이 손에 고정된다. 그녀는 눈을 크게 뜨고 공포에 질려 다시 나를 본다.

"저들이 나한테 무슨 짓을 하더라도……."

줄리가 날카로운 비명을 지른다. 그녀의 약지 끝이 바닥으로 떨어진다. 특이한 무늬의 노랗게 칠한 손톱이 더러운 바닥을 굴러가서 사물함 밑으로 사라진다.

내 정신은 일관성 없는 공포의 용광로가 된다.

"그만!" 나는 노란 넥타이에게 소리친다. "할게! 너희들이 시키는 대로 할게, 내가 할게!"

"R!" 줄리가 맹렬하게 화를 낸다. "나 때문에 굴복하지 마! 이건 내 선택이고 이미 결정했다고!"

검은 넥타이는 가위를 더 위로, 손가락 첫마디 쪽으로 움직인다.

"나를 항상 안전하게 지킬 필요는 없어." 줄리가 갑자기 목소리를 누그러뜨리며 어떻게든 간신히 미소를 짓는다. "내가 널 사랑하는 건 그것 때문이 아니거든."

신선한 당근이 딱 부러지는 것 같은 작은 소리.

검은 넥타이가 입은 셔츠에 혈흔이 줄리의 그림 중 하나처럼 기교적으로 후드득 튄다. 줄리는 자신의 모든 작품을 쑥스럽게 여겼지만, 단 하나를 고르라면 멋쩍어하며 자칭 '잭슨 폴락이 되고자 했던 어리석은 시도'라는 그림을 꼽았는데, 나는 그 그림이 다른 것을 본떴다는 사실은 신경도 쓰지 않았다. 그 형태, 그 밝은 색상들, 그녀의 붓의 거친 흔들림 안의 열정을 알아봤다.

나는 의자의 앞쪽 다리를 부러뜨리고 검은 넥타이에게 달려들어서 바닥에 쓰러뜨리고 박치기를 하고 또 한다. 그의 코가 부러지고 안와가 무너지고, 모든 것이 부서질 때까지, 우리 둘의 머리가 하나의 뼛조각 덩어리가 되어 걸쭉하게 으깨져 합쳐질 때까지 박치기를 계속한다.

그가 전원 코드를 내 두개저에 찔러 넣자 이번에 나는 느낀다. 뇌의 핵에서 터져 나오고 눈과 이에서 탁탁 소리가 나는, 아주 가깝고 밀접한 진짜 고통. 나는 내가 있던 발코니에서 진창길로 떨어져 내려왔지만 현지인들이 곤봉과 칼을 들고 나에게 몰려와 주먹질을 하고 야유한다. 환영하네, 외지인. 네가 바라던 모든 것이 있었어?

나는 바닥에서 온몸을 비틀며 줄리를 올려다본다. 따뜻한 그녀의 핏방울이 내 얼굴로 열대의 비처럼 쏟아지고, 그녀의 고통 뒤로 나는 슬픔을 본다. 비탄을 본다. 우리의 다정한 작은 꿈이 암흑 속으로 서서히 사라져 가는 것을 본다.

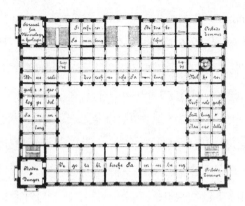

　환각에 떠다니고 있는 동안 얼굴들이 내 위로 흘러 지나간다. 나는 홍보자들을, 그들의 미소가 사라지는 것을, 그들의 표정이 느슨해지는 것을, 작은 몸짓과 이따금 끙 앓는 소리 같은 발성을 통해 서로 대화하는 것을 본다. 베이지색 재킷을 입은 한 남자가 줄리를 옮겨 가는 것을 본다. 어둠 속 어딘가에서 소리를 지르며, 이 숨 막히는 어둠 속에서 내 몸을 찾으려고 애쓰며 미친 듯이 주변을 파악한다. 사지를 홱 움직이고 희미한 신음 소리를 흘리는 것에 성공한다. 베이지색 재킷을 입은 남자가 돌아본다. 흐릿한 시야의 터널 끝에서 나는 오래된 친구의 얼굴을 본다.

　페리는 걱정하는 눈빛으로 '당황하지 마. 괜찮을 거야.'라고 말하는 것처럼 고개를 흔든다. 그리고 몇 가지 이유에서 나는 그를 믿는다. 나는 몸부림을 멈춘다. 내가 죽였던 남자의 유령이 우리 둘이 사랑한 여자의 몸을 들어 옮기는 것을 지켜보며 다시 어둠 속으로 가라앉는다.

✳ ✳ ✳

내 말 들리니······ 위를 봐······.

음의 높이는 불완전하지만 음색이 풍부하고 부드러우며 매캐한 목소리.

구름은 걷히고······ 창문을 열고······ 날개 한 쌍이 자라는 시간······.

곡조가 익숙하다. 가사는 갑절로 그러했다. 영화에서 나온 가사들과 기억에서 나온 멜로디가 합쳐진다. 들판에 있는 한 소녀. 저 멀리에서 그녀에게 손을 뻗는 한 남자.

위를 봐······ 위를 봐······.

나는 눈을 뜨고 올려다본다. 줄리가 웃으며 나를 내려다본다. 내 머리는 그녀의 무릎을 베고 있었고 그녀는 오른손으로 내 머리카락을 쓰다듬고 있다. 그녀의 왼손은 피에 젖은 거즈에 싸여 무릎 위에 축 늘어져 있다.

"게으르긴." 그녀가 중얼거린다. "지금까지 많이 잤어. 개운해?"

나는 힘겹게 몸을 일으켜 세우고는 머리가 몸 구석구석으로 고통을 쏟아 내는 물풍선처럼 터져 버리자, 그녀의 어깨에 쓰러지듯 기댄다. 나의 뇌. 내가 노력할 가치가 있다고 여기기까지 했던 유일한 부위, 내가 꽤나 오래 보호해 왔던 삶은 햄버거 덩어리. 어떻게 이런

169

고통 속에서 작동하는 것이 가능한 걸까?

"그렇진 않은 거 같네." 줄리는 부드럽게 내 두피를 마사지하며 다시 손가락으로 내 머리카락을 빗겨 준다. 도움이 됐다.

우리는 시큼한 냄새가 나는 방의 어둠 속에서 타일 벽에 기대 타일 바닥에 앉아 있다. 바깥 복도에서 깜박거리는 전구에서 나오는 유일한 빛은, 문에 있는 철창을 통해 우리가 있는 감방 안으로 새어 들어오고 있다. 우리는 감옥에 있다. 동네에서 날뛰어 잡혀온 일탈한 어린 연인 한 쌍. 음주. 흡연. 차 안에서 진한 애무.

"넌…… 괜찮아?" 나는 등을 대고 기며 간신히 꺽꺽거린다.

그녀는 씩 웃는다. "나한테 남은 것은 그래. 우리를 초대한 놈들이 절단면을 봉합해 줄 정도로 친절한 것으로 보아 아직은 죽일 생각이 없나 보다고 추측했지. 만세." 그녀의 손가락이 내 머리 뒤쪽의 화상 자국 주변을 어루만진다. "넌 어때?"

나는 억지로 자세를 꼿꼿하게 세우고는 피해 보고를 기다리며 아무것도 보지 않는다. 관절과 근육 전부가 살짝 구워진 것처럼 쓰라리고 말라 버린 것을 느낀다. 메스꺼움의 파도가 밀려들었고, 뒤이어 과열된 열기의 저류가 밀려온다. 그리고 당연하지만 내 머리도. 부비강을 압박하고 안와 속의 눈을 찌그러뜨리며, 수축된 혈관을 마구 두드리는 혈액의 꾸준한 욱신거림.

"그냥 조금 숙취가 있는 거 같아." 나는 웅얼거린다.

그녀는 씁쓸하게 미소를 짓는다. "거친 밤이었지."

우리는 잠시 조용하게 있는다. 장례식이 있기나 할까? 멈춰서 로렌스 로소의 삶이 끊겼음을 인정할 날이 있을까? 아니면 다른 날들의 비극에 휘말려서 새로운 세상의 휴지통에 내버려질까? 일기예보는 주요 뉴스가 되지만 죽음은 그렇지 않은 세상 말이다.

줄리는 일어서서 천천히 방 안을 돈다. 문을 통해 들어오는 깜박이는 빛으로 죽 늘어서 있는 개수대 한 줄과 화장실 변기들이 보인다. 우리가 갇힌 감옥은 화장실이다. 줄리는 산산조각 난 거울 앞에 섰다가 좌우로 몸을 돌려 보면서 자기 몸 여기저기를 확인한다. 빨갛게 부은 눈은 여기에. 갈라진 입술은 저기에. 갈색빛의 푸른 화상 자국은 어디에나. "좋아 보여, 줄리." 그녀가 투덜거린다. "캐버넷 인생에서 가장 좋은 해야."

나는 그녀가 다리를 조금 저는 것을 알아차린다. "너, 다리가?"

"그냥 관절이 아파서. 전기 때문 아닐까? 항상 전기 충격이 제일 쉬운 고문이라고 생각했었어, 부러지거나 잘리는 것도 없고, 너도 알다시피……." 그녀는 붕대가 감긴 잘린 부위를 들어 보인다. "…… 영구적인 불구가 되는 것도 아니고. 그런데 우와, 이건 아직도 꽤 아프네."

나는 그녀의 손에서 눈을 뗄 수가 없다. "와서 나랑 같이 앉아 있자." 나는 내 목소리가 떨리는 것을 느끼며 말한다.

그녀는 거울을 마지막으로 한 번 본다. 그녀는 아직도 딱지가 진 또 다른 상처를 드러내며 이마에 흘러내린 머리카락을 빗어 넘긴다. 그녀는 한숨을 쉬고 어둠 속 내가 있는 구석으로 돌아와 벽에 등을 대고 미끄러져 앉으며 나에게 붙어 자리를 잡는다. 나는 줄리의 붕대 감은 손을 잡고, 그녀의 손가락들의 책장에서 잃어버린 한 권의 빈자리를 응시한다. 그들은 그녀의 한 부분을 훔쳐갔다. 그녀는 줄

171

어들지 않았다. 그녀는 그녀 자신 못지않지만, 나는 여전히 상실감을 느낀다. 몸이 곧 줄리 그 자체는 아니지만 그럼에도 그녀의 몸은 그녀이고, 그래서 나는 그 몸을 사랑한다. 그런데 그 일부가 사라졌다.

그녀는 자신을 자세히 들여다보는 나를 보다가 내 눈에 희미하게 빛나는 물기를 알아채고 의식적으로 손을 치운다.

"밝은 면을 보자." 그녀는 억지로 미소를 지으며 말한다. "만약 우리가 결혼하게 된다 해도, 넌 나에게 반지를 사주지 않아도 되잖아."

✳ ✳ ✳

우리는 시간이 가는 줄도 모르고 어둠 속에 앉아 있다. 아무도 우리를 또 다른 '면담'에 끌고 가려고 오지 않는다. 문 밑으로 음식 쟁반을 넣어 주지도 않는다. 화장실 위에 있는 스피커가 딸칵거리며 잠시 별 특색 없는 록 연주곡을 들려주더니, 별 특색 없는 힙합 연주곡으로 바뀌었고 그러다가 달칵 꺼진다. 그러더니 다시 딸칵 켜지고 클래식이 흘러나온다. 아마 정신적인 고문이거나, 그냥 미치광이가 좋아하는 분위기일 뿐일 수도 있겠다. 나는 그것을 무시하려고 애쓴다.

"모차르트." 줄리는 스피커를 응시하며, 쓸쓸하게 키득거리며 말한다. "예술의 정점일 거야, 맞지? 이건 초월적인 인간의 업적이잖아? 그런데 우리는 이걸 화장실 배경 소음으로 쓰고 있네. 문자 그대로 그 위에 똥을 싸는 거야." 목소리에 고통으로 인한 긴장이 들어 있다. 그녀는 이따금 경련을 일으키녀 오른손을 꽉 쥔다. 음악이 딸칵 꺼질 때면 그녀는 곧바로 바닥에 있는 빛의 조각으로 주의를 돌

172

린다. "네 생각엔 태양광 전지판이 얼마나 오래 작동할 거 같아? 밖에 있는 저 전구는 우리가 죽고, 우리가 아는 모두가 죽었을 때에도 여전히 깜박거리고 있을까?"

나는 불안하게 그녀를 쳐다본다.

"미안." 그녀가 고개를 저으며 말한다. "기분 전환하려고 애쓰는 중이야."

그녀는 일어서서 문 쪽으로 가서 철창에 얼굴을 댄다.

"안녕? 거기 밖에 다른 죄수 있어? 액시엄의 특별한 고객 서비스를 즐기고 있는 다른 누구 있냐고?" 그녀는 맹렬한 발차기를 문에 날린다. 진흙 발자국을 남겼지만 육중한 경첩은 거의 떨리지도 않는다. "야!" 그녀는 빈정거림 속으로 자포자기가 슬금슬금 기어드는 목소리로 외쳤다. "야!"

그녀는 다시 문을 걷어차더니 얼굴을 찡그리고 손을 꽉 쥐면서 몸을 구부린다.

"젠장." 그녀는 노골적으로 속삭이듯 말한다. "이거 진짜 아프네."

작은 목소리가 복도 건너편에서 울린다.

"줄리?"

그녀는 눈을 크게 뜨고 서둘러 창문 쪽으로 돌아간다. "노라?"

"야, 너."

줄리의 얼굴에 밀려온 혼란스러운 감정의 물결. 눈에는 눈물이 가득 고여 있음에도 기쁨의 웃음이 부글부글 넘쳐난다.

"여기서 만나니까 너무 반갑다."

"내가 감옥에 있어서 반갑다고? 엄청 고맙네."

줄리는 더 크게 웃는다.

"그래서 내가 이기적인 나쁜 년이잖아. 맞아, 너무 반갑다."

줄리 뒤에 서자, 복도 저편으로 남자 화장실의 창문이 보인다. 곱슬곱슬한 머리카락이 창살 밖으로 튀어나와 있다.

"R도 같이 있어?"

"응, 여기 있어."

"이게 뭐야? 놈들이 원하는 게 뭔데?"

"나는 알지도 못하겠어. 놈들은 우리가 좀비들을 조종할 수 있다고 생각해. 미쳤나 봐."

"괜찮아?"

"거의, 그래. 이런 일이 생겼지만."

그녀는 붕대를 감은 손을 창살 밖으로 내민다.

"오, 줄리……."

"그래. 우린 이제 '잘린 손가락 자매'야."

"유감이네."

"고마워."

"익숙해질 거야. 진짜로 불편한 건 기타를 칠 때뿐이니까."

"어차피 음악가가 되려고 했던 적은 없어. 음악 유전자는 아빠와 함께 죽어 버렸거든." 그녀는 잠시 침묵한다. "너는 어때, 그래도? 넌 괜찮아?"

"나한테 그렇게 심하게 수작을 부리진 않았어. 나는 난리를 피워서 여기 들어왔거든."

"무슨 일이 있었는데?"

"어떤 놈이 거의 살아난 내 환자를 데려가려고 하기에 쏴 버렸지."

"잘했다, 내 친구."

잠시 정적. "줄리?"

"응?"

또다시 정적, 이번에는 더 길다. "로렌스 이야기 들었어."

침묵.

"정말 안됐어."

줄리는 이마를 창살에 대고 문에 기댄다. "응."

"엘라가 시체 안치소에 왔었어. 누군가를 돕고 싶다더라. 의료 훈련을 받은 적이 있었는지 물었더니 20년 전에 심폐소생술 수업을 들었다고 했어."

"엘라는 괜찮아?"

"그렇다고는 말 못 하겠다."

줄리는 눈을 감고 입을 다문다. 나는 창문에 얼굴을 밀어 넣는다.

"M은 봤어?"

"마커스? 그 대단한 야외 활동가? 당연히 못 봤지. 하지만 이제 돌아오기엔 꽤나 엄청난 때가 되겠는데, 돌아온다면 말이지만."

"올 거야." 반쯤은 나에게 중얼거린다. "M이 '나중에 보자.'고 했어."

"그것 참 다정하네. 그런데 나한테 했던 말은 '나는 여기 있을 자격이 없어.'였는데."

나는 창문에서 떨어져 축 늘어진다. 줄리가 내 자리를 차지한다.

"우리가 이 빌어먹을 화장실에 얼마나 있었던 거야?"

"뭐야, 감방 벽에 날짜 표시를 새기지도 않았던 거야? 죄수 정신

175

은 어디로 가고?"

"대부분의 시간을 의식 없이 보냈거든."

"어, 그래. 폭발은 분명 사흘 전이었을 거야."

줄리는 고개를 끄덕이고 생각에 잠겨 바닥을 쳐다본다.

"그래서 오늘은…… 7월 26일?"

"내가 끼니 수를 맞게 셌다면 그렇지. 왜?"

놀랍게도 줄리가 웃는다. 재미라고는 찾을 수 없을 것을 아는 농담에 웃어 주는 식으로. "내 생일이다."

노라가 잠시 멈췄다가 갑자기 쓸쓸하게 키득거린다.

"그래, 생일 축하해. 잘린 손가락 자매여! 소원 빌고 키스해!"

"나한테 선물 안 줄 거야, R? 무슨 남자친구가 그래?"

"생각 좀 해 봐, 넌 맥주를 살 수 있을 정도로 나이를 먹었다고!"

나는 두 소녀가 상투적인 생일 농담을 주고받으면서 각자를 덮어 주는 신선한 아이러니를 향유하며 발작적인 웃음으로 쓰러지는 소리를 듣고 있었지만, 나 자신은 거기에 참여할 수가 없다. 내 유머의 가장 어두운 가장자리조차 이것에 의해 마비되었다. 그것은 물론 주관적이고 궁극적으로는 의미가 없는 임의적인 선이지만, 내가 십 대 시절을 졸업한 줄리를 상상하는 방식은 아니다. 분명히 내가 그랬던 것보다 더 오랜 수년 동안 그녀는 어른이었다. 그러나 내 안의 뭔가 구식인 부분이 성숙함으로 들어서는 이 공식적인 단계를 여전히 기념해 주길 원하고 있다. 나는 일찍 일어나서 그녀의 베개에 데이지 꽃을 놓아주고 싶다. 그녀가 제일 좋아하는 음반을 하루 종일 틀어 주고 싶다. 어쩌면 생일 케이크를 구워 보려 할지도 모르겠다.

하지만 대신에 이것이 내가 그녀에게 차려 준 잔치다. 고문의 다음 판을 기다리며 감옥에 앉아 있는 것. 놀랍기도 하지!

소녀들이 반복적으로 서로 놀리는 것을 듣다 보니, 그들의 웃음이 어떤 종류의 반-기쁨 조약을 위반하는 경보음에 의해 촉발되는 것이 아닌가 하는 궁금증이 들었는데, 마침 때라도 맞춘 듯 문이 쾅 열리고 육중한 부츠 소리가 복도를 울렸기 때문이다.

웃음소리가 멈춘다. 줄리는 문에서 물러나서 나에게 부딪힐 때까지 뒷걸음질을 친다. 나는 그녀의 작은 골격을 흔드는 차가운 떨림을 흡수하며 그녀를 감싸 안는다.

"R." 그녀는 창문으로 그림자가 지자 훌쩍거리고, 차갑고 무시무시한 내 뇌 속의 파충류는 그 공간 안에서 물건들을 자세히 살펴보기 시작한다. 거울들. 유리 조각 하나……

문이 열리고 페리 켈빈이 걸어 들어온다.

줄리의 무릎이 무너진다. 그녀는 내게 축 늘어진다. 나는 비틀거리며 뒤로 물러서다가 그녀의 겨드랑이 밑을 붙잡은 채 앉은 자세로 넘어진다.

"갈 시간이야." 페리가 일어서는 걸 돕기 위해 내게 손을 뻗으며 말한다. "지금."

벽을 통해 먼 곳에서 소란스러운 소리가 들려온다. 분노에 찬 외침, 문을 두들기는 주먹 소리. 페리의 얼굴은 어둠 속에서 희미했지만 그 짙은 눈썹, 날카로운 목소리와 미묘하게 느릿한 말투…… 그가 무엇인지 또는 어떻게 여기에 있는지, 아니면 그를 믿을 수 있는지 몰랐지만, 그냥 생각만 하는 것보다 더 나쁜 시나리오는 없다고 상상할 수 있다. 나는 그의 손을 잡고 줄리를 나에게 끌어당기며 일어선다.

그의 눈에 시선을 고정한 그녀는 말은 하지 못했지만, 굳게 일어나서 따라온다.

"야!" 노라가 소리쳤고 나는 창문의 창살을 꽉 쥐고 있는 그녀의 손가락 마디를 본다. "걔들을 풀어 줘, 이 나쁜 놈들아, 그 애들은 너희를 도울 수 없어! 내가 **살아 있는 죽은 자**들의 간호사야, 걔네는 나를 그린 여왕이라고 불러! 만약 그들을 조종할 수 있는 누군가가 있다면, 그건 나란 말이야!"

"네 친구니?" 페리가 줄리에게 묻는다.

"넌 누군데?" 줄리는 여전히 그의 눈을 응시하면서 조그맣게 묻는다. "넌 누구야?"

"그래." 내가 그에게 대답한다. "저 애는 우리 친구야."

페리는 노라의 감옥은 열지 않는다. 노라는 어둠 속에서 얼굴을 내밀었다가 그의 얼굴을 보며 얼어붙는다. "젠장, 맙소사. 너……."

멀리서 문의 걸쇠를 내리치는 망치의 땡그랑거리는 소리가 난다.

"소개는 나중에. 나를 따라와."

그가 복도를 따라 달렸지만 소녀들은 경악해서 움직이질 않는다.

"저게 누구야?" 줄리는 두려움이 담긴 목소리로 내게 묻는다.

"몰라. 그게 문제가 아니잖아." 나는 그녀의 손을 잡는다. "우리는 여기에서 나가야 해."

그녀는 노라를 흘깃 보더니 나를 보고는 복도 끝에서 우리를 기다리고 있는 유령을 본다. 우리는 달린다.

　나는 우리가 지나는 모든 문마다 햇빛이 반겨 주길 기대했지만 그때마다 다른 복도, 다른 방, 또 다른 문이 나온다. 숙련된 손길로 부어진 내부 벽의 콘크리트는 종말 이후 건축의 성급한 부실 공사로 변해 간다. 곰팡이 핀 석고판, 녹슨 철판, 그리고 어디에나 있는 합판. 시티 스타디움에서 이렇게 큰 건물은 본 기억이 없다. 우리가 다른 어딘가에 있다는 의심이 들기 시작한다.

　방 밖의 조명은 더 믿을 만하다. 페리의 뒤를 쫓아 이 고약하게 지어진 미로를 지나가면서 그의 얼굴을 힐끗 본다. 그는 물론 페리가 아니다. 어떻게 페리일 수 있을까? 나는 직접 저 남자의 뇌를 먹었고 우리 교우들이 그의 시체를 몇 조각 골라서 집으로 가져오는 것을 지켜봤다. 게다가 그러고 나서 그는 내 머리 뒤로 밀항하여 사라진 내 양심을 채웠고, 우리는 우리의 영혼을 바로잡기 위해 함께 일했다. 나는 그가 '무엇인가의 다음' 단계로 가도록 격려했다. 페리 켈빈과 나는 화해하고 다른 길로 헤어졌다. 이 남자는 그가 아니다. 더 나이가 많고, 덩치가 있고, 턱은 확연하며 피부는 더 그을렸다. 줄리와 노라 역시 이것을 알아봤을 성싶지만, 그 닮음은 여전히 그들에게 충격을 줘서 평소답지 않게 침묵하게 한다.

빛이 드는 창문이 하나 나타난다. 낮의 햇빛 생각에 거의 군침을 흘릴 정도다. 이 스산한 고통과 어둠의 구덩이에서 사흘을 지낸 후인지라, 내 피부는 달콤한 차를 마시듯 태양빛을 마실 터이다. 페리가 아닌 그 남자는 우리를 위해 문을 잡아 줬고 우리는 낮이 아닌 곳으로 나온다. 어두운 구석의 희미한 가로등 빛 하나. 머리 위는 숨막힐 것 같은 물로 얼룩진 콘크리트의 하늘이다.

"골드만 돔에 온 것을 환영해." 페리가 아닌 사람이 말한다. "계속 이동하자."

시티 스타디움과 달리 여기에는 진짜 도시의 배치를 흉내 내려는 시도조차 없다. 열린 공간으로 돌출된 축소판 고층 건물은 없다. 열린 공간이 전혀 없다. 골드만의 '건축자들'은 돔의 모든 공간을 지상에서부터 멀리 떨어진 천장의 곡면까지 포함하는 비틀리고 삐걱거리는 덩어리 하나로 전부 합치는 건축물들로 채운 듯하다. 우리가 서 있는 거리가 돔의 한쪽 끝에서부터 다른 쪽 끝으로 기괴한 벌집을 가르는 유일한 외부 통로인 것처럼 보인다. 벌집의 반쪽 두 개를 연결하는 아찔한 보행자 통로의 거미줄 위에서 보행자들이 우리를 내려다보고 있다.

하지만 경보가 울리지 않는다. 투광조명등도 없다. 점보트론에서 짖어 대는 체포 명령도 없다.

"놈들이 너희를 다른 면담에 데려오라고 나를 보냈어." 페리가 아닌 사람이 싸구려 아파트 단지의 차고같이 움푹 들어간 주차장 쪽으로 난 길로 우리를 이끌면서 말한다. "놈들의 무전기를 가져오고 사무실에도 가뒀지만, 놈들이 나와서 내부로 전화를 하면 돔은 폐쇄될 거야. 우리한테는 5분 정도밖에 시간이 없어."

그는 픽업트럭 중 한 대(회색 페인트칠이 되어 있고 총기 선반을 잘 갖춘 고물 포드)를 연다. 줄리가 조수석 문을 열려고 했지만 페리가 아닌 사람이 손을 내밀어 막는다. "안 돼. 너희 전부 짐칸 쪽에 타."

"왜?" 노라가 묻는다.

"거기에 끈이 있을 거야. 너희 손목을 묶고 좀비인 척해."

"젠장, 맙소사!" 줄리는 무아지경 상태에서 벗어나며 갑자기 소리를 지른다. "당신 누구야?"

그는 줄리의 눈에서 냉혹한 번뜩임을 보고 그녀가 한계에 도달했음을 알아챈다. 그녀는 대답을 얻을 때까지 어디에도 가지 않을 것이다. "에이브럼 켈빈. 나는 페리의 형이야."

줄리는 눈으로 그의 이목구비를 재빠르게 훑으며 그를 쳐다본다.

"페리는 형제가 없……."

"봐, 내 이름을 말해 줬잖아. 정말로 지금 이렇게 한가하게 수다 떨 시간 없어. 빌어먹을 트럭에 어서 타."

그는 차에 올라타더니 문을 쾅 닫는다. 나는 짐칸으로 기어 올라갔고 잠시 후 줄리와 노라도 나를 따라 탄다. 우리는 손목에 밧줄을 느슨하게 휘감아 두르고는 장작 꾸러미 같은 녹슨 금속을 깔고 눕는다. 나야 독보적으로 창백했지만, 수많은 딱지가 진 상처와 멍이 다른 이들의 덜 창백한 안색을 가려 준다. 이렇게 희미한 암흑가의 조명 아래에서 그들은 무리없이 통과될 것이다.

트럭이 요란하게 흔들리며 차고 밖으로 나온다. 돔의 상층부가 나를 지나쳐 가는 것이 보인다. 낮은 쪽 보행자 통로에서 내려다보던 경비 한 명이 트럭 화물을 보고 침을 뱉는다. 찐득한 녹색 가래가 내 귀 바로 옆에 철퍼덕 떨어진다..

"거의 다 왔어." 에이브럼이 뒷창문을 통해 우리에게 소리친다. "조용히 죽은 척해."

나는 줄리에게 얼굴을 돌린다. 트럭과 함께 우리 머리가 요동치면 우리 눈 사이의 거리가 멀어진다. 그저 나와 그녀와 웃기는 시체 몇 구만이 있었던, 사는 것이 더 단순했던 옛날, 공항으로 들어가는 첫 시도에서 내가 가르쳤던 좀비 흉내를 그녀가 기억하고 있을지 궁금해진다.

"과하게 하지 마." 트럭이 속도를 줄이며 눈부신 가로등 밑에 멈추자 나는 그녀에게 속삭인다. "그냥 부자연스럽게만 행동해."

문이 열리고 트럭으로 접근하는 발소리들이 들린다.

"직위와 신원 번호?"

"대형 수송 조종사, 습득 보조, 객원 전투원 접대 진행. 078-05-1120."

"임무는?"

"비분류 **죽은 자** 셋을 2번 소각로로."

나는 이 말에 반응하지 않으려고 애를 쓴다. 정말로 장작 더미라니. 나도 **죽은 자**를 태우는 것이 표준 관행이라는 것을 안다. 삼출액이 흘러나오는 우리 **죽은 자**들의 무더기에 기름을 흠뻑 적셔 모닥불을 피우는 것(보니들이 자연의 질서 속에서 그들의 장소의 일탈자들에게 상기시켜 주기 위해 기록하기 좋아하는 절차)을 본 적이 있다. 하지만 한순간 이것이 변한 것처럼 보였다. 골드만의 사람들은 시티에서 일어난 일을 지대한 흥미를 가지고 지켜봤다. 그들은 우리가 살아 있는 사람들과 통합하고 2번 통로가 완공에 가까워지고 합병이 서명 직전에 있다는 걸 관찰하고 있었다. 그 변화가 퍼져 나가는 게 현실적으로 가능해 보였다. 커다란 총과 몇몇 옹졸한 마음 때문에 그 변화가 그렇게 쉽게 꺼질 수 있을까?

"겨우 시체 세 구에 꽤나 수고가 들어가는군. 거기에 열두 구는 들어갈 텐데."

"경영진은 분류가 되지 않는 것들을 신속하게 처리하는 중이다. 전염이 우려되니까."

경비가 우리 위로 몸을 기울여 살펴봤는데, 베이지색 액시엄 재킷 대신에 비니 모자와 파란 플란넬을 입은 후줄근한 남자다. 골드만에 원래 있던 경비 중 한 명.

"좀비들은 얌전해진 거 아니었어?" 그는 내 얼굴을 자세히 들여다보며 말한다. "전염을 걱정하고 있다고?"

"'얌전해진' 것이 아니야. 정체기로 들어간 거지. 역병이 기만 전술로 진화하고 있어. 어떻게 될지 알 수 없으니 안전하게 풀어 나가려는 거지."

"전부 태워서?"

"이봐, 당신 거주지의 지침을 따르는 데 문제가 있다면 직접 경영진에게 이야기하시지. 지금 당장은 이 문을 열어. 내 일을 하게. 알겠어?"

경비는 눈을 가늘게 뜨고 나를 뜯어본다. 나는 이를 딱딱거리면서 썩어 가는 몸에 갇혀 고통스러운 영혼의 목소리 같은, 부드럽게 절제된 신음을 흘린다. 내가 수년간 연구해 온 역할이었는데, 아무래도 조금 과하게 연민을 이끌어냈나 싶다. 경비가 죄책감으로 얼굴을 찡그렸기 때문이다.

"살아 있는 채로 태울 셈이야?"

"좀비잖아, 어리석긴. 살아 있지 않아. 빌어먹을 문이나 열어."

경비는 우리 얼굴을 하나씩 손전등으로 비춰 본다.

"확신을 못 하겠는걸. 나한테는 이 녀석들이 감염된 것처럼 보이지도 않아." 그는 무전기를 꺼낸다. "경영진에 연락해 봐야겠어."

극단적이고 설득력이라고는 전혀 없는 신음과 함께 노라가 벌떡 일어나서 경비의 머리를 잡아 트럭 옆에 쿵 찧더니 귀를 문다. 그는 총에 손을 뻗으며 비틀비틀 뒤로 물러났지만, 에이브럼이 이미 트럭에서 내려서 그의 권총으로 남자의 관자놀이를 압박한다.

"총 버려, 무전기도. 그리고 문 열어."

경비는 시키는 대로 물건을 바닥에 덜그럭 떨어뜨리더니 출입문 암호를 치러 초소로 들어가면서 입술을 떨기 시작한다. 암호가 눌리자 강철 문이 움직인다. 경비의 얼굴은 눈물과 콧물로 젖어 있다.

"그냥 해 버려." 그는 에이브럼의 총신에 이마를 대고 훌쩍이며 말한다. "나 스스로는 못 하겠고 아무도 다치게 하고 싶지 않으니까."

웃기는 B급 영화에서처럼 신음을 흘리고 헐떡거리던 노라와 줄리는 결국 연기를 그만두고 웃음을 터뜨린다.

"기운 내요, 군인 아저씨." 노라가 말한다. "나한테 술 몇 잔 사지도 않은 사람한테 병을 옮길 생각 없으니까."

에이브럼은 경비의 총과 무전기를 트럭 안에 던져 넣고는 올라탄다. 우리가 도시의 거리로 움직이기 시작하자 멍해져서 입을 벌리고 있는 남자에게 나는 승리의 미소를 지어 줬고 소녀들은 손을 흔든다.

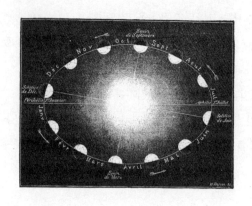

우리

에이브럼 켈빈이 돔에서 운전해 나오는 것을 지켜보는 와중에 여러 감정들이 우리에게 달려든다. 복잡하고 모순적(즐거움, 비애, 갈망, 사랑)이지만 우리의 감정은 항상 그랬다. 그 감정들은 모든 것의 기억들이 스며 있는, 진하고 아주 오래된 독주처럼 도서관의 홀들로 밀려든다. 이런 영혼을 흡수하는 것 없이 뭔가를 보는 것은 희귀한 일인데, 모든 것이 적어도 우리의 한 부분에 의해 기억되기 때문이다. 모든 나무들은 횃대였고, 모든 개울은 욕조였고, 모든 돌은 발톱에 긁히거나 창문을 깨거나 집을 짓는 데 사용되어 왔다. 지구에 있는 모든 것은 누군가에게 어떤 의미이고, 사랑을 전혀 받아 보지도 못한 사람은 한 명도 없다.

그렇게 돌 하나조차 몇 가닥 실로 묶여 있는데, 사람 한 명은 천 가닥 밧줄을 가지고 있으며 트럭 안의 남자는 우리를 끌어가고 있다. 우리의 일부는 분리되기 시작한다. 책 한 권이 우리의 책장에서 미끄러져 떨어진다. 표지가 없고 빨간 털실로 묶인 얇은 책으로 심하게 훼손되어 있다. 눈물이 그 책의 잉크를 번지게 한다. 피가 그 단어들에 얼룩진다. 하지만 우리의 도서관에 있는 책들은 치유할 수 있다. 그것들은 자라날 수 있다. 그것들은 스스로를 완성할 수 있다.

우리의 일부는 우리의 광대함으로부터 나타난다. 우리의 일부는 에이브럼이 누구인지 알게 되길 바라며 그를 지켜보고 읽는다. 비정한 세상이 찢어내 버린 몇 페이지를 회복하길 바라며.

우리는 그 트럭을 따라간다.

나

2번 통로의 보호 초소 안에서, 나는 예전 세상에 있는 거라고 거의 가정할 수 있다. 새로 노란 선이 칠해진 매끈한 검은 아스팔트, 완전하게 치워진 버려진 차들과 무너진 건물의 잔해. 폭탄으로 움푹 팬 곳도, 균열도 없고, 작게 팬 구멍도 그리 많지 않다. 3미터 콘크리트 벽은 지방 자치가 가진 생명력의 사랑스러운 환상을 깨뜨리는 것은 아무것도 없으리라 보장하며, 엉망인 바깥 상황을 효과적으로 가려 준다. 또한 이에 더해 거의 깨우치지 못한 나의 예전 친구들에 의해 둘러싸여 먹히지 않을 것을 보장한다.

그러자 그 환상은 점차 증발해 버린다. 벽은 사라져 가고 나무로 된 거푸집과 콘크리트 보강 철근의 새싹들이 등장한다. 우리는 다시 도시에 노출되고 위협이 도사리는 일반 도로 위에 있게 되었다. 거주지 간의 안전한 경로에 셀 수 없이 많은 이득이 있는 점을 고려하면 액시엄의 첫 행동 중 하나가 영역을 분리하여 관리하는 '통로 계획'을 폐쇄하는 것이었음에는 의심의 여지가 없다. 폭군이 사람들의 화합에서 이득을 얻었던 적이 있던가?

어두운 구름들이 탑재 화물을 풀어 놓기 시작한다. 차가운 비가 트럭 뒷문을 열어 놓고 즐기는 파티를 흠뻑 적시자 줄리와 노라는 어깨를 움츠린다. 몇몇 외톨이 좀비들이 깜박이지 않는 눈에 빗방울이 후두두 떨어지는데도 하늘을 올려다보는 것이 보인다. **죽은 자**들은 언제나 도시로 통근했다. 그들은 매일 아침마다 변두리에 있는 다양한 집결지에서 힘겹게 걸어 섬뜩한 작업을 하고는 묵묵하게 집으로 돌아와서 그 모든 것을 다시 행하기 전까지 몇 시간을 동면했다. 최근에서야 몇 명이 이런 피곤한 절차를 바꾸기 시작했다. 민소매 티셔츠에 치마를 입은 창백한 젊은 여자는 단순하게 그녀의 사냥단과 헤어져서 길을 잃은 것일까, 아니면 처음으로 비의 차가움을 느끼면서 그 의미를 궁금해하는 것일까? 스타디움 쪽으로 터덜터덜 걷고 있는 피로 얼룩진 남자는 죽이고 먹으러 그곳으로 가는 것일까, 아니면 이 이상하고 새로운 시작과 함께 도움을 요청하러 가는 중일까?

우리 차가 지나치자, 둘 다 우리 쪽으로 돌더니 쉬익 소리를 낸다. 은색 눈들은 짐승의 허기로 커다래진다. 나는 자신에게 참으라고 말한다. 무슨 일이든 하룻밤 만에 일어나진 않으니까.

"네가 얼마나 달라졌는지 보여, R? 네가 가끔 의심한다는 것은 알지만 저들을 보고 너를 봐 봐. 아무도 예전의 네가 무엇이었는지 추측도 못 할걸."

늘 그렇듯 줄리는 너무 후했지만, 나는 그 격려를 받아들인다. 내가 우리가 구조한 사람들을 기만해 왔던 듯하다는 것을 고려하면 거기에 조금이라도 진실이 있어야 하지 않을까?

노라가 뒷창문을 연다. "차 세워. 안으로 너무 들어왔으니까."

"내가 보기엔 아직 더 남았는데." 에이브럼이 도로에서 눈을 떼지 않고 말한다. "3킬로미터 이상 더 가야 해."

"이봐. 우린 마을의 **죽은 자** 구역에 있다고. 다시 상어 미끼가 된 느낌이거든? 세워."

그는 두 블록을 더 가더니 차고 입구에 차를 세운다. 우리가 트럭 밖으로 내리자 그가 주의 깊게 소리를 듣는 것이 보인다. 그가 듣기에 더 두려운 소리는 어떤 것일까? 우리 쪽 사람들이 배고파서 내는 신음일까 아니면 그쪽 사람의 프로펠러 소리일까?

줄리는 다리를 뻗을 공간 문제를 고려하느라 망설이지도 않고 조수석으로 뛰어 올라탄다. "그래서." 그녀는 노라와 내가 우리의 긴 사지를 접어 가까스로 거기 뒷좌석에 들어가자 에이브럼을 작정하고 자세하게 들여다보며 말한다. "대화할 준비는 됐어요?"

에이브럼은 천천히 숨을 내쉰다. "모두 안전벨트 맸어?"

노라는 무릎으로 가슴을 압박한다. 내 무릎은 턱에 닿아 있다.

"사고 나면 곧장 저승행이겠네." 노라가 말한다.

에이브럼은 차고에서 차를 빼서 차량들의 잔해가 만든 거친 지형을 흔들림 없이 이리저리 빠져나가며 고속도로 남쪽으로 차를 돌린다. 큰 빗방울이 앞 유리창에 후두둑 떨어진다.

"페리는 형제가 없었어요." 줄리가 말한다.

"그 애는 날 그다지 기억하지 못했을 거야. 마지막으로 봤을 때 그 애는 겨우 다섯 살이었고, 우리 어머니는 잃어버린 사람들에 대해서 이야기하는 것을 좋아하지 않으셨거든. 현재에 머물러야 한다고." 그는 히죽 웃었다. "아들을 두고 왔을 때 매우 편리한 철학이지."

줄리는 주저하며 묻는다. "무슨 일이 있었던 거죠?"

"흔히 있는 일이었지. 괴물들이 공격하고, 사람들이 죽고, 가족들은 헤어지고. 나는 한동안 가족들을 찾으려고 애쓰며 헤맸는데 그러다가 액시엄에 영입되었지. 액시엄이 그냥 시장 개척을 추구하는 일반 회사의 민병대였던 시절에 말이야."

나는 앞쪽으로 몸을 기울인다. "지금은 뭔데?"

그는 그 질문에 짜증이 난 것처럼 보인다. "뭔가 다른 것."

"그들은 인간이야?"

에이브럼은 나를 얼간이로 찍었다는 시선으로 힐끔 본다.

"도대체 그 외에 뭐겠니?"

줄리는 우리를 원래의 화제로 다시 몰고 가려고 한다.

"그러면 그들과 함께 자란 거예요? 그들이 키워 준 거예요?"

에이브럼은 주저하더니 킥킥 웃고는 다시 도로를 본다.

"그렇게 말할 거라 예상했어. 늑대가 키운 야생의 아이 아니냐고."

"그러면 왜 그들에게 돌아갔어?" 노라는 팔짱을 끼며 묻는다. "왜 우리를 도와주는 거야?"

앞쪽에 도시의 납작해진 자동차들이 쌓인 수많은 무더기 중 하나

191

가 길을 막고 있다. 에이브럼은 트럭을 사륜구동으로 전환하고 평면이 된 쿠페 한 무더기를, 다시는 오지 않을 재활용 분리 수거일에 내놓는 맥주 캔처럼 으스러뜨리며 그 위로 차를 몰아 간다.

"짧게 대답하자면 가족을 찾을 수 있을 거라 생각했거든." 와이퍼가 앞 유리창을 닦아 내면 비가 그것을 덮어 버린다. 세상은 아련하게 흐릿한 것에서 흉물스럽게 선명한 것으로 휙 변했다가 다시 돌아간다. "나는 몇 년에 걸쳐 캐스캐디아를 가리키는 몇 가지 단서를 찾아냈어. 그래서 우리가 포스트로 이동하고 있다는 것을 듣고 임무를 신청했지. 수백 명의 죄수를 자유롭게 접촉할 수 있다 해도, 별로 승산이 없다는 것도 알고 있었는데 말이지. 아, 미안, 죄수가 아니고 손님을 말한 거야. 아무튼 며칠 후 포기하려던 참이었어. 하지만 그때 이 녀석이⋯⋯." 그는 엄지손가락을 내 쪽으로 찌른다. "이 녀석이 그 애 이름을 말하더군. 나를 보자마자 '페리'라고."

트럭은 암울한 침묵 속으로 빠져든다.

"걱정 마. 그 애가 죽었다는 거 아니까."

"어떻게?" 줄리가 작은 목소리로 묻는다.

"살아 있다면 너희들이 나를 그렇게 충격적으로 바라보겠어? 꽤 명료한 메시지지."

더 깊은 침묵. 나는 그가 나에게 그 끔찍한 질문을 할 것을 대비해서 긴장한다. *그 애는 어떻게 죽었어?* 하지만 그 순간, 그는 내가 그 상황을 모면하게 해 준다.

"우리 부모님 역시 돌아가셨을 거라 추정하고 있어."

그가 앞 유리창을 응시하며 말한다.

줄리는 고개를 끄덕인다.

에이브럼은 입을 꾹 다문다. "나밖에 안 남았군."

우리는 고속도로로 올라가는 언덕을 올라갔고 시티 스타디움은 이제 우리 뒤 지평선 위로 보인다. 나는 쏟아지는 비 뒤로 스타디움이 회색 신기루로 희미해져 가며 멀어지는 광경을 뒷유리창을 통해 바라본다.

"길게 대답하면 뭔데?"

노라의 질문에 에이브럼은 대답하지 않는다.

"그저 당신 동생을 알지도 모르는 누군가와 이야기하려고 액시엄을 배신하고 엿먹였다고?"

나는 거울을 통해 그의 눈을 본다. 익숙하다. 얇은 눈매와 페리 같은 갈색 눈. 하지만 추가적인 몇 년은 그 눈을 몇 세기가 지난 것처럼 단단하게 만들었다. "아니야." 그는 대답하고는 작고 표시도 없는 나무가 우거진 계곡으로 나가는 출구로 진입한다.

＊ ＊ ＊

거리는 썩어 가는 낙엽들의 두꺼운 층에 파묻혀 있다. 나무판자로 창문을 막은 노후한 주택과 자라나는 잡초에 묻혀 가는 처참한 자동차, 종말 전에도 분명 이렇게 보였을 부류의 집들을 헤드라이트 빛이 미끄러지듯 비춘다.

"우리 어디로 가는 중이에요?" 줄리가 묻는다.

"그 질문은 이따 해도 돼." 에이브럼이 대꾸한다.

거리 끝의 총탄 구멍이 숭숭 뚫린 막다른 길 간판을 지나자, 생명의 징후들이 있다. 낮은 곳에 설치된 헤드램프의 희미한 불빛으로 어둠 속을 이동하는 베이지색 재킷을 입은 남자들.

"저 사람들은······."

"입 다물라고 했잖아."

"이봐." 나는 앞으로 몸을 기울이며 끼어들어 보지만, 그 몸짓은 형식적인 것처럼 느껴진다. 줄리는 상처 입고 실망한 듯한 표정으로 에이브럼의 옆얼굴을 들여다본다. 아니다, 이 사람은 그녀가 한때 사랑했던 그 소년이 아니다. 그의 반향조차 아니다.

우리가 어느 진영의 입구에 다다르자, 작은 텐트에서 한 남자가 나타나서 담배에 불을 붙이고는 에이브럼이 창문을 내리는 동안 담배를 한 모금 빨고는 기다린다.

"078-05-1120."

에이브럼은 진부한 절차를 말하는 지루한 어조로 말한다.

경비는 메모장의 목록을 확인하고 고개를 끄덕이더니, 자기 헤드램프로 뒷좌석을 비춰 본다. "저들은 누구지?"

"골드만에서 새로 고용한 사람들이다. 번호는 아직 없어."

그는 공중에 연기의 나선을 남기며 담배를 든 손을 우리에게 흔든다. 우리는 진영 안으로 차를 몰아 들어간다.

우리 차의 상향등이 어둠 속을 깊숙이 가르면서 그 진영의 부실한 조명이 감추고 있던 것을 드러낸다. 이 땅은 어떤 대가족의 지역 공동체였던 것이 분명하다. 한 구획에 여섯 집과 헛간 하나가 있고 뒤쪽에 있는 들판에 오두막 몇 채가 딸려 있다. 엄마와 아빠와 아이들과 그 아이들의 아이들 그리고 어쩌면 그 아이들의 아이들까지, 모두가 숲속 깊이 이 거리의 끝, 아무도 세상의 소식들과 사악한 방법들로 그들의 사적인 파티를 방해할 수 없는 곳에 숨어 있었을 것이다. 부엌을 떠난 후에야 냄비가 계속 끓고 있었음을 알아차린 게 분명했을 그들은 얼마나 놀랐을까? 현관으로 뜨거운 조수가 온통 밀려들고 있는 것을 봤을 때 얼마나 충격을 받았을까?

이제 그 농장은 사회의 결함에 한층 적극적으로 접근하는 새로운 가족들이 차지했다. 모든 집과 오두막은 병영이 된 것처럼 보인다. 액시엄의 군인들이 무기와 장비를 주고받는 여러 가지 심부름을 하면서 별안간 들락날락한다. 집들 너머에는 음악 축제 야영지처럼 진흙탕이 된 들판에 텐트 수십 개가 들어서 있다. 전쟁의 처참한 우드스톡 페스티벌이랄까.

"여기에서 뭐하고 있는 거야?" 에이브럼의 지시에도 불구하고 노라는 속삭인다. "놈들이 우리를 찾고 있을 거 아냐?"

"이 근처는 전파 방해가 강력해. 무전기 범위가 고작 800미터야. 전령이 올 때까지는 무슨 일이 있었는지 알지 못할 거야."

"그건 협상도 아니었군요." 줄리는 도요타 픽업트럭의 덮개에 유탄발사기를 끼우는 군인들을 지켜보며 말한다. "합병을 하려면 얼마든지 할 수 있었을 텐데도, 당신들은 그냥 어떻게 해서든 밀고 들어온 거군요."

씁쓸한 헛웃음이 에이브럼의 입을 스친다.

"현대의 문제에 혁신적인 해결책을 제시한 거지."

에이브럼은 오두막 한 채 옆에 트럭을 주차한다. 우리는 차에서 뛰어내리고 안쪽으로 들어가는 그를 따라간다.

오두막 안은 따뜻하고 건조했고, 작은 금속 난로 안에서 불꽃이 타닥거려서 놀랍도록 아늑하다. 1인용 침대 두 개와 의자 두 개, 텔레비전 한 대와 오래된 비디오 게임 장비가 있다. 아마도 가족들 중 독립과 남성성을 추구하는 사춘기 소년 한 명을 위한 방인 것 같다. 오래된 핏자국들이 소년이 하던 탐구의 갑작스런 끝을 암시한다.

한술 더 떠서 아이의 방은 이제 한 여성과 소녀가 차지하고 있다. 둘 다 텔레비전 앞에 앉아서 비행기 한 대가 이륙고, 고양이 한 마리가 다친 새를 가지고 놀고, 오래전에 죽은 가수들이 오래전에 죽은 유명한 심사위원들 앞에서 공연하는 장면을 본다. 이미지의 만화경이 그 방의 벽을 이상한 색깔들로 알록달록하게 장식하고 있다.

"이제 곧." 여자는 올려다보지도 않고 말한다.

소녀는 에이브럼에게 달려가서 그의 다리를 껴안지만 미소를 짓지는 않는다. 아이는 여섯 살 정도로 검은 생머리에, 황갈색 피부다. 그러니 금발에 불그레한 얼굴의 여자는 명백하게 그 아이의 엄마가 아니다. 한쪽 눈은 크고 검은색이다. 다른 쪽 눈은 데이지 꽃이 그려진 하늘색 안대로 덮여 있다.

"안녕, 예쁜 잡초." 에이브럼이 아이를 부르고는 팔꿈치 안쪽으로 안아 들어 올린다. "내가 다녀올 동안 캐롤이랑 재밌게 놀았어?"

소녀는 슬프게 고개를 젓는다.

"당연히 그랬겠지. 캐롤은 재미가 없으니까."

"네가 언제 돌아오는지 5분마다 물어보더라. 막 죽었다고 말할 참이었다고. 이 지긋지긋한 게으름뱅이야."

"바쁜 한 주였어."

"나도 그렇게 들었어. 넌 루크랑 같이 나한테 5일을 빚졌어."

에이브럼은 멍하니 웃으면서 아이를 들고 위아래로 흔들어 준다.

"한동안은 임무를 수행해야겠지만, 내가 일을 다 하고 나면……
그래." 그는 아이를 내려놓는다. "스프라우트(Sprout, 새싹―옮긴이),
네 배낭을 가져와서 옷을 넣으렴. 우린 여행을 떠날 거야."

캐롤이 얼굴을 찌푸린다.

"여행? 빌어먹을, 도대체 그게 무슨 말이야?"

에이브럼은 그녀를 무시하고 옷과 음식을 배낭에 던져 넣는다.

"야, 켈빈. 임무 중에는 아이를 돌볼 수 없잖아……."

"스프라우트를 봐 줘서 고마워, 캐롤. 가고 싶으면 집으로 가도 돼."

벽의 조명이 빨갛게 변하고 텔레비전 소리가 불안정한 경계 신호
음로 변한다. 에이브럼은 짐을 싸다가 얼어붙는다.

"이런, 젠장." 캐롤이 마치 제일 좋아하는 쇼가 막 시작하기라도
할 것처럼 화면 앞으로 달려가며 말한다. "드디어 들어온 거야? 우
리 연방 TV에 나오는 거야?"

약 2초간 텅 빈 붉은 화면 위로 그 신호음이 나오더니, 만화경이
계속된다.

곰 한 마리가 급류 밖으로 나오는 연어를 후려친다. 사자 한 마리
가 여유롭게 느긋한 동작으로 얼룩말을 덮친다. 군인들이 마을 안으
로 행진한다.

"이 지긋지긋한 암호." 캐롤이 투덜거린다. "넌 알아먹겠어, 켈빈?
난 내 과제도 못 끝냈어."

"아니." 에이브럼은 짐 싸기를 서두르는 것이 거짓인 양 태평스러운 듯 침착하게 대답한다. "제작자의 안내서를 확인해 봐."

캐롤은 그 비유들의 모음집을 통해 피드가 획 스쳐 지나가자 선반에서 두툼한 서류철을 꺼내서 탁자 위에 탁 놓는다. "전갈을 주고받을 때마다 이렇게 예전 정부의 헛소리를 계속 이용해야 한다는 걸 믿을 수가 없어." 그녀는 색인표가 달려 있고 투명 포장이 된 페이지를 획획 넘기며 말한다. "왜 그냥 그대로 말할 수 없는 거야?"

에이브럼은 자기도 모르게 킥킥 웃는다.

"만약 우리가 '그대로 말한다'면 사람들이 실제로 우리 전갈을 알아채겠지. 그래선 안 되지."

캐롤이 그를 흘끔 돌아본다. "응?"

"거기 제목에 바로 있잖아." 그는 유서 깊은 산업 장비의 설명서처럼 보이는 서류철 쪽을 엄지손가락을 획 가리킨다. "*과도한 이해 방지를 위한 영향력 있는 완곡어법.*"

캐롤은 서류철 표지를 검토한다.

"다시 이렇게 말해야겠어. ……응?"

그는 배낭의 지퍼를 올린다. "잊어버려. 나는 이걸 그냥 시운전이라고 생각하니까." 그는 문 쪽으로 움직인다.

체계적이고 엄숙한 목소리가 배경 음악을 가른다.

"*모든 것에는 이유가 있다. 모든 것에는 제자리가 있다.*"

텔레비전에서 고릴라가 동물원 울타리 안에서 서성이고 있다.

"*사람은 질문하는 유일한 생명체이다.*"

고릴라는 희미해지고 심하게 밝은 남자의 얼굴 사진이 나타난다.

에이브럼의 얼굴이다.

캐롤은 눈이 동그래져서 에이브럼을 쳐다본다.

"어, 저건 분명히……."

에이브럼이 관자놀이를 주먹으로 세게 때리자 캐롤은 바닥으로 쓰러진다.

"이런 *젠장!*" 노라가 소리친다.

에이브럼이 캐롤의 허리띠에서 총을 잡아채서 노라에게 던진다.

"이거 어떻게 쓰는지 알지?"

노라는 대꾸하려고 입을 열었다가, 작은 수조에서 헤엄치고 있는 금붕어가 화장실 바닥에 앉아서 카메라를 노려보는 노라의 사진으로 변해 가는 장면이 나오자 조용해진다.

"도대체 이게 무슨 일이야?"

줄리는 새장 안에 있는 황금방울새가 고문 의자에 묶여 있는 그녀의 희미한 사진으로 변하자 조그맣게 중얼거린다.

"*고통은 사람이 자기 자리에서 벗어났을 때 온다. 그가 자기 본성에 저항하고 자기 역할을 거부할 때.*"

스프라우트는 의식을 잃은 자신의 보모를 쳐다보다가 훌쩍거린다. 에이브럼은 배낭을 어깨에 지고는 딸의 손을 잡는다. "가자." 그는 방에 있는 모두에게 말하고는 나가 버린다.

우리는 이 사태의 전환을 따라잡으려고 애를 쓰면서 망설였지만, 충격에서 깨어나는 캐롤의 신음에 움직인다. 나는 오두막 문을 닫기 전에 힐끔 텔레비전을 본다. 뒤에서 나를 보고 있는 나 자신의 얼굴이 보인다. 이 사진이 찍혔던 때가 기억이 나지 않았지만, 의식의 안

퓨으로 충격을 받지 않았던 때조차도 내 기억에는 구멍이 숭숭 뚫려 있다. 플래시의 강렬한 빛에도 불구하고, 나는 확실하게 살아 있는 것으로 보인다. 피부는 창백했지만 **거의 산 자**의 자주색 기운이 없다. 눈은 완전히 정상이다. 그런 정보가 집계되던 과거에 세계 인구의 96퍼센트처럼 똥 같은, 진흙 같은 갈색. 이게 내가 원했던 것 아닌가, 그렇지 않아? 아이들이 고통 받고 여자들이 억제당하며 야수들이 책상마다 앉아 있는 세상에서 자기 수명을 다 살아 내는 그저 다른 남자가 되는 것?

"못이 박혀 있던 구멍에서 빠지면. 모든 것이 무너진다. 우리는 우리의 잃어버린 조각을 찾아서 그들을 다시 데리고 와야 한다."

액시엄 로고의 한 장면이 내 얼굴 위에서 깜빡거린다. 화면이 붉게 빛나면서, 신경을 긁는 경고음이 빈 헛간에서 울려 나온다. 그러더니 정규 프로그램이 재개된다.

타이어 그네를 탄 행복한 아이들.

젊은 뉴욕 위로 빛나는 프리덤 타워의 초록색 유리창.

꿈틀거리는 벌레 한 마리.

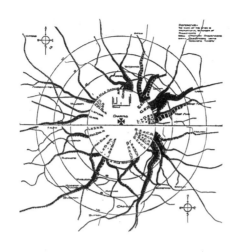

진영에서 도망치는 동안, 나는 고통스러울 정도로 느긋하게 게으름을 피우며 앞좌석에서 초조함에 꼼지락거린다. 곰이 내 머리를 뜯어먹고 있는 동안 죽은 척하려고 애쓰는 것 같다. 군인 몇 명이 텐트에서 나와서 서로의 얼굴을 손전등으로 비춰 보고 있다는 것을 알아챘지만, 수색이 어느 정도 가속도가 붙을 무렵에 우리는 이미 탈출한 상태다. 경비의 텐트 안쪽에서 깜박거리는 텔레비전 빛이 보여서 긴장했지만, 그러다가 정작 경비가 반쯤 피운 담배를 들고 아직도 텐트 밖에 서 있는 것이 보인다. 그는 에이브럼에게 고개를 끄덕이고 우리에게 손을 흔든다.

"나쁜 버릇을 있게 한 신께 감사해야겠네." 줄리는 뒷유리 너머로 멀어지는 그의 담배연기 구름을 보면서 중얼거린다.

우리가 진영의 시야에서 빠져나오자마자 에이브럼은 속도를 높인다. 낡은 엔진이 덜컹거리며 내는 폭발음과 뒤로 흩날리는 낙엽 무더기와 함께 트럭은 굉음을 내며 달리기 시작한다. 고속도로로 돌아가는 언덕을 올라가는 대신에 에이브럼은 고속도로와 나란히 달리는 나무들이 두터운 천장을 만들어 항공기의 눈으로부터 숨겨진 도로를 달린다.

"어디로 가는 거예요?" 줄리는 앞좌석 쪽으로 기대며 묻는다.

"나중에 생각해 보려고. 지금 당장은 그저 거리를 벌려야 해."

줄리는 고개를 끄덕인다. "이 도로에 있자고요. 여기에서 나가는 확실하고 유일한 길이네요. 8킬로미터 정도는 잘 가려질 테니 그 후에 고속도로로 뛰어오르면 되겠어요."

"에이브럼." 노라가 그의 뒤통수에 대고 말한다. "텔레비전에 나온 거 말이야⋯⋯. 정말로 로터스 피드였어?"

"우리 모두가 알고 사랑했던 피드였지, 새로운 제작자가 만들 뿐."

"그러면 우리 사진들은⋯⋯ 그게 '구속 영장'이든 뭐였든지 간에 말이야⋯⋯."

에이브럼은 고개를 끄덕인다.

"전국적으로 방송되는 거였어. 너희는 공식적인 도망자가 된 거지."

고르지 못한 노면 탓에 트럭 안이 여객기 객실처럼 끊임없이 돌진하는 소음으로 채워진다. 에이브럼의 딸은 줄리와 노라 사이에 끼어서 매우 겁을 먹고 있는 것처럼 보였는데, 그 아이가 얼마나 많이 상황을 이해하고 있는 것인지 궁금해진다.

"그들은 어떻게 한 거죠?"

줄리는 끔찍한 침묵의 몇 분이 지난 후에 묻는다.

"뭘 해?"

"연방 TV, 연방 FM…… 사람들은 BABL이 온라인에 접속된 이후에도 피드와 연결하려고 시도해 왔었잖아요. 언제더라, 19년 전에?"

"20년."

"그러니까 미국의 모든 사람들이 그 후 20년 동안 이 방송을 해킹하려고 했는데, 당신들이 나타나서…….." 그녀의 목소리가 떨리더니 커지기 시작한다. "……우리 집들을 부수고, 도시를 장악하고, 그리고 당신은 *거기에 있는 김에* 앞서 나가서 성배라도 찾아내려 했던 거예요? 전 지역에서 하나뿐인 방해받지 않는 전파를?" 그녀는 고개를 젓는다. "어떻게?"

술집 텔레비전을 보다가 잠시 방해받았던 것이 기억난다. 어딘가 이상하고 어두운 방에서 홍보자의 조수들이 나오던 감시카메라 화면. 그리고 그 외의 뭔가. 내 머릿속의 문을 천천히 두드리는 소리, 똑…… 똑…… 똑…….

"스타디움 안이었어." 나는 불쑥 말한다.

에이브럼을 제외한 모두의 눈이 나에게 쏠린다.

"그 피드의 근원이 스타디움이라고." 나는 에이브럼의 얼굴에 떠오른 쓸쓸한 미소의 흔적을 보며 그를 똑바로 쳐다본다. "그게 당신이 여기에 온 진짜 이유잖아."

그는 어깨를 으쓱한다. "그래, 우린 밤에 놀려고 온 게 아니야."

"헛소리." 줄리는 이게 무슨 기괴한 농담인 양 눈을 가늘게 뜨고 그를 쳐다본다. "사람들은 그 도시에서 10년 넘게 살아왔어요. 거기를 안팎으로 다 뒤져 봤다고요. 우리들이 내내 아무도 모른 채로, 로터스 방송국을 깔고 앉아 있었다고 말하는 거예요?"

"누군가는 알고 있었어."

줄리의 분노가 얼어붙는다. 그녀의 태도가 돌변한다. "그게 무슨 소리예요?" 그녀는 낮은 목소리로 묻는다.

에이브럼은 한숨을 쉰다.

"봐, 난 간부가 아니야. 경영진조차 아니고, 그저 화물을 운송하고 죄수들을 감시할 뿐이야. 그러니까 음모가 꾸며지는 연기 자욱한 방에 초대받는 그런 사람이 아니라는 거야. 하지만 내가 들은 건 두 달 정도 전에 누군가 피드에 새로운 메시지를 더했다는 거였어."

줄리는 그를 쳐다본다.

"어설프고 명백하게 성급한 메시지였지만, 그것을 보낸 누군가는 그 암호를 알고 있었지. 그건 우리도 마찬가지였거든."

"뭐라고 했었는데요?" 그녀는 침착하게 묻는다.

"너희 스타디움이 공격받고 있으니 우리가 가서 막아 줘야 한다고. 우리가 원하는 것을 너희가 가지고 있으니까."

줄리는 눈을 감는다. 그녀는 거의 움찔하지도 않고 총을 맞은 순교자처럼 깨달음을 받아들인다. 줄리의 아버지가 그녀를 죽이려다가 끝내 자신을 먹으려는 좀비들에게 몸을 내맡기는 참극을 목격한 나로서는 이 필사적인 마지막 발버둥이 그렇게 놀랍지 않다. 하지만 그보다 앞서 벌어졌던 배반, 즉 가진 것이 무엇인지 알았지만 공유하지 않기로 했던 그들의 선택은……. 그 점이 상처를 준다. 그것이 더 깊이 더 오래 줄리가 생각할 부분이라는 것을 알 수 있다.

노라가 이것을 알아채고 주제를 바꾸려고 시도한다. "어쨌든 에이브럼 켈빈." 그녀는 그의 머리 받침대를 두드린다. "우리에 대해 알아내려고 엄청 열심인 것 같은데…… 내 이름은 노라야."

에이브럼은 건조한 미소를 짓는다. "맞다. 이름. 내가 온 곳에서는 그리 많이 사용하지 않거든." 그는 줄리를 힐끗 봤지만, 그녀는 마음속의 어두운 경로들을 여행하며 창밖을 내다보고 있다. 그래서 노라가 대신해서 말한다.

"쟤는 줄리. 당신 동생이랑 그렇고 그런 사이였어."

에이브럼의 미소가 희미해지고 어딘가 동떨어진 무표정이 되어 간다. 그는 이 주제를 계속 이야기하는 데 이상하게 무심해 보였고, 그래서 나는 내 소개를 할 차례를 잡는다.

"나는 R."

"아트(art)라고?"

"R. 그냥 글자 하나야."

그는 특이한 이름이 신체적 결함을 말해 주기라도 하는 듯 나를 위아래로 쳐다본다. "누가 한 글자를 이름으로 써?"

나는 어깨를 으쓱한다. "내가 그래."

그는 신뢰를 시험하는 의식의 한 종류로 나와 잠시 시선을 맞추더니 툴툴거리면서 도로로 눈길을 돌린다.

"자기 아이한테 '스프라우트'라고 이름을 붙인 건 누군데?"

노라가 말한다. 그러다 스프라우트 본인이 대답을 하자 우리는 모두 놀라서 뛰어오른다.

"내가."

우리는 처음으로 그 아이의 목소리를 듣는다.

"원래는 무라사키라고 이름을 지어 줬어." 에이브럼은 한숨을 쉰다. "그러다 어느 날 콩 새싹처럼 자라고 있구나 하고 내가 말했는데 왠지 저 애가 거기에 딱 꽂힌 거야."

스프라우트는 양옆으로 치아가 빠진 자리를 보여 주며 살짝 미소를 짓더니, 다시 걱정스러운 얼굴로 돌아간다.

"저 애 엄마는 어디 있어?"

내가 묻자 줄리는 음울함에서 벗어나 단호한 눈빛으로 나를 노려본다. 그녀가 나의 재인간화 초기에 가르쳤던 수업을 떠올려 본다. 가족 구성원이 확실하게 안 보이면, 절대로 그들이 어디 있는지 묻지 마. 어디 있는지는 뻔하니까.

나에게 다행스럽게도 에이브럼은 나를 무시한다.

"고마워요, 어쨌든." 줄리는 여전히 가라앉았지만 회복되고 있는 목소리로 에이브럼에게 말한다. "말할 기회가 없었네요."

에이브럼은 그녀를 돌아본다. "고맙다고? 뭐가?"

"골드만에서 나오게 해 줘서요. 사흘 동안 우리에게 일어난 일들을 고려해 보면." 그녀는 붕대가 감긴 잘린 손가락을 드러낸다. "우린 그리 길게 버티지 못했을 테니까요."

에이브럼이 고개를 저으며 다시 도로를 쳐다봤지만, 줄리는 계속해서 말한다.

"당신이 액시엄을 버리는 다른 이유가 있다고 했던 거 알지만, 그래도 우리를 밖으로 탈출시키는 것은 여전히 큰 위험을 감수해야 하는 일이잖아요. 그냥 조용하게 떠났더라면 지금 당장 도망자가 되지는 않았을 텐데, 그래서…… 고맙다고요."

"너희를 위해서 한 게 아니야." 그는 넌더리가 난다는 기색을 내며 말한다. "어째서 내가 내 목숨에 위협이 되도록 모르는 사람들을 탈옥시키겠어? 마침 경영진이 내 가족에 대한 정보를 가진 너희를 막 죽이려던 참인데, 그때가 내가 행동하기에 딱 맞는 시간이었던 거지."

줄리는 이맛살을 찌푸린다. "어이, 머저리 씨. 나는 댁이 영웅이라고 말하는 게 아니거든요? 그냥 내가 고맙다고 말한 거지."

에이브럼이 험악하게 픽 웃는다.

"나는 널 감옥에 던져 넣고, 고문당하는 걸 지켜보고 나서 분명 내 고용주에게 죽임을 당했을 너를 끌어내 광야로 데려왔는데. 그런데도 나한테 고맙다고 말하는구나." 그는 다시 고개를 젓는다. "자연도태에 간섭하지 말았어야 했는데. 너희는 딱 도태될 감이거든."

내 정신은 이 사나운 수다에서 떠나 창밖 어둠 속으로 흘러 나간다. 나는 혼자서 숲을 돌아다니는 M이 예전 자아가 두뇌의 보금자리를 파헤치자 머리를 감싸 쥐고 신음하다가 어쩌면 혼란의 끝에 폭포에 몸을 내던지는 것을 상상했고, 그를 시기하는 나의 무섭고 이기적인 부분을 생각한다. M이 하는 투쟁의 간단함. 한 사람이 하나의 싸움을 한다. 그 자신의 것과. 나는 내면의 충돌을 이해한다. 하지만 다른 사람들과 맞서 싸우는 내 외부의 세계와 맞물리기까지 하면…… 너무나 더 복잡해진다.

나는 뭔가 의미 있는 부류의 접촉을, '우리 진짜 엉망이다!'라는 의미가 담긴 시선을 공유하길 바라면서 백미러를 통해 줄리를 보지만, 그녀는 우리 운전기사의 빈틈없는 포격에 충격을 받아 침묵한 채 창밖을 내다보느라 바쁘다. 나는 줄리의 시선을 끌려고 애쓰며 잠시 쳐다보다가 그녀 머리 너머 창문에 뭔가 있는 것을 알아챈다. 빛 두 점이 나무들 사이에 떠다니고 있다. 깜빡이는 빛은 재빨리 움직였다가 잠시 사라지더니 다시 깜박이며 나타난다. 반딧불이? 요정? 기억 하나가 내 의식으로 기어들어 왔는데, 내 첫 인생의 금지된 지하실이 아니라 두 번째 인생 시작부의 먼지투성이 유물로부터 비롯된 것이다. 나는 내 안의 배고픈 야수에게 매여 끌려 다니며 숲속을 혼자 헤매고 있다. 현실의 자연(나무가 무엇인지, 동물이 무엇인지, 나는 무엇인지)을 이어 맞추려고 애를 썼지만 현실은 계속해서 바뀐다. 숲속에는 이상한 것들이 있다. 허공을 맴도는 손과 빛나는 그림자와 공중의 구멍에서 내다보는 얼굴들. 창문으로 보이는 저 빛들은 그런 꿈에 속해 있는 것처럼 보인다. 떠다니는 눈들. 체셔 고양이. 그러더니 그것들이 속도를 내고 가까이 따라붙는다. 끼익하는 엔진 소리가 이 엉뚱한 생각들을 모두 지워 버린다.

헤드라이트.

"우리가 훨씬 앞선 줄 알았는데." 에이브럼이 투덜거리며 트럭을 총알처럼 빠른 속도로 몰았는데, 주요 고속도로에서도 안전할 것 같지 않은, 낙엽이 흩뿌려져 있는 이런 뒷길에서는 더더욱 안전하지 못한 속도였다. 내 뒤에서 안전벨트가 달칵하는 소리가 들린다.

훨씬 신상에다 훨씬 빠른 민트색 포르쉐 SUV의 윤곽을 내가 알아볼 때까지 추적자들은 꾸준하게 거리를 좁혀 온다.

"저놈들, 왜 빌어먹을 스포츠카를 가지고 있는 거야?" 노라가 꽥 소리를 지른다. "당신은 몇 년간 저놈들을 위해서 일해 놓고 이런 고물 쪼가리나 운전하고?"

"지금은 입을 다물어 줬음 하는데."

에이브럼이 낡은 포드의 통제를 유지하려고 악전고투하며 악문이 틈새로 말한다. 차의 낡은 서스펜션이 끊임없이 나타나는 도로의 움푹 파인 곳들의 충격을 완화하는 데 실패해서 나는 턱이 덜거덕거리는 것을 느낀다. 엔진이 병든 곰처럼 으르렁거린다.

포르쉐는 우리 바로 뒤로 따라붙어서 동료 운전사를 염려하는 친절한 알림처럼 상향등을 비춘다. *이보게, 친구, 자네 차의 미등이 나갔어.* 그러더니 우리를 들이받는다.

우리 차가 순간적으로 미끄러지도록 슬쩍 미는 경고성의 부딪힘이었을 뿐이지만, 이 속도에서 느끼는 그 감각은 끔찍하다. 스프라우트가 잠깐 훌쩍거리기 시작하더니 겁에 질려 와락 울음을 터뜨리기에 줄리는 그 아이를 감싸 안는다.

우리 트럭 뒷문에 반사된 포르쉐의 헤드라이트 불빛 속에서, 뒤쪽 트렁크 공간으로 호스 두 개가 이어지는 긴 금속 튜브 하나가 그 차의 후드 위에 올라가 있는 것이 보인다. 나는 앞에 펼쳐진 험악한 도로에 집중하고 있는 에이브럼을 돌아본다. 어떻게 해야 이 나쁜 소식을 부드럽게 전할 수 있을지 몰라서 그냥 말해 버린다.

"저자들, 화염방사기를 가지고 있어."

에이브럼이 킥킥 웃음을 터뜨린다. 그는 잠시 눈을 감고 마음을 가다듬더니, 오른쪽으로 홱 방향을 틀어 급제동을 한다. 포르쉐는 우리를 지나쳐 가 버린다. 에이브럼이 내 허벅지로 권총을 하나 던지자 나는 그것이 외계의 기술, 이국의 광선총이라도 되는 듯 쳐다본다. "난 못 해."

"못 한다니 무슨 소리야?"

"난 쏠 줄 모른다고." 나는 떨리는 손으로 총을 줄리에게 넘기려 하지만, 그녀는 스프라우트를 진정시키려고 애쓰느라 바빠서 보지 못한다. 포르쉐가 근처로 돌아오고 있다. 노라는 트럭의 총기 선반에서 소총을 하나 집어서 뒷창문으로 화물칸에 기어 나가서, 획 유턴해 다시 우리 뒤로 따라붙은 날렵한 포르쉐를 한쪽 무릎을 꿇은 자세로 겨냥한다. 우리 차가 들이받히기 전에 그녀는 등을 부딪치며 단 한 발을 쐈지만, 운전석 앞유리창이 갑자기 붉어진다. 포르쉐가 멈춰 선다. 에이브럼이 가속하자 포르쉐는 우리 뒤로 멀어지기 시작하지만, 곧 운전자를 교체하여 활기를 되찾는다.

"노라, 안으로 들어와!" 줄리가 소리친다.

"잠깐만." 노라가 조준하며 말한다. "내가 이거 진짜 잘하거든."

그녀가 발포한다. 포르쉐의 앞바퀴 하나가 쉿 소리를 내고 퍼덕거리기 시작했는데…… 그러고 나서 스스로 봉해지더니 다시 부풀어오른다.

"이건 불공평하잖아." 그녀가 툴툴거린다.

"노라, 들어와! 저놈들이……."

또 한 번의 충돌이 줄리의 입에서 나오던 말과 부딪치고 노라를 트럭 뒷문으로 넘어지게 한다. 무릎으로 일어선 노라는 자신이 화염방사기의 총신 안을 들여다보고 있음을 깨닫는다. 점화 불씨가 티키 횃불(티키 족이 쓰던 대나무로 감싼 횃불로 용기 안의 연료에 심지를 꽂아 불을 붙인다. ―옮긴이)처럼 바람에 펄럭거리며 타고 있다. 그녀는 잽

210

싸게 창문을 열고 안으로 꼼지락대며 들어온다. 줄리는 트럭 뒷부분에 오렌지색 불길이 터지자마자 창문을 닫는다.

그런 것들은 흥분되는 자동차 추격전으로 끝나게 되어 있다. 창문의 밀폐 부분이 녹고, 소녀들이 비명을 지르면서 머리카락이 말려 올라가도록 뜨거운 열기를 피하려고 앞좌석에 바싹 붙는다. 그사이, 지친 여행자들이 황무지를 향한 계속되는 여정 전에 소고기 육포를 쥐고 차의 주유구를 여는 장소인 오래된 휴게소가 앞에 보인다. 뒷바퀴 양쪽이 모두 터진 채로 트럭은 제어를 벗어나 위태롭게 달린다. 주유 펌프의 철제 장벽 기둥이 우리 쪽으로 달려든다. 그 기둥에 박기 전, 나에게는 안전띠 매길 잘했다고 생각할 시간밖에 없었는데, 안전띠가 끊어지면서 트럭의 녹슨 섀시와 분리되어 나는 앞유리를 뚫고 휙 날아가 머리부터 곤두박질친다.

나는 날고 있다.

비행기를 타고 날고 있다. 나는 무장한 비행기에 타고 있고 노인들이 모든 좌석에 앉아 있는데, 그중 한 명이 테이블 건너편에서 나를 보고 웃더니 불가피한 어떤 일과 종말과 수단과 정당성에 대한 무엇인가를 설명한다. 노인은 내가 여전히 정당성을 요구하고 있다고, 여전히 스스로를 선하다고 믿고 싶어 한다고 생각한다. 그는 젊은 사람은 아무도 그렇게 빨리 세상의 진실을 손에 넣을 수 없다고 생각했지만 틀렸다. 나는 위스키를 홀짝이며 그가 웅얼거리는 소리를 듣는다.

어느새 노인은 사라지고 나는 더 작은 비행기에 타고 있는데 이 비행기는 추락하고 있다. 상록수의 바다가 우리 밑으로 펼쳐져 있고, 금발머리 여자는 아마도 작별인사일 마지막 시선을 내게 보낸다. 줄리가 내 이름을 부르짖는다. 나무들이 비행기 기체를 때려 댄다.

자갈이 내 어깨를 때렸고 나는 대형 쓰레기통에 부딪힐 때까지 구르고 구른다. 나는 곧바로 혼자 일어서서 적과 싸우고 친구들을 지킬 준비를 했지만 그러다가 기억해 낸다. 나는 이제 아픔을 느낀다. 나는 나약하고 민감하다. 나는 인간이다. 그리고 방금 앞유리를 뚫고 날아와 떨어졌다. 피가 눈으로 흘러 들어가고 머리가 울리기 시작한다. 상처 곳곳이 아프지만 나는 그 아픔과 싸운다. 나는 비틀거리며 불타고 있는 트럭 쪽으로 간다.

에이브럼이 기어 나와서 줄리가 있는 쪽의 뒷문을 연다. 어지럽고, 쓸모없는 엉망인 내가 비틀거리며 그녀에게 가는 동안, 내가 사랑하는 여자에게 그가 구조의 손길을 뻗자 불쾌한 감정이 찌르르 퍼지는 것이 느껴진다. 그러나 그는 줄리를 지나쳐 자기 딸을 끌어올린다. 그가 스프라우트를 안전한 거리에 떨어진 잔디밭에 앉히고 트럭을 되돌아본 바로 그때 내가 거기에 있다. 줄리와 노라는 다친 것 같지는 않지만 앞좌석과 충돌해서 멍해진 듯하다. 뒷유리창은 화로가 되어 있고 공기는 머리카락을 태우는 악취를 풍긴다. 나는 줄리를 잡아당겨 꺼내고 노라는 그녀 다음으로 서둘러 나온다. 혹시 일어날지도 모를 폭발을 피하기 위해서 우리가 휴게소 쪽으로 달려가자, 베이지색 재킷을 입은 남자 한 명이 소화기를 들고 어둠 속에서 걸어 나온다. 그는 트럭에 하얀 거품을 듬뿍 뿌리면서 이 모든 문제를 일으킨 것을 부끄러워해야 한다는 듯한 비난하는 시선으로 우리를 노려본다.

줄리, 노라, 그리고 에이브럼은 집을 나서기 전에 열쇠나 지갑을 확인하려는 것처럼 자기 몸을 더듬는다. 하지만 총은 트럭 안에 있다.

액시엄 군인이 두 명 더 소총을 겨누며 연기 속에서 나타난다. 첫 번째 사람은 소화기를 내려놓고 동료들에게 합류한다. 나는 그가 입은 군복의 질긴 실용성과 어울리지 않는 회색 넥타이가 코트 안쪽에 있는 것을 본다.

넥타이는 지위야. 색깔은 기능이고. 그것들이 함께 보여 주는…….

닥쳐, 나는 내 생각의 목을 졸라 굴복시키면서 윽박지른다. 넌 이런 것들 몰라.

회색 넥타이는 권총을 꺼냈지만 그것을 들어 올릴 생각은 없어 보인다. 우리는 이미 빈틈없이 봉쇄당했다.

"음?" 그가 짜증스럽게 말한다. "손 들어?"

우리는 손을 든다. 나는 머리 뒤가 축축한 것을 느낀다. 내 피는 아직 뜨겁지는 않았지만 적어도 주변 온도보다는 높다. 따스한 피, 별로 소용없는 위안.

"파커." 에이브럼이 말한다. "너 실수하고 있는 거야."

에이브럼보다 어린 이십 대 중반의 파커는 구부정한 자세로 느긋하게 히죽거린다. 그는 지루해 보인다. "여기 셋." 그는 줄리부터 에이브럼까지를 가리키며 말한다. "저들을 돔으로 다시 데려간다." 그러고는 노라를 가리킨다. "이건 죽여도 돼."

"뭐라고?" 노라가 불쑥 내뱉는다. "아니, 너희는 못 해! 텔레비전에서는 '그들을 찾아서 데려오라'고 했잖아."

"거기서는 이 셋을 가둘 우리만 보여 줬잖아. 그건 생포를 뜻해. 물고기 수조는 널 위한 거야. 죽이라는 뜻이지."

"물고기 수조도 우리잖아, 이 등신아! 너희는 우리 모두를 생포해야 하는 거라고!"

파커는 동료들을 흘깃 쳐다본다. "물고기 수조는 죽이는 게 확실해. '물고기와 함께 잠들다'란 관용구도 있잖아?"

"와, 맙소사. 너희 암호 진짜 형편없다." 노라가 신음을 흘린다.

파커는 어깨를 으쓱한다. "만약 내가 틀렸다 해도, 난 네게 호의를 베푸는 거야. 네 친구들이 가는 곳으로 가고 싶지 않을걸."

"파커, 내 말 들어 봐." 에이브럼이 앞으로 한 발짝 나서면서 말한다. 다른 군인들은 총을 들었지만 그는 무시한다. "액시엄은 제어가 안 되는 기차야. 할 수 있을 때 거기에서 내려야 해."

"입 다물어, 켈빈." 파커는 결국 총을 들며 말한다. "그리고 물러서."

에이브럼은 앞으로 나선다.

"공백기 이후의 변화를 알아채지 못했다고 말하지는 마. 우린 너무 빠르게 확장하면서 우리에겐 필요도 없고 장악할 수도 없는 영역을 차지했어. 그리고 넌 종반전에 대한 말은 들은 적도 없잖아."

"종반전?" 파커가 비웃는다. "넌 빌어먹을 수송 운전수잖아, 켈빈. '종반전'은 간부들에게 맡겨 둬."

"그럼 경영진은 어디에 있는데? 누가 이사회에 있고 누가 그들을 거기에 뒀는데? 지금 당장 회장이 누군지 알기나 해?"

파커는 생각하며 옆을 흘깃 본다.

"우리는 우리 상관들에게 지시를 받고 그들은 그들의 상관들로부터 지시를 받지만, 제일 꼭대기에 누가 있는지 물어봐도 그냥 멍한 시선이나 받겠지. 저 망할 '홍보자' 뭐시기에게 물어봐도 멍한 시선

215

을 받을 테고."

파커는 어깨를 으쓱한다.

"그래, 홍보자들은 좀 으스스하지. 새로운 훈련 기술이라고 나는 들었지만." 그는 눈을 가늘게 뜬다. "그래서 요점이 뭐야?"

"내 요점은 더 이상 여기가 안전하지 않다는 거야!" 에이브럼이 또 한 발 앞으로 나선다. 그의 필사적인 목소리는 이것이 파커를 산만하게 하려는 계책이 아니라는 것을 내게 알려 준다. 그의 모든 말은 진심이다. "우리는 누구를 위해 일하는 거지? 결과물이 뭐야? 네가 대답할 수 없는 그 회사에는 경비도 없어. 꼭대기에 아무도 없다면 어떡하지? 액시엄이 그저 출혈로 죽어 가고 땅바닥을 긁으면서 남아 있는 자극을 따라가는 머리 없는 닭이라면 어쩔 거야?"

파커는 잠시 그를 쳐다보더니 웃음을 터뜨린다. "와, 켈빈. 네 헛소리를 잘도 들어 왔지만 이건 참 신선하네. 이게 바로 갈색 넥타이도 못 되고 반평생을 여기에서 일한 방식이구먼?"

"파커……."

"아깝군. 어떻게 입을 다물고 일을 할지를 배웠더라면 지금쯤은 더 높은 부서에 들어갔을 수도 있었을 텐데."

"파커, 들어 봐……."

"아니, 우린 여기서 끝난 거야." 파커는 포르쉐 쪽으로 총을 흔든다. "내가 다시 암호를 잘못 해석해서 너흴 죽여야 한다고 결정하기 전에 앞으로 가서 차에 타."

에이브럼은 이를 갈았지만 움직이지 않는다.

파커는 총구를 에이브럼의 머리에서 스프라우트의 머리로 휙 옮긴다. "너도 알다시피 네 아이는 방송에서 언급되지 않았지. 이 애에게 일어날 일이 나에게 달렸다고 생각해 봐."

"아빠?" 스프라우트는 권총의 총신을 쳐다보며 울먹인다. 에이브럼의 몸은 마치 전기가 밀려드는 것처럼 뻣뻣해진다.

"내 딸한테서 떨어져." 에이브럼이 나직하게 으르렁댄다.

"안 그러면 어쩔 건데, 켈빈?"

"총을 맞고 피를 흘리는 한이 있어도 네놈 목을 꺾어 주겠어."

잠시 주저하던 파커는 총을 치우면서도 후퇴하는 것을 감추려 짐짓 비웃음을 띤다. "그냥 좀 빌어먹을 차에 타 줄래? 지겹다고."

에이브럼은 스프라우트의 손을 잡고 가까이 끌어당긴다.

"넌 멍청이야, 파커."

"그렇다 해도 총과 넥타이와 맨해튼의 집이 보장된 건 나고, 감옥에 갈 건 너지."

에이브럼은 땅바닥에 침을 뱉고는 포르쉐 쪽으로 움직인다.

파커는 나와 줄리에게 총을 흔든다. "너희도 가, 꼬마들."

우리는 멈칫거리며 몇 걸음을 걷는다. 다른 군인 두 명이 우리 머리에 무기를 겨눈 채 우리와 동행한다. 파커는 권총으로 노라의 등을 쿡 찌르고는 말한다. "배수로로 들어가시지."

"그 애는 그냥 가게 둬!" 줄리는 눈물로 번들거리기 시작한 얼굴로 소리친다. "네 상관도 그 애까지 원하진 않을 거잖아! 그 애는 이번 일과 아무 상관이 없어! 그냥 우리를 데려가고 애는 놔줘!"

"너⋯⋯ 처음이구나, 그렇지?" 파커가 피식 웃는다. "액시엄은 절대 그냥 놔주지 않아."

노라는 주유소의 기름진 유출액이 뒤엉긴 흙먼지 속의 배수로로 걸어 내려간다. 파커는 아마 우리를 감시할 의도인지 혹은 훤히 보인다고 뻐기려는 것인지 그녀의 뒤로 돌아간다. 줄리는 말문이 막혀서 속수무책으로 노라를 응시한다. 노라는 얼굴이 돌처럼 굳었지만, 마치 이제 막 벌어지려는 일의 책임을 면제하는 듯, 줄리에게 살짝 고개를 끄덕인다.

그런데 정말로 그런 일이 이제 막 벌어지려는 참일까? 그렇게나 수많은 위험과 비통함과 길고 외로운 먼 거리를 누빈 노라 그린의 인생 경로는, 그녀가 만난 적도 없었던 한 남자가 텔레비전에서 물고기를 봤다는 이유로 이 배수로에서 그냥 끝나야 하는 걸까? 내 정신은 파커가 그녀의 머리에 권총을 겨누는 순간조차 그것을 받아들이길 거부한다. 줄리는 비명을 지르며 그녀 쪽으로 달려든다. 군인들이 그녀의 등을 차에다 밀어붙이는 순간조차도. 내 시야가 흐릿해지기 시작할 때까지도.

하지만 뿌려질 피에 파커가 대비하고 있을 때, 그의 뒤 그늘에서 한 형체가 나타난다. 커다란 팔이 그의 목을 감고 커다란 손이 총을 내리누른다. 파커의 동료들이 공격을 시작하자 그 팔이 그를 휙 돌려서 그들에게 향하게 한 뒤 꼭두각시처럼 조종한다. 파커가 자신의 운에 변화가 일어났다는 것을 이해하고 남자를 위한 부드럽고 살집 있는 방패가 되기까지 고작 2초가 걸린다. 파커의 부하들이 그의 가슴을 총탄으로 채우는 동안, 목을 감은 팔이 마침내 풀어진다. 군인 세 명이 전부 바닥에 쿵 쓰러질 때까지도 파커의 총은 똑같이 부하들의 머리를 향한다.

커다란 팔의 주인은 커다란 남자다. 키가 크고 몸집이 큰 남자. 수염과 대머리. 그의 흰 티셔츠는 진흙과 땀과 나무 수액, 그리고 이제는 다량의 피로 물들어 있다.

"엄청나게 기억해 왔어." M이 파커의 기력 없는 손아귀를 흔들어 총을 빼내며 말한다. "레슬링 선수였다가 해병, 용병…… 수많은 거친 일들을 했지." 그는 약간 놀란 표정으로 자기 주변의 시체들을 살펴본다. "우습지. 항상 내가 시인이나 뭐 그런 거였을 거라 생각했는데."

매우 희귀한 현상이 내 안에서 일어난다. 따뜻한 비눗방울이 하나 가슴속에 생겨난다. 후두에 경련이 일어나고…… 나는 웃는다.

M이 노라를 돌아본다. "괜찮아?"

그녀는 너무 놀라 말도 못 하며 고개를 끄덕인다.

"귀 막아."

M은 그의 사회적 책무를 수행하며 발밑에서 경련하는 시체의 뇌를 제거하고, 흉터가 남은 입술로 미소를 지으면서 배수로 밖으로 올라온다. "이봐, 아치."

나는 달려가서 그를 껴안는다. 그의 거대한 손바닥이 내 등을 탁 치자 턱 숨이 뿜어져 나온다.

"만나서 기뻐, M."

"마커스야."

"네가 가 버릴까 봐 걱정했……."

"아니야."

그 대답은 나에게 충분하다. 나는 씩 웃으며 뒤로 물러선다.

"도대체 어디 갔다 온 거야?" 줄리는 마침내 스프라우트의 눈을 가린 손을 떼면서 묻는다. "나는 네가 숲에 올라가 있을 거라고 생각했는데."

"한동안 시도는 했었지." 그는 어깨를 으쓱한다. "자연은 지루해."

노라의 놀란 얼굴에 희미하게 미소가 천천히 퍼져 나간다.

"맥주 찾으려고 주유소에 내려왔는데…… 뭔가 발견했지." 그는 얼굴을 찡그리며 이마를 문지른다. "잠들려고 하던 차였는데…… 그런데 시끄러운 개자식들이……." 그는 피투성이가 된 포르쉐, 만신창이가 된 타 버린 트럭, 그리고 베이지색 재킷을 입은 죽은 사람 셋을 가리켜 손바닥을 펼친다. "도대체 뭐지?"

"마커스." 노라가 그의 어깨를 툭 치며 말한다. "네가 캠핑 간 사이에 엄청난 일들이 있었어."

우리

하늘은 고요하다.

우리가 충분한 높이에 떠 있다면 거의 적막에 가까웠을 것이다.

아무 느낌도, 아무 기억도, 수많은 공통된 언어의 이야기들을 재잘거리는 것도 없다. 새와 벌레가 지상 근처에서 자기 일들을 하는 것조차 그리 많이 일어나지 않은 지구의 몇 안 되는 장소 중 한 곳이다. 인간들이 하늘을 나는 것을 배웠을 때, 그들이 자신의 삶을 성층권으로 밀어 내고 두려움과 환상, 거래와 다툼, 욕실의 정사와 공황 발작으로 채웠을 때 거대한 소음의 폭발이 있었다. 하지만 그 시대는 잠시 울렸다가 사라지는 대성당 안의 외마디 외침처럼 지나갔고, 하늘은 다시 한 번 평화로운 곳이 되었다.

우리의 한숨짓는 부분들은 여기에 숨고 싶어 한다. 우리의 중립적인 가운데 책들, 즉 고통이나 희열, 낮잠의 나른한 순간들과 기억들에 의해 좌우되지 않는 기면 상태의 생명들 말이다. 이 부분들은 갓 생긴 구름들과 공백, 도서관의 소란에서 피할 피난처를 떠돌고 싶어 한다.

하지만 무엇인가 그들의 여가를 방해하고, 베개처럼 푹신한 그들의 고요를 파괴하고 있다.

라디오 전파. 다년간 느슨해졌던 그 전파가 의지를 가지고 진동하기 시작했다. 10여 년 만에 처음으로 특별한 이유 없는 녹음과 날카롭게 지르는 방해 전파가 의미 있는 무엇인가로 일관성 있게 맞춰져 갔다.

우리는 라디오 주파수를 맞추고 듣는다. 한숨짓는 사람들조차 흥분을 느낀다. 그것은 음악일까? 희망의 메시지일까? 화해와 재건에 손을 뻗는 목소리?

아니다.

그것은 침략이다. 인수. 꾸준한 독약의 살포. 그것의 군대는 기괴한 암호로 정보를 공유하고, 만화와 클립아트로 잔혹 행위들을 전달한다. 그리고 이 모든 것들 사이에 탈주자 수색이 있다. 동원. 목을 조르러 뻗는 갈퀴 같은 손.

"그들을 찾아서 다시 데려와."

저 멀리 구름 아래로, 우리는 아주 작은 빛을 본다. 그들 각자가 수많은 우리 책과 얽혀 있는, 작은 사람들이 가득 타고 있는 작은 자동차 한 대. 그들 뒤로 멀리서 다른 것들이 뒤쫓아 오기 시작한다.

무전기는 잡음을 째고 악담과 명령을 외친다.

우리의 한숨짓는 부분은 그들의 기운을 끌어 모으고 구름의 고요는 버린다. 그들은 우리의 나머지, 즉 사납고 분개하는 부분들, 학대받고 살해당했으며 이타적이고 영웅적이기도 한 다른 이들의 고통을 느끼고 그것을 끝내길 바라는 그 부분들과 다시 합류한다.

우리는 다 함께 내려간다. 우리는 지켜보고 기다리며 이 시끄러운 인생의 마디에 귀를 기울이며 이 작은 사람들을 따라간다.

침묵의 시간은 끝났다.

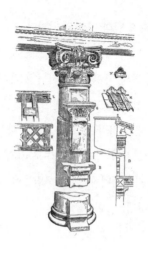

M은 계기판에 무릎을 얹고 최대한 육중한 몸을 압축한다. 이따금 에이브럼이 변속 기어에 손을 뻗을 때 손가락 관절이 그의 배를 스치자 그들은 어색한 시선을 교환한다. 줄리는 뒷좌석 가운데에 스프라우트를 자기 무릎 위에 앉혀 안전벨트처럼 아이를 감싸 안았고, 나는 그녀 옆에 앉아 노라가 우리 삶의 암울한 새로운 풍경을 알려주는 동안 창밖을 응시하고 있는 M의 등을 무릎으로 찌른다.

비가 그쳤다. 하늘은 희미한 은색 빛으로 변하고 있다. 줄리와 내가 최근 며칠간 의식이 없는 상태로 많은 시간을 보내 왔다고는 해도, 우리가 마지막으로 정말로 잠들었던 때는 언제였을까? 고문으로 인해 의식을 잃었던 것이 특별히 휴식이 되었다고는 여기지 않는다. 내 몸은 여전히 인간의 필요들(마지막으로 배고픔을 느꼈을 때를 기억하지 못했고, 잠 없이 일주일을 보내는 것도 나에게 이상한 일이 아니다.)

을 완전하게 받아들이지 못했다지만 줄리가 걱정스럽다. 그렇게 피곤에 지쳐 있는 것은 본 적이 없다. 평소보다 말수가 줄었고 노라가 거의 모든 설명을 하도록 내버려 둔다. 눈은 붓고 충혈됐다. 그녀는 도로가 덜컹거릴 때마다 움찔하며 망가진 손을 돌본다. 나는 너무나 간절하게 그녀를 집으로 데려가 붕대를 갈아 주고 피를 닦고 그녀의 몸에서 먼지를 털어 주고 싶다. 하지만 '집'이라는 그 단어는 가면 갈수록 더욱더 추상적인 것이 되어 간다.

"음......." M은 노라의 이야기가 죽은 세 군인들에게서 도망치고 불명확한 미래 쪽으로 향하는 불운한 현재에 도달하자 입을 연다. "......알겠어."

노면에서 나는 낮은 울림과 노라의 총알이 박힌 타이어에서 계속해서 들리는 틱 틱 소리를 제외하고 차 안은 고요하다.

"에이브럼." 노라가 부른다.

에이브럼은 총격전 이후로 아무 말도 하지 않고 있다. 그는 도로와 그 외에 조금 다른 곳을 보고 있는데, 시속 150킬로미터로 달리고 있으니 아마 현명한 처사일 것이다.

"우리 정확하게 어디로 가고 있는 거야?"

"놈들에게서 멀리."

"누구? 우리가 방금 죽인 놈들?"

그는 거울로 그녀를 흘끔 쳐다본다.

"놈들로 끝나리라 생각하는 건 아니라고 해 줘."

"아니, 나는......."

"파커는 본사에서 왔던 거야. 본사는 녀석에게 다시 보고하라고 아마 10분 정도 쳤을 테고, 그러고 나서 다른 팀을 보내겠지. 간신히 하나를 피한다 해도 놈들은 두 팀을 보낼 거야. 그러고 나면 세 팀. 계속 그런 식으로." 그는 운전대를 꽉 쥐고 도로에 난 구덩이들을 이리저리 피하거나, 피하기에 너무 많으면 그 위로 곧바로 지나간다. "녀석이 말했던 대로야. 액시엄은 절대 그냥 보내 주지 않아."

"어째서 우리가 중요하다고 그렇게 확신하는 거지?" 줄리는 혼잣말로 투덜거린다. "말이 안 되잖아."

"새로운 액시엄은 행동하는 데 상식을 요구하지 않아."

"옛날 액시엄은 그랬어?" 내가 묻는다.

그는 거울을 힐끔 보며 누가 묻고 있는지 자신에게 되새긴다. 만난 이래로 그는 나에게서 스무 단어 이상은 듣지 못했을 것이다.

"한때는 영리했지." 그는 다시 도로로 눈을 돌리면서 말한다. "우리는 절대 온건하지 않았고 필요한 거라면 누구에게서든 빼앗아 왔지만, 더 안전한 세상을 만들려고 노력하면서 목표를 향해 전략적인 결정을 했어. 지금은 그저 눈에 들어오는 모든 것을 먹고 있을 뿐이지. 그건 지속될 수 없어."

"노라의 질문에는 대답하지 않았잖아." M이 말한다.

"우리 어디로 가고 있는 건데?" 그녀는 반복해서 묻는다. "당신한테 계획이 있다고 생각해서 운전하게 둔 거라고."

"계획이라." 그는 고속도로 진입로로 들어가서 고속도로를 향해 돌진한다. "내 계획은 해안에서 300킬로미터 정도 떨어진 데서 너희가 고르는 폐허에 내려 주고, 그러고 나서 내 딸을 데리고 몬태나에 있는 우리 아버지의 오두막으로 가서 액시엄이 붕괴되길 기다릴 거야. 너희 계획은 뭔데?"

우리는 마침내 숲의 끈적끈적한 썩은 곳을 빠져나와 5번 고속도로의 콘크리트 고원으로 나온다. 에이브럼은 빠른 차들이 절대로 쓰지도 않을 힘을 넘치게 담은 그저 비싼 배지였을 종말 이전의 시절에는 아마도 평생 건드려 본 적도 없었을 속도로 포르쉐를 밀어붙인다.

이제는 그게 가능하다. 속도계가 시속 160킬로미터에 다다른다.

"소용없을 거야. 네 계획."

나는 퉁명스러운 대꾸를 예상했지만, 에이브럼은 아무 말도 하지 않는다.

"넌 그들을 피해 달아날 수 없어. 그들에겐 계획이 있거든."

"놈들도 탈주자 수색에 낭비할 여력이 있지는 않아."

그가 대답했지만 그 반박은 어쩐지 미지근하게 들린다.

"그들은 헬리콥터가 있잖아."

그는 대꾸하지 않는다.

"우리를 찾아낼 거야, 금방."

무응답.

"에이브럼. 넌 너희 오두막에 못 갈 거야."

"나도 알아!" 그는 거울을 통해 나를 노려보며 딱딱거린다. "그래도 내 여섯 살짜리 딸에게 그걸 설명해 줘서 고맙다."

스프라우트는 나를 쳐다보고 있다. 항상 걱정이 어려 있는 그 아이의 눈은 이슬점에 가까워져 있다. "그 사람들이 우릴 잡으러 와요?"

"아니야, 아가야." 에이브럼이 말한다. "우리가 얼마나 빨리 달리는지 봐. 그놈들은 우릴 잡으러 못 와."

"R." 줄리는 거의 스프라우트만큼이나 걱정스럽게 말한다. "왜 이런 식으로 이야기하는 거야?"

나는 우리 앞으로 흘러 지나가는 풍경, 숲에서부터 예전 산업 시설의 폐허로 이어지는 평지를 지켜보며 앞을 응시한다.

"우린 그들이 찾지 않을 어딘가로 가야 해."

에이브럼은 우리 뒤로 평평하게 넓게 펼쳐진 고속도로를 확인하며 몇 초마다 거울을 재빨리 들여다본다. 차량들의 빛의 산란은 있었지만, 움직이는 것은 우리 차 한 대뿐이다. "예를 들어 어디?"

멀리 지평선에서 일출의 분홍빛 연무 속으로 라디오 방송탑의 뾰족한 끝 부분이 파랗게 반짝인다.

"집." M이 낮게 우르르 울리는 소리로 말한다.

"공항 말이야?"

줄리는 내 의향을 읽어 보며 말했지만 그리 믿는 것 같진 않다.

"공항." 에이브럼이 심드렁하게 따라 말한다. "서쪽 해안에서 제일 큰 시체 벌집 안에 숨고 싶다는 거지?"

나는 그 생각을 단단히 굳히며 눈을 감는다.

"액시엄은 우리를 따라오지 못할 거야."

그는 못 믿겠다는 듯 웃는다.

"그럴 필요가 없을걸! 어디 있는지 들키기도 전에 우린 죽을 테니까."

"당신은 몰라요." 줄리가 말한다. "거긴 당신이 생각하는 것보다 안전해요."

"놈들이 생각하는 것보다 안전하다는 뜻이기도 하지."

노라가 덧붙인다.

에이브럼은 갑자기 어린이들에게 둘러싸인 것처럼 한숨을 쉰다.

"너희들 '치유'에 대해 이야기하고 있는 거야? 그 비분류 죽음? 공항 벌집에 있는 그 시체들이 '변하고 있고' 이제는 모든 것이 평화로울 거라고?"

"정확하게는 아니죠. 그게…… 복잡해요."

"복잡하지 않아. 좀비들은 원시적인 먹이 충동에 반응하는 살아 있는 조직체야. 그들은 생각하지 않고, 바뀔 수도 없어. 치유라는 건 있을 수가 없어."

"엄청 자신 있게 말하시네." 줄리는 앞으로 몸을 내밀어 에이브럼의 뒤통수를 노려보며 말한다. "생각할 수 없다면 그들이 어떻게 인간의 고기와 동물의 고기를 구분할 수 있겠어요? 왜 서로를 잡아먹지 않겠어요? 어째서 무리를 지어서 사냥할까요? 우리 뇌가 어디에 있는지 어떻게 아는 거죠?"

에이브럼의 손가락들이 운전대의 가죽을 꾹 누른다.

"기본적인 본능에 따른 추론을 가지고 있을 뿐이지 의식이 있는 건 아니야. 그들은 자기를 인식하지 못해."

"가까이에서 보고 그렇게 이야기하는 거예요? 당신이 그들의 영혼을 똑바로 들여다 볼 수 있기라도 해요?"

에이브럼의 눈에 분노가 번뜩인다.

"그들은 영혼이 없어! 누구였든지 간에 이미 죽었다고!"

줄리는 잠시 그를 노려보다가 놀랄 만큼 상냥하게 묻는다.

"꼭 그렇게 믿어야만 할 필요가 있는 거예요?"

에이브럼은 대답하지 않는다.

"R. 이 사람에게 보여 줘."

나는 이 순간을 두려워해 왔지만 결국 오리란 사실을 알고 있었다. 나는 바지를 말아 올리고 좌석 사이로 다리를 밀어 넣어 M의 무릎에 발을 걸친다.

그렇게 보기 어려운 지점에 숨어 있어 발견하기까지 오랜 시간이 걸렸다. 샤워하려고 다 벗었을 때조차, 부활한 몸에 경탄하느라 나는 그것을 보지 못하고 지나갔다. 처음으로 줄리의 앞에서 옷을 벗었던 때까지 나는 항상 내가 자연사했을 거라 추측했다. 처음에 그녀가 숨을 들이켜는 소리를 나의 타고난 것에 대한 감탄이라고 받아들여서 잠시 자신감이 밀려드는 경험을 했다. *아마 잘할 수 있을 거야.* 그리고 나서야 진짜로 그녀의 눈을 사로잡은 것이 무엇인지를 깨달았는데, 우리의 수많은 성행위 시도 중 처음은 시들어 버리고 말았다.

에이브럼은 숨을 들이켜지는 않는다. 그러나 말라 있지만 절대 낫지 않는 틀림없이 똑같은 한 쌍의 구멍, 내 종아리 뒤의 둥그런 상처를 알아본 그의 얼굴이 약간 굳은 것 같다.

"나한테 영혼이 있는지는 모르겠어." 나는 말한다. "하지만 내가 죽지 않았다는 건 알아."

M은 봉합한 총알구멍의 분화구가 생긴 풍경을 드러내며 티셔츠를 끌어올린다. "R이 말한 거야."

에이브럼의 눈은 갑작스레 바뀐 상황에 많은 흉터들의 목록을 작성하며 우리의 몸을 헤매고 다닌다. 증거로서 반박의 여지가 없는

230

것은 아니었지만, 그것은 눈을 뗄 수 없도록 강렬하다. 누구든 어째서 죽는 것에 대해 거짓말을 하겠는가?

"치유는 진짜예요. 그건 함정이 아니에요. 그들은 동면하고 있는 게 아니에요. 돌아오고 있는 중이라고요."

에이브럼은 다시 도로로 눈을 돌리고는 아무 말도 하지 않는다. 나는 그의 얼굴에 떠오른 감정을 해독할 수가 없다. 한 번에 너무 많은 것이 나타났다.

"공항에 있는 **죽은 자**들은 정체되어 있어요." 줄리는 계속 이야기한다. "그들이 우리를 죽이려고 할 수도 있고, 아닐 수도 있어요. 하지만 여기 열린 공간에 머무르면, 당신 친구들은 확실히 그렇게 하겠죠."

에이브럼은 아마도 우리가 더 이상 추적을 당할 걱정이 없어졌든지, 아니면 그냥 추적당하고 있다고 가정해서인지 강박적으로 거울을 확인하던 일을 멈춘다. 그는 지평선에 솟아오르는 관제탑을 쳐다보면서 똑바로 앞을 응시한다.

"우리 흔적이 지워질 때까지 숨을 수 있다면." 노라가 말한다. "놈들을 떼어 낼 시도를 할 수 있을지도 몰라."

"그리고 우리를 쫓아 공항까지 온다 해도." 줄리가 덧붙였다. "따라 들어오려면 미쳐 버릴걸요. 5000이나 되는 좀비로 뒤덮인 곳을 보고는 우리가 죽었다고 추정하겠죠. 딱 당신이 그랬던 것처럼."

공항 출구가 다가오는 것을 지켜보는 에이브럼의 얼굴이 뻣뻣하게 무표정해진다. 내 상상에 불과하나 그가 그것을 받아들이지 않기를 내 안의 겁쟁이가 기도하는 소리가 들린다. 공항에서의 내 기억

231

들은 고문실에서의 기억들만큼이나 어두웠고, 수적으로도 훨씬 많다. 다시 이곳을 마주하는 것보다 포로가 되는 편이 더 나을 것 같기도 하다. 하지만 너무 이른 희망과 재조정된 꿈들의 신호등인 탑의 불빛이 위안을 주는 리듬으로 깜박거린다. 에이브럼은 출구로 나간다.

그날은 세계를 구하기에 완벽한 날이었다!

R과 줄리는 손을 맞잡고 밝은 초록색 경사지를 달려 내려갔다. 그들의 볼은 장밋빛이고, 눈은 생기에 차 반짝이고, 태양이 머리 위에서 미소를 짓고 새들이 주위에서 푸드득 날아다니는 동안 듣기 좋은 목소리로 웃었다. 공항은 계곡 아래의 아름다운 진주처럼 빛이 났다. 서로 부딪치며 괴짜 할아버지들처럼 "뇌!"라고 쌕쌕거리면서 그들 앞에서 팔로 걸어 다니는 좀비들로 가득했다.

"우리가 그들을 고칠 거야!" 줄리가 웃었다.

"우리가 역병을 치료할 거야!" R이 떠들어 댔다.

"사랑이 모든 것을 이긴다!" 태양이 화창하게 선언했다.

R과 줄리는 그들의 가장 친한 친구들 무리와 함께 공항으로 깡충 깡충 뛰어 들어갔다. 무서운 보니 몇이 그들을 막으려고 시도했지만

R과 줄리는 손을 잡고 분홍빛 하트의 구름으로 보니들을 나비로 바꿔 버렸다.

"너희 이제는 그렇게 무섭지 않네!"

줄리의 말에 모두가 웃음을 터뜨렸다.

R과 줄리의 친구들은 예쁜 음악을 연주하고 예쁜 그림들을 창문에 붙이며 좀비들에게 힘내라고 말하며 공항을 뛰어다녔고, 좀비들은 말했다. "다시 인간이 되자!" 그리고 그들의 회색 피부는 분홍빛으로, 잿빛 눈은 파랗게 변했고 모든 소년들은 소녀들과 사랑에 빠지고 모두가 결혼했다.

"내 심장이 변했어!" 줄리의 아버지가 말했다.

"나는 진짜로 죽지 않았어!" 줄리의 어머니가 말했다.

"나는 무슨 일이 있어도 항상 너를 사랑해."

R의 아름다운 파란 눈을 응시하며 줄리가 말했다. 그들은 키스를 했고, 친구들 모두 박수를 치며 축하했다. 완벽한 날이었다.

그러고 나서 그 힘은 갑자기 끊겼다. 불빛은 꺼졌다. 프랭크 시나트라의 노래는 발음이 꼬이면서(뭔가 굉장히 멋진 일이 여르으으으으) 멈췄다. 몇 번 눈을 깜박거린 R은 그의 예전 친구들이 새 친구들의 목구멍을 찢고 나오고 새 친구들이 예전 친구들의 뇌에 총질을 하고 있으며, 공항의 베이지색 카펫이 검고 붉게 변해 가고 있음을 깨달았다. R은 뒤에 숨어 있는 예전 부인, 두렵고 배고픈 표정으로 절단된 팔을 들어 올리는 그의 아이들, 살아 있는 자들의 얼굴에 나타난 공포와 **죽은 자**들의 얼굴에 나타난 혼란을 봤다. 그리고 R과 줄리는 그 끔찍한 장소에서 도망쳐 나왔다. 우린 꿈을 꾸고 있었던 걸까? 그렇게 궁금해하면서.

* * *

우리는 지금 깨어 있다.

회색 콘크리트와 흰곰팡이가 핀 유리창의 건물들이 제멋대로 펼쳐진 공항이 누더기 왕을 위한 왕릉처럼 우리 앞에 희미하게 드러난다. 내가 여기에서 '살았던' 때에는 항상 유령 같은 곳이었는데, 이제 보니들이 사라지고 벌집의 사회가 흐트러지면서 말 그대로 버려진 곳처럼 느껴진다. 나가거나 들어오는 사냥단들은 없다. 터미널 바깥을 혼자 헤매 다니는 사회성 부족한 **죽은 자**도 없다. 그 어떤 움직임의 징조도 없다. 그들이 모두 흩어지고 노라의 환자들과 우리 이웃 B처럼 도시로 향했다고 믿기에 좋을 것 같다. 몇 명이 그랬을 것에는 의심의 여지가 없었지만 전부는 아니다. 아마 절대로 전부는 아닐 것이다.

우리는 도착 출구 앞에 차를 대고 시야에서 가려진 짐 내리는 구역의 어두운 구석에 포르쉐를 주차한다. 이 구역이 가장 깨끗했지만, 여기에 버려진 자동차 몇 대는 찬찬히 생각해 보기엔 너무 가슴이 저미는 이야기들을 암시하고 있다. 미국을 떠나는 마지막 비행기를 잡으려고 뛰어가며 쏟아진 짐의 흔적과 미니밴을 남겨 둔 가족은 누구였을까? 그 비행기는 어디로 가는 것이었으며, 거기에 도착했을 때 격추되었을까? 도로 경계석 위에 놓인 플러시 천으로 만든 조랑말 인형의 주인은 강하고 슬기로운 젊은 여성으로 자랐을까, 아니면

235

지금 대서양 어딘가를 떠도는 재의 얼룩 한 점이 되었을까?

나는 병적인 몽상에서 빠져나온다. 에이브럼은 무기한 캠핑 여행과 일어날 수 있는 전투 양쪽 모두를 위한 짐을 꾸리고 있다. 그는 어깨에 진영에서 가지고 온 배낭을 걸치고, 보급품이 가득 든 더플백이 나올 때까지 포르쉐의 트렁크를 뒤져 조심스럽게 M을 살펴보면서 그것을 건넨다. M은 입술 위의 흉터들 때문에 뭔가 불안하게 보이는 쾌활한 미소로 그 정밀 조사에 응한다.

모두에게 충분한 무기들이 있었지만 에이브럼은 줄리에게 산탄총을, 노라에게는 소총을 주고 나서 자신은 더 큰 소총을 챙기고는 망설이는 듯 나를 보더니 작은 권총 하나를 꺼내 준다.

나는 그 총의 반짝이는 검은 손잡이를 응시한다. 근육의 기억이 손 안으로 몰려든다. 불안감을 없애 주는 금속의 무게감, 흥분되는 반동의 추진력, 만족스러운 발포.

"난 괜찮아." 나는 불안하게 떨리는 손을 보여 주며 거절한다. "나는 아직도 조금 비분류된 존재니까."

"내가 정말로 너희가 감염된 거라 믿었다면 이 총으로 다른 결말을 보여 줬을 거야. 상처 하나로는 아무것도 증명할 수 없어."

나는 어깨를 으쓱한다.

에이브럼은 그 권총을 M에게 줬지만, M은 그를 스쳐 지나가서 포르쉐의 총기 선반에 손을 뻗어 AK47 소총을 꺼낸다.

"이게 더 나한테 맞는 크기야."

에이브럼은 미심쩍게 생각하는 것 같다.

"어떻게 쓰는지는 알아?"

M은 탄창을 뽑아 탄약을 확인하고, 노리쇠를 밀고 방아쇠를 당기는 격발 동작을 하고는 탄창을 다시 넣는다. "넵."

"자기가 해병이었다고 이야기했잖아, 멍청아." 노라는 비슷하게 자기 소총을 확인하는 비슷한 동작을 수행하며 말한다.

"부대에 겨우 2년 있었는걸." M이 말한다. "하지만 그레이리버에는 5년간 있었어."

에이브럼은 권총을 더플백에 다시 집어넣으며 인정하는 척 고개를 끄덕인다. "그렇다면 너도 액시엄 그룹사의 일원이었던 셈이네, 그러면. 그레이리버에서는 치과 보험은 제공하지 않았나 봐."

"우린 총이 필요하지 않을 거예요." 줄리가 말했다. "가져가지도 않는 게 나을걸요. 오해의 소지가 될 수도 있으니까."

에이브럼은 고개를 흔든다.

나는 그녀에게 반박하기는 꺼렸지만 이곳에서의 기억이 너무나 선명하다. "지난번에는……."

"그땐 너무 일렀어. 우린 치유가 퍼질 만한 시간을 주지 않았잖아. 지금은 달라졌을 거야."

나는 말다툼을 하지는 않지만 납득하지도 않는다. 그래도 줄리는 총을 넣어 둔다.

✳ ✳ ✳

평온한 공항은 부자연스러운 것이다. 공항은 소란스러움을 위해, 세계적인 인간 기업의 소음과 악취를 위해 지어진 것이다. 지구상 그 어디에도 이렇게 다름의 농도가 높고, 모든 문화와 언어가 이 작은 건물에 모여들어 함께 섞이고, 같은 음식을 먹고 같은 화장실을 사용하고, 나란히 자기 옷들을 쌓아 두고 서로의 소지품들이 엑스레이 스크린으로 드러나면 슬그머니 힐끗 쳐다보고, 비좁은 입구 벤치에 끼어 앉아 서로의 체취를 들이마시고, 세계와 모든 갈등을 모두가 경계하고 걱정하고 분투하여 작은 한 점으로 압축되는 곳은 없다.

더 이상은 아니다. 그런 휘발성 화학 물질들은 빈껍데기만 남겨 두고 오래전에 전부 터져 버렸다. 터미널 외곽에서 움직이는 생명체라고는 하나도 마주치지 않았고, 나의 두려움은 다른 방향으로 움직이기 시작한다. 이곳까지도 우리를 지켜 주려는 걸까? 만약 **죽은 자**들이 모두 가 버렸다면 여기가 다른 곳보다 더 안전하지 않다는 뜻이 된다. 하지만 내 염려는 오래가지 못한다. 우리는 텅 빈 보안 검색 선들을 통과해 12번 출입구 쪽으로 좌회전하자 거기에 그들이, 나의 예전 이웃들이 졸린 벌 떼처럼 느릿느릿 식당가 주변을 서성이고 있다. 내 뇌 속 두려움의 중추는 더 이상 혼란스럽지 않다. 나는 안도하는 걸까 아니면 두려워하는 걸까?

에이브럼은 한 손으로 스프라우트의 팔을 꼭 잡고 벽을 등진 채 다른 손으로는 소총을 겨눴지만, 나머지 우리들은 무기를 내리고 조심스럽지만 차분하게 앞으로 나아간다.

"얘들아!" M이 친근하게 손을 흔들며 우렁차게 외친다.

그 무리는 조용해진다. 몇 명이 우리에게 이를 한두 번 딱딱거리고는 느릿한 걸음걸이를 재개한다. 하지만 대다수가 속을 알 수 없는 표정으로 우리에게 눈길을 보내며 움직이지 않고 있다. 그들의 얼굴은 몹시 지치고 피곤해 보이고 몸은 푹 쓰러져 있다. 이상한 납빛 눈은 체념하고 굶주림을 받아들인 거지들처럼 슬픈 갈망을 담고 우리를 응시한다. 나는 이 길 잃은 생명체들에게 애정 섞인 연민의 감정이 밀려드는 것을 느낀다. 나는 그들 중 하나였다. 여전히 그들 중 하나이다. 그러나 어쨌든 나는 이곳에서 탈출했지만, 그들은 갇힌 채 남아 있다.

줄리와 언덕에 앉아 있던 그 순간, 나는 그들을 자유롭게 하는 것이 간단할 거라고 생각했다. 쉽지는 않지만 간단하다고. 여기에 와서 우리가 배운 것을 공유하고 창조한 것을 퍼뜨리면 그들이 빛을 보게 되고 치유될 거라고. 보니들에 대한 우리의 영향은 즉각적이고 극적으로 나타났다. 이 빈 겉껍데기들은 그들의 현실의 엄격한 난간에 상상할 수 없는 변화, 분위기의 변환을 감지했고 아마 더 안정적인 땅, 그들의 우주를 재건설할 어딘가 새로운 평평한 표면을 찾아서 도망쳤다. 하지만 살이 남아 있는 내 동료들은? 아직 마지막 실을 끊어 내지 못한 **죽은 자**는? 그들에게 우리의 영향은 더 미묘했다. 뭔가 변하긴 했다. 내 옆의 총탄 흉터가 남은 거인이 B와 노라의 영안실에 있는 모든 환자들처럼 그 증거였다. 하지만 여행을 떠나서 전도하려던 우리의 시도는 처참하게 순진한 것이었다.

그들은 감화되지 않았다. 그들은 납득하지 못했다. 그들은 뭔가를 더 기다리고 있는 중이다.

M은 성큼성큼 걸어 나가서 악수를 하고 등을 두드리면서 어울리기 시작한다. **죽은 자**들은 그가 무엇을 하고 있는지 이해할 수가 없다는 듯이 이맛살을 찌푸리고 그를 쳐다본다. 자신의 부패의 모든

흔적을 지워 내기까지 아직도 꽤 멀었음에도 M이 명확하게 살아 있는 자로서 등록했음을 아는 **죽은 자**의 감각이 나에게는 충분히 있다. 그러니 그들의 반신반의는 먹느냐 안 먹느냐는 아주 오래된 문제가 아니다. 뭔가 더 복잡한 것이다.

나는 흔들거리고 냄새나는 무리 틈으로 M을 따라서 들어간다.

"야, R?"

뒤를 돌아봤더니 줄리와 노라가 호수에 뛰어들기를 겁내며 선창에 서 있는 아이들처럼 복도 끝에서 미적거리고 있다.

"괜찮은 거 확실해?" 줄리가 묻는다.

"어쩌면 우리에게 발라 줄 피를 좀 찾을 수 있지 않을까?" 노라가 겁을 먹고 움츠리며 묻는다. "전에 줄리에게 해 줬던 것처럼?"

나는 고개를 젓는다. "그냥 피만으로는 아니었지. 너랑 같이 갔던 게 나였으니까. 더 이상 소용없을 거야."

"어째서?"

나는 어깨를 으쓱한다.

"왜냐하면 나는 더 이상 **죽은 자**가 아니니까."

나는 무리 안으로 쑥 들어간다.

"제정신이 아니네." 에이브럼은 통로 멀찍이 자신이 선택한 자리에서 소리친다. "도대체 어디까지 가려는 거야?"

나는 수많은 좀비들의 머리 너머 복도의 먼 쪽 끝을 가리킨다.

"안전한 어딘가."

나는 무리를 밀치며 더 멀리 들어간다. **죽은 자**는 팔꿈치로 밀치고 가든 정중하게 비켜 달라고 하든 반응하지 않지만, M이 순전하게 몸집으로 밀림의 풀밭 같은 무리를 갈라 준 덕에 나는 그가 지나간 흔적을 따라간다. 줄리와 노라는 내 뒤에 딱 달라붙는다. 줄리는 자기 신념을 고수하고 이 생명체(이 사람)들을 두려워하지 않으려고 열심히 싸우는 반면 노라는 그보다 조금 더 속이 빤히 들여다보인다.

"안녕……." 그녀는 악문 이 틈새로 그들에게 인사한다. "안녕하세요……. 제발 나를 먹지 마세요……."

"가자, 아빠." 스프라우트가 에이브럼의 손을 잡아당겼지만, 그는 바닥에 뿌리라도 박은 듯 버틴다.

"어서 와요!" 줄리는 그를 돌아보며 부른다.

"저 좀비 무리 사이로 내 딸을 끌고 갈 수 없어."

"눈이 있으면 봐요, 아저씨. 괜찮다고요."

"너도 저들이 어떻게 나올지 모르잖아."

그녀는 양손을 거칠게 들어 올린다.

"누가 어떻게 나올지는 당신도 모르잖아요! 어떤 무리에 있는 어떤 인간이라도 살인자일 수도 있고, 강간범일 수도 있고, 자살 폭탄 테러범일 수 있어요. 뛰어들어서 최선의 결과를 바라는 수밖에."

그녀처럼 나도 용감한 얼굴을 가장하고 있었지만, 나는 두렵지 않은 척을 할 수가 없다. 역병과 싸운다고 해서 거기에 면역이 생기는 것은 아니다. 이것은 **거의 산 자** 사이에 중대한 질문들 중 하나(우리가 다시 물린다면 어떻게 될까?)였지만 우리는 그것을 알아내려 오래 기다릴 필요가 없다. 자살 행위나 다름없는 도주는 우리에게 음울한 답을 보여 준다. 지금의 일은 그때 경험했던 일이라는 것을. 우리는 **죽은 자**들에 다시 합류했다. 우리는 모든 것을 잃었다. 처음부터 다시 시작한다.

나의 긴 투쟁, 반짝임, 치유에 관련된 다른 모든 불가사의에도 불구하고, 나는 줄리만큼 취약하다. 그리고 군중의 기분에 휩쓸린다.

일단 식당가가 끝나고 출입구들이 나타나기 시작한다. 인구 밀도가 낮아져서 우리는 벤치와 플라스틱 나무들이 있는 열린 지역으로 튀어나온다. 복도를 따라 더 나아가니, 또 다른 무리가 비어 있는 진열장을 들여다보고 메뉴를 읽는 척하면서 베이글 가판대 주변을 맴돌고 있다. 아마도 우연히 한 여자가 카운터 뒤에서 발이 걸린 것 같다. 군중은 반사적으로 한 줄로 선다. 앞에 선 남자가 주문도 하기 전에 새로 고용된 직원이 그 자리를 벗어나 다시 헤매고 다니자, 그 줄은 희미한 실망의 기운과 함께 흩어진다.

나는 이 모든 것을 엄청난 흥미를 가지고 지켜본다. 그저 오래도록 남아 있는 예전 본능의 메아리일 뿐일까, 아니면 회복의 징조일까? 뻣뻣한 몸이 반사운동을 시험해 보며 팔다리를 쭉 펴고 있는 중일까? 나는 나의 첫 진짜 식사를 떠올린다. 몇 주간 시도했다. 매일 저녁마다 내 입에다 빵을 욱여넣어 억지로 삼켰다. 가끔 토하려고 욕실로 슬그머니 도망치기 전에 줄리가 미리 축하해 버릴 때까지만 간신히 억누르고 있기도 했다. 변화한 채로 살아남지 못할 것 같다는 걱정을 그녀와 공유하고 싶지 않았다. 하지만 그러고 나서 약 한 달 후에 그 일이 일어났다. 나는 예전의 배고픔이 시작되는 것을 느꼈다. 인간 희생물을 요구하지 않았던 종류의 허기. 줄리가 정원에서 감자를 튀기고 뜨거운 소스에 푹 담그는 것을 지켜보고 있었는데, 내 위가 우르릉거렸다. 나는 음식을 원했다. 인간 영혼에서 나

242

온 번갯불을 빨아먹고 싶지 않았다. 해시 브라운이 먹고 싶었다. 그래서 그것을 먹었다. 내가 다시 먹을 수 있게 되기 한 주 전에 있었던 일이었고, 지금까지도 내 몸은 그런 단순한 불사의 음식물을 의심하여 기아 상태에 임박해서야만 겨우 받아들인다. 하지만 그 순간은 내가 나에게 부족한 것을 몰랐었다는 희망을 줬다. 그것이 한 걸음이었다.

이제 나는 이 어리둥절한 시체들이 미식(美食)을 추구하는 인간적인 동작으로 비틀거리며 가는 것을 봤고, 내 희망을 그들에게 쏟아붓는다. 나는 그들에게 다음 걸음을 내딛도록 할 것이다.

"그 사람 어디로 갔어?" 줄리가 까치발을 하고 서서 우리 뒤의 무리 사이를 보며 말한다. 그녀는 벤치 위로 뛰어오른다. "에이브럼? 스프라우트?"

그들이 더 이상 이 홀에 있지 않다는 것을 알기 위해 벤치에 올라갈 필요는 없었다.

"진짜로 우리를 버리고 간 거야?" 그녀는 입 앞에 손을 모아 쥐고 소리친다. "에이브럼!"

"조용히 해." 에이브럼이 딸을 뒤에 데리고 작은 문 뒤에서 나오며 말한다. "네가 저들을 깨우겠어."

줄리는 한숨을 쉰다. "먼 길을 둘러 와서 우리 모두가 괜찮은 것을 보니 자기가 멍청했다는 생각이 좀 들어요?"

"가족과 함께 위험을 감수할 생각 없어." 그는 나에게 험악한 시선을 고정한다. "네가 말한 '안전한 곳'이 어딘데?"

✳ ✳ ✳

에이브럼에게(그리고 솔직하게 말하자면 나에게도) 다행스럽게도 우리의 경로는 베이글 가판대의 무리를 통과하지 않게 된다. 홀의 오른쪽으로 길이 나뉘었고 나는 A터미널과 B터미널을 연결하는 고가 터널로 일행을 이끈다. 우리 뒤로 머리 위의 간판이 수하물 찾는 곳과 화장실이 있다고 보장한다. 영스베이북스라는 이름의 서점이 있다. 베스트셀러 판매대에 놓인 읽기 겁나도록 두꺼운 책은 『영향 받기 쉬운 경험 세계: 의식은 어떻게 현실성을 형성하는가』였다. 나는 그 글자들이 나에게 무슨 말을 하려는 것일까 궁금해하고 이 공항에 있는 모든 단어들을 응시하며 보낸 헤아릴 수 없이 많은 시간들을 기억하며 미소를 짓는다. 싹이 트던 나의 읽기 능력은 수많은 빙산들의 일각을 드러내 보이며, 세상을 가린 베일을 걷어 줬다. 만약 나에게 평화로운 순간이 있었더라면 더 깊이 뛰어들었을 것이다. 제일 좋아하는 의자에 앉아 제일 좋아하는 차가 담긴 제일 좋아하는 컵을 들고 『영향받기 쉬운 경험 세계』를 처음부터 끝까지 읽을 것이다. 아마 그 옆에 있는 책 『무서운 제리와 해골 왕』부터 시작하는 게 좋겠다고 하더라도. 아니면 아마도 그 옆에 있는 『잘 자요 달님』.

"뭐야?" 줄리가 나의 희미한 미소를 알아채고 말한다.

"아무것도 아니야. 그냥 생각 중이었어. 네가 제일 좋아하는 책은 어떤 거야?"

그녀는 곰곰이 생각한다. "한 50권은 되는 거 같은데."

"너랑 같이 읽고 싶다." 소파에서 옆에 앉아 손가락 사이에 문고

244

판 책을 펼치고, 내 어깨에 기대 있는 그녀를 나의 차와 트위드 백일 몽에 더하자 미소가 더 퍼진다. "우리 식당을 서재로 만들자."

그녀는 동경하는 미소와 함께 그 이미지에 빠져든다.

"그거 멋지겠다."

그녀의 목소리에 담긴 열망이 우리의 처지를 상기시키는 차가운 암시와 함께 내 마음의 비눗방울을 펑 터뜨린다. 일주일 전 우리가 실제로 해 왔던 생활이 엉뚱한 환상이 되어 버린다.

조명이 깜박인다. 발전기가 작동하는 건지, 태양열 전지판이 활성화된 건지, 뭐든지 망각된 동력원이 이 장소가 다시 스스로 깨어나도록 전력을 공급하여 공항은 예전 기능의 슬픈 외관으로 돌아온다. 조명들이 켜지고, 공항 내 방송 설비가 주인 없는 수하물들에 대해 뭐라고 더듬거리며 말하자 컨베이어는 움직이기 시작한다. 내가 탑승하고, 줄리가 내 뒤로 뛰어올라온다. 우리는 다른 사람들이 약간 못마땅한 시선을 보내며 우리를 지나쳐 갈 동안 잠시 휴식을 취한다.

옛날에 줄리와 나는 이런 전면 유리창 너머로 일몰을 바라봤다. 이제 우리는 다른 쪽을 향하고 태양이 활주로를 분홍빛으로 가득 채우며 산꼭대기에 이르는 것을 보고 있다. 엔진 없는 아메리칸 에어라인 비행기 한 대. 둘로 쪼개진 유나이티드 비행기 한 대. 검게 탄 개인 전용기의 잔해. 모든 곳에 있는 모든 사람들이 다른 어딘가는 더 안전할 거라 생각했던 그 마지막 며칠 동안 공항이라는 작은 섬은 얼마나 슬펐을까? 불행한 결말을 맞이하는 모든 희망들의 연계점.

플라스틱 나무가 심어진 화분들이 미끄러지듯 우리를 지나쳐 가는 것이 보였고, 이번에는 진짜 데이지 꽃들로 넘쳐나더니 또 다른 향수(鄉愁)의 한 조각이 내 마음을 따스하게 해 준다. 나는 꽃 한 송이를 뽑아내려고 철책 위로 몸을 기울이지만, 손이 닿지 않는 곳으로 지나가 버린다.

컨베이어의 끝에 다다르자마자, 우리를 기다리고 있던 나머지 일행이 조바심으로 짜증을 내며 팔짱을 낀다.

"뭔데?" 줄리가 묻는다. "우리는 기다리려고 여기에 온 거잖아, 아니었어?"

"어딘가 안전한 곳에서 기다리자." 에이브럼이 말한다. "온 세상에 노출되는 유리로 된 통로 말고."

"거의 다 왔어."

나는 그에게 장담한다. 물론 그가 옳다. 나는 집중해야 할 필요가 있지만, 엉뚱한 생각들을 털어낼 수 없을 것 같다. 이 장소가 떠올리게 하는 대다수의 어두운 기억들에도 불구하고, 줄리와 함께 만든 몇몇 밝은 기억들이 계속해서 표면으로 올라와서 내 얼굴 위에 바보 같은 미소를 칠하고 있다. 그때는 그렇게 수월했다. 그렇게 간단하고 달콤했다. 그저 나와 내가 납치해 온 사랑스러운 소녀 그리고 내 주머니 속에 든 그녀 남자친구의 뇌뿐이다.

나는 일행을 한때 내 동료 **죽은 자**들의 공포로부터 피하는 도피처였던, 내 예전 집 문으로 통하는 탑승 터널로 이끌고 내려간다. 뭔가 더 나쁜 것으로부터 도망쳐 숨으려고 이곳으로 돌아올 거라고는 상상한 적도 없었는데.

나는 여객기의 거대한 출입구를 열고 음침한 미소와 함께 옆으로 비켜선다. "저희 비행기에 탑승하신 걸 환영합니다."

246

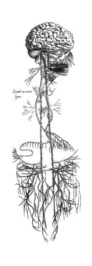

비행기는 우리가 두고 간 그대로 정확하게 있다. 빈 맥주병들, 냉동 팟타이의 플라스틱 쟁반, 그리고 물론 내 수집품 무더기도. 내 수집품이 얼마나 광범위했었는지를 처음으로 느낀다. 펜, 붓, 카메라, 인형, 액션 피규어, 그림 한 점, 턱시도 한 벌, 배달되지 못한 편지, 액자에 든 가족사진, 만화책의 탑…… 비행기 좌석의 3분의 1 정도가 채워져 있다. 내가 드물게 나가는 사냥 여행 때마다 한두 개 품목을 발견했다고 치면, 여기에 이 정도의 저장품을 축적하는 데 얼마나 긴 시간이 걸렸던 걸까? 6년? 7년? 그동안 어째서 나는 다른 많은 이들처럼 썩어 없어지지 않았던 걸까? 어째서 나는 단지 또 다른 변화하는 모든 것에 대한 분노로 쉭쉭거리는 바싹 마른 변환 공포자가 아닌 걸까?

줄리는 자기가 고른 좌석에 앉는다. 그녀는 조각난 청바지로 만든 낡은 누비이불을 집는다. 하지만 이번에는 그것을 나를 막는 용도로 사용하지 않는다. 그녀가 가운데 좌석을 토닥거리자 나는 그녀의 신뢰가 주는 특전을 느긋하게 즐기며 옆에 앉는다.

M은 내 거주지의 어수선한 참상을 받아들이려고 천천히 한 바퀴 돌아본다. "너 이런 집에 여자를 데려왔던 거야?"

"나한텐 매력적이었는데." 줄리가 말한다.

M은 짜증스럽다는 듯 앓는 소리를 낸다.

"너는 어디에 살았었는데?" 노라가 그에게 묻는다. "청소부가 있을 것 같진 않은데."

"깨끗했어. 공중화장실치고는."

노라는 웃음을 터뜨렸다가 얼굴을 굳힌다. "화장실?"

M은 어깨를 으쓱한다. "문이 있는 방이었어. 그냥 거기까지였지."

노라는 내가 완전하게 이해할 수 없는 이상하고 불쾌하다는 표정으로 그를 쳐다본다. 내가 그 표정에서 읽을 수 있는 유일한 감정은 혼란이었지만, 사실 그 표정은 그 이상을 담고 있다.

"나는 좀비였잖아." M이 방어적으로 말하기 시작한다. "주택을 깐깐하게 고르는 놈이 아니었어."

노라는 바닥을 내려다보고 훑어본다.

"뭐가 이상해?" 줄리가 물으며 일어서려고 움직였지만, 노라는 고개를 젓고는 그 기분을 재빨리 털어 버린다.

"아무것도 아니야. 미안. 기시감이나 뭐 그런 거겠지." 그녀는 M을 제대로 쳐다보지도 않고 그에게 말을 건다. "어디에 살았었는지 기억해? 가끔 우리가 전에 만난 적이 있었던 것 같은 느낌이 들어서."

M은 조심스럽게 대답한다. "시애틀…… 같은데?"

노라는 다시 고개를 젓는다. "아니. 거기는 절대 아니야." 그녀는 허공을 올려다보고는 심호흡을 한다. "어쨌든 우리 뭐 좀 먹는 게 어때? 기내식이 아주 훌륭하다고 하던데."

그녀는 비행기의 주방으로 통하는 커튼 뒤로 사라지더니 주방 서랍 주변을 쿵쾅거리며 돌아다니기 시작한다.

"노라?" M은 포르쉐에서 가져온 더플백을 한 좌석에 던져 놓으며 부른다. "음식은…… 여기 있어."

잠시 정적이 흐르고, 그녀는 주방에서 나와서 가방을 열고는 뒤적여서 정육면체 모양의 캅테인과 물병을 꺼내고는 이 슬픈 식사를 비행기 뒤쪽으로 가져간다.

M은 나를 쳐다본다. 나는 어깨를 으쓱한다. 줄리를 쳐다보니 어깨를 으쓱한다.

나는 에이브럼이 아직 안에 들어오지 않았다는 것을 깨닫는다. 그는 나의 예전 집의 이해할 수 없는 기묘함을 훑어보며 아직도 스프라우트와 함께 문가에 서 있다.

"네가 숨고 싶었던 곳이 이거야?" 그가 묻는다.

나는 항공기의 안전장치를 설명하려고 손을 든다. "입구 하나. 비상 탈출구들. 작은 창문." 그가 대꾸를 하지 않기에 나는 계속 말한다. "지상에서 높이 떨어져 있고. 시야 좋고. 태양열 에너……."

"스프라우트 좀 봐." 그는 내 말을 싹둑 자르면서 딸을 앞으로 살짝 민다. "나는 주변을 점검하러 돌아봐야겠어."

스프라우트는 앞으로 달려 나와서 우리가 있는 열에 멈추더니 기

대하는 눈빛으로 나를 쳐다본다. 내가 반응을 보이지 않자 아이가
말한다. "비켜 주세요."

나는 통로 쪽 좌석으로 좁혀 앉았고 스프라우트는 줄리 옆에 털
썩 앉는다.

줄리는 웃음을 참으면서 당혹스럽고도 기쁜 표정으로 나를 본다.

"줄리가 좋아?" 내가 묻자 아이는 진심으로 고개를 끄덕인다. 나
는 미소를 짓는다. "나도 그래."

나는 에이브럼에게 공항 탐험에 대한 몇 가지 조언을 해 주려고
통로를 뒤돌아봤지만 그는 이미 가 버린 뒤다.

＊ ＊ ＊

10분도 지나지 않아, 나를 제외한 모두가 잠이 든다. 정오 언저리
인 듯 태양이 높이 떠서 뜨거웠지만, 사실상 너무나도 긴 밤이다. 내
가 참을성 있게 스프라우트와 줄리 옆에 앉아 코고는 소리의 합창을
듣고 있는 동안, M조차도 살아 있는 사람이 별 노력 없이 얻는 편안
함과 함께 그럭저럭 졸고 있다. 거의 모든 면에서 M은 나보다 빨리
인간의 존재로 되돌아가고 있는 것 같았고, 나는 그 이유를 이해할
수 없다. 그는 말을 잘했고 반사 운동은 예리했으며, 그의 이야기를
믿을 수 있다면 스타디움에서 지낸 지 단 한 달 만에 살아 있는 여성
과(비록 매우 극단적이라 해도) 성공적으로 사랑을 나눴다. 나는 유리
한 출발을 했었고, 그를 이 경주로 끌어들인 당사자이지만, 이제는
그가 나를 멀찍이 따돌리고 앞서 나가고 있다. 무엇이 나를 뒤에 잡

아 두고 있는 걸까?

나는 일어나서 아무도 깨우지 않고 마음껏 들썩거릴 수 있는 비행기 후미 쪽으로 간다. 세 자리에 걸쳐 누워서 통로로 발이 삐죽 나와 있는 노라를 살그머니 지나친다. M은 여기 뒤쪽에 있는 것이 더 편했겠지만 분리된 비즈니스석의 플러시 왕좌 하나에 몸을 구겨 넣고 있었는데, 아마도 노라에게 그녀만의 공간이 필요하다는 것을 느끼고 있어서 그런 것 같다.

거의 제트기 끝에 다다르자, 갑자기 덜 엉뚱한 수집품 하나가 기억난다. 마지막 세 줄은 찢어진 바지들과 피로 물든 셔츠 무더기, 가끔 가다 발이 들어 있는 신발 밑에 파묻혀 있다. 유망한 젊은 연쇄 살인마의 대학 기숙사 방처럼 더러운 세탁물들이 좌석들을 뒤덮고 있었고 통로까지 흩어져 있다. 수치심으로 인한 떨림이 등을 타고 내려가는 것을 느끼며, 나는 어깨 너머로 흘깃 돌아본다.

나는 가능한 언제든 희생자들의 옷들을 가져온다. 반쯤 잠이 든 몽롱한 상태에서, 이것이 내가 먹은 사람들을 기리는 한 가지 방식이라는 막연한 개념이 있었던 것 같다. 당연하게도 협상할 수 없는, 내 필요에 의한 그들의 숭고한 희생을 예우하기 위해서. 분명히 대다수의 좀비들이 자신들의 포식 행위에 기울이는 생각보다는 많이 생각했었지만, 누군가 나에게 그렇게 하라고 명령하고 있는 게 아닐까 하는 의혹을 가졌다. 뱃속에서 역겨운 스튜가 부글거리는 느낌이 들자 그 옷들을 퍼 올려서 머리 위 짐칸에 쑤셔 넣는다.

뭔가가 화장실 문에 쿵 부딪힌다.

나는 피를 먹어 딱딱해진 크리스마스 스웨터를 손에 든 채 얼어붙는다. 왼쪽 문에서 신음이 흘러 나오자 약간 더 큰 소리가 오른쪽 문에서 대꾸한다. 나는 무기를 찾으려고 주변을 두리번거린다. 두 개골을 부술 만한 것은 아무것도 안 보이지만, 나는 수없이 맨손으로 해결해 왔다. 사람들은 그게 얼마나 쉬운지 깨닫지 못하지만 그저……

나는 생각을 중지한다. 주먹을 꼭 쥔다. 낯선 이에게 나를 소개하는 방식은 더 이상 상대를 죽이는 것이 아니라고 나 자신에게 상기시킨다.

"안녕?" 내가 부드럽게 말하자, 화장실에서 나는 소리가 멈춘다. 양쪽 문의 걸쇠는 '사용중'으로 표시되어 있었고, 좀비가 뭔가를 잠그려고 애를 쓴다는 점이 내게는 이상하게 느껴진다. 나는 왼쪽 문을 손가락 관절로 가볍게 두드린다. "나는 당신을 해치고 싶지 않아. 당신도 나를 해치고 싶지 않지? 나와 볼래?"

붉은 '사용중'은 초록색 '열림'으로 스르륵 미끄러져 돌아간다. 문이 살짝 열리자, 나는 낯익은 얼굴을 본다. 갈색 머리카락, 창백한 피부, 금속성 광택이 없었다면 거의 자연스러웠을 회색 눈동자의 이십대 중반 여성.

내가 공간을 만들려고 뒤로 물러나자 나의 '부인'이 화장실에서 나온다. 그녀의 접수 담당자 의상은 믿을 수 없을 정도로 더러웠지만, 나는 흰 버튼업 블라우스 위의 수없이 많은 핏자국들을 무시하고 그녀의 이름표를 찾는다. 그것은 거기에 없다. 그녀가 떼어 버린 걸까? 왜 없애버린 걸까?

"이름이?"

나는 우리의 원시 시대 방언으로 살짝 돌아가며 그녀에게 묻는다.

그녀는 고개를 젓는다. 그녀의 얼굴에 떠오른 표정은 무엇일까? 수치심? 쓸쓸함? 아니면 그저 외국 땅에서 길을 잃은 여행자의 혼란과 두려움?

뒤에서 달칵 소리가 나더니 다른 화장실도 열린다. 나의 '아이들'이 출입구 근처에서 겁을 먹고 훔쳐보고 있다. 적어도 그들은 이름이 있다. 태양이 떠오르고 시나트라가 부드럽게 노래하고 모든 것이 좋아지고 있던 때, 아이들이 회복되고 있는 것처럼 보일 때 잠시 생긴 기회에 내가 그 이름들을 뽑아 놨었다. 아이들의 피부는 핏기가 없는 건 아니었지만 여전히 아주 창백하고, 조안의 피부조차 거무스름한 아랍인의 특징과 괴이하게 대조되도록 파리하다. 아이들은 살아 있는 것처럼 보였지만 반은 얼어 있다. 눈은 어머니와 같이 변환 상태 사이에 끼어 있다. 아이들은 내가 그들을 버리고 떠나던 그날과 똑같아 보인다. 줄리와 내가 우리의 포부가 너무 크다는 것을 깨닫고 줄여야겠다고 결정했던 그날.

교외에 있는 우리 집이 아마 스타디움에 있는 생명들과 비교하면 최전방이 되겠지만, 그것도 그저 도피였다.

"왜 여기에 있는 거야?" 나는 이름 없는 부인에게 묻는다.

그녀는 바닥으로 시선을 떨어뜨린다. "멈추고…… 싶어서."

처음에는 그녀가 말하고자 하는 의미를 확신할 수 없었지만, 그러고 나자 그녀의 상태를 깨닫는다. 목과 뺨의 움푹 들어간 살점들이 떨어졌고, 멍든 배처럼 무르게 움푹 들어간다. 인간의 생명 에너지로 불충분하게 방부 처리가 된 세포들은 하나씩 하나씩 수축하고 탈

수뇌면서 결국 자신들이 죽었다는 것을 받아들이고 있다. 그녀는 스스로 굶주리고 있다.

아이들은 피부에 움푹한 곳이 한두 곳밖에 보이지 않아, 약간 더 건강해진 것처럼 보인다. 아이들에겐 어머니와 같은 결심이 부족해서 먹기 위해 살아 있는 고기를 찾아다녔던 것 같다고 추측했지만, 그러다가 조안의 손에 있는 쿠키와 알렉스의 손에 들린 치즈스틱을 알아차린다. 둘 다 간신히 조금씩 깨물어 먹었지만, 그 노력은 누가 봐도 분명했고 거의 다 이룬 것이나 마찬가지다.

"먹어?" 나는 간식들을 가리키며 부인에게 묻는다.

고개를 젓는 그녀에게서 이번에는 그 감정이 명확하게 보인다. 수치심. 시체를 음식으로 이끌 수는 있겠지만 먹게 만들 수는 없을 것이다. 의지는 강하지만 고기는 맛있다. 그런 식으로 반복.

나는 어깨 너머를 돌아보고는 손을 내민다. "여기서 기다려."

발끝으로 살금살금 26열로 돌아가서 줄리의 어깨를 흔들어 깨운다. 그녀는 끙 소리를 내고는 나한테서 빠져나가려고 애쓴다.

"줄리." 나는 속삭인다. "일어나."

그녀는 눈을 슬며시 뜨고 곁눈질로 나를 본다. "뭔데."

"내 부인하고 아이들…… 여기에 있어."

그녀는 잠을 쫓으려고 눈을 깜빡거리며 벌떡 일어난다.

"여기에? 비행기 안에?"

"어떻게 된 건지 모르겠어."

그녀는 스프라우트 밑에서 미끄러지듯 나와서 조심스럽게 아이의 머리를 좌석에 내려놓아 눕힌다. 우리는 오해의 여지도 없이 노라의 잠자는 모습을 갈망하며 지켜보고 있는 나의 완벽한 작은 핵가족이 있는 화장실로 달려간다.

"노라." 줄리가 노라의 어깨를 쿡 찌르며 부른다.

노라는 신입들을 인지하고는 놀란 감정을 억누르며 벌떡 일어난다. "쟤네가 나를 먹으려고 한 거야?"

"아니." 나는 말하고는 머뭇거린다. "아마도. 그래도 진짜로 그러고 싶진 않을 거야."

"저 애들이…… 네 아이라고?"

"어…… 그래."

"안녕, 애들아." 노라는 애매하게 말하더니 그들의 어머니를 쳐다본다. "그럼 당신은?"

"R의 부인이야." 줄리는 희미하게 미소를 지으며 말한다.

노라는 한숨을 쉰다. "멋지네. 빌어먹을 삼각관계."

"그건…… 중매 결혼이었어." 나는 웅얼거린다.

"네 부인 이름은 뭔데?"

"몰라."

노라는 이 점을 고려해 보더니 고개를 끄덕인다.

"좋아, 그러면 삼각관계는 아닌 거네."

나는 꼼지락거린다. 부인도 꼼지락거린다. 나는 바닥을 내려다보고 그녀는 창문 밖을 내다본다. 그러더니 그녀는 아이들의 손을 잡고 출입구 쪽으로 느릿느릿 움직인다.

"이봐!" 노라는 자리에서 일어나 통로를 몇 발짝 걸어가며, 그녀를 부른다. "그냥 놀린 거야!"

하지만 나는 부인의 표정에서 불쾌함 이상의 뭔가를 알아채고 창 밖을 내다본다. 아스팔트로 포장한 넓은 공터가 회색 얼굴들의 바다로 변해 가고 있다. 비행기는 완벽하게 **죽은 자**들로 둘러싸인다.

"저게 좋은 일일 리가 없어." 줄리는 내 시선을 따라가며 말하고 스프라우트를 확인하러 뛰어간다.

나는 그 군중이 주는 경악으로 그 자리에 얼어붙고 만다. 이 벌집의 전성기 때조차 이렇게 많은 이들이 한 자리에 모인 것을 본 적이 없다. 보니들의 교회 예배가 이에 버금갔지만 거기에는 항상 무언의 딸각거리는 열정적인 설교를 만드는 자들과 재미없는 경험을 하게된 것에 야유를 보내는 자들이 있었는데, 보니들이 그들에게 전달하는 내용이 얼마나 매력적인가는 아무 상관도 없었고, 그래서 그 집회는 절대로 공항 인구의 반 이상은 끌어 모으지 못했다. 오늘 우리 주변에 모인 무리는 공항에 있는 전체 인원임에 틀림없다.

게다가 공격을 위해 군대를 동원한 듯한 모양새인데도 나는 이들에게서 적의를 느낄 수 없다. 그들 대다수는 비행기를 보고 있지도 않다. 그들은 북쪽, 공항의 입구, 도시를 향하고 기다리고 있었다.

비행기 문이 끼익 열리더니 쾅 닫힌다. 잠금 장치가 제자리로 탁 들어가는 소리가 들린다. 에이브럼이 소총을 쏠 준비가 된 상태로 복도를 따라 성큼성큼 걸어왔는데, 장거리를 달려온 듯 가슴이 크게 들썩인다.

"놈들이 오고 있어." 그가 호흡 틈새에 말한다.

"우리도 알아요." 줄리가 말한다. "우리도 보이거든요."

"**죽은 자**들 말고." 그는 스프라우트를 의자에서 안아 올려 비상

출구 열로 이동하면서 지나는 곳마다 창문의 덮개를 닫는다.

"액시엄?" 노라는 믿고 싶지 않아하며 묻는다. "도대체 어떻게 그렇게 빨리 우리를 찾아냈지?"

"분명히 포르쉐 어딘가에 위치 추적기가 있었겠지 그래도 전파 방해 때문에 추적당하지 않을 거라 판단했었는데……." 그는 마지막 창문을 쾅 닫는다. 선실은 어둠 속으로 가라앉는다. "상관없어. 놈들이 이미 여기 왔잖아."

"얼마나 많이?"

노라가 머리 위 짐칸에서 소총을 집으며 딱딱해진 얼굴로 말한다.

"너무 많아." 그는 창가 자리에 털썩 앉아 스프라우트를 자기 무릎 위에 앉히고 손가락 마디가 하얘질 정도로 소총을 꽉 쥔다.

"무슨 일이야?" M이 일등석 커튼 뒤에서 걸어 나오면서 하품을 한다. 아무도 그에게 대답해 주지 않는다.

"그래, 당신 계획은 뭔데요, 그러면?" 줄리는 자라나는 공포심에 묻는다. "그냥 여기 앉아서 저놈들이 활주로에 있는 온전한 비행기 한 대를 확인 안 하고 가기만을 바라는 거?"

그는 창문 덮개를 살짝 열고, 우리 주변에서 흔들거리고 있는 무리를 엿본다. "내 계획은 여기에 앉아서 네 친구들이 얼마나 인간 고기를 좋아했는지를 기억해 내길 바라는 거야."

나는 내 자리의 덮개를 반쯤 연다. 쇳가루가 자석 쪽으로 끌려가는 것처럼, 무리는 완고하게 한 방향을 향해 있다. 아스팔트로 포장된 곳의 북쪽 끝에 있는 서비스 게이트 쪽으로. 그 문이 열리고 베이지색 SUV 다섯 대가 굴러들어 온다. 그러더니 그들은 차를 세운다.

의심의 여지없이 그들은 좀비들의 존재를 예상하고 있었다. 아마도 그들이 예상하지 못했던 것은 군대에 준하는 조직이다.

죽은 자들은 아직 적의를 나타내지 않고 있다. 낯선 사람이 자기를 때릴지 쓰다듬을지를 저울질하며 손 냄새를 킁킁거리며 맡는 학대받았던 강아지처럼, 그들은 확신 없이 불안하게 머리를 갸우뚱한다. 그리고 나는 그들 사이에 우리 가족이 있는 것을 본다. 이 신입들이 의도를 나타내길 기다리면서, 조안과 알렉스와 나의 이름 없는 부인은 무리의 뒤에 옹기종기 서 있다.

트럭들이 전진하기 시작한다.

"저놈들 도대체 뭐하고 있는 거지?" 줄리가 조그맣게 말한다. 그녀는 그들이 여기까지 우리를 따라오려면 미쳐 버릴 거라고 말했었다. 그녀가 맞았다. 그들은 여기까지 왔다.

그들 차의 선루프가 열린다. 그 구멍을 통과해 올라온 베이지색 재킷을 입은 군인들이 차 지붕에 소총을 고정시킨다.

"안 돼." 나는 유리창에 대고 웅얼거린다.

나의 예전 이웃들은 트럭이 가까이 오는 것을 불안해하면서도 호기심을 가지고 지켜본다. 그리고 그들은 죽기 시작한다.

"R, 기다려!"

나는 비행기의 입구에서 멈췄지만 돌아서지는 않는다. 뒷목을 간질이는 줄리의 두려움을 느낄 수 있다.

"저들을 위해서 할 수 있는 건 없어! 넌 총을 어떻게 쏘는지조차 모르잖아!"

나는 아래를 내려다보고는 내가 M의 AK47을 들고 있는 것을 깨닫는다. 무의식적인 반사작용으로 그의 의자에 있던 총을 집었을 것이 분명하다. 그리고 나서 약실을 한 차례 확인하고 안전장치를 풀었던 것 같다. 내가 어떻게 안전장치 푸는 법을 알았는지 우리 둘 중 누구라도 알까? 하지만 손의 떨림이 평소보다 더 확연하기까지 할 정도로 심해진다. 실제로 경련이 난다. 나는 덜그럭 소리를 내며 총을 바닥에 내버려 두고 성큼성큼 탑승 터널 안으로 들어간다.

"R!" 그녀가 내 뒤를 따라 달려오며 외친다. "저 아래에는 1000명쯤 있을 거야. 한 명이 더 많아진다고 해서 달라지는 게 없다고."

"조안과 알렉스가 있어." 나는 멈추지 않고 말한다.

폭죽이 터지는 것처럼 총성이 계속된다. 각각의 모든 총격마다, 이 가능성 있는 사람들 중 한 명의 싹트기 시작하는 생명이 끝나는 장면이 상상된다.

나는 지상으로 가는 계단을 달려 내려가면서 내 뒤를 따라오는 줄리의 발걸음 소리를 듣는다. 논쟁은 포기한 그녀는 작은 체격에 비해 너무 큰 장난감 같은 M의 소총을 들고 나와 함께 가려고 뛰어오고 있다. 나는 출구 앞에 멈춰서 그녀를 돌아본다.

"여기에 있어."

"빌어먹을, 너 혼자서는 저기 못 나갈 줄 알아."

콰직. 콰직. 콰직-콰직-콰직-콰직.

"제발." 나는 이 총소리들이 익명의 군중 대신에 그녀를 겨누고 있다고 상상하자 두려움이 열 배로 치솟는 것을 느끼며 말한다. "여기에 있어 달라고 부탁하고 있는 거야. 곧 돌아올게."

나는 그녀의 대답을 기다리지 않는다. 그녀는 내 바람을 존중하거나 아니면 무시할 것이다. "안녕. 잘 있어." 외에 내가 할 수 있는 말을 다 했다. 나는 문을 밀어젖히고 눈이 멀도록 밝은 태양 아래로 나간다.

✳ ✳ ✳

내가 예상했던 대학살은 아니었다. 군인들은 완전자동으로 무리를 향해 난사하는 대신에 체계적으로 머리를 조준해 쏘며 탄약을 아끼는 것 같았다. 무리가 그들을 공격하고 있는 것이 아니었기 때문에 그들에게는 이렇게 할 여유가 있었다. **죽은 자**들은 동요하여 휘청거리고 크게 신음했는데 얼굴에는 여전히 누구든지 알아볼 수 있는 인간의 감정이 나타나 있다. 공포, 혼란, 비통함. 자신들에게 벌어지고 있는 일로 인해 완전히 당황한 것 같다.

하지만 트럭들이 천천히 전진하는 만큼, 줄지어 있는 **죽은 자**들이 바닥에 쓰러지고 그들 뒷줄에 선 자들은 뭔가 변하기 시작한, 얼굴에 튄 친구들의 뇌를 훔쳐냈다. 그렇게 힘겨운 전진의 끝에 가까워 정점까지 몇 걸음을 남겨 둔 채 그들은 멈춘다. 이윽고 비틀거리며 뒤로 물러선다. 그들이 쓰러진다.

가늠할 수 없는 눈의 색조가 은빛으로 번뜩이더니 그들의 얼굴이 **완전히 죽은 자**의 살의를 띤 공허함에 갇힌다.

크게 소리치고 싶은 동시에 울고 싶다. 그 어리석음이라니. 새로 돋은 초록색 싹을 전부 가차 없이 쓸어 버리고 있다. **죽은 자**들이 파도처럼 앞으로 밀려들어 트럭을 짓밟기 시작했고, 나는 군인들의 비명에 기뻐하지 않으려고 애를 쓴다. 하지만 기뻐하고 만다.

나의 가족은 군중 모두가 공격하러 전진하고 나자 뒤에 남겨져 있다. 나는 그들 옆으로 달려가서 아이들의 손을 잡는다. "가자."

제일 가까이 있던 트럭은 **죽은 자**들의 무더기 아래로 사라져 버린다. 몇 명이 안으로 기어들어 가서 운전사를 처리하는 동안, 그들 중 몇은 사수를 선루프 밖으로 끌어내서 조각낸다. 이 사람들은 그게 가능하다고 예상했던 걸까? 살아 있는 사람 이삼십 명이서 수천 명의 **죽은 자**들을 대적한다는 게? 얼마나 체제의 노예이길래 이런 미친 명령에 복종하는 걸까?

그들의 필사적인 총질은 창문을 산산조각 내고 내 발 주변에 콘크리트 부스러기의 먼지를 날리게 한다. 나는 아이들을 터미널 입구 쪽으로 끌어당기기 시작한다. 부인이 그 의도를 이해했는지 확인하려고 돌아보니 그 자리에 없었다. 아스팔트 주변을 살펴봤지만 그녀의 흔적조차 찾을 수가 없다. 나는 아이들의 손을 잡고 군중 사이를 살피며, 감정의 불시 공격에 균형을 잃고 747기의 그늘에 서 있다. 부인이 나머지 군중들과 함께 예전 상태로 돌아갔을지도 모른다는 생각은 절대로 들지 않는다. 이런 위험한 광란으로 다시 떨어지기엔 그녀가 너무 높이 올라갔다고 생각했다. 그리고 무엇보다 나는 이 이름도 없고 목소리도 없는 여자에게 무슨 일이 생겼든 신경 쓰이지 않는다고 생각했으나 사실 그렇다는 것을 깨닫고는 철렁한다.

죽은 자들은 다음 트럭의 작업에 착수한다. 나머지 네 대에 타고 있던 남자들은 차에서 뛰어내려서 문 뒤에서 방어 태세를 취한다. 총탄이 네 방향에서 **죽은 자**들을 맹공격했음에도, 이 무모한 시도로 액시엄 그룹은 소득을 얻지 못하는 것이 증명되고 있다. 세 번째 트럭이 가라앉는다. 그러고 나서 네 번째 트럭도. 몇백으로 줄어들었어도 여전히 압도적인 군중들이 마지막 에스컬레이드 두 대를 휩쓸고 있을 때, 나는 공중에 떠 있는 낯익은 드론을 목격한다. 머리카락이 얼굴 뒤로 펄럭거리기 시작하고, 헬리콥터(지역 뉴스 보도용으로 고친 것이 아닌 사실상 군사용 항공기)가 터미널 건물 지붕으로 급강하해서 일식처럼 정오의 태양을 가리며 바로 머리 위를 맴돌기까지 사이에는 두려움을 인식할 시간밖에 없다.

조종석 내부 어딘가에서 군인 한 명이 기수(機首) 장착 연발총을 회전시켜 후드득 튀기며 군중들을 마구 베어 내기 시작했다. 트럭에 있는 사람들을 구하기에는 너무 늦었지만, 그에게는 적어도 맞서 싸울 길이 없는 열린 공간에 모여 있는 공항의 모든 주민들을 싹 치워 버릴 기회일 수 있다. 자연계의 질서를 위협하는 덜 알려진 것.

죽은 자들은 훌륭하게 노력한다. 그들은 마지막 에스컬레이드의 지붕으로 기어 올라가서 헬리콥터의 착륙장치를 후려치려고 한다. 몇 명은 뛰어오르려고 시도하기까지 한다. 하지만 조종사는 사수가 그들을 살육하는 동안 아마 필사적인 노력 중에 재미를 취하는 듯이 실제 필요보다 더 낮게, 딱 손이 닿지 않는 곳에서 계속 맴돈다. 앞유리창을 통해 보이는 조종사의 얼굴이 개미를 태워 죽이는 어린이의 가학적인 미소를 띠고 있는 게 보인다.

더 고음의 탕 하는 총성이 연발총의 묵직한 쿵 소리에 합류할 때, 나는 창문을 뚫고 M의 AK47을 발사하고 있는 2층 창문 뒤에 서 있는 줄리를 본다. 그녀도 분명 장갑한 군용 헬기에 이런 공격을 하는 것이 소용없다는 것을 알고 있겠지만, 이것은 우리에게 유용한 조치가 다 떨어졌을 때 취할 동작이다. 그녀의 총탄은 중고 거래 가격 외에 별다른 피해는 없는 헬기의 페인트칠을 긁어 내고 앞유리창에 하얀 자국들을 남긴다. 사수는 줄리를 무시하다가 총탄이 헬기 회전날개를 탱 소리가 나게 맞히자 연발총을 들어 그녀가 있는 층으로 기총소사를 한다. 깨진 창 유리와 소파 보풀이 공중을 가득 채우는 가

263

운데 줄리는 몸을 피하려 달려 나간다. 목적을 달성한 사수는 다시 주의를 **죽은 자**들에게로 돌린다.

나는 적어도 이 두 아이는 살리겠다고 결심하고 터미널 입구의 안전한 쪽으로 끌고 갔는데 문을 막 열려고 하자 우는 소리가 들린다. 거의 개가 울부짖는 것처럼 들리는, 불분명하지만 감정으로 떨리는 고통스럽고 구슬픈 소리. 나는 위를 올려다본다.

나의 부인이 헬리콥터 바로 위 관제탑 발코니에서 난간에 몸을 기대고 있다. 그녀의 눈은 나를 보고 있다. 내가 들은 그 소리는 그녀가 나를 부르는 소리, 한 사람이 다른 이를 말이나 이름 없이 부르려고 애쓰는 소리였다. 하지만 그녀는 지금 말이 필요 없다. 그녀는 다시 울부짖었고, 그 안에 담긴 비통함이 의미하는 바는 명확하다.

잘 있어. 안녕.

그녀는 탑에서 뛰어내린다. 얼굴은 아래를 향하고, 팔은 넓게 펼쳐지고 머리카락은 맑은 여름 하늘 쪽으로 펄럭인다. 회전날개의 흐릿한 원반에 부딪힌 그녀는 순식간에 사라져 버린다. 미지근한 액체가 내 얼굴에 뿌려진다. 더 무거운 조각들이 아스팔트 여기저기로 비처럼 쏟아지며 내는 습한 탁 소리가 들렸지만, 다행스럽게도 헬리콥터가 스스로를 부수며 내는 긁히는 소리에 묻혀 그 소리는 작아진다. 한순간 구부러진 회전날개가 끔찍하게 덜커덕거리더니 뭔가 탁 부러진다. 헬기는 휙 젖혀져서 휘더니 터미널 건물의 콘크리트 토대에 스스로를 내동댕이친다. 폭발하지는 않는다. 그 효과는 그리 만족스럽지는 못했다. 그것은 둔탁하게 으드득하는 소리와 함께 벽에 부딪히고 짓이겨진 덩어리가 되어 보도로 떨어진다.

모든 것이 고요해진다. 격렬한 분노는 갑작스럽게 남아 있는 **죽은 자**들에게서 흘러나가 버렸고, 그들의 어깨는 축 늘어져서 습관적인 구부정한 자세로 돌아간다. 하지만 그들의 분노가 축 처진 반면, 나의 분노는 솔기가 터질 정도로 늘어나며 부풀어 오른다. 나의 눈은 뇌가 뒤통수에서 흘러나오고 시선은 하늘의 무서운 입에 고정된 시체에서 시체로 휙 움직이며 주변의 대학살을 담는다. 그들의 모든 투쟁은 묵살당했고, 앞으로 내디딘 모든 걸음들은 무시당했으며, 하찮은 납덩이 몇 개에 의해 몇 분 만에 지워져 버렸다. 그리고 그들 주위 바닥과 내 옷과 눈에 온통 흩뿌려져 있는, 나에게 이름을 말해 준 적이 없는 한 여성의 유해. 나와 꿈속에서 우연히 마주쳐서, 우리 둘 중 누구도 이해하지 못했던 결정에 의해 짝지어져 한마디 말도 나누지 않고 결혼했던 한 여성. 그녀는 나에게 아무런 의미도 아니어야 했다. 나는 공허한 눈을 한 그녀가 정말로 어떤 사람이었는지, 기회가 주어진다면 어떤 사람이 되었을지 아무것도 알지 못했다. 그녀는 아름다운 무엇이 되려고 노력하고 있었는데, 잔인하고 어리석은 아이 같은 놈들이 그저 그렇게 할 수 있다는 이유만으로 간단하게 그녀의 번데기를 갈라 열어 버렸다.

나는 헬리콥터로 달려간다. 조종석 문을 비틀어 열어 조종사의 재킷을 꽉 움켜잡아, 안전띠에 매여 있는 그를 잡아당긴다. "왜?" 나는 그의 코앞에 대고 으르렁거린다.

그의 눈이 순간 나에게 초점을 맞춘다. 주변이 눈에 들어오자 그의 옆구리에서 삐져나온 뒤틀린 철근 조각 하나와 다른 좌석에 죽어 있는 부조종사가 보였지만, 나는 조종사의 얼굴에 집중했다. 지금은

265

거의 무표정했지만 약자들을 죽이는 장면을 만끽하던 그는 창을 통해 봤던 그 웃음의 선을 여전히 유지하고 있다.

"왜 이런 짓을 하는 거야?" 나는 뜨겁고 어두운 마음속의 보일러실에서 올라오는 소리를 말한다. "왜 그만두지 않는 거야?"

그가 입을 벌린다. 거친 쌕쌕거림이 새어 나온다. 그의 눈은 나를 지나쳐 내 뒤를 보고 있는 것처럼 보인다.

"왜?" 나는 그를 흔들며 소리친다. "너희 목표가 뭔데? 너희 지도자가 누구야?"

나는 격한 분노 너머로 내 안에서 똑똑 두드리는 뭔가를 느낀다. 그 소리는 지하에서 들려온다. 덜컹거리는 문.

"애트비스트는 어디에 있어?"

나는 그의 얼굴에 대고 소리를 지른다. 나는 삐죽한 금속 조각을 잡고 그의 가슴에서 홱 잡아 뜯는다. 내 안의 잠긴 문이 세게 당겨져서 한계에 다다르는 중이다. 그 틈새를 통해 화염과 불에 탄 살과 꿈틀거리는 벌레들의 무더기를 볼 수 있다.

나는 조종사의 벌어진 상처에 손을 찔러 넣어 폐를 찾을 때까지 헤집는다. "말해!"

그의 폐를 쥐어짜서 억지로 목을 통해 공기가 통하게 한다.

"말하라고!"

뒤에서 발소리가 들리고, 타는 듯한 붉은 안개로 흐려진 시야가 걷힌다. 나는 죽은 사람의 가슴에 주먹을 집어넣어 소리를 지르고 있다. 그러다 내 친구들이 끔찍한 침묵 속에 지켜보면서 뒤에 서 있다는 것을 알아차린다.

나는 죽은 남자의 두개골에 쇳조각을 박아 넣고는 천천히 일어나서 손을 바지에 문질러 닦으며 주변을 둘러본다. 줄리, M, 노라가 동그래진 눈으로 나를 쳐다본다. 에이브럼은 딸과 함께 터미널 문가에서 기다리고 있었는데, 불안하다기보다는 깊은 인상을 받았다는 표정이다. 사과하고 싶은 충동을 느끼지만, 내 속은 혐오로 너무 꽉 차 있다. 일부는 나 자신을 향해, 그리고 나머지 모든 것들을 향해 더 많이. 세상을 향한 혐오가 너무 깊어서, 나에 대한 혐오는 거의 잔물결도 일으키지 못하고 그 속으로 가라앉아 버린다.

"가야 해." 나는 땅을 보며 말한다.

죽은 자들의 부드러운 신음에 의해서만 깨지는 긴 침묵이 이어진다. 그들은 우리의 존재를 생명의 냄새조차 그들에게 닿을 수 없는 깊은 구멍으로 쑤셔 넣은 듯, 언뜻 우리를 눈치 채지 못하는 것처럼, 눈은 인도와 그 위를 덮은 시체들의 카펫을 보며 몽유병자들처럼 발을 끌며 주변을 돌아다닌다.

"어디로 가?" 줄리가 조용하게 묻는다.

"바깥 세상으로. 여기에는 아무것도 남은 게 없어."

"바깥 세상에는 뭐가 있는데?"

"우리는 몰라. 그게 우리가 가야만 하는 이유야."

그들과 눈을 마주치지 않으면서, 나는 친구들을 밀치고 지나가서 에이브럼 앞에 선다.

"액시엄이 해안을 장악했다고 했지. 그 사이에는 뭐가 있어?"

그는 얼마나 심각하게 받아들일지를 숙고하는 듯 한동안 나를 위아래로 살펴본다. "많진 않아. 예전 도시들. 비어 있는 지역들. 투쟁하고 있는 거주지 몇 개, 아마도."

"아마도?"

"내가 보고를 들었던 때로부터 몇 년이 지났어. 액시엄은 요즘 들어 거의 해안 지역을 고수하지. 하지만 모두가 알듯이……."

"제대로 아는 사람은 아무도 없어." 나는 그의 말을 자른다. "세상은 자라 왔어. 도시는 국가로, 국가는 행성으로. 저기 밖에는 뭔가가 있을 거야."

그들 모두 나의 갑작스런 장황설에 놀라서 나를 쳐다봤지만, 나는 다른 이의 시선을 의식하지 않으려고 집중한다.

"정확하게 뭘 말하는 건데?" 노라가 묻는다.

"사람들." 나는 결국 다른 이들과 눈을 맞췄는데, 처음에 노라, 그리고 줄리, 그러고 나서 에이브럼을 본다. "도움. 답이라도 있겠지."

줄리는 고개를 끄덕이기 시작한다.

"액시엄은 우리 집과 그 주변 모든 것을 가져갔어. 놈들은 계속 뻗어 나갈 계획이고, 우리끼리는 그걸 막을 수 없어."

"나는 그들을 막으려고 계획한 적이 없는데." 에이브럼이 말한다.

"아, 맞아. 당신 오두막." 줄리는 젊은이다운 경솔함 밑에 도사리고 있는 이상할 정도로 성숙한 강함으로 그의 시선을 붙잡는다. 나는 그것이 나타날 때마다 작은 흥분을 느낀다. "어쩌면 당신이 맞을지도 몰라요. 어떻게든 충분히 오래 숨어 있으면, 액시엄이 스스로 불타 없어질 수도 있겠죠. 하지만 내 생각에 놈들은 자기들이 타기 전에 제일 먼저 대륙의 나머지부터 태울 거예요. 마침내 벙커에서 나왔을 때 스프라우트의 열여덟 번째 생일선물로 주고 싶은 게 그거예요? 미친놈들이 시커멓게 그을려 놓은 지구를?"

"그리 많은 대안이 보이질 않는데." 그는 냉담하게 말한다.

"찾아봤어요? 반란군, 번창하는 거주지, 치유를 퍼뜨리는 사람도 있을 수도 있고…… 우리는 저기 밖에 뭐가 있는지 모르잖아요."

에이브럼은 그녀의 강철 같은 눈빛에 맞선다. 그는 스프라우트가 이리저리 돌아다니는 것도 알아차리지 못할 정도로 그녀를 뚫어져 라 쳐다본다.

"아빠." 아이가 747기의 타이어에 올라가면서 부른다. "어디든지 가 보자."

"무라, 내려와!" 그는 달려가서 아이를 잡아 내린다. 내 아이들은 어머니가 눈앞에서 안개가 되어 사라진 것을 지켜본 충격 때문에 아 직도 크게 뜬 눈으로, 그 어린 소녀를 자기들 중 하나로 인식하면서 쳐다본다. 또다시 갑자기 솟구치는 슬픔의 고통과 함께 아이들의 얼 굴에 튄 핏자국이 붉다는 것에 주목한다. 거의 보라색에 가까운 어두 운 빨강이며, 검정은 아니다. 그녀는 그만큼 거의 다 온 상태였는데.

"뭘 제안이라도 하겠다는 거야?" 에이브럼은 돌아서지 않고 말한 다. "탐험을 떠나자고? 도로 여행이라도 할까? 액시엄이 우리 바로 뒤를 쫓고 있다는 거 잊었어? 두 번은 운이 좋았지만 우리가 찾는 순간……." 그는 말을 멈추고 지친 숨을 내쉰다. "그들이 우리를 찾 아내자마자 여기에서 무슨 일이 생겼는지 알면 얼마나 더 심각하게 나올지. 우린 더 이상 도망칠 수 없어."

"더 빨리 도망가야겠네." 내가 말한다.

에이브럼은 헬리콥터의 잔해를 가리킨다.

"저건 아마도 미국에 남아 있는 헬리콥터 열 대 중 하나일 거고, 그 나머지는 누가 가지고 있을지 너도 알 텐데."

"제트기는 어떨까?"

그는 이 말을 비웃으려고 입을 열었다가 딸이 다시 기어오르고 있는 거대한 타이어를 힐긋 돌아본다.

"'대형 수송 조종사'라고 말했었잖아요." 줄리가 말한다. "747기를 몰 수 있겠어요?"

그의 눈이 착륙장치와 비행기 역사상 제일 큰 상업용 여객기의 광대 같은 둥글납작한 코를 맴돈다. 그는 빙그레 웃는다.

"저 빌어먹을 것이 너무 커서 비행기였다는 걸 잊고 있었네."

"날 수 있겠어요?"

그는 한동안 비행기를 자세히 들여다보더니 혼자 중얼거린다.

"후기 민군 겸용 모델이랑 비슷해 보이고…… 아마도 C-17과 유사한 것 같은데……." 그는 줄리를 곁눈질한다. "만약 이게 날 수 있다면 운항할 수 있어. 하지만 '만약'에 말이지. 여기 말고는 전부 망가지거나 부서졌잖아."

"저건 태양열 전기가 있어." 나는 제시한다.

"연료는 아이슬란드 항공 격납고에 있고." M이 말하더니 손을 입옆에 대고는 노라에게 속삭였다. "내가 그걸 좀 마셔 봤거든."

노라는 미소를 짓는다. "끝내줬어?"

"끝내줬어."

에이브럼은 **죽은 자**들이 아스팔트 위에 흩어진 시체들 위를 비틀거리며 넘어 다니는 것을 본다. 그가 입은 것과 똑같은 베이지색 재

270

킷을 입고 헬리콥터 안에 있는 새로운 **죽은 자** 두 명도. 그는 타이어에 올라가 눈높이가 같아진 자기 딸을 봤는데, 아이의 걱정스러운 얼굴은 아주 약간의 흥분으로 상기되어 있다.

"비행 전 점검을 해 볼게." 그는 조심스럽게 감정을 자제하며 말한다. "그래도 너무 기대하지는 마."

* * *

에이브럼이 비행기의 주요 기관을 점검하는 동안 M은 나를 이끌고 방수포 밑에 연료 열 통을 숨겨 둔 자기 비밀 창고로 갔는데, 자기 보물을 안전하게 지키려고 그 방수포를 덮어 둔 것인지는 의문스럽다. 공항은 대체로 종말이 닥친 필사의 상황 그대로 손댄 흔적 없이 남아 있다. 손쉽게 딸 수 있는 과일처럼 무수히 늘어선 태양 전지판, 달릴 수 있는 자동차, 적어도 날 가능성이 있는 비행기 한 대. 이곳을 지난 몇 년간 계속 약탈자들로부터 지켜낸 것은 나 자신과 그렇게 굉장한 밀도로 여기에 모여 있던 동료 **죽은 자**들이 아니었나 싶어진다. 가끔의 점심시간이 있을 뿐, 밤낮으로 온종일 일하는 수천 명의 경비원들이 있던 셈이니까.

우리는 수하물 수송 차량에 실을 수 있는 만큼 최대한 기름통을 싣고 비행기로 몰아간다. 에이브럼은 날개 위에 웅크리고 앉아 덮개를 점검하고 있는데, 우리는 그가 우리를 알아채기 전까지 몇 분간 그를 지켜보는 중이다.

"그거 안정적인 거야?" 에이브럼이 지푸라기라도 잡는 심정을 명확하게 드러내며 묻는다. 수십 년 동안 종말을 준비해 온 세계에서 연료 확보는 최우선적인 일이다. 썩는 냄새가 나면 거의 틀림없이 경유를 찾아낸 것이다.

M은 기름통들에 붙어 있는 상표, 즉 회전하고 있는 화살표로 둘러싸인 시계를 손으로 쿡 가리킨다.

"거기에 얼마나 더 많이 있어?" 에이브럼이 묻는다.

M은 어깨를 으쓱한다. "아주 많이."

에이브럼은 트집 잡을 것을 찾으며 입을 살짝 벌리고 통들을 쳐다본다. 그러더니 한숨을 쉰다.

"그것들을 가져와. 한 방울이라도 더 필요하니까."

비상출구 문이 쾅 열리더니 줄리가 날개 위로 걸어 나온다.

"이게 작동한다는 얘기예요? 날 수 있어요?"

에이브럼이 다시 한숨을 쉬며 지친 목소리로 대답한다.

"이건 2035 모델이야. 제트 여객기만큼 최신형이고, 중요한 건 전부 온전한 것 같아." 그는 이마에 흐른 땀을 훔쳐낸다. "정비가 조금 필요한데, 내가 공중에서 어떻게든 할 수 있을 거 같아."

스타디움 옥상에서의 그날 이후로는 본 적이 없었던 표정 하나가 줄리의 얼굴에 떠오른다. 지금 막 키스한 시체가 살아나고 그녀의 어두운 세계에서 적어도 한 가지는 변할 수 있다는 것을 봤던 그날 말이다. 그녀는 아무 말도 하지 않는다. 그저 거기 날개 위에 서서 빛나는 미소 속에 나를 잠기게 한다. 한순간 그녀의 머리카락이 얼굴 위로 나부끼고, 태양이 그녀의 피부를 금빛으로 변하게 하면서 흉터와 멍을 전부 사라지게 한다.

"공중에서는 어떻게든 할 수 있는데." 에이브럼이 경고한다. "하지만 저기에 얼마나 머물게 될지는 모르겠어."

줄리는 말 한 마디 없이 여전히 미소를 지으며 발레 동작처럼 한 발로 빙글 돌아 비행기로 들어가서 문을 쾅 닫는다.

"세 시간 정도 필요해." 그는 M과 나에게 말했는데, 우리 둘 다 줄리의 기쁨이 주는 최면 효과에 넋이 나가 있다. "액시엄이 추적조가 실패했다는 것을 깨닫고 다른 팀을 보내는 데 걸리는 시간과 비슷할 거야. 그래서 힘들어질 수도 있어."

"우리가 어떻게 도울까?"

나는 줄리의 흥분과 에이브럼의 두려움이 약물 상호 작용의 부작용처럼 내 안에서 뒤섞이는 것을 느끼며 묻는다.

"세상에서 제일 연료 소비가 큰 걸 훔쳐 타고 이동하는 거니, 가능한 한 하중을 줄여야 해."

M은 자신의 거대한 허리둘레를 내려다본다.

"나는…… 저 통들을 가지러 갈게."

"좌석을 들어낼까?"

나는 M이 느릿느릿 자리를 뜨자 에이브럼에게 묻는다.

"시간이 있다면. 그래도 객실에서 그놈의 잡동사니를 치우는 것부터 시작할 수는 있겠지." 그는 마침내 금속판에서 고개를 들고는 점검의 시선을 나에게로 돌린다. "그래서, 너는 좀비였다는 거지? 이 비행기에서 살았고."

나는 고개를 끄덕인다.

"좀비가 그림붓이랑 책으로 뭘 하는데?"

나는 밑을 내려다본다.

"아무것도 안 했어. 그냥 잊고 싶지 않았을 뿐이야."

"뭘 잊어?"

"이것보다 더 많이 있었다는 거."

그는 나를 멍하니 쳐다본다.

"그리고 아마 다시 있을 수 있다는 거."

그는 시선을 돌리더니 작업을 재개한다. 나는 비행기로 돌아가서 청소를 시작한다.

* * *

나는 이 모든 잡동사니가 무엇을 의미하는지 줄리에게 설명한 적이 없었고 그녀도 물어본 적이 없다. 그러나 그녀는 내가 잡동사니 무더기를 비상 출구로 밀어내는데도 합류하러 오지도 않고 그것들이 아스팔트 위로 떨어지며 산산조각 나고 박살나는 것을 지켜본다. 개인적인 순간을 방해할까 두렵다는 듯 멀리에서.

"닻이었어." 나는 스노글로브를 한 아름 안아 내던지고는 커다란 빗방울처럼 터지는 것을 지켜본다. "예전 세계에 나를 고정시키도록 도와줬었지." 문자들의 기능을 기억해 내기 전에 내게는 가장 유사한 읽을거리였던 만화책들이 든 무거운 상자를 들어 올리다가, 제일 위에 있는 간행물의 표지를 시험 삼아 보려고 잠시 멈춘다. 상처로만 구분이 가능한 대충 그린 구울, 좀비 떼에 둘러싸인 강인한 생존자 패거리. 가족과 역사와 함께하는 수많은 개인들이 매력적인 몇몇 인간들의 드라마를 위한 떠받치는 받침대로 바뀐다. 나는 상자를 내려놓고 책장을 푸드득 넘기며 신문과 패션 잡지가 뒤섞인 만화, 근육질 남성과 삐쩍 마른 여성, 괴물과 영웅 그리고 갈수록 절망적인 표제를 본다. "더 이상 필요 없어."

줄리가 내 옆으로 온다. 그녀는 내 얼굴을 자기 쪽으로 돌리고 키스해 준다. 그러더니 낡은 컴퓨터 모니터를 문 밖으로 뻥 차고는 그것이 기분 좋게 펑 소리를 내며 터지자 폭소를 터뜨린다. "와우!"

* * *

노라가 우리에게 도와주겠다고 하지만 나는 예의 바르게 거절한다. 내 예전 집을 청소하는 것은 감정적인 과정이었고 줄리는 나의 쓰레기를 존중하며 다뤄 줄 거라 믿을 수 있는 유일한 사람이다. 노라는 어깨를 으쓱하고는 줄리와 내가 나의 결여된 과거를 대신하는 표시자, 나의 대리 기억들을 파내려 가는 동안 스프라우트의 아버지를 보려고 아이를 데리고 밖으로 나간다.

우리는 그 엉망진창인 곳에 열정적인 기세로 덤벼들었지만, 내가 전축을 집어 들자 줄리가 내 뒤통수를 때린다. "미쳤어? 그거 내려놓고 틀어 놔."

"이거 무거운데."

"우린 지난 닷새간 전략, 총성, 그리고 우리가 지른 비명밖에는 아무것도 못 들었잖아. 뭔가 음악을 듣고 싶어." 그녀는 짐칸에서 레코드를 한 장 꺼낸다. 시나트라의 「나와 함께 날아요」의 호른의 도입

275

부가 스피커에서 터져 나오자 줄리가 활짝 웃는다. "우리가 딱 들어 맞게 이 곡을 틀 거라고 생각도 못해 봤는데."

그녀는 일반적으로 즐거운 것이 없는 나의 레코드 수집품에도 불구하고 낙관적인 것들을 지키려고 최선을 다하며, 우리가 작업하는 동안 전념으로 선곡을 한다. 의식하지도 않고, 나도 모르게 음악적 발굴 물품들을 두 가지 판이한 장르로 모아 왔던 것 같다. 한결 단순한 시대에서 온 따뜻하고 위안을 주는 유물, 그리고 종말의 가장자리에서 온 비통하면서도 애절한 우울. 그리고 대다수의 클래식들은 재생이 안 될 정도로 긁혀 있어서, 우리는 집 청소의 진행을 막고 있던 나의 비축품들을 재빨리 소진시킨다.

"다시 시나트라로 돌아갈 거 같아."

비틀스의 곡 「서전트 페퍼Sergent Pepper」가 이해할 수 없는 주문을 울부짖는 중간의 리듬 반복으로 들어섰을 때 줄리가 말한다.

"잠깐만." 나는 그녀가 레코드를 멈추자 말한다. 나는 레코드 더미에서 내가 예전에 제일 좋아하던 하나를 꺼내 전축 위에 얹으면서 그 음반 재킷을 그녀에게 건넨다.

"엘보?" 재킷 뒷면을 읽자 그녀의 미소가 서서히 사라진다. "나 기억나. 우리 엄마가 좋아하셨던 밴드 중 하나였어." 나는 홈 위에 떠 있는 바늘을 잡고 망설였지만, 그녀는 손을 흔들어 나의 염려를 몰아낸다. "괜찮아. 틀어 봐."

나는 바늘을 낮춘다. 온화하고 동경으로 가득한 노래는 급격하게 분위기를 바꿔 놓는다. 나는 이번에는 괜찮기를 기대하며 그녀에게 자신 없는 미소를 짓는다. "뭔가 새로운 걸 듣고 싶었어."

그녀는 재킷의 작게 인쇄된 곳을 읽는다. "2008년? 새로운 게 아니잖아, R. 내가 이것보다 더 늦게 태어났는데."

나는 어깨를 으쓱한다. "내가…… 좀 뒤처졌나 봐."

그녀는 히죽 웃더니, 첫 소절이 시작하자 천장을 올려다본다.

"좋아." 그녀는 고개를 끄덕이며 말한다. "좋아, 이거 좋은데."

뒤에서 목을 가다듬는 소리가 들린다.

"너희의 작은 음악 파티를 방해해서 미안한데." 에이브럼이 문가에 서서 말한다. "그래도 저놈들이 우리를 죽이러 오고 있다고 내가 언급했었을 텐데, 맞지?"

줄리는 좌석 밑에 깔린 야구 카드 몇 장과 가치가 없어진 달러 지폐들을 제외하고는 텅 빈 객실을 둘러본다. "우리 다 했는데요."

"그 전축 무거워 보이는데."

"고작 몇백 그램 때문에 비행기가 떨어질 것 같으면 내 팔을 잘라낼게요. 됐어요?" 그녀는 눈을 감고 음악에 몸을 맡긴다. "맙소사, 너무 멋져."

에이브럼은 완전히 열정이 식은 시선으로 그녀를 보고는 비행기 작동을 시작하려고 조종실로 들어간다. 그가 문가를 떠나자마자 노라가 안으로 걸어 들어온다.

"R?" 그녀는 에이브럼이 못 들을 게 확실한지 그의 뒤를 흘깃 돌아보며 조그맣게 말한다. "너도 여기 올라가 보고 싶을 거야."

나는 그녀를 따라 탑승 터널을 통해 12번 출구의 대기 구역으로 들어간다. 기내 휴대용 가방 몇 개가 바닥 위에 열리고 빈 상태로 놓여 있다. 세면도구들과 컴퓨터 장비는 무시된 반면에, 옷가지들은 사용한 상태다. 좌석 두 줄 사이는 원피스와 예복들을 대걸레 손잡이 위로 늘어뜨려 만든 요새가 되어 있다. 그 공학적인 공사 기술이 인상적이다.

"대걸레가 더 많이 필요해." 요새 안쪽에서 작은 목소리가 흘러나온다. "가서 대걸레를 가져와."

줄리와 나는 시선을 주고받는다. 우리는 요새 안을 보려고 몸을 웅크린다. 아직도 어머니의 피로 찐득한 내 죽은 아이 둘과 함께 다과회를 열고 있는 에이브럼의 딸이 나타난다.

스프라우트가 돌아보고는 씩 웃고 손을 흔든다.

"안녕! 우린 빌딩을 짓고 있어!"

나는 그들 사이 바닥에 있는 물건들이 접시와 은식기가 아니고 메모지와 컴퍼스라는 것을 깨닫는다. 스프라우트는 건축가의 설계 도안 장비를 찾아냈던 모양이다. 하지만 소녀의 터무니없는 직업에 대한 흥미는 아이의 친구 선택보다는 덜 염려스럽다. 조안과 알렉스는 색이 선명한 면직물로 된 요새의 화려한 천장 아래 무릎을 꿇고, 그들의 흐릿한 잿빛 눈동자 안에 꿈꾸는 듯 혼미한 빛을 담고 스프라우트를 응시하고 있다. 배고픔이나 공격성의 조짐은 없다. 그들은 이웃들의 대학살과 안개로 변한 어머니 둘 다를 목격하면서도 역병의 재발에 굴복하지 않았던 것 같다. 그러나 나에게는 정상적인 어린이들처럼 웃고 장난치며 공항을 뛰어다니던 모습과 그와 동시에 잘린 사람 팔 한 짝을 들고 커다란 핫도그라도 보는 것처럼 서로 시선을 나누던 모습이 동시에 떠오른다. 역병은 그 반응이 불확실하다. 그것은 그들의 심장을 빙빙 돌고 창문을 두드린다. 나는 역병이

나 아이들을 믿을 수 없다.

"나오렴." 내가 말하자 스프라우트의 미소가 사라진다.

"왜?"

"넌 저 애들 근처에 있으면 안 돼."

"왜?"

우리 뒤에서 비행기의 엔진이 털털거리며 살아난다. 엔진의 회전 속도가 올라가고 잠깐 칙 소리가 나더니 안정적인 소리로 진정이 된다.

"얘, 스프라우트." 줄리가 말한다. "갈 시간이야. 하지만 조안과 알렉스도 우리랑 같이 갈 수 있어."

나는 그녀를 노려본다. "저 애들을?"

그녀는 한층 날카롭게 나를 노려본다.

"여기에 두고 갈 생각이었어?"

"그럼, 난……."

"R." 그녀는 충격받은 듯이 말한다. "액시엄이 우리를 찾으려고 벌집 전체를 갈라 놓을 거야. 네 아이들을 다른 이들과 같이 살육당 하게 버려 두려고?"

"아니, 하지만…… 그 애들은 위험해."

"누가 위험하다고?" 에이브럼이 탑승 터널 밖으로 걸어 나오며 말한다. "무슨 소리야?"

스프라우트는 실크 네글리제 밑에서 수줍게 내다본다.

"안녕, 아빠."

에이브럼이 쭈그리고 앉다가 자기 딸을 쳐다보고 있는 나의 아이

279

들을 발견한다. "맙소사." 그는 침을 뱉고는 요새 지붕을 치워 버리고 내 아이들이 말없이 지켜보는 동안 스프라우트를 들어 옮긴다.

"아빠가 부쉈어!" 스프라우트가 울먹인다. "아빠가 내 빌딩을 부쉈다고!"

"너희들 도대체 어디가 잘못된 거 아냐?"

그는 대기실 안에 있는 어른들 전부를 쳐다보며 말한다.

"우리가 지켜보고 있었어." 노라가 말한다. "그 애들은 아무것도 안 했다고."

"쟤들은 빌어먹을 좀비잖아, 맙소사."

줄리가 일어선다. 강철 같은 면모가 다시 돌아왔다.

"저 애들은 우리랑 같이 갈 거예요."

"너희는 정신이 나갔어."

"묶어 두고 계속 비행기 뒷좌석에 있게 할 거예요. 아무도 해칠 수 없게. 저 애들은 가족인 R에게 가장 가까운 존재고 당신 친구들이 학살하도록 여기에 남겨 두고 가지 않을 거예요."

엔진의 웅 하는 소리에 새로운 음색이 섞여 들어가는 것이 들린다. 한층 더 낮은 음조의 듣기 싫은 화음.

"대형 여객기를 도주용으로 이용하는 것으로 벌써 내 생애 제일 멍청한 짓을 해 버렸다고. 만약 네가 나한테 기대……."

"조용히." 나는 에이브럼의 말을 끊으며 손을 들고는 고개를 갸우뚱하고 소리를 듣는다.

거의 나를 때릴 기세였던 에이브럼 역시 그 소리를 들은 것 같다. 그는 창문 쪽으로 달려가서 북쪽 지평선을 엿본다. 검은 반점 두 개가 파란 하늘을 망쳐 놓는다. 셋. 넷.

논쟁은 끝났다. 더 이상의 언급 없이 에이브럼은 자기 딸을 데리고 탑승 터널로 들어간다. 줄리와 노라는 동그래진 눈으로 나를 쳐다본다.

"가." 나는 그들에게 말한다. "바로 뒤따라갈게."

노라는 터널로 달려 들어가 깨진 창문을 통해 머리를 쑥 내민다.

"마커스! 어서 우람한 엉덩이 움직여서 여기 올라타! 666편이 지금 탑승 중이야!"

줄리는 잠시 망설이더니 노라를 따라간다.

나는 조안과 알렉스를 쳐다본다. 그들도 나를 쳐다본다. 나는 그 눈 속의 흐릿함 뒤에 보이는 일렁이는 것이 이해, 어쩌면 용서까지도 의미하길 바라면서 아이들의 손목에 벨트를 묶는다.

＊ ＊ ＊

민간 항공 여행 사상 이렇게 효율적인 출발은 없었다. 내가 문을 닫는 순간 비행기가 마구 흔들리며 게이트에서 떨어진다. 자리를 찾을 새도, 머리 위의 짐칸과 씨름할 새도 없이, 그리고 틀림없이 안전 시범도 없이. 아이들을 (내가 그들을 그곳에서 찾아냈을 때 충분히 편안해 보였던 것 같던) 화장실에 가두는 동안 에이브럼은 비행기가 스포츠카라도 되는 것처럼 활주로를 질주한다. 우리 뒤의 검은 반점들은 검은 덩어리로 자라난다. 그것들이 불안정한 고음으로 웡웡거리는 소리가 화난 벌처럼 내 귀를 채운다. 에이브럼이 엔진을 고속으로 돌리고 비행기가 갑작스레 앞으로 솟아오르자 나는 거의 복도에 나뒹굴 뻔한다.

"R!" 줄리가 비즈니스석에서 나를 부른다. "여기로 올라와!"

나는 몸을 뒤로 잡아끄는 관성과 싸우며 앞으로 나아간다. 줄리에게 이르자마자 비행기가 심하게 흔들리며 시골길을 달리고 있는 것처럼 요동친다.

"마커스!" 에이브럼이 좌석 몇 개를 제거한 비즈니스석 뒤에 앉아 있던 M을 부른다. "활주로 잘 치웠지, 그렇지?"

"그래." M은 손가락이 떨리도록 팔걸이를 꽉 붙잡고 악문 이 틈새로 대답한다.

노라는 그에게 미소를 짓는다. "비행기 타는 게 무서워?"

그는 눈을 크게 뜬다. 구슬땀이 그의 이마에서 반짝인다.

"아주 조금."

"전에 한 번도 날아 본 적이 없거든. 나는 신나는데."

"너는 좋겠다." 그가 으르렁거렸고 노라가 웃는다. 그녀는 팔을 뻗어 그의 팔뚝에 손을 얹는다.

"마커스. 우리가 겪은 게 얼만데, 설마 빌어먹을 비행기 사고로 죽겠어? 신이 그렇게 재치가 넘치진 않거든."

M은 깊은 숨을 몰아쉬고 천천히 내쉰다. 노라는 그의 팔을 다독여 주고 자기 자리에 편하게 기댄다.

비행기가 스스로 분해될 것처럼 위태해지자 나는 줄리 옆자리로 뛰어들어 몸을 긴장시키고 대비한다. 그녀는 팔을 뻗어서 내 손을 잡았는데, 그 눈에서는 두려움이 보이지 않는다. 지금 이 순간 우리 머리를 빙빙 돌고 있는 죽을 수 있는 수많은 상황, 덜컹거리는 비행기와 그 뒤를 쫓는 헬기들과 우리가 날아가고 있는 알려지지 않은 황무지 등 이 모든 것에도 불구하고 그녀의 눈은 희망으로 가득하다. 그 얼음 같은 파랑 안에 금빛 반짝임이 틀림없이 있다고 내가 생각한 순간처럼 그렇게 밝게 빛난다.

"이제 갈 거야." 그녀가 말한다. 마지막 돌진과 함께 비행기는 지상에서 떠오른다. 흔들림이 멈췄다. 들리는 소리라고는 엔진 소리뿐이다. 우리는 창공으로 미끄러지듯 나아간다.

"우와." 에이브럼이 특정한 누구에게랄 것 없이 뱉는 탄성이 들렸고, 나는 그가 실제로 이 비행기가 날 거란 기대를 얼마나 하지 않았는지를 깨닫는다.

나는 우리를 쫓는 추적자들을 발견할 때까지 뒤쪽 창문을 훑어본다. 그들은 지금 분명하게 보이지만, 이제 점점 커지지는 않는다. 만약 그들이 미사일을 갖췄거나 저번처럼 대구경 기관포라도 있었다면 우리에게는 큰일이 되었겠지만, 이번 것들은 무장 헬리콥터가 아니다. 방송국과 기업 건물에서 발굴해 온 경량 항공기다. 우리가 급격하게 상승하자 그들은 우리 아래로 저 멀리 작아졌고, 원거리에서 그들의 소총과 권총이 내뿜는 번쩍임의 위협은 점점 줄어들어 간다. 마침내 탑적운이 그 보드라운 가슴 안으로 우리를 맞이해 주었고 세상은 하얗게 변해 간다.

꾹 참고 있던 호흡이 M에게서 믿겨지지 않는다는 웃음의 형태로 터져 나온다.

노라는 압도당한 듯 창밖을 내다본다.

조종실에서는 스프라우트가 부기장 자리에서 키득거리고 박수를 치는 소리가 들려온다.

줄리는 내 손을 꽉 쥐었고, 나는 그 손이 그녀의 왼손임을 깨닫는다. 손가락의 고통을 무시하고 있거나, 아니면 잊어버린 것이리라.

전축은 아직도 돌아가고 있다. 비행기가 상승할 때 상대적인 조용함 속에서 바늘이 안쪽 홈에서 탁탁 튀고 건너뛰는 소리를 들을 수 있다. 그러다가 난기류의 돌풍이 동체를 뒤흔들자 바늘은 판을 긁으며 노래 몇 곡을 되돌아가서 거의 정확하게 우리가 뒀던 위치, 천천히 달아오르는 아름다움의 달콤하면서 씁쓸한 멜로디가 있는 곳에 안착한다.

우리를 둘러싼 안개가 몇 번 스쳐 지나가더니 갑자기 우리가 그 위에 있게 된다. 세상에 없을 것 같은 크림같이 하얀 탑들의 환상적인 풍경이 우리 뒤에도, 여기에도 저기에도 뻗어 있다. 구멍과 틈을 통해서 저 밑으로 우리에게 다시 돌아와서 싸우자고 외치고 있는, 미지의 위협과 약속으로 가득한 현실 세계가 언뜻 엿보인다.

이제 갈 거야. 나는 줄리의 손을 더 꽉 쥐며 세상에게 말한다. 우리는 준비가 됐어.

제2부

지하

기억도 없고 희망도 없이, 그들은 오직 그 순간만을 위해 살았다.

—「페스트」, 알베르 카뮈

우리

소년은 홀로 고속도로를 걷고 있다. 그는 긴 시간 이렇게 걸어왔다. 그의 나이키 운동화는 몇 년 전에 망가졌고 발은 그 자체로 신발이 되었으며, 연약한 피부에는 굳은살이 박였다. 소년은 **죽은 자**였지만 부패하지는 않았다. 갈색 피부는 잿빛이었지만, 대단히 단순한 거부를 통해 수년간 지켜서 탄탄하다. 역병은 그를 이기지 못했다. 그는 역병과 거리를 두고 그것의 제안을 숙고하는 중이다.

우리는 모든 이를 따라가듯 소년의 주변을 빙빙 돌고 통과하기도 하며, 그의 인생의 짧은 중편소설의 페이지를 훑어보며 따라가겠지만, 다른 이들보다는 조금 더 가까이 그를 따라가 본다. 그는 흥미롭다. 일곱 살 정도로 보이지만, 병에 담겨 지하 저장실에서 우리가 상상할 수조차 없는 이상한 방식으로 나이를 먹은 소년은 실제로는 더 나이가 많다. 죽음은 소년의 삶을 정지시켰지만 그를 지워 버리는 데는 실패했다. 그는 예상 밖의 형태로 그것과 씨름을 했고, 그것을 비밀 상자를 여는 칼로 이용했다. 우리는 소년이 무엇인지 확신할 수 없다.

나는 이 도로를 기억해, 이 길이 맞아.

소년은 대다수의 **죽은 자**보다 더 많이 기억한다. 정확하게 말하자면, 사실이 아니라 그 뒤의 형태 없는 현실성을 기억하는 것이지만 말이다. 소년은 자기 이름을 모르지만, 자신이 누구인지는 안다. 자신이 어디로 가고 있는지 몰랐지만, 길을 잃은 것은 아니다. 세계가 그의 앞에 사차원 지도처럼 펼쳐졌고, 그 선들은 구부러지고 종이에서 벗겨져 나와 안팎의 현실이 하나로 짜여진다.

여기서 무슨 일이 있었어? 한때 아이다호라고 불리던 쭉 뻗은 대지에 있는 파괴된 도시를 지나치며 소년이 묻는다. *무엇이 그들을 떠나게 했어?*

우리는 대답하지 않는다.

그는 총탄으로 벌집이 된 지오 쿠페 한 대를 지나치다가 안쪽에 있는 죽은 지 얼마 안 된 가족들의 시체를 들여다본다. 어머니의 두피에 아직도 한 갈래로 묶은 머리카락이 남아 있을 정도다.

누군가 저들을 구하려고 했었을까?

우리는 안다. 하지만 대답하지 않는다.

좋은 사람들이었을까? 너희 안에는 저들이 얼마나 많이 있어?

소년은 걷는 동안 우리에게 많은 질문을 하지만 우리는 침묵을 지킨다. 오래전에 소년의 고통이 우리에게 손을 뻗어 우리 목을 쥐었을 때, 그에게 단 한 번 말했다. 그렇게 강한 손아귀를 느낀 것은 몇 년 만이었는데, 그때 그는 우리에게서 몇 마디를 쥐어짜냈다. 하지만 지금 우리는 침묵을 지킨다. 속삭이기에는 여전히 거리가 너무 멀었고, 우리는 소리치기를 좋아하지 않기 때문이다.

소년은 이것을 받아들이고 계속 걸어간다. 그는 침묵에 익숙하다. 그는 오랫동안 혼자였다.

도시 바깥쪽 가장자리에서 고속도로가 남북으로 갈라졌고, 소년은 그의 이상한 지도를 찾아보려고 멈춰 선다. 그러다가 침묵 속으로 치고 들어오는 소리를 알아챈다. 전에는 들어 본 적 없는 소리였다. 먼 곳에서 들리는 산사태 소리같이 부드러운 굉음. 그는 위를 올려다본다. 밝은 금색 홍채를 비추며 태양이 그의 눈으로 내리쬔다. 그는 눈을 찡그리지 않는다. 활짝 열린 동공은 그 빛을 흡수해서 분해한다. 그는 빛의 모든 색, 파동과 입자, 그리고 그 안의 4색형 무지개를 보고 비행기를 본다.

그는 전부터 비행기를 봐 왔다. 지난 7년간 그것들을 바라보고, 꿈꾸고, 그 먼지투성이 동체가 움직이기를 바라며 보내 왔지만 비행 중인 것은 본 적이 없다. 그는 그 작은 검은 형체가 하늘에 하얀 선을 뚜렷하게 새기며 지나가는 광경을 지켜보며 그 위에 누가 있는지 궁금해한다. 그리고 그들이 어디로 가고 있는지도. 그러다가 아래를 내려다보고 계속 걸어간다.

나

잠시 동안 나는 구름을 쳐다본다. 그러고 나서 구름을 보고 있는 줄리를 쳐다본다. 창문 밖의 비현실적인 풍광이 흐릿해지도록 두고 줄리의 뒤통수, 기름기와 먼지, 땀과 피, 상상할 수도 없을 정도의 호사를 누렸던, 이제는 멀어져 버린 시기인 일주일 전에 한 마지막 샤워 이후로 그녀가 지나온 모든 것들의 찌꺼기들이 엉겨 붙은 감지 않은 머리카락으로 초점을 옮긴다.

천천히, 조용하게, 나는 그녀의 머리에서 피어오르는 뜨끈한 공기를 들이마신다. 나의 마비된 후각에게 그리 많은 것을 기대하지는 않는다. **죽은 자**들은 실용적인 사람들이고, 후각과 미각은 더 기능적인 도구들을 위한 공간을 만들기 위해 버리는 하찮은 장신구 같은 것이다. 삶으로 돌아온 이후로 미묘하게 변한 것을 깨닫는다. 살아 있는 고기를 감지하는 능력은 무뎌지고 자연스러운 향기의 기색이 가끔 내 코를 간질인다. 하지만 나는 여전히 전파를 잡지 못하는, 다른 모든 이들이 잡음에 휩싸일 동안 혼자서 한 주파수에 고정되는 라디오다.

처음으로 코를 쿵쿵거렸을 때에는 공기가 콧구멍을 통과하는 감각 외에는 아무것도 느낄 수 없다. 다시 시도해 보니 이번에는 그녀의 자취를 얻어 낸다. 어디에도 없고 소녀의 머리카락에 존재할 듯한 신비한 흙냄새 같은 것이 섞인 먼 곳에서 풍기는 꽃다발 향기. 그녀가 돌아본다.

"너 지금 막 내 냄새 맡았어?"

나는 고개를 홱 돌려서 정면을 응시한다. "미안해."

"맡지 마. 나한테 구린 냄새 나니까."

나는 그녀를 곁눈질한다. "그렇게까진 아니야."

"나도 내 냄새 맡을 수 있거든, 그리고 구린 냄새가 난다고."

"아니야."

"그래, 그루누이(파트리트 쥐스킨트의 소설 『향수』의 주인공 ― 옮긴이), 나한테 어떤 냄새가 나는데?"

"어…… 너 같은." 나는 몸을 기대고 멜로드라마처럼 과장되게 황홀한 듯 숨을 들이쉰다.

그녀는 웃음을 터뜨리며 나를 밀어낸다. "징그러워."

나는 미소를 지으며 그녀를 지나쳐 하늘을 본다. 그것이 다시 우리가 날고 있다는 것을 상기시켜 준다. 아마 몇 년 만에 처음으로 하늘과 땅 사이의 파란 공동을 헤엄치며 신들을 비웃는 구름 위로 인간들이 올라왔을 것이다.

줄리는 내 시선을 따라 창문을 본다. "우리가 다시 비행기를 타고 하늘을 날 수 있을까 하고 내가 물었던 때 기억나? 치유가 막 시작되고 우리가 미래에 환상을 품고 있던 때?"

나는 고개를 끄덕인다.

"넌 그렇다고 했었지." 그녀는 팔걸이 위에서 내 손을 잡는다. "나도 이게 그냥 비행기 한 대일 뿐이란 거 알고, 문명이 다시 돌아오리란 뜻은 아니란 거 아는데, 그래도…… 모르겠어. 저기 밖을 보면 승리한 것 같은 기분이 들어."

"우리는 에치 어 스케치 장난감 안에 있는 거야." 나는 그녀의 손을 꽉 잡으며 말한다. "뭘 그릴까?"

그녀의 미소가 흔들린다. 우리 사이의 공기가 서늘해져서 나는 내가 또 실수했다는 것을 깨닫는다. 내 기억이 아닌 것을 언급해 버렸다. 스타디움 지붕 위에서 줄리와 꿈을 나누던 소년은 내가 아니었다. 내가 그녀의 이전 연인에게 했던 짓은 새로운 소식이 아니다. 그녀는 내게 어떻게 그 기억이 있는지 알고 있었지만, 그것은 우리가 언급하지 않기로 무언의 언약을 나눈, 우리 관계의 피부에 있는 흉터 같은 것이다.

"비켜." 그녀는 내 손을 떼어내며 말한다. "나 화장실 갈 거야."

나도 복도로 나오지만 그녀는 나를 스치고 지나간다. "줄리." 내가 불렀지만 그녀는 뒤돌아보지 않고 화장실로 사라진다.

나는 닫힌 문을 쳐다본다. 내가 페리의 인생으로 헛디뎌 넘어진

294

것이 이번이 처음이 아니었지만, 그녀는 항상 어색하게 화제를 바꿔서 넘어가곤 했다. 그 기억 속에 뭔가 다른 것이라도 숨겨져 있었던 걸까?

"*비행기가 그리워.*" 줄리가 말한다.

"*나도 그래.*" 페리가 말한다.

"*저 하얀 선들…… 비행기가 하늘을 미끄러져 간 길이 파란 하늘에 그려진 그림 같지 않아? 우리 엄마는 그게 꼭 에치 어 스케치 같다고 말씀하셨어.*"

그리고 그랬다. 상처 안의 상처. 죽은 연인의 기억에서 돌아가신 줄리 어머니의 말이 이끌려 나왔다.

나는 눈을 감고 의자에 푹 들어앉아 지친 한숨을 내쉰다. 사람에게 상처를 주려고 괴물이 될 필요는 없다. 나는 부드럽게, 부주의하게 숨 한 번 쉬는 것으로 상처를 줄 수 있다.

줄리는 화장실에서 볼일을 보는 데 걸리는 시간보다 더 오래 그 안에 머물렀다. 마침내 나왔을 때 그녀는 나의 시선을 피했지만 나는 그녀의 눈가가 젖어 있는 것을 알아차린다.

"미안해." 자리로 돌아가 앉는 그녀에게 말한다. "나는 그러려던 게……."

"괜찮아." 그녀는 고개를 젓고는 소매로 눈을 문지른다. "나도 엄마가 있었는데 돌아가셨어. 거의 8년 전이야. 뭔가 엄마를 떠올리게 할 때마다 무너질 수는 없잖아."

감정을 자제하려고 애쓰는 것이 들린다.

"그건 그냥…… 의문점이야. 정말로 무슨 일이 있었는지를 모르니까." 줄리는 다시 촉촉해지기 시작한 눈을 숨기려고 창밖을 내다본다. "쪽지도 없었고…… 작별 인사도 없었어. 밤에 혼자 밖에 나가면 무슨 일이 생길지를 엄마도 알 거라고 추정했었지만, 엄마가 그냥 순진했을 뿐이었다면 어떡하지? 정말로 디트로이트에 갈 수 있을 거라고, '복구자'들과 합류해서 인생을 살 수 있다고 생각하셨던 거라면……?" 목소리가 갈라져 나오자 그녀는 잠시 침묵 속에 앉아 있다. "상관없었겠지. 어느 쪽이든 엄마는 우릴 떠났으니까. 나는 그저 이유를 알았으면 했어. 왜냐하면 나는 계속 머릿속에서 그 생각을……." 그녀의 목소리는 점점 낮아지더니 거의 들리지 않게 된다. "그리고 그게 끝나지 않는 것과 같거든. 엄마가 죽고 또 죽고."

나는 그녀가 나에게 계속 이야기하고 있는 중인지 확신할 수가 없다. 그녀는 구름, 여기에서도 저 높은 곳에 보이는 보기 드문 새털구름 줄기들에게 이야기하고 있는 것이 분명하다. 갑자기 그녀가 웃음을 터뜨린다.

"엄마가 아직도 저기 바깥에 있을 수도 있겠다!" 그녀의 목에서 간신히 나온 건 억지로 경박한 척하는 암울한 웃음이다. "우리가 찾은 건 옷하고 일부…… 엄마의 일부가 다였어. 좀비 엄마단과 함께 바깥에서 시골을 떠돌고 있을 수도 있겠다 싶었지." 그녀는 농담을 하고 있다고 보여 주려는 뜻에서 나에게 미소를 잠시 지었지만, 그것은 설득력 근처에도 가지 못한다. "그게 돌아가는 방식이겠지, 맞지? 가끔 썩는 데 몇 년이 걸리기도 하지?"

나는 그녀에게 양면적인 뜻으로 고개를 끄덕인다. 그녀는 틀리지 않았다. 내가 그 증거니까. 하지만 그녀의 눈에 보이는 희망은 그것을 숨기려는 그녀의 노력에도 불구하고 너무나 간절해 보인다. 극심한 공복감. 그리고 그것에 먹이를 주는 것은 위험하게 느껴진다.

그녀는 다시 창밖으로 고개를 돌린다.

"나도 알아." 그녀는 내 생각을 듣기라도 한 듯 중얼거린다. "나도 멍청한 생각이란 거 알아. 그냥 그렇게 생각해 봤던 거야." 구름들은 지도에 없는 파란 풍경 속으로 녹아들어 가며 우리에게서 흘러가 버린 것 같다. "최근 엄마가 그리워졌어."

나의 대답은 섬세했겠지만 말은 투박한 도구인지라 고치려고 했던 것을 부숴 버리기 쉽다. 그래서 나는 계속 입을 다문다. 그녀의 등에 손을 얹고 그대로 있다. 부드럽게 돌아가는 엔진 소리와 공기 사이로 순간이 지나간다. 나는 그녀의 호흡이 느려지고, 근육이 풀리는 것을 느낀다. 그녀가 잠이 들었다는 것을 느낀다.

✳ ✳ ✳

몇 시인지는 몰랐지만, 우리가 견뎌 온 일들 때문에 시간은 별문제가 되지 않았다. 잠의 빚은 지불을 요구한다. 에이브럼조차 자동 조종 장치를 켜 두고 자기 자리에 구부정하게 처진 채 깜빡 잠이 든 것 같다. 나도 다른 사람들만큼이나 탈진을 느꼈지만, 나의 뇌는 여전히 의식을 끄는 스위치를 찾지 못하고 있다. 나는 묘지의 악귀처럼 자는 사람들 사이를 돌아다닌다.

M을 지나치자 그는 나에게 힘없이 고개를 끄덕인다. 그는 **완전히 죽은 자**였을 때보다 더 창백해 보인다. 비행기 멀미를 할 정도로 살

아 있다는 것 같다. 노라는 그의 옆자리에 푹 쓰러져서 잠이 고팠던 여자가 마침내 잔치를 벌이는 듯한 엄청난 소리로 코를 골고 있다. 나는 부러워하지 않으려 애쓴다.

나는 뒤쪽 화장실의 문을 열고 나의 남은 가족들을 내려다본다. 두 어린 시체는 벨트로 묶여 있다. 알렉스는 좌변기에 앉아 있다. 조안의 발은 세면대 가장자리에서 달랑거리고 있다. 그들은 뭘 잘못했는지 모르겠다는 표정으로 갇혀 있는 강아지들처럼 크고 애절한 눈으로 나를 올려다본다. 데리고 나갈 수는 없다.

"여기서 기다려." 나는 벨트를 풀어 주면서 말한다.

그들은 고개를 끄덕인다.

"여기서 기다린다고 약속할래?"

그들은 고개를 끄덕인다.

"말로 해. 약속한다고."

그들은 고개를 끄덕인다.

나는 **죽은 자**에게 일어났던 미소와 예쁜 그림 몇 장이 있었던 때 이 아이들이 진짜 아이들처럼 웃고 노는 것을 지켜봤던 것을 떠올린다. 나는 그즈음 그들의 입에서 굴러 나오던 긴 문장들을 떠올린다. "*우리 친구야.*" 조안이 나에게 공항의 아이들 중 한 명, 아마도 내가 백 번은 만났다가 잊어버렸을, 갈색으로 변하기 시작한 암회색 피부의 소년을 소개시켜 주며 말했다. "*얘는 자기 이름이 아직 기억이 안 나는데, 그래서 이름을 찾아보러 나갈 거래.*"

나는 그 문장에서 음절수를 세서 조안에게 신기록이라고 말해 줬었다. 그것을 확실하게 기억하는데, 그 아이가 절대 깨지 못한 기록이었기 때문이다.

"배고파." 조안이 그렇게 말하고는 이를 딱딱거린다.

나는 문을 닫는다.

✳ ✳ ✳

에이브럼은 조종실 출입구에 숨어 있는 나를 감지하고는 낮잠에서 깨어난다. 그의 얼굴은 더러운 거울에 비친 페리의 거울상이다. 나는 비행기가 지상으로 돌진하는 동안 페리가 입었던 피로 물든 흰 조종사 제복을 떠올린다.

이건 네 기억이 아니잖아, 안 그래? 나는 꿈이 아닌 꿈 안에 있던 그에게 묻는다.

아니야. 그는 대답한다. *이건 네 거야.*

"원하는 게 뭐야?"

에이브럼이 나를 지금으로 탁 돌려놓으며 속삭인다. 그의 부조종사는 턱 밑으로 침을 주르륵 흘리면서 창문에 기대어 자고 있다.

"어디로……."

"조용히."

그는 스프라우트 쪽으로 엄지손가락을 휙 가리키며 쉿 소리를 낸다.

"미안." 나는 같은 음량으로 말한다.

그는 믿을 수 없다는 표정을 짓는다.

"미안." 나는 거기서 거기인 소리로 간신히 속삭인다.

"맙소사." 에이브럼이 한숨을 쉰다. "좀비라 하기에 충분할 정도로 확실히 멍청하네." 그는 자기 딸을 쳐다보고는 나에게서 관심을 거둔다. "저 애는 이틀 동안 잠을 못 잤어. 가끔 너무 오래 깨어 있으면 울기 시작해, 너무 피곤해서 괴롭다는 듯이. 그런데도 잠은 못 들고. 나도 모르겠다⋯⋯." 그는 고개를 젓고는 다시 나를 쳐다본다. "그래서 뭘 알고 싶다고?"

"우리 어디로 가는 거야?"

그는 앞유리창으로 끝없이 펼쳐진 파랗고 하얀 창공을 돌아본다.

"캐나다."

"왜 캐나다야?"

"우리보다 늦게 버려졌으니까. 거기엔 아직 건질 만한 게 좀 있을 거야."

나는 고개를 끄덕인다. 그 논리에 반박할 수 없었지만, 그렇다고 편히 받아들일 수도 없다. 나는 어떻게든 구할 방법을 찾아 무너진 미국의 잔해들을 탐색하는 우리 모습을 상상했었다. 그냥 썩어 가도록 남겨 두고 떠나는 게 아니라. 정치적인 노선은 비에 씻겨가 버린 무의미한 개념인 세상이었지만, 국경을 건너는 일은 징병을 기피하는 듯한 느낌이다.

"캐나다라면 나도 한번 봤었는데." 줄리의 말에 나는 객실 쪽을 뒤돌아본다. 그녀는 여전히 자기 자리에 축 늘어져 있었고 눈만 슬쩍 뜨고 있다. "그때는 건질 게 많아 보이지 않았어요. 그것도 8년 전이었고."

"요점이 뭔데?" 에이브럼은 속삭이는 것보다 살짝 큰 목소리로 말한다. "너한테는 어디 더 좋은 데라도 있어?"

줄리는 눈을 뜨고 몸을 쭉 편다. "아이슬란드는 어때요?"

"아이슬란드." 에이브럼이 따라 말한다.

"거긴 섬이잖아요. 세계에서 제일 외딴 곳이고. 전쟁이 나지도 않았죠. 거의 범죄도 없고, 지열로 완벽하게 자급자족이 가능하고. 만약 역병에서 살아남은 사회가 있다면 거기가 아닐까요?"

"생존하지 못했다는 걸 제외하면 말이지. 아무도. 마지막으로 사라진 국가는 스웨덴이었어."

"그건 그냥 헛소문이에요." 줄리는 한층 흥분하며 말한다. "몇 년 동안 해외 소식이 진짜인지 아무도 확언할 수 없을걸요."

나는 불편함이 점점 자라나는 것을 느낀다. 액시엄의 독약에 대한 해독제를 찾으러 얼마나 멀리까지 돌아다닐 계획을 세워야 하는 걸까? 아니면 우리의 목표가 이미 바뀌기 시작한 걸까?

"아이슬란드는 수천 킬로미터 떨어져 있어. 게다가 우리에게는 위성이나 무선항법도 없어. 결국 북극이나 대서양 바닥에 가게 될지도 몰라."

"캐나다도 멀긴 마찬가지예요. 거기로 갈 수 있다면 아이슬란드는 왜 안 되는데요?"

에이브럼은 한숨을 쉬고는 나를 쳐다본다.

"네 여자 친구한테 다시 잠이나 자라고 말해 줄래?"

"이봐요." 줄리는 자리에서 뛰쳐나와 분개하며 복도에 서서 외친다. "당신은 조종사지, 기장이 아니거든요? 당신 비행기도 아니잖아요. 우린 의논해야 한다고요."

스프라우트가 약간 움직이더니 훌쩍거린다. 에이브럼은 아이가 진정될 때까지 얼어붙은 듯 있다가 조종석에서 나온다. 그는 줄리에게 가까이 다가가서 그녀를 내려다보며 부드럽게 말한다.

"뭘 의논해?"

"전부 다." 그녀는 그의 시선을 마주 보며 말한다.

그는 그녀의 눈높이에 맞춰 몸을 낮추고 매우 천천히 말한다.

"캐나다? 크지. 북쪽이야. 나침반은 우리가 북쪽으로 가고 있다고 알려 주고 그래서 꽤나 금방…… 우리는 캐나다에 있게 될 거야!"

줄리가 주먹을 꼭 쥐는 것이 보였지만, 그녀는 아무 말도 하지 않는다.

"그게 우리에겐 최선이야." 에이브럼은 쑥스러운 기색으로 어린애를 대하는 말투를 그만두며 말한다. "그곳에 아무것도 없다고 해도 숨기에는 좋은 곳이야. 우리는 캐나다로 가야 해." 그는 조종실로 돌아가다가 문 앞에서 잠시 멈추고는 줄리를 힐긋 돌아본다. "목소리 좀 낮춰. 내 딸이 자고 있으니까."

그는 조종석에 털썩 앉아 계기를 조종하기 시작한다.

줄리는 팔짱을 끼고 앉아서 바닥을 뚫을 듯이 노려본다. 나는 그녀 옆자리에 앉아서 에이브럼의 뒤통수를 쳐다본다. 나는 이 사람들을 이해하고 우리가 뛰어들고 있는 난장판을 이해하는 데 도움이 될지도 모를 남아 있는 페리의 단편을 찾아 나의 뇌를 샅샅이, 하지만 조심스럽고 조용하게 파며 뒤져 본다. 다른 목소리들이 페리가 떠난 공간으로 들어온다. 내 머리는 낯선 이들이 거주하는 어두운 집이고, 나는 그들을 깨우고 싶지 않다.

나는 문 앞에 서 있다.

나는 복도에 있다. 벽은 나무로 둘러싸인 외딴 집 무늬가 반복되는 촌스러운 벽지로 도배되었는데 도처에 물 얼룩이 지고 벗겨져 있다. 뒤편 어딘가에서 내 인생의 소리가 들려온다. 내 친구들의 목소리. 등에 햇볕이 느껴지지만, 그것은 멀고 서늘하다. 길고 텅 빈 복도 끝에는 문이 있다.

문은 아주 오래됐다. 비틀렸다. 벗겨진 페인트 층 아래로 녹슨 철판이 보인다. 문은 막혀 있지 않고 드러나 있으며 잠겨 있지 않다. 손잡이는 외설스럽게 내 쪽으로 툭 돌출되어 있다.

"열어 봐." 페리가 내 옆에 서서 말한다. 나는 그를 보려고 시도하지만 그가 얼굴을 돌리고 있어서 나에게는 그의 뒤통수밖에 보이지 않는다. "이건 네 집이야." 그는 내가 두개골에 뚫어 놓은, 피투성이에 이가 없는 입처럼 보이는 구멍을 통해 말한다. "언제 들어가려는 거야?"

그가 잡아당기자 문이 삐걱거리며 열린다. 나는 메뚜기 떼와 촉수를 예상하며 겁에 질려 뒤로 물러난다. 하지만 거기에는 먼지와 정적뿐이다. 깜박거리는 전구가 힘없이 어둠을 찌르고 있다. 가파른 계단은 아래로 통해 있다.

"홀에 얼마나 오래 서 있을 셈이야?"

그가 그렇게 말하며 나를 계단 아래로 밀어 버린다.

✳ ✳ ✳

"이봐? R? 정신 들어?"

줄리가 내 위로 몸을 숙이고는 내 뺨을 톡톡 계속 치고 있다. 나는 눈을 깜빡이고 일어나 앉아 휙 쳐다본다. "뭐야…… 어디…….."

"우와." 그녀는 뒤로 물러서며 말한다. "너 잘 때, 진짜로 잤어."

모두가 복도에 서서 몇 명은 염려스럽게, 몇 명은 조바심을 내며 나를 들여다보고 있다. 창밖을 내다본다. 우리는 지상에 있다.

"무슨 일이 있었어? 어디에 있는 거야?"

"헬레나(캐나다와 인접한 몬태나 주의 주도 — 옮긴이)." 에이브럼이 말한다. "몇 가지 가져갈 게 있어서."

"그리고 마커스는 토해야 했고."

노라가 팔꿈치로 M을 살짝 찌르며 말하자 그가 그녀를 노려본다.

모두 줄지어 나가기 시작한다. 나는 일어섰지만 그들을 따라가지는 않는다. 아직도 꿈을 꾸고 있는 것인지 확실치가 않아서 갈피를 못 잡고 있다.

"괜찮아?" 줄리가 묻는다. "너 자고 있었던 거, 맞지? 네 그 배회 증 같은 거 아니지?"

"잘…… 모르겠어." 비행기는 이제 우리 둘을 빼고는 텅 비었다. "우리가 몬태나에 있는 거야?"

그녀는 미소를 짓는다.

"정신을 차리고 나면 더 나아지겠네. 가자."

나는 뒤편의 화장실 쪽을 힐끔거린다.

"그 애들은 괜찮아. 우리가 어디로 갈 건지 내가 말해 주니 여기에 있겠다고 했어."

"걔들이 말을 했어?"

"음, 고개를 끄덕였지."

나는 돌아서서 가는 그녀의 뒤를 따라갔는데, 머리가 여전히 빙빙 돌았지만 천천히 진정되기 시작한다. 비행기는 공항 터미널과 잠복해 있을 가능성이 있는 거주자들과 멀리 떨어진 활주로 한가운데에 세워져 있었고, 그래서 우리는 화물실을 통해 밖으로 나간다. 동체 중간부에 있는 좁은 계단은 내가 세 들어 사는 동안 감히 답사해본 적이 없었던, 춥고 퀴퀴한 냄새가 나는 아래층의 암흑가로 이어져 있다. 내가 여기에 뭐가 숨어 있다고 상상했었는지는 모르겠지만, 내가 발견한 무서운 것이라고는 거미 몇 마리뿐이다.

세련된 객실 내부는 화물실의 산업적인 날것 그대로에 자리를 내줬고, 유압식 경사로는 활주로로 이어져 내려간다. 발밑에 닿는 단단한 바닥의 느낌이 나를 약간 진정시켜 준다. 나는 열려 있는 경사로를 돌아보고는 이 상업적인 여객기가 못된 이웃집에 주차된 우리 가족 자가용이라도 되는 듯, 잠그고 싶은 본능을 느낀다.

게다가 이 이웃이 얼마나 못됐을지? 터미널의 창문이나 주변의 아스팔트 위에서는 아무런 움직임도 발견하지 못했다. 그저 색이 바랜 콘크리트의 넓은 부지, 먼지와 나뭇잎뿐이다. 아마도 이 공항은 포스트의 공항처럼 역병에 휩싸이지 않았던 모양이다. 어쩌면 다른 뭔가의 수중에 떨어진 곳일지도 모른다.

"일어나, 아치!" 노라가 내 뒤에서 소리친다. "움직이자!"

주변을 둘러보자, 에이브럼이 작은 장치로 비행기 뒤쪽을 가리킨다. 경사로가 올라가고 달칵 닫힌다.

무선 잠금. 내 비행기가 최신 고급 기종이라는 것과 이 적막한 도시로 향하면서 불편한 심정을 느낀 이가 나 하나가 아니라는 것을 알게 돼서 다행이다.

＊ ＊ ＊

우리들은 모두가 무기를 쓸 준비 태세를 하고 걸어가는 누더기 차림의 군복을 입은 군 소대와 비슷하다. 노라와 줄리가 느슨한 자신감으로 허벅지 근처에 총을 대롱거리며 가는 반면, M과 에이브럼은 훈련받은 군인의 침착한 태도로 자기 총기를 휴대했다. 그림에 어울리지 않는 단 한 가지 요소는 아버지의 뒤를 따라가는 반쯤 맹목적인 소녀다. 그리고 나도 물론.

나는 내 손을 내려다본다. 손은 떨리고 있지 않다. 에이브럼에게 권총을 쏠 준비가 되었다고 말하는 게 좋을 것 같다. 그러나 나는 말하지 않는다.

"우리 여기에서 뭐하고 있는 거야?"

나는 줄리의 귀에 대고 웅얼거린다.

"들어 보니까 에이브럼이 마을에 챙겨 둔 수송편이 있는 모양이야. 여기에서 자랐잖아, 에이브럼이랑 페리."

나는 공항 너머 흐릿한 지평선을 본다. 녹이 슨 것 같은 색조의 언덕과, 수영복 바지만 걸치고 집에서 나가려 할 때 고양이가 긁듯이 종아리를 스치며 자국을 남길 법한 관목들이 끝없이 펼쳐져 있다.

나는 발을 헛디딘다. 부츠가 아스팔트에 긁힌다. 이마를 문지르고는 재빨리 위를 본다. 아무도 나를 보고 있지 않다. 신기루 혹은 폭음한 밤의 기억처럼 열기 속에 아지랑이가 피어나는 교외 변두리가 보인다.

"그러니까 이 동네가 당신이 가족들과 헤어졌을 때 남겨졌던 곳이라는 거지?" 노라가 에이브럼에게 묻는다.

에이브럼은 계속 걸어간다.

"그리고 그게 페리가 다섯 살 때였다고 했으니까 그러면…… 15년 전이었다는 거야?"

"요점이 뭐야?"

"음, 어떻게 15년이 지난 지금 당신 오토바이들이 아직 여기에 있을 거라 생각하는 건데?"

"약탈자들을 끌어들이는 장소가 아니거든."

가까이 가자 열기의 아지랑이는 엷어지기 시작했고 도시에 초점이 맞는다.

검정.

모든 것이 검다. 뼈대만 남기고 불타 버린 집들의 검은 골격. 암회색 연탄처럼 검게 타 버린 오래된 건물들의 벽돌들. 불에 탄 자동차 100여 대의 녹아내린 고무와 그을음으로 거리마저 검다. 단 한 가지 주변과 대조되는 화사한 색은 도시의 탄소가 풍부한 시체들을 먹고 사는, 폐허를 압도하는 풀과 덩굴식물이다.

"돌아가자." 나는 나도 모르게 말한다.

줄리는 어깨 너머로 나를 돌아본다. "뭐라고?"

"여기에 있으면 안 돼. 돌아가자."

내 목소리에 담긴 위험이 사람들의 주의를 끈다. 그들은 행군을 멈추고 내가 설명해 주길 기다린다.

"안전하지 않아." 나는 웅얼거린다.

"이건 잿더미야." 에이브럼이 짜증스럽게 손바닥을 홱 뒤집어 보이며 말한다. "아무것도 없고, 아무도 없다고. 이보다 더 안전한 게 어딨어?"

내 눈이 앞에 펼쳐진 새카만 풍광을 헤맨다. 모든 건물 하나하나. 불이 옮겨 붙기에는 너무 먼 공간으로 분리되어 있는 건물들을. 목적이 있는 방화. 동조자들에 의한 불.

"뭐가 문제야, R?" 줄리가 묻는다.

M은 내가 싫어하는 표정을 짓는다. 마치 이해하기라도 한다는 듯 뭔가 공감하는 것 같은 표정. 하지만 그는 이해하지 못한다. 나는 이

308

해를 못 한다.

"모르겠어." 나는 줄리에게 말하고 땅을 내려다본다. "모르겠어."

에이브럼이 다시 걷기 시작한다.

"차가 필요해." 줄리가 내 어깨를 만지며 말한다. "구름 속에만 머물러서는 아무것도 찾을 수가 없을 거야."

나는 고개를 끄덕인다.

"무서우면 말이야." 노라가 내게 말한다. "그냥 네가 못돼먹은 수퇘지라고 상상해. 바람이 네 머리를 스치고, 암캐가 네 등에 올라타 있고. 우린 너에게 시원한 그늘과 문신을 선사할게."

나는 M이 재담에 참여해서 내 머리를 헝클어뜨리고 나를 작은 소녀라고 부를 거라 기대했지만, 그는 여전히 다 안다는 슬픈 표정을 짓고 있다. 분노가 나의 두려움을 이긴다.

"가자."

"우리가 계속 눈을 뜨고 있을게." 줄리가 내 어깨를 꽉 잡으며 말한다. "괜찮을 거야."

어디에나 쓸 수 있는 진부한 그 말에 역겨움이 밀려오는 것을 느낀다. 그녀는 내가 무엇을 두려워하는지 아무것도 모른다. 어떻게 뭔지도 모르는 것이 괜찮으리라 생각하는 걸까?

우리는 검은 도시를 걸어간다. 이 도시가 파괴된 건 몇 년 전인데도 불구하고, 나는 아직도 타 버린 수많은 것들의 매캐한 향을 맡을 수 있다고 확신한다.

태양.

태양이 내 팔과 다리 그리고 얼굴 속으로 스며들어 따스한 물풍
선처럼 내 세포들을 채운다. 타르 종이로 된 지붕널로부터 그 열기
가 퍼져 나와서 내 등으로 스며들어 모든 방향에서 나를 흠뻑 적셔
준다. 나는 지붕의 구부러진 곳에, 굴뚝 옆에 숨어 누워 있다. 내가
내 침실 창문 바깥의 오크 나무를 타고 올라 나뭇가지에서 여기로
뛰어 오를 수 있다는 것은 아무도 모른다. 일곱 살짜리들은 보통 그
렇게 할 수 없지만, 나는 다르다. 오랫동안 연습해 왔으니까.

나는 장난감을 가지고 왔다. 플라스틱 인형 두 개. 하나는 좋은
편, 영웅이다. 큰 턱과 평평한 머리모양을 보면 알 수 있다. 다른 하
나는 괴물이다. 종류가 뭔지는 몰랐지만 못생긴 데다 피부는 파란색
이다. 그래서 나쁜 녀석이고 나는 그 녀석을 영웅과 싸우게 한다. 그

들은 공격할 태세로 내 가슴 위에 서 있다.

"죽여 버린다!" 괴물이 새된 소리로 으르렁거린다.

"내가 먼저 널 죽이지 않았을 때 이야기지!"

내가 낼 수 있는 가장 바리톤에 가까운 목소리로 영웅이 말한다.

마당 바깥 멀리 숲 근처에서 아빠가 뭐라고 외치고 또 외치는 소리가 들려온다. 아마 내 이름일 것이다. 내 이름을 부르는 무딘 억양이었지만, 멀리에서 들려오니 중요하지 않은 것 같다. 아빠의 목소리에 깃든 맹렬함이 따스한 공기에 부드러워진다. 아빠가 나에게 선물을 주고 싶어서 나를 찾고 있다고 거의 상상할 수 있을 정도다.

나는 전투의 광란 속으로 인형들을 으깨 넣는다. 플라스틱 주먹이 달그닥 플라스틱 턱을 때린다.

* * *

나는 풍선 주둥이를 늘여서 수도꼭지에 슬며시 끼운다. 물을 틀고 풍선이 부푸는 것을 지켜본다.

"이걸로 누굴 맞히려고?"

나는 아빠를 올려다본다. 거대하고 살집이 두둑한 얼굴. 손은 두툼했고 잔혹한 노동으로 보낸 수십 년 세월로 인한 굳은살이 박혀 있다.

"폴." 나는 대답한다.

아빠는 카운터 위에 놓아둔 가방에서 작업을 마친 풍선 하나를 꺼내 꽉 쥔다. "따뜻하구나."

나는 고개를 끄덕인다.

"걔한테 기분 좋은 목욕을 시켜 주려는 거냐? 차가운 물로 해."

"왜요?"

"맞는다는 게 기분이 좋아선 안 되잖니. 그 애가 비명을 지르게 만들어 줘야지."

"왜요?"

"그게 게임의 방식이니까. 이긴다는 건 좋은 기분을 느끼는 거고 지는 건 아프게 되어 있지. 패자도 기분이 좋다면 이겨서 뭐하니?"

아빠는 나에게 새 풍선을 건넨다. "찬물로 해." 그러고는 냉동고를 열고는 얼음 한 판을 싱크대 옆에 둔다. "그리고 몇 개는 이걸로."

* * *

청년부 목사가 우리에게 가혹한 진실과 함께 장광설을 늘어놓자 나는 얼룩의 무늬를 찾으면서 베이지색 카펫을 응시한다.

"긴 머리카락이 여러분을 바보로 만들지 않게 하십시오, 그분은 평화와 사랑의 히피가 아닙니다. 누가복음 12장, '내가 세상에 화평을 주려고 온 줄로 아느냐 내가 너희에게 이르노니 아니라 도리어 분쟁하게 하려 함이로다.' 그분은 여기에 친구를 만들러 오시지 않았습니다. 눈에는 불을, 입에는 검을 들고 세상을 반으로 가르려고 여기 오신 겁니다."

자주색 쿠션이 달린 의자 무더기. 접이식 탁자들. 흐릿한 형광등. 월요일에서 토요일까지 호텔은 이 허름한 회의실을 정치 집회, 기업

312

의 교육 기간, 가끔 있는 벼룩시장이나 총기 쇼에 빌려준다. 일요일에는 기타와 마이크를 설치하고 '성스러운 불 협회'라고 쓴 비닐 현수막을 걸어 놓는 가족들 수십 명이 차지한다.

"그분은 여기에 분쟁을 위해 오셨습니다!" 목사는 몸을 꼼지락거리는 십 대 서른 명 앞에서 앞뒤로 서성거리면서 마이크에 대고 소리친다. "형제에서 형제로. 왕겨에서 밀로. 지옥에서 구원으로. 그분은 선을 그으러 여기에 오셨습니다. 최후의 일몰이 왔을 때 여러분은 어느 편에 서 있겠습니까?"

나는 억지로 바닥에서 눈을 떼서 올려다보고 흥분한 그의 시선과 마주한다.

"아마도 여러분은 결정할 시간이 많다고 생각할 수도 있을 겁니다. 어쩌면 이 타락한 곳에 오래 살고 싶어서 알람을 끄고 늦잠을 자면서 하나님께 나중에 다시 와 달라고 말하고 싶을 수도 있습니다. 어쩌면 좋은 일을 많이 한다면, 난민들에게 식량을 주고 학교를 충분하게 지어 주고 음료수 캔을 재활용하면, 하나님의 마음을 바꾸게 할 수 있다고 생각할 수도 있겠죠." 그는 고개를 젓고는 목소리를 낮게 깐다. "하나님은 마음을 바꾸지 않으십니다. 여러분은 그의 불길에서 나올 수 없어요. 이 뒤틀린 세상을 태워 휩쓸어 버리려고 오는 중이고, 저는 여러분에 대해 잘 모르지만 서두르시길 기도하는 중입니다. 저는 집을 휘발유에 적셔 놨습니다."

＊ ＊ ＊

새카맣게 탄 서까래가 고대 동물의 갈비뼈처럼 하늘을 찌르며 몬태나 주 헬레나의 뼈대가 떠오른다. 목탄 조각들이 위를 향한 내 얼굴 위로 떨어졌고 나는 창백한 분홍빛 피부를 다시 회색으로 돌려놓는 얼룩을 그리면서 그것들을 문지른다. 집들의 검은 뼈대 위로 깨끗하고 하얀 건물 외장재가 겹쳐 보인다. 담쟁이덩굴의 밀림 아래로 잘 가꿔진 채소 정원이. 아이들이 깨진 유리가 흩뿌려진 거리로 자전거를 타고 간다. 고요 속의 목소리들.

"R." 줄리가 부른다. 그녀는 심각하게 걱정하는 표정으로 나를 지켜보면서 내 옆에서 걷고 있다. "괜찮아?"

"내가 뭔지 모르겠어." 나는 처진 얼굴로 눈은 먼 곳을 향한 채 바로 앞의 거리에 대고 말한다.

그녀는 내 손으로 손을 뻗는다. 나는 그녀가 내 손을 잡고 꽉 쥐도록 내버려 뒀지만, 마주 꽉 쥐어 주지는 않는다.

"여기야." 에이브럼이 한때 2층짜리 공방이었을 곳 앞에 멈춰서 말한다. 지금은 그저 검은 벽 네 면이 무너진 지붕에 기대 폭삭 주저앉아 있고, 창문들은 심하게 그을렸고, 허약한 갈색 덩굴들이 금이 간 곳마다 기어 나와 있다. "이게 그거야."

"어떻게 알아?" 노라는 주변과 구분도 잘 안 되는 애매하게 집 모양을 한 공터를 응시하며 묻는다.

에이브럼은 마당에 무릎을 꿇고 앉아 잡초가 무성한 잔디밭을 손가락으로 더듬는다. 그는 울타리 근처의 죽은 나무와 거기에 매달려 달랑달랑 흔들리는 밧줄이 남아 있는 것을 올려다본다. 아주 희미한 미소가 그의 얼굴을 스친다.

꼭대기 층은 무너진 지붕 아래 으스러졌지만, 아래층은 여전히 서 있고, 지하 차고로 내려가는 가파르게 경사진 도로가 있다. 에이브럼은 현관으로 가는 계단을 올라가서 문손잡이를 잡아당긴다. 불에 그슬린 나무가 삐걱거리고 비틀렸지만 꼼짝도 하지 않는다. 그는 돌아서서 차고 쪽으로 향한다.

"기다려요. 부술 수 있잖아요."

"별로 중요하지 않아. 오토바이는 가게에 있으니까."

"집 안에 안 들어가 볼 거예요?" 줄리는 못 믿겠다는 듯 말한다. "당신이 자란 집 아니에요?"

에이브럼은 차고 문 앞에 서서 심드렁하게 그녀를 쳐다본다.

"나는 여기에서 자라지 않았어. 여기에서는 장난감을 가지고 놀고 오토바이를 탔었지. 나는 액시엄 훈련소에서 *자랐어*."

그가 차고 문을 잡아당기자 문이 열린다. 영면을 방해받은 무덤의 저주처럼 목탄 먼지구름이 퍼져 나온다. 그는 재채기를 한 번 하고는 안으로 들어간다.

소녀들과 나는 조금 거리를 두고 그를 따라간다. M은 그의 두 번째 인생은 절대로 없었던 것인 양 슬쩍 첫 번째 삶으로 돌아가서, 보초 근무를 하는 베테랑 군인이 상대를 현혹하려고 건성으로 서는 것처럼 소총을 들고는 인도에 남아 있다.

"그러니까 여기가 그 가게라는 거지." 노라가 대성당을 구경하는 관광객처럼 천천히 돌아보며 말한다. "켈빈 씨가 항상 말하던 그곳. 잃어버린 낙원이었던 것처럼 꿈꾸는 눈을 했었지."

차고는 실제로 완전한 지하인데, 작업대는 공구들로 뒤덮였고, 엔진 부품들은 구석에 쌓여 있었다. 브라질까지 왕복할 수 있는 안정적인 연료통이 충분하게 있다. 공간의 가운데는 캔버스 천막 아래로 불룩 솟은 것 다섯 개를 제외하고는 깨끗하다. 에이브럼이 하나씩 그 베일을 벗긴다. 반짝이는 검은 오토바이 다섯 대, 다리를 벌리고 으스대며 걸어갈 일이 없는 소형 BMW 오토바이. 특유의 빈티지한 느낌이 없었더라면 너무 심각하고 실용적으로 보였을 것이다. 깔끔한 선들과 풍부한 크롬에서 '필요한 거라고는 사랑뿐'이라고 외치던 평화와 사랑의 시대를 떠올리게 하는 귀중한 골동품에 근접한 명작이다. 노래와 시와 항변하는 소리가 들리는 듯하는 와중에 나는 궁금해진다. 뭔가를 진정으로 믿었던 때 이후에 어떤 세대가 있긴 했을까? 아니면 다시 시도조차 못 할 정도로 우리를 당황하게 한 도약에 실패했던 걸까?

슬픈 미소가 줄리의 얼굴을 스친다.

"페리의 슬래시 파이브네. 그 애는 발굴하러 갈 때는 신상품을 타고 갔지만, 이것들도 좋아했었어."

에이브럼은 엔진을 점검하고 브레이크를 확인한 뒤 드라이버로 녹슨 부분을 탁탁 두드린다.

"나는 이게 그다지 튼튼해 보이지는 않았거든." 줄리가 말한다. "난 페리가 할리를 탔으면 했어. 그 애는 나한테 감각이 없다면서 '고릴라 오토바이' 이야기를 또 꺼내면 오토바이 타는 법을 안 가르쳐 줄 거라고 했었어." 그녀는 향수에 젖어 웃는다. "그 애도 좀 엉뚱한 부류였지."

에이브럼은 그녀를 무시하고는 지금까지도 깊게 몸에 밴 게 분명한 익숙함으로 도구들을 샅샅이 살펴보고 선반 칸막이들을 잡아 보며 가게 안을 어슬렁거린다.

"당신네 아버지는 언젠가는 '아기들'을 위해서 돌아갈 거라고 항상 말씀하셨지." 노라는 에이브럼의 눈길을 끌려고 애쓰며 말한다. "당신이 지금 하는 걸 보면 행복해하실걸."

에이브럼은 한 오토바이 밑에 팬을 밀어 넣더니 기름을 빼내기 시작한다.

"이봐." 노라가 말한다.

"뭐."

"우리랑 말하기 싫어?"

에이브럼은 일어나서 서랍을 뒤적거리더니 오일 여과기 상자를 꺼낸다.

"가족을 찾느라 15년을 보냈고, 결국 아는 사람들을 찾아냈는데, 우리한테 질문 하나 안 하잖아? 내가 당신네 아버지를 어떻게 아는지 알고 싶지 않아? 당신 동생이 좋아했던 게 뭔지 알고 싶지 않냐고."

"난 동생을 만나고 싶었어." 에이브럼은 첫 번째 오토바이에서 기름을 빼는 동안 다음 오토바이를 작업하려고 하며 말한다. "그 애가 어떤 부류의 인간이 되었는지 보고 싶었고 그 애를 알고 싶었어." 그는 팬을 이동시킨다. "낯선 이들이 그 애를 마치 멍청한 책에 나오는 등장인물처럼 묘사하는 걸 듣고 싶었던 게 아니야." 그는 뚜껑을 돌려서 열고는 오래된 검은 찌꺼기를 팬에 쏟는다. "페리는 죽었어. 존재하지 않는다고."

스프라우트가 억지로 서로 춤추게 만들고 있는 렌치 두 개가 내는 쨍그랑 소리를 제외하면 차고는 고요하다.

"여기까지는 왜 왔죠?" 줄리는 딱딱하게 말한다. "그렇게 쉽게 가족을 지울 수 있고 우리가 당신에게는 그저 쓸모없는 남인데, 왜 페리가 죽었다는 걸 깨달은 순간에 버리지 않았던 건데요?"

에이브럼은 일어나서 세 번째 오토바이 뒤로 사라진다.

"이걸 타고 여기에서 떠나려면 할 일이 많아. 스프라우트랑 밖에 나가서 노는 게 어때? 너희 둘 다 상상 놀이를 좋아하는 듯하니까."

줄리는 돌아서서 성큼성큼 가게 밖으로 걸어 나간다. 스프라우트는 여전히 렌치들을 쨍그랑거리며 그녀를 따라간다. 노라와 나는 서로를 쳐다보고는 스프라우트를 따라 나온다.

줄리는 뒷짐을 지고는 잔디밭에 서서 하늘을 올려다보며 천천히 숨을 쉰다. 스프라우트는 그녀 가까이에 가서 *이것 보라고* 말하듯 렌치를 들이민다.

"얘들은 뭐야?" 줄리가 억지로 장난기 어린 미소를 지으며 묻는다.

"렌치 부부야. 발레리나야."

줄리는 킥킥 웃는다. "렌치는 발레리나에게 딱 어울리는 이름이네."

스프라우트는 미소를 짓는다. 렌치 부부는 다시 춤을 추기 시작한다.

줄리는 털썩 주저앉아서 볼품없는 노란 잔디 위에 책상다리를 하고 앉는다. "아빠가 페리 삼촌에 대해서 말한 적이 있었어?"

스프라우트는 고개를 끄덕인다. "삼촌을 찾을 수 없었다고 했어."

"나는 찾았어. 우리는 제일 친한 친구였거든."

"삼촌은 죽었어?"

줄리의 미소가 떨린다. "그래. 그랬어. 하지만 좋은 사람이었지."

스프라우트의 얼굴, 아이의 부드러운 이목구비는 그 이상 표현할수 없을 정도로 침통해진다.

"영리하고, 재미있고……." 줄리의 눈은 기억 속을 헤맨다. "많이슬퍼했고, 다른 사람들이 고통스러워하는 것을 보면서 마음속에 분노를 쌓았지만, 그래도 좋은 사람이었어. 세상을 더 좋게 만들고 싶어 했거든. 그저 자기가 할 수 있다는 걸 믿기를 그만뒀을 뿐이었어."

차고 문이 덜거덕거리더니 재를 날리며 쾅 닫힌다.

줄리는 잠시 문을 쳐다보고 있었고, 스프라우트의 머리카락이 헝클어진다. "너를 만날 수 있었으면 좋았을 텐데."

＊ ＊ ＊

M과 노라는 오토바이 수리를 도와주려고 몇 번 시도해 봤지만 에이브럼은 모든 제의를 거절했고 문은 닫힌 채다. 그래서 우리는 마당에 그늘이 약간 있는 곳을 찾아내 거기서 기다린다. 줄리는 산탄총을 잔디밭에 내려놓고, 단도와 강력 접착 테이프가 나올 때까지보급품 가방을 뒤적이고는 일어나서 허리띠를 푼다.

M은 놀라서 눈썹이 올라간다.

줄리는 땀으로 얼룩진 탱크톱 위에 입고 있던 격자무늬 셔츠 단추를 푼다. M은 학교 강의를 더 가까이서 집중하려는 학생이라도 된듯 앉은 채로 몸을 쭉 편다. 줄리가 그것을 눈치 채고 눈을 부라리고는 단도를 탁 펼친다. 그녀는 셔츠 어깨에 칼을 찌르고는 소매를 잘라 낸다.

"대체 뭐하는 거야?" 노라가 묻는다.

줄리는 잘린 소매 안에 산탄총을 쑤셔 넣더니, 허리띠 한쪽 끝을 소매의 양 끝에 대고 누르고는 테이프로 미라처럼 둘둘 감는다. 그녀는 일어서서 임시로 만든 총집을 어깨 너머로 탁 걸치고는 미소를 짓는다.

"멋지다." 노라가 말한다. "하지만 이제 바지가 흘러내리겠는데."

"이거 안 보여?" 줄리는 엉덩이를 탁 치며 대꾸한다. "벨트 따위는 필요 없다고."

노라는 신중하게 찬성하며 턱을 내민다.

"핼쑥한 요정으로는 나쁘지 않네."

"너희가 경쟁하고 싶다면 기쁘게 판정해 줄게."

줄리가 M을 노려본다. 노라는 히죽 웃는다.

나는 내 여자 친구의 몸을 주제로 얘기한 M의 입을 닥치게 해야 하는지를 고민하면서 이 대화가 오고 가는 내내 몸을 꼼지락대고 있었지만, 나의 딜레마는 차고에서 시작된 엔진이 으르렁거리는 소리에 흘러내려가 버린다. 몇 번 엔진 회전수가 올라가더니 뚝 떨어진다. 두 번 더 이렇게 반복하더니, 세 번째 엔진만 부드럽게 털털거리고 두 대는 멈춘다. 우리는 가족이 수술 중인 수술실 앞 대기실에 있는 것처럼 긴장감과 기대감을 안고 진입로에 모여서 차고 문을 지켜본다. 하지만 에이브럼은 나타나지 않는다. 노라가 앞으로 나서서 주먹으로 문을 톡톡 두드린다.

"에이브럼? 잘 돼 가?"

대답이 없다.

노라는 문을 당겨서 연다. 오토바이 두 대가 모퉁이에 옆으로 누워 있다. 남은 세 대는 문 근처에 줄지어 있었는데, 그중 한 대는 달리고 있다. 에이브럼은 가게 안에 없다. 짧은 계단의 꼭대기에 1층으로 가는 문이 열려서 미풍에 삐걱거리고 있다.

줄리가 제일 먼저 계단으로 올라간다. 나는 마지못해 그녀를 따라 켈빈 가족이 예전에 살던 집의 숯이 된 심장부로 들어간다. 녹아내린 갈색 카펫이 발밑에서 버석거린다. 벽은 석고벽의 종이가 벗겨져 나가 색이 바랜 뼈처럼 하얀 회반죽을 덧댄 부분을 드러낸 곳을 제외하고는 완전히 검다. 켈빈 가족의 개성은 아무것도 남아 있지 않았다. 그들이 선택한 가구, 벽에 걸린 장식품, 페인트 색. 이 집 안에서 그들의 삶의 모든 기억은 타서 없어졌고, 이 집 안을 거니는 것은 망령이 든 뇌를 먹는 것 같은 느낌이다. 빈 복도와 이름 없는 유령들 외에 아무것도 없다.

우리는 거실이었을 것이 틀림없는 그 무엇에서 에이브럼을 찾아낸다. 그는 성냥으로 불을 붙이기 전에 버려진 통나무와 불쏘시개가 모두 구비된 벽돌 난로 앞에 서 있다. 그 공간에서 불에 타지 않은 유일한 것들이다.

"세 대가 움직여." 생기 없는 목소리로 말하는 에이브럼이 우리를 등지고 서서 덮개 위에 있는 액자 속 사진을 응시했다. "다른 두 대는 죽었어."

그는 액자 유리의 그을음을 문질러 희미한 가족사진을 드러낸다. 통나무 오두막 현관 앞에 앉아 있는 아버지와 어머니, 유아 한 명과 십 대 한 명.

그는 돌아서서 우리를 잠시 쳐다보다가 스프라우트의 손을 잡고 지하로 통하는 계단으로 향하더니 내려가면서 말한다.

"너희들이 어떻게 만 년쯤 인류가 쇠락해 가는 세계를 구하려는 계획을 세우고 있는지 모르겠어. 하지만 행운을 빌어."

"에이브럼?" 줄리가 계단 쪽으로 움직이면서 말한다.

엔진 한 대가 굉음을 냈고, 연기로 어두워진 창문을 통해 오토바이 한 대가 진입로로 밀고 올라오는 것이 보인다. 에이브럼은 자기 배낭과 소총을 들고 딸을 앞에 앉힌다. 아이는 그 작은 손으로 아빠의 손 옆 핸들을 꼭 붙들고 있다.

"안 돼." 줄리는 홱 움직이며 으르렁거린다. "안 돼, 안 돼, 안 돼, 안 돼." 그녀는 한 번에 두 계단씩 지하로 뛰어 내려간다. 내가 따라잡는 순간에는 이미 남은 두 대 중 하나에 올라타 있다. 그녀는 시동 장치를 발로 차고 스로틀을 조작하여, 파란 연기구름 속에 캑캑거리는 나를 남겨 두고 미사일 탄두처럼 가게에서 출격한다.

나는 마지막 오토바이에 올라타서 어떻게 작동하는지를 기억해 내려고 애쓰면서 온갖 레버와 스위치를 내려다본다. 나의 예전 인생이 다시 돌아온다면 지금이 좋을 것 같다.

눈을 감고 시동 장치를 찬다. 스로틀을 비틀고 클러치를 푼다. 오토바이가 갑자기 앞으로 나가서 쌓여 있는 연료통에 부딪히더니 휘청거리며 멈춰서 핸들에 박았지만, 어떻게 해서든 엔진이 계속 돌아가게 한다. 뒤에서, M과 노라가 계단을 내려오면서 뭐라고 외쳤지만 거의 알아듣지도 못한다. 다시 스로틀을 세게 치자 채찍을 맞은 말처럼 내 밑의 오토바이가 돌진한다. 오토바이 뒷부분이 좌우로 미끄러지면서 차고 밖으로 나오더니 간신히 균형을 잡으면서 거리로 미끄러진다. 줄리가 뿜은 연기의 흔적이 지도의 선처럼 거리와 모퉁이 근처에 남아 있다. 나는 그것을 따라간다.

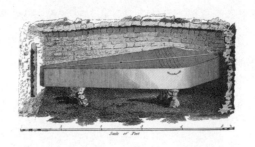

비틀거리는 강철 괴물을 제어하려고 애쓰는 동안에도 나의 뇌는 불평을 멈추지 않는다. 뇌는 에이브럼과 줄리는 보통 사람의 반사 신경을 가진 능숙한 운전자이고 나는 절대로 그들을 따라잡지 못할 거라고 상기시켜 준다. 빈티지 오토바이 세 대와 캅테인 한 자루만 으로 몬태나의 황야에서 제대로 발이 묶이지는 않을 거라고. 분명하 게 자신의 이해에 따라서, 내가 헬멧을 쓰고 있지 않다는 것도.

줄리가 탄 오토바이의 엔진이 활기를 찾고 배기구가 뚫리자 연기 자국이 옅어졌지만, 흔적이 사라지자마자 나는 그녀의 도착지를 추 론해 본다. 교외촌의 범위에서 뛰쳐나와서 공항으로 향하는 개방된 평지로 나섰다. 나는 머플러에서 희미한 연기를 뿜어 내며 통통거리 는, 747 근처에 주차되어 있는 줄리의 오토바이를 발견한다. 비행기 저편에서 필사적으로 소리를 지르느라 목이 쉰 그녀의 목소리가 들린다.

"에이브럼! 제기랄, 에이브럼!"

그녀는 발을 쿵쿵 구르며 오토바이 주변으로 돌아와서 꼭 쥔 주먹을 옆구리에 댄다.

"여기에 없어. 그 눈치 없고 멍청한 개자식, 빌어먹을 비겁자가 여기 있을 줄 알았는데, 비행기를 가져가려는 줄 알고……."

"줄리." 나는 줄리의 격렬한 행보를 막으려고 어깨에 손을 올렸지만 그녀는 어깨를 들썩여서 떼어 낸다.

"에이브럼이 떠나면 우린 망한 거야. 우린 망했다고. 캐나다도 안돼, 아이슬란드도 안 돼, 이 망할 사막에서 오도 가도 못하고 여기서 나가는 것만 해도 몇 달이……."

"줄리!"

그녀는 분노를 싹 털고 마침내 나를 쳐다본다.

나는 목소리를 끌어올리려고 심호흡을 한다.

"난 에이브럼이 어디로 가고 있는지 알아."

"어떻게?"

나는 그것을 말하지 않을 것이다. 벌써 한 번 그 흉터를 찔러 봤고 고통으로 철렁하는 느낌을 받았다. 내가 그녀를 쳐다보자 그녀도 이해한다.

그녀는 자기 오토바이로 돌아간다. 나는 보조 바퀴를 단 아이처럼 발을 굴러 오토바이를 유턴하고는 액셀을 당기고 앞으로 돌진했는데, 균형을 잡고 발 걸칠 곳을 찾을 때까지 다리는 한동안 공중을 허우적댄다. 나의 광대 같은 운전이 긴장 상태에서 웃음을 끌어냈기를 바라며 줄리를 흘긋 뒤돌아봤지만, 그녀의 얼굴은 음울하게 빤히 쳐다보는 표정 그대로다. 줄리는 그 무엇보다도 웃기는 부분을 잘 찾는다. 배고픈 좀비, 해골로 이루어진 적, 그녀 자신의 투옥이나 고문까지. 더 나은 세상을 위한 그녀의 꿈은 그녀가 절대로 농담으로 올릴 것이 아니었고, 나는 그것들을 위협할 누군가가 두렵다.

✳ ✳ ✳

형이 행복하다.

나는 형이 행복할 때가 좋은데 그것은 모든 것이 괜찮다는 의미이기 때문이다. 형은 다른 누구보다도 걱정이 많다. 형은 다른 사람들, 아빠조차도 충분하게 걱정하지 않는다고 생각하는데, 그래서 형이 행복하다면 나는 우리가 안전하다는 것을 안다.

"페리, 네 물총을 가져와! 숲에서 전투를 하자!"

형은 옷가지와 재미있는 것들로 가득한 배낭을 싸는 중이다. 축구. 프리스비. 화판과 색연필. 나는 형에게 괴물을 하나 그려 달라고 부탁할 것이다. 엄마는 네가 상상해서 만든 괴물들은 항상 진짜보다는 못할 거라고 말씀하셨다. 나는 형의 괴물을 내 침실 문에 붙여서 진짜 괴물을 겁줘서 쫓아 버릴 것이다.

"가자, 애들아!" 아빠가 소리친다. 아빠는 밖에서 엄마와 함께 커다란 트럭 안에 계시고 자동차는 시동이 걸려 있고 가야 할 시간이다. 나는 물총들을 전부 집어서 바깥으로 달려 나가서 트럭 뒤에 던져 넣는다. 형이 올라타서 아래로 손을 뻗어 엄마와 아빠가 내가 아기였을 때 해 주셨던 것처럼 겨드랑이를 붙잡고 나를 끌어올려 준다. 우리는 녹슨 철제 위에 앉았고 찌그러진 곳마다 고인 더러운 물에 엉덩이가 젖어 가는 느낌에 나는 웃었고 형도 웃는다. 우리는 뒤통수를 유리창에 쿵 소리가 나게 기댔는데, 우리가 갈 준비가 되었다는 뜻이었다. 그러면 아빠는 동네 쪽으로 차를 몰았다. 빠른 도로에 올라갔다가 낡은 헛간이 있는 길로 갔다가 자갈길로 갔다가 흙길로 갔고, 도로의 요철을 지날 때면 엄마가 요리하는 팬 위의 팝콘처럼 나와 형은 요동쳐서 나는 웃음을 터뜨린다. 형은 나이도 더 많고 거의 다 자랐음에도 나처럼 웃는다. 그건 형이 행복했기 때문이다. 형이 행복하다면 모든 것이 괜찮다는 것을 의미한다.

＊ ＊ ＊

나는 고속도로를 빠져나와서 국도로 올라탄다. 헛간들은 사라졌는데, 장작으로 쓰려고 잘라낸 것이 틀림없었지만 그 토대의 콘크리트 평판은 야생 목초지 한가운데에 있는 불가사의한 농구장처럼 남아 있다.

나는 자갈길을 달린다. 우리는 오래된 농가 몇 채를 지나친다. 훔친 기억은 여기에 누가 살았는지를 말해 주지 않았지만, 헬레나가 불탔을 때 이곳도 비워졌을 것이 틀림없다. 멀리서 나는 그들이 왜 창문을 판자로 막지 않았는지 궁금해진다. 몇 집은 실제로 빗장을 지르고, 작은 집 하나는 마당을 철책 울타리로 둘러 놨다. 농업용은 아닌 듯한 장비들이 언뜻 보였지만, 나는 억지로 도로에 집중한다.

냉담한 간격이긴 하지만 여전히 애매하게 우호적으로 위치한 이 집들 중 어느 곳에서도 에이브럼을 찾지 못할 것이다. 그가 원하는 고립된 곳은 긴 흙길 끝에서만 발견할 수 있으리라. 나는 이 자갈로 된 간선도로에서 갈라져서 동굴 입구처럼 숲속으로 가라앉는, 눅눅하고 어두워서 으스스한 그 느낌 자체가 출입금지 표지인 길 몇 개를 발견한다.

덤불과 나뭇가지가 그 몇몇 길을 거의 가로막고 있다. 나는 2단 기어로 낮추고 각 입구를 주의 깊게 들여다본다. 기억들이 수렴되는 곳에 다다르자, 나는 켈빈 가족의 진입로가 그 사이의 세월 동안 무성한 잡초에 완전히 막혀 버렸을까 걱정이 되기 시작했는데, 그러다가 멈추려다 미끄러진다. 줄리도 내 뒤로 미끄러진다. 먼지가 걷히자 우리 앞에 숲 안쪽으로 훤하게 트인 고속도로가 나타난다. 도로에는 잔디가 나 있지만 짧다. 다듬은 지 2년 정도 지난 것 같다. 잘린 싹 끝이 새로 자라나서 곤두서 있다.

이 도로는 계속 사용되고 있었다. 그리고 적어도 한 사람이 오늘 이용했다. 잔디 사이 어두운 흙으로 바퀴 자국 한 줄이 나 있다.

줄리는 스로틀을 돌리고 먼지로 변하는 자갈을 흩뿌리며 나를 스쳐 지나간다. 울퉁불퉁한 지면 위에서 오토바이를 똑바로 세운 채로 유지하느라 버둥거리면서 그녀의 뒤를 쫓아갔지만, 오랫동안 버둥거릴 필요는 없었다. 숲속으로 수십 미터를 들어가자 문이 하나 나온다. 마치 몬태나 산림청이 수십 년 전에 세상을 포기했다는 메모를 잊은 듯한, 한때 자동차 약탈로부터 주립공원을 지키던 종류의 빨간색과 하얀색 줄무늬가 칠해진 무거운 금속 막대.

스프라우트는 오솔길 가장자리에 무릎을 꿇고 앉아서 애벌레를 손가락 위로 기어오르게 하려고 애쓰고 있다. 아이의 아버지는 작은 쇠톱으로 문의 자물쇠를 자르는 중이다.

"전에는 여기가 아니었어." 그는 멈추거나 돌아보지도 않고 말한다. "그들이 돌아왔던 걸까?"

줄리와 나는 오토바이에서 내려서 문으로 다가간다.

"내가 그들을 찾아다녔던 지난 몇 년 내내 여기에 있었던 걸까?"

"에이브럼." 줄리가 부른다.

그는 톱질을 계속한다. "거의 다 됐어."

줄리는 호흡을 진정시키려고 애쓰면서 한동안 그를 지켜본다.

"에이브럼."

그는 결국 돌아본다. 그는 그녀를 쳐다보고 나를 쳐다보고는 화를 내며 양손을 든다.

"어떻게? 도대체 어떻게 내가 가려는 곳을 안 거야?"

줄리는 나를 쳐다본다. 잠시 나는 그에게 말해 볼까 고려한다. 페리에게서 가져온 기억들 대부분에 그가 존재하지 않았음에도, 내가 한때 무엇이었는지를 그에게 설득시키기 충분한 5년간의 기억이 있다. 역병이 천하무적이 아니라는 것을 안다고 해서 그의 뻣뻣한 마음이 풀어질까? 아니면 간단하게 툭 부러져 버릴까? 그의 등에 있는 소총이 내 입을 다물고 있게 한다.

"우린 당신을 추적해 왔어요." 줄리가 말한다.

"헛소리 마. 데이비 크로켓(미국의 개척자이자 정치가, 사냥꾼 출신으로 3선 의원, 군인 ─ 옮긴이)도 포장된 도로를 달리는 오토바이를 추적

할 수는 없어."

"에이브럼, 제발." 줄리는 순전한 절박함으로 이 주제를 밀어내려고 애쓴다. "우리 비행기가 북미에 있는 마지막 비행기였을 거예요. 우리를 어디로든 데려다 줄 수 있는 끝내 주는 신의 전차가 있는데, 당신 없이는 무용지물이라고요."

"너희를 위해 우리 아버지의 오토바이를 고쳐 줬잖아. 가서 히피 오토바이단이나 창단하라고. 난 할 일 다 했어."

그는 돌아서서 톱질을 재개한다.

"이미 약속했잖아요, 에이브럼!" 줄리는 그가 있는 쪽으로 몇 걸음 나간다. "우리랑 같이 가기로 동의했었잖아요! 바뀐 게 뭔데요?"

"난 한 가지에 동의했지. 내가 여기로 운전해서 왔다간 액시엄이 나를 잡으러 올 거라고. 그래서 날아서 왔을 뿐이야."

"이 빌어먹을 오두막이 대체 뭐라고? 세계 어디든지 갈 수 있는데 이걸 선택한다고요?" 그녀는 진흙탕 도로와 우리를 둘러싼 어둡고 이끼 낀 숲을 가리킨다.

"방공호야. 1년치 보급품이 있어."

"1년?" 줄리는 못 믿겠다는 듯 웃음을 터뜨린다. "그러고 나서는 뭐요? 남은 인생 동안 숲에서 토끼 사냥이나 하고 자위나 하려고?"

에이브럼은 대꾸하지 않는다. 톱이 바이올린의 높은 음처럼 가늘게 울린다.

"좋아요, 그래서 당신은 그렇게 살다 끝난다고 치자고요, 괜찮아요. 스프라우트는 어떡하고요? 당신이랑 같이 묻을 셈이에요?"

"아이 이야기는 빼지." 에이브럼은 톱질을 계속하며 투덜거린다.

"아이가 여기에 있잖아요! 바로 저기에!" 줄리는 애벌레가 팔을 기어 올라가는 것도 잊고 눈살을 찌푸리며 논쟁을 지켜보고 있는 스프라우트를 돌아본다. "스프라우트. 여기 숲에서 아빠하고만 살고 싶어? 아니면 친구도 만들고 이것저것 배우고 싶어? 아마도 건축도 하고 발명도 하고 말이야. 세상을 도와 보려고도 하고?"

에이브럼이 빙 돌더니 작은 톱을 땅바닥에 던져 버린다.

"내 딸한테 빌어먹을 이야기 하지 마. 이게 내 결정이야."

"저 아이의 어린 시절이에요!" 줄리는 그쪽으로 한 걸음 더 나서며 소리친다. "저 아이의 인생이라고요!"

"저 애는 내 딸이야, 젠장!"

"아이는 당신 소유물이 아니잖아요! 사람이라고요!"

그들은 이제 서슬 퍼런 얼굴로 부들부들 떨면서 정면으로 맞서며 서 있다. 줄리는 키가 더 작음에도 불구하고, 그를 어떻게든 내려다보려고 하는 것 같다.

"아빠?" 스프라우트는 너무 부드러워서 긴장된 공기 속에서 거의 사라져 버릴 듯한 소심한 목소리로 말한다. "난 건축하는 거 하고 싶어."

에이브럼은 험악하게 문을 걷어찬다. 자물쇠가 부러지면서 막대가 흔들리며 열린다. 그는 스프라우트의 어깨 아래를 붙잡고는 거칠게 오토바이 위로 올려놓는다. 그는 시동을 걸더니 진흙을 튀겼고, 그들이 숲속으로 사라지기 전에 스프라우트는 줄리에게 슬픈 눈길을 보낸다.

한순간, 줄리가 이를 가는 불편한 소리 외에는 아무 소리도 나지 않는다. 그러더니 그녀는 오토바이에 올라타서 시동을 건다.

"줄리, 그러지 마." 나는 그녀 쪽으로 달려가며 말한다.

"뭘 하지 말라고?" 그녀가 거칠게 말한다.

"계속 밀어붙이지 말라고. 어떻게 나올지 모르잖아."

"저 사람이 나를 밀어붙이고 있는 거지." 그녀가 내게 등을 보이며 말하자 갑자기 붕대에 감긴 산탄총이 과도하게 의식된다. "난 내가 어떻게 하려는지도 모르는데."

그녀는 스로틀을 비틀고 흔적을 따라 질주한다. 커져 가는 두려움의 감각과 함께 나는 그녀 뒤를 따른다. 나의 뇌는 가능한 결과물의 다양한 이미지를 보여 준다. 공터가 나올 거라 예상할 수 있도록 나무들이 가늘어지기 시작한 그때, 나는 과거의 자신에게 한 번 더 전투 기술을 빌려 달라고 애걸하면서 전쟁에 대비한다.

그러고 나서 모퉁이를 돌고 나자 공터 가장자리에 멈춰 선 줄리와 에이브럼이 거기에 있다. 내가 브레이크를 잡고 땅바닥에 나뒹굴며 멈추자 오토바이는 미끄러져서 멀찍이 옆으로 쓰러진다. 내가 익살스럽게 오토바이에서 내리는 모양새가 총질을 막을 정도로 분위기를 가볍게 만들어 주었으면 하는 희망을 잠시 품었지만, 혼자 일어나서 옷에 묻은 진흙을 털어내는 동안 아무도 나를 쳐다보지도 않는다. 햇살이 드는 좁은 공터 가운데 있는 오두막 앞에서 그들은 앞만 똑바로 쳐다보고 있다. 대충 깎은 목재, 판자 지붕, 불가의 아늑한 밤을 약속하는 벽돌 굴뚝, 문과 창문을 제외하면 작은 부분 하나하나가 통나무 오두막의 전형적인 이미지다. 문은 그리 투박하지 않게 리벳으로 조립된 강철판이었고, 창문들은 덜 예스러운 쇠창살로 덮은 어두운 구멍들이다.

문 한가운데에 로고가 하나. 들쭉날쭉하고 속이 빈 만다라.

에이브럼은 배낭에서 소총을 잡아 빼고 오토바이에서 내린다. 줄리도 똑같이 한다.

"내 옆에 가까이 있어, 무라."

에이브럼이 말하면서 현관 쪽으로 움직인다. 흔들의자는 없다. 등불도 없다. 장작이 쌓여 있어야 할 곳에 탄약 상자들이 쌓여 있다. 그는 창문 쇠창살 앞으로 가서 귀를 기울인다. 내게 들리는 소리라고는 먼 곳에서 새가 우는 소리와 소나무 가지들이 바스락대는 소리뿐이다. 그는 무기를 준비하며 문의 육중한 걸쇠를 잡고 밀어서 연다.

그 안에는 쏠 것이 아무도 없다. 오두막은 비어 있다. 가구도, 침대도 없고, 그저 맨 바닥에 분명 요리를 위한 것은 아닌 듯한 도구들로 뒤덮인 부엌 카운터뿐이다. 벽에는 엘크의 머리나 풍경화 대신에 족쇄들이 달려 있다. 벽에 접합한 굵은 케이블에 매달린 고무 수갑과 목걸이. 족쇄들은 비어 있지만, 벽에 묻은 어두운 얼룩들은 어두운 이야기를 암시한다.

"이게 뭐야?" 줄리는 산탄총을 꼭 쥐고 대비하며 조그맣게 말한다.

에이브럼은 부엌 카운터에 있는 도구들을 꼼꼼하게 살펴본다. 수술용 메스. 인체 내부 검사용 검경(檢鏡). 두개골용 톱. 노라의 시체 안치소가 생각난 나는 그 이전에 **죽은 자**를 연구하고 죽이는 연습을 했던 그 시설을 떠올린다. 그게 가장 간단한 설명이었지만, 뭔가 삐딱하다.

나는 그저 내가 보고 있는 것을 확인해 보려고 앞으로 나서서 카운터에서 물건을 하나 들어 올린다.

인형. 얼굴이 있어야 할 자리가 텅 빈 반반한 타원에, 벌거벗고 뼈처럼 하얀 플라스틱 아기 인형 하나.

"아빠, 보세요." 스프라우트가 바닥에서 뭔가를 집어 들어서 에이브럼에게 준다. 그것은 인형에 들어갈 아기의 얼굴이다. 아니면 대체할 만한 여러 아기 얼굴 중 하나일지도 모르겠다. 카운터 위에 흩어져 있는 다른 것들, 매력적인 남자들과 여자들이 붙임성 좋게 웃고 있는 잡지에서 오려낸 작은 종이 타원들이 흩어져 있는 게 보인다.

스프라우트가 인형의 얼굴에 그 오려낸 종이를 눌렀더니 그대로 붙는다.

이 오두막에서는 무슨 일이 있었던 걸까?

에이브럼은 다시 주의를 집중하려는 듯 머리를 흔든다. 그는 무릎을 굽히고 바닥에 있는 창고 문을 들어 올린다. 그는 배낭에서 손전등을 꺼내고는 줄리를 쳐다본다.

"스프라우트랑 있어."

줄리는 고개를 젓는다.

"내가 당신을 엄호할게요. R이 스프라우트랑 있을 수 있어요."

"엄호는 필요 없고 난 'R'을 못 믿어. 스프라우트랑 있어."

그는 사다리를 타고 내려가서 어두운 사각형 안으로 사라진다. 우리는 기다린다.

"괜찮아요?" 줄리는 잠시 후에 그를 불러 본다.

무응답.

"에이브럼?" 그녀는 창고 문 가장자리로 가서 어둠 속을 엿본다.

"에이브럼!"

그녀는 나를 쳐다보면서 머리카락을 꼰다. "안 보이는데." 그녀는 스프라우트를 힐끔 보고는 다시 나를 본다. "내려가서 확인하자."

마치 뭔가가 뒷걸음질 치게라도 한 듯 멀찍이 떨어진 방구석에 서 있는 나를 깨닫는다. 나는 움직이는 것을 기억해 낼 수 없다. 지하 창고 입구는 마치 현실을 구성하는 화소를 잃어버린 것처럼 완벽하게 검은 사각형이다.

"R?"

나는 몇 번 눈을 깜빡이고는 억지로 창고 입구 가장자리로 다가간다. 사다리와 그 아래 바닥은 구분할 정도로 충분히 햇빛이 새어들어왔지만, 그 너머는 그리 많이 보이지 않는다. 나는 억지로 손과 발이 제 역할을 하도록 해서 사다리를 타고 내려간다. 곰팡이와 부패의 악취(잃는 것이 더 많은 내 후각의 승리)에 토할 것 같았는데 모든 지하실에는 이런 냄새가 나는 법이다.

나는 바닥에 닿자 어둠 속을 들여다본다. "에이브럼?"

대답은 없었지만, 눈이 어둠에 적응하자 빈 상자들이 쌓인 곳을 통해 흘러나오는 그의 손전등 빛이 보인다. 지하실이 오두막 그 자체보다 더 넓은 작업대와 선반으로 둘러싸이고 부분적으로 벽으로 막은 욕실이 딸린 탁 트인 콘크리트 방인 것에 주목하면서, 앞으로 나아갔는데, 오두막은 한낱 이 벙커에 나중에 덧붙인 것에 불과한 것이 아닐까 궁금해진다.

교통 표지판 무더기와 가발이 든 상자처럼 불가해한 특이한 것들과 함께, 몇 가지 도구와 의료 기구들이 이 작업대와 선반들 위에 흩어져 있다. 하지만 벙커 대부분은 뜯어낸 듯 깨끗하다.

에이브럼은 문이 없어진 냉동 저장고처럼 보이는 무언가의 앞에서 책상다리를 하고 바닥에 앉아 있다. 손전등이 유령처럼 파랗게 그의 얼굴(멍한 눈, 꾹 다문 입)과 그 너머에 있는 냉동고 안쪽을 비추고 있다.

"전부 사라졌어." 그가 중얼거린다. "음식, 약품, 침대, 담요……빌어먹을 화장실 휴지까지. 남은 건 이게 전부야."

냉동고의 선반은 거의 비어 있었지만, 텅 빈 것과는 거리가 멀다. 정돈된 시체들이 서서히 부패도를 늘려 가며 천장 높이 절반까지 쌓여 있었다. 바닥에는 백골, 가운데에는 가죽이 붙은 해골, 꼭대기에는 부풀어 오른 살덩이. 몇 구는 머리에 구멍이 있지만, 대다수는 아니다. 대부분 죽은 원인이 분명하지 않아 보인다.

"뭘 하려고 했던 걸까?"

나는 거대한 무덤에서 눈길을 떼지 못하고 묻는다.

"몰라."

쥐 한 마리가 그나마 신선한 시체 한 구의 흉곽 안에서 꼼지락거리다가 기어 올라온다. 쥐는 새어 나오는 한쪽 귓불의 마디를 덥석 문다. 시체가 씰룩거린다.

에이브럼은 일어나서 나를 완벽한 어둠 속에 남겨 둔 채 딱딱하게 성큼성큼 사다리 쪽으로 돌아갔다. 나는 뒤에서 나는 눅눅하게 꼼지락거리는 소리를 듣지 않으려고 애쓰면서 서둘러서 그를 따라나선다.

스프라우트는 창고 입구 가장자리에서 기다리고 있었지만, 내가 햇빛이 비치는 곳으로 나올 때까지 줄리는 보이지 않는다. 그녀는 오두막 한구석에 있는 캐비닛 앞에서 뭔가를 내려다보며 서 있다. 뭔가를 읽고 있다. 커다란 분홍색 카드. 그녀는 우리에게 돌아서며 카드를 자기 등 뒤로 숨긴다. "뭘 찾아냈어요?"

"아무것도." 에이브럼이 대답한다.

"아무것도?" 그녀는 나를 보고는 내 얼굴에 남아 있는 공포를 발견한다. "R, 너는 뭘……."

"그건 뭔데?" 에이브럼이 손바닥을 내밀고 그녀 앞으로 성큼 다가서며 묻는다. 같은 이유로 줄리는 아주 잠시 주저했지만, 나는 닭살처럼 아주 작은 질문들이 돋아나는 것을 느낀다.

"당신이 말해 줘요." 그녀는 그에게 카드를 건네주며 말한다. "회의 같은 걸 적어 놓은 듯이 보이는데."

나는 에이브럼의 뒤로 가서 그의 어깨 너머로 카드를 읽어 본다. 멍키 채터(근접한 주파수의 신호가 수신되어 생기는 방해음 — 옮긴이)처럼 내 뇌를 때리는 특수 용어와 약자로 빽빽하게 쓰인 글을 보고 잠시 내가 다시 문맹으로 돌아가 버린 것이 아닌가 하는 의심마저 든다. 하지만 엄청난 집중력으로 그것들을 분석해 낼 수 있다.

완전 휩쓸기, MT, ID, wy, 87시험체 수집

배회자: 신선하고 회복력 강하며 인지 능력 보유. '벌치기'와의 행동력 비교

부가물에 대한 배회자의 반응률: 45%

벌치기의 반응률: 5%

기록: 거주지 습격 중지, 거리 휩쓸기 확대

거리 휩쓸기 평균 10~30시험체, 3개월간 60% 이상

시험체 이동 범위 500킬로미터까지 증대, 매우 독특한 현상

이유 불명이나 중요 사항으로 기록

새 부가물: '정체성 하락' 방식으로 20% 효과

65시험체: X

12시험체: 협조율 40%

8시험체: 협조율 76%

2시험체: 협조율 100%

기록: 모든 시설은 디트로이트의 '교육 하락' 방식과 함께 '정체성 하락' 방식을 도입할 것, 뉴욕의 '분홍 약물' 연구 지속

기록: 헬레나의 모든 시설 폐쇄, 직원과 시험체를 디트로이트와 뉴욕으로 이전, 방식 및 자원 통합

예상 기간 1년: 100% 협조율, 대량 생산 시작.

에이브럼은 카드를 읽는 데 걸릴 법한 시간보다 훨씬 더 오래 들여다본다.

"거기 있는 것 중에 뭐라도…… 알아볼 만한 게 있어요?"

줄리의 어조에는 단순히 이해를 못 했다는 것 이상이 담겨 있다. 물에 침전된 불안한 앙금 같은 생각들이 떠오르는 듯한 암시.

에이브럼은 고개를 젓는다. 줄리의 질문에 대한 대답인지 내면의 목소리가 외치는 소리에 대한 것인지 불명확하다. 그는 스프라우트의 손을 잡고는 오두막 바깥으로 나간다.

"이봐요!" 줄리가 그를 쫓아 나간다. "에이브럼!"

태양이 조금 기울었고, 하늘은 조금 옅어진다. 나무들은 고요한 대기 중에서 생기가 없어 보인다. 에이브럼은 스프라우트를 들어서 오토바이에 올려 두고 아이 뒤에 올라탄다. 그는 쓰라린 양보라도 하는 듯 말한다. "내가 비행기를 띄울게."

줄리는 현관 위에 멈춰서 고개를 갸웃한다. "하겠다고요?"

"안전하게 정착할 곳을 찾을 때까지 도시로 다닐 거야. 어쩌면 지구 반대편에 가는 데 지금으로부터 1년이 걸릴지도 모르고, 어쩜 내일이면 토론토가 될지도 모르지. 어쨌거나 너희 이상향을 찾든 못 찾든, 그쪽으로 간다고. 알겠어?"

줄리는 대답하지 않는다.

"알겠냐고?"

"그래요. 알겠어요."

에이브럼은 오토바이에 시동을 걸고 휙 돌아서 나무들 사이로 사라진다.

우리는 현관 계단에 서서 점점 작아지는 엔진 소리를 듣고 있다.

"뭘 찾아냈어?" 줄리가 조용하게 묻는다.

엔진이 귀에 거슬리게 으르렁거리는 소리가 숲의 소리에 묻힌다. 태양이 나무 아래로 내려가자 새소리가 외로운 울음소리 몇 번으로 희미해진다.

"시체들." 나는 어두운 산길의 구렁텅이를 들여다보면서 대답한다. "그리고 아무것도 없었어."

"아."

나는 그녀를 쳐다본다. "넌 뭘 찾은 거야?"

일기를 쓰는 동안 내가 뒤에서 몰래 다가가기라도 한 것처럼 놀라움과 희미한 당혹감이 그녀의 얼굴을 스친다. 하지만 그 표정은 내가 그렇게 상상했던 게 아니라는 확신조차 할 수가 없을 정도로 너무 빨리 사라진다.

"그냥 종잇조각 하나인걸. 단어 몇 개일 뿐이고."

그녀는 오토바이로 뛰어 오르더니 발로 차서 시동을 건다. 나는 그녀를 따라 숲으로 들어간다.

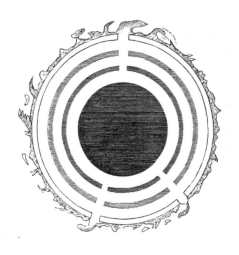

우리

소년은 배가 고파지고 있다.

그는 산 자와 **죽은 자** 사이에서 거의 완벽하게 균형을 잡았다. 어느 한쪽에도 거의 치우치지 않은 상태이지만, 그것도 한계에 다다르고 있다. 그는 어떤 형태의 에너지도 소모하지 않고, 그렇게 오랫동안 물리적인 공복을 견뎌 내며 수백 킬로미터를 걸어왔다. 그의 균형은 흔들리기 시작하고 있다.

그는 마지막으로 먹었던 때가 언제인지 기억하지 못한다. 과거는 갈가리 찢기고 책장이 서로 붙어 버린 책처럼 읽을 수 없는 덩어리에 불과했다. 커다란 남자와 키가 큰 남자와 해골들의 가족. 그러고 나서 다른 죽은 사람들. 흐릿한 멍한 얼굴들과 낯선 방들. 손에서 손

으로 건네지는 고기를 챙겨 주고 몇 입을 먹여 주고 나면 어두운 복
도에 방치되었다가 다른 누군가에게 선택되고, 먹고, 잊혔다.

우리는 이런 질척거리는 콜라주를 판독할 수 없고, 그래서 새로운
페이지로 건너뛰게 된다. 그가 공항에 파문을 일으키며 퍼져 나가는
새로운 냄새를 맡고, 홀에 울려 퍼지는 새로운 소리, 목소리와 웃음
소리와 지직거리는 오래된 음악을 들은 곳으로. 그는 자기 주변에서
일어나는 변화를 봤고, 그 변화가 자신에게 영향을 미치는 것을 느
끼며 밀어냈다. 그것은 마치 때려 놓고 안아 주며 사과하려는 아버
지처럼 거저 얻은 것, 부당한 것처럼 느껴졌다. 그는 이 새로운 세상
이라는 것을 수용할 준비가 되어 있지 않았다. 그것의 열린 팔을 신
뢰하지 않았다.

이제 그는 숲속 깊은 곳, 그 세상에서 멀리 떨어져 나온다. 외로움
을 거리로 잴 수 있다면, 전보다 더욱 외로워졌다. 이 곧게 뻗은 고
속도로 구간은 희미해지고 있는 흉터처럼 광활한 녹지로 다시 매만
지며 숲이 그것을 환원하기 시작하도록, 아주 오랫동안 사람들의 발
길이 닿지 않은 상태다. 어린 소나무들이 그 부모의 뿌리가 자손을
위해 뚫고 올라온 도로에서 솟아나온다. 판, 그러고 나서 조각들, 그
러고 나서 조약돌, 그리고 모래. 그는 다른 정신들로 이루어진 격자
에서 이렇게 멀어지자, 여기에서는 이런저런 것들이 느슨하게 풀려
있는 것을 느낄 수 있다. 그는 시야 한구석에서 흔들림을 봤다. 정체
가 무엇인지 아주 확실하지는 않은 것들. 그것들은 누군가 그들에게
말해 주길 기다리고 있는 중이다. 이곳에서 그는 구 모양 문들과 사
면체 불, 크리스털 새와 속이 빈 곰을 볼 준비가 되어 있었지만, 록

밴드 소닉 유스의 티셔츠를 입고 자전거를 탄 남자를 예상하지는 못했다.

남자는 자전거를 타고 소년을 지나쳤다가 멈추더니 자전거에서 내려서 소년에게 되돌아 걸어온다. 남자는 턱수염이 정돈되어 있었고 옆머리는 짧게 다듬어졌으며, 눈은 선글라스 뒤에 감춰져 있다. 다른 시대였다면 그는 최신 소프트웨어 회사에 출근하러 가는 길이었을 것이 분명하다. 이 시대에서 그는 땀에 절고 더러웠으며, 메신저백에는 우지 기관단총의 총열이 삐죽 튀어나와 있다.

소년은 남자가 다가오자 자기 발끝만 내려다본다.

"넌 살아 있니?" 남자가 안전한 거리만큼 떨어져 멈추며 묻는다.

소년은 어깨를 움츠린다.

"그런 것 같구나. 혼자야?"

소년은 고개를 끄덕인다.

남자는 그를 유심히 살펴본다. 소년의 피부는 창백했지만, 어두운 피부색이 그럴 수 있을 정도로만 그렇다. "말 좀 해 볼래?"

소년은 계속 고개를 숙이고 있다. 그는 말이 없다. 할 수는 있지만 하지 않는다. 말한다는 것은 사람이 마음속으로 들어오도록 허락하는 것이고, 공통의 기반과 언어를 공유하는 것이다. 그 단어가 혐오스러운 것이라 할지라도, 대화는 연결이고 그것은 적은 양의 신뢰라도 요구한다. 소년이 가지고 있는 것보다 더 많이.

그렇다 하더라도 소년은 외롭다. 그리고 배가 고프다. 소년은 남자를 올려다본다.

"맙소사!" 남자는 펄쩍 뛰며 뒤로 물러나서 반사적으로 총에 손을 뻗었다가 멈춘다. 그는 소년의 눈을 더 가까이에서 들여다본다. 밝게 일렁이는 노란빛. 금빛 고리 두 개.

"**죽은 자**의 눈은 아닌데. 어떤 눈이 이렇지?"

소년은 어깨를 으쓱한다.

남자는 소년을 쳐다보고 위아래로 살핀다.

"이름이 뭐야?"

소년은 어깨를 으쓱한다.

남자는 잠시 생각한다. "나랑 같이 가는 게 어떨까?"

소년은 뭔가 읽어 낼 것이 있는지 탐색하며 남자의 얼굴을 자세히 들여다본다. 남자의 선글라스는 그의 영혼을 덮은 벽이다.

좋은 사람일까? 소년이 우리에게 묻는다. *저 사람의 대부분이 너희 안에 있어?*

우리는 대답하지 않는다.

소년은 손을 내밀어서 남자의 손을 잡는다. 남자는 미소 짓는다.

자전거에는 소년을 위한 자리가 없어서 남자는 자전거를 옆으로 끌며 걷는다. 소년은 이것이 친절이라는 것을 알아챈다. 이렇게 해서 남자의 속도가 늦춰지고 여행이 두 배로 길어지겠지만, 그는 그렇게 한다. **죽은 자**는 그들 자신이 먹을 것을 찾는 데 도움이 되도록 어린이에게 먹을 것을 준다. 감정도 없고, 유대도 없고, 오직 그들 자신을 증식시키는 숫자일 뿐. 소년이 친절과 마주친 지 오랜 시간이 지난 터였다.

소년과 남자는 말없이 걷는다. 남자는 이따금 소년을 흘끔 쳐다본다. 남자가 낀 선글라스에도 불구하고 소년은 얼굴 옆에 닿는 희미한 열기로 그의 시선을 느낄 수 있다.

그들은 숲에서 나와 지붕 위는 잡초로 뒤덮이고, 나뭇가지들이 창문을 뚫고 들어간 무너져 가는 집들로 이루어진 고속도로 변의 작은 마을로 들어간다. 태양은 지평선 가장자리 근처에서 막 사라지려 하며 녹고 있다.

"여기에서 자자." 남자가 다시 소년을 흘깃거리며 말한다. 그들은 바스러진 고속도로를 떠나서 바스러진 마을로 들어간다.

주유소 옆에 자그마한 놀이터가 하나 있다. 그네 한 쌍과 형형색색의 페인트가 전부 벗겨진 녹슨 강철봉으로 만든 거미 같은 돔 모양 정글짐 하나. 남자는 주유소 옆에서 지붕널을 한 아름 들어서 정글짐 뒤로 옮기고 구멍을 통해 넣고는 안쪽으로 올라간다.

"불을 피우기엔 제일 안전한 곳이거든." 그는 소년에게 미소를 지으며 말한다. "여기서는 놀랄 일이 없어."

소년은 돔 안으로 기어 들어가서 모래에서 자라 나온 무성한 잡초에 앉는다. 그는 거의 연기만 피우고 있는 작고 슬픈 불에 썩은 널빤지를 살살 구슬리며 넣는 남자를 지켜본다. 불이 조금이라도 더 잘 타지는 않을 것 같다고 납득했을 때, 남자는 편하게 앉아서 마침내 선글라스를 벗는다. 그는 소년을 쳐다본다. 소년은 남자의 눈을 읽어 보려고 시도했지만 그 꿰뚫을 듯 주목하는 시선에 그는 눈을 돌려 버린다.

"계속 쳐다봐서 미안한데." 남자는 계속 들여다보며 말한다. "너같은 눈을 본 적이 없어서 그래."

소년은 남자의 메신저백에 손을 뻗는다. 총과 커다란 칼 밑에 쇠

고기 육포 하나가 있다. 그것을 꺼내서 신중하게 맛을 본다. 전에도 이렇게 시도했었지만 어쩌면 이번엔······

"어서 먹어." 남자가 말한다. "배고프면 어서 먹어."

소년은 육포를 한입 문다. 소금에 절여 저장한 화학적으로 보존된 고기를 씹는다. 인간이나 다른 것의 생명 에너지 흔적이 없다. 그는 자갈에 고기를 뱉는다.

남자는 고개를 끄덕인다. "그럴 것 같았어."

소년은 이 발언을 이해하지 못한 채 올려다본다.

"너 같은 사람들에 대해서 들은 적이 있거든. '거의 죽은 자'라고 하던가? 사이에 낀 것 같은······ 부류?"

소년은 모닥불로 시선을 떨어뜨린다.

남자는 몸을 세워 쭈그리고 앉아, 그을린 널빤지 무더기 주변을 머리를 낮췄음에도 계속 정글짐 철봉에 몇 번 머리를 박으면서 주춤주춤 돌아다닌다. 그는 소년 옆에 앉는다. "혼란스러울 게 분명해. 네 뇌는 안에 아무것도 없다 하더라도 네가 사람이라고 말하려는 중인 거야. 텅 빈 공간에 자극만 한 다발 있는 거지." 그는 소년의 뺨을 옆에서 쳐다본다. "나도 가끔 그런 걸 느끼거든."

남자가 소년의 뺨을, 목을 보는 동안 소년은 불 속을 들여다본다. 불꽃의 중심부는 연기 너머로 탁하게 빨간색으로 빛난다.

"하지만 너도 알 거야, 그런 걸 걱정할 필요가 없다는 걸." 남자의 목소리에는 다정하고 깊은 진심이 어려 있다. "네가 진짜로 살아 있는 게 아니라서 그래. 그냥 그것만 기억하려고 애쓰렴, 알겠니? 그것만 기억하면 모든 게 훨씬 쉬워지거든."

소년은 남자를 보려고 고개를 돌린다. 남자는 미소를 짓고는 소년의 허벅지에 손을 얹는다. 그는 다른 손을 지퍼에 가져다댄다.

소년은 남자의 귀를 깨문다.

남자가 비명을 지르고 펄쩍 뛴다. 탱 소리를 내며 머리를 박고는 얼굴부터 불 속으로 넘어진다. 그는 턱수염이 마른 이끼처럼 타들어 가는 동안 미동도 없이 누워 있다. 소년은 남자의 티셔츠를 들어 올리고는 삼각근, 승모근, 광배근, 근막을 통해 박동하는 생명의 우물 안으로 씹어 들어간다.

이걸 어떻게 기록할 거야? 그는 피투성이 살 속에 얼굴을 파묻으며 우리에게 묻는다. *이 순간, 나 그리고 이 나쁜 사람, 내가 벌인 이 일. 더 높은 거야 아니면 더 낮은 거야? 사람들이 그걸 읽고 거기에서 배우는 거야, 아니면 다른 데에 봉해 두는 거야?*

우리는 소년에게 그가 이해하지 못한 거라고 말하고 싶다. 우리는 사서가 아니다. 우리는 책이다. 하지만 우리가 지금 침묵을 깬다 하더라도 소년은 듣지 못할 것이다. 바쁘니까.

소년은 자신의 굶주린 세포들로 그 생명을 빨아들여 옮기면서 그 남자를 한 층 한 층 벗겨 나간다. 소년은 위태로운 균형을 잡으려고 노력하면서 매우 오랜 시간 배고픔과 싸워 왔지만 한계가 온다. 치유가 그의 영혼을 노크하는 동안, 그것이 머릿속을 빙빙 돌고 눈을 간질이고 은밀한 진실을 보여 주는 것을 느꼈지만, 그 문에 빗장을 지른 채 닫아 둔다. 소년은 화가 났다. 그는 아직 이야기할 준비가 되지 않았다.

소년은 배가 부를 때까지 먹고는 붉은 덩어리를 응시하며 모래밭에 앉는다. 남자의 대부분이 사라졌지만, 경련하기 시작하는 힘줄은 남아 있다. 소년은 뇌를 건드리지 않았다. 이 남자의 뇌는 두개골이 라는 용기 안에서 부글거리는 유독성 폐기물이고, 처리해야만 한다. 소년은 메신저백에서 칼을 꺼내서 목에서 머리를 잘라내 버린다. 눈 이 깜빡 뜨였는데, 지금은 회색이다. 그 눈들은 모래밭에 구덩이를 파는 소년을 지켜본다. 소년이 머리를 구덩이 안에 떨어뜨리고 그 위로 모래를 떠 넣을 때까지 계속해서 지켜본다. 작은 둔덕이 하나 남자, 소년은 작은 성을 만들고는 정글짐에서 기어 나온다.

소년은 남자의 칼이나 총, 자전거를 가져가지 않는다. 소년의 목 표는 생존이나 진보가 아니다. 소년은 단순히 탐색하고 있는 중이 다. 하지만 선글라스는 챙긴다. 그것을 쓰고 내부에서 일어나는 투 쟁의 반짝이는 증거를 감춘다. 기름투성이 연기의 덩굴손이 별들을 향해 뻗어 올라가고 소년이 기대를 품었던 남자가 불 속에서 서서히 잘 그을릴 동안, 걸어서 고속도로로 돌아온다.

나

몬태나의 숲은 나에게 익숙하다. 나는 나무들을 봤고, 내 손과 발은 등산의 감각을 다시 체험한다. 삐죽삐죽한 더글러스 전나무의 나무껍질, 사시나무의 고운 사포, 백송의 틀어진 몸통 줄기, 아주 오래되고 비밀로 가득한.

스로틀 조작 없이 브레이크만 잡고 가속 없이 어둑어둑한 산비탈을 조심조심 내려가면서 내는 오토바이의 웅웅거리는 소리는 고요함을 거의 흩트리지 않는다. 나는 줄리가 훨씬 더 빨리 갈 수 있다는 것을 알았지만, 그녀는 뒤를 지키며 내가 앞장서도록 해 준다. 자갈길로 올라가고, 그러고 나서 시골길로, 고속도로로 올라탈 때까지 우리는 보조 바퀴를 달고 연습하는 아이들처럼 나아간다. 나는 스로

349

틀을 가동시키고 오토바이가 귀신의 숲을 박차고 나오자 안도의 한숨을 쉰다.

우리가 공항으로 돌아왔을 때, 해는 지평선에 흐린 분홍 줄무늬만을 남겨 두고 사라져 가고 있다. 노라와 M은 팔짱을 끼고 험악하게 얼굴을 구기고는 비행기 앞바퀴에 기대 있다.

"도대체 뭐하는 거야, 줄리?"

노라는 물음표처럼 손을 홱 내밀며 말한다.

보아하니 에이브럼은 우리보다 몇 분 더 먼저 여기에 온 듯한 것이, 화물 경사로가 내려와 있고 그의 오토바이는 안쪽에 안전하게 들어가 있다. 줄리는 노라에게 묻지 말라는 뜻으로 피곤하게 고개를 젓고는 오토바이를 몰아 경사로를 올라간다. 나는 그녀를 따라 안으로 들어갔고 우리는 화물 고정 끈을 조이기 시작한다.

"에이브럼이 비행기를 가져가려는 줄 알았어." 노라는 M과 함께 경사로를 올라오며 말한다. "총으로 쏴 버릴 뻔했다니까."

"그렇게 안 해서 정말 다행이다." 줄리가 웅얼거린다. "그 사람 없이는 비행기가 무용지물이니까."

"그냥 팔에다가 쏘려고 했지. 아마도 어깨 정도에."

화물실을 소용돌이치는 먼지로 가득 채우며, 거대한 엔진 네 대가 살아나며 윙 돌아간다. 줄리는 문을 닫는 버튼을 주먹으로 쾅 친다.

"그래서 무슨 일이 있었어?"

노라가 상갑판으로 가는 계단을 올라가며 묻는다.

"그는…… 마음을 바꿨어." 줄리의 목소리에 담긴 멍한 반신반의는 노라에게 그쯤 했으면 충분하다고 말하고 있다.

✳ ✳ ✳

우리의 두 번째 이륙은 첫 번째보다 현저하게 덜 끔찍해진다. 우리가 진짜 항공사의 진짜 항공편에 타고 있지 않다는 유일한 기색은 기장이 진정시키는 상투적인 말을 하지 않는다는 점이다. 심지어 우리에게는 승무원도 있다. 순항 고도에 이르자 스프라우트가 캡테인이 든 쟁반을 들고 복도를 따라 걸어온다.

"식사하시겠어요?"

아이는 우리 건너편 줄에 앉아 있던 노라에게 묻는다.

"괜찮아."

"식사하시겠어요?" 스프라우트는 M에게 묻는다.

M은 하나를 집어서 루빅큐브처럼 자세히 들여다보며 손 안에서 돌려 보더니 한입 먹는다.

"식사하시겠어요?" 스프라우트는 줄리에게 묻는다.

줄리는 미소를 짓고 한 개를 집는다.

"고마워, 스프라우트. 훌륭한 서비스야."

"내가 이러면 좋겠다고 아빠가 그랬어."

줄리는 나를 쳐다본다. "과연. 그러네, 아빠가 잘했네."

"아빠는 기분이 나쁜 거 같았어. 그런 의미에서, 식사하시겠어요?" 아이는 내 쪽으로 쟁반을 내민다.

나는 정육면체를 하나 집는다. "고마워."

아이는 돌아서서 계속 복도를 따라간다.

"쟤 어디로 가는 거지……?" 줄리가 궁금해하는 와중에 문이 열리

351

는 소리와 비행기 뒤쪽에서 들려오는 스프라우트의 목소리가 들려온다.

"식사하시겠어요?"

내가 벌떡 일어나서 달려가려고 긴장하는데……

"괜찮아요."

스프라우트는 노련한 전문가처럼 복도를 성큼성큼 걸어서 다시나타난다. 아이의 쟁반은 비어 있고, 얼굴에는 커다란 미소를 띠고있다. 그녀는 부기장의 직무를 재개하기 위해 조종실로 돌아간다.

나는 자리에 앉는다. 줄리는 미소를 짓고 캅테인을 한입 먹는다.

"무슨 생각해, R?" 그녀는 씹는 동안 골똘히 생각에 잠긴다. "저애는 대학을 구하고 몇 년 뒤에 승무원을 할 수도 있을 텐데, 그러고나서 학위를 따고 건축학으로 전공을 옮기려나? 어쩌면 조안이랑알렉스가 저 애의 수습 보조를 할 수 있을지도 몰라."

내 손 안의 백악질처럼 하얀 달 풍경 같은 캅테인을 가만히 들여다보다가, 마치 위의 단 몇 센티미터만 각성하기라도 한 듯 국부적으로 공복에서 오는 통증을 느낀다. 나는 한입 물고 텁텁한 식감과네 코스짜리 식사를 스무디 하나로 섞어 놓은 듯한 알 수 없는 맛에얼굴을 찡그리며 씹는다.

"나도 알아. 안 웃기지."

나는 아직도 씹으면서 어깨를 으쓱한다. "웃긴 것 같은데."

"질 나쁜 농담이야."

줄리의 목소리에서 씹던 것을 멈추게 하는 뭔가가 느껴진다. 해양밑바닥을 자욱하게 만드는 흩트려진 침전물의, 내가 객실 뒤에서 들었던 불안한 기색.

"가혹한 평가네." 나는 창문에 코를 대고 있는 그녀의 뒤통수에 대고 말한다. "저 애들에게 미래가 있다고 생각하지 않아?"

그녀는 어둠 속을 들여다보며 잠시 조용하게 있는다.

"난 그래. 그저 이런 세상에서 미래를 맞이하지 않기만을 바라."

"아마 그렇지 않을 거야."

나는 대답을 내놨지만, 그 감정에 무게를 그리 많이 실을 수는 없다. 그 말은 힘없는 유령처럼 그녀를 지나쳐 창밖으로 나가 버린다.

그녀는 앞에 있는 좌석 주머니에서 기내 잡지 하나를 꺼내서 뒤로 기댄다. 그녀는 표지에 있는 모델, 잘 정리한 머리에 짙은 화장, 영양 상태가 좋고 탄력 있는 피부, 인간으로서 더 이상 찾아볼 수 없는 방식으로 아름다운, 이제는 지구상에서 발견할 수 없는 종의 여자를 자세히 들여다본다.

"예전 세상에 대해 찾을 수 있는 건 전부 읽곤 했어." 줄리는 말하면서 부서질 것 같은 책장을 휙휙 넘겨 보기 시작한다. "신화를 읽는 것처럼 공부했어. 그리고 항상 궁금했던 게, 인생이 그냥 수많은 선택이었던 때, 내가 알던 사람들은 예전처럼 했을까 하는 거야. 너도 알지…… 네 신념, 네 우선순위, 네가 사는 곳, 네가 하는 일……." 그녀는 화려한 브로드웨이 뮤지컬 광고처럼 잠시 멈추더니 쓸쓸한 미소를 짓는다. "그 모든 선택권을 가진다는 걸 상상할 수 있어? 그저 네 지시만 기다리고 있는 가능성의 구름에 둘러싸이는 건?"

그녀는 계속해서 페이지를 팔랑팔랑 넘긴다. 식당. 영화. 미술관. 그녀는 미시간 대학교의 광고에서 멈추더니 미소가 희미해진다.

"우리 엄마는 저런 세상에서 성장했겠지." 그녀는 도서관과 미술 스튜디오, 친구들 무리가 너무 심하게 즐겁다는 듯 웃고 있는 멋진 사진들을 응시한다. "부유하거나 그러진 않았지만, 미국이 붕괴하기 전이었잖아. 엄마는 내가 상상할 수도 없는 색깔들로 그림을 그리셨을 거야." 그녀가 구겨진 종이를 손가락으로 문지르니 잉크가 번진다. "이런 세상을 가졌다가 잃는다는 건……." 그녀의 목소리는 소곤거리는 소리로 작아진다. "영원히 머릿속에 떠오를 거야, 안 그렇겠어? 어떻게 그냥 흘려보내겠어?"

그녀는 잡지를 다시 좌석 주머니에 꽂아 놓고 잠시 눈을 감는다. 그러더니 눈을 번쩍 뜨고 나를 쳐다본다.

"그 오두막집에 뭐가 있었어, R?"

나는 대답하지 않는다.

"그들이 뭘 하려던 거였어?" 그녀는 거의 애원하다시피 묻는다. "이 세상이 얼마나 더 망가지려는 걸까?"

아무래도 그녀의 손을 꼭 잡고 녹음된 것 같은 위로의 말을 나열해서 그녀를 안심시키려는 노력을 하는 게 좋았겠지만, 나는 그녀를 못 본 척 창문의 어두운 구멍을 들여다보며 묘지와 불길, 철봉들과 누런 이를 보고 있는데…….

"야." M이 창문에 기대 부드럽게 코를 고는 동안, 노라가 복도 건너편에서 우리를 쳐다보며 자기 자리에서 몸을 내민다. "우리가 찾아 나설 필요가 없었어."

줄리는 얼굴을 찌푸린다. "무슨 소리야?"

노라는 조종실 쪽을 노려보더니 일어나서 턱을 2등석 쪽으로 홱 돌린다. 줄리는 나를 복도로 슬슬 떠밀었고 우리는 노라를 따라서 커튼을 지나간다.

"한번 봐." 노라는 주머니에서 얇은 노란 팸플릿을 하나 꺼내서 줄리에게 건넨다.

줄리는 첫 장을 넘긴다. 그녀는 노라를 획 쳐다본다.

"어디에서 찾았어?"

"너희를 찾으려고 공항 로비를 돌아다녔는데 온 사방에 이게 테이프로 붙어 있었어."

"어째서 DBC의 기록이 아직도 공항에 붙어 있는 거지?"

줄리는 그 페이지를 넘기면서 궁금해한다.

노라는 어깨를 으쓱한다. "벽에 쪽지들이 엄청 많이 붙어 있는 걸 봤어. 바닥에는 얼마 안 된 응가들도 몇 개 있었고. 아마도 공항이 아직도 여행자들의 중심지인가 보지."

"BABL로부터 19…… 그게 작년이었나, 맞지?"

"맞아. 사실상 뉴스 속보지. 마지막 장을 확인해 봐."

줄리는 마지막 장으로 획 넘겨서 읽더니 씩 웃는다.

"나도 이거 알았어. 젠장, 알고 있었다고!" 그녀는 그 팸플릿을 내 손에 밀어 넣는다. "읽을 수 있겠어, R?"

조잡하게 복사된 지저분한 종이는 구식으로 손으로 직접 만든 '잡지'나 미치광이의 성명서와 닮아 있다.

격하게 휘갈겨 쓴 글씨는 거의 알아보기가 힘들었지만, 나는 읽을 수 있다. 이해하는 것은 또 다른 문제지만.

끝장세계 연감

6월즈음
BABL로부터 19년

캐스캐디아 여행!

우리는 국경 장벽 (원래나 입구 방어 시설이 다시 활성화됨. 수리했나??)
에서 서부해안으로 내려와서 포스트에서 북동쪽으로 갔다.
예쁜 경치좀 보고, 좋은 사람 몇 명을 만나고
비열한 놈들 몇 명에게서 도망쳤지만,
탑을 쓰러뜨릴 만큼 가까이 가지 못했다.

제발 다음 페이지에 나오는 정보대로
뭔가 해줄것

제발
제발 제발 제발
제발 제발 제발
제발 제발 제발
제발 제발

벨링헴 : ✗

시애틀 : ✗ (파괴됨) 💀/∞

올림피아 : ✗ + 빵 터져 흩어짐 (국회의사당 건물에 작은 무리)

포스트 : 요새화된 거주지 2
(폐쇄, 적대적) + 빵 터져 흩어짐 (오랜 공항에
거다란 무리 존재. 복사한 던감을 놓으러 갔던
대다수가 사망)

포틀랜드 : 어느 정도 인구 밀집. 우정부.
자급농업, 물물교환 시장 - 사회주의자
집단 거주지의 초기 단계? 한 주당 20~30명 사망

세계 갱신!
선원들이
포틀랜드 발견!

반쯤미친 모험가들이 어둑한 빈 터의 전쓸을 이야기했다……

미국
행성
저편에 🏴

스페인 : ✗

프랑스 : ✗ (파리 파괴됨)

독일 : ✗ (소문)

영국 : 브레시토링 (런던 파괴됨. 불의 교회 유럽지사의 소행?
아니면 능비 단체가 그만큼 성장한건가?)

노르웨이 : ✗

스웨덴 : ✗ (소문)

아이슬란드 : ✗ ……?? 소문에

BABL 10년 이후로 아직도 확인되지 않음.
탐험가들이 돌아오지 않는다. 죽었을까? 💀 아니면 넘어갔나? 👾

주목!

늘 그렇듯, 세계의 관찰 정보는
거의 믿을 수 없는 선원들의
보고에 의한 소문임을 고려할 것.
공해 (公海) = 극도의 고립 =
관리되지 않는 현실성 = 흐물흐물한
⬡°. ◉ ⍤ 〰 (🌑) 사실

다음순서:
미드웨스트의 심장부로 들어가는 동쪽
우리에게 제어와 분별을 빌려줘!

사랑해, 끝장세계!

-DBC ♡ ♡

"이게 뭐야?" 나는 줄리에게 팸플릿을 돌려주며 묻는다.

"이건 연감이야!" 줄리는 내 상식의 결여에 경악하며 말한다. "아무리 너라고 해도 연감은 알아야지."

"사람들이…… 이 정보를 믿어?" 나는 조현병 환자가 휘갈겨 그린 것 같은, 초현실적인 괴물들의 그림을 손가락으로 문질러 본다.

"이런 상황에 찬밥 더운밥 가리겠어, R. 대다수의 사람들은 자기들 주거지 바깥에서 1킬로미터 이상 떨어진 곳에서 무슨 일이 벌어지는지 몰라. DBC는 10년 정도 나라를 위아래로 샅샅이 빗질하듯 뒤져서 그곳에서 빠져나갈 때마다 새로운 보고서를 남겨 둬. 개략적인 소식이지만 그래도 그건 뉴스야."

"이걸 처음 찾았던 때 엄청나게 흥분했어." 노라는 아쉬운 듯 말한다. "제일 좋아하는 밴드가 우리 동네에 온 것 같은 느낌이었지."

줄리는 미소를 짓는다. "나랑 엄마는 만약 DBC를 발견하면, 아빠를 남겨 두고 그들과 함께 달아나자고 비밀 조약을 맺었지." 그녀의 미소가 불안정해지더니 서늘해지기 시작한다.

"그래도 요점으로 돌아가자면 말이지. 아이슬란드, 맞지? 괜찮은 선택지 같은데, 맞아?"

"맞아." 줄리는 노라에게 그 잡지를 건넨다. "네가 이야기해 봐. 나는 오늘 이미 에이브럼을 너무 밀어붙였거든."

노라는 고개를 끄덕이고 조종실 쪽으로 향한다.

"아이슬란드?" 나는 목소리를 낮춰서 줄리에게 묻는다. "그게 답이라고 확신하는 거야?"

그녀는 마치 내가 당연한 걸 묻기라도 한듯이 나를 쳐다본다.

"물론 아니야. 나는 그냥······." 돌아서서 창밖을 내다보는 그녀의 얼굴은 꺼져 가는 불빛처럼 붉은 색조가 돈다. "그냥 느낌이 좋아서."

"왜?"

"우리 엄마가······." 그녀는 우리 밑으로 스쳐 지나가는 작은 적운 무리를 쳐다본다. "엄마는 반은 아이슬란드인이거든. 아빠를 만나기 전에 레이캬비크에서 2년을 보내셨어. 엄마가 거기 문화와 정치······에 대해서 하신 말씀은 그냥 *이치*에 맞는 것처럼 들렸어. 나는 엄마가 왜 거기로 돌아가지 않았는지 도무지 모르겠어."

"아마 그곳이 집이 아니었기 때문이겠지."

그녀는 놀라움과 약간의 짜증이 섞인 눈으로 나를 돌아봤지만, 나는 밀고 나간다.

"지금 떠나는 것은······ 포기하는 것 같은 느낌이야."

"뭘 포기하는 건데?" 그녀가 날카롭게 말한다. "우리가 여기에서 뭘 가졌는데? 그 엉망진창인 집?"

나는 움찔한다. 아마도 그 말이 나오기 전까지 그녀가 예상했던 것보다 더 예리한 그 가시를 그녀 역시 느꼈으리라는 것은 나도 안다. 하지만 그녀는 그것과 싸운다.

"우리가 뭘 가졌는데?" 줄리는 고집스럽게 계속 묻는다. "빌어먹을 스타디움? 캐스캐디아인의 자존심?"

"사람들." 나는 날아가려는 그녀의 생각을 붙잡아매려고 애쓰며 그녀의 눈을 마주 본다. "엘라, 데이비드, 마리, 월리, 테일러, 브리트니, 칼리······."

"나도 그 이름들을 알아, R."

"그러면 그들 모두를 액시엄에 남겨 둘까? 우리는 멀리 도망치고?"

그녀가 나를 보는 표정은 내가 마치 불량배가 된 기분이 들게 한다. 마치 내가 그녀의 풍선을 터뜨리고 소풍을 망쳐 놓은 것처럼. 하지만 나는 그저 며칠 전 그녀가 그보다 몇 달 전에 내가 그녀에게 했던 말을 옮겼던 때, 나에게 했던 말을 그대로 옮긴 것뿐이다. 우리는 그것을 계속 잡고 있으면 아프기라도 한 양, 이 작은 진실 조각을 계속 주고받는다.

그녀는 생각들을 털어 버리려는 듯 머리를 세차게 흔들더니 자기 자리로 돌아간다. 노라의 조종실 포위 작전은 벌써 진행 중이다. 나는 줄리가 이 작전에 관여하지 않기를 선택한 것이 기뻤다.

"'탐험가들이 돌아오지 않는다'는 부분에 대해서는 어떻게 생각해?" 에이브럼이 연감을 흔들면서 말한다. "아이슬란드는 지금쯤은 아마 거대한 벌집이 되었을 것 같은데."

"어느 곳이 섬보다 역병에 대항할 가능성이 높겠어요? 아마도 최초 보고 때 국경을 폐쇄했나 보죠."

"너는 나한테 헛소리하는 거냐 아니면 너 자신한테 하는 거냐? 국경은 역병에는 아무 소용 없어. 그것들은 우주정거장까지도 덮친다고."

줄리가 펄쩍 뛴다. 나는 한숨을 쉰다.

"아이슬란드는 달랐어요." 그녀가 조종실 문 안쪽으로 머리를 들이밀고 말한다. "그들은 모든 것이 달랐으니까. 우리처럼 무너지지는 않았을 거예요."

"아이슬란드 사람은 인간이 아니야? 뭐가 그렇게 달랐는데?"

"우리가 2차 내전으로 바빴던 동안에, 그들은 재생 가능한 에너지, 식량 생산을 완벽하게 하고 교육과 문화에 자원을 쏟았어요. 그들은 붕괴되지 않고 번창했다고요."

"그래, 넌 역사광이구나. 그렇다면 마지막으로 들린 그곳 소식이 반쯤 물에 잠겼다는 얘기인 것도 알겠네."

"그래요, 바다 장벽을 만들고 있었죠!"

노라는 자리로 돌아가면서 나에게 자기는 노력했다는 뜻으로 어깨를 으쓱하면서 그 십자포화 속에서 조용하게 빠져나온다.

"당신도 캐나다가 망한 거 알잖아요." 줄리는 속도를 높이며 계속 말한다. "그러니까 멕시코랑 아마도 남미도 그럴 거예요. 반구 바깥쪽을 생각해 봐요!"

에이브럼은 일어나서 그녀 쪽으로 움직인다. 줄리는 애매하게 방어적인 태세로 긴장하며 조종실 밖 통로로 물러났지만, 그는 그녀를 스치고 지나가서 화장실로 들어가 소변을 보기 시작한다.

줄리는 팔짱을 끼고 문을 통해 그의 뒷모습을 노려본다.

"우리 지금 문자 그대로 오줌 싸기 대회를 하고 있는 거예요?"

에이브럼은 볼일을 마치고는 피곤한 한숨을 쉰다.

"들어 봐, 이쁜이……." 그는 화장실 밖으로 나와 앞줄에 털썩 앉아 그녀를 올려다본다. "나도 저기 바깥에 우리가 찾아 주길 기다리고 있는 문명의 신호등이 있다고 믿고 싶어. 하지만 거기에 신호등이 있다면, 어째서 우리한테 안 보이는 걸까? 왜 아무도 모르는 거야?"

"마지막 남은 안정적인 국가가 스스로를 광고할 거라 생각하는 거예요? 신세를 조진 모든 나라들이 눌러붙을 곳을 찾아 난입하도록 주변에 몰려들라고?"

에이브럼은 이것을 고려해 보는 것 같다.

"아마 그냥 적당한 때를 기다리고 있는 중일 거예요. 자원을 쌓고 계획을 세우면서."

그는 갑자기 고개를 끄덕이고는 일어선다.

"좋아, 알겠어. 아이슬란드가 좋을 것 같네."

줄리의 반박은 그녀의 입술 위에 얼어붙는다. 그녀는 고개를 위로 젖힌 채 깜짝 놀라 말문이 막힌 기색이다.

"그리고 토론토는 거기에 가는 경로에 있어." 에이브럼이 조종실로 가는 길에 그녀를 밀고 지나가면서 계속 말한다. "그러니까 만약 토론토에서 결국 필요한 것을 못 찾으면 거기로 가는 방안을 이야기하기로 하지. 됐지?"

에이브럼이 그럴 리가 없는데 너무 진심처럼 들린다. 하지만 그의 진심이 빈정대는 거라면…… 빈정거림이야말로 진심일까? 나는 그 본인은 알고 있는지가 궁금하다.

에이브럼이 자기 자리로 돌아갔고 줄리는 균형을 잃은 것처럼 자기 자리로 돌아갔다.

"이봐!" M이 조종실을 향해 소리친다. "얼마나 더 오래 가야 해?"

그는 아직도 눈을 껌뻑이며 잠에서 덜 깼는데도 손은 이미 팔걸이를 붙잡고 있다.

"내일." 에이브럼이 소리쳐 대답한다.

M은 자리에 더 깊숙이 앉으면서 욕을 투덜거린다.

전에 나를 피해 갔던 위로를 시도하며 나는 줄리의 무릎을 꾹 눌렸지만, 그녀는 생각에 빠져 내 노력을 알아채지 못한 것 같다. 그래서 나는 창문 쪽으로 몸을 돌린다.

응당 보여야 할 것이 보이지 않는다. 바로 아래 저기에는 빛이 있었어야 했다. 아무리 외진 땅이라도 거기에는 작은 반짝임 몇 개, 그리고 빛나는 선과 무리, 결국에는 생명으로 고동치고 끓어오르는 황홀한 도시들의 은하수로 모여드는 세속적인 별자리들이 있어야 했다.

하지만 그곳에는 아무것도 없다. 아래 있는 대지는 텅 빈 어둠이다. 별자리는 위에 있는 사자자리와 게자리와 염소자리뿐이다. 나에게는 그 별자리들이 인간이 만들어 낸 것들보다 덜 소중하게 느껴진다. 먼 곳에 있는 이 신들은 초라하고 작은 우리 삶에 아무 관여도 하고 싶어 하지 않는다. 나는 그 모든 매연과 소음과 과열된 드라마가 있는 도시가 그립다.

결국 태양이 자신의 모든 흔적을 물러나게 하면서 어둠이 완벽해진다. 나는 우리 아래로 구분이 가지 않는 검은 카펫이 굴러 펼쳐지는 것을 지켜봤는데 그러고 나자…… 빛. 은은하게 빛나는 점 몇 개, 그러고는 몇 개 더, 그러고 나자 언덕 주변을 밝힐 정도로 밝은 환하게 빛나는 웅덩이가 보인다. 도시의 형태에서 나오는 빛들, 하지만 그것들은 가로등이나 창문이 아니다. 그것들은 불꽃이다. 불의 교회가 태운 인의 독특한 하얀 불꽃에 건물 수백 채가 잠겨 있다.

"우리 왼쪽을 보시면." 에이브럼은 여행 안내를 해 주는 기장의 간결한 말투를 차용하며 기내 방송을 통해 알린다. "더 나은 세상을 갈구하는 매우 신심 깊은 사람들을 보실 수 있습니다."

노라의 목에서 씁쓸한 킥킥거림이 새어 나온다.

"저 썩을 것들이 활개치다니. 광란의 케이크 위에 촛불들 같네."

줄리는 살아남은 이단의 화형대에서 불태워진 이 도시가 어떤 곳이었든지 상관없는 그 지옥 같은 죽음을 지켜보며 나를 지나쳐 창문을 응시한다. 나는 그녀의 눈에 스쳐 지나가는 기억들을, 슬픔과 고통과 분노를 본다. 그러더니 그녀는 눈을 감고 몸을 웅크리며 창문과 나에게 등을 돌린다.

나는 그 불길이 우리 뒤로 사라지고 어둠이 다시 경관을 되찾을 때까지 지켜본다. 어둠 아니면 불. 이것들이 우리 선택지의 전부일까?

나의 어머니.

어머니는 더 나은 세상을 믿었다. 하지만 그 세상은 멀리 있었고 기이했으며 우리에게는 그것을 건설할 부품이 없을 것이다. 그 새로운 세상은 완벽하게 형성되어 우리에게 넘겨질 것이고, 우리가 만든 어지러운 이번 세상을 덮으러 하늘에서 완벽하게 내려올 것이다. 이번 세상의 파멸은 아무도 이해할 수 없는 전개와 누구도 수정할 수 없는 결말의 짧은 드라마를 위한 일회용 무대 이상은 될 수 없다고 그것의 창조에 명시되어 있다. 우리가 영향을 미칠 수 있는 유일한 변화는 그 종말을 얼마나 앞당기는지뿐인데, 우리 안에는 파괴 외에 아무것도 없기 때문이다. 우리는 태어나기 전부터 타락했고, 잘해 온 것처럼 보일지라도 그건 우리가 아니라 그의 계획을 완수하기 위해 우리의 사지를 움직이고 있는 우리 안의 하나님의 손이다. 우리의 가장 큰 죄는 우리가 중요하다고 믿는다는 것이다.

이것이 내 어머니가 믿고 우리에게 가르친 내용이다. 그래서 나는 어째서 어머니가 난민 수용소에서 일하시는지를 이해할 수 없었다. 전쟁 사상자들의 아이들을 먹이고, 난민 가족들에게 집을 찾아 주고…… 이 사람들은 죽어야 하는 *게* 아닌가? 이 최후의 일몰이 우리가 기다려 왔던 것이 아닌가? 왜 어머니는 태양을 후진시키려고 애를 쓰고 계시는 걸까?

나는 이런 질문들을 하여 어머니를 언짢게 한다. 그 질문들은 옷을 수선하고, 약을 투여하고, 큰 통으로 스튜를 요리하며, 난민 수용소에서 봉사할 때 어머니의 얼굴을 채운 빛을 흐리게 만든다. 그것이 무의미하다 할지라도 사람들을 돕는 일은 어머니를 행복하게 하니 나는 그대로 두기로 결정한다.

나는 갈 수 있을 때마다 어머니와 함께 난민 수용소에 갔는데, 거기엔 아버지가 없기 때문이다. 나는 집에서 입고 온 닳아빠진 누더기를 갈아입으려고 기부로 들어온 옷 무더기에서 옷을 고른다. 아버지는 우리는 풍족하니 그 누구의 도움도 필요 없다고 말씀하셨지만, 나는 우리가 난민들보다 그리 위에 있지 않다고 생각한다. 매일 그날 하루를 마칠 때면, 어머니는 통조림 몇 개를 가방 안에 챙긴다. 아버지에게는 말하지 말라고 하면서.

풀물이 든 염소 표백한 청바지들. 청록색 미키마우스 운동복 상의. 나의 선택은 어떤 개인적인 미학도 반영하지 않는다. 나는 열 살이고 가난하다. 나는 그에 적합한 옷을 입는다.

"안녕하신가, 애트비스트 부인."

"여기에서 뭐하고 계세요?"

나는 신발 쓰레기통을 뒤지다가 멈추고 모퉁이 저편에서 들려오는 두 목소리에 귀를 기울인다. 우리 어머니의 목소리는 다정했지만 엄하다. 나는 어머니가 얌전하지만 움직일 수 없는 자세로 손을 앞으로 모아 쥐고 서 있는 모습을 상상할 수 있다. 다른 목소리는 건조하고 뿌연 나무가 불타 부서지며 내는 삐걱거림 같다. 빠듯하게 낯익은 목소리다. 할아버지의 목소리를 마지막으로 들었던 것은 내가 걸음마하는 아기였을 때일 것이다.

"내 아들하고 이야기 좀 하려고 했지만 그놈은 신성한 불 어쩌고 하는 것에 너무 푹 빠져 있어. 그놈 대가리에 한 단어도 넣을 수 없다니까. 대신 너한테는 이야기해 볼 수 있을 것 같아서 말이다."

"어떻게 제가 남편에게, 아니면 우리 교회에 맞설 거라고 생각하실 수가 있죠? 신성한 불은 저희 가족인데요."

"난 너희 가족이다, 제기랄. 너희를 돕고 싶어."

"저희는 아버님께 도움 받고 싶지 않습니다."

"빌어먹게 난처하지 않느냐. 나는 미국에 최후까지 남은 회사들 중 하나를 운영하고 있는데 내 아들은 판잣집에 살고 있어. 손자는 자선 단체 봉지에서 오줌 얼룩이 진 반바지나 끌어내고 있고……."

"그 애는 끌어들이지 마세요."

"……게다가 며느리는 떠돌이들이 사는 데서 통조림 식량이나 훔치고 있고."

"아버님 돈은 몇 년 이내에 별 가치가 없어질걸요."

"돈만 통용되는 건 아니다."

할아버지의 야윈 얼굴. 할아버지의 거대한 흰 레인지로버의 창을 통해 음흉하게 보이던, 담배로 얼룩진 미소. 나는 더 어린 소년처럼 어머니의 다리 뒤에 숨어서 그를 쳐다본다.

"얘, 아가!" 할아버지의 눈길이 고양이처럼 날쌔게 나를 향한다.

"다시 들어가 있어." 어머니가 내게 말한다.

나는 순종했지만, 문 안쪽에 서서 엿듣는다.

"어떻게 돼먹은 어머니냐? 난 네 아이를 새로운 세상의 왕자로 만들 수 있는데 너는 소작농처럼 굶기려고 하잖아?"

"세상은 하나님의 것이고, 그분은 이제 곧 다 불태우실 겁니다."

"내 말 들어라. 나는 우리 가족을 먹이사슬의 꼭대기에 두려고 평생을 바쳐 일해 왔다. 너나 내 빌어먹을 아들놈이 우리를 다시 토끼로 돌아가게 만들도록 놔두지 않을 거야."

"저희를 내버려 두세요. 다시는 여기 오지 마시고요."

"상황이 안 좋게 돌아가면 나를 부르게 될 게다." 할아버지는 목소리를 높여 문에 대고 소리친다. "언제라도 전화해라, R! 기다리고 있으마."

＊ ＊ ＊

나의 세 번째 인생(나의 진짜 인생)이 정신을 되찾자, 할아버지의 목소리가 내 귓가에 메아리친다. 할아버지의 입술에서 나오는 내 이름을 들었고 나는 그 소리를 죽여 버린다. 나는 그것을 수정한다. 나의 과거가 현재를 얼마나 잠식하든 나는 그 이름을 받아들이지 않을 것이다. 내가 줄리와 함께 만든 것 위에 그것이 휘갈겨 덮이도록 두지 않을 것이다.

비행기는 어두웠지만, 해가 산 바로 아래 어딘가에 도사리고 있는 바깥세상은 회색이다. 줄리는 아직도 단단한 공처럼 몸을 말고 내 옆에서 잠이 든다. 차가운 공기 속에서 그녀는 떨면서 드러난 어깨를 팔로 감싸고 있다. 머리 위 짐칸에서 담요를 하나 꺼내서 둘러 줬지만 그녀의 떨림은 가라앉지 않는다.

"기다려." 그녀는 입술 사이로 간신히 흘러나오는 희미하게 힘없는 목소리로 훌쩍거린다. "엄마, 기다려. 나 일어났어."

나의 텅 빈 석판이 너무나 충격적으로 드문 호사라는 생각이 떠오른다. 줄리의 꿈을 생각하면 상실에 대한 나의 공포가 한심하게 느껴진다. 나는 깨끗한 집으로 기어들어 온 들짐승이나 마찬가지인 나의 과거와 싸우지만, 줄리 역시 옆에서 목에 뜨거운 숨을 불어넣고 피 섞인 침을 침대 시트에 흘리는 그녀 자신의 과거와 한평생 같이 잠을 잤다.

나는 만약을 위해서 두 번째 담요를 그녀의 어깨에 걸친다. 공기가 차갑다. 얼음처럼 차가운 위쪽 공기가 비행기의 탱크에서 나온 묵은 산소와 뒤섞인다. 오래전에 사라진 세계의 소리와 냄새로 가득한, 다른 시대에서 온 공기를 들이마시는 이상한 느낌. 나는 부드러운 가죽 의자들을 손으로 쓸어 보면서 복도를 어슬렁거린다. 이 좌석들은 한때 세계의 부와 권력을 안고 흔들던 것들이다. 가장 부유하거나 최고의 권력(이런 사람들은 개인 전용기에 혼자 실실 웃으며 비밀로 가득한 금속 서류가방을 가지고 있다.)은 아니지만 인류와 약간 더 거리를 두기 위해 두 배의 삯을 지불할 수 있는 사람들. 그들이 지금 어디에 있든, 금권정치에서 무력정치로 이동한 세계에서 어떻게 살아남았든 그들의 존재는 이 좌석들의 눌린 자국에 남아 있다. 카펫 위의 머리카락과 피부 세포. 그들의 목소리의 반향, 언제라도 *전화해라……*

나는 고개를 젓고 세차게 눈을 깜빡이고는 초점을 창문에, 내 발에……

"아치?" M이 조용하게 웅얼거리며 부른다. "괜찮아?"

그는 쾌적한 낮잠에서 막 깨어난 것처럼, 비스듬한 좌석에 구부정하게 앉아 있다. 노라는 두 자리 건너에서 창문에 기대 줄리와 같이 태아처럼 몸을 웅크리고 자고 있다.

"괜찮아."

나는 그를 지나 더 멀리 가려고 걷기 시작했지만, 그가 손을 내민다.

"싸우지 마."

나는 멈춘다. "뭐?"

"네가 그것과 싸우면, 넌 질 거야. 싸움을 만들지 마."

나는 그와 눈높이를 맞춘다. "맞아, 그렇지."

"그냥 기억일 뿐. 나빠 봤자 얼마나 나쁘겠어?"

"모르겠어. 알고 싶지 않아."

그는 미소를 짓는다. "아치. 항상 극적이네."

나는 그를 노려본다. "내 이름은 아치가 아니야."

그는 진심으로 어리둥절 손바닥을 든다.

"뭐 어때? 어떤 이름보다 좋은데."

"그리지오한테 대려고 만든 이름이야. 나를 정상이라고 여기게. 그건 거짓말이야."

그는 어깨를 으쓱한다. "그냥 이름이잖아."

나는 고개를 젓고 바닥을 내려다본다. "이름에는 의미가 있어야지. 이야기가. 너를 사랑하는 사람에게 보이는 맥락."

나는 위를 흘깃 본다. 터져 나오려는 웃음과 싸우는 것처럼 그의 미소가 떨리고 있다. "사랑꾼 녀석. 너무 복잡해."

나는 일등석 객실에는 커튼 대신에 문이 있어서 뭔가 쾅 닫을 수 있길 바라며 걸음을 옮긴다.

나는 비행기 뒤쪽에서 배회한다. 여리게 코 고는 소리가 담요 무더기 속에서 작은 머리를 내밀고, 자리에 길게 누워 자고 있는 스프라우트의 존재를 내게 의식하게 한다. 아이는 언젠가 나를 좋아하게 될 것이다. 아이는 벌써 여섯 살 중반에 이마를 찌푸리고 숭고한 목표도 있으며 세속적인 걱정을 한다. 나는 그런 아이를 자랑스러워해야 할지 두려워해야 할지 모르겠다.

아무 생각이 없는 상태가 그리울 때가 있다. 의식이 있다는 것이 저주가 아닐까 궁금해지는 순간들. 무딘 정신이 또렷한 정신보다 실제로 행복한 걸까, 아니면 그저 더 작은 꼭대기와 골짜기를 여행하는 것뿐일까? 절망에는 면역이 있지만 황홀함도 느낄 수 없는 미지근한 만족감의 직선일까? 괴로워하지 않는 사람들과 마주했을 때 나 자신에게 했던 질문이다. 나는 자신에게 그 질문을 되뇌고 또 되뇐다.

태양이 마침내 지평선 최고조에 이른다. 창문은 선실을 가르며 먼지를 비추는 풍만한 금빛 광선을 제한한다. 또 다른 맑은 여름 아침이 왔다. 우리는 점점 가까워지고 있을 것이다.

나는 아이들을 확인하려고 욕실 문을 열었다가 아이들이 꼿꼿하고 초롱초롱하게, 우주의 불가사의를 품고 있는 정육면체라도 되는 듯 캅테인을 얼굴 가까이 들고 있는 것을 발견한다. 나는 아이들이 야금야금 먹었다는 것을 깨닫고 짜릿함을 느낀다.

조안이 확실하게 초점을 맞춘 회갈색 눈으로 나를 올려다본다. 나는 그녀의 선이 어떤 형태를 만들지 궁금해진다. 확실하게 평면은 아니다. 이 아이들에게는 알려진 문제가 있다. 그들의 선은 거의 살아 있음에서 가짜 죽음까지 솟구쳤다가 갑자기 떨어져 내려왔다가 아마도 이제 다시 후진할 것이다. 하지만 어째서 이렇게 오르락내리락하는 걸까? 세 달 전, 아이들이 자기들의 묘지 밖으로 엿봤을 때, 그들이 발견했던 것은 무엇이었을까? 어떤 실망스러움이 그들을 다시 침대로 돌려보냈던 것일까? 그들이 기다리는 것은 무엇일까?

아이들의 주의는 급작스럽게 내게서 떠나 욕실 벽에 머무른다. 아이들은 자신들의 오물로 엉망이 된 감옥의 회색 섬유유리 대신에 일등석에서 일출의 풍광을 즐기기라도 하는 듯, 그것이 창문이라도 되는 것처럼 응시한다.

"우리 친구." 조안이 말한다.

"너희 친구?" 나는 그 가닥을 움켜쥐고 아이를 더 밖으로 끌어내길 바라며 따라 말한다. "너희 친구 누구?"

"금빛." 조안이 내게는 처음 보이는 미소를 지으며 돌아보고 말한다. "태양 소년."

"멀리 떠났어. 혼자서." 알렉스의 목소리엔 단순한 개인적 슬픔뿐 아니라 공감이 담긴, 괴이한 불행의 뉘앙스가 풍긴다. 연민.

"부르게 도와줄래요?" 조안이 나에게 간절하게 부탁한다. "우리를 따라오라고 말해 줄래요?"

나는 이렇게 갑작스럽게 터져 나오는 자유의지에 멍해져서 아이들을 쳐다본다. 하지만 무슨 이야기를 하고 있는지 도무지 알 수가 없다. 아이들이 내뱉은 수수께끼 같은 말을 판독해 보기도 전에, 에이브럼의 목소리가 기내 방송으로 치직 들려온다.

"신사 숙녀 여러분, 우리는 현재 미국의 거의 완전히 멸망한 도시인 미시간 주 디트로이트를 지나고 있으며, 잠시 후 캐나다 국경에 도착합니다. 난기류는 없을 거라 예상하지만 야생 지역이므로 확언할 수는 없겠습니다. 일어날 시간입니다."

나의 아이들은 계속 나를 기대의 눈빛으로 쳐다본다. 아이들의 표정은 내가 그들을 보호하기 위한 모든 지식, 지혜와 능력을 갖춘 강한 권한을 가진 어른이며, 세계는 그들에게 주어야 할 내 것이라고 말하고 있다. 하지만 나는 그의 이름이 주는 기억상실의 두려움에 휘청거렸다. 나는 격렬한 설교를 들이켠 격렬한 십 대 소년이고 세상의 두려움 속에 살고 있다. 나는 미키마우스 셔츠를 입은 소년이고, 이 아이들을 이해할 수가 없다.

아이들은 물러나서 욕실 밖으로 나가는 나를 지켜본다. 문을 닫는 나를 지켜본다.

에이브럼의 발표에 몸을 말고 잠을 자던 줄리와 노라의 자세가 약간 흔들렸지만, 태양이 그들의 얼굴에 부딪혀서야 뜨거운 햇살에 눈을 깜빡거리고 가늘게 뜨며 결국 일어난다. 나는 줄리 옆에 자리를 잡았지만 아직 아무 말도 하지 않는다. 그녀는 잠을 제대로 못 잤고 더 엉망으로 깨어난다. 나는 그녀에게 그 그늘을 떨쳐낼 시간을 줘야 한다는 것을 배워 왔다.

디트로이트는 우리 아래로 콘크리트 사막처럼 펼쳐져 있다. 이 고도에서조차 파멸의 총체적인 모습이 보인다. 보통 그 뼈대를 덮으려고 제멋대로 자라나는 식물들조차 없는 범상치 않은 회색이다. 나는 에이브럼의 오두막에 있던 쪽지에서 디트로이트에 '시설'이 있다고 언급되었던 것이 생각났지만, 내가 그 속기를 오해했던 게 틀림없다. 저 아래에 뭔가 살아 있는 것이 있다고 생각하기가 불가능했기 때문이다. 저기에는 비현실에 가까운 무엇, 완벽하게 잊혀서 용해되고 액화되기 시작하는 장소가 있다. 그것이 내 시야를 가득 채우자 초조하고 메스꺼운 감각이 든다. 평평한 가라앉음과 올라가는 깊이, 비틀렸다 풀리는 거리들. 그러다가 줄리가 내 어깨 너머로 쳐다보자 거리는 직선으로 펴진다. 대지는 단단하다. 도시는 현실이 된다.

자각하는 것보다 나에게는 잠이 심각하게 부족한 모양이다.

"좋은 아침." 나는 그녀에게 인사한다. 호텔 데스크에서 인사하는 듯이 미친 소리처럼 들렸지만 나 자신의 목소리를 듣는 것이 생각을 정리하는 데 도움이 된다.

그녀는 나를 무시하고 도시를 내다본다. "텅 비었네." 낮고 쉰 목소리다. 나는 그 속에서 슬픔이 남아 있는 그녀의 꿈의 잔여물을 들을 수 있다. "몇 세기나 비어 있었던 것처럼 보이네." 아니, 슬픔이 아니다. 절망이다.

나는 창문에 얼굴을 대고 어떤 움직임의 흔적이라도 있는지 훑어봤지만, 이 고도에서는 길이 만드는 추상적인 선의 예술밖에는 저기에 뭐가 있다 하더라도 보이지 않을 것이다.

"엄마가 이걸 보면 우셨을 거야." 줄리는 그 꿈이 그녀를 뒤로 끌어당겨서 이제는 현실에 있지도 않은 것처럼 말한다. "도시를 다시 세우려고 하던 예술가 공동체가 있었어. 엄마는 그게 모든 것을 여는 열쇠가 될 거라고 생각했었거든."

불탄 집들. 무너진 공장들. 회색 나무들로 가득한 죽은 공원들.

"늘 그렇듯 아빠는 엄마가 틀렸다고 설득하셨지. 그런데…… 엄마가 그랬던 모양이야."

나는 도시가 공업용 건물들이 점점이 흩어진 모습으로 줄어들다가 결국 텅 빈 평지에 그 자리를 내주는 것을 지켜본다. 나는 '모든 것을 여는 열쇠'가 역사를 통틀어 얼마나 많이 오갔는지, 어째서 그렇게 많이 열지 않은 것 같은지 궁금해진다. 아마도 우리가 그것들을 틀린 자물쇠에 꽂아 왔던 모양이다.

"R. 뭐 좀 물어봐도 돼?"

나는 줄리의 목소리에 담긴 뾰족함에 귀를 쫑긋 세운다. 그녀는 여전히 눈은 창문에 고정되어 있지만, 자세는 더 뻣뻣해졌고 꿈꾸는 것 같은 나른한 목소리도 사라진다.

"저기 밖에 있던 몇 년…… *배회*든 뭐든…… 네 예전 인생에서 뭐라도 느꼈던 적 없어?"

나는 주저한다. "뭐를 느껴?"

"네가 아무것도 기억 못 한다는 거 알지만, 기억의 *잔재*…… 같은 것을 느낀 적은 있지 않아? 아무 이유 없이 슬퍼지는 노래라든가, 아니면 집에 가져와야만 했던 쓰레기 조각이라든가?"

이 갑작스런 주제의 전환 뒤에서 뭐라도 발견하길 바라면서 그녀의 시선을 끌어보려 애써 봤지만, 그녀는 이야기하는 동안 유령과 대화하는 영매의 멍한 시선을 할 뿐 나를 보고 있지는 않다.

"네가 모은 저 잡동사니들 전부 골라서 집어 왔던 데에는 뭔가 분명한 이유가 있었을 거야, 맞지? 뭔가 너의 과거와 연결점이 있었던 것이 틀림없다고."

"아마…… 그런 거 같네." 대답은 했지만 억지로 그 말을 입 밖으로 내야 한다. 그녀는 왜 우리를 이 영역으로 데려가려는 걸까? 여기

377

는 안전하지 않은데.

"그러니까 넌 완벽하게 텅 빈 게 아니라는 거지, 그렇다 하더라도. 아직도 너를 몰고 가는 뭔가가 있었던 거지."

"아마도?"

"이건 어떨까…… 장소?" 줄리는 마침내 창문에서 눈을 떼고 나의 탐색하는 시선과 마주친다. 그녀의 얼굴은 차분하다. 줄리는 일상적인 호기심의 순수한 인상을 주려 했지만, 나는 그녀의 눈 뒤에 도사리고 있는 다른 뭔가를 발견한다. "어딘가로 끌리는 느낌 받은 적 있었어? 어떤 길로 가거나 특정 방향으로 따라가고 싶은 충동?"

그녀는 집중해서 나를 쳐다본다. 그녀가 찾는 게 무엇이든 주고 싶었지만, 그녀가 하는 질문들 전부는 같은 답을 구하고 있다. 애매하고 흐물흐물한 *아마도*. **죽은 자**들의 세계에 도달하는 것들만큼 확실하다. 거기에서 그녀가 찾길 바라는 것이 무엇일까?

친숙한 딩동 하는 소리의 차임벨이 기내 방송에서 울린다.

"신사 숙녀 여러분." 에이브럼이 방송을 했는데, 보아하니 기장 흉내를 즐기기 시작한 것 같다. "우리는 이제 온타리오 주 런던에 접근하고 있습니다, 그리고 토론토 쪽으로 조심스럽게 하강하기 시작할 겁니다……."

줄리는 잠시 더 응시하다가 입술을 굳게 다물고는 일어나서 화장실로 가서 문을 닫는다.

나는 노라를 흘긋 봤지만, 그녀는 이번에는 엿듣고 있지 않다. 그녀와 M은 얼마나 커피가 그리운지, 그들만의 대화를 나누느라 바쁘다. 비행기의 고도가 내려가기 시작하자 위로 들려 올라가는 느낌이

든다.

"바로 앞을 보시면." 우리의 기장님이 계속해서 말한다. "문자 그대로나 비유적으로나, 이 거대한 나라의 끝을 볼 수 있습니다."

작은 굴을 파고드는 불안의 기생충처럼 마음에 들러붙는 불쾌한 느낌을 흔들어 떼어 내길 간절히 바라면서 똑바로 앞을 쳐다본다.

"물론 원래의 국경은 한참 전에 지나쳐 왔지만, 그건 미국의 팽창하는 허리둘레를 조금은 너무 제한하는 거였고, 따라서 우리는 그 벨트를 느슨하게 해야 했습니다. 동맹국 사이에 수백 킬로미터가 무슨 소립니까? **죽은 자**들의 병력 수십 명이 뭔데요?"

"저 사람은 암울한 걸 보면 쾌활해지는 게 확실해."

노라가 투덜거린다.

암울하다 하더라도 차라리 이 주제가 편안하다. 그것은 과거지만, *나의* 과거는 아니었다. 곰팡내 나는 역사책에서 내가 기억하는 것은 단 몇 페이지뿐이다. 대규모 이주에 뒤이어 미국인들이 많이 살면 미국이 틀림없다는 정신 나간 논리로 벌어진 기이한 국경 조정. 격분한 캐나다가 결국 선을 긋기 전까지, 도망치는 국민들을 재흡수하려고 경쟁하며 국가는 북쪽으로 슬금슬금 이동했다.

나는 지평선 위의 그 선을 본다. 오래된 흉터처럼 온타리오의 휴경지를 가르고 있다.

"아빠?" 스프라우트가 복도를 이리저리 돌아다니면서 눈을 깜빡거리고 잠이 덜 깬 목소리로 부른다. "저건 멕시코에 있는 것 같은 벽이에요?"

"그럴 거야, 아가야." 그는 병적으로 즐거워하며 대답한다. "우리 감옥은 국제적인 노력으로 만들어진 거였지. 우리는 바닥을 지었고, 캐나다는 천장을 지었거든." 그는 방송 소리를 낮추고 문을 통해 딸을 돌아본다. "하지만 이번에는 다르단다. 이번에는 우리가 그걸 넘어갈 거야."

스프라우트는 미소를 짓더니 하품을 하고 앞쪽에서 가까운 자리에 털썩 앉아서 다시 눈을 감는다.

줄리가 화장실에서 나타난다. 그녀의 눈가에 언뜻 보이던 그늘이 얼굴 전체로 퍼져 있다. 그녀는 조용하게 투지를 태우며 이를 악물고 부른다.

"에이브럼."

에이브럼은 그녀를 무시한다.

"목적지에 근접하고 있으니, 자기 자리로 돌아가 주십시오. 전자기기들은 모두 꺼 주십시오. 그것들이 멈출 수 있기 때문에……."

"에이브럼." 줄리는 조종실 문 안으로 들어선다.

침묵, 그러더니 한숨. "뭔데."

"벽을 넘어갈 수 있다고 확신해요? 우리 가족은 워싱턴 출입구 문을 한 번 두드렸다가 자동화기에 맞아죽을 뻔했거든요."

"그게 언제였는데?"

"한 7년 전?"

"그때면 그들 군대가 붕괴됐던 무렵이네. 벽이 여전히 온라인에 연결되었을 리도 없고, 어쨌든 대공용 화기는 절대로 없을 테니까. 진짜 방어 시설이라기보다는 상징적인 것에 가깝지."

나는 창문 밖을 내다본다. 정지 신호처럼 벽을 따라 그려진 커다란 붉은 단풍잎을 알아볼 정도로 벽과 가까워진다. 어째서 우리는 그런 미친 짓으로 순한 이웃을 도발했던 걸까? 최고로 냉철한 두뇌라 해도 참는 데는 한계가 있을 거라 추측해 본다.

"생각해 봤는데⋯⋯. 아무래도 먼저 직접 걸어서 확인해 보는 게 좋을 것 같아요. 안전한지 확인하려면."

에이브럼이 눈살을 찌푸리며 줄리를 힐끔 돌아본다.

"너한테서 조심하자는 충고를 들을 줄은 생각도 못 해 봤는데."

"그러면 당신은 갑자기 모험가라도 됐어요?"

"내가 뭐라고 말하겠어. 네가 나를 격려해 왔잖아. 아니면 나를 미치게 몰아갔든지."

"에이브럼." 그들의 얼굴은 둘 다 보이지 않았지만, 줄리가 문틀을 붙잡고 있던 손을 더 꽉 쥐는 것은 보인다. "돌아서 가는 게 좋을 것 같아요. 디트로이트에 착륙해서 벽 바깥에서 오토바이로 시험해 봐요."

"디트로이트에 착륙하자고?" 그는 웃음을 터뜨린다. "무의미한 정찰 때문에 비행 거리를 300킬로미터 더 늘리고 온전히 하루를 도로에서 허비하라고?"

"거기에 있는 동안에 공항에서 연료를 확인해 볼 수도 있잖아요. 게다가 한편으론⋯⋯." 그녀는 망설이더니 밀어붙인다. "당신도 오두막에서 그 쪽지들 봤잖아요. 디트로이트의 '시설', 우린 놈들이 뭘 했는지 알아야 할 필요가⋯⋯."

"빌어먹을, 우린 안 가." 그는 그녀의 말을 자른다. "거기랑 우린 아무 상관 없다고."

"전부 상관 있어요!" 줄리는 목소리를 높이며 감정을 터뜨린다.
"그놈들이 이 나라를 어떤……."

"이 나라에서 네가 할 일은 다 끝났다고 생각했는데." 에이브럼은
사무적인 어조로 그녀의 말을 자른다. "난 네가 여길 떠나고 싶어 한
다고 생각했는데 말이야."

그녀의 손가락이 문틀 위에서 떨렸지만 그녀는 침묵한다.

에이브럼은 계기를 확인하는 동안 잠시 대화가 붕 뜬 채로 내버
려 둔다. "고도 2000킬로미터 이상에서 벽을 지나갈 거야. 아무것도
우릴 못 건드려. 설사 그렇다 해도 괜찮아. 그저 안전하게……."

그가 스위치를 탁 젖히자 안전띠 안내등이 켜진다.

"……저기."

나는 초조하게 줄리를 지켜보면서 자리에서 나온다. 그녀가 조종
실 안으로 한 걸음을 옮기자 나는 가로막으려고 마음의 준비를 한
다. 하지만 폭발은 일어나지 않는다.

"에이브럼, 내 말 잘 들어요." 분노는 담겨 있지 않다. 그녀의 목소
리는 낮고 약간 떨린다. 간절하다. "나는 디트로이트에 가야만 해요."

나는 조종실 거울에 언뜻 비치는 그녀의 얼굴을 보려고 애쓰며
몸을 기울인다.

"나한테는 중요한 일이에요."

에이브럼이 이마를 찌푸리며 몸을 틀어 돌아본다. "왜?"

거울이 잘 보이지 않는다. 하지만 줄리의 얼굴에서 그녀 안의 퍼
즐을 풀 단서를 얻길 바라며 더 가까이 몸을 기울이자…… 뭔가 다
른 것이 보인다. 그녀의 성질보다도, 그녀의 꿈보다도, 그녀나 나의

비밀들보다도 더 위험한 무엇.

국경 장벽에 작은 불빛이 반짝인다. 밝은 점이 올라오고 있다.

"어?" 나는 불쑥 내뱉는다. 어떤 말도 찾을 수가 없다. 나는 에이브럼과 줄리 사이로 거칠게 팔을 찔러 넣어 창밖을 가리킨다.

그들도 본다.

"에이브럼?" 줄리가 소리친다.

"아니야." 마치 거기에 어떤 실수가 있는 것이 틀림없다는 듯, 분개에 찬 불신이 담긴 어조다.

그 물체는 수직선으로 된 벽에서부터 줄을 그리며 올라왔고, 다른 불빛이 반짝이더니 멀리에서 동그란 불덩어리가 피어난다. 몇 초 후에 그 소리가 타격을 준다. 바닥에서 낮게 쾅 하는 것이 느껴진다.

"빌어먹을, 이건 대체 뭐야?"

노라가 비행기 앞부분의 병목 지역에 합류하며 말한다. 반짝이는 작은 반점 두 개가 더 벽에서 올라와서 폭발한다. 이번에는 더 가깝다. 연기의 구름 세 점이 하얀 줄기를 땅 쪽으로 늘어뜨린 검은 장미 꽃다발처럼 공중에 떠다닌다. 처음에는 수직으로, 두 번째는 약간 곡선을 그렸고, 세 번째는 똑바로 우리 쪽을 가리키고 있다.

"아빠, 무슨 일이에요?" 스프라우트가 울먹인다.

"자리에 있어, 무라사키!"

뭔가가 날카로운 소리를 내며 창문들을 지나갔고 나는 순간적으로 존재하지 않는다던 장벽의 대공 방어 시설을 포착한다. 어린이용 장난감 로켓처럼 뾰족한 지느러미가 달린 파란 원통에 빨간 원추형 앞부분. 그것은 머리 위 어딘가에서 비행기를 아래로 떠밀며 폭발한다.

"그레이리버." M이 꿈꾸는 것처럼 말하며 창문에 얼굴을 대고 남아 있는 불의 구름을 올려다봤다. "매그넘 엑스엘."

"뭐?" 에이브럼이 M 쪽으로 목을 길게 빼며 소리친다.

"구식 열 추적 미사일이야."

"왜 자꾸 빗나가는 거야?" 노라가 마치 그 질문이 주문을 깨기라도 할 것처럼 몸을 움츠리며 묻는다.

"전투기 엔진에 맞춰져 있어서 그래. 우린 너무 차가운 거지."

"그럼 우린 지나갈 수 있겠네." 에이브럼이 절박한 자신감에 차서 선언한다. "우리를 못 맞힐 테니 지나갈 수 있을 거야."

M이 눈을 크게 뜬다. "아마도, 그런데……."

"너 미쳤어?" 노라가 악을 쓰며 말한다. "비행기 돌려!"

에이브럼은 조종 장치 위에 올린 주먹을 하얗게 되도록 꼭 쥐고 험악하게 앞을 쳐다본다.

"비행기 돌리라고요." 줄리가 말한다. "어딘가 다른 곳을 찾을 수 있을 거예요."

"아이슬란드 같은 곳?" 에이브럼이 을러 댄다. "망할 놈의 아틀란티스 같은?" 그의 목소리는 분노와 두려움이 이상하게 뒤섞여서 떨린다. "다른 어딘가는 없어. 더 이상 시간도 없어. 우리는 닫혀 가는 입 안에 갇힌 상태라고."

장벽에서 또 다른 섬광이 반짝인다.

"에이브럼, 닥치고 제발!" 줄리는 그가 앉은 의자의 등받이를 잡으며 말한다. "돌려!"

"아빠?"

스프라우트는 공포로 눈을 동그랗게 뜨고 복도 중간에 서 있다. 에이브럼은 아이를 무시한다. 그는 조절판을 앞으로 떠민다.

이 미사일의 겨냥은 정확해 보였다. 조종실 한가운데를 뚫고 지나갈 것이다. 신이 우리에게 준 것보다 더 나은 세상, 우리들만의 규칙으로 만든 세상을 향한 우리의 반역적인 희망과 교만한 환상 전부가 재로 타 버리고, 우리는 가치 없는 생명체로 전락하리라.

미사일이 우리 앞에서 터지면서 턱을 강타당한 것처럼 비행기가 앞으로 솟구친다. 내가 복도에 뒤로 넘어지면서 머리를 의자에 박고 바닥에 뻗자마자 비행기가 불덩이로 돌진한다. 한순간, 모든 창문이 다홍색으로 물든 객실은 지옥의 동굴이다. 빌어먹을 판결, 우주적 함정 수사의 인민재판이 아닌 진짜 판결을 요구하는 분노의 포효, 그들을 맞이하는 세상의 결함으로 처벌받는, 태어나고 싶다고 부탁한 적도 없는 어린이들의 비명……

"도와줘!"

스프라우트가 깨진 창문 두 곳을 통해 들어온 바람의 아우성 위로 비명을 지른다. 창문이 아이의 머리카락과 긁힌 이마에서 흘러나온 핏방울을 빨아들이고 있다. 아이는 좌석 팔걸이에 매달려 있다.

줄리는 바닥으로 뛰어내려서 옆으로 달려간다. 스프라우트가 손을 뻗는다. 아이가 자신보다 그리 작지 않았음에도 줄리는 잡아 올린다. 그녀는 아이를 조종실로 옮겨 부기장 자리에 앉히고는 에이브럼의 멱살을 잡는다.

"젠장, 돌리라고요!" 그녀는 그의 얼굴에 대고 고함을 친다.

에이브럼은 줄리에서 자기 딸을, 그리고 창문 밖으로 소용돌이치며 나가는 먼지와 쓰레기의 사이클론을 본다. "제기랄." 그는 낮게 소리를 내며 조종간을 왼쪽으로 돌린다.

비행기가 거세게 선회하자 나는 굴러서 다시 제자리에 앉게 된다. 중압을 못 이긴 못들이 삐걱거린다. 우리는 뒤집어진 세상의 흙으로 된 하늘이 되어, 창문이 지상에서 똑바로 보일 때까지 기울어진다. 공기가 희박해지는 느낌이 든다. 산소마스크가 내 앞에 대롱대롱 거리는 중에 나는 놀랍도록 노골적으로 윤리를 뒤집는 오래된 지시를 기억해 낸다. *다른 사람들을 돕기 전에 자신을 구하시오.*

하지만 이 도덕상의 퍼즐을 논하기도 전에 다시 기압이 높아진다. 귀에서 펑 소리가 난다. 추락하는 게 아닐까 생각할 정도로 급강하를 했지만, 그러더니 우리 앞으로 활주로가 펼쳐지는 것이 보인다. 디트로이트로 뻗어 있는 고속도로의 5차선 구획이.

"착륙…… 저기에?" M이 악문 이 틈새로 말한다. "저 망할 도로에?"

에이브럼은 아무 말도 하지 않는다. 경고도 없고 지시도 없다. 착륙이라는 과제에 완전히 사로잡혀 있거나 우리를 간단하게 처리해 버리는 중이다. 하지만 그가 우리에게 거친 착륙을 할 거라고 말해 줄 필요도 없다. 줄리는 내 옆자리로 미끄러져 들어온다. 그녀의 얼굴은 긴장되어 있지만 두려워 보이지는 않는다. 뭔가 다른 것. 나는 그녀의 손을 잡았고 그녀는 그러도록 허락했지만 손가락은 여전히 꼭 쥔 채다.

"젠장." M이 말한다. "젠장."

"마커스." 노라가 말한다. "숨 쉬어. 숨 쉬는 거 기억해, 알겠지?"

그는 잠깐 집중하더니 앙다문 이 사이로 깊은 숨을 들이마신다.

"그리 나쁘지 않아. 우린 괜찮을 거야."

"네가 어떻게…… 알아?" M이 긴장으로 공기가 꽉 들어찬 폐에서 간신히 찍 소리를 낸다. "비행기 타 본 적도 없잖아."

"아마도 다른 인생에서 탔던 거 같아."

"아마 난…… 다른 인생에서 추락했던 거 같거든."

노라는 미소를 짓더니 그의 무릎을 탁 친다. "이렇게 덩치 큰 남자가 쪼그만 강아지처럼 행동하는 걸 보다니 좋은걸."

M이 그녀를 노려본다.

"진짜로! 너무 사랑스러워."

그는 눈을 감고 한껏 들이마신 숨을 명상적인 한숨으로 천천히 내뱉는다.

"잘하고 있어." 노라가 말한다. "그렇게만 하면 될 거야."

흙먼지와 농작물이라고는 나무딸기 하나밖에 없는 수 킬로미터의 들판을 가르는 고속도로가 우리 앞에 펼쳐진다. 미국에 있는 대다수 고속도로들은 영구적인 교통 체증에 시달렸지만, 이 도로는 아무것도 없는 곳에서 어디로도 이르지 못하는 길, 봉쇄한 국가와 오래된 폐허 사이를 잇고 있다. 아주 오랫동안 다니지 않은 길이다. 도로 가장자리에 블랙베리 덩굴이 기어 나온 부분 말고 우리의 활주로는 깔끔하다.

우리는 빠르고 세차게, 그리고 부딪혔을 때 M의 입에서 새어 나온 작은 끼익 소리와 함께 착륙한다. 바퀴들은 계속해서 으드득 소리를 내며 얇은 아스팔트에 홈을 팠고, 엔진들과 부서진 창문이 잡음의 후렴구로 거기에 참여한다. 객실이 격하게 덜커덕거려서 비행기 전체가 못 한 무더기로 분해될 것 같다. 하지만 고요해지고 엔진의 회전수가 내려가더니 우리는 굴러가다 멈춘다. "뉴욕을 사랑해"라고 적힌 머그컵이 머리 위 짐칸에서 떨어져 나와 바닥에 부딪혀 깨진다. 그러고는 정적.

나는 다시 가볍게 흔들리는 것을 느낀다. 비행기 벽을 통해 축축한 손가락들이 내 피부를 잡아당기는 것 같은 한기를 느낀다. 우리가 위에서 피해 가려던 쓸쓸한 공동묘지가 갑자기 불편하게 가까워진다.

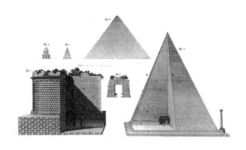

  디트로이트의 변두리가 흐릿한 지평선 위로 어렴풋하게 나타나고, 다른 방향으로는 아무것도 없다. 덤불이 우거진 텅 빈 평지는 사막이 되어 가는 길이다. 에이브럼은 비행기의 노즈콘에 기댄 사다리에 올라가서 안쪽을 뒤적거린다. 기체 전체가 연기에 그을어 거무스름해졌지만, 깨진 창문들 외에 눈에 띄는 손상은 없다.

  "괜찮아?" 노라가 묻는다.

  에이브럼은 원뿔형 뚜껑을 쾅 닫고는 사다리를 내려온다. 자기 앞에 모여 있는 누더기 무리를 죽 쳐다보는 그에게서 나는 체념을 읽어낸다. *어쩌다 결국 내가 여기에서 이 꼴이 되었나? 이 녀석들이랑?*

  "부품이 필요해." 그가 간신히 단어들을 끌어 모은 것처럼 들리게 말한다. "공항으로 가서 잔해를 뒤져봐야겠어." 그는 눈을 가늘게 뜨고 줄리를 본다. "넌 항상 자기 마음대로 해 왔지, 안 그래?"

줄리는 아무 말도 하지 않는다.

"그럼 고칠 수 있는 거야?" 노라가 묻는다. "계속 운항할 수 있어?"

"그래, 계속 갈 수 있지." 에이브럼이 독기를 똑똑 떨어뜨리며 말한다. "계속 가고 또 가고 또 갈 수 있지."

그는 스프라우트의 손을 잡고, 아이의 이마에 난 베인 상처를 잠시 보더니 비행기로 다시 데리고 간다. 잠시 후에 공구 가방을 적재함에 쑤셔 넣고 딸을 등에 업은 채 오토바이를 끌고 화물 경사로를 내려온다.

"저 사람 도움이 필요할 수도 있어." 그는 M쪽으로 고갯짓을 하며 말한다. "너희 나머지는 여기에 있어도 돼."

"거절할래." 노라가 이미 경사로를 올라가며 말한다.

"볼 게 아무것도 없어. 디트로이트는 백골이야."

"어디에서 잃어버린 보물이 나타날지는 모르는 일이지. 나는 간다."

에이브럼은 어쩔 수 없다는 듯 양손을 든다.

"그럼 누구라도 여기 남아서 비행기를 지켜야 해. 아마 누구라도 잔해를 약탈하려고 여기 오는 길에 우릴 쏠 수 있으니까 말이야."

노라는 경사로 꼭대기에 멈춰서 먼지 낀 지평선을 훑어본다.

"우리를 쐈던 것이 자동화기뿐만 아니라 실제 사람이었다고 가정하면, 육로로 적어도 세 시간은 걸릴 거야. 그리고 놈들이 우리를 따라오기로 결정했다면, 우린 분명 여기에서 놈들을 맞이하고 싶지 않겠지."

그녀는 비행기 안으로 사라진다.

"우린 붙어 다니거든, 에이브럼."

줄리가 노라의 뒤를 따라 경사로를 올라가며 말한다.

에이브럼은 참을성을 달라고 기도하는 것처럼 하늘을 올려다보지만, 더 이상 다투지는 않았다. 노라와 줄리는 남은 오토바이 두 대를 끌고 경사로를 내려온다. 에이브럼이 전자 열쇠를 누르자 경사로가 올라갔다. 우리 아이들은 자기들 주변에 무슨 일이 일어났는지 어느 정도나마 파악했을까? 버려졌다고 느낄까, 아니면 그들 정신 속의 다차원적 미로에서 길을 찾느라 바쁠까? 어느 쪽이든 나와 함께 여기 있는 것보단 안전할 것이다. 손전등과 엄청나게 높은 사다리 없이는 아무도 비행기로 들어갈 수 없다.

"악의는 없어, R." 줄리는 내 앞에 오토바이를 세우고 말한다. "하지만 내가 운전해야겠어."

나는 한숨을 쉬고 에이브럼이 단지 우리가 그 어색함을 어떻게 다루는지 보려고 다른 오토바이 두 대를 헬레나에 남겨 뒀던 게 아닐까 궁금해하면서 그녀 뒤로 올라탄다.

노라는 M을 쳐다본다. "타, 비프스테이크."

그는 빙긋 웃는다. "그건 안 돼."

그녀는 분연히 자세를 똑바로 한다.

"정말? 남자는 앞에 타야 한다고? 이게 뭐야, 2020년대인가?"

"그게 아니고." 그는 고개를 젓는다. "그게 그냥…… 안 될 거야."

"왜 안 돼?"

그는 어깨를 으쓱하고는 그녀 뒤에 올라탄다. 그의 몸통이 노라를 연료 탱크 위로 밀어붙였고 가슴은 그녀가 핸들 위로 엎어지도록 누르면서 그녀의 머리 위로 쑥 나온다.

"알았어, 알았다, 알았어!" 그녀는 그의 갈비뼈를 팔꿈치로 찌르면서 숨을 헐떡이며 웃는다. "내려!"

그가 내리고 노라도 여전히 웃으면서 따라 내린다. 그녀는 얼굴로 내려온 머리카락을 쓸어 올리고 '먼저 타시죠.'라는 뜻으로 손바닥으로 오토바이를 가리킨다. 여전히 이 2인조에게는 너무 좁았지만, 반대의 경우보다는 노라의 호리호리한 골격이 M의 산더미 같은 덩치에 매달리는 편이 더 수월하다.

"운전은 할 수 있어, 어쨌든?" 노라가 묻는다.

M은 거의 흔들림조차 없이 스로틀을 밀고 재빠르게 비행기 주변을 한 바퀴 돈다.

"그 정도면 됐어." 노라가 만족스럽게 고개를 끄덕이며 말한다.

나는 M이 히죽거리지 못하게 때려 주고 싶다.

"R." 줄리가 몸을 돌려 나를 보며 말한다. "저 안에서 네 애들끼리 있어도 괜찮겠어?"

나는 비행기를 돌아본다. 보아하니 화장실 감옥이 부서진 듯, 뒤쪽 창문 두 개를 통해 나를 쳐다보는 아이들이 보인다. 멍한 눈으로 나를 응시했는데, 그 얼굴에서 내부 상태를 알려 줄 단서는 하나도 보이지 않는다.

"저 애들은 죽었잖아." 나는 웅얼거린다. "저기보다 안전한 게 어디 있겠어?"

에이브럼은 우리의 신중함에 지쳐서 크게 한숨을 쉬고는 굉음을 내며 먼지 구름 속의 고속도로로 내려간다. M은 그를 따라갔고 줄리는 M을 따라간다. 디트로이트의 고대 도시에는 지평선의 신기루처럼 잔물결이 인다.

* * *

파멸은 하룻밤 사이에 일어나지 않았다. 세상은 격정적인 특수 효과의 만족스러운 절정에서 끝을 맞이하지 않았다. 그것은 느렸다. 지루했다. 한 번에 작은 것 하나씩이었다. 도덕적 기준의 절충 하나, 버려진 이상 하나, 더 정당화된 불평등 하나. 세계를 휩쓴 극적인 파괴의 물결 따위는 없었고, 전부 융합되는 순간 전까지는 외견상 분리되어 있는 사건처럼 보이던, 그저 수십 년 내내 형성된 부패의 반점이 흩어져 있었을 뿐이다.

몇몇 도시들은 뿌리가 잘려 나갔다는 것을 부정하는 베여 쓰러진 나무의 잎들처럼, 수년간 독립된 번영의 환상을 유지했다. 하지만 디트로이트는 맨 아래에 있는 나뭇가지였다. 오래전부터 죽어 있었고, 미국 도시라기보다는 유적지에 더 가까워 보인다. 새로운 기후가 인근의 초원 대부분을 사막으로 바꿔 놓았고, 갈색 모래가 바람에 날려 바스러진 건물에 쌓이고, 주차 구역에 작은 모래 언덕을 형성하면서 모든 것을 덮어 버린다. 떠오르는 태양이 도시의 나머지가 어둠 속에서 부루퉁해 있는 동안 신호등처럼 그 위를 밝히며 부서진 탑들의 꼭대기를 비춘다. 우리가 수십 년 만에 이 장소를 향해 이동하는 첫 번째 사람들이라는 데는 의심의 여지가 없다.

한때 캐나다 국경이었던 강을 건너는 다리 위에서 오토바이가 튀어 오르자 나는 줄리의 허리를 더 꼭 잡는다. 다리의 포장에 생긴 틈새 아래로 녹슨 차들과 쓰레기와 고대인이 남긴 것들로 꽉 막힌 탁한 붉은색 물이 드러나 보인다. 아래에서 올라오는 냄새에 대항하려고 나는 줄리의 목에 기대 그녀의 시나몬 향을 들이마신다.

혹자는 오토바이 뒷좌석에 앉은 내 위치에서 무력함을 발견할 수도 있겠지만, 아름다운 여성의 뒤에 밀착해서 여행하는 것이 최악은 아니다. 도로의 튀어나온 곳들은 침실에서 할 법한 움직임을 만들어 냈고, 나는 앞에 있는 M이 우리를 볼 수 없다는 것이 기쁘다. 한순간 나는 부적절한 발기 때문에 당혹스러워질까 염려했다가 씁쓸하게 미소를 짓는다. 이런 청소년 같은 걱정을 아직도 하다니. 수치심의 세계에 살고 있는 풋풋한 분홍빛 소년의 두려움이 아직도 존재하다니. 이미 오래전 죽어 버린 세상에서, 사람들은 살아남으려고 발버둥 치느라 자기 신체를 두려워할 시간도 없다. 그런데 어째서 그 죽은 세상의 잔해가 아직 내게 매달려 있는 것인가?

우리는 사랑으로 결합한 인류이며, 신체가 우리에게 제공하는 선물을 마땅히 받을 자격이 있다.

이러한 권리 중에서 나는 무엇을 의심하는 것인가?

＊ ＊ ＊

일단 다리를 건너고 나서 도시로 들어서자 도로는 극적으로 악화되었다. 오토바이가 나를 공중으로 뜨게 했다가 다시 쾅 내려앉으며 우리 밑에서 성난 황소처럼 위아래로 흔들거리자, 에로티시즘은 흔적조차 없이 사라져 버린다. 줄리는 스로틀로 속도를 줄였지만, 우리 오토바이는 도로 주행용이었고 이 길은 거의 길이라 부르기도 힘들 정도다. M과 노라 역시 고전하는 게 보인다. 오토바이가 도로에 깊이 팬 구멍에 쑥 가라앉았다가 잔해 덩어리 위로 다시 올라 지나가며 들썩거리자, 노라는 떨어져 날아가지 않으려고 M의 옆구리를 꼭 껴안는다.

"에어브러어엄!" 노라가 M의 어깨 위에서 소리친다. "우리 머-머-멈춰야겠어!"

에이브럼이 동일한 난이도의 고물들 사이로 이리저리 누비고, 스프라우트가 겁먹은 아기 원숭이처럼 그의 등에 매달려 있는 것이 보였는데, 예상대로 그는 노라의 충고를 묵살한다. 그가 무시하고 두 블록을 더 가서 간선도로로 들어가는 모퉁이를 돌고 나자, 도시가 그의 결정을 기각한다.

도로는 차들의 사체로 꽉 막혀, 녹과 고무의 강이 되어 있다. 먼 옛날 길을 내려고 한 수고의 결과 납작해진 차량 더미가 골목을 전부 장악하고 있다. 이 특별한 교통체증을 유발한 마지막 것은 무엇일까? 나쁜 신념을 기념하는 기념물처럼 세월을 견뎌 낸 세계의 기념물? 전쟁이 있었던 걸까? 완전히 죽지 않은 자들의 침략? 숨쉬기에 부적합한 공기 구름의 하강? 아니면 단순하게 대규모의 자각? 1000여 명의 사람들이 차에서 내려서 그들 삶의 비정상적인 재앙을 둘러보고 가족들을 찾으려고 집을 배회했던 걸까? 누구라도 확실히 아는 사람이 있었을지 의심스럽다. 숨 막히는 공포와 방해 전파의 구름 아래에서, 예술과 과학과 인간들의 다른 업적 대부분의 길에서 역사는 사라져 버렸다. 퇴보. 사실은 소문으로, 지식은 불신으로 흐 릿해졌다. 최근 몇 년의 일조차 논쟁의 대상이 되었다.

에이브럼은 폐쇄된 녹슨 고철 벽을 응시한다. 그는 디지털 방식의 붕괴가 명확해지자 정보가 마지못해 물리적인 영역으로 되돌아갔던 때, 기술이 거꾸로 말려들어 가기 시작했던 이 수상한 날들의 유물 인 예전 지도를 재킷에서 꺼낸다. 그러고는 이 구겨진 타이벡 천 위 에 그려진 선을 참고하며 잔해 속에서 도로 표지판을 찾아보며 앞을 본다. 그는 오토바이에서 내린다.

"아이고, 고마워라."

노라가 M의 등에서 떨어져서 팔을 쭉 뻗으며 한숨을 쉰다.

에이브럼은 오토바이에서 공구 가방을 꺼내고 스프라우트의 손 을 잡고는 크라이슬러 PT 크루저의 후드로 뛰어 올라간다. 거기에서 그는 미니밴의 지붕 위로 깡충 뛴다.

"저걸 다 뛰어 넘어가려는 거예요?"

줄리는 녹슨 고철과 깨진 유리의 계곡을 내려다보며 묻는다.

"공항까지는 3킬로미터 정도만 가면 되고, 더 좋은 길은 안 보이 는데. 하지만 말했듯이 너희는 필요 없어. 액시엄의 흉계를 밝히는 FBI 요원 놀이나 하러 가든가, 아니면 여기로 오든가 마음대로 해."

줄리는 그 제안을 고려해 보는 것처럼 망설인다. 그러더니 스프라 우트를 쳐다본다. "그럼 저 애는요? 몇 시간 있다가 돌아올 거라면 저 난리통에 아이를 데려갈 필요도 없잖아요, 안 그래요?"

"얘는 나랑 같이 가야 해."

줄리는 고개를 끄덕인다. "그래요. 그러면 나도 그럴래요."

에이브럼이 냉소를 짓는다. "아이고, 네가 나를 지키려는 거구나. 맞아? 내가 도망치거나 너희 혁명을 저버리지 않게?"

줄리는 그를 무시하고 오토바이에서 내려서 크루저에 올라가기 시작한다.

에이브럼은 킥킥거린다. 그는 밴의 지붕에서 트럭의 화물칸으로 뛰다가 공구 가방의 무게 때문에 약간 뒤로 휘청한다. 스프라우트는 간신히 뛰고 있다.

"이봐." M이 그의 옆으로 올라가며 부른다. "내가 그거 들게." 그는 공구 가방에 손을 내민다. "넌 네 애를 봐."

에이브럼은 M의 얼굴을 덮은 흉터들의 콜라주를 빤히 쳐다보며 주저하다가 가방을 넘긴다. 그러고는 양손으로 스프라우트가 다음 지붕 위로 올라가도록 돕는다. 그들은 힘겹긴 하지만 안정된 리듬으로 앞으로 나아간다.

나는 줄리 뒤로 올라간다. 엽총집 밑에 나중에 덧붙인 것처럼 작은 권총이 그녀의 청바지 허리띠에 꽂혀 있는 것을 알아챈다. 나에겐 그녀가 권총을 가지고 있었다는 기억이 없다. 그녀가 어디에서 그것을 발견했고 어째서 그 발견에 대해 말하지 않았었는지가 궁금해진다. 나를 흘깃 돌아보는 그녀의 눈 안에는 내가 감탄해 마지않던 강철 같은 것이 보였지만, 지금으로서는 내가 그 안에서 번득이는 차가운 날카로움을 좋아하는지 확신할 수가 없다.

✳ ✳ ✳

우리는 위험한 지형을 횡단하는 등산가들처럼, 제일 견고한 차들만 골라 가며 무게를 싣기 전에 각 걸음마다 확인하며 차에서 차로 천천히 이동한다. 처음에 올라갈 때는 모두가 깊이 집중해서 조용히 갔지만, 한 시간 넘게 지나자 이런저런 생각을 허용할 정도로 본능적으로 움직이게 된다.

"마커스." 노라가 말한다. "누가 미사일들을 발사했던 걸까?"

M은 성공한다면 25미터 정도는 쉽게 이동할 수 있을, 연결된 버스의 지붕 위로 기어 올라가는 것에 정신이 팔려 있다. 그는 대답하지 않는다.

"네가 그레이리버라고 했었잖아. 캐나다가 아직도 군대를 가지고 있다 하더라도, 그레이리버 미사일에 접근하진 않았을 것 같은데, 아니야?"

"아니야." M은 버스 정상을 정복하고 끙 소리를 내고는 버스 끝까지 느긋하게 거닐기 시작한다.

"하지만 액시엄은 그렇겠지."

"그래. 모회사니까."

노라는 쿠페 몇 대로 이루어진 구불구불한 언덕을 오르락내리락 걷는다. "도대체 왜 액시엄은 캐나다 국경에까지 손을 뻗은 건데? 누가 국경을 침범할 거라 생각했겠어? 게다가 그들이 방어하고 있는 거라고 생각해?" 그녀는 우리 주변의 황량함을 가리킨다. "*이게?*"

침묵.

"에이브럼?" 그녀는 에이브럼의 답변을 재촉한다.

"내가 액시엄의 방식을 이해했다면 지금 여기에 없었겠지. 시티

398

스타디움에 있는 새 사무실에 자리 잡고 좋은 스카치위스키를 마시면서, 내가 벌어들인 보너스로 회사 여자들 몇 명하고 즐기고 있었을걸."

에이브럼은 이 이야기가 주는 울림을 액시엄의 믿음직한 사나이의 것이랍시고 했겠지만, 절대로 그에게서는 못 봤던 인상이라 완벽하게 설득력이 없다. 나는 이 남자가 스카치위스키나 여자를, 아니 정말로 뭐라도 즐기는 모습을 그리기가 힘들다.

"내가 여기 있는 것은 액시엄이 뭘 하고 있는지 아무것도 모르기 때문이야. 그리고 난 그들이 뭘 한다고도 생각하지 않아."

"그러면 당신은 놈들이 그냥 되는대로 움직인다고 생각해?" 노라가 묻는다. "포스트에 밀어닥쳤을 때에는 아주 대단하게 잘 조직된 것처럼 보였거든."

"혼란을 틈타 탈취하는 건 오랜 수법이지." 에이브럼이 한숨을 쉰다. "공백기 전에 계획된 거야. 액시엄은 반복에 능숙하고, 오래된 행동 중 몇 가지는 아직도 잘 먹히거든. 균열이 보이기 시작할 때가 전진할 때인 거야." 미니쿠페의 앞유리창에 그의 하중 때문에 거미줄처럼 균열이 생긴다. 그는 말장난을 무시한다. "추측해 보자면 국경을 재건하려는 중이라고 하겠어. 미국에 다시 단단한 선을 그어 주는 거지. 공백기 전조차, 그들은 애매한 건 절대 좋아하지 않았거든."

"다른 쪽에 아무도 없다면 국경이 무슨 소용이야?" 줄리는 황당한 선문답처럼 꿈을 꾸듯 궁금해한다. 나는 그녀가 듣고 있지도 않았다고 생각한다. 그녀는 여태껏 몇 블록을 오면서 경계 태세이기는 했지만 멀리 떨어져서 골목이나 옆길을 들여다보는 것 말고는 아무것도 하지 않는다. "달에다가 국경을 그리는 게 더 낫겠다."

"달나라판 한국 같은 걸 말하는 거야?"

에이브럼이 음울하게 미소를 지으며 말한다.

노라가 히죽거린다.

"나도 그거 기억하는데. 아폴로가 착륙한 곳의 북쪽을 여행하고 싶기라도 하면, '친애하는 지도자'의 유령이 승인한 비자가 필요하다지."

"달빛이 네 눈에 닿을 때……." M은 낮은 바리톤으로 노래한다. "……그건 한국."

줄리는 두리번거리기를 멈추고 똑바로 앞을 응시한다.

"그러면 우린 벽을 돌아서 가야겠네."

잠시 멈춤. "돌아서 간다고?" 에이브럼이 따라 말한다.

"메인 주 위로 지나가서 캐나다 노바스코샤 근처로."

침묵. 꾸준하게 부츠가 금속을 긁는 소리, 낡은 서스펜션이 삐걱거리는 소리만 계속된다.

"캐나다는 안 돼요. 당신도 그건 알잖아요. 우린 이 지옥 소굴 같은 대륙을 떠나야 해요."

"말했잖아." 에이브럼은 줄리를 쳐다보지도 않고 말한다. "무선통신 없이 대양을 횡단하는 길은 못 찾는다고."

"그런 허튼소리 그만해요." 그녀는 몽상에서 완전히 빠져나오며 을러 댄다. "난 처음부터 속지 않았고 당신이 포스트에서 헬레나를 지나 온타리오까지 철로 노선 따라오듯이 우리를 데리고 온 이후로 이제는 확실하게 안 속아요."

에이브럼은 입을 다문다.

"당신한테 뭔가 아날로그 방식이 있겠죠. 비행기 코 부분이 항법 장치가 들어가는 곳이니까, 그 부분을 손상시켰을 거라고 추측하고 있어요. 페리의 친구 한 명이 파일럿이어서, 나도 비행기가 어떻게 작동하는지 알아요."

에이브럼은 어깨 너머로 쳐다봤지만, 줄리를 본 것은 아니다.

"넌 애가 하는 말을 이해했어?" 그는 나에게 묻는다. "저 애 말 좀 나한테 번역해 줄래? 난 모르겠거든."

나는 어두워지는 줄리의 얼굴을 본다.

"이 애는 액시엄과 싸우고 미국을 구하고 싶은 거야? 아이슬란드로 도망치고 싶은 거야? 아니면 자기는 현실이 어떻게 돌아가는지 모르니까 자기가 원하는 대로 뭐든지, 동시에 전부 하고 싶대?"

줄리는 쉐비 타호의 지붕 위에 위태롭게 걸터앉아 멈춘다. 그녀는 입술을 굳게 다물고 눈은 가늘게 떴지만, 전적으로 화가 난 건 아니다. 에이브럼의 질문은 타당했고, 나는 그녀도 그것을 알고 있다고 생각한다. 그녀가 하고 싶은 것은 무엇일까? 무엇이 가장 중요할까? 어느 누가 이렇게 작은 것에 엄청나게 큰 것이 달려 있을 수 있는데 어떻게 선택하겠는가?

그녀는 자신의 혼란스러움 아래에서 붕괴되어 내부에서 허물어지고 있는 것 같다. 나는 날카로운 비명이 뚫고 나올 때 그 긴장을 완화시켜 줄 뭔가를 찾고 있다.

스프라우트는 골동품 같은 영화관이 무너지고 남은 것을 어깨 너머로 쳐다보고 있는데, 한쪽 눈이 불안으로 동그래져 있다.

에이브럼이 소총을 어깨에서 내려 손에 쥐고는 숙련된 효율적인 움직임으로 열린 곳에서 열린 곳으로 눈을 돌리며 주변을 둘러싼 건물들을 훑어본다. "뭔데, 아가야? 뭘 본 거야?"

"저 건물. 저게 변했어."

"변했다니?"

"모르겠어." 아이는 집중하느라 얼굴을 찌푸린다. "그게…… 달랐어."

"어떻게 다른데? 뭐가 움직이는 걸 봤어? 아가야, 이건 중요해, 네가 본 게……."

"저건 부서지지 않았어." 아이의 찡그린 얼굴이 경탄의 기색으로 따스해진다. "저건 예뻐."

이것이 에이브럼의 순간에 어떤 종류의 꼬리표를 달았는지 그는 긴장을 푼다. 그는 소총을 총집에 넣는다. 그는 다시 걷기 시작한다. 스프라우트는 몇 번이나 더 뒤를 돌아보더니 아버지 뒤로 가 걸음을 맞춘다.

"괜찮아?" 노라가 눈살을 찌푸리며 묻는다.

"얘는 시각적인 문제가 있어. 가끔 뭘 보거든."

"어떤 걸?"

"거기엔 없는 것들."

나는 등산가의 밧줄처럼 자기 아버지의 팔에 매달려 차에서 차로 올라 다니는 소녀의 얼굴을 지켜본다. 몇 분마다 스프라우트의 좋은 눈이 우리를 둘러싼 잔해들 속 뭔가에 동그래졌지만, 아이는 뭘 봤든지 혼자만 간직한다.

"무슨 일이 있었어?" 나 자신에게 묻는 말처럼 들린다.

"아무 일도 없었어." 에이브럼은 어두운 표정으로 나를 노려보며 말한다. "태어날 때부터 그랬어."

스프라우트가 눈을 가늘게 뜨고 들여다보는 지점을 나도 쳐다본다. 햇볕에 달궈진 콘크리트에서 피어오르는 열기의 아지랑이다. 아이는 내가 하고 있는 것을 알아차리고는 우리의 나이차를 고려하면 괴이한 뉘앙스의 눈길을 우리 사이로 보낸다. 그녀는 좋은 쪽 눈을 감았는데, 처음에는 나에게 윙크하는 거라고 생각했다. 그러나 그러더니 아이는 여전히 한쪽 눈을 감은 채 누가 봐도 확실하게 앞이 안 보일 것 같음에도 그리 어려움 없이 다음 차 위로 날쌔게 건너간다.

뒤를 돌아보는 아이가 나에게 빠진 이를 드러내며 미소를 휙 보여 준다. 척추가 따끔거린다.

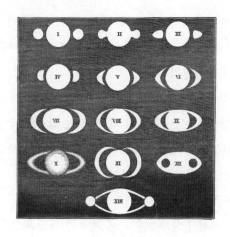

우리

너희는 미래를 알아? 미래가 있어? 넌 뭘 하려는 거야? 뭔가를 할 수는 있어?

소년은 우리가 대답하지 않을 것을 알면서 질문한다. 그는 무한한 서가를 탐색하며 우리 책들의 책등을 훑어봤지만, 우리는 분류되지 않았고 대출도 할 수 없다. 우리는 한 번에 전부를 읽어야만 한다.

무엇을 위한 거야? 어째서 이 모든 걸 기억해? 이걸로 뭘 할 수 있는데?

마른 나뭇잎과 쓰레기 사이로 가죽 같은 발을 끌며 고요한 고속도로를 걷고 또 걸어 횡단하면서 그의 분노가 썰물처럼 빠져나가 흘러간다. 순간적으로 치솟은 격노가 암울한 사색 안으로 도로 빠져든다. 우리는 이런 느낌들을 이해한다. 우리는 그것들이 그의 책 페이지들을 채우는 것과 주위의 수많은 책들을 지켜본다.

너는 좋은 사람 한 명이야? 그는 치솟는 분노에 자주 따라오는 음울한 중얼거림으로 우리에게 묻는다. *아니면 모든 사람이야?*

갑작스레 불어온 뜨거운 돌풍에 나뭇잎들과 맥주 깡통들이 그의 발목 근처에서 소용돌이친다.

엄마랑 아빠야?

우리가 그에게 하나라도 대답해 줄 수 있기를 바랐음에도, 소년에게는 아무 대답도 돌아오지 않는다. 그가 우리를 알고 우리와 이야기하고 거의 우리를 읽을 수 있고, 그의 책들의 몇 페이지가 가장 높은 책장에 줄지어 있었기 때문에 우리는 그를 도와주고 싶다. 하지만 수가 많은 우리를 움직이게 하려면 많은 것이 필요하다.

다른 도시. 쓰레기의 카펫이 더 깊어진다. 깨진 병 하나가 그의 발의 굳은살을 뚫고 들어가 살아 있는 조직을 벤다. 어둡지만 검은색은 아닌 미지근한 혈액이 몇 방울 흘러나온다. 그는 아픔을 느끼지 않는다. 그의 정신은 아주 멀리, 다른 세상에 살고 있었고, 몸의 필요에 할애할 시간이 없다. 그는 뒤에서 다가오는 밴의 소리를 듣지 못한다. 남자가 그를 부르는 소리를 듣지 못한다. 그 남자가 앞에 무릎을 꿇을 때까지 그는 자신의 고독의 영역에 구멍이 뚫린 것도 깨닫지 못한다.

"괜찮니?" 남자가 그에게 묻는다. "네 부모님은 어디 계시니?"

소년은 선글라스의 어슴푸레한 어둠을 통해 남자를 쳐다본다. 놀라움과 염려로 눈을 동그랗게 뜬 남자의 얼굴은 가늘고 갈색에 곱슬

405

곱슬한 짧은 턱수염이 있다. 그는 잠시 대답을 기다린다.

소년은 어깨를 으쓱한다.

"혼자니, 친구는?"

또 다른 남자가 묻자 소년은 밴을 쳐다본다. 음식과 총이 든 가방과 상자가 가득 들어 찬 녹슬고 낡은 폭스바겐 캠퍼 한 대. 남자의 머리가 승객석 창문에서 삐죽 나와 있다. 이 사람은 창백한 얼굴에 노란 머리카락은 덥수룩했고, 눈은 크고 초록색이다. 소년은 이 눈을 더 잘 보고 싶어서 시야를 덮는 선글라스를 벗고 싶지만 그냥 쓴 채로 둔다. 초자연적인 상태에서조차 소년에게는 학습 능력이 있다. 그리고 학습이야말로 소년이 여기에서 하려는 것이다.

초록 눈의 남자가 밴에서 내려서 갈색 눈의 남자 옆에 무릎을 구부리고 앉는다. 그의 팔에는 숫자들이 나선형으로 배열된 문신이 새겨져 있다. 그는 손을 뻗어서 소년의 얼굴을 만진다. 소년은 비정상적으로 단단하게 치아를 흥분시키는 본능적 충동이 턱으로 밀려드는 것을 느꼈지만 억지로 진정시킨다.

"넌 매우 차갑구나." 초록 눈의 남자가 말한다. "아프니?"

"차가워?" 갈색 눈의 남자가 경계하며 묻는다.

"그렇게 차갑지는 않아, 게브."

"이것 좀 잠깐 벗겨 봐도 될까?"

갈색 눈의 남자가 선글라스에 손을 뻗으며 말한다.

소년은 뒤로 물러나서 격렬하게 고개를 젓는다.

"좋아, 알았어." 남자는 손을 위로 들며 말한다. "넌 차갑게 보이고 싶어 하는구나, 알겠다."

초록 눈의 남자가 미소를 짓는다. 그의 눈은 온화하다.

"네 이름은 뭐니, 친구?"

소년은 어깨를 으쓱한다.

"우리랑 같이 갈래?"

소년은 생각한다. 소년의 마음은 구체적으로 계속 우리에게 할 질문을 형성하기 시작하지만 곧 그만둔다. 대신에 그는 도서관으로 들어간다. 눈을 감고 잠깐이지만 방대한 양을 펄럭거리며, 우리의 무한한 페이지들을 훑어 나간다. 그는 뭔가를 얻는다. 이해하기 어려운 간파. 무한한 십자말풀이 안에 있는 한 단어. 그는 초록 눈의 남자에게 고개를 끄덕인다.

"내 이름은 가엘." 남자가 말한다. 소년은 그의 목소리의 억양을, 먼 곳의 울림을 알아챈다. "이쪽은 내 남편 게브레."

"나중에 이야기할 거야. 네가 준비가 되면." 그의 억양도 역시 이국적이었지만, 그런데도 익숙하다. "우선은, 뭐 좀 먹을래? 배고프니?"

소년은 고개를 젓는다.

"목말라?"

그는 트럭 뒤에서 물병을 하나 꺼내서 소년에게 준다. 소년은 그것을 받는다. 그는 그 안에서 출렁이는 액체를, 그러고 나서 액체 안에 출렁이는 미생물을 응시했는데, 알 수 없는 세상에 마름모꼴과 나선형 생물 수십억 마리가 헤아릴 수 없이 살고 있다. 그는 한 모금 마시고 그것들이 건조한 목구멍을 흘러내려가 그의 일부가 되는 것을 느낀다. 그는 가엘과 게브레와 함께 밴에 올라탄다.

나

폴.

나는 우리 아버지에게서 훔쳐온 담배를 피우면서 내 친구 폴 바크와 함께 지붕 위에 앉아 있는 중이다. 나는 담배를 즐기지는 않는다. 그것이 나의 내부를 태우고 있는 것을 느꼈지만, 그 점이 바로 중요하다. 왜 자신을 죽이는 습관을 계속 유지하냐고 물었을 때, 아버지는 담배를 한 모금 깊이 빨아들였다가 성서 한 구절을 내쉬었다.

"'자기 생명을 사랑하는 자는 잃어버릴 것이요, 이 세상에서 자기 생명을 미워하는 자는 영생하도록 보존하리라.'"

그 당시에는 이해하지 못했지만, 이제는 이해한다. 나는 한껏 들이마셨다가 그것이 무지근한 통증으로 희미해질 때까지 기침하고 싶은 충동에 저항한다. 내 생명을 미워하기에 알맞은 느낌이다. 안전한 느낌. 죽음이 내가 원하는 것이라면, 그렇다면 아무것도 나를 고통스럽게 하지 못할 것이다.

"너희 엄마는 뭐 하고 계셔?" 폴이 묻는다.

밑에 있는 잔디밭에서 나의 어머니는 장미 덤불의 가지를 치고 있다. 그 꽃들은 어느 다른 영역에서 새어 나온 순수한 빛깔의 웅덩이처럼 칙칙한 녹색 줄기에 반해 극단적으로 빨갛게 피어 있다. 맹렬한 열기에도 불구하고 꽃들이 마당 도처에 있다. 어머니는 그저 그것들을 위해서 매주 여분의 물수레를 전부 끌고 온다.

"너희 엄마는 왜 저 멍청한 정원에 저렇게 쓸데없이 공을 들이시는 거야? 최후의 일몰을 안 믿으시는 건가?"

폴은 믿음의 부족을 생각하면 항상 그런 것처럼 화가 난 목소리로 말했고, 나는 우리가 더 어렸을 적에 한때 했던, 우리 자전거가 용이고 그의 집은 우리가 정복해야 하는 성이라고 가장하는 놀이를 떠올린다.

"여리고의 성벽을 허물자!" 나와 함께 작은 오두막을 돌면서 그는 유쾌하게 외친다. "주께서 그들의 파멸을 명하셨다!"

내 자전거가 자갈에 미끄러져 넘어지면서 나는 요란하게 들이받는다. "쓰레기 같은 자전거." 나는 타이어를 걷어차며 말한다.

폴은 배신당한 것 같은 표정이다. "그건 자전거가 아니야, 그건 용이라고! 가나안 사람들이 네 용을 죽인 거야!"

"나 무릎이 찢어졌어. 안에 들어갈 거야."

"안 돼! 못 해!" 그의 목소리에는 화뿐만 아니라 공포도 어려 있다. "네가 이걸 망치고 있잖아!"

이제 그는 우리 어머니의 장미 덤불이 더 커다란 일을 망치고 있기라도 하다는 듯 쳐다본다. 그것들은 나에게도 역시 문제였는데, 우리 어머니가 믿고 있기 때문이다. 어머니는 어느 누구 못지않게 강하게 믿음을 갖고 있다. 그렇다 해도 어머니는 꽃을 키우고 난민들을 먹인다. 깊고 직감적인 어떤 생기가 어머니의 믿음의 기반에 흘렀고, 어머니는 이런 무의미한 것들을 행한다.

"여자잖아." 나는 내 친구에게 말한다. "꽃을 좋아하시는 거야. 그게 무슨 의미인지는 생각하지 않으시는 거지."

폴은 얼굴을 찡그린다.

"'이 세상이나 세상에 있는 것들을 사랑하지 말라. 누구든지 세상을 사랑하면 아버지의 사랑이 그 안에 있지 아니하니.'"

"나도 그 구절을 알아, 폴."

"그러면 너희 엄마는?" 그는 생기 넘치는 애완식물을 돌보고 있는 흙투성이 작업복을 입고 있는 허약한 여자를 손으로 가리킨다. "우리 부모님 중 누구라도 가혹한 진리대로 살 만큼 강하기는 해? 아니면 더 연약해지려고 애쓰고 있는 거야?"

어머니는 특별하게 화사한 꽃송이의 이파리들을 쳐냈고, 그것이 그 얼굴에 가져다준 미소에 사랑이 담겨 있다는 것을 발견하기는 어렵지 않다.

"너도 어젯밤 설교에서 들었잖아." 폴이 말한다. "세상은 사랑받으라고 만들어지지 않았다고. 그건 우리를 시험하기 위해 만들어진 거야. '집이 아니라 전쟁터.'"

나는 담배의 마지막 한 모금을 빨아들였다가 꽁초를 튕겨서 버린다. 마른 잔디에서 연기가 피어오른다.

* * *

나는 눈꺼풀을 휘젓는 태양의 붉은 빛에 깨어난다. 눈을 뜨고 갑작스럽게 죄책감의 공포에 사로잡혀 주변을 둘러봤지만 아무도 나를 쳐다보고 있지 않다. 아무도 내 머릿속에서 자라나고 있는 젊은 남자를 볼 수 없다. 나는 태양 아래에서의 낮잠에서 깨어났고, 나의 친구들은 모두 주변에 있다. 나는 잘못한 것이 아무것도 없다.

나는 현실성을 다시 두개골 안으로 문질러 넣으며 몸을 쭉 편다. 공기는 뜨겁다. 도시는 조용하다. 에이브럼은 오래된 비행기의 코 안에서 달그락거리고 있다. M은 뭔가를 톱질하고 있다.

"마커스."

노라는 스프라우트가 드라이버를 가지고 노는 모습을 지켜보며 다리를 꼬고 비행기 타이어에 등을 기대 활주로에 앉아 있다.

M은 정사각형 알루미늄 판을 비행기 바닥에 대롱거리도록 내버려 두고 하던 일을 멈춘다. 그는 착륙장치 위에 걸터앉아 노라를 내려다본다. "응?"

"너는 얼마나 많이 채운 거야?"

"채우다니?"

"지금 온전한 삶이 있는 거야 아니면 아직도 그냥 스케치 상태야?"

멀리서 까마귀가 까악 우는 소리가 들린다. 이 황량한 도시의 사

411

막에서 까마귀는 뭘 먹는지가 궁금하다.

"스케치. 그래도 꽤 많아. 영화로 만드는 것들처럼."

"스토리보드?"

"스토리보드."

M이 톱질을 재개한다. 미풍이 그의 톱질 소리에 어우러지며 터미널 건물들에 난 구멍으로 지나가며 휘파람 소리를 낸다.

"몇 년 동안 영화를 보지 못했는데." 노라가 침울한 미소를 지으며 말한다. "십 대였던 때 이후로 못 봤어."

"마지막은 뭐였는데?"

그녀는 잠시 생각한다.

"「바탈리언」(1985년작 좀비 코미디 영화—옮긴이)."

M이 낄낄 웃는다.

"나도 알아. 내 선택은 아니었어. 좀비가 실제 삶이 되고 나서 좀비 영화에 취향을 잃었거든. 그런데 내가 감옥 구덩이에 있었을 때 경비들이 그걸 보고 있어서⋯⋯."

태양이 공항에 초현실적인 다홍빛을 던지면서 하강하기 시작한다. 줄리는 모여 있는 무리의 보이지 않는 경계 바로 바깥에, 대화의 범위 너머에서 아지랑이 너머로 보이는 도시를 응시하며 앉아 있다. 그녀는 에이브럼과의 마지막 언쟁 이후로 한 마디도 꺼내지 않았다. 나는 그녀가 무슨 생각을 하는지 궁금하다. 나처럼 문제가 있는 꿈을 꾸는 것인지 궁금하다.

"그러면 그 스케치 이야기 좀 해 줘." 노라는 그녀 쪽으로 톱을 켜고 있는 M을 쳐다보며 말한다. "궁금해."

그가 자르기를 마치자 사각형이 떨어져 나온다. 그가 노라에게 그 것을 내려 주자 으스스하게 떨리는 소리가 난다.

"피아노." M이 비행기의 노출된 장기를 응시하며 말한다. "피아노 치는 걸 좋아했어."

"정말로!" 노라가 말한다.

M은 다른 사각형을 자르기 시작한다.

"가족들도 놀랐어. 피아노 치기에는 너무 내 덩치가 컸거든. 내가 꼭…… 서커스 하는 유인원처럼 보인다고 하더라고."

노라는 조용하게 있다.

"운동은 그리 좋아하진 않았어." 그는 톱이 끼익거리는 소리 위로 목소리에 거친 뻣뻣함을 더하며 말한다. "하지만 나는 컸어. 우리 집 에서 큰 녀석들은 레슬러를 했거든."

미세한 금속 조각들이 그의 톱에서 비처럼 내려, 노라 옆 땅바닥 에 쌓인다. 그는 그녀를 내려다본다.

"너 움직이는 게 좋겠다. 머리카락 속으로 들어가지 않게."

노라는 서둘러 비켜서서 잠시 줄리를 쳐다본다. "괜찮아, 줄리?" 그녀는 어색한 거리를 가로질러 부른다.

줄리는 돌아보지 않고 고개를 끄덕인다. 그것으로는 안심이 되지 않는다. 노라는 나에게 눈썹을 추켜세웠고 나는 내가 남자친구의 도 리를 짊어지고 있었다는 것을 깨닫는다. 나는 어떻게 대해야 할지 확신도 없이 나의 여자친구에게 다가가서 그녀 옆에 앉는다.

"줄리?"

"난 괜찮아. 그냥 생각하는 중이야."

그녀는 계속 나에게 옆모습만 보여 준다. 그녀의 눈을 제대로 들여다볼 수가 없다.

"무슨 생각?" 물어보면서도 내 말이 어찌나 진부하게 들리는지 민망하다. *야, 줄리, 뭘 생각하는데?*

그녀는 나에게 이 경솔한 정찰 임무를 그만두라는 경고라도 하듯 머리를 흔든다. 나는 입을 다문다.

"너희 가족은 어땠어?"

노라가 M에게 묻는다. 그들의 대화가 적절하게 안전한 것 같기에 나는 줄리를 주변부에 놔둔 채 그곳으로 되돌아온다.

"엄마는 일찍 떠나셨어. 아빠랑 두 형제랑 자랐어. 형제들 이름은 아직 생각이 안 나."

"그러면 모두 죽었겠네?"

그녀는 손가락 사이로 나사를 하나 돌리면서 무심하게 묻는다. M은 톱질을 멈추고 커다란 입술에 자그마한 미소를 띠고 그녀를 쳐다본다.

"음…… 그래. 아마도."

노라는 고개를 끄덕인다. 전형적인 현대 가족: 사망.

M은 자르기를 마치고 착륙장치에서 내려와서 첫 번째 조각 위에 두 번째 사각형을 떨어뜨린다. 강타당한 우리 항공기의 새로운 창문.

"너는 어때?" 그는 노라 옆 타이어에 기대앉으며 묻는다.

"우리 가족?"

"응."

그녀의 시선은 줄리를 따라 도시 안으로 흘러간다. 부서진 건물.

파묻힌 도로. 열에 달뜬 상실의 악몽처럼 역겨운 주황색 옅은 연기의 잔물결 너머의 폐허.

"하나도 없었어." 노라가 말한다. "나는 그냥 땅에서 자란 거지."

줄리가 일어선다. 그녀가 나를 등지고 있어서 얼굴은 볼 수 없다. 그저 그녀의 머리카락이 바람에 휘날리는 것만 보인다.

그녀는 걷기 시작했다.

"줄리?" 나는 그녀 뒤에서 부른다.

그녀는 계속해서 걸어간다.

"줄리!" 노라가 소리친다. "어디 가는 거야?"

"오줌 누러."

줄리가 대꾸했지만, 그녀의 가라앉은 목소리가 내게 경고를 보낸다. 나는 햇빛이 들지 않고 수직 통로로 매장한 피라미드처럼 바람에 날려 온 모래가 높이 쌓인, 좁은 골목길로 들어가는 그녀를 따라잡는다.

"줄리."

그녀는 계속 걷는다.

"줄리, 나랑 얘기 좀 해."

내가 등을 건드리자 그녀는 계속 걸어가는 동안 팔로 자기 몸을 감싸면서 움찔한다. "내가 보고 있는 것들이 있어, R." 그녀는 애처롭게 훌쩍이며 말한다. 나는 가슴이 철렁하며 그녀가 울고 있다는 것을 깨닫는다. 나는 그녀의 어깨에 손을 얹으려고 했지만 그녀는 손을 밀어내고는 계속 걸어간다.

"뭘 보고 있는데?"

그녀는 불안하게 몸이 좋지 않은 것처럼 고개를 젓고는 자기 팔꿈치를 꽉 쥔다. "이곳은 뭔가 잘못된 게 있어." 그녀의 목소리가 떨린다. "난 그걸 꿰뚫어 볼 수 있어. 묽은 수프처럼. 그리고 내…… 내 꿈이 저기에 있어." 그녀는 고개를 들고 멀리 있는 건물들 쪽, 혹은 속을 쳐다본다. "그 괴물들. 그 남자들. 그리고 나의……."

그녀는 멈춘다. 그러고는 마침내 나를 쳐다본다.

"내가 깨어 있어?"

"그래, 줄리, 넌 깨어 있어. 제발, 그냥……."

나는 그녀를 만지려고 한 번 더 시도한다. 그녀는 돌아서서 달려간다.

✳ ✳ ✳

그녀의 근육들은 젊고 살아 있었지만, 내 다리가 두 배는 길다. 오솔길을 찾으려고 애쓰는 길 잃은 도보 여행자처럼 왼쪽과 오른쪽을 두리번거리면서 복잡하게 얽힌 거리를 힘겹게 빠르게 지나가는 그녀를 나는 가벼운 조깅으로 따라간다. 쌕쌕거리는 호흡이 들릴 때까지 줄리가 달려가게 됐다가, 그녀의 어깨에 손을 얹고 꽉 잡는다.

그녀는 폐가 딱 발작하기 전에 안정될 때까지 길게 숨을 쉬며 빠른 걸음을 늦춘다. 눈물은 말라 있다. 그녀의 두려움은 결단력의 단단한 가장자리로 식어 가고 있는 중인 것 같다. 그녀가 따라가고 있는 표시가 어떤 것이라도 눈에 띄는지 찾아보려고 도시를 훑어봤지만, 나에게는 모든 블록이 다 똑같아 보인다. 예술적 기교와 건축의 수백 년이 형태 없는 덩어리와 흑백 먼지의 모래언덕으로 무너져 내린다. 붉은 저녁 해가 일그러진 고철 덩어리 주변을 슬그머니 기어간다. 시야 한구석에서 형태들이 춤을 추듯 움직이다가 내가 쳐다보자 사라져 버린다. 도시가 원래의 형태를 잊어버리기라도 한 듯, 거리들이 흐릿하고 일그러졌던 광경을 비행기에서 봤던 일을 기억한다. 줄리가 이곳이 뭔가 틀렸다고 말했을 때, 나는 그녀를 의심하지 않았다.

나는 이 광활한 도시의 미로에서 길을 잃는 공포를 떠올리며, 우리가 가는 길의 갈래마다 떨어뜨려 둔, 모퉁이 가게에 있던 장난감 군대 인형의 가방을 하나 집어 들 시간 동안 딱 그녀를 멈추게 할 수 있었다. 줄리는 그런 예방 조치를 고려할 상태가 아니다. 그녀는 창백하고 뻣뻣한 얼굴로 축축하지만 사나운 눈을 하고 무아지경으로 걸어간다. 내가 그녀를 쫓아오지 않았더라면…… 내가 그 불협화음의 기색을 잡아낼 정도로 그녀의 목소리의 선율을 잘 알지 못했더라면…….

암울한 짐작에 빠져 있느라, 그녀가 갑자기 멈추자 나는 거의 그녀와 충돌할 뻔한다. 우리는 최근에 개축한 것으로 보이는 건물 네 채 사이 빈 공간에 건물로 둘러싸인 마당 같은 곳으로 들어간다. 꺼칠꺼칠한 잡초와 영양이 부족해 보이는 덩굴식물들로 가득했지만, 도시의 나머지가 그런 것보다는 고대 이집트와는 덜 닮아 있다. 맥주와 와인 병들, 마리화나 파이프, 한때는 엄밀히 교양 있는 것이었겠지만 비에 녹아 흐물흐물해진 책 무더기로 둘러싸인 접이식 의자들이 그 공간 곳곳에 헐거운 동그라미를 그리며 놓여 있다.

"이건 그들 게 분명해." 줄리는 제멋대로 펼쳐진 정물화의 세부를 받아들이면서 중얼거린다. "'복구자.'"

그 공간 곳곳에 흩어져 있는 것들은 여러 가지 예술 분야의 도구들로 뒤덮인 긴 작업용 탁자들이다. 끌, 붓, 실크스크린, 연필, 페인트 통, 나이프, 코바늘, 구석에는 드럼 세트, 기타 한 무더기, 지휘대 하나, 마이크 스탠드 한 개. 그리고 한 벽에 있는 벽화 하나, 아니면 작은 사람의 무리들에서 백 척 거인들까지, 색과 그림의 밀림 속으로 어떻게든 뒤얽히는 완전히 대비되는 방식으로, 열 몇 개의 벽화를 한데 섞어 놓은 것이 있다.

"그들은 다른 종류의 도시를 건설하려고 했다고, 엄마가 그러셨어."

나는 분노, 슬픔, 그리고 사랑의 불협화음인 그녀의 목소리에 담긴 감정이 무엇인지 알아낼 수 없다.

"다른 가치들에 기반을 둔 어떤 것. 성공의 다른 척도. 세상에 보내는 메시지였던 것 같아."

벽화는 지금은 컴컴한 노란 전구 하나에 한때 전력을 공급하던 태양 전지판이 있는 벽의 맨 위까지 닿아 있다.

"그 활동이 얼마나 지속되었는지 궁금해." 그녀는 전구를 보려고 목을 길게 뺀다. "무엇이 그것을 죽였는지 궁금해."

그녀가 그 벽돌담을 따라 손을 쓸면서 그 공간 주변으로 걸어가자, 나는 그녀 뒤로 몇 발자국 떨어져 따라간다.

"우리는 포스트 대신에 결국엔 여기로 왔을 수도 있었어. 꽤 가까이 왔었는데. 표지판에 16킬로미터라고……." 그녀의 목소리는 마치 아주 먼 거리에서 외치는 것처럼 딱딱하지만 희미하다. "아빠는 출구로 나가지 않으셨을 거야. 엄마는 아빠한테 소리를 질렀는데, 하지만······." 그녀는 운동의 활기를 잃은 유적인 벽화를 올려다보며 천천히 원을 그리며 돈다. "이게 엄마가 견뎌 내기 위해 필요했던 것이었을까?" 그녀의 턱이 떨린다. "엄마는 이것 때문에 우리를 떠났던 걸까?"

"줄리." 내가 너무 다정하게 불러서 그 점이 그녀의 주의를 끈다. "우리 왜 여기에 있는 거야?"

그녀는 나를 쳐다본다. 그녀는 마침내 대답을 할 것처럼 입을 연다. 그러더니 얼어붙는다. 그녀는 귀를 쫑긋한다. 그리고 나도 그것을 듣는다.

엔진 소리. 모래가 깔린 포장도로 위에서 으드득거리는 타이어 소리.

이 유령 도시에 누군가 살아 있다.

우리는 그 차량이 모퉁이를 돌아 사라지자마자 마당에서 나온다. 차 옆에 기하학적인 만다라를 스텐실로 찍은 것을 제외하면 별다른 표시가 없는 창문 없는 흰 화물용 밴 두 대.

내 마음은 총탄을 뺀 총처럼 건조한 찰칵 소리를 낸다. 놈들이 정말로 국경에서부터 160킬로미터를 우리를 따라 온 걸까? 아니면 이미 여기에 있었던 걸까?

나는 줄리를 힐긋 쳐다본다. 그녀는 그저 멍하니 눈을 동그랗게 뜨고 떨 뿐, 얼굴에는 아무것도 드러나 있지 않다.

그녀는 밴의 뒤를 따라 달린다.

나는 소리친다. "기다려!" 하지만 나는 그녀가 그러지 않으리라는 것을 알았고, 이미 그녀를 따라가고 있는 중이다.

419

밴 두 대는 다음 블록의 가운데에 멈췄고, 옆길에서 두 대가 더 튀어나와서 합류한다. 이번 것들은 창문이 있다. 그 밴들이 모두 한 줄로 운행하기 직전에, 나는 그들의 화물을 언뜻 알아본다. 사람들. 각밴마다 10여 명씩 비참하게 차를 얻어 타는 통근자들처럼 빽빽하게 들어차 있다.

탐색조는 아니다. 적어도 우리를 찾는 것은 아니다. 우리는 우연하게 다른 사업에 발을 들이고 만 것이다.

줄리는 밴들의 먼지 구름을 따라간다. 닳아빠진 숲속 짐승의 흔적처럼 깊숙한 도시 안으로 인도하는, 잔해를 치워 둔 경로를 따라 구불구불 지나간다. 나는 줄리의 의도를 알고 싶어 계속 그녀의 시선을 잡으려고 애를 썼지만, 그녀는 완전히 불투명한 앞만 똑바로 본다. 그러고 나서 따라가기에 먼지가 너무 애매해지자마자 우리는 커다란 건물들의 부지 뒤로 들어가는 골목으로 나온다. 밴들은 우리 앞의 오른쪽에 있다.

잠깐 동안 그들이 꿈속의 허구인 것처럼 줄리가 그들에게 달려들까 걱정했지만, 그녀는 대형 쓰레기통 뒤로 몸을 피할 만큼 의식이 또렷하다. 안에 무엇이 들었는지 그 냄새에 구역질을 하며, 큰 소리로 하는 지시와 이리저리 돌아다니는 발소리를 듣는다. 그들이 하는 일을 보는 내 시야를 가로막으며 밴들이 건물 쪽으로 후진했지만, 그들이 승객들을 내리고 있다는 것은 명확하다. 잠시 후 문들이 탁 닫히며 밴들이 떠나고 빈 주차 구역에는 우리만 남는다.

"줄리." 나는 속삭인다. "돌아가야겠어. 다른 사람들에게."

그녀는 고개를 젓는다.

"저기에서 무슨 일이 일어나는지 모르잖아. 그냥 갈 수는……."

줄리는 벌떡 일어나서 건물 쪽을 향해 행군한다. 나는 이를 갈며 저격수가 있는지 창문을 훑어보고 주변 상황에 날을 세운다. 에이브 럼 켈빈과 에반 케널리와 그들의 공격적인 편집증에 주파수를 맞추 려고 시도하며 그녀를 따라간다. 하지만 모든 것이 조용하다.

줄리는 출입구 앞에 멈춘다. 그 출입구는 계단으로 되어 있다. 어 둠 속으로 이어지는 가파르고 좁은 통로.

그녀는 내려간다.

"줄리, 기다려!"

그녀의 다리가 그늘 속으로 가라앉았더니 이윽고 허리가, 그리고 어 깨가 들어간다.

"줄리!"

순간적으로 그녀의 머리가 몸과 분리되어 금빛 머리카락 뭉치가 검은 연못 위에 떠돈다. 그러더니 어둠이 그것을 삼켜 버린다.

　나는 비이성적인 공포와 혼란에 얼어붙어 계단 가장자리에 불안하게 서 있다. 바닥이 보이지 않는다. 그냥 재미없게 생긴 어떤 지자체 건물의 지하 저장고에 한 줄로 이어진 계단이 길게 뻗어 있다. 더이상 계단이라기보다는 바닥 없는 우물처럼 보일 정도까지 깊어지고 가팔라졌고, 매끄러운 돌 벽은 흉물스러운 책들로 채워져 있다. 피로 쓰고 손톱으로 긁고, 차갑고 눅눅하고……

　나는 거기로 내려가고 싶지 않다. 하지만 줄리가 저 아래에 있다. 내가 두려워하는 것이 무엇이든 그녀가 그것과 홀로 있다.

　나는 그 깊은 곳으로 뛰어 든다.

　맨 아래에 이르자, 다음 계단이 더 있을 거라 예상했던 곳에서 단단한 바닥을 발견하여 다리가 휘청한다. 걷는 기술을 익히면서 휘청거리는 걸음 다음에 한 걸음을 딛는 어린 시절의 기억. 그것이 어린 시절에서 온 것이 아니라는 것을 제외하고. 숲을 휘청거리며 가는 검은 슬랙스를 입은 긴 다리는 죽은 여자에게서 멀어져…….

"줄리!" 나는 낮게 그녀의 이름을 부른다.

"뭔데?" 그녀의 목소리는 몽유병자가 웅얼거리는 소리처럼 아련하고 단조롭게, 좁은 터널을 통해 메아리쳐 내게 돌아온다. 눈이 어둠에 적응하자 앞에서 까닥거리는 희미한 빛을 알아챈다.

나는 그녀 옆으로 달려간다. 그녀는 자기 발만 비추면서, 손전등을 축 늘어뜨려 들고 있다.

나는 우회 경로로 시도해 보기로 결정한다.

"손전등은 어디에서 났어?"

"에이브럼 거야."

그녀는 빛의 타원이 지나쳐 가는 포장된 바닥에 눈을 고정한 채 잠깐 한 번 뛰고 빠른 걸음을 유지한다.

"그 사람 손전등을 훔쳤어?"

"나는 가끔 이것저것 훔치거든."

나는 주저한다. "왜?"

"세상이 내 것을 훔쳐 갔으니까. 모든 것을 앗아 갔어." 줄리는 두 번 눈을 깜박였고, 나는 멍한 시선에도 불구하고 그녀의 눈이 젖어 있다는 것을 깨닫는다. "이번만은 다른 쪽 끝에 있다는 게 기분 좋거든."

그녀는 정지한다. 통로는 지하 저장 구역 같은 곳으로 열려 있다. 부서질 것 같은 파피루스로 숙성되어 가는 상자 더미, 오래된 베이지색 컴퓨터 모니터처럼 사무실의 전형적인 물품이 있다. 한 가지 눈에 띄는 예외라면 어두운 색의 체액으로 끈적한 메스와 갈고리와 가위와 톱이 쌓여 있는 바퀴 달린 철제 트레이다. 바닥은 위로 올라가는 계단으로 이어진 발자국들의 흔적을 제외하고는 먼지가 두껍게 쌓여 있다.

줄리는 격자무늬 총집에서 산탄총을 꺼낸다. 계단 꼭대기에는 문이 하나 있다. 나는 조심하라고 또다시 거의 애원하다시피 하지만 그녀는 잠깐 멈추지도 않는다. 밀대를 발로 차서 문이 휙 열리자 그녀는 전략적으로 쭈그리고 앉아 안으로 들어가 낮은 사격 준비자세로 총을 떠받친다.

나는 무기도, 훈련도, 대비도 없이 그녀 뒤로 느릿하게 선다. 하지만 그 어떤 고등학교의 전투 수업도 나에게 이것을 대비하게 할 수는 없었을 것이다.

우리는 대학교 도서관을 닮은 곳에 들어와 있다. 높이 솟은 천장과 스테인드글라스 창문, 색이 짙은 오크나무 탁자와 선반. 한때는 장엄했을, 심오한 추구를 위한 심오한 장소였지만, 그 위엄은 세월과 쇠퇴에 의해서가 아니라 공리주의에 의해서 파괴되었다. 벽에 붙은 청동 램프를 필요 없게 만드는 천장에 매달린 알루미늄 케이스에 들어 있는 형광등. 늘어선 접이식 철제 탁자들로 보충되어 온 호화로운 목재 탁자들, 그들 주변의 유물들을 흉내 내는 흰 포마이카 표면. 그리고 물론 스테인드글라스 창문들은 플라스틱판으로 보호되고 있다.

하지만 아무래도 나는 그 단서를 묻어 버리고 있는 중인 것 같다. 아마도 나는 그 방에서 더욱 두드러지는 특징을 회피하고 있었는데 이런 이미지들을 처리하는 데 지쳐 버렸기 때문일 것이다. 이 세상의 광기에 머리를 쥐어뜯고 싶지 않아서 실내 장식으로 눈을 돌리는 일이 필요했는지도 모른다.

그 도서관은 적어도 200명은 되어 보이는 헐벗고 고무 개목걸이에 묶인 좀비로 가득하다. 기이하게 대다수가 차분했음에도 불구하고 벽, 선반, 몸부림을 치거나 돌진할 때 그들을 고정시키기에 충분한 단단한 것이라면 무엇에든지 쇠사슬로 묶여 있다. 탁자들은 어울리지 않는 용품들의 모음으로 어수선하게 흐트러져 있다. 의료나 고문에 쓰이는 반짝이는 금속 도구들이 휴대용 스테레오, 화장 도구, 텔레비전, 장난감, 그리고 신선한 인간의 손가락들이 담긴 항아리와 나란히 놓여 있다.

달랑거리던 형광등이 꺼진다. 유일한 빛은 스테인드글라스를 통해 들어와 거대한 공간을 그늘로 더 짙게 만드는 음산한 파란 빛이다. 줄리는 주변을 확인하기 시작했고 나는 그녀를 따라간다. **죽은 자**들이 어디에나 있다. 열람실 안의 무리뿐만 아니라 예비품처럼 복도 한적한 곳에 놓아둔 단독 표본도 있다. 나의 추정치는 300까지 올라간다. 다양한 연령, 인종, 그리고 성별이 있었지만, 한 가지 특성만은 공통이다. 신선도. 대다수가 그들의 상태를 드러내는 납빛 눈과 측은한 신음뿐으로 완전히 손상되지는 않았다. 몇 명은 부상(총구멍, 물린 자국, 사지 중 한두 개 손실)이 있었지만 어제 죽은 것처럼 피부가 항상 창백하고 매끈하다.

줄리는 체계적으로 복도를 훑으며 벽을 따라 돌아다닌다. 그녀의 얼굴은 나에게는 낯선(군인의 단호한 효율성) 가면으로 잇따라 스르륵 변해 간다. 우리의 교외에 있는 새 집 지붕에 앉아서 어린 시절 이야기를 주고받던 밤이 떠오른다. 내가 해 줄 수 있었던 이야기는 전부 시체 시절 초기의 맥락이나 연속성이 결여된 어렴풋한 단편(*사슴을 먹으려고 시도했던 것, 소년과 함께 걸었던 것, 노래 부르는 소녀를 지켜봤던 것*)이었지만, 그녀의 기억들은 환경 제어가 되는 귀중품 금고에 몇 년 내내 보관해 뒀던 것처럼 다채롭고 산뜻했다. 브루클린에서의 그녀의 삶에는 상승하는 수면이나 거리의 탱크들을 지켜보는 것뿐 아니라 스틱볼 경기와 운동장 연애와 남아 있는 행복의 향 또한 있었다. 타르가 칠해진 아파트 옥상에서 벌어진 와인 파티. 빈 병들을 버려진 옆 건물에 던지다가 창문에 맞혔을 때 즐거움의 비명을 지르면서 하얀 드레스를 입고 웃는 그녀의 어머니. 비상계단에서 알아본 로렌스와 엘라. 그의 아버지조차 방긋 웃으며, 값을 매길 수 없는 귀중한 빈티지 와인을 한입에 털어 마시고는 예전 밴드의 노래 하나로부터 몇 마디를 큰 소리로 노래했다…….

줄리의 산탄총은 기계적인 정확함으로 방의 윤곽을 따라가며 여분의 팔처럼 그녀의 몸과 함께 움직인다. 이윽고 마지막 복도의 모퉁이를 돌다가 멈춘다. 총이 바닥으로 떨어진다.

……그녀의 예전 침실은 아버지의 회색 요새의 공허함에 반해 색과 혼란이 고동친다. 하늘색 천장, 옷으로 뒤덮인 바닥, 미술관의 부속 건물 같은 벽, 영화표와 콘서트 전단지, 잡지와 시, 예전 세상의 열정이 담긴 유물을 위한 빨강, 그녀 자신의 수줍은 기여로 훔쳐온 명작들로 이루어진 개인적 수집품을 위한 하양, 아무것도 꾸미지 않았고 여전히 그러한 벽, 아직 실현되지 않은 좋은 꿈을 위한 노랑,

그리고 검은 벽. 내가 물어보기가 두려워서 어떤 목적을 위한 건지 알 수 없던 벽. 왜냐하면 그 벽에는 단 하나의 장식만 있었기 때문이다. 어두운 광야를 방황하는, 줄리와 아주 많이 닮은 여성의 사진.

줄리는 팔을 양옆으로 늘어뜨리고, 이미 눈물이 차오르고 있는 눈을 동그랗게 뜨고 그녀의 총만큼이나 볼품없게 바닥에 넘어진다. 그녀는 코앞에서 뼈만 남은 손가락들이 후려치려고 해도 움찔하지 않는다. 어머니가 목줄이 팽팽하게 당길 정도로 자기 딸의 목을 향해 쉿쉿거리고 신음 소리를 내며 이를 가는 동안 거의 완전히 무너진 상태로 무릎을 꿇는다.

Fig. 5.

줄리가 죽고 싶어 하는지도 모르겠다는 생각이 든다. 손목의 흉터는 그녀가 그 열망과 함께 춤을 춰 왔음을 입증했지만, 나는 항상 그것이 유년기의 것이었을 거라고, 시간의 거리만큼 저만치 아래 묻혀 무해하게 된 화석일 거라고 믿어 왔다.

이 사건이 그 화석을 발굴해 내게 될까?

신에게 무엇이든 가져가 달라고 애원하며 회개하는 것처럼 무릎을 꿇는 줄리 앞의 여자는 열렬하게 베풀려는 것처럼 보인다. 그녀는 자신을 묶어 둔 책장의 책 대부분을 흔들어 떨어뜨린다. 한 번 돌진할 때마다 책장이 약간씩 움직인다. 나는 줄리의 겨드랑이 밑을 잡고 그녀를 몇 걸음 뒤로 잡아끈다. 그녀의 몸은 평소보다 훨씬 무거운 늘어진 자루 같다. 그녀는 감정이 산산이 부서진 것처럼 멍하니 앞만 쳐다본다.

그녀는 이것을 예상했을까? 아마 알아 왔을 수도 있지 않았을까? 미친 희망, 아마도 그녀의 마음속에서 곪아 가는 과열된 소원, 하지만 그녀가 이 현실을 상상이라도 했다는 것을 나는 믿을 수가 없다.

그녀의 어머니는 죽었지만 죽지 않았다. 꿈속에서 걸어 나와 악몽 속으로 들어가고 있다.

이 여성은 오래전에 죽었지만, 그녀의 외모로는 짐작할 수 없었을 것이다. 방랑하던 수년간 나에게 부패를 피할 수 있도록 해 준 내면의 불이 무엇이었든, 줄리의 어머니에게도 역시 그러했던 모양이다. 그녀는 잿빛에 수척했고, 금발은 딱지투성이 레게머리였지만, 얼굴은 사진에서 봤던 우아한 아름다움을 간직하고 있다. 노래진 치열과 게걸스러운 비웃음으로 일그러졌지만 여전히 그 아름다움이 있다. 나의 감성적인 마음은 그녀에게 삶을 돌려주고, 재빠르게 줄리를 고아원에서 데려와서 줄리의 마음에 든 멍을 전부 치료해 주는 환상으로 부풀어 오른다.

하지만 그러고 나자 나의 눈은 더욱 이성적인 보고를 전달한다. 이곳에 있는 모든 **죽은 자**들처럼 줄리의 어머니도 벌거벗었다. 피부에는 폭력으로 지속된 삶의 불가피한 결과인, 칼과 총탄에 의한 상처들이 별자리처럼 나 있다. M의 부상과 비교하자면, 나는 그것들이 피를 흘리기 시작하는 기쁜 날에 노라가 고칠 수 있을 거라는 확신을 느낀다. 하지만 이 여성은 총상으로 죽지 않았다. 이 여성은 자기 딸의 방에 몰래 들어가서 아이가 잠든 것을 보고 나서 혼자서 도시로 들어갔다. 아마도 침통한 적막 속에 걸었거나, 옷과 머리카락을 뜯고 **죽은 자**들에게 그들이 차지하려고 파괴한 세상을 가져가라고 외치면서 그 밤에 성난 소리를 내뱉고 울부짖었을지도 모른다.

그리고 **죽은 자**들은 그 말대로 했다.

그녀의 얼굴은 다치지 않았음에도 몸은 쥐들이 고기를 가져간 듯 물어 뜯겨 있다. 종아리와 허벅지에서 커다란 덩어리들이 사라져 있고 요동치는 움직임을 일으키느라 경련을 일으키는 노출된 근육이 보인다. 이 물린 상처 중 어느 것이라도 좀비로 변하기 충분한 이유였겠지만, 역병을 뿌리치기만 할 수 있다면 그 상처 역시 치유할 수 있을 것이다. 나의 환상에서 그 화창한 빛을 쏠려 내려가게 한 것은 그녀의 흉곽이었어야 할 왼쪽에 딱 벌어져 있는 자리였다. 죽음의 창백함에서 온 회색과 과한 흡연으로 인한 검정색을 띤 남아 있는 폐가 척추에 축 늘어진 채 남아 있는 것이 보인다. 그녀의 생명력 없는 심장이 보인다.

이 구멍은 당연하게도 줄리의 시선이 고정되어 있는 곳이다. 그녀는 벌써 무슨 일이 있던 건지 파악을 마친다. 그녀의 얼굴은 줄줄 흘러내리는 눈물의 반짝임을 제외하면 고요하게 움직이지 않고 있다.

나는 신이 저주를 내리기를 바란다. 그중 어느 것이든 그 전부를 받아들일 것이다. 번개가 내리쳐 내 입을 다물게 할 때까지 비명을 지르고 신을 모독할 것이다. 누군가 이 말도 안 되는 잔학함, 이 가공할 정도로 긴 고문에 대한 답을 가지고 있어야만 했다. 하지만 나는 빈 집의 문을 두드리고 있다. 우리뿐이다. 나와 줄리와 그녀의 어머니뿐. 그리고 복도 저편에서 우리 쪽으로 행군해 오고 있는 베이지색 재킷의 세 남자.

"대체 너희는 누구야?" 누군가 소리친다. "여기엔 어떻게 들어왔어?"

줄리는 나를 밀치고 지나쳐서 복도를 따라 성큼성큼 걸어간다. 산탄총이 그녀의 손 안으로 돌아오더니 발포-조준-발포-조준-발포가 이어진다.

동굴 같은 공간이 낮은 반향으로 우르르 울린다. 세 남자가 바닥에 죽어 쓰러졌다. 그들의 뇌는 그들 사이에 생긴 웅덩이로 섞여 들어가서 아마도 마지막 혼란스러운 생각을 공유하는 것 같다.

나는 그들의 시체를 탐색하는 줄리를 지켜본다. 마치 망원경을 통해 그녀를 보고 있는 것처럼, 멀리 떨어져 있는 것 같고 왠지 그 방과 동떨어진 것처럼 보인다. 나는 줄리가 사람을 죽인 적이 있다는 것을 알고 있다. 그녀는 그중 몇 명, 열 살에 했던 첫 살인(그녀 아버지의 목을 조르는 한 남자를 등 뒤에서 칼로 찔렀던 것)에서부터 1년도 채 안 된 가장 최근의 것(일반적인 강간범이 덤불 속에 숨어 있던 상황)에 이르기까지 나에게 이야기했다. 하지만 그녀가 그렇게 하는 것을 직접 본 것은 이번이 처음이다. 이 광경이 준 충격에 나는 고민에 빠진다. 지금까지는 사실상 그녀를 믿지 않았던 것처럼.

줄리가 경비들의 재킷 하나에서 열쇠 한 벌을 꺼내서 나를 지나쳐 어머니에게로 걸어간다. 그녀는 케이블 위의 자물쇠를 열어 책장에서 풀어 준다. 어머니는 쉭쉭거리며 그녀에게로 덤벼든다.

줄리는 어머니를 주먹으로 친다.

"그만해요." 그녀는 딱딱하게 단조로운 목소리로 말한다. "난 엄마 딸이에요. 엄마 이름은 오드리 모드 아르날즈도터(아이슬란드 이름, 아르날즈의 딸이라는 뜻—옮긴이)고 나는 엄마 딸이에요."

오드리는 눈을 동그랗게 뜨고 입을 벌리고 그녀를 쳐다본다. 그러더니 다시 달려든다.

줄리는 어머니가 밀려나 책장에 등을 박을 정도로 세게 친다.

"그리고 엄마는 비겁해요." 줄리는 떨리기 시작하는 목소리로 계속해서 말한다. "그리고 포기도 잘 하는 사람이고. 그리고 지긋지긋한 어린애 같고. 그래도 엄마는 인간이잖아요, 그리고 인간처럼 행동하게 될 거예요."

오드리는 입을 턱 벌린 채 책장에 기대 줄리의 시선과 마주치는 것을 거부하며 방 여기저기를 둘러본다. 줄리의 말이 어떤 기억이라도 촉발하기는 고사하고 뭐라도 이해했다고 말하기도 불가능해 보였지만, 순간적으로 진정되는 듯하다.

"엄마 좀 봐." 줄리는 나에게 말하고는 복도 밖으로 걸어 나간다.

줄리가 달가닥거리며 도서관을 돌아다니는 동안 오드리와 나는 불편한 침묵을 공유한다.

"저는 R입니다." 나는 터무니없이 반사적인 몸짓으로 그녀에게 손을 내밀며 웅얼거린다. "줄리 남자 친구죠." 오드리는 고개를 갸웃한다. 검은 액체가 턱 아래로 흘러내린다.

줄리는 더러운 실험 가운과 끝에 고리가 달린 긴 철제 막대를 들고 돌아온다. 그녀는 실험 가운을 어머니의 몸에 두르고는 어머니가 버둥대는 동안 억지로 팔을 소매에 끼운다. 일단 단추를 채우자, 몸의 무시무시한 부분이 가려지고 갑자기 인간적인 외견이 돌아온다. 그저 샤워가 필요한 과로한 의사처럼 보인다.

그 변신이 줄리의 빈틈을 찌른 모양이다. 앞의 생물이 갑자기 기억 속의 여자로 변하자 의연한 투지가 흔들리고 눈물이 돌아온다.

한순간 오드리조차 그것을 느꼈을 듯싶다. 얼굴 위로 인식의 빛이 스쳐 지나갔고, 흉포한 행동은 온화한 놀라움으로 순화되었다. 그러더니 그것이 지나가 버리고 그녀는 쉭쉭거리기 시작한다.

줄리는 막대기 끝의 고리를 어머니의 목걸이에 달린 쥠쇠에 연결한다. 나는 그녀의 의도를 갑작스레 이해한다.

"줄리." 줄리가 안전한 거리를 유지하도록 해 주는 장대로 광견병에 걸린 개처럼 어머니의 목을 끌자, 나는 그녀를 부른다.

"뭐." 그녀는 그 복도에서 빠져나와서 출구를 향해 대학교의 더 깊숙한 곳으로 향한다.

나는 우리 주변에서 몸부림치는 가련한 수감자들과 눈을 마주치는 것을 피하며 그녀를 따라간다. 저들 역시 우리가 풀어 줘도 괜찮을까? 그런데 그러고 나서는? 쓰러진 경비들의 무전기에서 시끄럽게 떠드는 소리가 들린다. 증원 요청, 복귀의 목소리, 반복. 여기에서 무슨 일이 벌어지고 있든, 누군가 저 목소리를 침묵시킬 때까지 계속 벌어지고 있을 것이다. 우리는 오늘 밤 모두를 구할 수 없다.

나는 오드리의 가운이 옆구리에 난 구멍을 통해 바람에 마구잡이로 부풀어 오르는 것을 쳐다본다. 우리는 오늘 밤 아무도 구할 수 없다.

"뭐?" 줄리가 나를 돌아보며 다시 묻는다. "말해 봐."

그 말이 목구멍이 박힌다. 아니, 그녀의 어머니는 절대로 그녀에게 돌아올 수 없다. 그래, 그녀의 어머니를 우리와 함께 데려가는 것은 미친 짓이야. 그리고 맞아, 물론 어떻게든 그렇게 하겠지. 달리 생각하는 괴물이 되고 싶다.

"아무것도 아니야. 가자."

우리는 저 걱정 없는 여름 의례의 차가운 반향 속에, 학기 마지막 날의 아이들처럼 웨인 카운티 대학의 계단을 달려 내려간다. 오래전 죽은 학생들의 소리를 들을 수 있고, 그들이 나를 밀어젖히고 지나가는 것을 거의 느낄 수 있다. 같은 나이임에도 불구하고 내 옆에 있는 여성과 전적으로 다른 생물 같은 반쯤 형성된 번데기, 긍정의 고치 안에 있는 젊은 미녀의 비명이 들린다. 떠밀고, 웃고, 과시하고, 비하하며 모두가 모두를 시험하고 그 자리를 위해 할퀴고 쪼는, 정력과 음량을 동일시하는 원숭이 같은 소년들이 내는, 치장한 차에서 나오는 베이스음이 들린다. 도시가 내 주변을 휘돌며 덮어씌운 순간들의 흐릿한 형체, 시간의 아지랑이를 통해 나는 줄곧 보고 듣는다. 대학에서 거리 건너편(문자 그대로 바로 이웃)은 디트로이트의 영안실 협회다. 한 블록 떨어진 곳은 '페리 장례식장'(눈을 깜박거리고 비벼도

봤지만 정말로 그랬다.)으로 읽히는 간판이 걸린 허물어져 가는 건물이 있다.

내가 깨어 있어? 줄리는 나에게 물었고, 나는 태평스러운 자신감으로 대답했었다. 그 자신감이 사라져 버린다.

나는 내가 흘린 플라스틱 군대의 흔적에서 소년다운 위안을 얻는다. 내가 지도자와 함께 국가의 군대에 있는 군인이라고, 그들을 따를 명확한 명령과 타당한 명분이 있다고 상상한다. 아마 열몇 블록을 가는 동안 이 확실성을 한껏 즐겼는데, 그러고 나니 해가 사라졌고 나의 군대는 어둠 속으로 희미해져 간다.

"젠장." 나는 숨죽여서 내뱉는다.

줄리가 훔쳐온 손전등이 가느다란 빛줄기를 드리웠지만 우리가 흔적을 잃어버리기까지는 긴 시간이 걸리지 않는다. 오드리는 거의 차분한 상태로 자기 딸을 따라왔지만, 줄리는 때로는 벗어나려 하고 때로는 그녀 쪽으로 달려드는 어머니를 제어하기 위해 계속 두 손으로 막대기를 꼭 잡고 있다. 이렇게 계속 간다면 뭔가 더 악화되기까지는 시간문제일 것 같다.

줄리는 허리띠에서 권총을 꺼내서 독특한 리듬으로 허공에 발포한다. 탕. 탕탕. 그러고 나서 그녀는 하늘을 쳐다보고 귀를 기울인다.

몇 초 후 강 건너 어디선가 소리가 들린다. 탕. 탕탕.

줄리의 얼굴에 안도감이 밀려들었고, 나는 이 암울한 투지의 푸가가 그녀의 성격을 완전히 묻어 버린 것은 아니었음을 깨닫는다. 이 도시의 유령이 나오는 묘지에서 밤을 보내는 공포를 상상하며, 딱 나만큼 겁에 질린 채 그녀는 거기에 있다.

강을 참고로 하여 우리는 시내 중심가로 돌아가는 길을 찾아 나선다. 그러다 우리가 두고 떠났던 곳에서 기다리고 있는 오토바이와 좌석 위 콘크리트 덩어리에 깔린 쪽지를 함께 발견한다.

비행기로 돌아간다
집으로 와라 미친년아

우리 둘 다 오드리를 쳐다보고는 오토바이를, 그리고 서로를 쳐다본다.

"네가 운전해. 내가 후미에 앉아서 엄마를 우리 사이에 고정할게."

오드리는 혼란스럽게 부글부글 끓어오르는 분노로 이를 간다.

나에게는 이 계획의 결함을 설명할 말이 필요 없다. 나는 오드리의 입을 가리키고 내 목을 가리킨다.

줄리는 잠시 생각하더니, 나에게 오드리의 막대를 넘겨주고 자동차 잔해 무더기로 뛰어든다. 그녀는 총탄에 뚫린 오토바이 헬멧을 들고, 그 안에 들어 있던 오래된 두개골을 흔들어 빼며 나타나서는 그 낡은 하얀 구체를 어머니의 머리 위로 힘껏 씌운다.

"물지 마요, 엄마."

헬멧의 뚫린 구멍안에서 오드리의 탁한 청회색 눈이 커다랗고 험악하게 변한다.

줄리는 바이저를 탁 내린다.

도로 위에서 덜컹거릴 때마다 움찔하며 뒤쪽 끝에 위태롭게 매달린 줄리와 연료탱크의 혹처럼 튀어나온 나, 우리 셋은 오토바이 위에서 어릿광대 샌드위치를 만들었다. 오드리가 헬멧 안에서 쉭쉭거리는 소리가 들렸고 가끔씩 헬멧으로 내 뒤통수를 쿵 찧기도 했지만, 줄리는 구속복처럼 어머니의 옆구리를 고정하며 내 허리를 껴안고 있었다. 나는 별빛과 기억으로 길을 찾으며 이 곤란한 짐과 함께 최선을 다해 빠르게 오토바이를 몰았다. 태양의 마지막 빛이 꺼어지는 순간, 우리는 그곳에 도착한다.

노라가 길에 나와 초조하게 서성거리면서 지평선을 지켜보고 있다. 우리가 오토바이를 세우자 맞이하러 달려온 그녀는 줄리에게 너무 주의를 집중한 나머지 우리의 손님을 알아채지 못한 것 같다.

"차라리 너한테 무슨 일이 생겼으면 정말로 끔찍했을 거야." 노라가 곱슬머리의 돌풍 속에 머리를 흔들면서 말한다. "너희 둘이 슬쩍 달아났더라면, 나는 신에게 맹세코, 아." 그녀는 몸을 쭉 뻗는다. "저건 누구야?"

우리는 오토바이에서 내린다. 줄리는 오드리의 목에 다시 막대기를 단다.

"줄리. 도대체 누구……."

"노라." 줄리는 막 말하려고 하는 내용의 비현실성을 억누를 수 없어 떨리는 웃음과 함께 말한다. "그게…… 이 사람…… 우리 엄마야."

그녀는 헬멧을 벗긴다. 오드리는 깨진 누런 이를 드러내며 노라에게 얼굴을 찡그린다. 노라는 발을 헛디디며 뒤로 한 걸음 물러난다. 그 가장자리에서 천천히 전개된 부패의 흔적에도 줄리의 오래된 사진을 보듯 청춘이 기괴하게 보존되어, 노라가 묘하게 줄리와 닮은 이 얼굴을 알아봤으리라는 데는 의심의 여지가 없다. 역병에 절여진

437

삼십 대 초반의 아름다움의 표본.

"엄마. 얘는 노라. 내가 만난 사람들 중에 최고로 좋은 사람이에요. 제발 얘한테 잘해 주세요."

"안녕하세요." 노라는 거의 알아들을 수 없을 정도로 조그맣게 말한다. 얼굴은 놀라서 굳어 있다.

에이브럼이 공구 가방을 가지고 사다리를 내려온다. 그는 우리를 쳐다본다.

"어떻게?" 노라는 간신히 꽥 소리를 낸다.

"우리가 시설을…… 발견했어." 줄리가 말하면서 오드리를 비행기 쪽으로 이끌기 시작한다. "좀비 수백 명이 묶여 있었어. 실험처럼 보였는데, 에이브럼의 오두막에서 봤던 것보다 더 큰 형태였어." 그녀는 에이브럼을 흘깃 본다. "이거에 대해 뭐라도 아는 거 없어요?"

에이브럼은 대답하지 않는다.

"어떤 좀비?" 호기심이 충격을 이기기 시작하자 노라가 묻는다. "거의 살아났어?"

"다른 사람은 확인할 시간이 없었어. 하지만 엄마는…… 음……."

오드리는 목걸이를 꽉 쥐고 후두음으로 목이 막히는 소리를 내며 버둥거리기 시작한다.

"**거의 죽은 자**네." 노라가 말한다. "아마도 **완전히 죽은 자.**"

줄리는 아무 말도 하지 않는다. 우리는 여전히 하고픈 말을 억누른 채 잠자코 제자리에 서 있는 에이브럼을 지나친다. 화물 경사로에 이르자 그는 결국 입을 연다.

"내가 이해하고 있는 것을 확실하게 하자면……." 그의 어조는 침착하다. "……너희는 이 비행기에 탑승할 성인 좀비를 데려가고 싶은 거지? 우리가 이미 태우고 있는 청소년 둘에 더해서. 그래서 사람 먹는 시체 총 세 명이 우리와 함께 이 비행기를 공유하는 거지. 내가 제대로 이해했어?"

줄리는 그를 쳐다본다. "우리 엄마예요."

에이브럼이 길고, 피곤한 한숨을 내쉰다. "나도 알아." 그는 스프라우트의 손을 잡고 더플 가방을 어깨 너머로 내던지고는 우리 오토바이 쪽으로 향한다.

"이봐요. 엄마는 완전하게 묶여 있어요, 아무도 해치지 못해요."

에이브럼은 계속 걸어온다.

"이봐요!" 줄리는 오드리의 막대기를 나에게 넘겨주고 그를 따라 걸어간다. "어디 가는 거예요?"

노라는 나를 쳐다보고 눈을 굴린다. *또 시작이네.* 하지만 아니다. 이번에는 같은 두 사람 사이의 같은 언쟁이 아니다. 줄리가 이제 막 경험한 것 이후에, 오직 될 대로 되라는 식으로 구르고 미끄러지고 떨어지는 예측할 수 없는 탄력만 붙을 뿐, 여기에서 일어날 일에는 한도가 없다.

"*에이브럼!*"

그는 멈춰서 돌아본다. 화가 난 것 같지는 않았고, 매일같이 새로운 임신, 새로운 자살, 새로운 총격이 나오는 호르몬 극장에 신물이 난 고단한 고등학교 선생님처럼 그저 피곤해 보인다.

"우리가 어디로 가고 있는지 모르겠다. 어쩌면 피츠버그. 어쩌면 오스틴. 아는 거라고는 내가 미친 인간들이랑 끝장났다는 게 다야."

"그래서 여기 당신을 기다리는 전용기가 있는데 오토바이로 지독하게 위험한 황무지를 건너가려는 거예요? 미친 게 누군데?"

그는 킥킥거리고는 고개를 저으며 다시 걷기 시작한다.

"그럴 가치가 없어."

"젠장 제기랄, 에이브럼, 우린 당신이 필요해요! 우릴 여기에 오도 가도 못하게 그냥 두고 갈 수는 없어요!"

"너희도 오토바이가 있잖아. 오토바이로 너희 혁명을 진행하라고. 체 게바라가 그랬듯이."

그가 오토바이까지 가자 줄리는 멈춰서 그의 등을 노려본다.

"당신은 그냥 신경 안 쓰는 거잖아요, 안 그래요?" 그녀의 말은 진심으로 놀라워하는 것처럼 들린다. "아무것도."

그는 오토바이 위에 가방을 묶기 시작한다.

"그러면 내가 신경 써야 할 게 뭔데?"

"사람들은요? 당신이 사는 세상은? 창조를 도와야 할 미래?"

에이브럼은 고개를 젖히더니 웃음을 터뜨린다.

"내가 왜 너희랑 끝장났는지 알고 싶어?" 그는 주위를 둘러본다. "그렇게 말하는 놈들이야말로 이런 세상에서 사람들을 죽게 하거든. 체 게바라도 그렇게 말했지. 레닌하고 마오도 그렇게 말했어. 망원경을 통해 미래를 지켜보는 사슴 같은 눈망울을 하고 현실을 짓밟는 저 이상주의자들 전부. 자기들이 개선할 수 있다고 생각하는 인간들보다 세상에 더 큰 위협은 없거든."

그는 스프라우트를 오토바이 뒷좌석에 앉힌다. 스프라우트는 슬픔과 두려움으로 줄리를 돌아봤지만, 줄리는 바로 아이를 지나쳐 에이브럼의 뒤통수를 뚫어져라 쳐다본다.

"이건 어때요, 그러면? 비행기를 띄우지 않으면 내가 당신을 쏴 버리는 건?"

에이브럼은 킥킥거리며 돌아보다가 무심코 총신 안을 들여다보게 된다.

"내가 이 세상에 관심도 없다면 어때요?" 줄리는 양손에 권총을 쥐고 말한다. "우리 엄마가 도움을 받을 수 있게 당신이 우리를 아이슬란드까지 태워 주기를 바란다는 건 어때요, 왜냐하면 엄마는 내 가족이고 나머지 전부는 쓰레기니까."

에이브럼은 재미있지만 지쳐 보이는 미소를 짓는다. "귀엽네." 그렇게 말하고는 오토바이에 올라타려고 몸을 돌린다.

"난 쏠 거예요, 에이브럼."

그는 올라타서 고개를 젓는다.

"아니, 넌 거기 서서 '쏠 거야'라고 말하면서 서 있을 거야. 넌 말하는 걸 좋아하니까. 너도 절대로 일어나지 않을 걸 알……."

줄리는 그를 쏜다.

에이브럼은 오토바이에서 떨어져서 팔을 꽉 쥐고 무릎으로 착지한다. 스프라우트가 비명을 지른다.

"젠장, 줄리." 노라가 웅얼거린다.

에이브럼은 고통과 놀라움으로 창백해진 얼굴로 혼자 일어선다. 그의 손이 더플백 옆에 달린 주머니 쪽으로 재빨리 움직인다. 나는 줄리에게 경고하려고 입을 열었지만 그녀는 전혀 걱정 없다는 듯 그를 지켜보고 있다. 에이브럼의 손은 텅 빈 채다.

"내 루거를 훔쳐갔군." 그는 아연해서 말한다.

"비행기 조종해요."

에이브럼은 잠시 그녀를 쳐다보더니 등에 있는 소총을 쥔다.

줄리는 그의 어깨를 쏜다.

"줄리!"

스프라우트가 믿기지 않는 듯 멍하니 그녀를 보며 흐느낀다.

줄리의 눈이 스프라우트에게 향했고 얼굴이 씰룩거린다. 무슨 일을 저질렀는지 완전히 인식하자 그녀의 얼굴에 수치심과 공포가 언뜻 떠오른다. 하지만 그녀는 다시 단호해진다.

"비행기 조종해요."

자신이 입은 부상(왼쪽 삼두근을 깊숙이 스쳐 지나간 찰과상과 손목의 작은마름뼈를 깨끗하게 관통한 것)을 자세히 살펴보고는 베이지색 재킷 소매가 피로 흠뻑 젖자, 에이브럼의 얼굴에 떠올랐던 충격이 서서히 다른 것으로 변해 간다. 잘난 척하는 것도 아니고, 비웃는 것도 아니고, 화난 것조차 아닌 희미한 미소로. 그는 줄리를 처음 만난 사람처럼 쳐다본다.

"그래, 그럼 그러자고."

그는 등에 총을 대고 있는 줄리와 함께 경사로를 올라간다.

줄리는 우리를 쳐다보지도 않는다. 우리는 서로를 쳐다보지 않는다. 우리는 인질처럼 공포에 질린 침묵 속에서 비행기에 올라탄다. 나는 죽음밖에는 아무것도 보이지 않는 눈을 하고 있는 줄리 어머니의 유령의 목을 끌고.

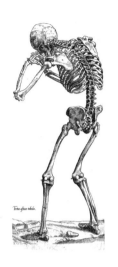

우리

"게임 하나 하자." 가엘이 말한다.

"어떤 거?" 게브레가 묻는다.

"길 이름 놀이 하자."

"그게 뭔데?"

"처음 본 부서진 차의 이름에다 처음 본 차에 치여 죽은 동물에서 연상되는 만화 캐릭터를 가져와서 좋아하는 식으로 어떻게든 조합하는 거지. 그러면 그게 길 이름이 되는 거야."

소년은 정면의 고속도로를 응시하며, 밴의 운전석과 조수석 사이에 놓은 플라스틱 양동이에 앉아 있다. 아침 해가 나무들 사이로 비치며 모든 것을 천상의 빛에 잠기게 했지만, 더러운 앞유리창을 통

443

해 소년과 긁힌 선글라스에 닿자마자 탁하게 흐릿해진다.

"여기 우리 작은 친구를 위해 게임해 보자고." 가엘이 소년에게 미소를 지으며 말한다. "얘를 부르는 데는 '친구'보다는 다른 게 필요하니까. 맞지, 친구야?"

우리는 소년이 이 두 남자를 저울질하자 소년의 생각을 지켜본다. 그들의 의도, 그들의 동기. 두뇌는 경험으로부터(불에 화상을 입으면 불을 만지지 말자.) 배우도록 만들어졌다. 그것의 범행을 겪었다면, 절대로 다시는 사람을 믿으면 안 될 것이다. 그렇다 하더라도 두뇌는 단순한 기계가 아니다. 그것은 바퀴 안의 바퀴의 동심원의 무한함이며, 거의 이해하지도 못하는 목표를 향한 고유의 기능들에 맞서 싸운다.

"혼다 핏!" 배수로에 코를 박고 있는 자동차 근처에 가자 게브레가 불쑥 말한다. 가엘이 운전할 차례여서 게브레가 정찰에 더 유리한 점이 있다. "그럼 이제 차에 치인 동물 차례지! 비둘기 같네. 피하려고 방향을 틀었을 게 분명해⋯⋯." 그는 건조된 새의 흩어지는 잔해를 보려고 목을 길게 내민다. "요즘 같은 시대에는 친절을 베풀면 저런 보상을 얻지."

"게브."

"어쨌든. 혼다 핏 더하기 새, 그래서⋯⋯ 트위티 핏?"

"네가 원하는 대로 뭐든 섞을 수 있어. 모든 단어를 다 써야 할 필요는 없고."

게브레는 잠시 생각한다. "폰다 티티."

"확실한 거지?" 가엘이 빙긋 웃는다. "그래도 그것도 좋은데. 좋아, 친구, 우리 차례야."

　그들은 사흘 동안 운전해 왔다. 소년은 마음 뒤켠에 그 패턴들을 깊숙이 기록했다. 밝음 다음에는 어둠. 따스함 다음에 차가움. 민들레의 시작 다음에 끝. 곤충들의 필사적인 기어오름 다음에 질리는 정적. 그리고 밴 안에서의 한가로운 잡담부터 무거운 토론과 무슨 생각인지 알 수 없는 긴 침묵까지, 대화의 밀물과 썰물. 그들은 음식을 제공했고 소년은 거절했다. 그들이 접이식 침대에 누워 잠에 빠져들 동안 소년은 양동이에 앉아 경계를 서는 것을 봐 왔다. 두 사람은 깨어나서도 자기 양동이에서 기다리면서 자기네를 응시하며 움직이지 않은 소년을 발견했다. 소년은 어째서 그들이 그의 정체를 모르는 척하는지 궁금했다.

　"저기!" 도로 한가운데 멈춰 선 타이어는 찢어지고 창문은 깨진 스포츠 유틸리티 차량을 가리키며 가엘이 말한다. "랜드로버. 좋아, 친구. 눈을 떼지 말고 차에 치인 동물을 찾아서 너에게 사랑스러운 새 이름을……."

　소년이 팔을 휙 뻗자 깜짝 놀란 가엘은 침묵에 빠진다. 소년의 손가락이 앞쪽 도로 위의 뭔가를 가리킨다. 가엘이 유쾌함이 빠져나간 얼굴로 속삭인다.

　"우라질."

　소년은 기대하며 그를 쳐다본다. 가엘은 소년이 너무 순수해서 자신이 본 것이 무엇인지 모르고 그냥 길 이름을 듣고 싶어 하는 것으로 추정한다. 가엘은 우리가 아는 것처럼 소년을 알지 못한다. 소년은 자신이 본 것을 정확하게 알고 있다. 그저 이 남자가 매일 벌어지는 현실의 공포에 어떻게 반응하는지 보려고 기다리고 있는 것뿐이다. 가엘은 얼굴을 굳히고 정면으로 헤치고 들어갈까? 아니면 거북하게 기침을 하면서 새로운 놀이를 제안할까?

"음……." 가엘은 커다란 고기 덩어리가 뒤로 멀어지자 떨리는 호흡으로 말한다. "차 더하기 만화 캐릭터…… 난 네 이름이 로버 푸드라고 생각해."

게브레는 고개를 천천히 저으면서 손바닥 안에 얼굴을 묻는다.

두 번째 인생(무한하게, 무감각한 반복 속의 폭력과 무력감의 7년)에서 처음으로 소년은 미소를 짓는다. 소년은 선량함이 그냥 친절함보다 틀림없이 더 나으리라 생각한다. 그것은 단결하기 위한 단단한 틀을 가졌을 것이다. 피를 보고 기절할 것 같다면 어떻게 상처를 봉합할 수 있을까? 알기를 거부한 세상에서 어떻게 잘해 낼 수 있을까? 아마도 선량함은 정직을 요하고, 정직은 용기를 요하고, 용기는 힘을 요하고, 힘은……

소년은 스스로 멈춘다.

아마도 선량함은 복잡한 모양이다.

앞의 길이 더 어둡고 짙은 산림지대로 가파르게 내려가며 시야에서 사라진다. 소년은 언덕을 힘겹게 올라오는 엔진의 굉음을 듣는다. 가엘은 이 외로운 고속도로 위의 흔한 관습인 듯, 그 낯선 이들이 뉴스와 현장 노트와 어쩌면 커피나 술을 나누고 싶어 할 거라 추정하며 밴을 세운다. 하지만 소년이 벼랑 끝같이 갑작스런 종착지인 도로의 소실점을 응시하자, 아래에서부터 다가오는 다른 소음이 들린다. 엔진 소리가 아니다.

소년은 양동이 위에서 몸을 곧게 펴고 가엘의 소매를 잡아당긴다.

"왜 그러니, 로버?" 가엘이 묻는다.

소년은 소리가 더욱 커지자 선글라스를 통해 그에게 애원의 눈길을 보냈지만, 가엘과 게브레는 무엇이 오고 있는지 귀 기울이지 않은 채 호기심 어린 미소를 지으며 그저 그를 바라보기만 한다.

"가."

소년이 오랫동안 사용하지 않은 후두를 통해 꺽 소리를 낸다.

가엘과 게브레는 놀라서 입을 벌리고 소년을 쳐다본다.

"숨어."

"로버! 너 말하는구나!"

그리고 당신들은 안 듣고 있고.

톱니 날처럼 엔진의 굉음을 자르고 나오며 소음이 더 커진다.

소년은 갑자기 자기 얼굴을 덮고 있는 플라스틱 덩어리가 있다는 것을 기억해 낸다. 들어오는 빛과 나가려는 감정을 막으며, 세계로부터 그에게 담을 쌓고 있는, 그와 다른 것들 사이의 검은 폴리카보네이트의 커다란 판들. 그들이 이해하지 못하는 것도 당연하다.

소년은 선글라스를 벗어 던져 버리고 드러낸 노란 눈으로 가엘과 게브레의 시선을 받으며 말한다. "길에서 벗어나."

둘 모두 몇 초간 조용하게 쳐다본다. 소년의 눈에서 눈을 떼지 못하고, 아마 자기가 하고 있는 것도 알아채지 못하면서 가엘이 운전대를 돌려 밴을 조심스럽게 갓길로 옮긴다. 소년은 이 정도로는 충분히 멀지 않으며 다가오는 차량이 언덕 꼭대기에 이르렀을 때 숲을 들이받고 가능한 한 멀리 달려가야 한다는 것을 어떻게 설명해야 할지 궁리한다.

상자 모양의 장갑을 두른 은행 트럭이다. 그것은 완전히 하얗게 칠해져 있다. 강철판으로 강화한 긴 화물 트레일러를 끌고 있었다. 그리고 그 트레일러가 윙윙거리고 있다.

이 소리(불협화음을 내는 합창단, 화가 난 말벌 떼, 사악한 명상을 할 때의 옴 소리)와 비교할 수 있는 것들은 많이 있지만 소년은 폭탄 소리라고 생각한다. 그는 폭탄의 금속 벽 뒤에서 쉭쉭거리고 울부짖는 화학물질들의 정수와 세상에 풀어놔 달라고 요구하는, 폭탄 내부에 살아 있는 죽음의 혼을 생각한다.

그러고 나서 그들은 사라진다. 장갑차와 끔찍한 화물은 숲속으로 사라지고, 밴은 다시 한 번 고요한 도로 위에 혼자 남겨진다.

가엘과 게브레는 지금 막 그들을 지나쳐 굴러간 악몽을 완벽하게 알아채지 못한 것 같다. 그들은 우호적으로 손을 흔드는 것조차 하지 않은 무례한 여행자들의 시선을 가까스로 피한다. 그들은 희미하게 깜박이는 소년의 금빛 눈동자를 응시한다. 소년은 질문들이 다가오는 것을 감지했는데, 그것들은 틀린 질문이다. 소년이 이해라는 감각을 느꼈던 짧은 순간은 증발해 버렸다. 그래서 양동이에서 일어나서 밴의 뒤로 후퇴한다. 그리고 담요 무더기 속으로 숨어들어 간다.

세계는 소년에게 잘 이해되지 않았다. 공부하면 할수록 더욱 이해되지 않았다. 그것은 죽어 마땅한 죽은 사회의 반향, 알고리즘에 불과한 생물들을 포함하고 있고 누군가 그들을 이용해 왔다. 어떤 이는 누군가는 어떻게든 이익을 얻을 것을 믿으며 그들을 모으고 있다.

아마도 선량함은 복잡한 것이 아닌 모양이다. 아무래도 가상의 것인 것 같다. 아니면 그저 광기에 압도당한 것뿐일지도 모른다.

소년이 어둠 속에서 부루퉁하게 나이에 비해 너무 커다란 질문들을 생각하는 동안, 가엘과 게브레는 다시 도로로 올라가서 동쪽으로 가는 여행을 계속한다. 소년은 또 다른 저음을 듣는다. 이번 것은 부드럽고 거의 마음을 달래 주는 수준이다. 그의 위 어디에선가 들려오는 길고 느린 한숨 소리. 고개를 창밖으로 내밀고 올려다봤지만 하늘은 텅 비어 있다. 비행기는 이미 지나갔다.

나

비.

비가 내 옷에 흠뻑 젖어들고 차가움이 피부로 스며든다. 그것이 근육과 장기를 통해 나의 중심으로 가는 모든 길로 흘러들어 가는 것을 느낄 수 있다. 나는 그 차가움이 내 심장을 멈추게 할지, 큰 흥미 없이 먼 거리를 두고 궁금하게 여긴다.

지붕은 내가 다닌 길을 제외한 모든 곳이 흰곰팡이와 부식으로 미끄럽다. 숲에서 동물들이 지나다닌 흔적처럼, 나는 수년간 내 침실 창문에서 굴뚝으로 가는 늘어진 지붕널의 경로를 닳도록 다녔다. 지금은 굴뚝에 기대앉아 무릎을 가슴으로 끌어안고, 대성당에 올라앉은 가고일 석상처럼 위에서 장례식을 지켜보고 있다. 나는 저기

450

아래에 있어야 했다. 할머니 바로 옆 대지에 어머니를 내려놓는 그들을 지켜보며, 주일 예배 때 가장 상석인 저 접이식 의자들 중 하나에 앉아 있어야 했지만, 정확하게 어떻게 비통해야 하는지를 몰랐다. 만약 그녀가 더 좋은 곳에 있다면 나의 비탄은 이기적인 것이다. 만약 이것이 신의 계획이라면 나의 비탄은 반항이 된다. 그리고 나의 분노는 어떤가? 누구에게 직접 화를 내야 하나? 어머니를 죽인 문제 있는 인간에게, 아니면 그의 문제를 적어 뒀던 신에게? 연기자에게 아니면 극작가에게? 아니면 이런 질문을 하고 있는 나 자신에게?

나는 여기 올라와 있는 것이 좋았다. 그 모순에 대해 생각해 보지도 않고 관례에 따라, 저 아래에서 드러내 놓고 눈물을 흘리고 있는 문상객들은 나도 그들과 같이 행동하길 기대할 것이다. 하지만 나는 울기에는 너무나 화가 났다. 나는 꼬였다가 말린, 쥐어짜낸 넝마 조각이다. 그래서 지붕 위에 앉아 내 속눈썹에서 눈물 대신 흘러내리는 빗물이 나의 비통함을 대신하도록 둔다.

＊　＊　＊

"뭘 하다 죽은 거야?"

"도와주려고 애쓰던 중이었대."

"식량을 주는 것으로? 살아가게 해 주는 것으로? 어떻게 도와주고 있었는데?"

"먹을 것을 주면 그들을 가르칠 수 있지. 배고픈 사람들은 잘 듣거든."

"어떻게 천국에 가는지를 가르쳐? 어떻게 천국에 들어갈 정도로 충분하게 오래 잘 사는지를?"

아버지는 흐릿한 붉은 눈으로 나를 쳐다본다. 그는 안락의자에 털썩 앉아, 모든 채널마다 나쁜 뉴스가 나오는 텔레비전을 응시하며 재떨이에 쌓여 가는 재로 회색 산을 만들고 있다. MTV에서는 벌떼가 습격하는 장면. 코미디 채널에서는 테러범의 성명서. 라이프타임에서는 공동묘지. 나는 일주일 전부터 아버지에게 이런 것들에 대해 아무 말도 하지 않았지만, 비탄은 그를 쇠약하게 했고 나를 강하게 했다. 그는 물에 빠져들고 있고, 나는 타오르고 있다.

"우리가 여기에 있는 이유가 그거 아닌가요?" 나는 주장한다. "끝이 올 때까지 그냥 매달려 기다리는 것? 하나님이 '그만'이라고 외칠 때까지 그 장면을 계속 연기하는 것?"

"너는 또 그 빌어먹을 은유를 시작하는구나."

그는 투덜거리면서 담배를 한 모금 빨아들인다.

"우린 여기에 왜 있는 거예요, 아빠?"

"우린 뉴스를 나누려고 여기에 있는 거다." 그가 낭송하듯 말한다. "불씨를 퍼뜨리기 위해 여기에 있지."

"하지만 그 뉴스는 천국에 대한 거잖아요, 맞죠? 지구에 대한 것이 아니라."

"물론 지구에 대한 것이 아니지." 그는 고개를 저으며 으르렁거리듯 말한다. "지구는 그냥 똥 덩어리 공이야. 만들어졌던 날 이후로 파멸이 예정되어 있지."

외침으로 커져 가는 내 목소리가 들린다.

"그렇다면 어째서 우린 그걸 계속 고치려고 애쓰고 있죠? 왜 여기에 계속 집을 짓고 있는 건데요? 왜 타 버리게 두지 않나요?"

아버지는 연기를 한 모금 더 빨고는 텔레비전을 응시하며 턱에 힘을 준다.

"어쩌면 그놈은 그냥 도와줬던 것일지도 모르죠." 내 목소리는 이제 낮아진다. "어쩌면 그냥 엄마를 천국으로 보내 주고 싶었던 걸지도 모르고요."

이 말이 예상했던 결과를 불러온다. 나는 입술에 난 구멍을 혀로 핥으면서 비틀거리며 벽으로 물러난다. 아, 내가 이걸 잊었네. 피, 내 흰 티셔츠 위에 선명한 피. 이 세상에서의 내 위치를 확인시켜 주는, 내가 모든 것에서 옳다고 말해 주는 고통. 잃어버린 단 한 가지는 두려움이다. 내가 어렸을 때 아버지는 두려운 존재였지만, 내가 열여섯 살이 되고 그보다 거의 30센티미터 더 커진 지금은 측은할 뿐이다. 나는 통제력을 잃고 자신의 원칙을 엉터리로 만들고, 하나님과 사람 앞에 비겁자가 된 그를 지켜보며 의기양양해졌다.

나는 어딘가 다른 곳에 두려움을 둬야 할 것이다.

나는 붉게 얼룩진 이로 아버지에게 씩 웃어 보인다.

"가 봐야겠어요." 그가 주먹을 양옆으로 늘어뜨리고 거센 숨을 쉬며 그 자리에 서자 나는 말한다. "교회에 늦었어요."

* * *

나는 목사가 미줄러(몬태나 주 미줄러 카운티에 있는 도시 —옮긴이)

의 청년들에게 장광설을 늘어놓는 동안 싸구려 비닐 현수막을 쳐다보며 다시 한 번 호텔 회의실에 앉아 있는데, 오늘 밤은 뭔가가 다르다. 그의 자리 양옆에서 눈을 떼지 못하는 것이 나 혼자만이 아니다. 일주일 전에 난민 한 명이 우리 어머니가 그를 위해 저녁을 준비하며 쓰던 감자껍질 벗기는 칼로 그녀를 찌르라고 말하는 목소리들의 합창에 복종하고 말았지만, 나의 비극에는 특별한 것이 아무것도 없다. 주유소 하나 있는 동네마다 한 달에 살인이 스무 번. 치명적인 경찰과의 총격전으로 이어지는 공공건물의 방화 세 건. 그리고 당연하게도, 시신 몇 구에게 벌어진 일들에 대한 소문들까지. 통신장애까지 있어서 모두가 그 파장이 고조되는 것을 느낀다.

"실수하지 마십시오." 목사가 말한다. "그것이 끝입니다. 기나긴 날이었지만, 해가 지고 있습니다. 그러니 여러분이 이 세상에서 이 모든 혼돈을 봤을 때 염려하지 마십시오. 이곳은 타고 있는 우리의 집이 아니고 감옥입니다. 그리고 그 불은 하나님의 것이죠."

나는 빨갛고 젖은 눈으로 그를 응시했고, 뇌는 인지 부조화로 윙윙거린다. 폴 바크는 내가 보지도 않고 끼적인 수첩을 힐끔 내려다본다.

"모든 것이 하나님의 것입니다." 목사가 이어서 말한다. "악마는 하나님의 것이에요. 죄악도 하나님의 것이지요. 하나님이 모든 것을 만드셨고, 그러므로 모든 것이, 예외 없이 그의 것입니다. 그래서 하나님이 악을 싫어하심에도 그것은 그분에게 속하고, 그분은 자신의 계획을 완수하기 위해 기꺼이 그것을 이용하실 수 있습니다."

내 펜이 종이를 긁는 소리가 너무 커지자 내 뒤에 있던 아이들이 내 어깨 너머로 보려고 몸을 기울인다.

"그렇다면 하나님이 악이라는 뜻인가요, 그분이 악을 이용하기 때문에요?" 그는 고개를 젓고 미소를 짓는다. "아닙니다. 형용사뿐 아니라 명사로도, 하나님은 선입니다. 그분은 우리의 선의 정의이며, 우리가 모든 것을 비교함으로써 측정하는 것의 기준, 우리의 원자 시계입니다. 만약 하나님이 그렇게 행한다면 그것은 악이 아닙니다."

폴은 내 수첩에서 눈을 들어 나와 눈을 마주친다. 그는 후줄근한 턱을 내밀고 단호한 눈빛을 하며 나에게 금욕적으로 고개를 끄덕인다.

"그러므로 여러분이 주변에서 세상이 불타고 있는 것을 보면…… 기뻐하십시오!" 펼친 손바닥. 기쁨이 넘치는 미소. "문명이 어둠 속으로 붕괴되는 것을 보면 하나님을 찬양하십시오, 여러분이 그분의 작업을 목격하는 것이니까요. 그분은 그의 왕국을 위한 준비로 깨끗하게 쓸어버리며, 지상을 훑고 계시고, 그리고 저를 믿으세요……." 목사의 미소에 교활한 빛이 번뜩인다. "……우리의 어설픈 작은 손으로 지어 온 집 위에 그분의 대저택을 떨어뜨렸을 때, 여러분은 그 집을 그리워하지 않을 것입니다."

나에게 머무는 열 몇 명의 젊은 남자들과 여자들의 눈길이 느껴진다. 몇 명은 내 수첩을 쳐다보고 몇 명은 붉어지고 떨리는 내 얼굴을 쳐다본다. 비틀린 검은 돌을 형성하고 있는 용암과 바닷물처럼 분노와 비탄이 나의 내부에서 충돌한다. 출구로 빠져나간 신자들의 나머지로서 내 또래 한 무리가 내 주변에 남았고, 아무도 말 한 마디

455

하지 않았지만, 나는 우리 모두가 불의 혀처럼 우리 머리 위를 맴도는 같은 생각을 하고 있다는 것을 안다.

목사가 우리를 지나쳐 걸어가자 나는 내가 끼적거린 것을 그의 호기심 어린 시선에서 감추며 수첩을 집어넣는다. 영감을 줬겠지만 그는 그 말들을 이해하지는 못할 것이다. 그것들은 더 젊고, 더 강한 성자들을 위한 새로운 계시다. 전부 불길에 휩싸인 집, 학교, 난민 수용소, 그리고 태초에 있었던 것처럼 그리고 그대로 머물러야 했던 것처럼 형태도 없이 텅 빈, 그냥 검은 잉크 덩어리 땅에서 도피하는 영혼들의 무리.

"아이들아, 뭐하고 있니?" 목사는 쾌활하게 물어본다.

"목사님 설교가 제 마음을 움직였어요." 나는 그에게 대답한다. "저는 남아서 그것에 대해 기도를 하고 싶어요."

"우리 모두 얘와 함께 있을 거예요." 폴이 말한다.

"좋겠구나." 목사는 말하더니 미소를 위로로 바꾼다. "너희 모두의 상실감에는 매우 유감이구나. 어려운 시기라는 것 나도 안단다."

"무슨 뜻이세요?" 나는 이상하게 떨리는 희열을 느끼며 묻는다.

"우리가 잃은 모든 것이 왕국을 더 가까이 가져오는 거란다."

그는 불편해 보인다.

"맞아요. 음. 하나님께서 오늘 밤 목사님께 말씀하시길 바랄게요."

그는 우리만 회의실에 남겨 두고 걸어가 버린다. 창백하고 피곤하고, 비통함과 싸움과 절대로 오지 않을 답을 탐색하느라 붉어진 눈을 한 얼굴들을 하나씩 쳐다보며, 나는 그들 모두에게 반영된 나 자신의 통찰을 발견한다.

나는 수첩을 꺼내서 계획의 개요를 제시하기 시작했고, 마치 한 몸의 구성원들처럼 그들은 내 주변에 모인다. 하나님의 영이 움직이는 것을 가장 가까이 느낀 순간이다.

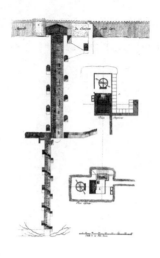

　지하에는 온기라고는 없다. 이 오래된 상자들 안에 즐거운 그리움은 없다. 그것들은 공황 상태에서 내던져지기라도 한 듯 무더기 속에 놓여 있다. 날카로운 물건들이 상자를 찔러 구멍이 뚫렸고 몇몇 개는 어두운 액체에 젖어 눅눅하다. 내가 여기에서 찾을 것이라 생각했던 것이 무엇이었을까? 어째서 나는 이 오래된 참혹한 공포를 원해야 하는 걸까? 밖에서는 수많은 새로운 것들이 기다리고 있는데.

　나는 눈을 뜬다.

　비행기 내부는 고요하다. 엔진의 부드러운 저음. 분홍빛 아침 햇살이 창문을 통해 기어들어 온다. 이날이 달라 보이게 될까? 내가 어젯밤에 감았던 눈과 오늘 뜬 눈이 그냥 같은 눈인 것일까, 아니면 나와 함께 새로운 눈이 돌아왔던 것이었을까? 그것을 파괴하려고 시도해 온 누군가에게는 그 세상이 무엇처럼 보일까?

M과 노라는 내 뒷줄에서 잠들어 있다. 스프라우트는 뒷좌석 근처에서, 무릎으로 공포로 터질 것 같은 가슴을 감싸 안은 자세로 몸을 말고 있다. 에이브럼은 자동 조종으로 돌려놓고 조종석에서 코를 골고 있었는데, 상처는 말끔하게 붕대를 감아 한결 편안하게 보인다.

줄리만이 깨어 있다. 그녀는 부기장 자리에 털썩 앉아 권총을 팔걸이에 얹어 놓고 있다. 내가 자신을 쳐다보고 있는 것을 알아채고는 판단해 볼 테면 해 보라며 부어 있는 눈을 반항심으로 번득인다. 누군가를 판단하려는 나의 생각을 방금 전에 다시 경험했던 후인지라 나는 거의 미소를 지을 뻔한다.

조종석으로 걸어가서 그녀 뒤에 있는 계기판에 기댄다. 그녀는 의자를 회전시켜 나와 마주 보고 앉아 똑바로 응시한다.

"뭔데."

낯선 사람에게 말을 거는 사람의 목소리다. 아마도 적에게. 내가 말해야 했던 무엇인가가 사라져 버린다.

그녀는 다시 앞유리창으로 의자를 돌린다. 태양이 끝없이 광활한 회색 대지에서부터 작은 석탄처럼 떠오르고 있다.

"줄리." 나는 앞으로 나서며 그녀의 어깨에 손을 얹는다. "난 이해해."

"네가?" 앞유리창에 대고 말하는 그녀의 침착한 어조 밑에는 위험한 떨림이 있다. "난 너를 텅 빈 캔버스라고 생각했는데." 그녀의 어깨가 너무 긴장해서 튀어나온 대못 같다. "난 네가 너의 과거가 시작된 곳을 선택했고, 나를 만났던 날을 선택했다고 생각했어. 달콤하기까지 하지. 하지만 그건 네가 가족이 있었던 적이 없고, 잃어 본

459

적도 없고, 아무것도 잃은 적이 없다는 뜻이잖아. 그러니까 넌 이해 못 한다는 뜻이야."

나는 손을 움츠린다. 나의 세 번째 인생의 모든 순간을 담고 있는 작은 금실 뭉치인, 그녀의 정수리를 내려다본다. 나는 그녀의 말이 옳았으면 하고 바란다. 내가 아주 간단한 단편 외에는 아무것도 아니었길 바랐지만, 나의 현재는 어두운 망망대해를 표류하는 작은 뗏목이 되어 가고 있다.

그녀에게 말할 수 있을까? 그녀에게 내 머릿속에서 부서졌던 가련한 사람이 형태를 갖춰 가고 있다는 것을 내놓을 수 있을까? 그녀는 그를 기꺼이 받아들일 정도만큼 낙담했을까?

귀에 거슬리는 삐 소리가 조종실을 꿰뚫었고 빨간 불빛들이 에이브럼의 정면에서 반짝거린다. 그는 일어나 앉아서 잠귀가 밝은 사람이거나 자는 척을 잘하는 사람인 듯, 하품 한 번 하지 않고 계기를 제어한다. 줄리 역시 재빠르게 자세를 잡고 권총을 흔들림 없이 쥐고 핏발이 선 눈을 깜빡이며 경계한다.

에이브럼은 총을 힐끔 쳐다본다.

"그건 정말로 필요 없어, 너도 알잖아. 네 의견은 이제 아니까."

줄리는 아무 말 없이 그를 쳐다본다.

"내가 뭘 하겠어. 창밖으로 뛰어내리기라도 할까? 지상에 있을 때를 위해서 인질극 같은 건 아껴 두는 게 어때?"

"그 인질은 내가 총을 내려놓는 게 좋을 거라 생각하나 본데." 줄리는 단호하게 말한다. "그 인질은 그게 논리적일 거라 생각하나 봐."

에이브럼은 한숨을 쉰다.

"그저 여유를 좀 가지라고 요청하는 것뿐이야."

"왜요?" 그녀는 총열을 꼼지락꼼지락 움직인다. "총 때문에 긴장 돼요?"

그는 진실한 감정, 진심 어린 애원 같은 표정으로 줄리에게 말했다.

"내 딸이 긴장한다고."

줄리의 가면이 미끄러져 내린다. 그녀 얼굴의 굳은 면이 녹아내린다. 줄리는 객실 안을 힐끗 뒤돌아보고는 스프라우트가 달아날 준비라도 하고 있는 것처럼 자리에 웅크리고 앉아 걱정스럽게 그녀를 지켜보고 있는 것을 본다. 줄리의 턱이 슬픔의 발작적인 반응으로 단한 번 떨린다. 그녀는 총을 무릎 위에 내려놓는다.

"고마워."

빨간 불빛이 깜빡이더니 다시 삐 소리가 난다.

"저게 뭐예요?"

"아침 자명종이야. 상관이 제정신이 아니고 무장하고 있을 때 일에 늦을 순 없잖아."

"그건 뭐예요?"

"경로 안내. 우리가 피츠버그에 접근하고 있다는 뜻이지."

"어째서 피츠버그의 경로 안내를 받는 거예요?"

"왜냐하면 우리가 거기에 가야 한다고 생각하니까."

그녀는 그를 뚫어져라 쳐다본다. "뭐라고요?"

"나는 우리가 피츠버그에 멈춰야 한다고 생각한다고."

줄리는 이상스럽게 에이브럼을 찬찬히 보면서 허벅지 위로 총을 꼭 쥐며 몸을 기댄다.

"내가 우리 여행 일정을 애매하게 말했었나요?"

"봐, 난 너를 아이슬란드까지 태워다 줄 거야. 생명 없는 바윗덩이겠지만, 그래도 거기에 태워다 줄 거야. 하지만 제한된 연료와 1970년 대 운항 장치로 대서양을 가로지르기 전에 피츠버그에 들러야 한다고 생각한다는 거지."

"도대체 피츠버그에 뭐가 있는데요?"

에이브럼은 계기판을 따라 그에게 슬금슬금 다가오고 있는 태양의 첫 빛줄기를 쳐다본다.

"이 비행기로 날아가는 데 나를 끌어들이면서 처음에 했던 말이 뭐였는데. 포스트로 돌아가자? 유토피아적인 거주지와 반란군? 나는 확실하게 첫 번째 것은 약속할 수 없어. 하지만 두 번째라면 혹시 모르지."

줄리의 회의적인 응시 안에 미묘한 동요가 인다.

"피츠버그에 반란군이 있어요?"

"1년 전에는 있었다고 알고 있어."

줄리는 다시 무릎 위에 총을 내려놓는다. "계속 말해 봐요."

"피츠버그는 액시엄이 나를 숲에서 발견한 후 처음으로 배치한 곳이었어. 훈련받은 곳이니 기본적으로 내 고향이지. 나는 이십 대에 여기저기 짧게 많이 돌아다녔지만 무라가 태어났을 때 결심했어⋯⋯." 그는 고개를 젓는다. "요점은, 2호 지사는 내가 처음으로 액시엄이 정신줄을 놨다고 들은 곳이야. 간부와 몇 번, 물론 간접적으로 연락해 왔던 경영진 녀석들 몇 명이 있었는데, 나는 실제로 애트비스트 씨와 대화했다는 사람은 아무도 모르거든……."

메스꺼움이 뱃속에서 거칠게 느껴져서 갑작스레 어딘가 다른 곳으로 가고 싶어진다. 아무래도 화장실로. 나는 눈을 감고 천천히 숨을 쉰다.

"……그래도 그들은 상부에서 뭔가 엄청나게 잘못되었다는 것을 발견할 정도로 충분히 가까웠지. 만약 그 상부가 더 이상 존재하지도 않는다 하더라도 말이야."

"로지……." 줄리는 말하려다가 멈춘다. "스타디움의 지도자 로소 장군은 액시엄이 수년전에 완전히 없어졌다고 말했었어요."

에이브럼은 대답하려고 입을 열었지만 예상치 않았던 세 번째 목소리를 불쑥 내뱉으며 제삼자가 끼어든다.

"7년 전에 대표자는 죽었고, 본사는 파괴되었고, 모든 것이 지진 속에 파묻혔어. 하지만 그는 멈추라고 하지 않았어."

에이브럼과 줄리 모두 나를 쳐다본다.

"쟤는 어디가 잘못된 거야, 정확하게?" 에이브럼이 그녀에게 묻는다. "아기 때 방사선에 노출이라도 되었나?"

"로지가 너한테는 그걸 다 말씀하셨어?"

줄리가 당황스러워하며 묻는다.

나는 몇 번 눈을 깜박거린다.

"어쨌든." 에이브럼이 한숨을 쉰다. "그래, 우리는 뉴욕에서 큰 타격을 받았어. 지점들은 운영진과 연락이 끊겼고 한동안 아무도 무슨 일이 진행되고 있는 건지 아니면 우리가 아직도 회사이기는 한 건지도 몰랐지. 하지만 2년 후에 다시 지시가 조금씩 내려오기 시작했어.

운영진이 생존했고, 1호 지사를 재건하고 있다는 보고와 모든 것이 괜찮다고 했었어. 한동안 우리는 그걸 믿었지."

줄리는 뒤를 흘긋 보고는 깜짝 놀란다. 노라가 조종실 진입로에 기대 팔짱을 끼고 듣고 있었다. 구겨진 노란 팸플릿이 그녀의 손가락 사이에서 달랑거린다.

"난 신경 쓰지 마."

에이브럼은 다시 줄리에게로 주의를 돌린다.

"하지만 내가 서부 해안 작전 수행에서 떠나자마자 웅성대는 소리가 났었지. 비밀 회의들. 적어도 지사의 반은 뭔가를 할 준비가 되어 있었다고 말할 수 있겠지."

"어떤 준비요?"

"운영진 해체. 아마도 모든 회사를 지방 정부로 분산시키는 것. 그들은 세부 사항은 알아내진 못했었지."

"한 지점의 반이 국가 규모의 민병대 조직에 맞선다고요? 어떻게 일이 그렇게 돌아가요?"

"다른 지점들도 가담하고 있었거든. 네 십 대 드라마 감성에 맞는다면 '혁명'이라고 부르든지."

줄리는 눈을 가늘게 뜬다.

"일단 난 십 대가 아니에요……."

"아, 맞네. 너 생일 지났지. 이제는 모든 것이 다르겠네."

"……그다음으로 당신은 언제부터 반란군이었던 거죠, 에이브럼 켈빈?" 그녀는 눈을 가늘게 뜬다. "언제부터 당신의 작은 농가 말고 뭔가를 위해 싸웠는데요?"

에이브럼은 감정을 드러내지 않는 얼굴을 유지한다.

"앞으로 나아갈 길을 찾으려고 전국을 날아다니고 있는 중에 당신은 기회가 생길 때마다 뒤로 달아나는 것 말고는 아무것도 한 게 없잖아요. 이제 와서 갑자기 '혁명 만세'라고요? 언급한 적도 없었으면서 우리를 위해 정렬되어 있는 거창한 반란에 갑자기 가담해 왔다고요?"

희미하고 피곤한 기색의 헛웃음은 에이브럼의 얼굴에서 절대로 사라지지 않았지만, 이제는 약간 억지로 하고 있는 것처럼 보인다.

"우리 모두 수배자 명단에 올라 있는데 액시엄 지사로 걸어 들어가는 것은 나의 최선의 선택이 아니었거든. 쿠데타가 아직 일어나지 않았다면, 나에게 연락이 닿기는 어려워질 거야. 그리고 맞아. 망상에 빠진 미치광이 한 무리와 함께 세상을 구하려고 시도하기보다는 딸과 함께 산에서 낚시하는 게 더 좋을 것 같아. 하지만 그게 이거나 바다에 있는 얼어붙은 바윗덩이로 가는 편도 여행이라면 나는 혁명을 택할 거야."

줄리는 고개를 젓는다. "거짓말 작작 해요."

"정말로 거짓이 아니야."

"피츠버그에는 아무것도 없어요. 당신은 그저 우리에게서 벗어나려고 지상에 내려 두려는 거지."

에이브럼은 고개를 끄덕인다.

"타당한 판단이야, 그렇지만 틀렸어. 난 거짓말 같은 건 안 해."

줄리는 씩 웃는다. "아, 그러셔!"

"우리 아버지의 확고한 가르침 중에 하나인데, 누군가에게 거짓

말하는 것은 그들에게 힘을 실어 주는 거라고 하셨어. 그들을 판사로, 나를 피고로 만든다고. 진실을 말하고 그 결과로 거래하라고. 거짓말은 나약한 자들이나 하는 거야."

줄리가 웃는다.

"당신, 상당한 거짓말쟁이네요."

"사실 거짓말은 아닐 거야."

노라는 노란 팸플릿을 펼쳐서 줄리에게 건넨다.

줄리는 닭이 긁어 놓은 것 같은 악필로 쓰인 팸플릿과 술에 취한 수도승이 밝힌 중세의 필사본처럼 여백에 끼적여진 메모들을 훑어본다. 그녀는 놀란 눈으로 노라를 올려다본다.

"이건 어디에서 찾았어?"

"공항에서지, 당연히 누구한테서 천 리는 떨어진 공항. 내 생각에 DBC는 좀 강박증에 시달리는 거 아닌가 싶어."

"왜 나한테 더 빨리 보여 주지 않았어?"

노라는 그녀를 딱딱하게 쳐다본다.

"딸 앞에서 저 사람을 쏴 버렸잖아. 때가 나쁜 것 같았어."

줄리는 움찔한다. 나는 노라가 그녀 곁에 있지 않은 것이 너무 오래된 것이 아닌가하는 의구심이 든다. 줄리는 거의 그 뒤로 숨다시피 노란 종이로 주의를 돌린다. 나는 그녀의 어깨 너머로 그것을 읽는다.

끝장세계 연감 (쪼옥)

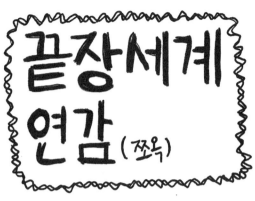

8월즈음 (끽)
BABL 로부터 19년

양조된 생물의 커다란 한회 분량 그리고 바바라가 사업으로 돌아왔다. 캐스캐디아 자연림에서 줄을 긋고 있는 예전정부의 수상한 사람들의 고대 전설을 추적하며, 미국을 반시계 방향으로 돈다. 사냥꾼들은 정부의 안전모로 가득한 밴터로 비틀거리며 들어간 죄, 뭐 그런 것으로 체포한다.

소문은 신용할 수 있는 입에서 드물게 나와서만, 캐스캐디아와 뉴욕은 계속해서 언급되므로 우리가 간다.

467

역사 농담 정말 웃겨 하 하 하 하 하

오스틴 : SXSW  문자 그대로 죽음

마파: 지방 정부가 있는 작은 거주지. 공개. 적대적이지 않음.

　　　여행자, 정보많음.

뉴올리언스 : X (수몰됨)

올란도 : X 그리고 좀비가 떼 지어 다님. ? 왜? 무쎄? 께 뭐냐? 어째서? 없음.

　　　플로리다 남쪽으로 통과할 수 없었음

뉴욕 : X인지 X가 아닌지?? 똥과 바퀴벌레로 가득한 거대한 변기 같다.

　　　프리덤 타워로 가려다가 무기한 구류됨.

　　　엑시멈 그룹 = 생명을 희생해 장수를 누림!

　　　모둑질당하고 노예가 될 차례를 기다리러 뉴욕으로 향하는

　　　여행자들의 행렬은 그야말로 비현실적인 경악 그자체 💀

I ♥ NY

컬럼비아 특별구역 : X (파괴됨)

피츠버그 ; 주목. 주민은 흩어지고 거대한 액시엄 기지 존재.
     하지만 주목할 것! 기지의 불만 폭주!
     엑시엄 = 불건전, 불완전, 비호감이라는 평가!
      베이지색 재킷과 아주 흥미로운 대화를 나눔.
     모든 불평가들에게 방문하라고 권고. 모여라.
      어떤 목표들을 움직이자.
       그 목표들을 부숴 열고 안에 무엇이 들어있는지 보여주고
      그 깨진 조각들로 새로운 것을 만들자. 예술이란 그런 것이다.

그래서 앞으로 그리고 옥설로, 북쪽으로 서쪽으로,
탑을 넘어뜨리고 선을 불안하게 하고 늪에서 나와
대화를 시작하자.
사랑해, 끝장세계 ! ♡ ♡ ♡
     -DBC

469

줄리는 종이를 내린다.

"이건 2년 전이잖아. 뭔가 있었다면 우리도 들었겠지."

"자, 봐." 노라가 말한다. "2년 전에 우리는 액시엄이 여전히 존재한다는 것조차 몰랐잖아. 지금쯤 피츠버그는 완전하게 발달한 불량 국가가 되었을 수도 있다고."

신음 소리가 비행기 뒤쪽에서 들려와서 줄리의 머리는 그 소리가 나는 쪽으로 휙 돌아간다. 화장실 근처에서 의자에 묶인 그녀 어머니의 남은 부분이 기다리고 있다. 왜인지 나는 정확하게 알 수 없었고 줄리 역시 그렇지 않을까 의심스럽지만, 그녀의 얼굴에 강하게 밀려드는 차갑고 축축하고 압도적인 감정을 볼 수 있다.

"안 돼." 그녀는 피곤한 눈빛으로 웅얼거린다. "우린 엄마를 구해 줘야 해."

"그럴 거야, 줄리." 노라가 말한다. "하지만 지금 당장 너희 어머니가 네게 원하는 일이 정말로 뭐라고 생각하는데?"

초기의 아무 생각도 없는 배고픔의 으르렁거림과는 매우 다른, 또한 번 길고 측은한 신음 소리.

"줄리." 에이브럼이 부른다. 그녀는 자기 이름을 부르는 소리에 정신을 번쩍 차린다. "네가 왜 그러는지, 또 뭘 하려는지 나도 알아. 나도 같은 일을 할 거야. 하지만 그동안 세상을 구하겠다던 네 얘기가 진심이라면, 내가 이 비행기를 착륙하게 해야 해. 정말로 무언가를 할 수 있는 첫 기회가 지금 날아갈 판이니까."

줄리는 뿌연 안개를 걷어 내며 눈을 질끈 감았다가 일어선다.

"착륙시켜요." 그 목소리에는 반란군의 열정이라고는 조금도 없었고 명령에 굴복하는 것에 가깝다. 그녀는 이미 비행기 뒤쪽으로 걸어가고 있다. "엄마? 괜찮아요?"

나는 정중한 거리를 유지하며 조용히 그녀를 따라간다. 그녀의 어머니는 복도 바닥에 구부정하게 앉아 있다. 그녀의 목과 머리 받침대 기둥을 연결하는 케이블의 길이는 고작 몇 발자국 범위밖에 움직이지 못하게 했고, 조안과 알렉스는 그녀의 범위 바로 바깥에 앉아 신중하게 그녀를 지켜보고 있다.

"무서워." 알렉스는 눈을 크게 뜨고 나를 보며 말한다.

"슬퍼." 조안은 어른스러운 깊은 공감을 담은 눈으로 오드리를 보며 말한다. "저 사람…… 너무 슬퍼."

그들의 종이 딸랑거린다. 나의 아이들 역시 목줄을 하고 있다. 나는 그것들을 애완동물 이동장들 안에서 발견했고 그 종소리의 경고가 이 순한 어린 시체들에게는 충분한 대비책이 될 거라고 판단했다. 에이브럼은 이번에는 반대할 처지가 아니다.

"우리는 피츠버그에 착륙할 거예요, 엄마." 줄리는 어머니의 앞에 책상다리를 하고 앉으며 말한다. "거기에 저항 세력이 있대요. 우리가 도울 수 있는지 보러 가는 중이에요."

오드리는 손바닥을 위로 향한 손을 자기 앞 바닥에 놓은 채 늘어진 얼굴로 그것을 내려다본다.

"도우려고 했던 거 기억나세요, 엄마? 엄마가 얼마나 세상을 더 낫게 만들고 싶어 했는지 기억해요?"

오드리가 앞뒤로 심하게 몸을 흔들자 더러운 머리카락이 그녀의 눈앞에서 달랑거린다.

"엄마? 아무것도 기억 안 나요?"

오드리는 달려들어서 줄리의 얼굴 바로 앞에서 이를 딱딱거린다. 펄쩍 뛰어 뒤로 물러난 줄리의 입술은 떨리고 있다. 오드리는 그녀를 똑바로 쳐다본다. **죽은 자**의 동지라 할지라도 **죽은 자**의 감정들은 읽어 내기가 어렵지만, 만약 내가 추측해야만 한다면 오드리의 혈색이 나쁜 얼굴에 떠오른 표정은 비통함이라고 말할 것 같다. 선한 일을 하려고 시도했고 그 일로 인해 벌을 받아 온 누군가의 깊고 특이한 상처.

"어째서 우리가 이걸 계속 하고 있는 거죠?" 나는 오늘 밤 공동체를 위한 커다란 스튜 통에 넣을 감자의 껍질을 벗기고 있는 어머니에게 따져 물었다. "어쨌거나 세상이 다 타 버릴 거라면 사람들을 뭐하러 도와요?"

나는 더 이상 어머니가 힘든 일을 하게 내버려 둘 수가 없었다. 나의 혼란은 다정함으로 자제하기에는 너무 크게 자라났다. 그것은 나의 어머니를 내리치며 경솔하게 몰아세웠다.

"우리가 하나님에게서 점수를 받나요? 점수를 기록하기는 하신대요? 그분이 세계를 다시 제자리에 맞췄을 때 전부 영으로 돌아가는 거 아닌가요? 우리가 여기에서 해 온 것들의 어떤 기록도 남지 않을 거잖아요. 엄마! 우린 왜 이걸 하고 있는 건데요?"

"몰라!" 어머니는 나에게 소리를 질렀고, 감자 칼이 바닥에 떨어졌다. 어머니는 울고 계셨다. 어머니는 한동안 울고 계셨던 거였다. 얼굴과 목이 눈물로 젖었지만, 어머니가 나를 등지고 있어서 볼 수가 없었다. "나도 몰라, 넌 냉정하고 논리적이야. 난 몰라."

나는 부엌 밖으로 나왔고, 나의 분노와 혼란스러움은 죄책감과 뒤섞이며 더욱 단단한 합금을 형성했다.

굳은살이 박인 손으로 눈가를 훔쳐 내며 어머니는 감자 칼을 줍기 위해 허리를 숙이……

줄리가 나를 쳐다보고 있다. 내 얼굴 위에 무엇이 있었을까? 내가 얼마나 많이 드러낸 걸까? 비행기가 하강하기 시작하고, 단단한 것들과 내 몸의 연결이 줄어들자 나는 중력이 약해지는 것을 느낀다.

우리

　밴 안에 길 이름 놀이는 더 이상 없다. 활발한 토론이나 음향 기기의 대중 음악도 더 이상 없다. 그저 불편한 침묵뿐. 소년은 두 좌석 사이의 양동이에 앉아 있고, 선글라스는 뒷자리 어딘가 가방과 상자 밑으로 사라졌다. 소년은 가엘과 게브레가 슬그머니 곁눈질로 그를 흘깃거리는 동안 계속 앞만 똑바로 보고 있다. 소년은 그들의 호기심이나 두려움까지도 그다지 신경 쓰지 않는다. 그는 자신의 질문에 대답할 수 있었다면 그들의 질문에도 답해 줬을 터였다.

　"확실하게 한 가지는 말할 수 있어." 게브레가 마치 머릿속에서 오랫동안 논의해 온 것의 결론을 내기라도 한 듯 말한다. "넌 말할 줄 알아. 네가 저기로 돌아가라고 말한 걸 똑똑히 들었거든. 그러니까 네가 우리를 이해했다고 봐도 무방하겠지, 그렇지 로버?"

"청각장애가 있을 수도 있지."

게브레는 잠시 이것을 고려해 본다. 그는 금이 간 아이팟을 가엘에게 건넨다. "뭔가 아이들이 싫어하는 것 좀 틀어 봐."

가엘은 휠버튼을 돌리고 클릭한다. 느릿느릿 두드리는 드럼과 슬프면서도 아름다운 현악기들의 음 위로 고조되는 천사 같은 가성.

"아니, 아니잖아." 게브레는 얼굴을 찡그리며 말한다. "아이들이 싫어하는 걸 말한 거야. 정신이 온전한 모든 사람이 싫어하는 거 말고."

"이건 시규어 로스야!" 가엘이 항의한다. "이건 침울한 음악 장르의 최고봉이라고."

게브레는 몸서리를 친다. 그들은 반응을 보려고 소년을 지켜봤지만, 소년은 멍하니 정면만 응시할 뿐이다. 가엘은 귀가 찢어질 것 같은 가성에 앞유리창에 금이 갈 조짐이 보일 때까지 소리를 키운다. 게브레는 소년은 확실하게 귀가 들리지 않는 것 같으니 실험을 그만하라고 소리를 치다가 중간에 말을 자르고는 음악을 끈다.

"애야." 울리고 있는 고요함 속에서 그는 소년에게 속삭인다. "괜찮아?"

소년의 얼굴은 여전히 멍했지만, 충격적인 노란 홍채는 고여 있는 눈물 뒤로 흐릿해져 있다. 소년은 게브레에게 대답하지 않았는데, 그건 그가 더 이상 밴 안에 있지 않았기 때문이다. 소년은 알 수 없는 높이와 상상도 할 수 없는 깊이 사이에 매달린 어둡고 소리가 울리는 도서관에서 계속 똑바로 앞을 보려고 분투하면서 통로를 따라가며 비틀거린다. 책 몇 권이 선반 밖으로 쓰러지며 주변으로 펄럭거리며 페이지들이 빠져나온다. 이제 그는 레스토랑 안에서 한 소녀의 맞은편에 앉아, 그녀가 선택한 음악을 견뎌 보려고 애쓰고 있다. 소녀는 그와 닮았고 나이가 더 많았으며 더 호리호리했고 피부색이 약간 더 밝았지만, 지구에 생명이 시작되는 곳까지 모든 지층을 통해 스며드는 우물처럼 어두운 똑같은 갈색 눈이다.

그는 그 소녀를 사랑했고 그녀는 그를 사랑했다. 기억이 그 둘 모두 안에 깊숙이 묻혀 있다 하더라도 그들은 유일하게 남아 있는 서로의 기억을 지키는 이들이다.

"얘야." 가엘이 그의 뺨에서 부드럽게 눈물을 훔쳐내며 말한다. "왜 그러니, 아가?"

소년은 남자의 창백한 손가락의 축축함을, 대홍수기의 지구를 표류하는 빙하처럼 그 안에 들어 있는 소금 결정을 쳐다본다.

"워싱턴 DC." 소년이 말한다.

가엘과 게브레는 경악의 시선을 주고받는다.

"거기가 네가 가고 있던 곳이야?" 게브레가 묻는다.

소년은 대꾸하지 않는다.

"우리가 댈러스에서 발견한 연감에 따르면……." 게브레는 가엘에게 숨죽여 말한다. "워싱턴은 망했잖아, 아니었어? 망하고 파괴되고?"

"로버." 가엘은 소년에게 깊은 애석함을 표하며 말한다. "워싱턴에는 아무도 없어. 오래전에 다 타 버렸어."

소년은 알아볼 수 있는 반응을 보이지 않는다.

"하지만 우리는 사람들이 많이 있는 어딘가로 가고 있는 중이거든." 게브레가 억지로 쾌활하게 말한다. "사람들과 음식과 일, 그리고 안전. 그곳에서는 아무도 우리를 상처 주지 않을 거야."

가엘은 망설이며 그에게 손을 뻗어 어깨에 손을 얹는다. 소년은 배에서 시작되어 정맥과 뼈, 뇌를 울리지만 진짜 배고픔은 아닌 그 충동을 느끼고 이를 드러내는 순간을 가엘이 두려워하고 있다는 것을 안다. 소년은 저 단순한 짐승의 통제를 벗어나 있다. 이제 소년이 그 충동을 느낄 때, 그것은 그저 그의 우리를 덜커덕거릴 뿐이다. 철창을 구부리려는 광란의 노력.

"우리가 너를 돌봐 줄게." 가엘이 소년의 어깨를 꼭 쥐면서 말하고는 게브레와 의미심장한 표정을 나눈다. 결정. "너한테 무슨 일이 있었든, 우린 네가 그것을 치유할 수 있게 도울 거야. 알았지?"

소년은 가엘을 불안하게 만든다는 것을 알고 있는 달칵거림을 멈추려고 이를 악문다. 그는 달빛이 비치는 발코니와 먼지투성이 공항과 불타는 낡은 집, 그리고 그 모든 것이 지오 쿠페의 뒷창문을 통해 어둠 속으로 수축되어 들어가는 것을 본다.

"걱정하지 마, 로버." 게브레가 목소리에 더 거세게 희망을 불어넣으려고 애쓰면서 말한다. "너도 뉴욕을 사랑하게 될 거야."

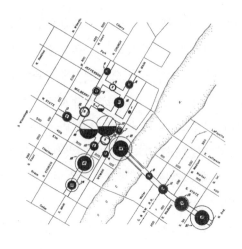

나

"그 지사는 인구가 혼합된 곳이라 민간인들이 있는 것도 정상이지만, 아직도 우리를 생포하라는 암호가 방송되고 있다고 추정해야만 해. 그러니까 빈틈을 보이면 사람들이 우리를 알아볼 거야. 내가 교통 체증에 걸리지 않도록 하겠지만, 만약 누군가와 마주친다면 입을 다물고 머리는 숙이고 눈을 마주치지 마. 매순간 너희가 실패한 사람이라고 생각해. 그러면 그 수치심이 너희를 눈에 띄지 않게 해줄 테니까."

나는 듣고 있지 않다. 나에게는 저런 조언들이 필요하지 않다. 나보다 인간관계를 더 잘 피하는 사람은 없다. 그 누구도 나보다 뒤로 숨게 되는 부끄러움이 많지는 않을 것이다. 피츠버그의 스카이라인이 우리 눈앞으로 솟아올랐고, 에이브럼은 우리가 찾고 있는 저항군의 지도자들과 그들이 만나는 비밀 회의실에 대해 지겹도록 웅얼거렸지만, 나의 얇은 바깥쪽 껍데기층만 그의 말을 듣고 있다. 그 모든 폭발과 자동차 추격전과 비밀 작전을 거치고 나니 그러한 존재가 현재 여기에 존재하기는 어렵다는 생각이 들기 시작한다. 우리는 압제적인 정권을 전복시키고 미국을 구하려 하는 중이었지만, 내가 생각할 수 있는 것은 내 옆을 걷는 다섯 사람과 그들에게 국한된 갈등, 그들의 작은 즐거움과 고통이 전부다.

노라의 눈은 내가 약간 아는 내부의 공간을 여행하며 먼 곳을 헤매고 있다. M은 아마도 자신의 무해해 보이는 과거를 계속 발굴하는 듯, 똑같이 먼 데를 쳐다보는 표정으로 그녀 옆에서 걷는다. 작은 권총이 줄리의 손 안에서 무거워 보인다. 총신은 마치 쑥스럽기라도 한 듯 에이브럼에게서 멀어졌고, 줄리는 마지못해 다시 끌어다 댄다.

"노라." 내가 숨죽여 말하자 그녀는 몽유병자가 깨어난 것처럼 덜컥 움직인다.

"무…… 미안해, 뭔데?"

그녀는 웅얼거리며 자기 주변을 획 둘러본다.

"내가 뭐 좀…… 개인적인 질문 좀 해도 될까?"

"어…… 그래?"

"너는 어떻게 할 거야?" 나는 그녀와 M에게만 들리도록 목소리를 낮게 유지한다. "너희 어머니를 발견했다면 말이야."

얼굴에 구름이 드리워지더니 노라는 대답하지 않는다.

"너도 이렇게 할 거야?" 나는 줄리 쪽을 가리킨다.

"마커스에게 말했듯이 나는 부모가 없어. 나는 땅에서 솟아났거든."

"그만해." M이 그녀에게 투덜거린다.

그녀는 그에게 불확실하지만 분노할 준비가 된 표정을 짓는다.

"뭐라고?"

"헛소리 그만하라고." 그는 어째서인지 다정함을 담아 말한다. "넌…… 그보다 강하잖아."

노라는 그에게 눈을 몇 번 깜박였고, 그 눈은 감정을 정하지 못하고 동그래진다.

"넌 나한테 그들이 어떻게 너를 버렸는지 말했었잖아." 나는 그녀에게 상기시켜 준다. "술집에서 보낸 밤에?"

그녀는 덫에 걸린 동물 같은 시선을 나에게로 돌린다.

"넌 줄리가 가진 모든 것을 잃었잖아. 그러니까…… 너라면 이렇게 하겠어?"

그녀 안의 장벽이 하나, 수많은 벽으로 둘러싸인 도시의 가장 바깥쪽 벽이 무너진 것처럼 보인다. "그건 달라." 그녀는 작은 한숨을 내뱉으며 말한다. "줄리는 자기 부모님을 사랑했어. 그분들은 상황에 뭉개진 것뿐인 좋은 사람들이었어. 우리 부모는……."

자기 머릿속의 뭔가에 기를 쓰고 올라가고 있는 것처럼 그녀의 얼굴이 떨린다.

"우리 부모는 버렸지." 다시 한 번 경련. "나를." 다시 한 번 심호흡. "그들은 나를 버렸어. 죽으라고. 그리고 그들은 처음부터 지긋지긋했어. 그래서 묻고 싶은 게 뭔데? 우리 부모가 살아 있다는 것을 발견하면 비행기를 납치하고 그들을 구하러 세상을 가로지를 거냐고?" 그녀는 으르렁거림에 더 가까운 쓴웃음을 내뱉는다. "절대 아니야. 내 손으로 직접 못 죽여서 계속 힘들었다고."

나는 M이 노라의 어깨 쪽으로 움직이던 손을 재고 끝에 후퇴시키고 있는 것을 알아챘다.

"하지만 난 인정 없는 년이니까." 그녀는 억지로 경박하게 말을 이어 나간다. "나는 무집착 같은 부처의 헛소리랑은 끝장 다 봤거든. 아무것도 사랑하지 않고, 아무것도 애도하지 않아. 줄리는 다르지." 그녀는 자기 포로의 딸보다 겨우 몇 센티미터 더 큰 줄리가 걸어가는 것을 지켜본다. "저 애는 지옥을 지나왔고 강철 피부를 얻었지만, 그 피부 밑에는? 전부 부드럽게 질척거리는 분홍빛이라고." 그녀는 줄리가 더 이상 애쓰지도 않고, 권총을 옆으로 늘어뜨리자 애정이 듬뿍 담긴 미소를 짓는다. "그리고 나는 저 애의 그런 면을 사랑해. 가끔은 질투까지 나고. 말도 안 되는 용기를 그만큼 스스로에게 느끼게 해 주지. 하지만 그래⋯⋯." 그녀는 한숨을 쉰다. "가끔 그게 문제가 되지."

"너도 그렇게 다르지 않아." M이 매우 조용하게 말한다.

"저게 뭐였지?" 노라는 듣지 못했다는 듯 고개를 갸웃하며 물었지만, 그녀의 어조에 담긴 뾰족함은 말과는 다른 것을 드러낸다.

"넌 그렇게 차갑지 않아⋯⋯. 네가 생각하는 것만큼."

"그거 참 흥미로운 이론이긴 한데, 넌 정말로 나에 대해서는 아무것도 아는 게 없잖아?"

M은 대답하지 않은 채 그대로 시선을 유지한다.

"잡담 그만." 에이브럼이 우리를 돌아보며 말한다. "우리는 지금

481

막 지사 주변으로 들어왔어. 정신 차리고 순찰이 있나 지켜봐."

나는 주변을 홀끔거린다. 도시 경관에 눈에 보이는 경계나, 분명하게 드러난 변화는 없었지만, 현지인만이 인지할 수 있는 어떤 주요 지형지물을 지나온 것이 틀림없다. 나와 동떨어진 마음 한구석은 이 시점까지 인간의 존재가 전혀 없다는 것에 실망한다. 나는 멸망하지 않은 도시가 어떤 느낌인지를 느껴 보려고 고대하고 있었다. 액시엄에 의해 지배되는 도시일지라도 시티 스타디움의 인간 동물원보다는 더 진짜 같은 느낌일 거라고. 하지만 한 시간 이상 피츠버그를 돌아다니면서(비현실적인 모터사이클 클럽처럼 오토바이를 타고 마을로 뛰어드는 것은 재빠르게 배제되었다.) 아직 다른 사람은 한 명도 마주치지 못했다.

초창기에는 이랬어. 나의 지하실에서 떠올라온 기억 하나가 어둠 속에서 아픈 아이가 불평하듯이 말했다. 분리가 치유책이 될 거고, 그들의 그림자는 따라오지 않을 거라는 터무니없는 희망을 가지고 인류가 나라 곳곳으로 흩어지면서 도시 자체로부터 달아나자, 도시들은 피를 흘렸어. 하지만 우린 그랬지. 우리는 그들을 어디든지 따라갔어.

"당신이 여기에 있었던 이후로 1년이 지났다고 했던가요?"

줄리가 에이브럼에게 묻는다.

"맞아."

그녀는 건물에서 빈 건물까지 쳐다본다.

"그리고 그때에는 사람들이 있었고요?"

그는 대답하기 전에 다른 블록으로 걸어간다. "한곳에 집결해 있을 것이 분명해. 모두 시내로 이동했어."

얼마나 자주 사냥감이 포식자를 피해 더 빨리 달아날까? 포식자는 이기도록 만들어졌어. 만약 보통 그렇게 하지 못했다면, 약자를 잡아먹는 일이 그다지 이득이 안 되었다면, 그런 일은 사라지고 더 이상 포식자는 없었을 테지. 하지만 포식자들은 항상 있지. 사냥터가 얼마나 비어 있는가 하는 것은 문제가 아니야.

나는 그 구슬픈 웅얼거림에게 말한다. 네가 누구든지 간에 입 좀 닥쳐. 그리고 놀랍게도 그것은 침묵 속에 억울함의 잔향을 남겨 두고 복종한다. 이제는 천천히 지나쳐 가는 피츠버그의 유령 같은 탑들을 쳐다보고 있는 나만 남는다.

내 머릿속에 얼마나 많은 사람들이 있는지 궁금하다. 아마도 고유의 생각들과 느낌과, 같은 머리에 전부 쑤셔 넣어져서 자리를 차지하려고 논쟁하고 거칠게 떠미는, 오늘에서 어제로 청소년기로 유아기로 뻗치고 있는 수천의 호문쿨루스들과 함께 매일 새로운 버전의 내가 태어나는 것 같다. 그것은 많은 일을 설명할 수 있을 것이다.

* * *

에이브럼은 시내 주변에서 안쪽으로 흘러 들어가는 강을 향해 우리를 이끌고 있다. 제방 높이의 바닷물로 이어지는 강은 공원을 돌아 연못까지 흐른다. 바다를 가로지르는 눈에 보이는 단 하나의 길은 밝은 노란색 다리뿐이다.

"나는 그저 저것을 지적하고 싶었어." 노라가 말한다. "저 다리를 걸어서 건너는 것은 거의 가두행진을 하는 만큼 퍽이나 은밀하겠네."

"날 믿어." 에이브럼이 말한다.

"지금 내가 왜 그래야 하는데?"

에이브럼은 다리 입구에 멈춰 오른쪽 어깨에서 배낭을 벗는다. 그는 왼쪽 관절은 옆으로 늘어뜨린 채 오른팔만 이용해서 배낭 안을 뒤적거렸지만, 움직이면서 여전히 움찔거린다. 나는 줄리도 그를 따라 움찔거리고 있는 것을 알아챈다. 내가 막 도움을 제의하려는데 찾던 것을 찾아낸 그가 몸을 편다. 그는 쌍안경을 다리의 끝 쪽으로 향하고 안도의 한숨을 헉헉 내뿜더니 줄리에게 그것을 건넨다.

"됐어. 내가 맞았어. 그들은 시내로 이동한 것뿐이었어."

줄리는 쌍안경을 보고는 고개를 끄덕이고 마치 차례대로 전망대에서 경치를 구경하는 관광객 무리처럼 나에게 건네준다. 나는 사무실 창문들을 본다. 날아가는 새들. 노랗고 흐릿한 형체로 보이는 줄리의 머리. 그러고 나서야 나는 다리를 찾아낸다. 그 확대 배율은 허벅지에 소총을 대고 구부정한 자세로 서 있는 베이지색 재킷의 남자 여섯 명에게서 15미터 정도 떨어진 다리 반대편 끝으로 나를 데려다준다.

"좋아요. 그렇다면 다리는 액시엄 군인들이 지키고 있는 거네요. 저게…… 좋은 거예요?"

"텅 빈 도시보다는 낫지." 에이브럼은 이미 다리 아래로 구부러진 출구 경사로 쪽으로 이동하면서 말한다. "쿠데타는 아직도 진행 중이야."

"에이브럼." 줄리가 부르자 그는 멈춰 서서 돌아본다. "정말로 그런 일이 일어나고 있는 중이라고 생각해요?"

"일어났던 일이라는 건 알아. 아직도 그럴 거라고 생각하고."

"그러면 정말로 그렇게 되길 *원해요?* 당신을 키워 줬던 사람들을 쓰러뜨리고 싶어요?"

에이브럼은 킥킥 웃는다.

"이봐, 나를 '키워' 줬다고 해서 내가 액시엄 그룹에 애정이 한 조각이라도 있을 거라 생각한다면, 넌 나나 액시엄 그룹을 잘 모르는 거야. 그건 사랑으로 가동하는 게 아니야. 사업이지. 일종의 서비스 교환이야. 액시엄 너에게 안락과 보안을 주고, 너는 그 외의 모든 것을 주는 거지. 지불을 멈추면 그게 끝." 그는 다시 걷기 시작한다. "게다가 누가 나를 키워 줬다 하더라도 그건 경영진이 아니었어. 우리가 보려고 하는 사람들이지."

넓게 다가오는 강철 교량보에 의해 그늘진 다리 아래 공기는 서늘하다. 교각들 중 한 개의 뒤에 도시 노동자만이 보리라 생각해 본 적이 있을 것 같은 곳에 있는 예상 밖의 모퉁이 콘크리트 벽에 작은 철문이 하나 있다. 그는 그 문을 열고 어두운 내부를 가리킨다.

"이게 뭐예요?"

"지하철 터널로 통하는 수갱이야. 강 아래로 지나가서 지사 구내로 바로 올라가게 되어 있어."

M은 고개를 흔든다. "안 돼. 나는 들어가지도 못할 거야."

"윤활유라도 문질러 발라 봐. 너도 들어갈 거야." 에이브럼은 줄리에게 손을 내민다. "네가 훔쳐갔던 손전등 좀 돌려주지 않을래?"

그녀는 자기 배낭에서 손전등을 꺼내서 달칵 켜서는 출입구 안쪽을 비춰 보더니 고개를 끄덕인다. "앞장서요."

그는 한숨을 쉰다. "다 네 맘대로 하시겠다 이거지, 안 그래? 페리한테 지독한 두통거리를 안겨 줬겠네."

"페리 이야기는 안 하고 싶어 하는 줄 알았는데요."

"그 애가 어떻게 죽었는데? 네가 죽으라고 욕이라도 했어?"

"닥쳐요."

그녀는 눈을 희번덕거리며 쏘아붙이고는 총을 든 팔을 든다.

에이브럼은 그녀의 반응에 놀라며 양손을 든다. "됐어, 됐어."

그녀는 문에 손전등을 찔러 넣는다. "가요."

"가고 있잖아."

그는 스프라우트의 손을 잡고는 어둠 속으로 사라진다. 줄리는 그를, 노라와 나는 그녀를 따라간다. 우리 뒤로 M이 입구로 들어오는 길에 끙끙거리면서 욕을 한다. 손전등 광선이 너무 가팔라서 거의 사다리 같은 계단을 흐릿하게 비추며 콘크리트에 산란된다.

"아빠. 우리 집에 가는 거야?"

"이곳은 우리 집이 아니었어. 작은 잡초야. 우린 집이 없거든."

"우린 언제 집이 생겨요?"

침묵.

"우리도 하나 지을 수 있을까요?"

침묵.

나의 감옥.

내 감방의 바닥은 얼룩으로 그려진 인상파 화가의 그림이고, 음식은 식당에서만 제공되므로 이 얼룩들은 오로지 체액으로만 그릴 수 있다. 내 몸을 위로 밀어 올릴 때 손바닥 밑으로 그것들을 느낄 수 있고, 아래로 몸을 낮출 때에는 그것들의 냄새를 맡을 수 있다. 짠내와 고기 냄새와 속이 느글거리는 단내, 타락한 인간의 썩은 악취가 나는 향수.

"얼마나 많이 올라왔어?" 폴이 복도 건너편 감방에서 묻는다.

"안 세어 봤어."

"그러면 어떻게 다 된 걸 알아?"

팔이 화끈거리고 떨린다. 위가 탁 끊어질 정도로 긴장한 것이 느껴진다. 얼굴에서 땀이 쏟아져 바닥 위의 국물 위에 신선한 소금물을 더한다. 나는 날것 그대로의 역겨움을 음미하며 억지로 숨을 들이쉰다. *이게 우리야.* 나는 숨을 들이쉴 때마다 나 자신에게 되뇐다. *피 그리고 오줌 그리고 정액.*

"난 그냥 알아."

우리를 문질러 닦아. 우리를 하얗게 표백해.

"네가 우리랑 같이 있어서 좋아, R." 폴이 미소를 지으며 말한다. "사람들에게 진실을 믿게 하는 것은 힘들지. 하나님의 전쟁에서 싸울 강한 전사들을 얻는 거야."

하지만 나는 하나님의 전쟁에 대해 생각하고 있지 않다. 나는 내 것에 대해 생각하고 있다. 나는 나의 연약한 피부를 벌하고 싶다. 독해지고 강해져서 상처 받아 마땅한 누구에게든 상처를 입힐 수 있게 되길 바란다. 이 간단한 운동이 나를 전사로 만들지는 않겠지만, 현장에 있는 사람들은 그럴 것이다. 전범, 의용군 대장, 독자적으로 움직이는 암살자, 그들은 나에게 몇 가지 비법만 가르쳐 주기에는 너무 행복하기만 할 정도로 이렇게 비쩍 마른 시골 아이의 대담함에 즐거워할 것이다. 내 몸은 그들의 관용의 표식을 견뎌 낸다. 내 얼굴은 보랏빛, 주먹은 붉은빛, 그리고 근육들은 내가 이번 세트를 시작하기도 전에 타오르고 있었지만, 나는 아직 끝낸 것이 아니다.

"그들은 교회에서 너무 어려운 교리를 전파하거든." 폴이 어딘가 먼 곳에서 이야기하고 있다. "하지만 거기서조차 아무도 정말로 그렇게 살아갈 배짱도 없잖아. 중동에서 하는 일처럼 그 결론을 온 힘을 다해 받아들이기. 우리는 진리를 위해 기꺼이 타올라야 해."

내가 운동을 다 했는지를 아는 건 나의 정신이 모든 것을 비워내고 반짝이는 암흑의 구름들에 둘러싸여, 반항적인 근육들이 모든 지시를 거부하고, 더러운 바닥에 얼굴을 박고 있는 나 자신을 발견했을 때다. 나는 마지막으로 남은 열량을 몸을 굴려 뒤집는 데 썼고, 그렇게 해서 내 시야에서 빙빙 도는 색깔들을 지켜볼 수 있게 된다.

"이 창살들은 불길을 잡아 둘 수 없어." 폴은 나의 고통을 지켜보며 고무된 열정으로 차오르는 목소리로 말한다. "여기에서 나갔을 때, 다른 사람들을 모아서 우리 일을 끝내게 될 거야."

자물쇠가 찰칵 소리를 내며 문이 스륵 열린다. 흉터가 있는 가죽 같은 얼굴이 내 위로 나타나더니 문이 쾅 닫힌다. 나는 여전히 보기 드문 천장의 얼룩에 시선을 고정한 채다. 피. 상당히 뿌려졌던 것이 분명하다. 연필로 경정맥을 찔렀겠지, 아마도.

"환영한다, 형제여." 폴이 새로운 죄수에게 소리친다.

남자는 몇 초 동안 나를 물끄러미 내려다봤는데, 대머리에 우락부락한 얼굴이 잔혹한 신처럼 별들 속에 떠돈다.

"제기랄, 뭐하냐?" 그는 말하더니 내 갈비뼈를 걷어찬다. "빌어먹을 바닥에서 일어나. 여기는 이제 내 감방이니까."

나는 일어난다. 내 간이침대에 앉아 그 남자를 쳐다본다. 크다. 근육질. 뒤덮인 문신. 어둠 뒤에 도사리고 있는 공허가 아니라, 어둠이 범죄이고 폭력이라고 생각하는 사람의 진부한 표현, 평범한 뱀과 해골과 8번 공들.

"젠장." 그는 나를 보다가 폴을 흘긋 보며 말한다. "꼬맹이들이잖아. 너네는 뭐냐, 열여덟 살?"

"열일곱." 내가 대꾸한다.

"주 방위군이 더 이상 쩨쩨한 겉치레에 대해서는 걱정하지 않나 보군. 너희 같은 날라리들이 뭘 해서 여기에 들어왔나?"

"헬레나에 불을 질렀어."

그는 당황한 눈빛으로 나를 쳐다본다.

"그리고 보이시랑 덴버에도. 우린 솔트레이크 중간에서 붙잡혔지."

남자는 폴을 쳐다본다. 폴은 미소를 지으며 말한다.

"우린 나중에 다 끝낼 거야."

나는 간이침대에 등을 대고 누워 맥이 다 빠진 팔을 가슴 위에 올려놓고 천장의 핏자국으로 다시 주의를 돌린다. 희미해지는 일몰처럼 어두운 빨강.

*** *** ***

잠그지 않고 반쯤 열어 둔 지하 입구의 틈새를 통해 부는 차가운 지하 바람으로 인해서 휘파람 소리가 난다. 나의 과거는 더 이상 꿈꾸기를 기다려 주지 않는다. 친구들이 그것을 못 본다는 것을 믿기가 힘들 만큼 끔찍할 정도로 명료하게 나의 깨어 있는 삶 위에 투사되며, 나의 뜨고 있는 눈 앞에 펼쳐진다. 하지만 그들이 볼 수 있었다면, 분명히 나도 그것을 알았을 것이다. 그들이 이 조용하게 어깨를 움츠린 남자의 내부에 무엇이 있는지를 알게 된다면 분명히 모든 것이 달라지리라.

"이건 얼마나 더 깊어지는 거예요?"

줄리는 물이 부츠 꼭대기까지 이르러 안으로 들어오자 얼굴을 찡그리며 에이브럼에게 묻는다.

"몰라. 몇 년 동안 여기에 내려왔던 적이 없으니까." 그는 손을 내밀어 천장에서 비처럼 떨어지는 커다란 물방울을 몇 개 잡는다. "하지만 엘러게니 강물 몇백만 리터가 우리 위에 있어. 그러니까⋯⋯ 너희는 수영 얼마나 잘해?"

터널의 벽은 곰팡이 점액으로 덮여 있었고, 철로는 탁한 물 아래 잠겨 보이지 않아, 도시의 살아 있는 혈액을 머리에서 발로 그리고 다시 돌아오도록 퍼 올리는 환한 도시의 동맥이었다는 것조차 믿기 어려울 정도다. 현재의 상태로 보면, 하수관에 더 가깝게 보인다.

"물 걱정은 덜 했는데. 그보다는 레일에 흐르는 고압을 걱정했지. 뒤로 밀어 둔 차단기를 그들이 다시 홱 젖히는 그날이 오늘이 아니길 바라자고."

"아빠." 스프라우트가 칭얼거린다.

"딸을 지키는데 그렇게나 집착했던 누구를 위해서 하는 말인데요." 줄리가 말한다. "저 애가 여기에 있다는 것을 많이 잊어버린 것 같네요."

에이브럼은 약간 누그러진 듯 보였지만 아무 말도 하지 않는다.

"아니면 피해가 있든 말든, 싸가지 없게 구는 일이 그렇게 중요한가요?"

"저 애는 괜찮아."

"아빠, 무서워."

"괜찮아, 아가야." 줄리는 몸을 돌려 스프라우트와 눈높이를 맞춰 쭈그리고 앉아 말한다. "아빠는 그냥 농담을 해서 우리를 겁주려고

491

했던 것뿐이야. 여기가 안전하지 않은 곳이었다면 너를 데리고 내려오지도 않았을 거야."

스프라우트는 겁먹은 눈을 가느다랗게 뜬다.

"나한테 말 걸지 마. 난 이제 너 안 좋아해."

줄리는 움찔한다. 갑자기 그녀 앞에 있는 소녀와 동갑이 된 것처럼 보인다. "스프라우트. 너희 아빠를 다치게 해서 정말 미안해. 나도 그러고 싶지 않았지만, 우리 엄마가 아파서 그리고 난…… 난 엄마를 도우려면 너희 아빠가 필요했어."

스프라우트는 꼼짝도 하지 않고 노려본다.

"다시 우리 아빠를 다치게 할 거야?"

"아니야! 절대로 아니야."

"그러면 어째서 계속 아빠한테 총을 겨누고 있는 거야?"

줄리의 표정에 머뭇거림이 드러난다.

"왜냐하면 필요해서…… 난 모르겠어. 너희 아빠가……."

"나한테 말 걸지 마." 스프라우트가 말하고는 첨벙거리며 앞으로 가서 자기 아버지에게 합류한다.

줄리는 자기 발목 부근의 물을 내려다본다. 그녀는 몸을 쭉 펴고는 자신을 지켜보고 있는 나를 알아챈다. 줄리가 재빠르게 시선을 돌리기 전에 그녀의 눈에 어린 고통에 나의 심장이 요동친다.

우리가 눈을 마주쳤던 이후의 나날들 같은 느낌이다. 마치 다칠 것을 예상한 것처럼 우리는 그것을 피한다. 우리가 서로에게서 두려움을 배운 것이 언제였을까? 우리가 다른 생각을 떠올리고 있는 것, 우리가 글로 쓴 것이나 서로의 입에 담았던 잔학함으로부터 뒷걸음

492

질 치려고?

나는 그것을 어떻게 그만둬야 할지를 몰랐다. 우리는 오래된 길에서 길을 잃고 낡은 덫에 걸렸다. 우리는 이 어두운 숲을 나란히 걸어가야 했지만, 나는 우리의 거리감이 자라나는 것을 느낀다.

＊ ＊ ＊

엘러게니 강의 소심한 자식처럼 그 바닥을 기어가며 거의 강 자체의 깊이까지 수위가 올라간다. 우리가 침묵 속에 철벅거리며 앞으로 나아가자 걷잡을 수 없이 소용돌이치며, 열차 기름이 그 표면에 사이키델릭한 무지개를 형성한다. 물이 거의 스프라우트의 허리까지 차오르자, 에이브럼은 아이를 자기 어깨 위로 끌어올리려고 시도한다. 그는 그의 부상들이 자기주장을 하기 전까지 아이를 바닥에서 60센티미터 정도 들어 올렸다가 고통의 신음과 함께 떨어뜨린다.

"괜찮아, 아빠." 아이가 말하더니 대신에 아빠의 손을 잡는다. "난 괜찮아."

에이브럼은 얼굴을 찡그렸지만 이것을 받아들인다. 그는 뻣뻣하게 아이의 손을 잡고 앞으로 이동한다.

"너도 알겠지만, 나도 줄리에게 화가 나 있어. 하지만 저 애가 한 말은 맞아. 여기가 안전하지 않았다면 너를 데려오지 않았을 거야."

스프라우트는 물방울이 뚝뚝 떨어지는 천장을 올려다본다.

"정말로 안전해?"

"물론이지. 내가 아이였을 때, 사람들에게서 떨어져 있고 싶으면

오던 곳이었어. 내 실적이 나빠서 아버지 같은 상관이 시말서를 쓰게 했을 때 달아나서 이 터널에 숨었지." 마음을 불안하게 하는 아쉬운 표정이 그의 얼굴에 떠오른다. "1번가 역 앞 벤치에서 자고, 천장에서 떨어지는 물방울을 마시고 그랬어……. 가끔은 너무 배가 고파서 안 될 때까지 며칠을 숨어 있기도 했었고." 그는 싱긋 웃는다. "헛것을 보기 시작할 때가, 내가 돌아가야만 한다는 것을 깨닫는 때였지."

"뭘 봤는데?" 스프라우트가 불안스레 묻는다.

그는 잠시 대답하지 않았다. 그는 손전등 빛 너머 어둠 속으로 앞을 들여다본다. "입."

"입?"

"정말로 허기지고 외로웠을 때, 터널이 둘레에 이빨이 쭉 박힌 크고 동그란 입처럼 보이기 시작한 거야. 그리고 그 우주보다 더 큰 괴물이 모든 것을 집어삼키려 하는 거라고 상상했지."

"맙소사." 노라가 말한다. "그만 좀 해 줄래?"

에이브럼은 향수에 젖어드는 것을 떨쳐내려는 듯 고개를 흔든다.

"하지만 어쨌든, 맞아. 여기 아래는 안전해. 조용하고 평화롭고, 아무도 여기에 대해 모르고, 아무도 우리를 잡을 수 없어."

스프라우트는 더는 그 화제를 좇지 않고 평상시의 걱정스러운 침묵 속으로 다시 빠져든다.

"에이브럼." 노라가 조심스럽게 묻는다. "꿰맨 데는 어때? 열은 전혀 안 느껴져? 어지럽거나? 혼미해진다거나?"

"괜찮아, 노라, 고마워."

노라는 눈썹을 추켜세우며 M을 흘긋 본다. 에이브럼의 어조는 명확하게 빈정대는 티가 덜 나서 읽어 내기 더 어려워지고 있다. 나는 터널이 기울어지고 물이 빠지기 시작하자 수영에 대한 그의 농담이 전혀 농담이 아니었던 것이 아닌지 궁금해지기 시작한다. 손전등이 앞쪽의 역을 밝힌다.

"여기가 우리 종착지야."

우리는 점검용 사다리를 타고 플랫폼 위로 올라간다.

줄리는 출구를 찾으려고, 흰곰팡이가 핀 타일 벽을 따라 손전등을 비춘다. 빛줄기는 곰팡이가 슬고, 쥐가 갉은 베개가 똑같이 삭은 담요 위에 놓여 있는 벤치 위로 떨어진다. 근처에 있는 물을 담기에는 너무 녹이 슨 수프 깡통 속으로 물방울이 꾸준하게 후드득 떨어져 내리고 옆에는 스케치북이 하나 있다.

"이봐, 안 돼." 줄리가 중얼거린다. "이건 네 것이 될 수 없어."

에이브럼은 흐물흐물해진 스케치북의 종이, 로르샤흐 검사의 잉크 얼룩으로 씻겨 나간 그림들의 그 오래된 광경을 응시한다. 그에게서 숨 막히는 웃음이 흘러나온다. "가자." 그는 말하고는 계단 쪽으로 성큼성큼 걸어간다.

우리는 그를 따라 밖으로 나가는 계단으로 서서히 흘러 내려오는 햇빛으로 어둑하게 밝혀진 수평면 높이의 터미널로 들어간다. 매점에 고정된 빛바랜 포스터는 휴대전화 사업자와 보험 회사와 근대 정신으로는 파악하기가 거의 불가능한 다른 개념들을 광고하고 있다. 모든 신호 체계는 스프레이 페인트로 수정되어 있고, 화살표들은 이제 예상대로 병적인 목적지로 향하고 있었다. 왼쪽으로 죽음, 오른쪽으로 *지옥*, 그리고 계단을 올라가면 *액시엄*. 줄리는 계단 쪽으로 움직이기 시작했지만 에이브럼은 손을 내민다.

"기다려."

그는 직원 전용이라고 표시된 문을 열고는 지하철 직원들을 위한 회의실이었던 곳처럼 보이는 데로 들어선다. 긴 탁자, 화이트보드, 바닥에 넘어져 있는 사무실 의자 몇 개. 나는 에이브럼이 발견하길 기대하는 것이 무엇인지는 몰랐지만, 여기는 아니다. 그 공간이 사용되기는 했다는 단 하나의 증거는 베이지색 리놀륨 바닥 위에 남은 표백되지 않은 혈액 얼룩의 희미한 자국뿐이다.

에이브럼은 잠시 그 얼룩을 쳐다보더니 돌아서서 계단으로 향한다.

"저기가 비밀 회의실이었어?" 노라는 그가 자신을 스쳐 지나가자 묻는다. "이거 나쁜 뉴스야?"

그는 그녀를 무시하고 뛰기 시작한다. 줄리도 그의 옆에 머무르려고 달려갔지만, 나는 그가 서두르는 것이 탈출과는 아무 관련도 없다는 것을 감지한다. 에이브럼의 표정에 담긴 것은 그의 험악한 얼굴에 익숙한 광경인 분노가 대부분이었지만, 내가 본 적이 없는 다른 뭔가가 있다.

비탄?

우리는 피츠버그 시내 중심의 햇빛 속으로 나온다. 음산하거나 끔찍한 광경에서 오는 것이 아닌 부자연스러운 결여에서 오는 이상한 냉기가 내 속으로 퍼져 나간다.

도시는 깨끗하다.

도로에는 버려진 차들이 치워져 없고, 낙엽조차 보이지 않게 쓰레기와 잔해도 쓸려 있다. 건물 대다수가 차분한 중간색으로 새롭게 칠해져 있고, 오래전 충돌로 생긴 구조적 손상은 비계와 비닐 시트로 둘러져 있다. 스프라우트는 자신이 무엇을 보고 있는지조차 모르지 않을까 싶을 만큼 구식으로 보이는 광경으로, 그것들은 보수 중이었다. 하지만 그 광경을 진정으로 불안하게 하는 것은 인간의 결여다. 반짝이는 모든 타워들과 도시를 파괴할 성가신 주민들 없이 효과적인 계획, 그것은 도시 기술자의 꿈이다.

"여기에서 무슨 일이 벌어지고 있는 거야?" 줄리는 소도시에서 온 관광객처럼 고층 건물들을 올려다보며 중얼거린다. "에이브럼?"

하지만 에이브럼은 멈추지 않는다. 그는 성큼성큼 도시의 역사 중심지에 있는 곳에서 심하게 벗어나 보이는 맨 콘크리트 타워 중에서도 두껍고 가장 흉물스러운 타워 쪽으로 향한다.

"이봐요!" 줄리가 그의 뒤를 따라 달려가며 소리친다. "당신 뭐하는 거예요?"

유령 같은 첫인상에도 불구하고 도시는 전적으로 텅 비어 있지는 않다. 건물의 출입구에 경비들이 있다.

"에이브럼, 멈춰요!"

하지만 너무 늦었다. 이게 함정이었을 수가 있을까? 그가 어떻게 인가 액시엄과 접촉하여 우리를 넘기기로 거래를 했을 수 있을까? 믿기 어려웠지만, 그는 여기 소속 사람이라는 자신감을 가지고 경비들에게 다가간다.

우리는 그를 쫓아 계단을 올라간다. 줄리는 총을 꺼냈지만, 지금 사용하는 것으로는 아무것도 바꿀 수 없다. 경비들은 소총을 겨눈다. 에이브럼은 곧바로 그들에게 걸어 올라간다. 그들은 총을 쏘지 않는다. 말도 하지 않는다.

"워든 씨를 만나야 해." 그는 단단하게 자제력을 잃지 않은 위협적인 어조로 말한다. "워든 지점장, 어디 있지?"

남자는 대답하지 않는다. 그들에게는 그늘이나 쉼터가 없다. 오후의 태양이 그들의 얼굴로 내리쬐고 있지만, 그들의 이마는 건조하다. 그들의 담청색 눈에는 불편이나, 그 점에 대해서라면 이해의 징조가 보이지 않는다. 형언하기 힘든 뭔가에 맨발로 걸어 들어온 것처럼 뱃속이 병적으로 뒤틀리는 느낌이 든다.

"여기가 여전히 지사 사무실 맞지?" 에이브럼이 따지고 든다. 그도 뭔가 이상하다는 것을 감지한 것은 분명했지만 어쨌든 밀어붙인다. "워든 씨는 여전히 지점장이지?"

남자들은 그를 쳐다본다. 그러더니 더 중요한 이야기를 할 누군가를 찾는 것처럼 도시로 다시 시선을 돌린다.

에이브럼은 스프라우트의 손목을 잡고 보아하니 장식용 경비 같은 이들을 밀고 지나쳐서 건물 로비 안으로 들어간다. 줄리는 무모한 짓에 항복한다는 듯 손을 들고는 그를 따라간다.

나는 발걸음을 늦춰 다른 사람들이 나를 지나쳐 가도록 두고 맨 뒤에서 경비들을 자세히 쳐다본다. 그들은 나를 쳐다보지 않는다.

"무슨 일이 있었던 건가요?" 나는 그들에게 묻는다.

그들의 눈이 잠시 내 쪽으로 홱 돌아왔지만, 그러더니 다시 도시를 향한다. 나는 친구들을 따라 콘크리트 타워로 들어간다.

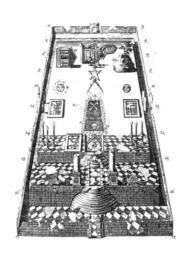

종말 후 회사의 사무실은 무엇과 비슷할까? 도시를 폭력적으로
입수하는 작업에는 어떤 부류의 사무직 노동자가 요구되는 것일까?
나는 비서들이 과로에 지치고, 커피에 찌든 군 지도자들에게 대학살
인가 서류를 팩스로 보내는 것을 상상한다. 폭군 같은 경영진이 실
적을 내지 못한 민병대 신병 징병관에게 소리를 친다. 어떤 종류의
서류들이 인간의 두개골 문진에 눌려 그들의 책상 위에 있을까? 소
수만이 볼 시간이 있는 열병식인 상황에, 돈이 없는 세상에서 그들
의 월급은 무엇일까?

　2번 지사의 로비로 걸어 들어가면서, 나는 내 질문들이 대답을 받
을 수 있을 것인가 확신할 수 없었다. 가구라든가, 사무용품, 또는 동
기 부여용 포스터 등 아무것도 없는 텅 빈 공간처럼 보인다. 유일한
장식은 일정 간격으로 벽에 붙어 있는 평면 스크린 텔레비전인데,

로터스 피드가 액시엄의 투지 넘치는 최근의 재가동을 방송하고 있다. 추상적인 형상화와 안도감을 주는 진부한 말들은 공격적인 선전으로, 더 크게 더 단순하게 독수리와 황금 벽돌과 '지금 행동하라!!'고 외치는 문자들이 깜박이는 동안 부인들과 어린이들 위로 보호하는 팔을 펼치고 있는 엄숙한 족장들에게 자리를 내준다. 컴퓨터가 인간의 감정을 분석하려고 시도하고 있는 듯한 미묘한 부적절함.

에이브럼은 방향 감각을 잃은 것처럼 보인다. 마치 낯익은 뭔가를 찾는 것처럼 왼쪽과 오른쪽을 두리번거린다.

줄리는 더 기다릴 생각이 없는 듯하다. "에이브럼." 그녀는 아무래도 스프라우트가 알아채지 못하기를 바라는 듯, 아주 약간 총을 들어 올린다. "여기에서 뭘 하고 있는지 말해 봐요."

"워든을 찾고 있는 중이야." 그는 계속 여기저기 힐끔거린다. 총을 알아채지도 못한 것처럼 보였는데, 어쩌면 알아도 신경을 쓰지 않는 것일지도 모른다. "무슨 일이 있었는지 알아야만 해."

에이브럼은 화물 엘리베이터로 달려간다. 줄리는 그의 눈에 어린 두려움을 납득한 듯 총을 낮추고 따라간다.

그는 꼭대기 층을 누르고 키패드에 암호를 쳐 넣는다. 맥 빠지는 삐 소리가 나더니 아무 일도 일어나지 않는다. 그는 들리지 않게 중얼거리면서 고개를 젓고는 제한되지 않은 층에 이를 때까지 아래로 내려가며 버튼을 누른다. 꼭대기로부터 20층 아래, 30층 아래.

엘리베이터가 올라가면서 관성이 메스꺼움을 치솟게 한다. 중력이 나의 내장을 끌어당기는 느낌, 먹이에 의한 것을 제외하고는 자연에서는 절대 느끼지 않는 감각, 쥐가 맹금의 부리를 만나기 직전

500

의 마지막으로 흥분되는 고조를 느낀다. 나는 나의 지하실에서 낯선 이들이 서성이고 동요하며, 경고인지 위협인지 애매한 단어들을 중얼거리는 소리를 듣는다. *지금은 아니야. 지금은 적당한 때가 아니야.*

우리는 완만한 속도로 고조되는 기대감으로, 위쪽으로 살금살금 움직이는 층수를 지켜본다. 줄리는 권총을 산탄총으로 바꿨고, 에이브럼은 그의 예전 무기를 유심히 쳐다본다.

"여기에서 뭘 발견하게 될지 모르겠어. 내가 무장하고 있는 편이 나을걸."

"내가 필요하다고 생각하면 무기를 줄 거예요."

줄리는 계속 숫자를 지켜보면서 말한다.

"정말로 내가 지금 도망갈 거라고 생각하는 거야? 여기에서?"

"우린 당신이 자란 동네에서 당신 고용주의 본부 안에 들어와 있잖아요. 습격당하기에 이보다 더 좋은 곳을 상상하기가 힘들겠네요."

그는 진심으로 믿기지 않는다는 표정으로 그녀를 쳐다본다.

"'내 고용주'가 나를 죽이려고 했던 그동안 잠이라도 자고 있었냐? 아니면 전국 방송으로 내 수배 전단을 내보낼 때는? 내가 해고 당한 게 꽤나 명확하다고 생각했는데."

우리가 10층을 지나가자, 머리 위에 있는 스피커에서 귀가 아플 정도로 큰 펑 소리가 나더니, 고객 서비스 재즈의 선율이 엘리베이터 안으로 서서히 흘러든다. 반짝이는 색소폰과 신시사이저가 어우러진 「영국의 무정부 상태*Anarchy in the UK*(영국 밴드 섹스피스톨스의 대표곡—옮긴이)」.

"아무것도 명확하지 않아요." 줄리가 중얼거린다. "오랫동안 명확

501

한 게 아무것도 없다고요."

아직 우리의 도착지에 5층 덜 미친 15층이다. 엘리베이터는 느리다. 나의 내장은 까닥거리며 평소의 위치로 돌아간다. 그러더니 문이 열려서 다시 가라앉는다.

엘리베이터 바깥의 어두운 복도에 서 있는 것은 회색 셔츠를 입은 한 남자다. 검은 슬랙스. 빨간 넥타이. 해진 가장자리, 얼룩 몇 개로 약간은 전문가답지 못하게 만들어진 고급 정장, 그리고 어울리지 않는 중노동용 부츠.

뭔가가 지하실 문을 거세게 밀치고 들어오려 했지만 나는 문이 열리지 않도록 몸을 기대 버틴다. *내가 지금은 아니라고 했잖아!*

남자는 점잖은 미소를 짓고, 마치 덜 붐비는 것을 기다리는 것처럼 타지 않고 밖에 남아 있다.

"타." 에이브럼이 말한다.

남자는 엘리베이터에 탄다. 스프라우트는 구석으로 움츠리며 뒷걸음질 친다.

남자는 나보다 키가 작다. 머리카락은 내 것보다 밝은 색이었고 눈은 다른 색이다. 엘리베이터는 그가 뿌린 향수의 시럽 냄새로 가득 찬다. 솜사탕과 산패한 버터 냄새.

"밀러." 에이브럼이 부른다.

남자는 문이 닫히는 것을 지켜보더니 층수를 쳐다본다.

"널 기억해. 워든의 조수였지."

남자는 돌아서서 내 입안의 병든 신도들과 닮은 데라고는 없는 완벽한 치아를 드러내며 에이브럼에게 싱긋 웃는다.

"안녕하세요, 그리고 방문해 주셔서 감사합니다. 저는 액시엄 그룹의 분사인 2번 지사의 책임자입니다. 무엇을 도와드릴까요?"

에이브럼은 남자의 있을 것 같지 않게 선명한 파란색 눈동자를 들여다본다. "워든에게 무슨 일이 있었던 거야?"

"전임자는 이 회사의 가치를 반영하지 못하는 활동에 연루되어 있었습니다." 남자는 미소를 그대로 지은 채로 말한다. "경영상 구조 조정이 필요하게 됐거든요."

에이브럼은 고개를 젓는다.

"네가 워든을 넘겼겠지. 난 네가 괘씸한 벌레였다는 걸 알고 있거든." 그가 올려다본다. "그 사람 죽었어? 네가 처형했어?"

남자의 미소에서 가장 속이 뒤집어지는 점은 그것이 너무나 진심처럼 보인다는 점이다. 마치 자기 얼굴 근육의 가장 작은 부분까지도 동조하도록 설득해 오기라도 한 것처럼. 마치 속임수가 전혀 아니고 그야말로 그의 현실인 것처럼. 나는 그의 넥타이 끝을 붙잡고 그 번들거리는 섬유를 살펴보면서 내 얼굴 가까이로 끌어당긴다.

"뭘 당한 거죠?" 나는 그에게 묻는다. "당신은 어쩌다 이렇게 된 겁니까?"

남자의 미소가 더 커진다. "저는 기분이 엄청나게 좋습니다."

에이브럼이 나를 옆으로 밀어내고는 밀러의 얼굴에 매우 가까이 들이댄다. "여기에서 무슨 일이 벌어지고 있는지 말해." 그는 무기가 없는데도 위협 이하는 아닌 낮게 으르렁거리는 어조로 말한다. "모두 어디에 있어?"

"2번 지사는 과도기에 있습니다." 밀러가 재잘거린다. "새로운 고

503

용의 개념을 실험 중이랍니다."

엘리베이터가 딩동 소리를 내는 것과 동시에 우리는 20층에 다다른다.

"더 알고 싶으세요?" 그가 물었다.

나는 정말로 그 질문에 뭐라 대답해야 할지 몰랐지만, 문이 열리자 밀러가 내렸고, 우리는 그를 따라 내린다.

＊ ＊ ＊

우리는 격납고 하나 정도 넓이의 개방된 공간에 있다. 건물 한쪽 끝에서 다른 쪽 끝까지 벽이 하나도 없고, 적어도 3층 정도 높이까지 천장이 없다. 유일한 조명은 좁은 창문 몇 개로 기어들어 오는 희미한 햇빛뿐이다. 마치 방에 어두운 안개를 가득 채워 넣은 것처럼 모든 것이 어렴풋한 윤곽으로 보인다. 그리고 이 안개를 통해 사람들이 보인다. 기계 수백 대에 둘러싸인 사람 수백 명. 금속 압축기와 절단기 그리고 내가 알아볼 수 없는 더욱 복잡한 것들. 작은 황동 원통들을 밀어내는 것과 검은 가루를 그 안에 채워 넣는 것 그리고 납으로 된 원뿔을 그 위에 씌우는 것과 같이 기계 몇 개는 완전히 자동화되어 있었다. 기계가 점토 같은 물질의 뭉치를 조립하는 위치로 보내면 사람이 어떤 전자장치를 점토에 박아 넣어 금속 서류가방의 안감 밑으로 그것을 끼워 넣는 식으로, 다른 것들은 사람의 도움이 필요하다.

"나 이거 알아." M이 중얼거린다. "나 이 기계들 안다고."

"그레이리버 내셔널의 재개를 알리게 되어 기쁩니다." 밀러가 우리 앞을 이리저리 돌아다니자 광대한 어둠 속에서 그의 목소리가 울린다. "인적 자원 관리에서 최근의 진보에 의해 성사될 수 있었지요. 저희는 액시엄 가족의 모든 지사에 간소화되면서도 효율적인 보안을 제공하길 고대하고 있답니다. 액시엄이 계속해서 성장하면서⋯⋯."

그의 목소리가 어둠 속으로 사라져 간다. 우리는 그를 따라가기를 멈춘다. 약한 조명 아래 잠시 시간이 걸렸지만, 나는 노동자들의 기이한 특성을 알아채기 시작한다. 마치 우연히 마주쳐서 일어났기 때문에 이 도구들을 작동하고 있을 뿐이라는 듯, 손이 나사를 조이고 전선을 연결하는 동안 창밖을 내다보는 그들의 동작은 느슨했고 눈은 그들의 업무에서 분리되어 있다. 금속이 삐걱거리고 녹슨 톱니바퀴가 끼익 소리를 내는 귀에 거슬리는 공장의 선율 위에 미묘한 상음으로 밀러의 목소리가 들린다. 누구에게도 말하고 있지 않은 먼 곳에서 들려온다. 내 근처에 있던 한 노동자는 압축기 안으로 손을 넣었다가 손가락이 두 개 더 사라진 손을 잡아 뺀다. 잘려 나가고 남은 부위에서 스며 나온 검은 체액이 계속해서 생기 없이 줄줄 흐르는데도 남자는 자기 일을 계속한다.

"그들이 그걸 했어." 줄리가 조그맣게 말한다. "우리 도움 없이 해냈어."

나는 그 노동자에게 조심스럽게 접근한다. 그는 멈추거나 나를 쳐다보지 않는다. 관심의 조짐조차 없다.

"누구세요?" 나는 그에게 묻는다. "어떻게 여기에 있게 되었어요?"

505

그는 조용하게 일하면서 피를 흘린다.

"왜 여기서 이걸 하고 있는 거예요?"

간신히 1초간 그의 눈이 나와 마주친다. 그는 더듬더듬 움직이다가 다시 작업을 재개한다. 한 가지 기억이 내 머릿속에 떠오른다. 나의 첫 인생, 즉 지하에서 온 것이 아니라 먼지와 피 투성이의 두 번째 인생에서 온 것이다.

나에게 희생된 대다수와 나의 관계는 간단했다. 그들은 나를 죽이거나 나에게서 달아나려고 시도했고, 이런 선택 사항들이 실패하여 내가 그들을 먹는 동안 비명을 질렀다. 일반적인 야생동물 다큐멘터리 같은 것이었다. 하지만 아마도 약간 정신적인 문제가 있고 아무래도 특이한 통찰력을 지닌 젊은 남자가 한 명 있었다. 내가 사냥하는 동안 그는 나에게 질문을 던졌다. *넌 왜 이런 짓을 하는 거야?* 그는 따져 물었다. *왜 나를 먹고 싶은 거야? 무엇이 너를 이렇게 만들었어? 뭘 위해서 이러는 거야?*

그것이 누군가가 나에게 이르기 위해 시도라도 했던 단 한 번이었다. 다른 이들 전부는 기꺼이 포식자와 먹이의 일반적인 장면을 끝까지 연출했다. 그들은 그런 이야기들을 들어 왔고 그런 영화들을 보아 왔다. 그들은 좀비가 공격한다는 것이 어떻게 보여야 하는지를 알았고, 끔찍하지만 위안을 주는 일관성 있는 내러티브를 위해 배역대로 행동하며 끝까지 자기 역할을 해냈다.

이 젊은 남자는 그 모든 것을 무시하고 불합리한 뭔가를 했다. 그는 수그러들지 않는 공포의 정체불명의 상징과 소통하려는 시도를 했다. 그리고 한순간, 그것이 귀를 기울였다. 그의 질문은 내 의식을 둘러싼 두꺼운 껍질을 관통했고, 차가운 시냅스 몇 개에 불을 붙이며 드물게 논리적인 생각을 생성했다. 간단한 질문 하나: *모르겠다.*

나의 망설임은 아마도 이 노동자가 더듬거리는 시간 정도로 길게 지속되었을 것이다. 그 젊은이의 대담함은 그에게 단 몇 초 더 삶을 얻게 해 줬다. 하지만 나에게는 무엇을 얻게 해 줬던가?

나는 노동자가 자신의 공정을 하도록 내버려 두고 밀러를 쫓아 공장의 그늘로 들어간다. 직사각형 모양으로 움푹 들어가 있고 쇠살대로 덮어 둔 빈 수영장 같은 콘크리트 구덩이의 가장자리에 서 있는 그를 발견한다.

"……아직 실험 단계에 있고 잠재력을 극대화하는 노력이 더욱 요구되겠지요." 남자는 누구에게도 말하고 있지 않다. "하지만 그 결과물은 이미 인상적이죠." 내가 다가가자 그는 나를 향해 미소 지은 얼굴을 돌린다. "물론 저희는 여전히 더욱 다재다능한 결과를 산출해 내는 *당신의* 공정에 지대한 관심을 가지고 있답니다. 여기로 오셔서 저희 제안을 재고해 보시겠습니까?"

쇠창살 밑 구덩이는 좀비들의 소굴이다. 수백 명이 어깨와 어깨를 붙이고 비좁게 모여, 콘서트 관객들처럼 물결치고 천천히 흔들리며 벽과 서로를 할퀴고 있다. 그들의 매우 불안한 상태는 더 나아간 기아 상태를 나타낸다. 나의 애매하게 살아 있는 살점조차 그들에게는 맛있는 냄새일 것임이 분명하다.

"그들에게 무슨 짓을 하고 있는 거지?"

나는 조용한 거리 끝의 (나와 줄리의) 집 벽장에 걸려 있는 것과 똑같은 선홍색 넥타이를 맨 그 남자에게 묻는다.

죽은 자들은 공백이지요. 그들은 영향을 받기 쉽고 잘 변합니다. 우리는 그들을 유용한 형태로 구부리고 있는 겁니다."

"노예를 만들고 있는 거잖아."

그는 시체들이 들끓는 구덩이를 가리켰고 그들은 쇠창살문에 다다르려 서로의 위로 우르르 올라가서 미친 듯이 덜그럭거리며 그의 손 쪽으로 밀려든다.

"저들을 보세요." 그는 미소를 과장되게 찡그린 얼굴로 뒤집으며 말한다. "문화도 없고, 종교도 없고, 국적도 없고, 아무것도 없어요. 그들은 원자재이고 무엇이 될지 누군가가 말해 줘야만 하죠." 그는 찡그린 표정을 뒤집으면서 우리 주변의 어둑한 무리를 가리킨다. "우린 그들이 이렇게 되도록 시키는 겁니다."

"당신이 뭔데?"

나는 그의 매끈하고 흠집 하나 없는 얼굴을 노려보며 따진다.

그의 눈이 드물게 직접 내 눈과 마주친다.

"저는 기분이 엄청나게 좋습니다." 그의 미소가 너무 활짝 늘어나기에 나는 차라리 그것이 찢어졌으면 싶다. "저는 제가 왜 여기에 있는지 압니다. 매일 무엇을 해야 할지 알지요. 저는 모든 질문에 대답해 왔고 모든 문제를 해결해 왔습니다. 모든 것이 명확하죠."

"R." 내 등 뒤에서 나를 잡아당기는 부드러운 목소리. "여기에서 할 수 있는 일은 아무것도 없어. 저 사람이 진짜 경비들을 부르기 전에 가자."

"이미 지역 보안에 통고했답니다." 남자는 그녀에게 위로하는 어조로 확언한다. "그들이 곧 당신과 함께 있게 될 겁니다."

508

"R, 가자!"

나는 모든 혼란스러운 폭력과 절망적인 배고픔, 구덩이 속에서 들 끓는 **죽은 자**들의 덩어리를 응시했다. 나는 그들에게 뭐라도 더 나은 것을 제공했을까? 내가 정말로 공포와 고통의 내 새로운 삶을 들 먹이며 당신들이 잃고 있는 것을 보라고 말할 수 있을까? 나의 눈은 잘 먹고 일하는 **죽은 자**들의 무리가 조용히 발을 끌며 걷는 것을 찬 찬히 훑어본다. 신음 소리도 없고, 쌕쌕거리지도 않고, 불안하며 이를 딱딱거리지도 않는다. 그들은 훨씬 어두운 꿈속에서, 회색 양 털에 감싸이고 부드러운 먼지에 파묻혀 방황하고 있다.

내가 그들을 그대로 둬도 괜찮을까?

나의 친구들은 엘리베이터 쪽으로 달려간다. 나는 몇 발자국 따라 가다가 멈춰 선다. 나는 그 구덩이로 돌아간다.

"저희 제안을 재고하기로 결심했나요?" 빨간 넥타이가 그 팽팽한, 기쁨이 담겨 있지 않은 일그러진 미소를 지으며 나에게 묻는다.

나는 그의 질문에 대답했고 나의 대답은 똑같다. "아니."

나는 쇠격자 문을 잡아당겨 열고는 달아난다.

"어디 갔었어?" 줄리는 내가 엘리베이터에 슥 올라타자 묻는다. "우리 뒤에 있었다가 갑자기 없어졌잖아."

나는 닫힘 버튼을 여러 차례 급하게 눌러 댄다.

"R……?" 점점 더 염려하는 기색으로 그녀가 말한다.

"내가 뭘 좀 했어……. 충동적으로." 나는 숨죽여 말한다.

문이 스르륵 닫히자 배고픈 신음의 합창이 공장을 채운다.

엘리베이터 음악이 다시 합선을 일으킨다. 나는 싱거운 후기 문화의 신성모독 같은 걸 이유로 이 강철 육면체가 쓸려 나가기를 바라며 천장의 스피커를 쳐다봤는데, 「벽 안의 또 다른 벽돌*Another Brick in the wall*(영국 록 밴드 핑크 플로이드의 곡—옮긴이)」의 장조 스윙 연주조차 우리 주위로 새어 들어오는 으르렁거림과 쇳소리의 울부짖음보다는 좋을 것 같다.

M은 나를 쳐다보고는 한숨을 쉰다.

"네가 저들을 풀어 줬구나, 아니야?"

나는 그에게 민망한 미소를 짓는다.

노라는 손으로 얼굴을 가린다.

나는 에이브럼에게서 더욱 폭력적인 반응을 기대했으나, 그는 멀리 경치가 보이는 창문인 것처럼 문을 응시하며 멍하니 있다.

"괜찮아." 줄리는 혼자 고개를 끄덕이며 말한다. "그들은 20층 위에 있으니까. 그곳을 파괴하도록 내버려 두고 우린 여기에서 달아나면 되잖아. 괜찮아."

신음 소리들은 응당 그래야할 만큼 빠르게 희미해지지 않는다. 커다란 엘리베이터는 고통스러울 정도로 느렸고, 우리가 1층에 근접했을 때까지도, 긁는 소리와 앓는 소리를 여전히 들을 수 있다.

"괜찮아." 줄리가 여전히 고개를 끄덕이며 다시 말한다.

어두운 로비의 넓게 트인 곳으로 문이 열렸고, 우리가 입구 쪽으로 달려가자 계단 출입구 네 개가 전부 벌컥 열린다. **죽은 자**들이 미친 듯이 우리의 생기를 추격하며 서로를 밟아 뭉개고 뒹굴고 굴러 떨어지며, 계단을 내려오는 자들이 자유낙하 하는 자들보다 많지 않은 듯 액체처럼 쏟아져 나온다.

아마도 '충동적'이란 것은 나의 행동에 비해 너무 친절한 단어가 아니었나 싶다.

정문에 있던 경비들(일하는 **죽은 자**? 고기능 **죽은 자**? 나는 이 새로운 속(屬)에 무엇이라 꼬리표를 붙여야 할지 모르겠다.)은 여전히 우리를 막으려는 시도를 하지 않는다. 여전히 '공정 과정'에 몇 가지 오류가 있다. 에이브럼은 부상의 고통을 무시하며 딸을 아기처럼 들어 옮기면서 보호하려고 팔꿈치를 내밀었지만, 우리는 별 저항 없이 경비들을 스쳐 지나간다. 그리고 나자 **완전히 죽은 자** 무리가 그들을 덮친다. 살점에는 관심이 없었지만 일제히 아무 생각 없이 우르르 몰려가면서 그들을 죽이고 만다.

우리는 다리로 갔다가 다리를 지키는 보초들과 함께 시나리오를 반복했지만, 이번에는 우리가 더 멀리 떨어져 있다. 굶주림은 **죽은 자**들의 무감각으로부터 열의를 깨우고, 그들의 어기적거리는 조깅 으로부터 속도를 빠르게 해 주는 길이었지만, 부패하고 있는 시체는 아무리 의욕이 있다 해도 절대 단거리 주자가 될 수는 없을 것이다. 강을 건넜을 무렵 그들과 안전한 거리를 벌린 우리는 숨을 고르며 속도를 늦춘다.

"빌어먹을, 아치." M이 무릎을 짚고 몸을 숙이며 헉 소리를 낸다. "그리고 빌어먹을 달리기. 빌어먹을." 그는 깊숙이 숨을 들이마신다. "숨 좀 쉬자."

"에이브럼. 보안은 작동 안 해요?"

에이브럼은 멀거니 멍한 눈으로 피츠버그 시내를 응시하고 있다.

"이봐요!" 줄리는 그에게 손가락을 탁 튕기며 부른다. "우리가 상 대하는 게 뭐예요? 어디에서 오는 건데요?"

"나도 몰라." 그는 그녀를 쳐다보지도 않고 중얼거린다. "모든 것 이 변했어."

나는 다리를 힐긋 돌아보고 **죽은 자**들이 이미 불편할 정도로 가까 이 다가온 것을 발견한다. 단 몇 초처럼 느낀 동안, 그들은 우리 사 이의 거리를 걸신들린 듯 집어삼킨다. 이것이 당연히 **죽은 자**들의 독특한 위험성이다. 그들의 느린 속도는 당신을 안심시킨다. 당신은 자신이 안전하다고 생각하게 된다. 쉬려고 멈추고, 어쩌면 다툼을 시작하고, 뜨거워진 개인사에 빠져들고, 당신의 복잡한 마음이 헝클 어진 실을 엮고 있는 동안, **죽은 자**들은 느리고 꾸준하게 그리고 갈 등도 없이 그저 걷고 있는 것이다.

"계속 움직여." 나는 이미 움직이면서 말한다.

＊ ＊ ＊

비행장에서부터 도시까지 우리의 조심스러운 잠행은 한 시간이 넘게 걸렸다. 우리는 20분도 안 걸려 되돌아온다. 비행기의 화물 경사로가 우리 뒤로 확실하게 달칵 소리를 내며 닫혔지만, 나는 자신이 안전함을 느끼는 것을 용납할 수 없다. 머릿속에서 경비들이 시체들의 밀물 아래로 사라져 가는 이미지가 계속해서 재생됐고, 나는 그것이 재생되도록 둔다.

에이브럼은 조종실로 향했고 줄리와 나는 남겨 둔 가족을 확인하려고 꼬리날개 쪽으로 향했지만, 이미 문제를 발견하고 만다. 마치 최근에 야생동물을 수용했던 것처럼 객실 전체에 걸쳐 찌그러지고 긁힌 자국이 나 있다. 나의 아이들은 화장실에서 두려움으로 가득 찬 눈으로 밖을 엿보고 있다. 아이들이 두려워하는 대상은 우리를 노려보며 카펫 위에 책상다리를 하고 앉은 줄리의 어머니인 듯싶다.

"엄마." 줄리는 목소리를 진정시키려 애쓰며 말한다. "뭘 한 거야?"

오드리는 여전히 의자에 묶여 있지만, 그 의자는 그녀 바로 옆에 바닥에서 분리된 채 놓여 있다. 손은 손톱 전부와 피부 대부분이 사라지고 손끝은 뼈가 보이도록 벗겨진 어두운 핏덩어리다. 게다가 그녀 주변의 카펫 위에 흩어져 있는 것은 상당한 양의 비행기 부품들이다.

에이브럼이 잘 알아들을 수 없게 뭐라고 소리를 질렀고 비행기 앞쪽에서 빠른 발소리가 들려온다. 줄리는 권총을 준비했지만, 에이 브럼은 그녀를 무시하고 바닥에 떨어진 부품들을 모으기 시작한다. 오드리는 그에게 달려들었고 줄리는 목걸이를 홱 뒤로 잡아당겨 그 녀를 저지한다.

"못 움직이게 묶어 둬." 에이브럼이 분노를 억누르며 말한다. "아 니면 내가 맨손으로 저 뇌를 없애버릴 테니까."

"엄마가 뭘 했는데요?" 줄리가 눈을 동그랗게 뜨고 묻는다.

"조종실을 다 뜯어 놨어. 조종 장치를 단박에 막대기로 떼어 놨다 고." 그는 할 수 있는 한 많이 부품을 셔츠로 들어 올려서 앞쪽으로 뛰어 돌아간다.

"엄마." 줄리는 케이블 목줄을 단단히 쥐며 비참하게 말한다. "왜 그랬어?"

오드리의 얼굴에 감정이란 게 조금이라도 있다 하더라도 거기에 떠오른 감정을 해독하기는 불가능하다. 그것은 분노와 반항처럼 보 였고, 그러다가 미묘하게 각도를 바꾸면 비통한 것처럼도 보인다. 아니면 아무것도 아닐 수도 있다. 그 뒤에 아무것도 없이 그냥 얼굴 이 무작위로 움직이는 것뿐일지도 모른다.

줄리는 의자가 달려 있던 바닥의 고리에 케이블을 직접 묶었고 오드리가 간신히 서 있을 수 있을 정도로 짧게 단단히 맨다. 오드리 는 자기 딸이 자신을 묶어 두자 무표정하게 쳐다봤지만, 줄리는 고 통스러워 보인다. "미안해, 엄마." 그녀는 그녀의 어머니가 비난하며 울부짖기라도 하는 것처럼 중얼거린다. "미안해요."

나는 그들에게 잠시 시간을 주기로 결정한다. M과 노라는 다시 달 수 있는 것은 무엇이든지 다시 달고, 끊어진 전선들은 전기 테이프로 고치고 부러진 부품들은 덕트 테이프로 수리하는 에이브럼을 지켜보며 그의 근처를 맴돌고 있다.

"우리가…… 도와줄까?" M이 제안한다.

에이브럼은 그를 무시한다. 그가 움직이는 속도는 우리 상황의 위험을 시사했고, 그 모든 상황들이 두 여린 마음, 즉 줄리와 나로 인해 야기되었다는 생각이 들게 한다. 가혹한 현실에 맞서 승산이 없는 내기 두 번. 우리는 이것으로 어리석음을 느껴야 할까? 생명보다 더 중요한 것들을 위해 생명을 위협하는 위험을 감수하면서?

나는 비행기의 가운데로 이리저리 걸으며 돌아온다. 계단으로 내려가서 화물용 문으로 나온다. 한때 나의 집이었던 높이 치솟은 거대한 짐승을 따라 걷다가 날개 그늘에서 벗어나 주홍빛 저녁 햇살 아래로 나온다. 나는 앞바퀴에 등을 기대고, **죽은 자**들의 무리가 거리들을 거쳐 나와 활주로 앞에서 한 무더기로 모여들고 있는 것을 지켜본다. 아마도 저들은 나에게 그 질문을 할 것 같다.

"R!" 줄리가 조종실 창문에서 내려다보며 소리친다. "뭐하는 거야? 어서 들어와!"

"준비됐어?" 나는 그녀를 올려다보며 소리친다. "날 수 있어?"

"아직 작업하고 있긴 한데, 어서 들어와!"

나는 전진하는 무리에게로 다시 주의를 돌린다. 그들은 이제 개개인의 얼굴을 식별할 정도로 가까이 와 있다. 알아볼 특징들은(피부색, 눈 색, 어떤 먼지투성이 표본의 머리카락 색까지도) 회색 밀물 속으로 흡수되어 왔지만, 개성의 흔적은 남아 있다. 문신. 피어싱. 그리고 물론 옷 취향. 죽음의 파괴 속에서조차 그들은 역사로 가득 차 있다.

내가 어떻게 그들에게 상기시켜 줄 수 있을까?

"R!"

그녀의 목소리가 새되게 필사적으로, 몇 킬로미터 위에서 흘러내려온다.

나는 비행기 앞코의 그늘에서 걸어 나와 햇빛이 내 얼굴을 따스하게 비추게 둔다.

"넌 누구야?" 나는 그 **죽은 자**에게 묻는다. "넌 사람이었어. 아직도 사람이야. 어느 쪽이야?"

나는 소리치지 않는다. 차분하게 술집 테이블에서 친구에게 쓸데없는 잡담에서부터 진짜 속 깊은 이야기까지 끌어가는 진지한 질문을 하는 것처럼 묻는다. 저들은 거기로 나를 따라올 의향이 있을까? 아니면 나를 비웃고는 기분 잡치게 만드는 놈이라 부르며 죽이려 들까?

"너흰 누구야?" 나는 그들이 느릿느릿 더 가까이 오자 목소리에서 두려움을 지워낸 것을 유지하지 못하고 다시 말한다. "생각해! 기억하라고!"

나는 그들의 얼굴에 파문이 번지는 것을 발견한다. 배고픈 으르렁거림이 불확실함과 함께 실룩거린다. 그들이 전에 본 적이나 있었을지 나도 의심스러운 짓을 내가 한다. 나는 그들을 향해 한 발자국 앞으로 나선다.

"너흰 누구야?"

그들은 전진을 멈추고 땅을 쳐다보더니 하늘을 쳐다본다. 그것은…… 한순간이었다. 그러더니 경악으로 얼어붙은 선두를 뒤에서 치고 올라오던 이들이 부딪쳤고, 그 순간은 끝나 버린다. 그들은 한 가지를 기억해 냈다. 배고프다는 것. 그들은 나의 새롭게 생명을 얻은 살점을 걸신들린 듯 먹으려고 앞으로 달려든다.

그러더니 그들은 쓰러지기 시작한다. 내가 심었을지도 모르는 어떤 씨앗들이 피의 비말 속에서 그들의 머리를 종료시킨다. 총탄들이 뉴런을 단절시키고 그들의 흥분을 밤공기 속으로 흩어 버리자 형성되어 오던 어떤 생각들이 와해되어 버린다.

M과 노라는 날개 위에 무릎을 꿇고 있다. 노라의 사격은 나에게 제일 가까운 이들을 겨냥해 각 뇌 하나씩을 정확히 적중했다. M의 커다랗고 험악한 전쟁 총은 더욱 무차별적으로 탄을 뿌려 댔지만 순전한 총알의 용적 정도만 죽이고 있다. 내 목구멍에서 비명이 샘솟는다. 내 친구들을 저주하고 싶지만 할 수가 없다. 그들의 행동은 합리적이다. 그들은 이 세상에 살고 있고 여기에 머무르길 바랐다. 그들은 나와 함께 제단에 오를 의무가 없다.

나는 화물 경사로로 후퇴해서 문을 닫고는 날개로 달려간다. 그들은 아직도 총을 쏘고 있다.

"그만!" 나는 그들에게 소리친다.

"안 돼, R!" 노라가 총을 쏘며 말한다. "비행기에 득실거린단 말이야!" 그녀는 앞바퀴를 기어오르던 젊은 남자를 겨냥하여 떼어 낸다.

"저들은…… 들어올 수 없잖아!"

"저들이 할 수 있다는 거 너도 알잖아." M이 투덜거린다. "빽빽하게 뭉치고 쌓아서 창문을 부수지. 우리가 스쿨버스에 했던 거 기억

안 나?"

그는 전진하고 있는 무리에게 집중사격을 해서 앞줄을 제거한다.

나는 내 얼굴을 감싸 쥔다. 내 친절로 무슨 일이 벌어졌지? 이렇게 되려고 했던 거였나? 나는 한 주 안에 두 건의 대학살을 촉진시켰다. 나의 가장 고결한 노력들을 쓸모없는 것으로 변하게 한 내 안의 결함이 무엇일까?

나는 조종실로 달려 들어가서 에이브럼이 마지막으로 조종간 주변을 덕트 테이프로 둘둘 감고 있는 동안 스위치들을 시험해 보고 있던 줄리를 발견한다. "제발 다 했다고 말해 줘." 나는 에이브럼에게 애걸한다.

그는 자기 좌석에 자리 잡고는 조심스럽게 커다란 스위치를 둘러싼 테이프 덩어리를 민다. 그것은 달칵 소리를 냈고, 엔진들이 웅웅거리며 살아난다. 나는 M과 노라가 재빨리 안으로 들어오고 비상문이 쾅 닫히는 소리를 듣는다. 우리가 후진하자, 좀비들은 비행기에서 떨어져 나갔고, 에이브럼이 용케도 점보제트기가 할 수 있는 한 유턴에 가깝게 끌어당길 때 즈음에는 무리를 완전히 떼어낸다.

그들은 미동도 없는 친구들의 시체들 사이에 서서 우리가 출발하는 것을 지켜본다. 표정을 읽기 어려울 정도로 거리가 멀어지기 직전에, 나는 그들의 표정이 배고픔에서 갈망으로 누그러지는 것을 본다. 미묘한 변화였지만 전에 그것을 느껴 봤던 누구에게라도 보이는 것이다. 어쩌면 그슬린 땅 아래 어딘가에, 씨앗 몇 개가 살아남아 있을지도 모른다. 어쩌면 내 실패들의 한가운데에서 잘 할 수 있을지도 모른다. 어쩌면 나 자신에게 충분히 이야기한다면, 우리가 이 대

류에서 날아서 떠나가면서 다시 또다시 반복한다면, 나 자신에게 그
것을 믿게 할 수 있을지도 모른다.

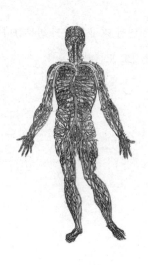

창살 사이로 보이는 그의 얼굴.

"동료 죄수들과는 어떻게 잘 지내니, R?"

"새 친구들을 많이 만들었어요."

나의 할아버지는 미소를 짓는다. 나는 웃지 않는다. 얼굴 대부분이 멍들어 있어서 웃는 것이 아프다. 내 근육은 군살이 없고 힘줄이 불거졌다. 내 주먹의 피부는 마침내 굳은살이 박이기 시작한다.

"감옥이 힘들다는 거 안다. 하지만 네가 다들 그런 거보다 더 힘들게 받아들이고 있는 것처럼 보이는구나."

"저는 훈련을 했거든요."

"너 스스로를 괴롭히고 있는 것 같은데."

나는 바닥을 내려다본다. "몇 명이 나를 싫어해요."

"왜 싫어해?"

"항상 제 이름으로 시작해요."

"뭐가?"

"그런 이름을 전에 들어 본 적도 없대요. 그래서 싫어해요."

그는 싱긋 웃는다. "너희 어머니같이 열성적인 전도자가 어떻게 히피의 허튼소리를 생각해 내는지는 절대로 밝혀내지 못했지. 학교에서 아이들에게 진짜 창의성을 전수하는 게 분명해." 그는 내가 노려보는 것을 알아채고는 원래 하던 이야기로 돌아간다. "하지만 이모든 것을 당하고 있는 것이……." 그는 내 얼굴을 가리킨다. "그냥 멍청한 이름을 가졌기 때문이라고 말할 수는 없겠지."

"그렇죠."

"그러면 네 새 친구들이 어째서 너를 좋아하지 않는 거냐, R?"

"왜냐하면 제가 그들보다 낫다는 것을 그들이 알기 때문이죠."

그는 저 반투명한 갈색 치아를 드러내며 더 크게 미소를 짓는다.

"오, 나도 알겠다."

나는 바닥에 침을 뱉었는데, 일부는 무시의 표시로, 일부는 입안이 연한 피로 가득 차 있었기 때문이다. "그들은 단순한 인간쓰레기죠. 살인자와 강간범. 그들의 범죄에는 목적이 없어요, 배가 고프거나 흥분하거나 지루할 때마다 짐승처럼 저지르는 거죠."

"그러면 너는 신을 위해 도시를 불태웠으니 그들보다 낫다고?"

"정확해요."

그가 웃는다. 백골이 달그락거리는 소리처럼 들린다.

"네가 그랬던 것은 네가 짜증나는 꼬맹이라서 그런 거야. 네 엄마가 죽어서 누군가 비난할 사람이 필요했는데, 신이 실제가 아니라는 것을 알아서 원망할 수가 없으니 그렇게 했던 거야."

나는 그가 이야기하는 동안 이를 간다. 나는 그를 향한 느낌이 무엇인지 이해할 수 없다. 그것은 증오여야 했지만, 그다지 그런 것 같지 않다.

"너와 저들, 너희 모두 거짓말쟁이야. 자기 행동을 변명하려고 헛소리를 꾸며 대는 거지. 넌 하나님이 시켰기 때문에 했고, 저들은 '인생이 힘들어서', 자기들이 '선택한 게 아니었기' 때문이라고 하지. 언제나 비열한 행위를 하고 고결한 변명 뒤에 숨는 거야." 그는 씩 웃는다. "너흰 그냥 겁쟁이야. 이곳에서 가장 크고, 제일 억센 놈이지만 빌어먹을 겁쟁이지. 내가 그렇게 말했다고 네 하나님에게 일러바쳐도 좋다."

"원하는 게 뭐예요, 할아버지?" 나는 그에게 으르렁거린다. "제가 뭘 해 드릴 수 있나요, 선배님?"

그는 고개를 젓는다. "무엇보다도 먼저 그 털이 일어난 조악한 카디건부터 벗어 버릴 수 있겠지. 그건 우리와 함께 하는 데 좋지 않을 거야. 나를 애트비스트 씨라고 부르렴."

나는 세상에서 내가 있을 곳에 대해 암울한 믿음들을 키웠지만, 이렇게 노골적으로 확정된 것을 듣자 흥분이 인다.

"좋아요, 애트비스트 씨." 나는 목소리의 떨림을 진정시키려고 애쓰면서 말한다. "왜 계속해서 여기에 오시는 거죠? 제 인생 통틀어 간신히 풍문이 아닌 정도였는데요. 지금은 저의 유일한 친구네요?"

그는 근육질 폭력배들과 사나운 눈을 한 미친놈들의 야생 동물원을 둘러보다가 내가 있는 곳 건너편의 빈 감방에서 눈길을 멈춘다.

"네 파트너, 폴 바크. 그 애가 벌써 방화를 다시 시작한 것은 알고 있니? 나가서 간신히 일주일을 버텼지. 그 아이는 거기에…… 뭐라고 부르더라? '불의 교회'였나? 교인이라고 주장하는 사람 거의 300명을 모았더군. 정말로 출범하려는 것처럼 보여. 모든 군대들이 초조해하고 있어. 연방정부까지도 주목하고 있지."

나는 바닥을 내려다본다.

"넌 열여섯 나이에 성공적으로 광신적인 종교 집단을 설립했어. 네 안에 사람들을 움직이게 하는 뭔가를 가지고 있다는 거지. 사업가로서 그 점이 흥미롭구나."

"나가요." 나는 중얼거린다.

그는 다시 씩 웃고는 일어선다. 경비가 그의 의자를 가져가고 그에게 독방 문을 열어 준다.

"한 가지에 대해서는 옳았다. 넌 저들보다 낫지. 하지만 그게 네 도덕적인 가식 때문은 아니란다."

"그렇다면, 왜죠?" 나는 악문 이 사이로 묻는다.

"넌 애트비스트고, 그들은 아니기 때문이지. 너에게는 미래가 있지만, 그들에겐 없기 때문이고."

나의 껍데기에 작은 금이 하나 간다. 내가 그것을 봉할 수 있기 전에, 필사적인 반짝임이 그 틈으로 비춘다.

"저를 꺼내 주실 수 있나요?"

그는 미소를 짓는다. "당연히 할 수 있지."

그는 걸어 나간다.

"R." 줄리가 부른다.

이미 눈을 뜨고 있었지만 나는 현실로 빨리 돌아오려고 눈을 깜박거린다.

"괜찮아?"

낯선 이들에게 종종 받는 기본적인 질문이다. 나는 거기에 마땅한 답변으로, 어깨를 으쓱하고 고개를 끄덕인다.

"그건 네 잘못이 아니야, 너도 알잖아." 그녀가 이야기하고 있는 것이 나의 기억 속에서 밝혀지고 있는 어두운 경로가 아니라, 최근의 대학살에 대한 것이라는 것을 순간적으로 깨닫는다.

"그건 네 잘못이 아니었어." 그녀가 반복해서 말한다. "네가 생각했던 대로 한 일은 그 당시에 네가 가진 지식으로는 옳았어. 어느 누구라도 그렇게 했을 거야."

그녀는 내 머릿속에 있지 않았고, 그 사실이 내게 얼마나 안도감을 주는지를 깨닫고 나는 경악한다. 그녀가 여기 안쪽으로 나를 방문해 주길, 내가 했던 생각들을 알아주길, 나를 알아주길 그 무엇보다도 바랐던 때가 있었다. 내가 그녀를 초청하길 취소했던 것이 언제였을까? 그녀가 주고 있는 면죄부가 나의 지하에 있는 비열한 인간을 위한 것이길 바랐지만, 그녀는 그를 만난 적조차 없다.

"우린 아직도 아이슬란드로 가고 있는 중이야?"

나는 그녀에게 묻는다.

우리는 비행기 뒤쪽에서 벽에 기대 그녀의 어머니가 너덜해진 손가락 살점을 갉아먹는 것을 지켜보며 바닥에 앉아 있다. 줄리는 그녀를 말리려고 애쓰는 것을 포기한다.

"R." 그녀는 나에게 고통스러운 표정으로 말한다. "내가 이렇게 해야만 한다는 것을 이해해?"

"네가 어머니를 구할 수 없다는 것을 이해하냐고?"

그 말은 내가 한 것이 아닌 것 같은 느낌이 든다. '그'가 하는 말처럼 느껴진다. 창살 틈으로 잔혹한 말들을 속삭이며 감옥 안에 부루퉁하게 있는 억울한 젊은 남자. 그는 자신의 상대로 줄리의 지하실에 있는 소녀를 불러내고 있는 것일까? 눈 하나 깜박이지 않고 살인을 하고 사랑받을 자격이 없다고 확신하고 그녀의 잠 속에서 울고 있는, 흉터가 있는 고아?

우리는 집을 하나 짓고 있었더랬다. 아름답게 지어졌을 터였다. 어쩌다 우리는 그 지하실의 인간들이 우리 대신 나서게 한 걸까?

"그래." 줄리는 나의 차가운 질문에 대답한다. 그 안에 나를 찌르는 분노는 전혀 들어 있지 않다. 폭발하는 대신에 무릎을 꼭 쥐고 바닥을 응시하며 그녀는 안쪽으로 움츠러든다. "이해해."

나는 그녀를 내 쪽으로 잡아당겨 단순하고 따스한 몸집으로 우리의 장벽을 녹여내고 싶었지만, 비열한 인간이 나를 뒤에서 꽉 잡고 있다. 그는 내가 팔짱을 끼게 하고, 얼굴은 뻣뻣하게 유지시키고는 속삭인다. 네가 그녀에게 상처를 줄 거야. 그녀는 너에게 상처를 주겠지. 그는 속삭인다. 안전하지 않아.

노라가 커튼을 스치고 나와 내 옆에 앉는다. 희미하게 불안한 기색으로 가늘게 뜬 눈으로 객실을 이리저리 둘러보고 있는 오드리를 우리 셋은 지켜본다.

"미안해, R."

나는 노라의 말에 고개를 끄덕인다.

"그들은 그저 너무 멀리 가 버렸었던 거야."

나는 고개를 끄덕인다.

"간호사로서 배우는 게 한 가지 있어. 간 사람은 가도록 해 줘서 아직 여기에 있는 사람들을 구할 수 있다는 거야."

줄리는 무릎 사이에 턱을 묻는다. 그녀의 눈이 촉촉해진다.

M은 방해하는 것을 주저하며 문가에 기대 있다. "전부를 죽이지는 않았잖아." 그는 어깨를 한 번 으쓱한다.

"그래." 노라는 낙관적인 억양으로 말한다. "수십 명 정도일 거야, 아마. 하지만 거기엔 수백 명이 있었잖아." 그녀는 팔꿈치로 나를 민다. "네가 수백 명을 구했던 거야, R."

내가 간신히 할 수 있었던 단 하나의 반응은 또 한 번 고개를 끄덕이는 것뿐이다. 우리의 친구들은 우리 내부에서 얼마나 많은 전투가 있었는지를 모른다. 그들은 우리의 소리 없는 외침도 듣지 못했을 것이다.

M은 한숨을 쉬고는 안으로 들어온다. 그는 노라 옆에 어느 정도 예의상 거리를 두고 자리를 잡고 앉는다. 에이브럼이 그의 뒤로 문가에 나타났고 그 장면을 보고는 잠시 멈춘다. 공간 한가운데에 있는 죽은 여자와 중재라도 하듯 그녀 앞에 한 줄로 늘어앉은 우리 넷. 하지만 그는 우리에게 비꼬는 말은 하지 않는다. 그의 표정은 동떨어져 있다.

"우린 남쪽으로 향하고 있어. 그저 너희가 바다를 보고는 나를 쏘지 않기를 바라며 알려 주는 거야."

우리는 모두 줄리의 반응을 보려고 그녀를 쳐다봤지만, 그녀는 듣고 있는 것 같지도 않다.

"아이슬란드는 남쪽이 아니잖아." 노라가 말한다.

"뉴욕을 통과해서 갈 수는 없어. 액시엄이 그 주 전체를 방어하고 있어. 돌아서 가야 한다고."

"너무 크게 우회하는 거잖아. 연료는 충분해?"

"할 수 있는 한 롱아일랜드에 가깝게 질러서 갈 거고, 그러고 나서 보스턴 쪽으로 올라가서……"

"그렇게 해요." 줄리가 무릎 사이에서 웅얼거린다. "필요하다면 다 해요. 그냥 우리를 이 미친 대륙에서 데리고 나가 줘요."

에이브럼은 고개를 끄덕인다. 줄리는 우리가 모두 자기를 보고 있다는 것을 깨닫고는 몸을 쭉 펴더니 창문에 머리를 뒤로 기댄다.

"어쩌면 우리도 언젠가는 아이슬란드 군대와 함께 돌아올 수 있을지도 몰라. 엘라. 데이비드랑 마리…… 노라, 네가 원한다면 에반까지도. 하지만 지금으로서는…… 네 말대로야, 맞지?" 그녀의 목소리는 씁쓸함이 섞인 기진맥진한 한숨처럼 들린다. "간 사람들은 보내 줘야겠지."

나는 모두에게서 혼란을 느낄 수 있었지만, 더 이상 뭐라 논쟁하기가 어렵다. 우리는 나라를 여행해 왔고 가는 곳마다 죽음을 발견했다. 우리는 저항군을 찾았지만 대신 쓰기 편한 노예들을 발견했다. 우리는 원대한 계획을 가지고 있었지만 그것을 나눌 길이 없었는데, 세상이 그 귀를 틀어막고 무선 침묵의 담요로 자신을 둘러싸고는 모두에게 방공호로 들어가 어둠 속에서 죽음을 기다리라고 지시했기 때문이다.

그래서 우리는 미국에 작별인사를 하게 될 것 같다. 서반구에게. 우리가 알아왔던 모든 것과 모든 이에게. 우리는 우리의 도시가 광신 속에 불타고 억압에 익사당하도록 두고, 반쯤 지은 우리 집들이 비와 들쥐에게 파괴되도록 버려 둘 것이다. 우리는 광대한 대지의 바지선에 우리의 기억들을 모두 쌓을 것이고 그 모든 것들이 가라앉는 광경을 지켜볼 것이다.

이런 생각을 하고 있는데, 낯선 목소리 하나가 내 생각을 방해한다.

"뉴." 오드리가 말한다.

줄리가 펄쩍 뛴다. 그녀는 눈이 커질 대로 커져서는 벽에 납작 붙는다. 줄리의 어머니는 그녀를 바라보고 있었다. 멀건 시선이 그녀를 지나쳐 표류하는 정도가 아니라 그녀를 정확히 보고 있다.

"뭐야?" 줄리는 떨리는 목소리로 속삭인다.

"느뉴……이요크."

줄리는 눈을 깜박여서 눈물을 흘려보낸다. "엄마?"

오드리는 객실을 둘러본다. 그녀는 우리 각자와 짧게 눈을 마주친다. 그러더니 푹 쓰러져 부드럽게 쌕쌕거리면서 바닥을 응시한다.

"오드리?" 줄리는 자기 어머니 앞에 무릎을 꿇고 앉아, 어머니를 만지고픈 충동에 저항하면서 허공을 움키고 있다. "오드리 아르날즈 도터?" 그녀는 위험을 무릅쓰고 재빠르게 어머니의 차가운 뺨을 어루만지고는 눈물 사이로 재빨리 미소를 짓는다. "나…… 나 기억나요, 엄마? 엄마 딸? 줄리를?"

오드리는 낮게 신음하더니 계속해서 카펫을 가만히 들여다본다.

"저렇게 빨리 벌어지면 안 되는데." M이 앓는 소리를 낸다.

줄리는 본능적으로 분노에 불을 붙이며 그에게로 휙 눈길을 돌렸지만, 그는 계속해서 말한다.

"작은 것이 먼저 오지. 장소. 상황. 우리가…… 인간을 다룰 수 있기 전까지야."

"하지만…… 그건 본인이잖아, 맞지? 엄마는 어디에 살았었는지 기억하고 있는 거야?"

M이 어깨를 으쓱한다. "나한테 제일 먼저 돌아온 것은…… 크림 오브 위트의 맛이었어. 다음 것은…… 시애틀에 있는 아파트."

그들이 만났던 피투성이의 날 이후 처음으로 줄리가 M에게 미소를 짓는다.

"그냥 앵무새처럼 흉내 내는 것뿐이야." 에이브럼은 팔짱을 끼고 회의적인 자세를 취했지만, 미묘하게 커진 눈은 그를 배신한다. "내가 '뉴욕'이라고 말한 것을 따라한 거잖아. 저들은 가끔 그러거든."

"브루클……린." 오드리가 바닥에 대고 한숨 쉬듯 내뱉는다.

에이브럼의 눈이 더욱 커진다.

"엄마." 줄리가 아찔한 불신감에 고개를 흔들며 말한다. "엄마, 거기에 있어요? 기억나요?" 그녀는 더 가까이 몸을 기울이고 눈을 마주치려고 애쓰면서 오드리의 어깨를 붙잡는다. "엄마는 비행기에서 아빠를 만났어요. 존 그리지오. 사랑에 빠졌어요. 브루클린으로 이사를 갔어요. 아빠네 밴드 공연에서 시 낭송을 했고 도서관에서 일했고 찾을 수 있는 모든 지역 공연에 등록했잖아요."

"진정해." M이 숨죽여 말한다. "한번에 너무 많이는…… 안 좋아."

줄리는 자기 앞의 어머니 외에는 아무도 눈에 들어오지 않는 것 같다. 그녀는 오드리의 시선을 따라가며 도망가려고 애쓰는 오드리의 시선을 유지하려고 이리저리 머리를 움직인다.

"저를 가졌을 때 엄마는 아직 젊었어요, 엄마. 엄마와 아빠는 뉴욕의 버려진 구석에 있는 오피스텔에 사는 무일푼 예술가 부부일 뿐, 준비가 되어 있지 않았다는 것을 알고 그걸로 몇 주를 싸웠대요. 아빠는 이런 빌어먹을 세상에 아이를 데려오는 건 틀렸다고 말했고, 엄마는 틀리지 않았다고 했대요. 당신들이 만든 그 아이야말로 정확하게 이 빌어먹을 세상에 필요한 것이라고 말했대요."

줄리는 웃더니 눈을 문지른다. 오드리는 획 쳐다보던 것을 멈추고 바닥에 눈길을 고정하고 있다. 줄리는 다시 시선을 따라잡으려 애쓰면서 몸을 낮게 숙인다. "엄마가 그때 제 나이였어요, 엄마. 저는 막 이십 대가 되었거든요. 생일 축하한다고 해 줄래요?"

오드리는 뜻 모를 부드러운 소리를 내면서 안쪽으로 몸을 구부린다. 그러더니 벌떡 일어나 실험복을 벗어서 그게 불이라도 되는 것처럼 멀리 내던진다. 그녀는 가망 없이 파괴된 육신을 완전히 드러내며, 빈 객실 한가운데에서 벗은 채 서 있다.

"오, 줄리……." 노라가 슬프게 중얼거린다.

줄리는 그녀의 어머니를 올려다보고는 그 광경에 새롭게 충격을 받는다. 그녀의 눈에서는 눈물이 그저 왔다 갔다 하는 것뿐, 정말로 말랐던 적이 없었고 이제는 다시 흘러나오고 있다.

오드리는 자기 옆구리의 벌어진 구멍을 내려다본다. 그녀는 그 구멍으로 손을 통과시킨다. 그녀의 노출된 폐가 부풀어 올랐고, 그녀의 늘어진 입에서 애절한 울부짖음이 새어 나온다.

"엄마." 줄리는 아무 의미도 없고, 소용도 없는 소리로 훌쩍이며 말한다. "엄마, 제발."

에이브럼은 고개를 젓고는 조종실로 돌아간다. 줄리의 아이슬란드 희망을 이루기는 불가능하다는 것은 언급하기도 무색할 정도로 너무나 명백하다. 우리가 거기에서 찾을지도 모르는 공상과학 유토피아가 무엇이든 상관없이, 그녀의 어머니는 죽어 가고 있다.

나는 스프라우트가 커튼 틈으로 엿보고 있었다는 것을 알아챈다. 아이는 망설이고 있다. 아이는 자기 아버지를 따라가기 전에 잠시 줄리를 쳐다본다.

"우리 왼쪽으로." 에이브럼이 피곤해서 웅얼거리는 소리로 확성기를 통해 알린다. "저 멀리, 여러분은 '뉴욕 시티' 혹은 '1번 지사'로 불린 액시엄 기업의 본사를 보실 수 있습니다. 슬픈 생각들로부터 주의를 돌리고 싶다면 지금 맘껏 공포를 느껴 보시죠."

줄리는 내가 줄 수 있는 그 어떤 위로보다도 먼 너머에 있다. 어설프게 등을 토닥이는 건 도움이 되지 않는 일이고 상처를 줄 수도 있다. 그녀에게 지금 당장 필요한 것이 무엇인지 상상조차 할 수 없고, 그래서 나는 그녀의 공간을 마련해 주기로 결심한다.

나는 커튼을 밀고 지나가 창문을 통해 뉴욕을 보며 복도를 이리저리 거닌다. 고층 건물들은 흐릿하게 멀리 있는 불탄 나무들의 숲을 닮았다. 지는 해가 불처럼 그것들을 비춘다. 우리는 수 킬로미터 떨어져서 안전하게 반짝이는 대서양 위에 있었지만, 나는 나를 주시하는 눈길을 느낄 수 있다. 스코프와 표적 지시 레이저. 아마도 새로운 로터스 피드가 유명한 비행기 사고들을 덜 교묘하게 짜깁기하여 우리를 격추하도록 요구하는 메시지를 보냈을 것이다. 이 중 아무것도 중요하지 않다. 우리는 그들의 손이 미치는 범위 너머에 있고, 그들의 흉포한 생태계에서 사라져 곧 완전히 그들의 세상 밖으로 나가게 될 것이다.

평화를 향한 힘겨운 버둥거림이 이렇게나 나를 데려왔을 것이리라. 나는 서쪽 창문으로 이동해서 태양이 물 위에 천 개의 조각으로 부서지며, 바다 속으로 떨어지는 것을 지켜본다. 순간 나는 그것을 느낀다. 비옥한 토양을 뚫고 나오는 새로운 가능성의, 지상이 말끔하게 치워지는 감각. 그리고 나서 항상 하는 것처럼 나는 계속해서 지켜보다가 나의 몽상을 끝장내는 뭔가를 발견한다. 눈을 깜박이고 가늘게 떠봤지만, 그것은 사라지지 않는다. 나는 비행기의 중간부, 날개에서 가장 가까운 창문으로 달려가서 엔진을 내다본다.

한 남자가 나를 돌아본다.

"에이브럼?" 나는 조종실 쪽을 향해 소리친다.

에이브럼은 대답이 없다. 아마도 그의 머릿속에는 내가 그에게 말하고 싶은 것이 무엇인지를 담을 공간이 없는 것 같다. 게다가 내가 그에게 말하고 싶은 것이 무엇이겠는가? 날개 위에 뭐가 있다고? 덩치 크고 근육이 뻣뻣한 죽은 남자 하나가 엔진 지지대 하나에 매달려 있다고? 청회색 피부가 성에로 뒤덮여 있었지만, 그는 딱딱하게 얼지는 않았다. 그는 움직이고 있다. 앞으로 조금씩 움직인다.

"에이브럼!"

그가 투덜거리면서 조종석에서 움직이는 소리가 들린다. 벨트를 푸는 소리가 들릴 무렵 죽은 남자는 엔진 가장자리 테를 붙잡고 있다. 그는 아마도 앞쪽 조종실에 있는 작은 가족의 향기일 알 수 없는 목표 쪽으로, 그들과의 사이에 있는 하늘의 틈을 고의적으로 모른 척하면서 자신을 끌어가고 있다.

에이브럼이 조종석 밖으로 걸어 나온다. 그는 내 얼굴에 비친 긴급함을 알아채고는 무엇 때문인지 물어보려고 입을 연다. 그러다가 그 남자가 엔진의 테를 넘어 미끄러진다.

폭발이 두 번 일어난다. 처음 것은 항공방제기에서 농약이 살포되듯, 보디빌더가 애써 만든 근육 덩어리가 롱아일랜드에 퍼져 나가면서 엔진 뒤쪽에서 일어난 검붉은 파열이다. 두 번째 것은 날개를 완전히 휩싼 불길의 폭발이다. 무언가가 날아가자 엔진이 사라져 버린다. 그렇다면 그것은 날개의 커다란 덩어리였던 모양이다. 화염의 긴 뱀들의 구멍에서 불타는 연료가 흘러나온다.

비행기가 비스듬히 기울기 시작하자, 에이브럼이 조종실로 들어간다. 나머지는 모두 비명을 지르면서 뒤쪽에서 뛰어왔고, 내 정신은 최고로 쓸모없는 생각에 빠진다.

우린 이 비행기에 이름을 붙이지 않았어. 나는 이 비행기 안에 나의 세 번째 인생의 씨앗들을 키웠어. 줄리와 나는 이 안에서 어마어마하게 먼 거리를 좁혔어. 이게 우리의 삶을 구했고 우리를 나라 이곳저곳으로 데려다 줬지. 그런데도 우리는 이름을 주지 않았어.

모두가 어떻게 해야 할지 물으면서 조종실로 꾸역꾸역 들어온다.

533

에이브럼은 우리가 할 수 있는 것은 아무것도 없다고 소리친다. 급강하하고 있으니 앉아서 벨트를 매고 다른 사람들을 돕기 전에 자기 자신을 먼저 잡아매라는 모든 말이 부드럽고 느리고 불분명하게 발음하는 소리가 내 의식 뒤편에서 들려온다.

줄리는 이걸 잘하는데. 생명이 없는 것에게 생명을 인정하는 것. 그녀는 메르세데스를 메르시로 불렀지. 747기는 뭐라고 부를까?

에이브럼이 상처 입은 날개의 부담을 덜어 주려고 시도하며 기울어짐을 과도하게 바로잡자, 나는 복도로 넘어진다.

데이비드.

나는 줄리 옆에 있는 의자에 앉으면서 혼자 미소를 짓는다. "데이비드 보잉." 나는 간신히 기쁨을 드러내지 않으며 그녀에게 말한다.

"뭐?" 그녀가 날카롭게 묻는다.

"비행기 이름을 지었어. 데이비드 보잉이라고."

그녀는 전체적으로 이해가 가지 않는다는 표정으로 나를 쳐다봤지만, 나는 여전히 미소를 짓고 있다. 좋았다. 아무래도 나도 이것을 할 수 있는 것 같다.

"R."

그녀가 부른다. 나는 내가 그녀의 얼굴을 오해했다는 것을 갑자기 깨닫는다. 이해하지 못한 것이 아니라 그 반대다. 내가 숨어 있던 곳에서 나온 암울한 이해다.

"R, 만약 우리가……."

"제발 말하지 마." 나는 불쑥 내뱉는다.

줄리는 말을 도로 삼킨다. 그녀는 비행기가 위아래로 날뛰고 흔들리자 자리에서 벌떡 일어나서 조종실 문가를 잡고 버틴다.

"미안해요." 그녀는 젖은 눈으로 에이브럼을 보고 스프라우트를 보며 말한다. "너무 미안해."

"난 괜찮아."

에이브럼이 사나운 조종간과 사투를 벌이며 악문 이 틈새로 말한다.

줄리는 극심한 공포에 질린 스프라우트의 시선으로부터 억지로 몸을 돌려 비틀거리면서 복도로 돌아온다.

"벨트 매, 줄리!"

M의 얼굴이 잿빛이 되고 눈은 크게 벌어져 사후강직처럼 몸이 뻣뻣해져서는 지금보다 더 시체처럼 보였던 적이 없을 정도가 되어 의자에서 달랑거리자, 노라는 한 손을 그의 어깨에 올린 채 소리친다. 그는 우리의 첫 불시착 때 비교적 가다듬은 감정을 유지했었지만, 저번 것은 약과다. 이번은 더 거셀 것이고, 그것도 착륙을 하는 경우의 이야기다. 이번에는 비명을 지르게 될 것이다.

줄리는 내 손을 꽉 잡고 비행기가 전후좌우로 흔들리고 튀는 동안 어머니가 닻처럼 케이블에 매달려 바닥에 앉아 있는 비행기 뒤로 나를 끌고 간다.

"참아요, 엄마. 제발 버텨 줘요."

줄리는 마지막으로 남아 있는 좌석 열로 미끄러져 들어가서 깊게, 천천히 숨을 들이쉬더니 놀라울 정도로 침착하게 나를 쳐다본다.

"나랑 같이 앉을래?"

나는 그녀와 함께 앉는다. 산소마스크가 우리 앞에 매달려 있지만 우리는 신경 쓰지 않는다. 우리는 창문 밖으로 급격하게 다가오는,

내 지하의 기억에서 동 애틀랜틱 비치라고 부르는 해안을 내다본다. 그 너머로, JFK 국제 공항이, 그리고 그 주변 모든 곳이……

광기. 괴물들. 죽음으로 가득 찬 도시. 이 역병에서 살아남는다 해도 미래를 보기는 어려울 것이다.

"그만." 줄리는 활주로가 무모한 각도로 다가오자 내 옆얼굴을 쳐다보며 말한다. "나랑 같이 여기에 있어."

나는 그녀의 번들거리는 눈을 들여다봤고 내 주변의 굉음들이 잦아들어 간다. 이상하게, 어째서인지 재난에 직면하여 복잡한 문제들은 녹아 사라진다. 모든 두려움과 수치심과 생각의 뒤엉킨 매듭들이 갑자기 열기 속에 녹아 없어지고, 우리의 언쟁을 묵살하고 주저함을 무시하는, 우리 머릿속의 소음에는 관심이 없는 사랑의 핵만이 남는다. 그저 단순하게 존재하는 사랑.

아무리 그것이 잠시라 해도, 이 순간에 모든 것이 명확해진다. 줄리는 나에게 키스를 했고 나는 나 자신에게 멀어지지 말라고 지시하며 마주 키스한다. 정말로, 오늘 끝나게 될 것이 무엇이든지, 이것이 내가 끝내길 원하는 방식이기 때문이다.

눈을 감고 온 감각을 그녀에게 집중해서 끔찍한 충격의 고조는 없다. 나는 줄리와 키스하고 있다. 나는 줄리와 키스하고 있다. 나는……

우리

지구 안쪽에 수많은 지구가 있다. 가장 바깥에 있는 것은 바다와 숲과 도시, 그것의 윙윙거리고, 섯섯거리고, 짹짹거리고, 꿀꿀거리고, 으르렁거리고, 말하고, 그리고 노래하는 것으로 가장 붐빈다. 이 것이 표면이고, 현재이고, 생명이 경기하고 있는 게임보드이다. 그 표면 아래는 생명체들이 살금살금 미끄러지듯 기어들어 억겁의 과 거 지층에서 비밀 회의를 여는, 구멍과 터널의 숨겨진 세계이다. 그 리고 그 중심은 모든 것을 버리고 끝없는 기세로 가득 찬 격렬하게 회전하는 심장이며, 언제나 지진과 분화할 준비가 된, 영원히 으르 렁거리는 변화인 불이다.

지구는 변화를 좋아한다. 그것은 균형과 함께 권태로워진다. 쉬는 것은 지구를 가만히 있지 못하게 만든다. 그곳의 주민들 스스로가 규칙을 알았다고 생각하는 그 순간, 지구는 판을 깨끗하게 흔들어 버리고 다음 게임으로 이동한다.

다음 세. 다음 대. 다음 진화.

우리는 짧은 순간 마음껏 향수에 잠기면서, 그것들을 흘러 지나가면서 남은 부분들을 인식하는 우리의 각 부분, 종에서 종으로, 세대에서 세대로, 우리 자신의 뼈와 껍질을 통해 팔레오세 지층과 플라이오세 지층과 홀로세 지층을 통해 맨틀을 헤엄쳐 올라가 기반암으로 들어간다.

이것이 우리가 하고 있는 무엇이다. 기억하고 목격하고, 그런 것들이 가능한 더 높은 층에서 우리는 희망한다.

우리가 하지 않는 한 가지는 행동이다. 우리는 책이지, 작가가 아니다. 우리가 할 수 있는 것보다 더욱 바라는(온건한 노선과 반투명한 장벽과 독으로 채워진 권력 공백의 오늘날과 같은) 때가 있다. 하지만 세상은 살아 있는 것에 속하고, 그들은 아직 우리에게 도움을 청하지 않았다.

그래서 우리는 신생 암석과 어두운 흙을 통해 한때 대도시였던 곳의 가장 낮은 깊숙한 곳으로 부유해 들어간다. 우리는 침체된 수로와 수세기에 걸쳐 배설물로 막힌 고대의 벽돌 하수관을 따라 지나간다. 우리는 이 도시의 인간들이 언제나 거주하던 가장 깊은 지점, 191번째 지하철 역의 퀴퀴한 공기를 음미하고 나서 수많은 총탄이 그 생각들을 침묵시키기 전까지 뉴욕의 두뇌의 뉴런들이었던 케이블의 빽빽한 거미줄 속으로 올라간다.

이제 뉴욕은 아무 생각도 없이 회색으로 썩어 가고 목적 없이 걸어가는 언데드의 도시가 되었다. 언제나 고기를 찾아다니며, 알아보기 힘들 정도로 닳아 없어질 때까지 예전 인생의 반향을 거듭하면서.

우리는 지표면에 구멍을 뚫었고, 새로운 세상에서는 드문 인구 밀도의 소음이 우리에게 쏟아진다. 저지시티 늪지대의 오물 속 어딘가에 대기 행렬이 형성되어, 부유하는 네덜란드 육교 위로 응축되고, 맨해튼 국경 출입구에 맞서 공포와 절망이 뒤엉켜 비좁은 상황 속으로 몰려 나온다.

우리가 소년과 그의 새로운 후견인들을 발견한 곳은 가시 철조망 울타리와 지친 세관 직원들이 있는 여기다. 그들은 밴을 교외 주차장에 숨겨 둔 후 속을 꽉 채운 배낭만을 메고, 작은 공원에 있는 심하게 얻어맞은 난민들 무리 속에 서 있다. 이렇게 부동산을 갈망하는 곳에는 차량을 세울 공간이 없다. 사람을 위한 공간도 빠듯하다. 80층짜리 고층 건물들은 다세대 주택으로, 공원들은 수확량이 많은 옥수수 밭으로, 길은 제멋대로 퍼져 나가는 텐트 도시로 변환하며 맨해튼 구석구석까지 이용되고 있다. 현대 사망률만이 무리 바깥쪽을 위해 공석을 만들어 줬다. 섬 주위에 콘크리트 홍수 방벽이 장벽을 형성했고, 불어난 이스트 강과 허드슨 강이 거센 바람에 벽을 넘어 물을 튀기며 침략군처럼 그것을 둘러싸고 있다. 가슴까지 물에 잠긴 자유의 여신상은 더 이상 자유를 위해 위풍당당하게 서서 자랑스럽게 횃불을 들고 있지 않다. 그녀는 도와 달라고 손을 흔들며 익사하고 있는 수영 선수다.

"전기." 게브레가 남편에게 말한다. "배관. 법 집행. 그리고 언데드 무리 없음."

가엘은 줄이 앞으로 움직이자 한숨을 쉬고 자기 배낭에서 진흙투성이 잡초들을 떼어 낸다. "응."

"우리를 발굴 작업으로 보내지는 않을 거야. 저기엔 아이들이 많을 거고 선생님도 필요할 테니까."

"바라건대 UT-AZ 수용소보다는 더 다양한 과목이 있었으면 좋겠다. 내 박사 학위는 소총 정비를 가르칠 자격을 주진 않는다고."

"가엘, 가엘, 가엘." 게브레는 울타리 너머 무너진 고층 건물들을 호기롭게 가리키며 말한다. "뉴욕이잖아."

소년은 어두운 막을 통해 자신의 후견인들을 지켜본다. 그들의 주장에 따라 소년은 다시 한 번 레이벤 선글라스 뒤에 숨어 있다. 그는 콜롬비아 특별구에서 그만두게 한 이후로 말을 하지 않았는데, 화가나서는 아니다. 그러기로 선택했더라면 소년은 그들을 남겨 두고 떠날 수 있었고 혼자서 여행을 마무리했겠지만 결국 함께 남았다. 이해하기 힘든 제안에 귀를 기울이며, 그들을 따라 가라앉고 있는 이 거부의 섬에 왔다. 도서관의 깊숙한 홀에서 들려오는 목소리, 속삭임을 만들어 내는 수없이 많은 페이지들의 바스락거리는 소리.

"무슨 생각해, 로버?" 게브레가 묻는다. "학교에 가고 싶니? 나는 전쟁과 정치에 대해 가르칠 수 있고, 가엘은 쿼크와 보손에 대해 가르칠 수 있어. 온갖 쓸모없는 것들!"

소년은 듣고 있지 않다. 그는 커널 가의 남쪽, 흰 통근용 밴들의 행렬을 내려다보고 있다. 소년은 운전자들의 암울한 얼굴은 발견했지만, 승객들은 실루엣만 보일 뿐이다. 유리를 꿰뚫어 보려고 애쓰면서 색조가 들어간 유리창들을 뚫어져라 쳐다본다.

"나이와 기술."

세관 직원이 클립보드를 들고 게브레에게 다가오며 말한다.

"저는 마흔셋. 가엘은 서른넷, 그리고 로버는…… 열 살입니다."

"저는 브라운 대학에서 양자물리학을 가르쳤지요." 가엘이 말한다.

직원은 멍하니 올려다본다. "우리에게는 아무 필요가 없는데."

"응용 물리학." 게브레가 휙 미소를 보이며 끼어든다. "총탄을 개조할 수 있겠죠?

가엘은 쌀쌀맞게 직원을 쳐다본다. 그 직원은 자기 보드에 표시를 한다. "그럼 당신은?" 그는 올려다보지도 않고 게브레를 향해 짜증스레 말한다.

"총기 유지 보수." 게브레가 여전히 미소를 지은 채 말한다.

"제 남편이 좀 겸손하답니다." 가엘이 격한 감정을 가라앉힌다. "그는 세계사 박사 학위가 있어요."

게브레는 한숨을 쉰다.

"좋아요, 네, 저는 역사학자입니다. 또 M16을 잘 닦는답니다."

직원은 그와 가엘 사이를 흘끔거리고는 보드에 또 다른 표시를 한다.

"당신들에게 뭔가 할 일을 찾아드릴 겁니다. 발굴에는 항상 새 일자리가 있거든요."

가엘과 게브레는 시선을 교환한다.

"그러면 여기 이 애는……."

직원은 클립보드를 떨어뜨린다.

소년은 문 앞에 기다리고 있는 밴들을 노려본다. 선글라스는 손에 들려 있다. 있을 법하지 않은 색의 눈이 밴의 색유리를 뚫어보고 안쪽에 있는 사람들을 보려고 애를 쓰면서 커다래졌는데, 오늘의 선동가들과 실적이 저조한 사람들의 여정 어딘가에서 누군가 그에게 뭔가를 전하려고 애쓰고 있는 것처럼 신호가, 신호등이 있었기 때문이다.

그러면 우리가 그에게 뭔가를 전하려고 애쓰고 있는 걸까? 우리가 지금 그에게 말하고 있는 것일까? 책은 누군가 그것을 읽을 때면 말을 걸고, 오직 그 독자만이 그 말의 의미를 알 수 있다.

손 하나가 소년의 어깨 위를 꼭 잡는다.

"미분류된 개체 하나를 발견했다." 직원이 무전기에 대고 말한다. "청소년. 극심한 금빛 홍채. 그쪽으로 보내겠다."

"그 아이를 놔줘!" 가엘이 소리친다.

"그 아이는 감염되었어요. 관리를 위해 우리 시설로 보내질 겁니다."

경비 세 명이 세관 부스에서 나타나서 가엘과 게브레를 옆으로 밀어낸다.

"제발 이러지 마세요." 게브레가 말한다. "그 아이는 **죽은 자**가 아닙니다."

"미분류자들은 새로운 역병 관리 프로그램을 위해 연구되고 있습니다. 당신들의 아이는 세계를 다시 안전하게 만드는 작업을 돕게 될 겁니다."

소년은 베이지색 재킷을 입은 음울한 얼굴의 남자들에 의해 담장 너머로 끌려가면서, 후견인들의 항의가 외침에서 비명으로 확대되는 것을 듣는다. 그가 들은 마지막 말은 약속처럼 들리는 것이었다.

"널 데리러 갈게! 우린 너를 저들에게 버려두지 않을 거야!"

비율이 어떤지, 그는 생각해 봤을까? 좋은 사람 둘에게서 그를 끌고 가고 있는 나쁜 사람 셋. 좋은 것보다 나쁜 것이 더 많지 않은가? 인간성에는 의견 일치란 없는 것일까?

소년은 스포츠 유틸리티 차량을 마지막으로 한 번 언뜻 본다. 창유리 표면에 쭈글쭈글한 실리카 방울과 산들처럼 올라온 먼지 입자로 팬 곳을 발견한다. 하지만 그의 시력은 어두운 내부에 지고 만다. 그는 낯익은 검은 윤곽, 그림자에 비친 그림자와 희미하게 따스한 기억을 본다. 그러고 나서 나쁜 사람 셋이 그를 끌고 간다.

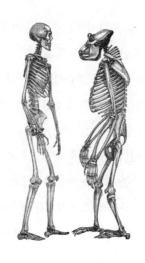

나

얼룩.

내 감방에는 새로운 얼룩이 생긴다.

나의 감방 동료, 내가 이름을 물어보자 나에게는 친밀함의 현관
앞에도 들일 가치가 없다는 듯 비웃기만 했던 그는 임차 기간 동안
적지 않은 얼룩 생성에 기여했다. 나는 복도에 있는 교도관들에게
창살 사이로 오줌을 누는 그를 지켜봤다. 과일과 세척제의 꺼림칙한
혼합물을 마시고 난 후 바닥에 토하는 그를 지켜봤다. 그의 뇌간을
간질였을지 모르는 비행선 꼭대기에 오르는 어떤 일탈에 대한 생각
을 거칠게 밀어내며, 그가 침상으로 허리를 구부리고 그르렁댈 때면
나는 그를 보는 것을 피하려고 애를 썼다.

그가 항상 자신의 체액을 사용하는 것은 아니었다. 가끔 내 것도 이용했다. 그는 주먹과 발로 내 피를 튀겼다. 가끔 기억들은 희미해지고 아무것도 이루지 못한 채 죽게 될 것이고 우리 모두가 누릴 여유가 있는 인생을 경험하지 못할 거라는 소름 끼치는 깨달음으로 내 머릿속이 가득 차 기분이 안 좋은 날에는 콘크리트에 내 눈물을 내 피와 뒤섞어서 문질렀다.

내 감방 동료는 많은 얼룩을 칠했지만, 오늘 것이야말로 그의 걸작이었다. 이번 것은 그의 예전 노력을 지워 버렸다. 그것은 바닥을 뒤덮으며 예전 것들을 완전히 덮어 버렸다.

바깥세상이 붕괴되면서 감옥의 경비는 느슨해졌다. 예를 들자면 그림을 그리거나 일기를 쓴다거나 다른 치료법적 표현들을 위해서 연필을 요구하는 것이 가능해졌다.

감방 구역 문이 탕 열리더니 내 쪽으로 부츠들이 걸어온다. 구석에 있는 카메라가 내 감방 동료의 엎어진 자세를 내려다본다. 사회로부터 위험한 인간들을 제거하는 것이 단 하나의 목적인 여기에서, 내가 이것으로 처벌받는 것보다 더 불합리한 일은 아무것도 없다고 생각할 수 있다. 신이 그의 계획을 먼저 차지한 것으로 나를 벌한다 치더라도, 여기 지상에서 나는 나의 실용주의로 칭찬받아 마땅하다.

부츠들은 내 감방 앞에서 멈춘다. 할아버지는 내 맨발 주변의 피 웅덩이를 쳐다보며 미소를 짓는다.

"네가 준비됐을 거라 생각했단다."

그가 양옆의 (나는 그들의 군국주의적인 검은 제복을 알아보지 못했는데, 교도관이 아닌) 두 남자에게 고개를 끄덕이자 그들은 자리를 뜬다.

그는 철창에 가까이 몸을 기울인다.

"어떻게 생각하니, R? 준비됐어?"

나는 그의 셔츠를 쥐고 종잇장 같은 피부에 멍이 들 만큼 얼굴을 철창으로 세게 끌어당겨 으르렁거린다. "3년이야. 당신은 나를 여기에 3년 동안 버려 뒀잖아."

그는 마치 어린 아기와 씨름하고 있는 것처럼 얼굴을 찡그렸다가 씩 웃는다. "진정해, 꼬마야! 노인에게는 부드럽게 대해야지."

나는 그를 떠밀고는 그가 옷깃을 정돈하는 동안 노려본다.

"내가 지난번에 여기에 왔을 때 네가 뭐라고 했었니? 많이 배우고 있다고 했었지? 그래, 넌 더 많이 배웠지. 그리고 내 생각엔 이제 네가 다 배운 것 같구나."

나는 감옥을 이리저리 둘러본다. 대부분의 감방은 이제 비어 있다. 법 기구는 녹슬고 수많은 톱니를 잃었고, 아무도 그것을 고칠 시간이 없다. 식사를 끝내기까지 그리 오래 남지 않았다.

"왜 저 남자를 죽였니, R?"

나는 대답하지 않는다.

"넌 네 불길 속에 사상자를 최소화하려고 최선을 다했잖니. '생명은 하나님께 속한 것'이라고 네가 말했지. 그러면 어째서 너는 저 남자를 죽였느냐?"

"저놈은 끔찍한 짓들을 저질렀어요." 나는 웅얼거린다. "죽을 만하니까."

"그건 살았던 사람들 모두 그렇지. 네가 하나님의 사형 집행인이라면, 어째서 넌 사는 내내 사람들을 죽여 오지 않았을까? 왜 이 돼

546

지새끼가 처음이지?"

감옥이 내 시야에서 흐릿해진다. 내가 할아버지의 셔츠에 남긴 피 묻은 손자국에 집중한다. "나를 아프게 했으니까요. 그가 싫어서요."

"*네가 죽이길 원했기 때문에.*"

나는 고개를 끄덕인다.

"그리고 그것의 핵심은 말이다, R. *네가 원해서*라는 거다. 자신에 게 이익이 되지 않는 일은 아무도 절대로 하지 않아. 모든 도덕적 입 장 뒤에는 이기적인 갈망이 있어. 가장 혹독한 금욕주의, 가장 성스 러운 이타주의…… 그들 모두 어떤 내적 충동을 충족시키는 거지. 강함을 느끼기 위해서, 필요한 사람처럼 느끼기 위해서. 네 도덕적 쾌감이 무엇이든 상관없이, 그것은 언제나 정말로 너에 대한 것이 야. 그 외에 누가 있어서?"

그는 다시 철창으로 다가온다. 분노가 나에게서 빠져나가 버린다. 그의 작은 갈색 눈을 보는 것이 내키지 않아서 내 발을 내려다본다. 피가 발가락 사이로 스며들고 있다.

"넌 혼자야, R. 단 한 명뿐인 사람이지. 네 주변을 걸어 다니는 저 모든 것들이 사람처럼 보이겠지만, 그들은 너와의 관계 속에서만 실 *제로* 존재하는 거야. 그들은 너를 위한 일을 하는 무엇이며 너를 어 떻게 느끼게 만드는 것이야. 네가 아는 건 그들이 네가 보고 있지 않 을 때면 언제라도 사라질지 모른다는 게 다지."

피는 이미 차갑다. 이 작은 육면체를 3년 이상 나와 공유했던 그 남자는 내 눈앞에서 존재로부터 희미해지고 있다. 그는 투명하다. 그의 하찮은 고기의 잔해 더미를 통해 콘크리트를 볼 수 있다. 나는 이미 그에 대해서 얼마나 아는 것이 적었는지를 잊어버렸다.

"동물들은 태어나면서부터 알고 있는 것을 깨닫기 위해 한평생 혼란스럽게 몸부림쳐야 하지." 나의 할아버지는 매캐하게 으르렁대는 목소리로 말한다. "사실 알아야 할 것은 아무것도 없어. 빈 방에서 의미를 찾고 있는 꼴이야. 인생의 목적은 할 수 있는 한 오래 살고, 할 수 있는 한 많이 먹고, 할 수 있는 한 많이 성교하고, 네 유전자와 생각을 퍼뜨리고 세상이 변한 만큼 너도 변하는 거라는 거지."

그는 저 비뚤어진 갈색 치아를 드러내며 미소를 짓는다.

"알겠느냐? 그거야말로 *재미*야. 일단 네가 인생이 정말로 무엇인지 알자마자 더럽게 *재미있어지지*."

전율이 나의 끈적끈적한 발끝에서 서혜부를 거쳐 두개골까지 이어진다. "네가 원하는 건 뭐냐?"

"할아버지가 날 위해 일했으면 해요."

"무슨 일을?"

"시대가 변하고 있죠. 사업은 죽어 가요. 돈도 죽어 가죠. 모두가 곡식을 경작하고 황홀감을 기다리려고 언덕으로 달려가는 중이지만, 나는 멈추지 않을 거예요."

그의 미소가 험악하게 찡그린 얼굴로 뻣뻣해졌고, 입술이 그 치아 위로 단단히 닫힌다.

"내 말 들은 거냐, R…… 아니, 애트비스트? 나는 절대 멈추지 않을 거야. 세상의 종말은 하나의 기회야. 우리는 그저 그것을 어떻게 붙잡을지를 밝혀내야 할 필요가 있는 거지."

나는 내 어린 시절의 대부분을 지냈던 이 감옥을 둘러본다. 나는 여기에서 어른이 되었다. 나는 여기에서 내 십 대의 피부를 벗어냈고, 근육과 흉터와 힘을 가지고 그 피부에서 걸어 나와서는 바깥 현실의 것이 움직이는 동안 허구의 우주의 규칙을 곱씹으면서, 철창들을 바라보며 이 감방에 남아 있다.

나는 여자를 건드린 적도 없다. 맥주를 맛본 적도 없다. 하지만 사람을 한 명 죽였고 도시를 하나 파괴했다.

"내가 도와 드릴게요. 내게 생각이 있어요."

할아버지의 미소가 돌아온다. 그의 숨결이, 담배와 퀴퀴한 커피 냄새가 이 사이의 공간으로 퍼져 나온다.

"너무나 듣고 싶구나, 꼬마야."

그는 지갑에서 카드키를 꺼내 감방 문 위에 댄다. 자물쇠가 달칵 열리고, 나는 자유를 얻는다. 나는 콘크리트 위에 빨간 발자국의 자취를 남기면서 복도로 걸어 나와서 애트비스트 씨를 따라 교도소 밖으로 나온다.

　나는 많은 사람들을 죽였다. 남자, 여자, 아이를 가리지 않고 그들의 살을 먹고 기억을 마셨다. 절대로 이것을 부인하거나 잊지 않고 받아들일 것이다. 나는 괴물 같은 짓들을 했는데, 이름과 신원과 도덕적 체계도 없고 내내 거의 의식이 없이 불가해한 배고픔에 내몰린 괴물이었기 때문이다. 나는 이 암울한 장(章)을 애통해했고, 내가 그것에서 배울 수 있었던 것을 배우고는 페이지를 넘겼다. 나는 나의 두 번째 인생을 용서했다.

　하지만 첫 번째 인생에 대해서는 어땠을까? 거기엔 책임을 돌리기에 기막히게 좋은 역병이 없었다. 나의 본래의 자아는 통속 소설에서 끌어온 터무니없는 악귀가 아니었다. 그에게는 이름이 있다. 어머니, 아버지, 그리고 할아버지가 있었고, 누구라도 그렇게 하는 똑같이 재미없는 길을 선택했다.

이 남자는 누구일까? 나는 그 몸에 서식하고 기억을 소유하지만, 그는 나에게 정말 이해가 가지 않는 이상한 존재다. 나는 이 억울하고, 방향을 잃고 어쩔 줄 몰라 하는, 세상 탓을 하는 불쌍한 인간보다는 아무 생각 없는 시체에게 더 동질감을 느낀다. 하지만 어쨌든 이해하기 어려운 시간의 연금술을 통해 저 두 요소를 합친다면…… 그러면 내가 된다.

나는 눈을 뜬다.

쇠창살들. 땀과 흰곰팡이의 악취. 나는 아직도 꿈속에 있는 걸까? 나는 배를 대고 누워 있다. 가까스로 무릎으로 일어나 주변을 둘러보는데 고통이 엄습한다. 손가락이 고통의 진원지를 만지려 움직인다. 거대하게 부어오른 멍이 종양처럼 이마에서 솟아나 있다.

"항상 늦잠꾸러기라니까."

내 과거의 감옥에서는 절대로 살지 않았던 부드러운 목소리가 말한다. 아름다운 여성의 얼굴에 내 시야가 밝아진다. 그녀는 어두운 파란색 눈동자에 구슬픈 재미를 담고 나를 쳐다본다. 그녀의 이마 한가운데에서 거대하게 부어오른 멍, 그리고 내 두뇌가 이 퍼즐을 완성했을 때, 건조한 웃음이 나에게서 새어 나온다.

"네 머리…… 우리……?"

줄리는 살짝 발그레한 미소를 짓는다. "그런 것 같아."

"키스로 인한 타박상." 노라가 투덜거린다. "눈꼴시게 굴더니 꼴 좋다."

손 밑의 바닥은 뻣뻣한 공업용 카펫으로, 그 얼룩덜룩한 베이지색은 예방적인 항복으로 승리한, 모든 얼룩들의 총합이 되도록 제작된 것이다. 그 공간은 텅 비어 있었고, '데이비드 보잉'의 모든 승객들은 우리 아이들과 줄리의 어머니를 제외하고는 지쳐서 벽에 기대서 바닥에 앉아 있다. 막아 둔 내부 창문을 통해 보이는 복도 건너편 방 안에 있는 그들을 발견하기 전에, 나는 잠시 경악의 순간을 맞이한다. 오드리는 이를 딱딱거리며 원을 그리며 걷고 있었고, 조안과 알렉스는 그녀로부터 숨느라 구석에 웅크리고 있다. 웡웡거리는 형광등이 우리의 얼굴을 그들의 것과 똑같은 병약한 회색으로 변하게 한다.

"넌 운이 좋았어, 그래도." 노라가 이어서 말한다. "스릴 넘치는 심문 시간 내내 자고 있었잖아. 첫 번째 충격 이후 내내, 정말로."

나는 반사적으로 노라에게 부상이 있는지 살펴본다. 그녀의 사라진 손가락을 보고 순간 충격을 받다가 그게 줄리조차 궁금하게 여기는 오래전 일임을 기억해 낸다. 노라는 몇 군데 긁혔지만 이것들은 분명 거친 착륙에서 비롯된 것일 터였다. 액시엄이 설득에서 강요로 태세를 바꿨을 땐 찰과상 정도로 끝나지는 않을 것이다.

"이번에는 원하는 게 뭐래?" 줄리가 묻는다.

"저들은 아직도 너에 대해 알아내려고 하고 있어. 뭔진 몰라도 저들이 **죽은 자**를 제어하는 방식은 꽤 조잡한 과학 같아. 노새들 만들기에는 좋지만 그 외엔 별로. 저들은 더 수준 높은 노예를 만들기를 원해, 우리 **거의 산 자**처럼. 저들이 네가 '만들었다'고 생각하는 것들처럼." 그녀는 음침한 미소를 짓는다. "놈들은 너희 마법을 원해, 줄리. 그냥 네 마법의 주문을 가르쳐줘 버려. 그러면 우리는 모두 집으로 갈 수 있어."

줄리는 그 모순을 말로 표현하지 못해 고개를 젓는다. 그들을 당혹하게 만든 그 마법은 인간성이다. 자연스레 발생하고, 느리게 작용하는, 예측할 수 없도록 강한, 의식 있는 정신이 연결된 산물. 이 정신 나간 인간들은 사랑을 합성하길 원했다. 그들은 그것을 대량생산하고, 무기화하고, 사람들을 조종하는 것에 이용하길 원했다. 그들이 그것을 추적하면서 세상을 짓밟고 있지 않았더라면 우스운 일이 되었을 그런 터무니없는 계획이다.

에이브럼도 고개를 저었지만, 그의 불신은 다른 대상을 향한 것임을 나는 감지한다.

"뭔데요?" 줄리가 그에게 말한다.

"그냥 이 상황을 엄청나게 즐기고 있을 뿐이야." 그는 골목길의 부랑자처럼 쓰러지듯 벽에 기대 말한다. 그의 피로 얼룩진 베이지색 재킷은 사라졌다. 회색 러닝셔츠는 어떤 것은 갓 생겼고 어떤 것은 오래된 찰과상과 타박상의 집합체를 드러내고 있다. "난 액시엄이 정신이 나갔다고 생각했었는데, 역병을 *관리하려고* 애쓰는 중일 뿐이잖아. 아마도 유용한 무엇으로 바꾸려고 말이야. 너희야말로 **죽은 자**를 그대로 두지 않고 대화를 하려고 애쓰는 사람들이잖아." 그는 못 믿겠다는 듯 무시하며 나를 쳐다본다. "너희는 한 무리를 풀어주더니 앞에 서서 질문을 하는 사람들이잖아, 빌어먹을 좀비 치료사처럼." 그는 다시 고개를 젓는다. "대체 무슨 만화 속에서 살고 있는 거야?"

나는 차분하게 그의 시선에 눈을 맞춘다. 꽉 막힌 자가 어떻게 나온들 사과할 생각은 없다. "어딘가에서는 시작해야만 하는 거야."

"넌 그들과 *대화*를 하려 했다고!" 그는 웃음을 터뜨리더니 질렸다는 듯 양손을 든다. "말로 역병을 치료할 수 있다고 생각해?"

"말은 발상이야."

나는 이런 것들이 어디에서 왔는지 확신할 수 없다. 책장이 바스락거리는 소리처럼 머릿속에서 속삭임이 들린다.

"모든 역병에 대한 치료는 전부 발상에서 시작했어."

에이브럼은 깊은 한숨을 쉬더니 더 바닥으로 널브러진다. 그는 스프라우트를 자기 어깨 쪽으로 끌어당겼지만, 아이는 꼿꼿하게 버티면서 나에게 호기심 어린 표정을 보낸다.

"R." 줄리가 말한다. "내 생각엔 너 음절 수 갱신한 것 같다?"

나는 어깨를 으쓱한다. 세고 있진 않았다.

"아직도 그걸로 싸워?"

M이 미묘하게 미소를 지으며 묻는다. 나는 이 관심의 축 안에 있는 것이 갑자기 불편해진다. 일어나서 뉴욕의 전경에 넋을 잃길 바라면서 외부 창문을 내다본다. 하지만 보이는 것은 이웃 고층 건물의 벽돌 벽이다. 몇 층 위에 거대한 광고판이 지붕에서 나를 내려다보며 미소 짓고 있었는데, 그 모델은 자신의 정체를 숨기기를 바란 듯 태양전지판으로 눈을 가리고 있다.

"그럼 너희가 그것들이구나."

모두가 일어나 앉는다. 목소리의 근원을 찾으려고 눈을 돌린다.

"연어, 얼룩말, 황금방울새 그리고 금붕어, 맞지?"

그 소리는 가까운 방에서 들려온다. 놀랄 만큼 명료하게 벽을 관통할 정도로 끽끽거리는 높은 여성의 목소리.

"어쩌다 잡혀 왔어? 난 너희가 누구든 응원하고 있었는데."

"어…… 당신은 누구세요?" 줄리가 벽에게 묻는다.

"불평가 동지. 종신형 두 달째. 프리덤 타워에 온 것을 환영한다."

에이브럼은 벌떡 일어났다 쭈그리더니 얼굴을 벽에 가까이 댄다.

"경비 초소는 어딥니까? 순찰의 공백은 찾아냈어요? 당신 계획은 뭡니까?"

몇 초 동안 정적이 흐른다. 그러더니 노랫소리가 들린다.

"친구여, 친구여, 라 라 라 라 라……."

"이보세요?" 에이브럼이 말한다.

"아직 도시 못 봤어?" 여자가 갑자기 자기 노래를 딱 자르면서 묻는다. "북미에서 제일 밀집한 곳이 터져서 너희는 긴장된 현실을 기대했겠지만, 이보다 더 비현실적인 곳이 없지. 거리는 형태를 유지하고 있지만 사람은 그렇지 않아. 날아다니는 개구리나 관문이 되는 연못은 없지만, 그 장소 자체가 광기지. 뒤집힌 섬, 물속의 공기, 거품을 할퀴고 있는 모두들."

우리는 모두 서로를 쳐다본다.

"이름이 뭐예요?" 줄리가 묻는다.

"내 이름은 쑥스러운데. H. 톰슨이나 그냥 톰슨이라고 하고. 아니면 그냥 H라고도 해. 너희 이름은 뭔데? 황금방울새나 금붕어나 골드만이야? 그 돔은 잘 지내? 요전에 간수들이 인수에 대해 이야기하는 걸 들었는데. 맙소사, 세상이 그립다."

그녀는 대화라기보다는 시냅스를 난사하는 것에 더 가깝게 발음을 생략하며 엄청나게 빠른 억양으로 말한다. 줄리는 입을 열려고

555

기다리다가 말한다. "저는 줄리예요."

보아하니 이웃에게서 어떤 정보도 수집 못 할거라 판단한 에이브럼은 다시 벽에 축 늘어진 자세로 돌아간다. M은 멍한 미소를 짓고 듣고 있었지만, 줄리와 노라는 특별히 날카로운 흥미를 보인다.

"당신은…… 특유의 말투가 있네요." 노라가 말한다. "끝장 세계 연감의 팬인가요, 혹시?"

"맙소사, 연감이 그립다." 그 목소리가 한숨을 쉰다. "맙소사, 입력과 출력이 그립다. 여기에서 새 발행물 작업을 해 왔지만 세상이 방이었을 때처럼 보고가 많지 않아. 모든 곳이 끝장나고 터지는 게 항상 혼자야. 거미 한 마리가 나에게 합류할 때만 빼고."

줄리와 노라는 동그래진 눈으로 서로를 쳐다본다.

"잠깐……." 줄리가 말한다. "당신이 연감을 만든다고 말하고 있는 건가요? 당신이 DBC 일원이라고요?"

한바탕 키득거리는 소리가 벽을 뚫고 나온다.

"톰슨?"

"그랬었지. 지금은 DBC가 나의 일원이지. 기다려, 소개할게."

나는 뭔가 금속성의 달칵 소리를 듣는다. 경첩의 끼익하는 소리. 발자국 소리. 그러더니 우리 감방 문이 활짝 열린다.

"도대체 뭐야?" 우리가 모두 벌떡 일어서자 에이브럼이 말한다.

"만나서 반가워, 줄리." 톰슨이 에이브럼에게 손을 내밀며 말한다. "H. 톰슨이야."

"어, 안녕하세요." 줄리가 그 악수를 가로채려 몸을 기울이며 말한다. "제가 줄리예요. 반가워요."

톰슨은 노라와 에이브럼의 연령 사이 어디쯤으로 보였지만, 그녀의 외모는 한 가지 이상으로 해석할 수 있게 애매하다. 태양과 흉터로 변한 얼굴로 인해, 세파에 시달린 젊은이인지 관리를 잘한 노부인인지 말하기가 어렵다. 구릿빛 피부, 짧은 적갈색 곱슬머리, 밝은 녹색 눈은 혈통을 짐작하기 어려운 혼혈임을 시사한다. 헐렁한 사파리 셔츠에 길에서의 거친 인생을 암시하는 엔진 윤활유와 흙의 녹청색 카고팬츠를 입었는데, 그녀는 그것들의 굽이치는 습곡들 내부에 숨은 것처럼 보인다.

"당신 누구야?" 에이브럼이 스프라우트를 가리려고 움직이며 묻는다. "죄수 아니야?"

"물론 난 죄수지. 감옥 안에 있잖아."

"그냥 걸어 나왔잖아!"

"당연히 내 감방에서 나오는 방법을 연구하지도 않고 두 달 동안 앉아만 있지는 않았지."

이목구비는 섬세하게 고왔고 눈이 빼어났지만, 예쁘다는 말은 그녀에게 딱 맞는 단어는 아니었다. 멋지다? 매력적이다?

에이브럼은 고개를 저으며 스프라우트의 손을 잡고 톰슨을 밀치고 지나가 복도를 살펴본다. 우리의 죽은 가족들이 있는 방 하나를 제외하고, 앞선 입주자들이 남겼을 창문에 난 주먹만 한 구멍들을 통해 보이는 방들은 모두 빈 것 같다. 그들이 누구였든지 이미 유용한 즙을 뽑아낸 후 처리되어 껍질은 배출되었다.

에이브럼은 엘리베이터를 시험해 본다. 카드키를 대는 곳에 빨간 불이 번쩍이며 부정적인 끽 소리가 난다. 그는 계단으로 간다.

"저 사람 이름은 뭐야?" 톰슨이 줄리에게 속삭인다.

"에이브럼이에요."

"에이브럼!" 톰슨이 그의 뒤에서 부른다. "우리와 도로 사이에 잠긴 문 20개와 베이지색 재킷 놈들로 쫙 깔린 20층이 있어. 다목적 건물이거든. 감옥과 병영."

에이브럼이 계단 입구에서 정지한다.

"매 시간마다 룸서비스가 와. 그들이 여기에 왔을 때는 네 감방에 있어야 해, 아니면 문제가 생겨."

에이브럼의 어깨가 잠시 오르내리더니 축 처진다. 그는 감방으로 돌아온다.

"아마 나중에 총을 훔치겠지?" 톰슨이 두 번 어깨를 으쓱하며 넌지시 말한다. "총으로 다시 한 번 시도해? 넌 총잡이 같은데."

"좋아, 기다려. 잠깐만." 노라가 집중을 방해하는 것들을 치워 버리려는 듯 머리를 흔들면서 한 손을 내민다. "탈출에 대해서는 나중에 이야기해도 되고. DBC가 당신의 일원이라는 게 무슨 뜻이에요?"

톰슨이 어깨를 으쓱한다. "그게 나야. 내가 연감을 쓰거든."

줄리와 노라는 서로를 마주 보고 입을 가리며 꺅 소리를 지른다.

"우리는 엄청난 팬이에요." 줄리가 마구 쏟아낸다.

"엄청난 팬요." 노라가 더 상세하게 말한다.

톰슨은 이 쏟아져 나오는 탄성에 놀라 침묵하며 그들을 쳐다본다.

"하지만 나머지 팀원들은 어디에 있어요?" 줄리가 다른 감방들의 창문들을 기웃거리며 묻는다. "탈출했나요?"

톰슨은 고개를 젓는다.

"팀원들에 대해서는 몰라. 한 명이라도 있었던 적이 없거든. 학교로 돌아가서 한 명 잡으려고 시도는 했었지. 그들은 도망갔어."

노라는 얼굴을 찡그린다.

"하지만…… '우리'는 누군데요? DBC는 누구고요?"

"사회에서 낙오된 지도 제작자들(Dead Beat Cartographers). 가족 밴드 이름으로 썼었는데, 나랑 엄마랑 아빠, 그러다가 그냥 나랑 아빠, 그리고 지금은…… 나뿐이야!" 그녀는 뻣뻣한 미소를 획 보인다.

줄리의 열광적인 정열이 염려로 차갑게 식는다.

"그 모든 탐사를 해 왔던 거예요……. 혼자서?"

"물론 혼자는 아니지, 그랬으면 미쳐 버릴걸! 바버라와 함께 했어."

"그런데…… 바버라는 당신 밴이잖아요, 아니에요?"

톰슨은 떠들썩하게 킥킥거린다.

"아니, 아니야, 바버라는 확실하게 밴이 아니야."

"아." 줄리는 머뭇거리며 웃었다. "다행이네요. 제 생각엔……."

"그 아이는 레저용 자동차야. 밴에는 욕실이 없잖아."

줄리와 노라는 또 한 번 시선을 교환한다.

"난 이제 가야 해." 톰슨이 거기에는 없는 시계를 보려고 두리번거리더니 조바심을 내며 발을 동동 구른다. "경비가 오고 있어. 너희 사람들을 만나서 반가웠어. 너희 모두랑 만났던 것은 아니지만. 사실상 두 명만이지. 경비가 오고 있지 않을 때 나머지 사람들도 만나 보러 올게."

M이 여전히 벽에 기대 앉은 채 방 뒤편에서 손을 흔든다.

"이봐요, 톰슨. 커피는 어디에 있나요?"

"그들은 커피를 가져오지 않아. 대부분 물과 캅테인이야." 그녀는 고개를 갸웃한다. "왜? 커피 좋아해? 난 안 좋아하는데. 마시면 초조해지거든."

M은 미소를 짓고는 어깨를 으쓱한다.

"그냥 궁금해서요. 덧붙여서 난 마커스입니다."

톰슨은 그에게 손을 흔든다. 그녀는 우리 감방에서 뒷걸음질로 나가더니, 문가에서 잠시 멈춰 줄리를 바라본다.

"그들은 아마 이번엔 네 죽은 친구들을 데려갈 거야."

줄리의 얼굴이 뻣뻣해진다. "뭐라고요?"

"미분류자는 항상 예비 교육처로 곧장 보내거든. 가끔 임시로 여기에 먼저 보내지만 하루 이상은 절대 아니야." 그녀는 인정 어린 입매로 입을 지그시 다문다. "유감이야."

그녀는 돌아서서 복도로 사라진다. 나는 그녀의 감방 문이 달각 닫히는 소리를 듣는다. 그러더니 그녀의 떨리는 팔세토 가성이 다시 들려온다. "집중하게, 친구여……."

우리 문은 열린 채 남아 있다. M을 제외한 모두가 바깥쪽 복도를 내다보며 달아나고 싶은 충동과 씨름하면서 그 앞에 모여 와글거린다.

"줄리." 노라가 말한다. "하지 마."

줄리는 어둑하고, 깜박거리는 복도로 걸어 나간다. 그녀는 어머니가 있는 감방 창문의 창살 사이로 간다.

"괜찮아요, 엄마?"

오드리는 서성이는 것을 멈추고 그녀의 딸에게 속을 알 수 없는 시선을 고정한다. 추락 사고에서 입었을지 모르는 어떤 부상이라도 그녀 피부의 전반적인 잔해들 속에서는 눈에 띄지 않는다.

"지금 막 연감의 작가를 만났어요, 엄마. 연감 기억해요? 우리가 캐나다 편을 발견했을 때 엄마가 얼마나 흥분했었는지 기억해요?"

오드리는 톰슨의 감방 창문 쪽을 흘깃 쳐다본다. 줄리의 얼굴이 환해진다.

"맞아요! 저분, 저 방에 바로 저기에 있죠. 여자 혼자였어요, 엄마. 저분이 내내 저기 바깥에서 세계를 조사하고 다녔대요. 미국 밖에서 온 이야기까지 있어요. 저분이랑 이야기해 보고 싶지 않아요?"

엘리베이터 불빛이 깜박인다. 멀리에서 기계가 돌아가는 윙 소리가 들린다.

"줄리!" 노라가 쉿 소리를 낸다. "여기로 들어와."

줄리는 어깨 너머로 엘리베이터를 힐끔 쳐다본다. "엄마?" 그녀는 떨리는 미소를 지으며 말한다. "저들이 아마 엄마를 데리고 갈 거예요. 지금 당장은 막을 수 없지만 꼭 엄마를 찾으러 갈게요, 알겠죠?" 그녀는 입을 굳게 다문다. "나는 엄마가 나를 두고 갔던 것처럼 버려 두지 않을 거예요."

감정이 하나 오드리의 얼굴로 기어든다. 나는 그것이 슬픔이라고 거의 확신할 수 있다.

"무슨 말이라도 할 수 있어요, 엄마? 그러면 엄마가 아직 여기에 있다는 걸 저도 알 수 있을 텐데요?"

오드리의 시선이 바닥으로 떨어진다.

"여기에 있다고만 제발 말해 줄래요?"

"줄리." 나는 엘리베이터 문을 지켜보고 이를 갈며 말한다. "어서."

그녀는 이마를 창살에 대고, 양손으로 창살을 꼭 쥐더니 결국에는 몸을 뗀다. 그녀는 감방으로 달려 돌아왔고 엘리베이터에서 딩동 소리가 나자마자 에이브럼이 문을 쾅 닫는다.

나는 심문자들일 거라 예상한다. 홍보자. 권력을 나타내는 넥타이를 맨 웃고 있는 망령들. 하지만 엘리베이터에서 나타난 따분해 보이는 남자 네 명이 우리 쪽으로는 거의 눈길조차 주지 않고 오드리의 감방으로 직진한다. 그들은 세 죄수, 힘없고 슬픈 여자 한 명과 영양실조로 비쩍 마른 아이 둘을 붙잡아서 장대 끝으로 그들을 이끌어 나왔다.

조안과 알렉스는 엘리베이터 쪽으로 발을 끌며 걷다가 나와 눈을 마주쳤친다. 아이들에게 해 줄 말이 뭔지 알았으면 좋았겠지만, 나는 거의 아무것도 몰랐다. 그들이 어디로 가는지. 그들에게 무슨 일이 벌어질지. 내가 그것에 대해 무엇을 할 수 있는지. 내가 간신히 할 수 있었던 전부는 힘없이 손을 흔들어 주는 것이다. 아이들도 마주 손을 흔들어 주고는 엘리베이터 안으로 사라진다.

오드리는 열린 문 사이에 멈춰 선다.

"여기에."

줄리는 그 암울한 행렬을 지켜볼 수가 없어서 등을 돌리고 있었지만, 어머니의 목소리에 몸을 빙글 돌린다. 오드리는 완전히 알아본 것은 아니라 해도 이해가 담긴 안정된 눈으로 줄리를 똑바로 쳐다보고 있다.

"난…… 여기에 있어."

줄리는 한 손으로 입을 턱 막고 눈물이 왈칵 나오자 눈을 가늘게 뜬다. 모녀는 엘리베이터 문이 잘라 낼 때까지 서로를 계속 응시한다.

감방 안에는 긴 침묵이 이어진다. 줄리는 다른 사람들에게서 제일 먼 구석으로 가서 미끄러지듯 앉아, 눈을 문질러 닦아 메마른 눈으로 바닥을 쳐다본다. 그녀의 어머니가 헤어 나오고 있는 것일 수도 있지만, 어디로 가는 걸까? 앞에는 행복한 결말은 없다. 오드리는 몇 년 전에 끔찍하게 그리고 돌이킬 수 없이 죽었다. 우리가 치료하려는 그 역병이 그녀가 우리와 함께 있도록 유지해 준 단 한 가지였다.

나는 그녀 옆에 앉았지만, 가까이는 아니다. 다른 이들은 친밀함에 의한 거리를 두고 관계에 따라 짝을 지어 그들 자신에게 자연스러운 위치에 자리를 잡는다. 에이브럼은 탈출 계획을 짜느라 두뇌를 혹사시키는 건지 그냥 마음을 졸이는 것인지 한동안 서성였지만 결국에는 굴복한다. 우리는 방을 둘러 둥그렇게 앉았고, 머리 위의 형광등은 누런 모닥불처럼 우리 얼굴을 깜박이며 비춘다.

줄리는 마침내 내 시선을 알아챘고, 나는 눈을 휙 돌린다. 내 머릿속에서 이미지 하나가 피어난다. 나는 오랫동안 없었던 온기로 가슴을 채우며 그것이 활짝 펼쳐지도록 허용한다. 우리가 다른 시대에 만났더라면 어땠을까? 이번 시대와 같지 않은 수많은 시대 중 하나였다면? 내가 카페에서 커피를 홀짝이는 소녀를 쳐다보느라 자기 과제는 무시하고 있는 그냥 한 소년이었다면? 아마도 마음에 상처는 입었다 할지라도 절대 불타거나 검게 변하지는 않을, 직업과 학교 그리고 소소한 다른 일로 걱정하는 보통의 인생이 이 소녀의 것이었다면? 우리 중 누구도 아무도 죽인 적도 없고, 부모님이 죽는 것

을 본 적도 없고, 두들겨 맞거나 고문당하거나 불가능한 임무의 무
게를 지거나 한 적이 없었더라면 어땠을까? 그녀가 내 시선을 알아
채고 미소를 지으면 나는 인사하고 그녀의 이름을 물어보고, 그게
그렇게 단순했더라면 어땠을까?

 그런 세상이 존재해 왔다고, 나는 자신에게 상기시킨다. 그런 세
상은 가능하다. 아무리 이 세상에서 멀리 떨어져 있다 하더라도.

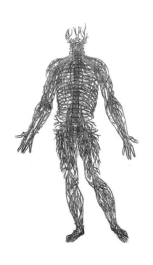

그 여자의 이름.

"네가 본 것이 무엇 같니?"

애트비스트 씨가 내 어깨 너머로 속삭인다.

나는 그의 호흡에서 풍기는 냄새에 움츠러들지 않고 몸을 기울인다. 할아버지는 나의 아버지가 죽던 날에 담배를 끊었다고 말했지만, 그 유독가스는 영구히 그의 조직에 스며들었거나 그냥 부패해가는 노인에게서 나는 냄새인 것 같다.

"여기에서 일하는 수많은 특전 중 하나지."

그는 시각적 연회에 있는 나에게 합류하며 말한다. 금발 여자 한 명이 딱 붙는 붉은 드레스를 입고 자기 칸막이를 찾아가려고 애를 쓰고 있다. 애트비스트 빌딩에는 여자들이 많지 않았지만, 내가 봤던 몇 명은 비현실적으로 매력적이고 비실용적인 옷을 입고 있다.

"저 여자는 누구죠?" 나는 그녀에게서 눈을 떼지 않고 묻는다.

"저 여자가 누구냐고 묻는 게 무슨 뜻이지?"

"이름이 뭔데요? 여기에서 무슨 일을 하죠?"

그는 피식 웃는다. "전부 틀린 질문을 하고 있다, 꼬마야. 하지만 넌 아마 아직도 숫총각이겠지, 맞니?"

나는 그를 흘깃 보고는 다시 여자를 본다.

"성스러운 불길에서 곧바로 UT-AZ 수용소에 수감됐으니 방탕하게 굴 기회가 많지는 않았을 것 같구나." 그는 씩 웃는다. "그리고 아니다, 네 감방에 있던 폭력배에게 총각 딱지를 잃은 것은 세지 않기로 하자."

나의 노력에도 불구하고 나는 그의 축축하게 두드리는 음절 아래 약간 움츠러든다.

"잘 들어, R." 그는 내 어깨를 찰싹 치며 말한다. "이 회사는 수많은 항아리에 손가락을 넣고 있지만 그것을 함께 묶는 하나의 정신이 있다고 한다면, 우리는 우리가 원하는 것을 얻는다는 거다. 그것이 회사로서 그리고 사원으로서, 우리 기업의 강령이야. 젠장, 그것이 이 행성에 생명이 있는 이유지. 소수의 미생물들이 더 많은 걸 원해서 그걸 위해 어떤 일을 했기 때문이지."

액시엄의 대다수 사원들과 달리 이 여자는 이름표를 달고 있다. 다른 직장에서 가져온 것 같다. 나는 그것(라켈? 로잔?)을 읽어 보려고 쳐다보고 있었는데, 그녀가 내 시선을 알아챈다. 그녀는 미소를 짓는다. 드레스의 파인 곳으로 멋진 가슴골이 드러나도록 자세를 고치는 행위를 동반한, 기쁨은 없이 계산되고 기회를 감지한 미소다.

강력한 신호들이 뇌 표면 근처의 섬세한 부위 위로 흘러내리며 뇌의 깊은 틈에서 끓어오른다. 나는 그 이름표에 대해서는 잊어버린다.

"저 여자가 누구냐고?" 애트비스트 씨는 고개를 저으며 반복한다. "그녀는 고양이야. 먹잇감이지. 그리고 나라를 운영하게 될 회사의 경영을 네가 도와줄 셈이라면, 나는 네게 사냥을 가르칠 필요가 있겠구나."

* * *

그래서 나는 배웠다.

나는 경영진 늙은이들이 으르렁거리고 짖는 것을 들으며 모든 회의마다 참석했다. 우리 교섭자들이 희망과 공포 그리고 때로는 폭력을 교묘하게 조합하는 것을 지켜보며 모든 사업마다 그림자처럼 함께했다. 나는 광신적인 열정으로 그것들을 전부 흡수했고, 애트비스트 씨가 나를 경영진으로 승진시킬 때 아무도 족벌주의라고 부르짖지 못할 정도로 빠르게 사업을 익혔다. 내 인생에서 처음으로, 폴과 함께 휘둘렀던 미미한 빛에 비교하면 불타는 검과 같은 힘을 갖게 되었고, 그것을 휘두르기 시작했다.

"이 사람 해고했으면 좋겠어."

내가 말하면 그것이 이루어진다.

"저 사람 죽었으면 좋겠어."

내가 말하면 그것이 이루어진다.

아직 젊고 사다리 아래쪽에 있었지만 나는 약속받았다. 나에게는 타고난 소질이 있다. 애트비스트 씨는 나에게 홍보 활동에 대한 책임을 맡겼고, 나는 나의 성난 어린 자아와 암울하고 무시무시한 가족과 우리를 둘러싼 모든 소인배들에게 손을 내밀고는 생각한다. 그들이 원하는 것은 무엇인가? 그들이 신뢰하는 것은 무엇인가? 이 먼지투성이에 곰팡내 나는 절망적인 순간들, 직설적인 욕구들과 훌쩍거리는 요구들의 책꽂이 앞에 쭈그리고 앉아서 이 추한 책들을 정독한다.

나는 말한다.

"세상의 꼭대기에 올라가서 신이 존재했던 구멍에 침을 뱉고 싶어."

그리고 그것이 이루어진다.

문명이 쇠퇴하면서 액시엄 그룹은 약한 단체들의 무더기 위에 올라선다. 우리는 화폐에서 단단한 상품으로의 이행에서 살아남는다. 정제된 재료, 부품, 그리고 캅테인 수만 톤을 긁어모으며 시민들과 싸우도록 정부에 무기를 팔았고, 예전 정부의 외부적 손상이 내부의 부패와 아주 오래된 모든 체계의 붕괴와 맞닥뜨리자마자 그것을 대체할 편리한 위치에 자리를 잡는다.

누구, 나? 우리는 루실 볼(미국의 코미디언―옮긴이)과 결백을 이야기한다. 음, 네가 주장한다면야⋯⋯

그 일이 일어났을 때는 이상하게 조용한 순간이다. 그보다 10년이나 20년 더 이르게, 한 정치인의 무분별한 언급 하나가 뉴스 표제와 인터넷상의 논란, 해설 기사와 해시태그 운동으로 전 세계를 폭발하게 만들었지만, 미국이 별안간 그 존재를 끝내 버린 건 어느 밤의 일이다. 그리고 아무도 그 사건에 대해 이야기하지 않는다. 그것에 대해 아는 사람조차 거의 없다. 인터넷은 사이버 테러리즘으로부터 안전하게 지키라는 스위치의 재빠른 움직임과 함께 오래전에 죽어서 전국적인 오류 메시지로 남았다. 방송 전파는 조용했고, 단거리 무전은 지역적으로 재잘거렸지만, 그 외 모든 것이 BABL의 방해 장막 아래 묻혔다. 연방정부의 FM라디오조차 쉬려는 것처럼 잡음의 바다 속에서 잠이 들었다. 특정 화요일 오전 2시 48분에 방송된 유일한 국내 뉴스는 우리에게 중요한 뭔가를 말하려고 애썼지만 도저히 분명하게 말하지 못했던, 연방 TV의 잘 알아들을 수 없는 발작적인 방송이다.

난 씩씩거릴 거야, 그리고 빨아들일 거야. 오래된 흑백 만화영화에서 늑대가 소리친다. 그리고 너희 집을 날려 버릴 거야!

연합군 군인들의 유서 깊은 사진 한 장. 백악관. 우리 안으로 몰려가는 돼지들. 보기 싫은 녹색 정지 화면.

뉴스 앵커가 책상 앞에서 카메라를 올려다보고 입을 여는데……

떨리는 손으로 카메라를 들고 찍은 불길 속의 펜타곤. 석쇠 위의 소시지. 다시 앵커가 말한다. 여러분, 끔찍한 소식을 전하는 것이 두렵……

파란 정지 화면. 붉은 정지 화면. 워싱턴 DC로 굴러들어 가는 낙서로 뒤덮인 탱크 무리.

죄송합니다, 저희는……

수백만까지는 아니더라도 수천은 되는 사람들이 벽으로 모여든다. 불타는 펜타곤을 둘러싼 헤아릴 수 없이 거대한 무리들을 헬리콥터에서 찍은 장면.

여러분, 저는 두렵습……

카메라가 삼각대에서 떨어진다. 비명, 큰 소음, 렌즈 쪽으로 달려드는 발소리.

화면이 어두워진다. 내 아파트는 컴컴해진다. 호화로운 가구들이 전부 사라진다. 화면은 5분간 검게 남아 있다가 시계가 오전 3시를 치자 음악이 커지고 맛있는 음식들의 이미지들이 흘러 내려가는 동안 자랑스럽게 휘날리는 미국 국기가 점점 뚜렷하게 나타난다. 로터스 피드는 그것의 정규 프로그램을 재개한다.

내 무전기가 삐 소리를 낸다. 나는 그것을 집는다.

"벌어졌다." 애트비스트 씨가 말한다.

"우리는 자리를 잡았나요?"

"우리가 제일 유력한 후보지만, 여전히 쉽지는 않을 거야. 수많은 다른 그룹들도 들어가려고 할 테니까."

나는 무작위로 화면을 가로지르는 형형색색의 이미지들을 쳐다봤는데, 피드가 지금껏 해 왔던 정보의 분류 작업에 뭔가 작은 결함이 생긴 것 같다. 그것은 언젠가 방송국에 전력이 끊길 때까지 죽은 조종사가 운전하는 비행기처럼 방향을 홱 틀고 돌아가게 될 것이다.

"우리는 조용하게 지내 왔지. 그간 신중히 기반을 마련해 왔는데 참 다행이야. 소프트 파워도 제 역할이 있지. 하지만 우리는 응당 그래야 할 방식으로 이 나라를 재건설해야 할 것이고, 그러려면 더 세게 나갈 수밖에 없단다. 넌 준비가 되었느냐?"

나는 텔레비전을 지켜본다. 나는 대답하지 않는다.

"네가 더 세게 나갈 준비가 됐는지 물었다, 꼬마야. 도우미가 필요하거든 거기 네 비서를 깨워라."

"무슨 계획이죠?"

내가 한 말이 어찌나 약하게 나왔던지 나는 깜짝 놀란다. 지붕 위에 숨어 있던 작은 소년을 떠올리게 하는 작고 떨리는 목소리. 나는 그냥 늦어서 그렇다고 되뇐다. 나는 그냥 피곤한 것뿐이라고. 탐닉의 살인적인 식이 요법에 의해 진이 다 빠지고 아스러진 것뿐이라고. 내 침대에서 코를 고는 회사 여자 두 명, 산패한 향수에 섞여 들어가는 체액과 담배의 악취. 그중 한 명은 내 조수다. 다른 이는 못 알아보겠다. 그들은 내가 나의 의혹을 덜어 주도록 하는 진통제다. 그들은 최고로 안전하고 안락하게 미국의 최후를 지켜보게 될 나의 커다란 아파트에 있는 커다란 침대에서 몸부림치고 있는, 자신의 몸을 상품으로 걸어 나의 선택을 긍정한다. 이곳이 꼭대기잖아, 아니야? 그것이 나를 꼭대기로 이끌어 줬다면 어떻게 내가 지나온 길이 틀릴 수가 있겠어?

"한 시간 내로 회의실에 있도록. 우리는 미국에 건배를 들고 어떻게 그 시체를 먹어 치울지 의논할 테니까."

손 안에 든 무전기가 무겁게 느껴진다. 나는 그것을 떨어뜨리고는 텔레비전에서 깜빡거리는 광기를 지켜본다. 울고 싶은 이상한 충동을 느꼈지만 꾹 눌러 참는다.

"괜찮아요?"

내 조수는 침대 가장자리에 앉아 나를 쳐다보고 있다.

나는 일어나서 바지에 다리를 집어넣고 은색 셔츠를 걸친다.

"가고 싶은 게 확실해요?"

"가야 해."

"당신은 언제나 하고 싶은 대로 한다고 생각했는데요."

내가 위협적인 얼굴로 노려보자 그녀는 조용해진다. 나는 셔츠 단추를 잠그고 빨간 넥타이로 손을 뻗는다.

바깥에서 나의 거대한 창문 90층 아래로 도시는 그 열기 속에 몸을 비틀고 있고, 거리들은 극심한 공포, 총소리 그리고 불길로 탁탁소리를 내고 있다. 하지만 내게 보이는 전부는 달빛에 반짝이는 프리덤 타워다. 시노펙 타워는 나를 조롱하듯 깜박인다.

우리 것보다 더 높은 건물들이 있다. 이곳은 꼭대기가 아니다.

＊ ＊ ＊

나의 지하실의 곰팡내 나는 그늘 속에서, 미치광이 하나가 그의 인생 이야기를 중얼거리고 있다. 그는 지독하게 더럽고 닳을 대로 닳은 한때는 비쌌던 옷에 갈색으로 어두워진 빨간 넥타이를 하고, 구석에 주저앉아 있을 것 같지 않은 영광의 이야기를 하고 있는 버려진 불쌍한 사람이다. 이곳이 내가 그에게 원한 곳이다. 나는 바닥에 묶여 굶주리고 무력해진 그를 죽이지 않을 것이다. 조용하게 만들지도 않을 것이다. 나는 그를 계속 여기에 두고 그의 모든 비밀, 그의 모든 강점과 약점을 전부 알게 될 때까지 들을 것이다. 그는 절대로 다시는 나를 통제할 수 없을 것이다.

나는 최근의 감옥의 흐릿한 조명 아래 눈을 뜬다. 줄리는 내 옆에 자고 있었지만 가까이는 아니었고, 우리 사이에 차가운 공기를 완충

제 삼아 몸을 공처럼 말고 있다. 우리의 삶이 두려움으로 부담이 되어 가고 있고, 우리의 사랑이 우리에게는 누릴 여유가 없는 사치처럼 느껴진다. 기다리는 것 말고는 아무 할 일이 없는 여기 이 감옥에서조차, 우리는 계속 밀어내고 있다. 그러면 그것이 사라졌나? 나는 그것을 믿기를 거부한다. 순간들 사이의 틈에서 그것이 반짝이는 것을 포착한다. 빠른 눈길. 추락하는 비행기에서의 키스. 어떻게든 이 모든 불길과 죽음의 한가운데에서 우리는 그것을 다시 찾게 될 것이다.

엘리베이터에서 딩동 소리가 난다. 줄리가 눈을 번쩍 뜬다. 그녀는 자신을 바라보고 있는 나를 발견했고 내 얼굴에 어린 희미한 미소에 어리둥절해진 것 같다. 그러나 언제나 그렇듯 내 생각을 그녀와 나눌 시간이 없다. 엘리베이터가 열렸고 나는 거기에서 누가 걸어 나오는지를 알기 위해 그녀에게서 눈을 돌릴 필요가 없다. 그녀의 눈에 가득한 공포가 내게 모든 것을 말해 주고 있다.

"우린 괜찮을 거야." 나는 그녀에게 말하고는 내 목소리가 어찌나 침착한지 충격을 받는다. 나는 더 이상 **죽은 자**가 아니다. 나는 숨을 쉬고 피가 흐르며 고통을 느꼈지만 무슨 이유에선지 무섭지가 않다. 나는 조심스럽게 그녀에게 가까이 다가가서 팔을 건드린다. "우린 이제 더 강해졌잖아. 그들은 우리에게 상처 주는 법을 몰라."

줄리는 나를 쳐다보고 떠는 것을 멈추고 입술을 굳게 다물며 고개를 끄덕인다. 이 단순한 몸짓이 나를 희망으로 넘치게 한다.

감방 문이 열리고 우리는 일어나서 그들과 마주한다.

"안녕!" 노란 넥타이가 재잘거린다.

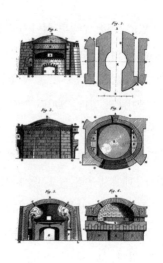

우리

　소년은 책상 앞에 앉아 있다. 그는 그 책상이 높은 잠재력을 가진 인재들을 위해 준비된 특혜라는 이야기를 들었다. 어느 삶에서든 누군가 그에게 잠재력이 있다고 한 것이 처음이었지만, 그에게 감흥을 일으키는 것에는 실패했다. 그는 다양한 연령, 성별, 그리고 외모를 가진 높은 잠재력을 가진 인재들로 가득한 방 안에 있지만, 모두 확실하게 동일한 곳이 있다. 그들의 타고난 피부색이 무엇이었든 색이 바래 있다. 타고난 눈 색깔이 무엇이었든, 대다수가 회색이었지만, 몇 명은 금색으로 얼룩덜룩하게 변해 있다. 그것은 소년에게 그 잠재력이 모호한 단어라는 생각을 떠올리게 한다. 독은 죽일 수 있는 잠재력을 가지고 있다. 살은 부패할 잠재력을 지니고 있다.

이 모든 높은 잠재력을 가진 개인들은 소년의 것과 같은, 어리둥절한 입력의 배열에 빠져들게 만드는 책상 앞에 앉아 있다. 모든 구석마다 스크린이 채워져 있고, 모두 다른 프로그램(스포츠, 영화, 중간중간 광고가 나오는 옛날 뉴스 방송들)이 나오고 있었는데 전부 최대 음량이다. 쿵쾅거리는 울림에 맞춰 누군가 절정에 이르고 있는 딱 그 소리가 나오는 확성기의 팝송과 우위를 다툰다.

이것의 한가운데, 방 앞에 남자 두 명이 일종의 강의 같은 무엇을 전달하며 서 있다. 소년은 소음의 회오리바람 속에서 단 몇 개만 잡아낼 수 있을 뿐이다. 그중 하나로부터 보안에 대한 무엇을, 다른 것으로부터는 자유에 대한 무엇을.

방 안에 있는 사람 대다수는 스크린에서 스크린으로, 스피커에서 스피커로 미친 듯이 두리번거리고 있다. 몇 명은 벌어진 입안 가득 침을 고이고는 앞만 똑바로 응시한다. 두세 명은 소년처럼 이 이상한 폭력을 이해해 보려 애를 쓰며 집중하느라 얼굴을 찡그리고 제정신으로 주변을 둘러본다. 한 명이 갑자기 비명을 지르고는 거칠게 손을 내밀어 자신의 정맥주사 지지대를 쓰러뜨린다. 튜브가 수액주머니에서 튀어나온다. 시럽 같은 분홍색 혼합물이 바닥으로 찍 나왔고, 실험복을 입은 한 남자가 그것을 다시 연결하려고 달려온다.

소년은 그 시럽이 미지근한 혈액과 알 수 없는 상호작용을 하며, 자신의 정맥에도 흐르고 있음을 느낄 수 있다. 그는 자기 팔에서 수액 주머니로 이어지는 튜브를 따라가고, 그러고 나서 다른 이들의 것과 합류하는, 방 바깥에서 이어지는 두꺼운 호스로부터 공급받는 중앙의 중추로부터 나온 밀림의 덩굴식물처럼 매달린 천장으로 올라간다. 소년은 그것이 어디로 가는지 그리고 그 안에 무엇이 들어 있는지 궁금해진다. 이 사람들이 그에게 되길 바라는 것이 무엇인지 궁금하다.

그 시간은 실험실 조교가 다루기 힘든 학생과 씨름하는 동안 잠시 멈춘다. 뜻밖의 침묵의 공동 속에, 소년은 근처 교실들의 특혜를 덜 받은 개인들의 신음과 울부짖는 소리를 들을 수 있다. 사람으로서 세상에서 운용하기에는 역병에 너무 깊게 빠진 개인들. 이들은 책상도 얻지 못했다. 이들은 텔레비전을 볼 기회도 얻지 못했다. 이들은 낮은 잠재력을 가졌고, 분명한 본성의 지시에 따라, 낮은 기능을 수행하는 것에 맞춰지게 될 것이다.

문이 열린다. 실험복을 입은 여자 한 명이 두 어린이를 안으로 민다. 소년은 그 아이들을 응시했고 그들도 그를 응시한다.

하나가 미소를 짓는다. 일곱 살 정도 된 여자아이, 거무스레한 피부에는 거의 회색이 닿지 않았고, 검은 눈동자는 노다지의 조짐이 보이는 광맥처럼 금빛이 어른거린다.

소년은 자신에게 달려와 꼭 안기는 그녀의 이름이 조안이라는 것을 기억해 낸다.

조안의 금발 남동생 알렉스는 소년의 뺨을 건드리고 웃으면서, 소년의 책상 주위를 돌며 춤을 춘다. "찾았다, 널 찾았어!"

이 아이들이 그를 찾았던 게 이번이 처음은 아니다. 오래전, 세계의 멀리 떨어진 곳에서, 그들은 공항 지하 깊은 곳을 헤매고 있던 그를 발견하여 햇빛 아래로 이끌어 올라왔다. 그의 친구들, 조안과 알렉스. 좋은 사람이 두 명 더 있다.

실험복을 입은 여자는 아이들의 목줄을 잡고 그들의 책상으로 끌고 가서 밀어 앉히고는 그들의 팔에 정맥주사 튜브를 찌른다. 그 시간은 재개된다. 그 소음의 폭풍은 그들의 눈과 귀를 뒤흔들었지만, 조안과 알렉스는 그것을 무시하는 것 같다. 그들은 주의를 다른 곳으로 돌린다. 그들은 소년에게 미소를 지었고 그는 그들의 기쁨이 전염된다는 것을 발견한다. 그도 마주 미소를 짓는다.

우리의 더 높은 책장에 있는 페이지들이 새로운 단어들로 채워지자 바스락거린다. 윤이 나고 반짝이는 간단한 문장들.

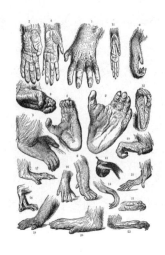

나

여기에 그것이 있다. 내가 보려고 기다려 왔던 바쁜 대도시. 고요한 광장과 텅 빈 건물과 유령이 다닐 것 같은 거리를 통과하며 울부짖는 바람 이상은 없다. 이곳이 뉴욕 시티다. 나는 SUV의 창문을 통해 휙휙 지나가는 것을 쳐다봤고, 과거와 현재가 겹쳐진다. 나는 재소자일까, 아니면 이것이 그냥 또 다른 출근일 뿐일까? 다른 리무진이 애트비스트 빌딩에서의 긴 하루 일과 후에 집으로 태워다 주는 것일까? 인도는 보행자들로 들끓었고 거리는 출퇴근 시간 교통정체로 꽉 막힌다. 에너지와 상업 활동이 있었고, 창문에 입힌 진한 색조 때문에 잘 안 보였을 때에는 거의 예전 세계처럼 보인다. 하지만 여과되지 않은 풍경을 보려고 창문을 돌려서 내리자 일치하지 않는 것들이 드러난다. 반짝반짝 빛나는 상업 건물은 디킨스의 소설에 나오는 까마귀 소굴로 변해 고층 건물 창문들에서 빨래들이 펄럭인다. 공원과 광장은 전부 노동 현장 같은 형태로 용도에 맞게 고쳐져 있다. 임시변통의 조립 라인과 고기를 제공하는 곳, 가끔은 희망에 찬 이주자들을 위해 울타리를 친 대기 장소들. 교통 소음이 없는 것이 이상했는데, 금관악기 오케스트라는 어디로 갔지? 경적들의 불협화음의 교향곡은? 도로 위의 모든 차량이 액시엄 로고가 표시된 것이라는 것을 깨닫기 전까지다. 만장일치로 고요하게 움직이고 있는 공사 트럭과 승합차들.

올라가는 창문이 가혹한 광경의 세부를 흐릿하게 한다. 파란 넥타이는 백미러로 내 눈길을 알아챈다. "최상의 안전을 위해, 주민들이 있는 지역을 통과할 때는 창문을 올려 두는 것이 좋습니다. 무급 고용인들과 좀 문제가 있어서."

"모두에게 이 회사에서 성공할 기회가 있답니다." 노란 넥타이가 좌석 너머로 돌아보며 내게 미소를 지으며 말한다. "열심히 일하고 개인적인 희생을 한다면 말이죠."

검은 넥타이는 아무 말도 하지 않는다. 검은 넥타이는 줄리의 옆얼굴을 응시했고, 그녀는 그와 되도록 멀리 떨어지려고 결국 내 무릎에 닿을 정도까지 몸을 기울인다.

"너한테서 구린 냄새가 나." 그녀는 그에게 으르렁거리더니, 다른 두 명이 앉아 있는 앞좌석으로 몸을 돌린다. "너희는 방향제로 악취를 가리는 케케묵은 노인네 냄새가 나. 우리를 어디로 데려가는 거야?"

"432 파크 애비뉴는 서반구에서 가장 높은 주거용 건물입니다."

노란 넥타이가 부드럽게 장담하는 어조로 말한다. "널찍한 아파트들이 90층 있고 여러분이 상상할 수 있는 모든 편의 시설이 있답니다. 정말로 호화로운 생활의 새로운 표준이죠."

"빌어먹을 도대체 무슨 말을 하고 있는 거야?" 줄리가 소리를 지른다. "자기가 무슨 말을 지껄이는지 듣기는 하는 거야?"

나는 거리 양옆으로 흘러가는 사람들의 강을 지켜본다. 수척하고 지친 얼굴들. 모든 색깔이 바래고 찢어지고 얼룩져서 알아보기 어려운 로고에 누더기가 된 고가의 옷들의 남은 조각들을 걸친 뼈만 앙상하거나 비만한 몸들. 전쟁에 짓밟히고, 지진으로 덜컹거리는 건물들에 덧댄 조잡한 합판 조각들, 울타리를 치고 뭔지 모를 기계들이 채워진, 수리는 했지만 복원하지는 못한 가게들 앞 공간. 도시는 공장처럼 윙윙거렸지만 생산품들은 어디에 있는 것일까? 풍요라고는 보이지 않는다. 저 얼굴들 어디에도 힘들여 번다는 자족감의 빛이 없다. 저 공장의 생산품은 더 많은 공장이다.

어째서 이런 일이 벌어졌을까? 나의 지하실에 있는 몹쓸 녀석조차 이런 세상에서 살고 싶어 하지 않는다. 그는 사회의 열매를 먹고 살길 원했지, 과수원을 덮어 포장하려던 것은 아니다. 액시엄의 정신이 무너졌던 순간은 어떤 것이었을까? 나는 내 기억에 캐물었지만, 그것들은 열리기를 거부한다.

"당신들 정말로 계속 파크 가로 가려는 거야?"

"이게 가장 직선으로 가는 경로입니다." 파란 넥타이가 말한다.

"차가 엄청 막히잖아. 3번가가 더 빠르다고."

파란 넥타이는 거울을 통해 그녀를 힐끔 보더니 계속해서 파크

가로 간다. 줄리는 한숨을 쉰다.

그것은 나에게 지금 그 명칭이 가진 가치가 무엇이든지, 우리가 둘 다 뉴요커였다는 것을 기억해 내는 작은 기쁨을 선사한다. 그녀. 과거와 나의 과거 사이의 광활한 격차 속에 공통되는 기반 한 조각. 나는 자라나길 열망하는, 그 갈구하는 어린 눈으로 보이는 것들을 빨아들이며 아버지의 차를 타고 시내 도로를 달리는 그녀를 상상한다. 그리고 자치구 분쟁이 끓어오르기 시작해서 포트해밀턴으로 그를 방문했던 나중에는 열망이 조금 줄어들겠지. 나는 놀라울 정도로 세세하게 다가오는 이미지로 열두 살의 그녀를 본다. 더 작고, 더 마르고, 부드러운 뺨에는 더 적은 흉터들, 그녀의 작은 골격은 헐렁한 작업복 속으로 사라지고, 멀리서 피어오르는 폭탄의 연기가 떠오르는 태양과 어우러지는 동안, 혼자서 브루클린 다리를 걸어서 건너간다. 아마도 야망의 포르노 속 또 다른 픽셀만을 보며, 어느 암울한 타워 창문에서 그녀를 내려다보는 나 역시 거기에 있었다는 것을 기억해 내기 전까지는 그 생각이 나를 미소 짓게 한다.

나의 과거를 토해 내서 멀리 뱉어 버리고 싶지만, 그것은 목구멍에 걸려 있다. 사라지게 만들 유일한 방법은 소화시켜 버리는 것뿐이다.

"도착했습니다!" 노란 넥타이는 SUV가 연석 옆에 서자 알려 준다.

"사흘 만에 말이지." 줄리는 눈을 부라리며 말한다.

"오늘의 면담에 열의를 보여 주신 여러분께 감사드립니다." 노란 넥타이가 문을 열어 주며 말한다. "저희는 이것이 여러분이 협력하기로 결정했다는 뜻이길 바랍니다."

"꺼져. 너한테는 썩은 정액이 가득 든 체리 콘돔 같은 냄새가 난다고."

나는 코웃음을 친다. 노란 넥타이는 얼굴을 찡그린다. 하지만 다채로운 줄리의 모욕은 그들과 혐오스러울 정도로 정확하게 맞아떨어진다.

나는 코끝에서 홍보자들의 악취를(도시를 뒤덮은 쓰레기와 사람들의 노폐물의 향기로 대체했을 뿐이지만) 날려 보내는 강풍 속으로 걸어 나온다. 검은 넥타이는 줄리를 떠밀어서 쫓아냈고 그녀는 비틀거린다. 나는 앞으로 묶인 손목으로 최선을 다해 그녀를 붙든다. 우리 둘 다 손은 묶여 있었지만 다른 곳은 구속되어 있지 않다. 갑자기 뛰쳐 나간다면 아마 달아날 수도 있을 것 같았지만, 홍보자들은 전혀 신경 쓰지 않는 모습으로 이 생각이 헛되다는 것을 드러내고 있다. 우리가 어디로 가겠는가? 얼마나 멀리 갈 수 있을까? 도시 그 자체가 감옥인데.

나는 432 파크 애비뉴의 꼭대기를 찾으려고 몇 번이나 목을 내민다. 그 빌딩은 완벽하게 대칭인 직사각형이고, 그것의 정사각형 창문들은 너무 작아 보이지 않을 때까지 끊이지 않고 연속으로 이어 올라가고 있다. 그렇지만 내 머리를 어질어질하게 만든 것은 그 높이가 아니다. 그것의 낯익음이다. 나의 지하실 문 뒤에서는 흥분해서 횡설수설하는 소리가 들린다.

나는 여기에 살았었다.

영광스러웠지. 그 불쌍한 인간이 한숨을 쉬었다. 하지만 더 중요한 것은 그게 필수였다는 거야. 사람들은 누군가 여전히 책임자이

고, 어딘가 헤아릴 수 없이 높은 자리에서 여전히 그들을 내려다보고 있다는 것을 보아야 할 필요가 있었어. 피곤하게 그들을 넘어서는 모든 것을 장악하며, 권력을 유지하는 것이 불가사의하지. 신은 현명하게도 천국에 숨었어.

하지만 뭔가 잘못됐다. 성스러운 권력의 자리라기엔 로비가 이상하게 흐트러져 있다. 흰 대리석 바닥은 부츠 발자국으로 더러운 얼룩이 졌고, 가구는 뒤집혀 있고, 모든 것이 먼지로 덮여 있다. 안내원도 없고, 관리인도 없고, 생명의 흔적이라고는 전혀 없다. 나는 이 빌딩을 몇몇 살아남은 유력인사들의 호화로운 요새라고 기억했지만, 지금은 여느 다른 폐허만큼 춥고 조용하다.

"이건 제일 높은 건물이 *아니잖아*." 줄리는 홍보자들이 우리를 엘리베이터로 이끌자 말한다. "뉴욕의 스카이라인도 모르면서 어떻게 이 나라를 운영하려는 거야?"

"이 높이는 시노펙 타워가 넘어섰죠." 노란 넥타이는 인정한다.

"정확해. 멋진 녀석이지만 난 더 큰 걸 본 적이 있다고."

우리는 위로 밀려 올라간다. 정사각형 창문들이 엘리베이터의 투명한 벽을 세차게 지나치며, 우리의 속도가 올라가자 투명해지며 깜박이는 조이트로프 같은 도시 풍경을 선사한다.

"이번에는 시노펙 타워가 보이지 않는다는 것을 알게 될 겁니다." 파란 넥타이가 말한다.

줄리는 스카이라인을 훑어보고는 얼굴을 찌푸린다.

"비극적인 8·6 지진 때 저희 본부를 잃은 후." 노란 넥타이가 말한다. "저희는 브랜드 자신감을 위해 도시에서 가장 높은 빌딩들을 차지하는 일이 중요하다는 것을 느꼈답니다. 최소한의 비용으로 프리덤 타워를 얻을 수 있었지만, 시노펙 타워의 거주자들과는 계속 충돌해 왔죠. 저희는 두 가지 문제를 한 번에 해결하며, 그 건물을 제거하는 것을 선택했습니다."

"효율적인 다중 작업은 오늘날 경쟁 사회에서 정상에 머무르는 것에 결정적이죠." 파란 넥타이가 말한다.

줄리는 파란 유리 첨탑이 있었던 자리의 빈 공간을 쳐다본다. 나는 기억 속에서 비슷한 공백을 느낀다. 시간을 거쳐 이리저리 뛰어다닌 내내, 거기에는 그들이 절대 넘을 수 없는 장벽이 있었고, 그 장벽 너머 어둠 속이 이런 것들이 벌어진 곳이다. 지진, 홍수, 그리고 무너진 건물들. 패배 후에 벌인 정상을 향한 광기 어린 쟁탈전.

어째서 그는 이런 짓을 했을까?

층수는 계속해서 올라간다. 50층. 60층. 더 높이 올라갈수록, 도시의 모습은 덜 현실적이 된다. 사람들이 사라진다. 건물들은 장난감처럼 작아진다. 당황스러운 체스판 위의 룩들.

얼굴에 찬물을 끼얹은 것처럼 갑자기 번뜩 정신이 든다.

"어디로 가는 거지?" 나는 파란 넥타이 쪽으로 공격적으로 나선다. "이 건물에 뭐가 있는데?"

"경영진이 당신과 대화하게 될 겁니다."

뱃속이 요동친다.

"그가 여기에 있어?" 그 이름에 혀가 움츠러든다. "그가…… 여기에 있어?"

잘 차려입은 식인귀 셋 모두가 나를 보고 씩 웃는다. 검은 넥타이마저.

나는 파란 넥타이를 어깨로 들이받아 그를 숫자판에서 밀어낸다. 나는 미친 듯이 비상정지 버튼을 두드렸지만, 아무 일도 일어나지 않는다. 검은 넥타이의 주먹이 버스처럼 나를 쳤고 나는 눈앞에 반짝이는 별을 보며 뒤로 비틀거린다. 줄리는 우리가 짠 것처럼 행동을 개시한다. 그녀는 검은 넥타이의 등으로 올라타 수갑 체인을 그의 목에 감아서 체인이 살에 묻혀 사라질 정도로 거세게 당긴다. 하지만 그는 태연해 보인다. 기도를 자유롭게 하려고 하는 대신에, 뒤로 손을 뻗어 줄리의 머리카락을 잡는다. 그가 어깨 너머로 홱 잡아당겨 바닥에 내던지자 그녀는 비명을 지른다. 금색 머리카락 한 줌이 그의 주먹 안에 남는다. 그는 입을 벌리고 쳐다보는 나를 보고 계산적으로 히죽 웃고는 그것을 자기 주머니에 쑤셔 넣는다.

분노는 공포로 변한다. 나는 유리를 뚫고, 사방에서 그를 두들겨 떨어뜨려 길에서 다시 만나길 바라면서 그를 유리 쪽으로 밀어붙일 준비를 하며 문에 기댄다. 하지만 그러자 파란 넥타이가 전기충격기를 내 목에 들이밀어서 나는 쓰러진다.

검은 넥타이가 줄리를 바닥에서 일으킨다. 그는 파란 넥타이가 전기충격기를 그녀의 가슴에 쿡 찌르고 대고 있는 동안 줄리의 어깨를 붙잡고 있다.

"그만." 나는 무릎으로 일어서 비틀거리며 껙껙거린다.

"이번에는 당신의 완전한 협조가 필요합니다."

노란 넥타이가 충고한다.

"제기랄…… *너!*"줄리는 송곳니 사이에서 불꽃을 탁 튀기며 악

585

문이 사이로 으르렁댄다.

이해하기 힘든 사소한 정보의 조각 하나가 머릿속을 스친다. 퍼즐의 또 다른 작은 조각은 내가 사랑한 여자다. 욕을 하는 것에는 진통제 효과가 있다는 것을 보여 준 연구.

욕설이 고통을 경감시켜 준다.

엘리베이터가 딩동 소리를 낸다. 문이 열린다. 검은 넥타이가 놓아주자 줄리는 불편한 자세로 내 쪽으로 쓰러진다. 그녀를 받아 안아 줄 수 없어서 나는 즉흥적으로 그녀의 정수리를 턱으로 누르며 묻는다. "괜찮아?"

그녀는 내 턱에 머리를 비비면서 힘없이 끄덕인다. 그녀의 숨결이 내 목을 따스하게 해준다.

노란 넥타이가 우리에게 엘리베이터에서 내리라고 손짓하면서 말한다. "이제 저희를 따라오면 여러분을 경영진에게로 넘기고, 그분들이 여러분을 기꺼이 도와드릴 겁니다."

우리는 비틀거리며 내려서 강한 대비로 설치 예술의 독특한 분위기를 내는 한 아파트로 들어간다. 아마도 소비지상주의에 대한 냉정한 비판이나 부의 공허함 같은. 아래의 로비와 마찬가지로, 서반구에서 가장 높은 거주지는 방치된 상태다. 그것의 매끈한 가죽 가구는 얼룩이 지고 갈라졌고, 흰 대리석 조리대는 먼지로 칙칙해졌고, 연한 오크 바닥은 더 안쪽으로 이어지는 부츠에 긁힌 흔적들로 손상되어 있다. 과일 같은 것이 담겨 있던 듯한 그릇은 이제 내 코를 괴롭히는 수많은 묘지의 향기들 중 그저 하나일 뿐인, 말라 썩은 것이 담긴 그릇이 되었다. 하지만 그 모든 향기 가운데 나를 가장 불안하게 하는 건 가장 희미한 냄새다. 담배 연기. 혹은, 그것에 의해 부패된 인간의 살.

그가 여기에 있다.

그 모든 세월 동안 그는 여전히 여기에 있었다. 나를 기다리면서. 나의 지하실에서 기어 올라오면서.

애트비스트.

그 이름은 부모님이 나에게 줬던 'R'로 시작하는 이상한 작은 소리처럼 나의 정체성을 갉아먹으며, 억지로 내 생각 속으로 파고들었다. 그가 그것을 소리 내어 말한다면 어떡하지? 그것을 내 머릿속의 경계에서 해방시키고 우리가 공유했던 어두운 인생의 나머지에 뒤이어 현실로 만들면 어떻게 되는 걸까?

내 위에 그것을 덮어쓰게 될까? 내가 사라지는 걸까?

등에 찔리는 느낌이 들어서 나는 앞으로 휘청거린다. 내가 걸음을 멈췄던 것도 모르고 있었다.

줄리는 조심스럽게 나를 쳐다본다.

아파트 안에는 수상한 폭력의 흔적들이 있다. 의자들은 쓰러져 있고, 책들은 갈가리 찢겨 흩뿌려져 있고, 석고판에는 발톱 자국 같은 것이 있다. 할아버지가 애완 곰을 길렀다는 것을 알게 되어도 놀랍지는 않을 듯하다. 조명 기구들은 전부 산산조각이 났고, 거대한 정사각형 창문들이 햇빛에 많이 노출시키고 있었음에도 그 아파트는 어둠이 짙다. 태양은 바다에서 밀려오는 먹구름 뒤로 미끄러져 들어간다. 창문은 바람에 금이 간다.

홍보자들은 사방으로 넓게 펼쳐진 펜트하우스의 유일하게 이동의 흔적처럼 보이는 부츠 자국을 따라 거실에 도착할 때까지 우리를 끌고 간다. 나는 이 방을 기억한다. 흠잡을 곳 하나 없는 벽난로, 절대로 태운 적이 없는, 도끼로 쪼갠 향나무 장작들을 기억한다. 윤이 나는 검은 조각품처럼 그 공간에서 두드러졌던, 한 번도 연주한 적 없는 그랜드 피아노를 기억한다. 이름을 밝힌 적이 없는 아름다운 여성들이 우리 팔에 매달려 있는 동안 그의 거만한 이야기를 경청하면서 오래된 스카치위스키를 홀짝이며 소파에 앉아 있던 것을 기억한다.

지치지도 않으세요? 언젠가 내가 그에게 물었을 것이다. 우리가 무엇을 지향하며 일하고 있는지 궁금했던 적은 있어요?

그러면 그는 웃으며 대답하리라. 아니.

우리는 그것을 위해서 너무 많이 희생했어요. 나는 내 주변의 세상이 흐릿해지도록 마시고 난 후 그에게 말할 것이다. 우리 자신의 삶과 다른 이들의 삶을요. 자신에게 이유를 물어본 적은 있으세요?

그러면 그는 웃으며 대답할 것이다. 우리가 할 수 있기 때문이지. 우리가 할 수 없다면 다른 누군가가 할 테니까. 그게 세상이 돌아가는 방식이니까.

피아노는 먼지가 쌓였지만 여전히 새것 같다. 장작들은 회색이 되었지만 누구라도 그것에 불을 붙인다면 여전히 이 대리석 묘실을 따스하게 만들 준비가 된 것처럼 보인다. 나는 이 살림살이들을 기억한다. 기억나지 않는 것은 호화로운 병실처럼 공간을 반으로 분할하는, 벽에서 벽으로 이어진 흰 커튼이다.

"경영진이 당신과 대화할 겁니다."

파란 넥타이가 다시 말했고, 그와 노란 넥타이는 우리 앞으로 움직여서 커튼을 등지고 자리를 잡는다. 나는 그들이 과장된 솜씨로 커튼을 확 열어 젖히고 기다란 검은 탁자 앞에 앉은 애트비스트와 그의 이사들을 드러낼 것이라 예상한다. 하지만 홍보자들은 그저 거기에 서 있기만 한다. 커튼 뒤에서 비치는 빛이 커튼에 확실한 형태가 없는 그림자를 드리운다. 그런 다음 소리가 들린다.

우리는 네가 누군지 안다.

내 머리카락 속에 벌들. 귓속에 모기들. 머릿속에서 새끼거미들의 소굴 하나가 터져 나온다. 나는 목소리들을 듣곤 했지만, 이것은 다르다. 이것은 나의 의식이나 나의 과거나 내가 흡수해 왔던 어떤 유령도 아니다. 이것은 밖에서 왔다.

우리는 너의 소행을 알고 네가 그것을 원상태로 돌려놓길 원한다.

내가 이런 목소리를 마지막으로 들었던 때, 그것이 현실인지 내 생각의 투영인지 몰랐다. 스타디움 바깥에서 해골에 둘러싸인 공포, 그런 음침한 순간들의 한가운데에서, 그것은 별문제가 되지 않았다. 그 목소리가 고함치고 악을 쓰고 그것들의 미사여구를 뱉어 내면 나는 이를 드러낸 해골을 박살내는 동안 최선을 다해 그것을 무시했다. 하지만 줄리의 눈에 어린 공포는 그 어떤 위안이 되는 애매함을 제거해 버렸다. 이 목소리는 현실이다.

우리가 원하는 것을 네가 주거나 우리가 그것을 얻어낼 방법을 찾거나 하겠지.

그것은 내가 기억하는 모든 근거 없는 자신감을 담고 있고, 처음부터 정해져 있던 결론이 주는 따분함이 윙윙거렸지만, 그 음색에는 새로운 날카로움이 있다. 공격적인 탁한 고음.

그 사람.

우리의 기구를 건설하는 데 수세기가 걸렸지. 그것은 완벽했어. 우리는 사람들을 먹이 삼는 대신 안전하게 지켜 줬지. 그런데 네가 그것을 부쉈어.

"R, 이게 무슨 소리야?"

줄리는 머리 양옆을 손으로 누르며 조그맣게 묻는다.

넌 사람들을 혼란스럽게 했어. 그들에게 존재하지 않는 것들을 찾으라고 말했지. 넌 역병을 혼란스럽게 했어. 그 기능을 변질시켰고, 이제 세상은 몸 둘 곳이 없는 사람들로 가득해졌지. 우리 입에 맞지 않는 사람들. 그리고 그들은 겁을 먹었고 우리는 배가 고프지.

그건 그였지만, 그의 목소리는 합창단 중의 한 명, 아니면 아마도 군중 속의 한 명 같다. 드센 노인 100만 명의 목소리가 어우러지고 평균에 이르러 그들의 모든 세련된 궤변이 결국 진실 속으로 녹아들어 갈 때까지, 서로의 목소리 위로 외치고 있는 그 소리가 조화롭다기보다는 소음에 더 가까웠기 때문이다.

우리는 네가 다시 일을 단순하게 만들기를 원해. 우리는 네가 그들을 우리 입안으로 돌아오도록 이끌기를 원한다.

"싫어." 나는 대답한다.

어딘가의 틈을 통해 바람이 휘파람 소리를 냈고 커튼이 잔물결처럼 흔들린다. 밖에서는 태양이 먹구름 덩어리에 완전히 휩싸인다. 나무로부터 멀리 날려 올라와 풀처럼 보이는 나뭇잎 한 장이 창문을 탁 때린다.

우린 너에게 고통을 줄 거야.

"전에도 그렇게 했잖아."

우린 네가 사랑하는 사람들에게 고통을 줄 거야.

"그것도 했었잖아, 후레자식들아."

줄리는 단호한 얼굴을 하고 등을 곧게 편다.

커튼이 지진에 떨리는 것처럼 부풀어 오른다. 뒤에 있는 것이 무엇인지는 몰라도 인간의 윤곽은 없다. 그 그림자들은 낮고 둔탁해 보였고 뾰족한 점들이 웅긋쫑긋 솟아 있다.

어린 것들. 또 다른 익숙한 목소리가 으르렁거리듯 말한다. 웃으면서 바보짓을 벌이고 춤추는 얼간이들.

강한 돌풍이 창문의 판유리를 덜거덕거리면서 건물을 흔든다. 파란 넥타이의 무전기가 삑 울린다. 그는 무전기를 귀에 가져다댄다. 다른 쪽 끝에서 와글거리는 단어들을 알아들을 수는 없었지만 그 괴로움은 들을 수 있다.

"실례하겠습니다." 그가 말하고는 커튼 뒤로 슥 들어간다.

줄리와 나는 서로를 쳐다본다. 노란 넥타이는 쾌활한 미소를 유지하고 있지만 아무 말도 하지 않는다.

"뭐가 문제야?" 줄리가 말한다. "우리를 고문하려는 거야 말려는 거야?"

나는 있는 힘껏 귀를 기울여 커튼 뒤에서 들려오는 미묘한 소음들을 들어 본다. 무언의 속삭임들. 낮게 딱딱거리는 소리.

"이거 참?" 줄리는 괴이한 침묵에 불안감이 고조되자 을러댄다. "내겐 아직 손가락 아홉 개가 남았다고, 해보자고!"

바다에서 형성되는 흰 파도가 보인다. 또 다른 돌풍이 약한 주먹처럼 타워를 때렸고 내게 가장 가까운 창문에 금이 간다. 은빛 선들이 뼈에 금이 가는 것 같은 소리를 내며 퍼져 나가는 것을 쳐다보다가 이상한 생각이 떠오른다.

모래성들. 너희들은 모래성의 어린이 왕이야, 그리고 너희는 밀물과 썰물에 대해서는 잊어버렸지.

파란 넥타이가 커튼 뒤에서 나와서 아무 말도 없이 방 밖으로 나간다. 여전히 웃고 있던, 노란 넥타이가 그를 따라갔고 검은 넥타이가 우리를 앞으로 떠밀면서 그녀를 따라간다.

"야!" 줄리가 외친다. "도대체 무슨 일이야?"

그들은 우리를 엘리베이터로 난폭하게 밀쳤고 우리는 곤두박질친다. 줄리는 동그래진 눈으로 나를 쳐다봤지만 할 수 있는 대답이라고는 어깨를 으쓱하는 것이 전부였다. 홍보자들은 무전기가 윙윙거리는 소리를 듣자 어두워지고 있는 하늘을 쳐다본다. 그들의 미소가 희미해지기 시작한다.

　도시는 그 소리 죽인 백일몽에서 깨어나고 있다. 경계심과 불안으로 흐린 눈을 탁 뜬다. 나는 상자들과 배낭, 짐을 실은 손수레와 말 몇 마리까지 함께, 거리 이리저리로 몰려가는 사람들을 본다. 나는 액시엄 병력이 모종의 선별 과정으로 사람들을 줄 세우는 것을 본다. 그 결과로 정확한 유형은 파악할 수 없었지만 두 개의 동떨어진 무리가 생긴다. 잠자코 고개를 끄덕이고 밴 안으로 꾸역꾸역 들어가는 사람들, 그리고 비명을 지르고 군인들이 억지로 쫓아낼 때까지 소리치는 사람들. 이따금 거리 저편에서 울리는 총소리를 들었지만, 울부짖는 바람 소리 때문에 제대로 들리지는 않는다.

　줄리는 답을 요구하며 멈춘다. 그녀는 먼 곳을 보는 듯한 눈으로 우리 주변의 혼돈을 지켜보며 중얼거린다. "우리 가족이 떠났던 때 같아. 모두가 쥘 수 있는 건 뭐든지 가져가려고 애쓰고 있었어. 거리에는 각 자치구마다 저마다의 색과 로고로 출진을 의미하는 무늬를 온통 칠한 탱크들이 있었고, 스태튼 섬은 브롱크스에 맞서는 퀸즈에 맞선 브루클린에 맞섰고, 그들 전부가 맨해튼에 맞섰어. 그리고 당연히 소규모 접전마다 **죽은 자**들이 나타났고, **죽은 자**들은 모두에게 맞섰지."

그녀는 어린아이 둘을 데리고 지하철 터널로 들어가는 여자를 쳐다본다. 나는 화재 대피용 비상계단에 매달려 바람이 합판을 잡아채가려고 하자 더듬더듬 합판 조각으로 창문을 막으려고 시도하는 남자를 지켜본다.

"그냥 사람들이었는데, 그땐. 우리는 사람들로부터 달아나고 있는 거라고 생각했었어."

홍보자들은 인도에 차를 대고 우리를 건물 안으로 급하게 몰아간다. 그들은 우리 감옥이 있는 층으로 돌아오는 내내 조용하고 무표정하게 있었는데, 어쩌면 그들의 이상한 정신에 개인적인 생각을 할 수 있는 어느 정도 능력이 있어서 그들 자신의 몽상에 빠진 것 같기도 하다. 나는 이 갑작스러운 안건의 변화에 그냥 그들에게 과부하가 걸린 것에 더 가깝다는 걸 깨닫는다. 그들의 업무 순서도에서 플러그를 빼자, 대본에 없는 어둠 속에서 앞이 안 보여 비틀거리고 있는 것처럼.

그들은 수갑을 풀어 주고 한 마디도 없이 우리를 감방 안으로 몰아넣는다. 노라는 우리를 살펴보더니 새로운 손상이 없는 것을 알고는 약간 얼떨떨한 안도의 한숨을 쉰다. 에이브럼은 스프라우트가 그의 어깨에 기대어 잠이 들자 홍보자들을 쏘아 올려본다. M은 부드럽게 코를 골며 벽에 기대 축 늘어져 있다.

이 안에는 벽돌 벽이 내다보이는 창문만 한 개 있을 뿐, 밖에서 무슨 일이 일어나는지는 불확실하다. 울부짖고 삐걱거리는 소리는 들렸지만, 도시로 퍼지고 있는 공포는 분명하게 감지되지 않는다.

"야." 줄리가 부른다.

"야." 노라가 말한다. "면담은 어떻게 진행됐어?"

"들어 봐." 줄리가 그녀 앞으로 달려들며 말한다. "저 밖에서 다 무너지고 있어, 우리에게 필요한······." 그녀는 말을 멈추고 어깨 너머를 돌아본다. 홍보자들이 아직도 문가에서 기다리고 있다. "응······? 내가 사례금이라도 드려야 하나 아니면 뭐?"

그들은 무전기를 든다. 희미하게 수군거리는 목소리가 들렸고, 그들의 멍한 표정이 다시 한 번 확신으로 가득한 웃는 얼굴로 휙 돌아온다.

검은 넥타이가 감옥 안에 들어와 스프라우트의 팔로 손을 뻗는다.

에이브럼이 그의 손을 쳐내며 일어서서 훨씬 덩치가 큰 남자가 균형을 잃고 기울어질 정도로 거세게 밀친다. "어림없어."

"아이의 안전을 위해서입니다." 노란 넥타이가 마음을 누그러뜨리는 미소를 지으며 말한다. "적응할 수만 있다면 아이는 영구히 안전해질 겁니다. 그게 당신이 바라는 것 아니었나요?"

"그 애는 **죽은 자**가 아니야."

"액시엄 그룹은 장벽들을 허무는 데 전념하고 있습니다." 노란 넥타이는 자부심을 내뿜으며 선언한다. "생물학적 상태의 폭넓은 다양성에 적응하는 기술을 개발함으로써, '살아 있는 것'과 '죽은 것'의 전통적인 범주는 구분이 안 될 때까지 점점 무관해질 것입니다. 새로운 미국은 모두를 위한 곳이니까요." 그녀는 아이들에게 그들이 특별하다고 말하고 있는 유치원 선생님처럼 활짝 웃는다. "당신까지도."

"꺼져." 에이브럼이 아직 잠이 덜 깬 눈으로 공포에 질려 주변을 둘러보고 있는 자기 딸 앞에 서서 으르렁거린다.

노란 넥타이가 한숨을 쉬며 무전기를 들고 말한다.

"20층으로 경비 호송 지원 바랍니다."

에이브럼이 달려든다. 검은 넥타이가 그의 얼굴을 가격한다. 그는 뒤로 휘청거린다. 스프라우트가 뒤에서 잡아 주지 않았더라면 넘어질 뻔한다.

나는 또 다른 싸움, 이미 욱신거리고 있는 뇌에 가해질 일련의 또 다른 충격들에 대비해 긴장했지만, 내가 아직 첫 동작을 고민하고 있는 동안 계단 문이 벌컥 열리더니 군인 세 명이 쏟아져 나와서 감방 창문을 통해 우리에게 소총을 겨눈다. 언제나 나보다 빨리 결정을 내리는 줄리는 주먹을 꽉 쥐고 팔을 구부리고 있었지만, 우리 모두를 겨누며 표적에서 표적으로 움직이는 소총의 가늠자에 눈을 댄 군인들이 감방으로 몰려오자 얼어붙는다.

"저희는 여러분이 스스로를 위험에 빠뜨리는 선택을 더는 안 하셨으면 합니다." 파란 넥타이가 말한다. "일단 저희가 지사를 안정화시키면, 여러분 전부를 액시엄 가족의 일원으로 만들기를 고대하고 있답니다."

경비 한 명이 에이브럼의 이마에 총구를 대고 압박하는 동안 다른 한 명이 스프라우트의 팔을 잡으려고 그의 손을 뻗는다.

"이거 놔!"

스프라우트가 버둥거리고 발길질을 하며 소리친다. 경비는 노란 넥타이가 아이의 손목을 손쉽게 결박하도록 오랫동안 아이를 억누른다.

에이브럼은 주먹을 꽉 쥐었지만 움직일 수 없다. 스프라우트는 몸부림치는 것을 멈추고 어깨 너머로 눈물 젖은 시선으로 처음에는 아빠를, 그러더니 줄리를 쳐다본다.

"그럼." M이 한숨을 쉬며 바닥에서 몸을 일으킨다. "이거나 먹어라."

그는 가장 가까이에 있던 경비에게 달려들어서 머리를 벽에 갖다 박고, 손에 있던 소총을 빼앗아 가슴을 쏘고는 몸을 빙 돌려 두 번째 경비의 머리에 쏜다. 검은 넥타이가 그 총을 잡고 옆으로 확 비트는 동안 파란 넥타이가 M의 등에 전기충격기를 찔렀지만, M은 그것을 무시하고 근육을 움직여 파란 넥타이의 얼굴에 팔꿈치를 내지른다. 그가 검은 넥타이와 박치기를 하며 뒤로 떠밀어서 주먹을 세 번 날려 두개골을 깨부수자 세 번째 경비가 그를 쏜다.

M의 어깨에서 선홍색 피가 솟구치더니 복부에서도 터져 나온다. 그는 바닥에 쓰러진다.

이 모든 일이 벌어질 동안, 우리 나머지는 네 걸음 정도 앞으로 간신히 나섰을 뿐이다. M은 그의 체격으로는 믿기 힘들 정도로 빠르다. 남아 있는 경비가 금방이라도 이성의 끈을 끊을 듯한 분노로 몸을 떨고 있는 에이브럼을 여전히 소총으로 겨눈 채 문가를 막는다.

"이번 혼란에 대해서 사과드리지요." 파란 넥타이가 검은 넥타이와 함께 노란 넥타이를 따라 엘리베이터로 가며 말한다. "유감스럽게도 지휘 체계가 무시당할 때는 폭력이 필요해지거든요."

경비는 죽은 동료 두 명에게서 카드와 열쇠를 잡아채 우리 감방문을 잠그고 홍보자들에게 합류한다.

"액시엄 그룹은 더욱 안정적인 세상을 지향하고 있습니다. 이것을 이해할 만큼 오래 당신들이 살아가길 바랍니다."

노란 넥타이는 엘리베이터 문이 닫히자 어머니 같은 미소를 짓는다.

감방은 바람 소리를 제외하고는 고요하다. 유리와 철의 미묘한 삐걱거림.

"미안, 에이브." M이 쌕쌕거린다. "노력했는데."

그가 처음에 쐈던 경비가 꿈틀거리기 시작한다. 에이브럼은 남자의 생기 없는 갈색 눈동자를 내려다보다가 그것이 회색으로 변하는 것을 지켜본다. 그러다가 부츠가 머리를 뚫고 바닥을 칠 때까지 남자를 짓밟는다.

"내 이름은 에이브럼이야." 그는 얼굴에 튄 핏방울들을 닦아 내며 중얼거린다. "내 이름은 에이브럼 켈빈이라고."

그는 다시 방의 구석으로 되돌아가서 바닥에 털썩 주저앉는다.

노라는 M 옆에 무릎을 꿇고 부상을 진찰하려고 그의 셔츠를 들어 올린다. 그녀는 아무 말도 하지 않았고 얼굴은 완전히 근엄한 전문가의 표정이었지만, 가파른 호흡에 코가 벌름거린다.

"진단은…… 어때요, 선생님?" M이 묻는다. "총상인가요?"

"어깨는 괜찮아." 그녀는 툴툴거린다. "쇄골을 스쳐 지나 뒤로 빠져나갔어. 배에 맞은 건……."

그녀는 말을 흐린다.

"말끝을 흐리기에 정말 안 좋은 상황인데."

하지만 그의 배에 난 구멍을 들여다보는 노라의 눈은 이상하게 멍하다. 그녀는 다시 눈을 껌벅거리고 또 깜박거린다.

"노라?" 줄리가 묻는다.

노라는 머리를 거세게 흔든다. "미안. 나는……." 그녀는 총알이 관통해서 나간 부분을 드러내며 M의 엉덩이를 바닥에서 약간 들어 올렸다가 썩 부드럽지는 않게 다시 내려놓는다. 그는 신음을 흘린다. "총알은 관통했어. 옆으로 비껴 갔고 지방 덕에 아마도 주요 장기들은 피한 것 같아. 그런데 내 생각엔 머지않아 발견하게 될 것 같아."

"맙소사, 노라." 줄리는 고개를 저으며 말한다. "너 환자를 대하는 태도가……."

우리 감방 문이 살짝 열린다. H. 톰슨이 그 틈을 통해 들여다본다.

"그 사람 괜찮은 거야, 아니면 죽어 가는 거야? 사람이 죽는 광경을 지켜보는 건 질색이거든."

"이 층에 아직 사무용품 같은 게 남아 있을까요?" 노라가 그녀에게 묻는다. "아마도 스테이플러 같은 거요?"

톰슨은 빈 회의실로 달려갔다가 두텁게 먼지가 쌓인 스테이플러를 하나 가지고 돌아온다.

"완벽해." 노라가 M의 배에 난 구멍을 오므려 잡고는 솔기에 두꺼운 철사 심을 탈칵 박는다.

"악!" M이 너무 아파서 놀라 소리를 지른다.

"나중에 소독할 만한 걸 찾아봐야겠지만, 지금으로서는 이게 출

599

혈을 늦춰 줄 거야."

또 철심 하나.

"아오!"

"제기랄!"

진통제 효과를 주는 기타 등등.

나는 창문으로 가서 유리에 얼굴을 댄다. 옆 건물과 웃고 있는 광고판이 넓지 않은 도시의 전체적인 시야를 가리고 있었지만, 좁은 틈으로 아래의 거리를 볼 수 있다. 액시엄 근로자들이 프리덤 타워에서 베이지색 개미 떼처럼 쏟아져 나와 트럭에 상자들을 싣고 사람들은 버스에 타고 대피하고 있다.

거센 바람이 창문을 때렸고 나는 그것이 성이 나서 힘껏 떠미는 것을 유리를 통해 느낀다.

"우리 여기에서 나가야겠어." 나는 방에 대고 알린다.

"오, 그렇게 생각하세요?"

노라가 또 스테이플러를 박을 준비를 하며 말한다.

"아오, 젠장!" M이 소리친다.

"당장 말이야. 도시가 텅 비고 있어. 내 생각에 이건······."

"제기랄, 젠장!"

"허리케인이야." 줄리의 이 말이 모두의 주의를 끈다. "아마 큰 거겠지. 게다가 맨해튼 절반이 해수면 아래인 것을 고려하면······."

아무도 말하지 않는다. M은 정적 속에서 다음 철심으로 인해 고통 받고 있다.

"그러면 놈들이 아이를 안전한 곳으로 데려간 거네." 에이브럼이 손바닥 안으로 웅얼거린다. 그의 목소리에는 자신감을 잃은 소년이 노래하는 것처럼 단조로운 특성이 있다. "잘됐네. 그 아이는 죽은 아이들하고도 잘 놀 수 있으니까. 네 죽은 엄마가 입양할 수도 있겠지. 잘됐네."

"에이브럼." 줄리는 그와 눈을 맞추려고 애쓰면서 말한다. "우린 그 아이를 찾을 거예요."

그는 바닥을 보며 미소 짓는다.

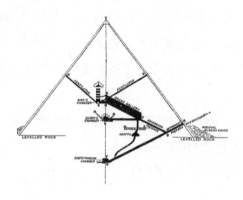

줄리는 계단 문을 확인한다. 잠겨 있다.

나는 엘리베이터를 시도해 본다. 카드키가 필요하다.

우리는 아직 수감 시설 감옥으로 개조하지 않은 것들 중 몇몇, 다른 사무실과 회의실을 뒤졌지만, 퀴퀴한 냄새가 나는 서랍들에서 쓸 만한 것은 아무것도 발견하지 못한다. 연필과 펜 그리고 터무니없는 액시엄 서류들뿐이다. 총알이 든 상자들을 수입처럼 기입한 회계 서식들. 인신 매매 영수증들.

"나갈 방법이 없네." 톰슨이 자기 감방 창문의 창살을 통해 우리를 지켜보며 말한다. 그녀의 감방은 어둡다. 경비들이 전부 사라졌는데 지금 거기에 왜 다시 스스로 돌아가 있는지 모르겠다. "미안, 하지만 난 전부 해 봤거든. 여기에 있는 두 달 동안 전부 시도해 봤어. 나갈 방법이 없다니까."

줄리는 복도에 서서 발을 탁탁 구르며 머리카락을 쥐고 빙빙 꼰다.

"수많은 건물에 잠입했었는데. 거의 전부. 시어스 타워. 체이스 타워. 키 타워. 윌셔 그랜드 타워. 뱅크오브아메리카 빌딩. 크라이슬러 빌딩. 울워스 빌딩. GE 빌딩. 메트라이프 빌딩……."

"톰슨?" 줄리는 가능한 한 예의 바르게 그녀의 말을 자르며 묻는다. "무슨 이야기를 하려고 그러는 거예요?"

톰슨은 말을 멈추고 생각한다. "GE 빌딩. 트럼프 호텔. 콜롬비아 센터. 트랜스아메리카 피라미드. 끝장나기 전에, 시노펙 타워. 컴캐스트 테크놀로지 앤드 이노베이션 센터……."

"톰슨!" 노라가 다른 방에서 소리를 지른다. "요점을 말해요!"

톰슨은 요점을 찾기 위해 자신의 발자취를 되짚어가는 듯 고개를 기울인다. "나는 건물들 안팎으로 드나드는 방법을 알아. 하지만 이 건물은 달라." 그녀는 주머니에 손을 집어넣고는 감방 안을 서성거리기 시작한다. "경비는 두세 배야. 쓸모없고. 터무니없고. 아마 하루 온종일 암호를 입력하고 자물쇠를 돌릴걸." 그녀는 구불구불한 갈색 머리카락 속을 손가락으로 긁적이다가 갑자기 심란하게 얼굴을 굳힌다. "난 이 빌딩이 싫어! 상식적인 게 아무것도 없어! 열쇠로 여는 자물쇠는 딸 수 있지만 카드 암호는 못 열어. 난 해커가 아니잖아! 나는 기자라고! 난 너희들을 여기에서 빼내 줄 수가 없어."

거센 바람이 건물을 때렸는데 강도가 약해지지 않았다. 건물은 불도저와 싸우는 나무처럼 삐걱거린다. 허리케인이 고층 건물을 쓰러뜨린다는 소리는 들어 본 적도 없다. 분명 강풍을 견디도록 지어졌을 것이다. 하지만 또 한편으로는 이 섬을 둘러싼 물에 잠긴 폐허가 예전 세계의 예견력이 결여되었음을 입증하고 있다. 그리고 이것은 새로운 세상, 저것은 새로운 바람인 것이다.

우리 위아래에서 유리창이 깨지는 소리가 들린다.

"미안해." 톰슨이 격하게 얼굴을 문지르며 말한다. 나는 그녀의 울부짖음에서 어떤 불안을 알아챈다. "난 암호는 풀 수 없어. 난 너희를 내보내 줄 수 없어. 미안해."

줄리는 지원을 청하는 듯 감방 문을 통해 노라를 쳐다봤지만, 노라는 죽은 경비원들의 옷을 찢어내서 M의 상처 주변에 두르려고 애쓰며 여전히 치료하느라 바쁘다.

줄리는 톰슨의 감방 문을 두드린다. "들어가도 돼요?"

톰슨은 대답하지 않는다. 그래서 줄리는 문을 밀어서 열고 안으로 들어가 어깨 너머로 나를 보며 따라오라는 눈짓을 보낸다. 나는 그녀의 지원이다.

미친 듯이 감방 안을 서성이는 여자에게 말을 걸기 전에, 나에게는 그 감방 자체를 받아들일 시간이 필요하다. 특별하게 정신없는 발행호 연감 안으로 걸어 들어가는 것과 같다. 바닥, 벽, 그리고 천장까지 어디에나 몇 개는 석고판에 긁은 자국으로, 다른 것들은 음식이나 아마도 그보다 풍미가 떨어지는 물질들을 이용해 손가락으로 그린 단어와 스케치로 뒤덮여 있다. 내용물 자체(또박또박 쓴 것 조금)는 이 감방에서의 생활을 세세하게 기술한 것처럼 보인다. 배식 일정. 경비들에 대한 서술과 묘사. 심증을 알 수 없는 그녀를 구금해 둔 목적에 대한 추측. 그녀의 세계 탐험 에너지를 전부 이 작은 방에 압축해서 연감 자체에 표현된 것과 같은 보글보글 끓어오르는 방식으로 모든 것이 쓰여 있다.

그것은 나에게 이것이 얼마나 잔인한 일인가를 떠올리게 한다. 인생이 탐색 그 자체이고 움직이는 것을 절대 멈출 수 없는 사람에게, 이곳에서의 두 달은 100년처럼 느껴졌을 것이라는 생각이 든다.

감방은 조명이 깨져 있어서 어둡다. 벽에 쓴 글씨 사이사이에 주먹만 한 구멍이 패어 있다.

"톰슨, 들어 봐요. 당신이 우리를 여기에서 꺼내 줄 거라 기대하지 않아요. 우리는 함께 나갈 거고, 당신이 줄 수 있는 도움은 어떤 거라도 다 받을 거예요."

톰슨은 계속 서성인다. 줄리는 잠시 그녀를 지켜본다.

"연감을 써 온 지 얼마나 오래됐죠?"

"BABL 9년 이후야." 톰슨이 속도를 늦추지 않고 대답한다.

"어떻게 시작하게 됐어요?"

"이미 도로에서 타워를 찾고 있었어. 내가 찾아낸 소식이 무엇이든, 약간이라도 세상을 연결하고 어둠에 빛을 비춘다면 공유하는 것이 낫다고 판단했거든. 타워가 무너질 때까지 내가 할 수 있는 최선을 다하자고."

"그러면 당신은 방해 전파 발신기를 찾으려고 애쓰면서 바깥에 혼자 있었던 거네요……. 11년 동안?"

"혼자는 아니었지, 나에게는 바버라가 있었어! 엄청나게 개성이 많은 애라 너도 만날 수 있으면 좋을 텐데. 바버라가 나를 아주 가까이 데려다줬지. 타워 안에서 확신에 차서 폭탄을 막 터뜨리려는 참이었는데 저 빌어먹을 놈들이…… 저놈들이, 그들이……."

줄리는 기다린다. 톰슨은 마침내 침묵을 깨닫고는 서성이기를 멈춘다.

"얼마나 힘든 일인지 알아요. 세상을 구하는 게 당신에게 달린 것 같은 느낌. 노력하고 있는 유일한 사람인 것처럼."

톰슨은 축축하고 감정이 실리지 않은 눈빛으로 그녀를 응시한다.

"저도 오랫동안 그런 식으로 느꼈거든요. 부모님이 천천히 포기해 가는 것을 지켜보고 나라를 돌아다니면서. 우리에서 죽는 것을 행복하게 여기는 사람들로 가득한 거주지 안으로 이사하면서." 그녀는 고개를 갸웃한다. "당신은 실제로 갔었죠? 포스트에 있는 스타디움에? 저는 당신이 '닫힘, 적대적'이라고 표현했던 것이 상당히 정확하다고 생각해요."

톰슨은 계속 그녀를 쳐다본다.

"어쨌든 당신이 더 이상 혼자 일하고 있는 게 아니라는 것을 알았으면 좋겠어요. 지금은 팀을 얻었으니 서로를 도울 수 있잖아요."

톰슨은 눈에 남아 있는 습기를 제거하려고 눈을 깜박인다. "팀?"

"노라가 말했듯이, 우리는 엄청난 팬이거든요. 당신과 함께 일하는 건 영광이 될 거예요."

"에이브럼은 액시엄에서 일했었어요." 내가 덧붙인다. "그에게는 당신에게 없는 정보가 있을 겁니다."

"맞아요. 그러니까 그냥 해 봐요. 당신이 열 수 있는 것은 전부 열어요. 우리가 얼마나 멀리 갈 수 있는지 봐요."

톰슨은 고개를 끄덕인다. 너무 거세게 끄덕여서 나는 그녀의 목이 걱정될 지경이다. "좋아. 좋아, 그렇게 하자."

나는 그녀의 어깨 너머로, 옆 건물 위에서 웃고 있는 광고판이 비틀려 떨어져서 흔들거리는 것을 지켜본다. 그런데 뭔가 다른 것이 내 눈길을 끈다. 밝은 빨간색에 회전하고 있는 것.

"어. 저건……." 단어를 찾을 시간이 없다. 나는 몸짓 언어로 되돌아간다. 정지 신호판이 톱날처럼 회전하며 창문을 통해 날아오자, 나는 두 여자를 바닥에 쓰러뜨린다. 석고판에 박힌 신호판이 바람이 깨진 창문을 통과하며 날카로운 소리를 낸다.

"당장 할 수 있을까요?" 줄리는 머리카락에서 유리 조각들을 털어내며 톰슨에게 큰 소리로 말한다.

톰슨은 호주머니에서 즉흥적으로 만든 도구들이 들어 있는 주머니를 하나 꺼내서 계단 문 쪽으로 달려간다.

M은 스스로 일어섰다. 노라가 그를 부축하려고 했지만 그는 그녀를 털어낸다. "괜찮아."

"확실해?"

"네가 잘해 줬잖아. 난 괜찮아."

톰슨이 바인더 고리를 곧게 편 것처럼 보이는 무언가와 클립으로 자물쇠에 작업을 진행하자 우리는 그녀 주위로 모여든다. 에이브럼은 감방 문가에서 오래 머무른다. 그는 자물쇠가 달칵 소리를 내고 문이 활짝 열릴 때까지 우리에게 합류하려고 움직이지 않는다. 뒤에서 유리가 산산조각이 나고 쏟아지는 총탄처럼 파편들이 내려치자 우리는 어두운 계단을 달려 내려간다.

* * *

상상할 수 있는 모든 건축 법규를 위반하며 모든 층 사이마다 문이 잠겨 있다. 불이라도 난다면 꼭대기 층의 근로자들은 천천히 구워지다가 지상까지 반도 내려가기 전에 완전히 익어 버릴 것 같다.

계단 문들은 단단한 판이었지만, 사무실로 향한 문에는 창문이 있어서, 나는 톰슨이 자물쇠를 따는 동안 그 안을 엿본다. 텅 비어 있다. 불은 꺼져 있다. 대부분은 병영 생활관과 회사 업무 층의 이상한 공조 시설처럼 보인다. 간이침대가 있는 좁은 방, 총걸이가 있는 복사기가 있는 방들. 몇 개는 감옥처럼 보였지만, 우리가 뒤에 남겨진 유일한 수감자들인 것 같다. 이건 수동공격적인 처형이었을까 아니면 이리저리 이동시키는 중에 그냥 우리를 잊은 것뿐일까? 이 회사에 대해서는 뭐라 말하기가 어렵다. 질서와 안보에 대한 분명한 열망에도 불구하고, 새로운 액시엄은 고장 난 기계 같은 느낌이다. 폭발물을 달아 세상에 풀어 놓은 제멋대로 마구 움직이는 기묘한 기계.

"좋아, 이번에는 어떨까? 전에도 이만큼 멀리 와봤지만 이건 못 열었는데 이번에는?"

맨 아래층에서부터 4층, 우리는 키패드가 달린 문과 마주친다. 여러 군데 찌그러지고 긁힌 자국들이 과거의 시도들을 시사했음에도 그 두꺼운 강철의 견고함은 뚫고 지나갈 어떤 생각도 제거해 버린다.

"에이브럼." 줄리가 말한다. "이 건물에서 일했던 적 없었어요? 접속 암호 같은 거 몰라요?"

에이브럼은 잠금장치를 보더니 아무 말도 하지 않는다.

"에이브럼?"

"나는 피츠버그의 암호도 몰랐어." 그는 조용하게 대답한다. "모든 건물이 다르거든."

깨진 유리창으로 밀려드는 바람이 굉음을 냈고 건물이 흔들린다. 미묘한 움직임이었지만 마치 중력이 반란을 일으킨 것 같은 그 효과는 무서웠고 우리는 지상으로 떨어지기 직전이다.

"제기랄."

노라가 눈을 크게 뜨고 되는 대로 번호를 치기 시작한다.

에이브럼이 마치 나중에야 생각난 것처럼 덧붙인다.

"내가 알기로 이런 잠금장치들은 자폭하는데."

노라의 손가락이 얼어붙는다.

"총 세 번 틀리면 손이 날아가는 거야."

노라는 뒤로 물러난다. 줄리는 믿기 힘들다는 듯 고개를 젓는다.

"대체 이 자식들은 어디가 잘못된 거야?"

나는 내부 문을 열고 어둡고 돌풍이 부는 광활한 사무실 공간으로 들어선다. 종이들이 나뭇잎처럼 펄럭거리며 날아다닌다. 의자들은 앞뒤로 굴러다닌다. 영감을 주는 동물들의 포스터가 벽에서 펄럭인다. 사슴을 먹고 있는 늑대들과 늑대들을 먹고 있는 벌레들, 모두 같은 사진 설명을 달고 있다. 승리.

내가 건설을 도왔던 이런 것들에 대해 나도 모르는 것들이 너무 많다. 할아버지는 탐욕스럽고 잔인하고 거의 모든 다른 경멸적인 단어에 해당하는 사람이었지만, 그렇게까지 정신이 나가지는 않았다. 나는 이 빌딩을 설계하고 있는 우리를 상상할 수도 없다. 이 도시. 죽음과 저 활짝 웃고 있는 로봇 같은 사람들과 관련된 실험들. 이 모든 것들이 어디에서 온 걸까? 우리가 마음속으로 그리던 세상의 이 과열된 과장을 불러일으킨 것은 무엇일까? 우리가 윤곽을 그렸겠지만, 다른 무엇이 그 안을 칠해 넣었다.

누군가 내 이름(태어나서부터 나에게 고정되어 알아볼 수 없을 정도로 얼룩진 것이 아니라, 내가 얻었고 그 안에 살았고 신경 썼던 것)을 부르는 소리가 들렸지만 너무 멀다. 사무실로 들어가는 걸음걸음은 계단을 내려가는 한 걸음이다. 나는 나의 지하실로 내려간다. 나는 퀴퀴한 냄새를 풍기는 상자들을 살펴보기 시작한다.

그게 어디에 있지? 나는 계단에 사슬로 묶여 있는 먼지로 얼룩진 부랑자에게 묻는다.

뭐가 어디에 있냐고? 그가 숨죽여 비웃는다.

여기에서 나가려면 필요한 것 말이야. 보여 줘.

내가 왜 그래야 해?

왜냐하면 넌 이기적이니까. 넌 너만 생각하잖아. 그리고 나도 말하기 싫어하는 만큼 너도 그렇겠지만, 난 너야.

그는 이것을 깊이 생각해 본다. 괜찮은데.

그는 상자 하나를 차서 넘어뜨린다.

"잠시만요."

나는 톰슨의 어깨를 건드리며 말한다. 그녀는 키패드를 응시하면서 손가락으로 머리카락 틈을 문지르고 있었는데 내가 건드리자 펄쩍 뛴다. 그녀는 나를 쳐다보고는 내 눈 속의 뭔가를 발견하고 옆으로 비켜선다.

"거기에서 뭘 하고 있었던 거야?"

줄리는 사무실 문을 밀어 닫으면서 나에게 묻는다. 계단통은 바람에 날려 온 쓰레기들로 가득 찬다.

나는 키패드를 쳐다본다. 나는 할아버지의 어깨너머로 본다. 그가 나의 자식과 손자와 자손에게 전달하려 보여 주는 우리 가족 전용 암호를.

"R, 하지 마!"

애트비스트가 그의 암호를 입력한다.

문이 달칵 열린다.

"빌어……먹을. 난 알고 있었어." 노라는 줄리와 M을 힐끔 쳐다본다. "그러니까 우리 모두가 알았잖아, 맞지? 옷차림? 모든 게 이상했잖아?"

줄리는 충격을 받은 것까지는 아니었지만 동요하는 눈빛으로 나를 응시한다. 그녀는 내가 무슨 말이라도 하길 기다리고 있다. 나는 지금 이 순간 적절한 말이 우리 사이의 비밀의 깊은 골에 다리를 놓고 결국엔 그녀를 내게로 돌아오게 할 것을 직감한다. 그리고 그녀가 기대하는 그 말은 쉽다. *내 예전 인생을 기억해 냈어. 나는 그저 M과 에이브럼처럼 사악한 기계 속에서 착각에 빠져 있던 톱니바퀴 하나로, 액시엄의 직원이었고, 지금은 아니야.*

그것이 진실이 아니라 해도, 그렇게 내뱉고 나면 그것으로 끝일 것이다. 하지만 진실은 자백과는 거리가 멀고, 간단하게 손을 씻도록 허락하지 않을 것이다. 동정이나 등을 두드려 주는 힘이 되는 격려도, 내가 친구들 사이에 있으며 판결로부터 안전하다는 보장도 청하지 않는다. 그러기에는 너무나 거대하다. 그것은 조금 후회스러운 실수가 아니라, 오늘의 나로 존재하는 사람과 뗄 수 없는 관계로 엮인 한 인생이고, 한 사람이다.

나의 비밀은 나 자신이다. 어떻게 내가 그것을 자백할 수 있을까?

나는 문을 통과해서 계단을 내려간다. 프리덤 타워는 토할 것 같은 꿈처럼 내 발밑에서 흔들거린다.

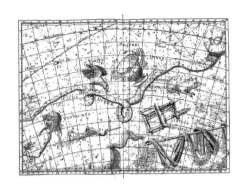

우리

우리는 그 학교를 쳐다보길 주저한다. 그곳에서 벌어지는 일들은 높고 낮은 책장과 절대 발견될 일 없는 숨겨진 구석에 있는 이질적인 책들에 문장의 파편을 휘갈기며, 베일을 뚫고 불편할 정도로 우리들에게 가까이 접근한다. 세상이 단단해진 후 수 세기 동안 그런 침입은 불가능했지만, 이제 다시 세상이 무르게 변하고 어쩌면 금이 가는 지경에 이르자 더 이상 무슨 일이 일어날지 확신할 수 없다.

그래서 우리는 신중하게 지켜보지만 눈을 돌릴 수는 없다. 깊은 틈 위를 맴돌고 있는 소년은 살아 있는 것에 가장 가까운 우리의 연결고리이며, 이 불타고 녹아내리고 있는 구체가 회전할 때마다 더욱더 우리는 알려지고픈 열망을 느낀다.

소년은 그 감각적 공격이 계속되자 피난처로 우리에게로 도피한다. 그는 소음이 벽을 두드리는 동안 우리의 어두운 홀을 배회하고, 다른 삶들과 다른 시대들을 정독하며, 우리의 살아 있는 사다리를 오르락내리락했다. 그는 친구들도 여기로 데려올 수 있기를 바란다. 조안과 알렉스는 그들의 영혼을 고쳐 쓰려고 시도하는 불가해한 수업을 들으며 얼굴을 찡그리고, 폭풍이 휘몰아치는 바깥에 있다.

그러자 수업이 끝난다. 그 고요함이 너무 갑작스러워서 학생 몇 명은 자신에게서 장기 하나가 떨어져 나간 것처럼 몸서리를 친다. 베이지색 재킷의 남자 한 명이 방에 들어와서 강사 두 명과 대화를 나눴지만, 소년은 그들이 하는 말을 듣지 않는다. 그는 열린 문을 통해 아이들 무리가 한 줄로 기다리고 있는 복도를 내다본다. 그 줄 맨 앞에는 소녀가 한 명 있다. 소녀는 삶이 정지되었을 때의 나이와 비슷해 보인다. 소년은 검은 머리카락, 호박색 피부, 어두운 갈색 눈동자 하나를 보고 나서 눈을 깜박이고는 그녀의 세포를, 아버지 것과 어머니의 것이 역사 속에서 빚어낸 복잡한 콜라주, 무한하게 결합되고 변경된 유전자를 본다. 그러고 나서 그는 다시 눈을 깜박이고 세포 너머를 본다. 분자 너머를. 맹렬히 타오르는 노란 빛을.

"안녕." 그가 인사한다.

그는 정맥주사를 팔에 매달고는 그녀의 앞 복도에 서 있다.

"안녕. 나는 스프라우트야."

우리는 그녀를 알아본다. 우리는 우리 복도에 있는 그 아이의 존재를 느껴 왔다. 우리의 친근함이 소년에게로 새어 나가자 소년은 미소를 짓는다.

"나는……."

그는 말하다가 깜짝 놀라 미소가 희미해진다. *나는 누구지? 나는 뭐지?* 그가 이 질문을 한 것은 처음이다.

"네 눈 예쁘다."

"고마워. 네 눈도 예뻐."

"내 다른 눈도 보고 싶어?" 소녀는 데이지 꽃이 그려진 파란 안대에 손을 댔는데, 바람이 복도 끝에서 문 안쪽으로 쓰레기 조각들을 힘껏 날려 보내자 그녀는 펄쩍 뛴다. "폭풍이 불어." 그녀는 그에게 보여 주려 했던 것이 무엇이었는지를 잊어버린 채 말한다.

소년은 창문을 쳐다본다. 빛의 사각형. 그는 이제 밖에서, 소녀의 뒤를 따라 걷고 조안과 알렉스는 그의 뒤에, 그리고 그들 뒤에는 수많은 다른 아이들이 모두 손목을 함께 묶인 채 따라가고 있다. 베이지색 재킷을 입은 남자들이 그들을 어딘가로 데려가고 있다. 바람이 머리카락을 잡아 뜯으려 애썼지만, 소년은 자신을 둘러싼 도시를 응시하며 그것이 변하는 것을 지켜보고 있다. 그 뒤에는 닳아 해진 직물을 통해 보는 것처럼 군데군데 부분적으로 보이는, 다른 도시가 하나 있다. 무너진 고층 건물들은 광이 나고 사람들로 가득했고 꼭대기에서는 무성한 정원이 자라기 시작한다. 카누와 페리가 거리를 채운 수로를 가로지른다. 그리고 도시로 다가오는 먹구름이 태양을 드러내는 커튼처럼 열리며 갈라지고 있다.

소녀는 어깨 너머로 돌아보며 미소를 짓는다. "너 그거 보여?"

소년은 대답을 선택하려고 애쓰면서 재빠르게 달라지는, 반투명한 막들을 자세히 들여다본다.

나

문을 여는 것은 샴페인 병을 퐁 소리가 나게 따는 것 같다. 바람과 비가 폭발적으로 로비로 들이쳐서 나는 뒤로 한 발자국 밀려난다. 우리는 하나님의 행위 가운데에 끼였지만, 이번에는 그가 누구의 옆에 있는 것일까? 홍해의 기적일까 아니면 욥의 파멸일까?

빨간색과 하얀색이 섞인 삼각형이 하늘에서 휙 돌면서 날아와 뜰에 있는 나무의 둥치에 박힌다.

양보

나는 다른 것들을 무시한 것과 마찬가지로 이 메시지를 무시하고 폭풍을 헤치고 밖으로 나간다.

허리케인이 도시에 새로운 활력을 줬다. 마지막 맨해튼 주민 전부가 앞다투어 나가려고 하자 공포는 느릿한 대중들에게 종말 이전 수준의 생동감으로 되돌아온다. 우리가 앞서 목격했던 조직적인 대피

활동은 액시엄 병력이 대중들을 안내하거나 폭동 발생을 억제하기를 게을리하면서, 각자 알아서 하는 아주 오래된 경기 방식으로 전개된다.

사람들은 저지 브리지 쪽으로 흘러가고 있는 것 같았지만, 현재 우리는 반대로 가야 한다는 데는 의심의 여지가 없다.

"내 딸을 어디로 데려갔을까?"

에이브럼이 톰슨에게 소리쳐 물었고, 줄리도 그와 거의 겹치는 질문을 한다.

"우리 엄마는 어디에 계실까?"

나도 거기에 합류하는 게 좋을 것 같다. "내 아이들은!"

톰슨은 얼굴에서 얼굴을 힐끔 보고 어쩔 줄 몰라 하더니 남쪽을 가리킨다. "저쪽."

우리는 군중들을 피해 좁은 옆길로 갔는데, 콘크리트 계곡이 바람을 쥐어짜 얼굴을 벗겨 버릴 것 같은 돌풍을 일으킨다. M과 나는 우리의 더 작은 동행들을 위해 바람의 위력을 꺾으며 앞장서 이동한다. 나는 나뭇잎처럼 팔랑 하늘로 날아가 버리는 줄리를 상상한다. 그리고 내가 이런 생각과 무서운 다른 것들을 상상하며 하늘을 보자, 432 파크 애비뉴 꼭대기가 멀리 보인다. 나는 그 위를 맴돌고 있는 헬리콥터를 한 대 발견한다. 바다를 건너 산을 끌고 가도록 만들어진 거대한 이축 회전체의 야수. 바람에 맞서 거의 수평에 가깝게 기울어져서, 탑 위에서 회전하고 흔들리면서 지금은 무엇을 끌고 가려는 걸까?

상자 하나.

어두운 하늘에 반해 할아버지의 천박한 빨간색 펜트하우스의 지붕에서 금속으로 된 운반 상자 하나가 들려 올라가고 있다. 안에 들어 있을 만한 것이 무엇일까? 그가 충분히 구할 가치가 있다고 여기는 저 건물 안에는 소유물이 없다. 그는 재산을 사랑하지 않았다. 그는 재산을 모으는 것을 사랑했다. 그는 고기는 많이 먹지 않았지만 사냥을 열망했다. 그가 이 순간 이렇게 구하고 있을 거라 내가 상상할 수 있는 단 한 가지는 바로 그 자신뿐이다.

썩은 고기의 지독한 악취가 풍기는 쓰레기 뭉치 하나가 내 얼굴을 강타한다. 내가 그것을 치워내고 기분 나쁘게 끈적이는 기름기를 문질러 내는 순간, 헬리콥터는 가 버린다. 나는 그 화물을 예상하는 것을 포기한다. 이미 우리 주변은 충분히 끔찍하다.

"페이스 대학교." 톰슨은 우리가 개방된 고속도로로 나와 바람이 약간 잦아들자 말한다. "갓 **죽은 자**들과 잠재력 있는 산 자들을 데려가는 곳이야."

"우리 엄마는 몸이 안 좋은데. 엄마는 생기는 있지만…… 다쳤거든요."

"만약 네 어머니가 일을 할 만하다면 병원에서 회복시켜 보려고 할 거야. 그게 아니라면 어딘가 다른 곳으로 가게 되겠지."

"어디로요?"

바람이 그 의논 위로 으르렁거리며 다시 거세게 불기 시작한다.

"그건 수수께끼야!" 톰슨이 우렁차게 소리친다. "이제 달려야만 해!"

에이브럼은 위치를 듣는 순간 뛰쳐 나가 벌써 반 블록이나 앞서

가 있다. 나는 그가 필요를 제외한 어떤 이유로든 우리와 함께 서 있던 동안, 단 한 순간도 아는 사이였던 적이 없다는 것을 깨닫는다. 그는 자신의 삶에서 무엇을 바라는 걸까? 뭔가를 바라기는 할까?

우리는 그를 따라 달렸지만, 두 블록을 지난 후에 톰슨이 갑자기 옆길로 이탈한다.

"이봐요!" 줄리가 소리친다.

톰슨은 어리둥절한 표정으로 멈춰 선다. "뭐?"

"어디 가는 거예요?"

"그걸 끝내야만 해!" 그녀는 벌써 다시 달려가면서 소리쳤다. "내가 여기 있는 이유는 오직 그 때문이라고!"

"톰슨, 기다려요!"

"브루클린 산책로에서 만나자!" 그녀는 뒤돌아 말한다. "바버라가 우리를 잔치로 떠밀어 줄 거야!"

그 말과 함께, 그녀는 비의 장막 속으로 사라진다.

줄리가 내뱉은 욕설이 바람 속으로 사라진다. 우리는 대학 쪽으로 달려간다.

＊＊＊

페이스 대학교는 배움의 전당이라기보다는 보험 회사에 더 가깝게 보이는 실용적인 콘크리트 박스다. 중앙 타워에 달려 있는, 몇 개는 헐거워져서 바람에 미친 듯이 돌고 있는, 햇볕과 비바람에 닳은 금속 글자가 아니었다면 대학이라고 생각지도 못했을 것이다. 그 효과는 그 건물이 무엇인지를 결정지으려고 애를 쓰고 있는 것처럼 이상하게도 넋을 빼놨다.

절망적인 외침에 나는 깜짝 놀라 주의를 돌린다. 액시엄 경비 몇 명이 어린이들 한 무리를 낡은 메트로버스에 태우고 있는 정문 쪽으로 에이브럼이 전력질주를 하고 있다. 버스에는 예전 디스커버리 채널 홍보물에서 따온 빛바랜 사진이 씌워져 있었는데, 문이 상어의 턱처럼 보이도록 만들어져 있다. 나는 버스 안으로 사라지고 있는 낯익은 머리모양 두 개를 발견한다. 곱슬곱슬한 금발과 파란색이 도는 검은 직모. 그러고 나서 상어의 턱이 탁 닫힌다.

내가 탄생에 일조한 광기로부터 내 집과 친구를 구하고 재앙을 막으려고 달렸던 이후, 그 어느 때보다 빠르게 달린다. 그때에는 그 정도로 빠르지 않았다. 나의 차갑고 뻣뻣한 관절들이 내 노력에 저항했지만 폭발이 질책의 따귀처럼 느껴지는 딱 그 시간에 도착한다. 나는 이제 더 빨라졌고, 에이브럼을 추월할 정도로 빨랐지만 과연 그 결과에 차이가 있기는 할까?

나는 문에 쾅 부딪히며 질주를 멈추고 운전사에게 소리친다.

"열어!"

"이봐." 경비 한 명이 엉덩이에 소총을 달랑거리면서 내 쪽으로 성큼 걸어와서 말한다. "이 버스는 시민들을 위한 것이 아니야. 물러나."

"내 아이들이 저 안에 있어."

"저 안에 있다 해도, 그 애들은 우리 아이들이야."

에이브럼이 뒤에서 힘껏 들이받자, 그는 인도에 대자로 누워 버리고 소총은 빙그르르 돌아서 차 밑으로 들어간다. 엔진이 툴툴거리고 버스가 앞으로 움직인다. 에이브럼이 경비와 씨름하는 소리가 들렸지만 지금은 그를 도울 수가 없다. 나는 플렉시글라스 판이 차체에서 튀어 나갈 때까지 팔꿈치로 문을 때린다. 안으로 팔을 뻗어 문을 여는 레버를 더듬거렸지만 버스는 가속하고 있다. 그대로 보내 주거나 끌려가거나 둘 중 하나다.

나는 팔을 빼내서 인도로 떨어진다. 버스가 나를 스쳐 지나가면서 창문에 바짝 댄 조안과 알렉스와 그리고 그들의 새 친구 스프라우트의 얼굴이 얼핏 보이고 나서 그들은 사라져 버린다.

우리 아이들은 나를 어떻게 생각할까? 내가 맡은 이후로, 나는 그들을 두 번 버렸다. 처음에는 세상 밖으로 나가 사랑에 빠지고 사는 방법을 배우려고 내 마음을 따라갔고, 그러고 나서는 그들의 필요가 나를 압도했기 때문이었다. 다른 누군가를 보호하기에는 나 자신과 싸우느라 너무 바빴다. 그리고 이제 돌아와서, 그들이 누려 마땅한 삶을 주기 위해 할 수 있는 것을 전부 하려는 때…… 공포와 위험만이 다시 또다시 이어진다.

이것이 모든 부모의 마음일까? 온전히 좋은 의도에도 불구하고 찾아오는 이 죄책감과 불확실함의 폭풍이? 나의 아버지는 그의 정맥을 흐르는 과거의 실패한 세대들을 느끼며, 담배를 피우며 의자에 앉아 이런 비통함을 느꼈을까? 무엇이 그 무거운 사슬을 끊을 수 있을 수 있을지를 어렴풋하게 생각해 봤을까?

버스가 사라지고 경비들이 총으로 우리 각각을 겨누면서 뒤로 물러나 허머에 올라타고 끼익 소리를 내며 버스 뒤를 따라가자, 에이브럼이 더러운 욕을 내지르는 것이 들린다. 잠시 우리 다섯 명 모두는 용기와 자살행위 사이에 갇혀 미동도 없이 서 있었다. 그러다가 나는 우리가 네 명뿐이라는 것을 퍼뜩 깨닫는다.

"줄리!"

나는 그녀를 찾으려고 병원으로 향하는 게 분명한 골목길을 달리며 빙빙 돈다. 이렇게 될 줄 예상했어야 했다. 그녀는 기관지가 못하게 막을 때까지 어머니의 이름을 소리치고, 자기가 쓰러지거나 건물이 쓰러질 때까지 복도를 달릴 것이다. 어머니가 지난 몇 년간 완전히 깨 버린 바로 그 약속을 지키기 위해 그녀가 목숨까지 내던질 것에는 의심의 여지도 없다.

나는 그녀를 따라 긴 다리로 거리를 좁혀가며 달려간다. 그녀는 다가오는 나를 보고는 싸울 준비를 하는 것처럼 보였지만, 그러다가 그녀는 내가 자신을 막지 않는 것을 깨닫는다. 나는 그녀에게 이치에 맞는 말을 하려고 하거나, 그녀가 할 수 없음을 내가 알고 있다고 해서 포기하도록 설득하려는 시도도 하지 않았다. 나는 그녀가 쓰러지면 잡을 준비를 하면서 그저 그녀 옆에서 달린다.

고마운 기색이 그녀의 얼굴의 공포를 따스하게 데운다. 고마움 그리고 그 이상. 그러더니 모퉁이 근처에서 흰 흐릿한 형체가 굉음을 내며 달려오더니 어느새 우리는 물속에 있다.

＊ ＊ ＊

나는 빙빙 돌고 데굴데굴 굴러 잔해 덩어리들에 부딪히고는 돌이 많은 강바닥 같은 거리를 따라 스쳐 지나간다. 물결이 마침내 내가 발로 자리를 잡고 비틀거리며 설 수 있을 정도로 얕게 퍼져 나간다. 내가 줄리를 찾아 미친 듯이 살펴보자 더러운 거품이 허벅지에서 부글거린다.

그녀를 찾을 수가 없다.

아무도 찾을 수가 없다. 나는 낯선 고층 건물들의 그늘 아래 있는 어딘지 모를 거리로 흘러들어왔고 나를 밀어 누르는 이름 없는 묘지처럼 어렴풋하게 보이는 콘크리트 수천 톤의 무게를 느낀다. 여기에 시체 한 구가 누웠다. 여기에 아무도 누워 있지 않다.

"줄리!"

우리는 나란히 있다. 어떻게 우리가 이렇게 멀리 떨어지게 되었을까? 그녀가 나는 놓친 뭔가를 붙잡았던 걸까 아니면 나를 지나 더 멀리 굴러 떨어졌던 걸까?

"줄리!"

다시 불러 봤지만 바람이 그 소리를 내 입 안으로 다시 쑤셔 넣는다. 뒤에서 요란한 소리가 나서 돌아보니 그 벽이 보인다.

나는 웃음을 터뜨리고 싶은 정신 나간 충동을 느낀다.

불가피한 포위 작전에 맞선 맨해튼의 방어는 점점 증가하는 필사적임을 겹겹이 쌓은 잡동사니다. 토대는 전문적이다. 경계선에 꼼꼼하게 모르타르가 발라진 2미터 가까운 콘크리트 판들. 가운데는 자원자들의 노력처럼 보인다. 콘크리트 판 위로 쌓은 고속도로 차단 방벽들이 있고 틈새는 모래주머니를 되는 대로 쑤셔 넣었다. 그리고 꼭대기는 합판과 깡통으로 이루어져 있다. 거의 미신만큼의 효과가 있는 공황 상태에 빠진 주민들의 광적인 몸짓.

내가 들은 굉음은 또 한 번 불어온 돌풍의 물결 아래로 이 층이 무너져 내리는 소리였다. 이번 공격의 힘은 고속도로 차단 방벽을 콘크리트 판 아래로 밀어 떨어뜨렸고, 거리로 쏟아진 뉴욕 바다의 맹렬한 흰 파도가 수십 년간 쌓인 인간의 때를 퍼내며 어둡게 변해 간다.

줄리의 이름을 내지르는 내 입안이 검은 수프로 가득 찬다.

나는 굴러 떨어져서 빙 돌고, 어디라도 잡고 버티려고 손발을 마구 흔들었지만, 이번 것은 방어를 시험해 보려는 예비적인 파도가 아니다. 이번 것은 홍수다. 이 얼음처럼 차가운 빈 공간에서 돌자, 지하에 있는 비열한 놈의 존재가 느껴졌는데, 놀랍게도 그는 웃고 있지 않다. 흡족해하고 있지 않다.

이게 그거야? 그는 슬프게 중얼거린다. 이게 우리의 세 번째 기회에 네가 한 전부야? 친구 몇 명, 키스 몇 번, 집을 짓기 위한 판자 몇 개가?

물은 깊지 않았지만, 나의 방향 감각 상실은 그것을 바닥도 표면도 없는 광활한 공간으로 만들고 있다. 쓰레기가 방대한 목구멍 쪽으로 나를 끌고 내려가며 촉수처럼 내 주변을 감싼다.

충분하지 않아. 넌 우리 빚을 거의 건드리지도 못했어.

하지만 나는 그의 말을 듣고 있지 않다. 나는 아직 그녀가 존재하길 바라며, 그녀가 아주 멀리 있기를 희망하면서 줄리에 대해 생각한다. 나의 세 번째 삶을 위해 상상했던 모든 결말들은, 얼마나 어둡고 폭력적인가와 상관없이, 내가 눈을 감을 때 내 옆에 그녀가 있는 것이다. 결코 이런 식이리라 상상한 적은 없다.

뭔가 나를 세게 치자 검은 물은 더 깊은 어둠으로 서서히 바래졌고, 내 생각은 말을 잃는다. 누군가 듣고 그것들을 적어 주길 희망하며, 내가 무한한 홀 안으로 울부짖은 사랑의 소박한 충동.

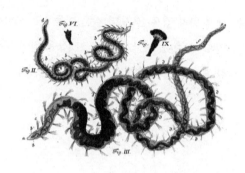

그것의 끝.

나는 한 여자 옆에서 깨어난다. 누구인지는 알 수가 없다. 눈은 타는 것 같았고 머리는 지끈거린다. 비싼 것이라 해도 그렇다. 술에 얼마를 지불했든 상관없이 아침에 다시 지불하게 된다.

"안녕." 나는 속삭이는 여자의 목소리를 알아듣는다. 내 조수. "살아 있어요?"

나는 신음 소리를 낸다.

"오늘 일하세요?"

나는 더 크게 신음한다.

"쉬기는 해요?"

나는 베개 위에서 고개를 돌린다. 내 조수는 다시 주거 침입자를 보는 듯한 그 표정으로 나를 보고 있다.

"전쟁이야."

"아닌 적이 있긴 했어요?"

나는 나 자신의 부패한 호흡의 냄새를 맡으며 코로 한숨을 쉰다.

"아니야. 지금 당장은 아니야."

"저는 그저 당신이 어떤 선택을 했는지 알고 있는지가 궁금했을 뿐이에요. 모두가 그래요."

"그게 사실이라면, 네가 여기에 없었어야 하는데."

나는 나에게서 눈을 돌리는 그녀의 눈을 쳐다본다. 그 다정한 호기심은 거기에 속했다는 혐오감에 자리를 내줬고, 나는 스스로 편안해지는 것을 느낀다.

뻣뻣한 미소와 함께 그녀는 나를 만지기 시작했고, 나는 피곤하고 메스껍고 아팠음에도 반응한다. 우리는 각질이 벗겨지는 건조한 입술과 매캐한 혀로 키스한다. 우리는 노골적으로 문지른다. 비참하게 밀어낼 때마다 뱃속이 뒤틀리고 머리는 쿵쾅거렸지만, 나는 계속한다. 나는 계속하도록 기대를 받는다. 누가 기대하고 있는 것인지 확신할 수 없었지만, 내 안과 주변에서 그 명령형 동사를 느낀다.

수없이 땀투성이가 되어 애쓴 후 나는 목표에 도달한다. 나의 뇌는 억지로 그 보상을 단념하고 아주 적은 부분, 시원한 재채기를 했을 때와 동등한 수준의 가슴이 철렁하는 기쁨 몇 번으로 만족하고, 와락 붙잡으려고 내 마음의 어둠 속으로 손을 뻗어 움켜쥐려 하면 감각이 희미해지면서 이것이 내가 얻은 전부라는 것을 인정하려 들지 않으며 다시 손을 거둔다. 하지만 이것이 내가 얻은 전부다.

나는 눈을 감고 입을 벌리고 침대로 쓰러진다. 그녀는 우리가 방금 했던 것을 굉장히 과대평가하며 관능적인 양 뭔가 속삭였지만, 나는 침대 속으로 가라앉는다. 나는 바닥으로 가라앉고, 땅바닥으로 그리고 먼지와 죽은 벌레들과 눅눅하고 곰팡이가 핀 종이와 양피지와 석판과 점토판에 설형문자와 황토색 얼룩들과 알아볼 수 없는, 언어가 없던 시절의 긁힌 자국들로 된 책들의 무한한 책장으로 가득한 어두운 묘실로 가라앉는다.

나는 다른 종류의 절정을 경험한다. 나는 베개 위에 토한다. 그러고 나서 일어나 일하러 간다.

✳ ✳ ✳

"이제는 지겨워. 이런 도심지 타워들의 그늘 아래 모래주머니로 둘러싸인 이런 오래된 거지 소굴 같은 밖에서 일하는 것. 낙서투성이 탱크 안의 폭력배 패거리에게 얻어맞는 것도. 빌어먹게 창피해." 내가 몸을 흔들며 땀을 흘리며 소파에 앉아 있는 동안, 그는 크리스털 텀블러에 든 스카치위스키를 홀짝이며 소리가 울릴 정도로 넓은 그의 사무실을 서성인다. "우린 확장해야 해."

"확장?" 나는 신물이 올라오는 것을 다시 삼켰다. 얼굴이 화끈거리고 따갑다. "우린 이미 너무 많이 물어뜯은 거 같은데요."

"그건 너무 많은 게 아니야. 개가 음식에서 물러나는 거 본 적 있니? 자연의 모든 것은 계속 먹어야 한다는 것을 안단다."

"우린 노동력을 잃었어요. 간신히 맨해튼을 버틸 수 있죠. 만약 자치구들이 서로 연합하면, 우리보다 우세할 겁니다."

"우리가 확장해야 하는 정확한 이유가 그거다. 들어 봐, 너에게 비밀을 말해 주마." 그는 나의 맞은편 소파에 앉아 가까이 몸을 기울인다. "우리는 서쪽 해안을 가져올 거다."

그의 목소리는 잡음을 헤치고 나오는 라디오처럼 소리를 죽인 것처럼 들린다. 나는 목을 가다듬으려 애쓴다.

"무리예요……. 어떻게 그렇게 하죠? 어떻게 우리가…… 그렇게 넓은 영토에 걸쳐 통제를 유지하나요?"

그는 씩 웃는다. "로터스 피드를 인수할 거다."

"*어떻게?*"

"수년간 방송의 근원지에 접근해 왔거든. 남부 캐스캐디아 어딘가라는 것을 알아. 그러니 우리는 그 지역에 우리 사람들을 대량으로 보내서 모든 거주지를 획득하고, 비밀이 쭉 뿜어져 나올 때까지 머리를 쥐어짜기 시작하는 거지. 1년 내로 우리가 BABL의 옥상에서 소리칠 수 있을 거라 보장하지."

물속에 있는 것처럼 공간에 잔물결이 인다. 이마가 축축하다.

"그래, 지금 당장은 자치구로 우리 손이 꽉 찼지. 하지만 우리가 피드를 통제하면, 우리는 가정과 바와 미국의 벙커 전부에 들어가게 될 거야. 우리는 익숙한 얼굴과 누구나 아는 이름이 될 거고, 더 이상 싸울 필요도 없어지겠지. 우리가 원하는 것을 그들이 줄 테니까. 우리가 말하는 것은 무엇이든 이루어질 거야. 우리가 유일한 목소리가 될 테니까."

나는 질문을 하거나 아니면 아마도 의문을 표시하기 위해서, 입을 열었지만 나오는 것은 헛구역질하는 소리가 전부다.

내가 허둥거리자 그는 더 활짝 웃는다.

"어서, R. 내 사무실 바닥에 토해라. 지금은 흥분되는 순간이고 넌 예민한 아이니까, 극복하려면 해야 할 일을 하렴."

내 몸이 그의 유혹을 받아들일 준비가 되자, 나는 소파 가장자리에 기댄다.

"하지만 전부 털어내고 나면 구체적으로 이야기하자꾸나. 난 네가 제일 앞 선에서 이끌길 바란다."

나는 바닥에서 진동을 느낀다. 그것은 희미했고 할아버지는 그것에 반응을 보이지 않아서 나는 그것이 그저 내 머리가 지끈거리는 것일 뿐이라 생각한다. 그의 술에 잔물결들이 설명하기엔 더 거세졌지만, 곧 속이 뒤틀려 이런 생각들을 토해 내게 한다.

✳ ✳ ✳

그 일이 일어났을 때 나는 지상에 있지 않았다. 나는 멀미약을 두 배 용량으로 삼키고는, 쌍발 프로펠러 비행기를 타고 해발 300미터 상공에 있었다. 술을 마신 지 몇 주가 지났지만 이 메스꺼움을 떨쳐 낼 수 없다. 회사의 의사들은 그것이 불안감 탓이라고 여겼고, 충분히 그럴듯하다. 우리는 어쨌든 한창 전쟁에 지고 있는 중이다.

애트비스트 씨는 나를 서쪽으로 보냈다. 임무를 맡아 수행하고 있기는 했지만, 나를 뉴욕 밖으로 내보내는 데는 더 큰 목적이 있을 거라는 의심이 든다. 로어맨해튼의 거리에서 피어오르는 연기와 불길과 관계가 있을 거라는 의심이 든다. 지사들의 보고서들은 파손되었다. 실무자들은 처형당했다. 멀리에서 들려오는 쿵하는 탱크의 포격 소리. 애트비스트 씨는 바람이 어느 방향으로 불고 있는지를 알고 있었고, 그는 나무가 쓰러질 때 자신의 후계자를 다른 어딘가로 보내고 싶은 것이다.

이런 표현에 감동을 느끼고 사랑받는다고 느끼고 싶겠지만, 아니다. 나는 낄낄거리지 않고는 그 단어를 떠올리지도 못한다. 나는 할아버지에게 내가 무엇인지를 잘 알고 있다. 나는 한 사람이 아니라 가족이다. 나는 DNA이며 유산이며, 그를 미래로 실어다 줄 운송 수단이다. 그 이상은 아무것도 아니다.

그래서 도시 도처에 일어나고 있는 먼지를 봤을 때, 고층 건물들이 나무처럼 흔들리며 더 오래된 것들이 깨지고 휘는 것을 봤을 때, 창문에 얼굴을 바싹 대고 애트비스트 빌딩이 허물어지고 침수되기 시작하는 것을 봤을 때, 나는 무엇을 느껴야 할지 알 수가 없다. 라디오에서 BABL의 부글부글 끓는 귀에 거슬리는 소리로 희미해졌지만 끝날 때까지 들리던 그의 목소리를 들었을 때, 나는 그의 말들을 어떻게 받아들여야 할지 알 수가 없다.

"그래서 이게 전부 꿈이다?" 그는 유리가 깨지는 소리 위로 으르렁거린다. "규칙도 없이, 무슨 일이 일어나겠어? 빌어먹을 장소. 빌어먹을 이 새로운 세계. 너희 모두 계속 할 일이나 해, 내 말 듣고 있어? 이건 우리에게 끝이 아니야. 나는 절대 멈추지 않아, 절대로……."

비행기 안에는 암울한 침묵만 걸려 있다. 승무원들은 나를 쳐다본다. 조수도 나를 쳐다본다. 나는 아무 말도 하지 않았고, 그래서 아무엇도 변하지 않는다. 우리는 계속 우리 일을 한다. 뉴욕이 우리 밑에서 몸부림치고 전율하는 동안 그 위를 날아왔고, 미드웨스트의 텅 빈 창공으로 미끄러지듯 나아간다. 나는 이상하지만 갈수록 익숙해지는 장면을 본다. 지평선 위의 잔물결. 지형의 미묘한 변화들. 파란 하늘에 매달린 반짝이는 형태들, 내 주변에서 언뜻 보였다가 그것을 표현할 수 있게 되기 전에 사라져 버린다.

그것은 정말로 꿈일까? 어떤 일이든 일어날 수 있다면, 그것이 뭔가 좋은 것일 수는 없을까? 나는 무릎 위에 놓인 금속 서류가방, 죽음과 기만의 수단을 내려다보고는 토하고 싶은 충동에 울음을 섞어 넣고 싶은 충동을 느낀다. 누가 이것을 좋게 만들까?

＊ ＊ ＊

나의 잠은 공허하다. 나는 지금은 어두워졌음에도 마치 시간이 흐르지 않은 것처럼 같은 생각으로, 같은 느낌으로, 같은 메스꺼움으로 깨어났고 승무원들은 잠들어 있다.

나는 우리가 중대한 사건이 다가오고 있다는 것을 느낄 수 있는지가 가끔 궁금했다. 거대한 질량의 물체는 시간을 왜곡할 수 있다. 거대한 중대성의 사건도 같은 일을 할 수 있지 않을까? 그 순간의 질량이 양쪽에서 느껴지는 자국을 만들어서, 그 일이 일어나기 전에 기억될 수는 없을까?

나는 내 죽음이 궁금하다. 나의 마지막 날에 눈을 떴을 때, 따끔거리거나 몸이 떨리는 것을 느낄 수 있을까? 나의 어느 작은 부분은

632

알게 될까?

나는 잠든 직원들의 얼굴을 보면서 객실을 이리저리 돌아다닌다. 새로운 베이지색 재킷을 입은, 그래서 놀랍도록 소박하고 상냥하게 보이는 군인들. 은색 셔츠에 전문가답지 못하고 만약 액시엄이 그 밤에 살아남는다면 정비할 예정인, 내 것보다 약간 창의성이 허용된 다채로운 색의 넥타이들을 맨 교섭자들.

그리고 빨간 드레스를 입은 나의 조수. 또 다른 도락. 내가 왜 그녀를 데리고 왔지? 나는 감상적인 사람이 아니다. 나는 몇 년 전에 그것을 내게서 비틀어 짜내 버렸다. 내 신경을 진정시켜 줄 빠른 성교 이상으로 내가 이 여자에게 바라는 것은 무엇일까?

나는 특대형 전망창을 통해 밖을 내다본다. 아래에는 도시가 없다. 점점이 산재한 문명의 반짝이는 신호등도 없다. 지상은 어둡고 인류가 없고, 어떤 아름다움이 들어 있더라도, 거기에는 그것을 목격할 사람이 아무도 없다. 나는 설명할 수 없는 또 다른 감각을 느낀다. 외로움이 뱃속으로 스르르 기어들어 와 메스꺼움과 우울감에 더해 이 끔찍한 파티에 새로운 손님으로 합류한다. 약함과 무력함과 부조리를 느끼며, 깨어 있을 것을 아는 한 사람을 찾아 나는 조종실로 향한다.

조종사는 내게 고개를 끄덕인다. 부조종사는 잠들어 있다.

"저 사람은 왜 자고 있죠?" 나는 누그러진 척추를 권위의 흥분으로 긴장시키며 따져 묻는다.

"저희는 자동이 아닙니다. 기상은 좋고, 항로는 설정되었으니 좀 쉬게 하는 게 좋겠다고 생각했습니다."

나는 부조종사를 쳐다본다. 그는 늙었다. 이 직업에서 그래야 할 것보다 더 늙었다. 그는 비상사태를 대비해 선발되었을 것이 틀림없다.

"깨우세요."

조종사는 계기판을 가로질러 팔을 뻗어 부조종사의 팔꿈치를 살짝 민다. "이봐요."

부조종사는 움직이지 않는다.

"이봐요. 더그."

조종사가 부조종사의 어깨를 흔들자 부조종사의 손이 갑자기 튀어나와 조종사의 팔을 잡아 거칠게 떼어 내더니 피가 흩뿌려지고 비명이 터진다. 부조종사는 조종사 위에 올라탔고 비행기가 급강하하면서 나는 앞쪽으로 굴러 떨어진다.

나는 얼얼함을 느낀다. 떨림을 느낀다. 이빨이 내 종아리에 박히는 것을 느끼자 비명 대신에 끔찍스러운 웃음이 나에게서 넘쳐 나온다.

오늘! 그게 오늘이었어! 더그라는 이름의 노인의 손에!

소음을 죽인 총소리가 났고 부조종사는 조용해진다. 내 조수가 그를 나에게서 떼어 내고 조종사에게 권총을 겨눈다.

"착륙시켜요."

조종사는 피가 흐르는 자기 팔을 쳐다본다. 그는 안도에 가까운 피로감으로 고개를 흔든다.

"제발!" 조수가 말한다. "아직 시간이 있잖아요!"

조종사에게서 긴 한숨이 휘파람처럼 새어 나온다. 그는 의자에 자리를 잡고 조종간을 잡아 올린다. 나는 비틀비틀 일어선다. 멀리 지평선에 아마도 우리의 목적지일 도시가, 고층 건물들이 보인다. 우리가 해낼 거라는 희망과 믿음을 가지는 나를 발견했는데…….

다리에서부터 울리는 고통의 고동.

정맥을 타고 기어 올라오는 검은 벌레들.

암시 하나. 다음에 벌어질 일은 나와 관련이 없다. 살아 있는 사람들이 미래의 계획을 의논하는 동안 나는 원 바깥에 서 있었는데, 그들의 어깨로 만들어진 벽에는 틈이 없었고, 그들의 메시지는 크고 명확하다. *너는 너무 오래 머물러서 폐를 끼쳤어. 넌 내일에 초대받지 않았어.*

멀리에서 외치는 목소리들이 들린다. 어두운 숲의 바다에 섬처럼 떠 있는 도시가 보인다. 그러고 나서 모든 창문을 채운, 나무들만 온통 보인다.

소음. 고통. 나는 이제 비행기도 필요 없이, 산산이 부서진 플렉시글라스의 파편에 둘러싸여 허공에서 팔다리를 마구 흔들며, 자유롭게 날고 있다가 물속에 있다. 바라서가 아니라 본능적으로, 나는 수면 쪽으로 발을 찼고 억지로 숨을 쉰다. 나는 발이 땅을 칠 때까지 발길질을 하여 일어선다.

나는 숲속에 있다. 온화한 물 흐름만이 유일한 소리인 강에 서 있다. 하늘은 맑고 인간의 어떤 불빛으로도 가려지지 않은 별이 가득하다. 나는 여기가 **죽은 자**들의 숲인지가 궁금해진다. 그들이 살아 있는 사람들의 모닥불에서 멀어져 방황하게 되면, 아마도 여기가 그들이 가야 할 곳인 것 같다. 나는 항상 그들이 휘청거리며 폐허를 돌아다니는 동안 무엇을 보는지가 궁금했다. 그것이 이런 것이었을까?

건물들의 자리에 나무들이, 비명을 지르는 고기들의 자리엔 산딸기와 꿀이 보이는 환영? 이런 조용한 숲에서 떠도는 것으로, 나의 두 번째 삶을 보내게 될 곳이 이곳일까?

이런 환상을 보는 나를 비웃듯이 걸쭉하고, 끈적거리는 고통이 둔탁하게 다리를 친다. 나는 불현듯 내 주변 사방에 있는 시체들을 깨달았다. 저들은 누구지? 나는 내가 저들을 알고 있다는 것을 알았지만 그들의 이름들을 캐내 보려는 노력은 제압당한다. 그들의 사지가 뒤틀리고 무의미한 신음 소리로 고요함을 산산 조각낼 준비를 하며 폐가 축축하게 부풀어 오른다. 그래서 나는 한 남자의 재킷에서 리볼버를 꺼내 그의 머리를 쏜다. 옆으로 누워 온몸에서 피를 흘리고 있는 붉은 드레스의 금발 여자에게 갈 때까지 이것을 반복한다.

"그러니까 이게 그거군요."

나는 똑바로 창문을 지나간다. 그녀는 그러지 않는다. 그렇다고 문제될 것은 없다. 나는 벌레들이 넓적다리로 기어 올라와 사타구니로 들어가는 것을 느낀다. 잠깐의 극심한 고통 그러고 나서 무감각.

나는 그녀 옆에 앉는다.

"감염됐어요?"

나는 고개를 끄덕인다.

"저도 그렇게 될 것 같네요."

나는 왜 숨었을까? 왜 항상 싸우거나 도망쳤을까? 나에게 인간으로 존재하는 특권이 있었을 때 왜 지옥 같은 짐승의 세상을 선택했을까?

"우리에게 탄환이 충분한가요?"

나는 고개를 끄덕인다. 별들은 아름다웠지만 나는 흙을 쳐다본다.

"로사."

의식이 희미해지는 단계에서조차 그녀는 자신의 이름을 부르는 소리에 어떻게든 놀란다. "뭐죠?"

"미안해, 로사."

그녀는 이해할 수 없다는 것과 믿을 수 없다는 것이 뒤섞인 눈을 가늘게 뜨고 나를 쳐다본다.

"미안하다고?" 그녀는 피를 토해 낸다. 그녀의 드레스와 어울린다. "뭐가?"

벌레들이 뱃속으로 들어왔고 신경들이 정지한다. 다른 모든 것들과 마찬가지로, 마침내 메스꺼움이 불가사의하게 사라진다. 나는 사라지고 있다.

"너의 삶. 나의 삶. 모든 것이." 나는 눈물을 흘려보낸다. 그것들 역시 사라지기 전에 내보내 줘야만 한다. "내가 미안하게 생각하지 않았던 것은 아무것도 생각나지 않아."

로사는 눈물이 고인 내 눈을 바라보며 잠시 나를 응시한다. 그러더니 내 얼굴에 피를 뱉는다.

"빌어먹을, 애트비스트. 임종의 고해 따윈 집어 치워. 넌 네가 사는 내내 괴물이 될 수 있을 거라고, 원하는 것은 전부 취하고, 그러고 나서 문 밖으로 네 빚을 쓸어 버릴 수 있다고 생각하지? 나쁜 놈."

벌레들이 가슴으로 기어 들어왔지만 심장은 모든 것을 느낄 수 있게 버려 두고 피해 간 것 같다. 나는 내 손에 든 총을 내려다본다.

"내가 떠나지 않는다면 어쩔 건데? 내가 그 빚을 갚을 만큼 오래

머문다면?"

그녀는 거칠게 기침을 하면서 웃는다.

"갚는다고? 네가 머문다면 그 빚이 두 배가 될걸."

"뭔가 방법이 있다면……."

"방법은 없어. 역병은 좋은 사람들을 괴물로 만들지. 그것이 너 같은 놈은 어떻게 만들지 상상해 봐."

벌레들이 이제는 내 목구멍에 있는 것 같다. 나의 폐에. 숨 쉬려는 욕구가 사라져 가고 있다.

"내 말 들어." 로사의 얼음같이 차가운 파란 눈이 내 눈에 고정되어 나를 나의 필사적인 공상의 산물로부터 떼어 낸다. "넌 나를 쏠 거야, 그러고 나서 너 자신도 쏘는 거야. 지금 당장 그렇게 해."

내 손에 든 총이 떨린다.

로사의 시선은 단순한 혐오감이 아니다. 그것은 실망감이다. 부적절한 믿음의 어색한 혐오감.

"넌 항상 아무도 너를 사랑하지도 못할 거라 그렇게나 확신했잖아." 그녀는 내 손을 잡고 총을 자기 이마 쪽으로 민다. "그래, 결국에는 네가 옳았어." 그녀는 방아쇠에 놓인 내 손가락을 꽉 쥔다.

나는 이제 준비가 되었다. 오, 신이여, 준비됐습니다. 그녀의 마지막 소원에 복종하며 피에 흠뻑 젖은 총을 들어 올렸지만, 원시적인 생존 본능에 따르기라도 하듯, 그 벌레들이 나의 팔로 몰려가서 마비시킨다.

나는 거의 죽었다. 나는 차가운 별들로 둘러싸인 공간에 떠 있는 머리와 심장이다. 그리고 심장이 마지막으로 미친 듯이 쿵쿵거리고는 사라지자, 마지막 명령 하나를 주려고 산산이 부서진 정신으로부터 떨어져 나온 커다란 목소리와 같은 내 생각들이 들려온다.

너는 돌아오게 될 거야. 넌 방법을 찾을 거야. 넌 네가 훔친 것 이상으로 갚게 될 거야.

* * *

내 주변의 쓰레기 떼처럼 미동도 없이 표류하며 어떤 검은 공동 깊은 곳에서 다리에 경련이 일어난다. 나는 발을 찬다. 위에서 비치는 희미한 불빛 쪽으로 일어나며 한 팔을 거칠게 내민다. 그 표면을 뚫고 나와 와락 공기를 들이마신다. 나는 소리를 지른다. 하지만 내 사지는 쓸모없는 것이다. 나는 모든 시체들이 그러하듯 다시 가라앉았고, 손이 기운 없이 나보다 위에 떠 있다.

누군가 그것을 붙잡는다. 누군가 나를 물 밖으로 끌어당겨 부력이 있는 뭔가의 위로 올려놨고, 그러고 나자 나는 딱딱한 인도 위에 무릎을 꿇고 기침을 하고 토하고 숨을 쉬다가, 마침내 충분히 공기를 마셨을 때 무너지듯 쓰러져서 등을 대고 구른다. 하늘이 어둡다. 줄리의 젖은 머리카락이 바람에 춤을 춘다. 눈에서는 눈물이 그리고 코에서는 코피가 나고 있었지만, 그녀는 미소를 짓고 있다.

"R. 우리 안 죽었어."

브루클린 다리는 우리가 날려가지 않으려고 난간을 꼭 붙잡고 뛰어 건너가자 해먹처럼 흔들거린다. 나는 무중력 상태로 방향 감각을 잃은 느낌이 든다. 비와 물보라 사이로 낯익은 얼굴들이 보였지만, 나는 모든 전후사정을 잊어버렸다. 나는 나를 구해 준 여자 옆에서 폭풍우 속을 뛰어가고 있는 한 남자였고, 지금으로서는 그것으로 충분하다.

일단 다리를 건너자, 브루클린의 오래된 브라운스톤으로 지은 집들이 바람의 힘을 막아 줬고 나는 중력이 다시 돌아온 것을 느낀다. 중력과 함께 의식도 어느 정도 돌아왔고, 나는 우리 일당 중 한 자리가 빈 것을 알아챈다.

"톰슨은 어디에 있어?" 나는 휘몰아치는 폭풍에 대고 소리친다.

줄리는 거칠게 숨을 쉬느라 말을 꺼내지 못하는 것 같다. 그녀는 그저 고개를 저을 뿐이다.

그녀는 우리를 어딘가로 이끈다. 그녀가 예전에 살았던 곳 주변의 거리와 터널과 주차장을 쏜살같이 달려가자 모두들 한 걸음 뒤에서 따라갔고, 브루클린 하이츠 산책로의 평평하고 넓게 트인 곳으로 올라가는 계단 위로 나온다. 난간 너머로는 관광객들에게 바가지를 씌울 뉴욕의 스카이라인의 풍경이 보였어야 했지만, 거기에는 아무것도 없다. 비는 회색의 빈 공간만 남기고, 도시를 현실로부터 지워내 버렸다.

M은 기념품 가게의 문을 발로 차서 열었고 우리는 비틀거리며 안으로 들어간다. 그는 문을 밀어서 닫고는 그림엽서 가판대를 문에 대고 버텨 놓았고 갑자기 정적이 흐른다. 바람은 울부짖고 비는 창문을 타닥거리며 때렸지만, 바깥의 혼돈과 비교하면 수도원 같다. 내가 숨 쉬는 소리까지 들린다. 그것에 대해 생각하지도 않았는데 꾸준하고 규칙적이었다. 기적. 다른 사람의 숨소리도 역시 모두 다른 속도와 고조로 들렸지만, 건조하게 쌕쌕거려서 너무 지독하게 시체 같은 줄리의 소리가 가장 크다. 그녀의 배낭은 사라졌다. 그녀의 재킷, 그녀의 흡입기……

나는 그녀의 한 손을 잡고 천천히 벤치에 앉힌다. 나는 그녀가 공기를 마시려고 애쓰자 그녀의 등을 문질러 준다.

"우린 괜찮아. 우리가 해냈어. 넌 그만해도 괜찮아."

그녀는 목을 움켜쥐고 눈을 크게 뜬다.

"그냥 공기만 생각해. 그게 네 폐에 얼마나 기분 좋게 느껴지는지. 부드럽고 시원하게." 나는 천천히 숨을 마셨다가 내쉰다. 게으른

641

산들바람처럼 깨끗하고, 완벽한 호흡. "숨 쉬는 것에 대해서 생각해. 호흡의 기쁨. 특권. 넌 하늘을 삼키고 있는 중이야."

그녀는 눈을 감고 입을 오므렸고 쌕쌕거림이 부드러워지기 시작한다. 노라는 괜찮다고 생각하며 아마도 조금은 감명 받은 듯, 나에게 고개를 끄덕였다. 마침내, 줄리는 몸서리쳐지는 한숨을 내쉬고는 고개를 저으며 종얼거린다.

"좀비가 어떻게 숨 쉬는지 말해 주다니. 다음엔 뭐야?"

그녀는 내 어깨에 머리를 툭 기댄다.

＊ ＊ ＊

한 시간 후, 폭풍은 기운이 빠진다. 비는 그치고 바람은 진정됐다. 우리는 그 가게에서 나와 산책로의 가장자리로 걸어간다. 우리는 난간 앞에 서 있다. 벤치들이 전부 점령되어 있다. 백골들이 더 이상 맞지 않는 옷을 걸치고 몇 명은 혼자서, 몇몇은 파트너와 함께 머리에 구멍이 난 채 모두 손에 총을 들고 앉아 있다. 명소는 이제 안녕이다.

이만큼 멀리에서 그 손상은 최소한으로 보였지만 나는 여전히 그 변화를 볼 수 있다. 새로운 정적. 원래대로라면 인파로 붐벼야 했을 곳에서 물결이 반짝인다. 맨해튼은 베니스가 되어 가고 있다. 뱃사공들이 브로드웨이 쪽으로 노를 저어 가는 동안 연인들은 곤돌라에서 껴안을 것이다. 다시는 누구도 여기에 살지 않는다 해도.

"아이들이 버스에 있었어." 줄리는 도시를 응시하며 말한다. "스

642

프라우트, 조안, 그리고 알렉스. 아이들은 버스에 타고 있었어."

나는 그녀의 시선을 따라간다. 그녀는 병원 쪽을 보고 있다. 원래는 병원이었을 물기에 젖은 돌무더기 잔해의 산 쪽을.

"너희 어머니도 데리고 있을 게 분명해." 노라가 부드럽게 말한다. "거의 살아난 것에 가까워지셨잖아. 가치 있는 표본이지."

줄리는 해류가 잔해를 실어 가면서 산이 무너지는 것을 지켜본다.

"놈들이 그녀를 데리고 있어." 톰슨이 말한다.

"맙소사." 줄리는 가슴을 부여잡으며 숨을 들이켠다. "도대체 어디에 있다가……."

그녀가 어디에서 왔든 톰슨은 우리에게서 몇 걸음 떨어진 곳에서 망원경에 얼굴을 대고 난간과 마주 보고 서 있다.

"병원 뒤에서, 그녀를 더 먼저 봤거든. 놈들이 트럭에 태우고 있었어. 가치 있는 표본들을."

그녀는 한 손으로 망원경을 잡고 다른 손에는 휴대용 아마추어 무전기를 들고 있다. 그녀가 지금 막 온 곳에서 발견한 것이든지 아니면 경비들이 굳이 귀찮게 압수하지 않았던 그녀의 많은 주머니 속에 원래 가지고 있던 것이든 둘 중 하나다. 돌릴 채널이 하나뿐인데 라디오가 무슨 위협에 되겠는가?

그녀가 라디오를 달칵 키자 연방 FM이 정적을 깨뜨린다.

"지금이 바로 우리의 힘을 모을 때입니다." 거슬리는 목소리가 액션 영화 음악 위로 말한다. "동쪽의 지사 하나가 무너졌지만, 우리의 뿌리는 이 거대한 나라를 가로질러 도처로 뻗어 있습니다. 산 자와 **죽은 자**는 서쪽에서 태양이 떠오르면 같은 과실을 먹게 될 겁니다."

643

"저들은 포스트로 가려는 거야." 줄리는 맨해튼 거리의 홍수를 쳐다보며 중얼거린다. "이 모든 걸 가지고 포스트로 가려는 거라고."

"그러면…… 우리는 그들을 따라가야겠네, 맞지?" 노라가 확인을 구하며 얼굴들을 흘끗 쳐다본다. "우리 사람들을 잡아간 호송대를 따라잡아서는 이 대륙을 떠나는 거야. 맞지, 줄리?"

얼마나 될 것 같지 않은 일인지를 인정하기를 거부하는 것처럼, 그 목소리에는 극단적인 단호함이 담겨 있다. 그리고 놀랍게도 줄리는 거기에 서둘러 동의하지 않는다. 그저 그 질문을 듣지 않은 것처럼 도시만 응시할 뿐이다.

"비행기는 아마 JFK 공항의 격납고에 안전하게 있을 거야." 노라는 약간 당황했지만 단념하지 않고 이어서 말한다. "에이브럼, 부품 몇 개를 더 모을 수 있으면 고칠 수 있겠지?"

에이브럼은 머리카락이 눈 위로 드리워진 채 멍한 얼굴로 다른 모두와 떨어져 서 있다.

"뭔가 잊은 거 없어?" 그의 목소리는 차갑고 침착하다. 그는 팔과 어깨에 두른, 도시의 때가 타서 갈색이 되고 눅눅해진 붕대를 두드린다. "난 너희 인질이었잖아." 그는 줄리를 노려본다. "그리고 넌 총을 잃었지."

노라는 한숨을 쉰다.

"우와, 맙소사. 이제는 다 지나간 일이라고 판단했다고 짐작했는데. 이 모든 일을 겪고 당신이 뭔가 깨달았을 거라고……."

"아니야." 그는 고개를 젓는다. "난 호송대를 다루는 데는 너희 도움을 이용할 수 있지만, 내가 딸을 찾는 그 순간 끝낼 거야."

"그러고 나서는 뭐?" 노라는 공격적인 자세로 바꾸면서 따진다. "또 다른 숲속의 오두막? 아무래도 멕시코 장벽에서 당신 운을 시험해 봤던 것 같은데?"

"어딘가 다른 곳을 찾을 거야."

"진심이야, 켈빈?" 그녀는 양손을 번쩍 든다. "헬레나, 디트로이트, 피츠버그, 그리고 뉴욕 이후에도 아직 숨을 수 있다고 생각한다고?"

"아이슬란드로 날아가자고 부르짖던 넌 어떻고?"

"난 그걸 탈출이라고 불러. 엄청난 차이가 있지."

M은 그 언쟁이 권투 경기인 것처럼 지켜보면서 노라가 주먹을 잘 날릴 때마다 미소를 짓고 있었지만, 내가 가장 거기에 참여하길 기대하는 사람은 빠진 채다. 줄리는 마치 머릿속에 더 큰 논쟁이 벌어지고 있는 듯, 경직된 턱에 눈을 가늘게 뜨고 도시와 마주하고 있다.

그리고 톰슨은…… 톰슨이 뭘 하고 있는 건지 도무지 모르겠다. 그녀는 골똘하게 망원경을 들여다봤지만, 파멸을 조사하기 위해서는 아니다. 그녀는 로어맨해튼의 한 지점을 지켜보고 있었고, 나도 무엇이 그녀의 흥미를 끌었는지 찾아보려고 애쓰다가 특이한 뭔가를 알아챈다. 도시 전체가 정전이 되었는데, 태양광 판은 날려가고 기반 시설은 물에 잠기고 밤은 깊어 모든 건물이 컴컴하다. 하나만 제외하고. 낮은 사무실 건물이 온통 어두운 고층 건물 한가운데에서 등대처럼 빛났는데 그 밝은 창문이 그것을 둘러싼 새로이 형성된 바다에 반사되고 있다.

"저게 뭐죠?" 나는 톰슨에게 묻는다.

"저게 BABL의 탑이야."

에이브럼과 노라는 언쟁을 멈춘다. 줄리는 몽상에서 탁 깨어난다.

"뭐라고 했어요?"

망원경 아래로 톰슨의 입이 이를 드러내며 활짝 미소를 짓는다.

"입들을 조용하게 하는 것, 목을 틀어막는 것, 비둘기들을 혼란스럽게 하는 것. 그 단 하나의 이유. *이것은……*" 그녀는 아마추어 무전기를 들어 올린다. "친구들로 가득한 상자가 아니야. 정확히 몇 분 이내에……."

그 건물이 하얗게 반짝인다. 소리를 죽인 쿵쾅거림. 그러더니 구조물 전체가 무너졌고, 즉각적으로 물이 차오르는 구덩이 안으로 가라앉아, 건물이 거기에 있었다는 모든 증거를 지워 버린다.

나는 공기의 변화를 느낀다. 얼얼한 감각. 아니면 아마도 갑작스러운 결핍.

"그래!" 톰슨이 괴성을 질러서 모두들 펄쩍 뛰었고, 나는 그녀가 흔드는 팔을 피하려고 뒤로 물러선다. "타오르고 물에 빠지고! 해냈어! 쓰러뜨렸어!"

"저게 그거였어요?" 줄리가 동그래진 눈을 하고 묻는다. "*저게* 방해 전파 발신기였어요?"

"그래!" 톰슨이 다시 괴성을 지르더니 낮게 속사포처럼 횡설수설되는 대로 지껄인다. "처음에는 프리덤 타워일 거라 생각했지. 그런데 액시엄이 지금까지 장악해 온 시설에 대해 알았다면 그래서 더 잘 숨겨야만 했다면 아마도 개연성이 낮은, 크고 명확한 안테나가 아니라 아마도 *뒤집힌* 탑처럼 영원히 숨기도록 지어진 뭔가였을 거야. 땅 그 자체가 발신기가 되도록 유도하는 지질학적인 어떤 유형으로 아니면 아마도⋯⋯."

"톰슨!" 줄리가 그녀의 말을 자르고, 그녀의 손에서 여전히 선전을 지껄이고 있는 라디오를 가리킨다. "*해 봐요.*"

톰슨은 얼어붙어서 고개를 끄덕이고는 연방 FM에서 주파수를 돌린다.

마이크에서 울리는 소리처럼 지지직거리고 주파수가 불안정하게 흔들린다. 멈추라는 경찰의 호루라기 소리처럼. 이것이 약간 더 조용하다. 잠깐의 정적을 남기고 오락가락한다. 하지만 유지된다.

톰슨이 풀어진 얼굴로 송신 버튼을 누른다. "여보세요?"

소음.

그녀는 주파수 손잡이를 비틀고 들어 보고 탐색한다.

"여보세요? 여보세요?"

소리 죽은 목소리가 몇 개. 음절의 유령 같은 윤곽 몇 개. 가로막힌 무전의 수다이거나 그저 연방 FM이 주파수대를 통해 흘러나와서 모든 전파를 오염시킨 것일 수도 있다.

"여보세요?" 그녀는 반복할 때마다 점점 더 작아지는 목소리로 말한다. "거기 누구 없어요?"

줄리는 고개를 흔들고는 난간에 기대 축 늘어지며 작게 말한다.

"젠장."

나는 땅을 쳐다본다. 지식들이 그 무게로 내리누르면서 머릿속에 모여드는 것이 느껴진다. 나는 벤치에 브루클린 사이클론 셔츠를 입은 해골 옆에 무너지듯 앉아 바다로 떠내려가는 폭풍을 쳐다본다.

노라는 톰슨의 어깨에 손을 얹는다. "저게 그 장소가 확실해요?"

"그 기계 바로 앞에 서 있었다니까!" 톰슨이 외쳤고, 노라는 화들짝 놀라 물러선다. "수직으로 세워 놓은 하드론 입자가속기처럼 보였고, 모든 걸 집어삼킬 입처럼 거대하고 끔찍했다고! 내가 타이머를 맞춰 두고 그 안에 내려놓고는 날아가 버리는 것까지 지켜봤는데 그러니까 그게…… 저기가……." 그녀는 라디오에 자기 머리를 아플 정도로 세게 박는다. "모르겠어."

그녀는 계속 손잡이를 비튼다. 숨 막히게 하는 세계의 끼익거리고 삐익거리는 소리를 들으며 모두들 조용하게 있다.

노라는 긴 한숨을 쉬고는 앉을 자리를 찾아 주변을 둘러본다. 그녀는 벤치에 앉아 손을 잡고 있는 해골 연인을 찾아내고는 여자를 땅바닥으로 밀어내고 남자 옆에 털썩 앉는다.

"예전 정부가 격리 기계를 'BABL'이라고 부른 게 참 기묘해." 노라는 거의 혼잣말처럼 말한다. "창세기를 읽었던 게 오래되긴 했는데 바벨탑은 사람들을 통합하려던 거 아니었어?"

"'그리고 온 땅의 언어가 하나요, 말이 하나였더라.'" 톰슨이 라디오와 씨름하면서 암송한다. "그리고 그들이 말하길, '자, 성읍과 탑을 건설하여 그 탑 꼭대기를 하늘에 닿게 하여 우리 이름을 내고 온 지면에 흩어짐을 면하자 하였더니.'"

노라는 고개를 끄덕인다. "맞아요, 그래서 어떻게……."

"'그리고 주께서 사람의 아이들이 건설하는 그 성읍과 탑을 보러 내려 오셨더라.'" 톰슨은 같은 채널들로 다시 또다시 손잡이를 홱 움직이며 이어서 말한다. "'그리고 여호와께서 이르시되 이 무리가 한 족속이요 언어도 하나이므로 이같이 시작하였으니 이 후로는 그 하고자 하는 일을 막을 수 없으리로다.'"

노라는 즐거워하는 얼굴로 줄리를 봤지만, 줄리는 열중해서 들으며 톰슨을 응시하고 있다. 나 역시 외로운 입주자를 깨워 나의 지하실에서 크게 메아리치는 과거로부터 익숙한 이야기를 허락하며 경청하고 있다.

톰슨은 주를 인용하면서 장난스럽게 낄낄거림을 덧붙인다.

"'자, 우리가 내려가서 거기서 그들의 언어를 혼잡하게 하여 그들이 서로 알아듣지 못하게 하자 하시고, 여호와께서 거기서 그들을 온 지면에 흩으셨으므로 그들이 그 도시를 건설하기를 그쳤더라.'"

"방해 전파 발신기랑 정반대잖아." 줄리가 투덜거린다. "소통과 협력을 위한 거잖아. 세계 연합을 위한 공동의 조직. 왜 그게 신을 불안하게 했을까?"

"그게 왜 예전 정부를 불안하게 했을까?" 톰슨이 말한다. "왜 꼭 대기에 앉고 싶어 하는 누군가를 불안하게 했을까? 왜냐하면 계급 구조가 거짓이기 때문이지. 아무도 우두머리를 필요로 하지 않기 때문에 그 누군가는 우리 모두가 그곳이 그의 자리라고 믿을 때까지 부풀리고 허세를 부려서 꼭대기를 차지하는 거야. 네 권력이 무지 위에 세워진다면 너라도 사람들이 서로 이야기하는 것을 원하지 않겠지."

지하실의 불쌍한 녀석이 제일 아래 계단에서 나를 지켜보고 있다. 그는 상자 하나를 내밀며 말한다. *이거 받아. 이걸로 좋은 일을 해.*

그들이 이해하지 못하면 어떡하지? 나를 싫어하면 어떡해?

그는 계단 꼭대기로 올라와서 내 발 앞에 그 상자를 놓는다. *넌 이*

사람들과 함께한 자살행위 수십 번에서 살아남았잖아. 더 멀리 뛰어넘을 게 있어?

나는 눈을 감고 그 상자를 들어 올린다.

"BABL이 뭐의 약자인지 알아?"

나는 특정한 누구에게랄 것 없이 묻는다.

"그걸 아는 사람을 만난 적이 없어." 톰슨이 말한다. "난 항상 파묻힌 미국 방송 잠금 장치(Buried American Broadcast Lock)라고 추측했었어."

노라는 잠시 생각한다.

"뉴욕…… 장벽 언어(Big Apple Barrier Language)?"

"엉덩이와 가슴 애호가(Butt And Breast Lover)." M이 제안한다.

나는 다음의 자백을 위해 긴장하며 천천히 숨을 내쉬었다.

"동서 해안 소요 차단 격자(Bicoastal Agitation Blocking Lattice)야."

모든 눈이 나에게 달려든다.

"방해 전파 발신기는 두 대가 있어. 각 해안에 하나씩. 두 개 모두가 사라지기 전까지는 전파가 개방되지 않아."

"어디에?" 톰슨은 당장 나를 덮칠 듯이 긴장하며 거의 악을 쓰며 말한다. "다른 건 어디에 있는데?"

"시티 스타디움 어딘가에. 그곳은 로터스 방송국의 일부거든요. 그리고 지금은 액시엄이 그 위에 앉아 있죠."

나는 그들의 눈이 나의 껍질을 벗기고 비밀을 노출시키려고 애쓰는 것을 느꼈지만, 나는 더 이상 숨기지 않는다. 나의 새로운 삶은 젊다. 나의 과거가 나의 대부분이다. 내가 그것을 잘라내 버린다면 나는 얇고 텅 빈 껍데기가 될 것이다.

"그들은 몇 년 전에 전부 계획했었어. 붕괴 이전에, 지진 이전에." 나는 얼굴을 감싸 쥐고 무릎에 기대 휘청거리며 달려가듯 내 안의 것들이 쏟아져 나오게 둔다. "그들은 죽었지만, 다시 돌아왔어. 멈추지 않을 거야." 나는 친구들이 나를 어떻게 보고 있는지를 보지 않으려고 애쓰며 손가락 사이로 물에 잠긴 도시를 엿본다. "그들은 벌써 피드를 차지했어. 곧 **죽은 자**들도 차지하게 될 거야. 그러고 나서 산 자들을. 그러고 나서 모든 것을."

산들바람이 내 머리카락을 헝클고 지나간다. 해가 지면서 누더기가 된 구름들 사이로 주황색 빛줄기들이 보이는데, 그 빛의 평범한 일상은 여기 지상의 혼돈에 방해받지 않는다.

"무슨 이야기를 하고 있는 거야?" 에이브럼이 낮은 목소리로 말한다. "어떻게 네가 이걸 다 알아?"

나는 에이브럼에게 대답하지 않는다. 나는 줄리에게 대답한다. 그녀의 얼굴을 들여다보고 그녀에게 말한다.

"내가 누구였는지 기억났어."

그녀의 눈이 휘둥그레지더니 떠돌이 행성들이 지구 쪽으로 돌진하기라도 하듯 겁에 질렸지만, 나는 눈을 돌리고 싶은 충동에 저항한다. 이번에는 도망칠 수 없다. 그녀가 나를 가르고 나의 내부 주변을 파헤쳐서 거기에서 무엇을 찾아내든, 그녀가 가지게 둘 것이다.

하지만 재판은 열리지 않는다. 적어도 아직은 아니다. 강력하게 대답을 요구하고 내 죄를 심문하는 대신에, 그녀는 시야를 돌리며 말한다. "우린 머물러야만 해."

내가 숨을 쉬고 있지 않았다는 것을 깨닫는다. 나는 기꺼이 숨을 들이마신다.

"머물러?" 노라가 말한다. "무슨 뜻이야?"

"우리는 계속 숨을지 탈출할지 논쟁하고 있잖아. 언제 저것들이 우리의 유일한 선택 사항이 된 거야? 포기하는 두 가지 길로?"

노라는 얼굴을 찡그린다.

"음, 줄리…… 네가 두 번째 선택 사항을 꽤나 주장해 왔잖아."

"나도 알아." 그녀는 고개를 젓는다. "난 너무 두려웠어. 우리가 도움을 찾아서 집으로 가져갈 거라고 스스로에게 말했었지만, 모든 것이 너무나 망해서……." 나는 그녀의 눈가에 물기가 반짝이는 것을 알아챈다. "……그러고 나서 엄마가 나타났고, 그리고 난 그냥…… 망가졌지." 그녀는 눈물이 가득 고인 눈으로 에이브럼을 쳐다본다. "미안해요. 정말로 미안해요."

에이브럼은 아무 말도 하지 않는다. 그의 얼굴이 돌처럼 굳는다.

"하지만 네가 옳았어, R." 그녀는 내 발을 잠시 쳐다보더니 내 눈으로 시선을 올린다. "난 엄마를 구할 수 없어." 그녀는 노라를 돌아본다. "그리고 너도 옳았어. 엄마는 다른 모든 것을 포기한다는 의미라면 내가 시도하는 것을 원하지 않으셨을 거야." 그녀는 팔로 눈을 문지르고는 이를 악문다. "우린 숨을 수 없어. 그리고 탈출할 수도 없어. 머물러서 싸워야만 해."

1~2분 정도, 톰슨이 무심코 천천히 전파를 훑고 있던 라디오의 끼익 소리만이 유일하게 흐른다. 나는 에이브럼이 이것에 대해서 할 말이 많을 것이라 예상했지만, 그는 그저 이상하게 무표정한 얼굴로

줄리를 보고 나를 볼 뿐이다.

"액시엄이랑 싸워?" M이 두통이 오는 것처럼 이마를 꼭 집으면서 말한다. "어떻게?"

톰슨은 주파수를 연방 FM으로 다시 돌렸고, 줄리는 넌더리가 난다는 듯 얼굴을 찡그리며 엄지손가락으로 라디오를 꾹 누른다.

"저것부터 시작하자고 말하는 거야."

"액시엄 그룹은 불확실한 시대에 확실성을 제공합니다." 영화 음악이 커지는 동안 진심 어린 여성의 목소리가 말했다. "같은 처지의 사람이 딱 당신만큼 필사적인데 어떻게 그 사람에게 의존할 수 있겠습니까? 오직 액시엄만이 군중 위에 서 있습니다. 오직 액시엄만이 신뢰받을 만큼 번영하고 있습니다."

"저들은 막을 수 없는 군대를 가진 게 아니야. 무력으로 나라를 뺏고 있는 것이 아니야. 사람들이 최선의 방법이라고 생각하고 그들에게 주고 있는 거지. 그들이 아는 건 액시엄이 그들에게 말하고 있는 게 다니까."

"번화한 현대적 도시들에서 모든 가족을 위한 음식, 쉼터, 그리고 일을 찾게 될 것입니다. 수호천사처럼 헬리콥터가 당신의 머리 위에 떠 있는 동안 두꺼운 벽과 훈련된 군인들에 둘러싸여 평화롭게 잠들 것입니다."

"이걸 듣기만 해도 토할 것 같아." 줄리가 투덜거린다. "예전 정부나 액시엄, 항상 같은 목소리지. 모두의 머리 위로 외쳐 대는 커다란 헛소리."

"*강간범.*" 음악이 어두워지며 남자가 읊조린다. "*연쇄 살인마. 소*

아성애자. 테러범. 당신의 가족을 먹고 싶어 하는 인간이 아닌 괴물들······."

"저 개소리를 닥치게 해 줄 시간이야." 줄리는 라디오를 집어서 스위치를 탁 꺼 버린다. 톰슨은 신경 쓰지 않는 것처럼 보인다.

나는 벤치에서 몸을 일으킨다. 척추를 쫙 펴자 거의 M만큼 키가 커진다. 나는 비에 씻긴 공기로 폐를 채우고 위엄 있는 문장을 내뱉는다. "BABL을 파괴하러 가자."

톰슨의 얼굴에 미소가 활짝 번진다. 노라는 이를 악물고 입을 꾹 다물었지만, 고개를 끄덕이기 시작한다.

M은 내가 모퉁이에 있는 가게라도 돌고 오자고 제안한 것처럼 어깨를 으쓱한다. "나한테는 좋은 의견 같은걸."

하지만 에이브럼의 안에서는 뭔가 쌓여 가는 것이 보인다. 그는 피곤하고 슬픈 눈으로 땅을 쳐다보고 있다. 그는 씁쓸한 내부 논쟁에게 잡히기라도 한 듯 고개를 젓더니 멈춘다. 그러고는 줄리를 올려다본다.

"행운을 빌어."

그는 걷기 시작한다.

"어디 가는 거야?" 노라가 그의 뒤에서 소리친다.

"내 딸을 찾으러 갈 거야."

"우리도 그렇잖아! 여기로 돌아와!"

나는 그가 걸어가면서 고개를 흔드는 것을 본다.

"아니야, 너희는 BABL을 파괴하러 갈 거고 액시엄을 폭로하고 더 좋은 세상을 만들려는 거잖아. 나는 내 딸을 찾으러 갈 거라고."

"우리는 같은 장소로 갈 거잖아, 멍청아! 포스트로 가는 길에 그 아이를 못 찾으면 포스트 안에서 찾게 될 거라고!"

"너희는 포스트에서 성공하지 못할 거야. 세상이 너희를 산 채로 먹어 치울 테니."

"당신 입으로 우리가 당신을 도울 수 있다고 말했잖아!"

"내가 틀렸어."

노라는 질렸다는 듯 두 손을 들어 올린다. M은 머뭇거리며 나를 보고 줄리를 본다. "내가 저놈을 막을까?" 그는 손가락 관절을 뚝뚝 끊는다. "인질을 잡는 데 총이 필요하진 않지."

줄리는 그의 말을 못 들은 것 같다. 서서히 멀어지는 에이브럼을 지켜보는 그녀의 얼굴은 겹쳐지는 감정들로 팽팽하게 긴장되어 있었고, 그래서 나는 우리 둘 모두를 위해 대답한다.

"가게 둬."

내 입에서 그 단어들이 떠나가자 죄책감 어린 안도감이 몰려드는 것을 느낀다. 그가 인사불성 상태에서 벗어나게 되길, 그의 삶으로 새어 들어가는 빛을 보고 그쪽으로 걸어가길 희망하며 나라를 가로질러 이 남자를 끌고 왔지만 대신에 그는 떠나길 택한다.

"너무 멀어, 아무도 거기까지 닿지도 못할 거야."

그 말을 남기고 그는 발길을 돌린다. 그리고 나는 그에게 지쳤다. 나는 그와 그를 그렇게 만든 사람들과 그가 할 수 있다면 그렇게 만들게 될 사람들에게 지쳤다. 그가 가져온 전통과 바닥 생활의 유산에 지쳤고, 만약 그가 우리로부터 멀리 그것을 가져가려 한다면 나는 기꺼이 그렇게 하라고 말할 것이다.

하지만 항상 그렇듯 줄리는 더 따뜻한 사람이다. 항상 그렇듯 그녀는 마지막으로 포기하는 사람이다.

그녀는 그의 뒤로 달려간다.

"에이브럼!"

나는 심각해질 경우를 대비해 멀리서 따라간다.

"에이브럼, 기다려요!"

"재밌는 게 뭔지 알아?" 그는 속도를 늦추지도 않고, 조금의 재미도 없이 말한다. "넌 나를 쏴서 미안하다고 했지. 나를 인질로 잡았던 것은? 그래도 그게 그나마 내가 널 존중한답시고 넘어갈 수 있던 일이지만."

줄리는 양옆으로 주먹을 꼭 쥔다.

"그게 바로 네가 너의 이상보다 가족을 위해 해야만 하는 일을 선택한 때거든. 그리고 이제 넌 다시 돌아가려 하잖아. 네 어머니는 포기하고 세상을 구하려고 달려 나가려고 하잖아."

"난 우리 엄마를 포기하지 않았어요." 줄리는 악문 이 틈새로 말했다. "나는 엄마를 찾을 거고 할 수 있는 한 오래 같이 있을 거예요. 하지만 여기에 더 많은 것이 걸려 있어요! 우리가 아마 BABL을 찾을 곳을 아는, 액시엄 바깥에 있는 유일한 사람들일 거예요. 그러니까 우리는……."

"행운을 빈다." 그는 걸음을 빨리한다. 줄리는 뒤처지기 시작한다.

"에이브럼, 내 말 좀 들어 봐요!" 그녀의 얼굴은 끈질긴 투지로 가득했지만 목소리는 잠겨 가고 있다. "자기 가족을 잃은 것 같은 느낌이 뭔지 나도 알아. 당신이 인류에게서 잘려 나온 것처럼, 혼자인 듯

656

이 여겨지는 것처럼?"

그는 걸음마다 점점 기세를 올리며 거리의 어두운 쪽으로 몸을 튼다.

"매일 그런 생각과 싸웠지만, 그건 빌어먹을 사실이 아니에요!"

그는 결국 멈춘다. 휙 돌아선 그에게서 멍한 표정이 사라진다.

"그럼 사실은 뭔데, 줄리?" 그는 산성 용액 같은 목소리로 톡 쏜다. "네 자신의 생각들을 믿지 않는다면 뭘 믿는다는 건데?"

"나는 우리 엄마가 항상 내게 하시던 말씀을 믿어요." 그녀는 곧게 서서 부드럽게 흔들리지 않는 눈으로 그의 분노에 찬 눈을 마주친다. "인간이야말로 잃을 수 없는 가족이라는 걸. 무슨 일이 있어도, 당신이 뭘 해도."

나는 그녀의 옆얼굴을 응시한다. 그녀는 내가 듣고 있다는 것을 알아챘을까? 나에게 하는 말은 조금도 없을까?

에이브럼은 그녀가 다른 세계에서 온 사람인 것처럼 쳐다보고 있다. 불가능한 형태로 이야기하는 외계 언어. 나는 차가운 웃음이 터져 나올 거라 예상했지만, 그는 탈출한 감정들을 그의 머릿속 감옥으로 다시 끌고 오며 그저 눈을 가늘게 뜨고 그녀를 빤히 쳐다볼 뿐이다. 그러더니 다시 한 번 안전하게 멍한 상태로 돌아와 돌아서서 걸어간다.

줄리는 따라가지 않는다. 그 열정은 그녀에게서 다 빠져나가 버렸다. 그녀는 7센티미터는 줄어든 것 같다. 에이브럼은 우리와의 거리가 늘어난 만큼 더 줄어들었다. 그리고 나서 그는 미끄러지듯 모퉁이를 돌아 사라진다.

해체된 자동차들과 쓰레기 더미에 둘러싸인 그늘진 주차장 구석의 갈색 방수포 밑에 커다란 뭔가가 있다.

"저게 그거야?" 노라가 말한다. "엄청 크다."

"제발 저게 위장색이라고 말해 줘." M이 불안하게 말한다.

톰슨은 겁먹은 동물을 진정시키듯 한 손을 쭉 뻗고 다가간다

"내가 너무 미안해, 아가." 그녀는 방수포 귀퉁이를 풀면서 달콤하게 속삭인다. "이렇게 오랫동안 널 남겨 두려던 것은 아니었어."

줄리는 에이브럼이 떠난 이후로 말이 없다. 그녀는 아무에게도 한마디도 하지 않고 산책로에서부터 여섯 블록을 걸어왔고, 나는 아마도 켈빈을 구하는 것에 실패했던 과거의 시간을 다시 체험하면서 우울한 기억의 홀을 배회하고 있을 그녀를 상상한다. 하지만 그녀가 이 제막식을 지켜보면서 희미한 흥미의 불꽃이 튀는 것이 언뜻 보

인다.

"작전을 완수하기 직전에 놈들에게 잡혔거든." 톰슨이 마지막 고정 끈을 벗겨내며 말한다. "그래도 어떻게든 해냈지. 오늘 했잖아. 그래도 할 일이 더 있을 것 같지만." 그녀는 방수포를 바닥으로 홱 잡아당긴다. "바버라. 우리 새로운 직원이야. 저 사람들이 끝낼 수 있게 우리를 도와줄 거야."

바버라는 톰슨의 말대로 밴이 아니었다. 그녀는 9미터 가까운 길이에, 만화에 나오는 잠수함처럼 동그랗고 둥글납작하게, 미래를 그린 복고풍 영상에 나올 법한 바퀴 세 쌍에 낮게 올라타 있다. 태양광 판들 사이 틈새에 돋아난 안테나들의 숲, 그리고 '석유 아님 훔쳐가지 마.'라고 적힌 플라스틱 통 세 개를 싣고 있는 지붕 위의 짐칸. 옆으로 흘러내린 빨간 줄무늬를 제외하면 온통 밝은 선명한 노란색이다.

M은 한숨을 쉬었지만, 나는 줄리의 얼굴에 번지는 미소를 본다.

"1977 GMC 비차벤." 톰슨이 크롬 범퍼 아래 상자에서 키를 꺼내 하나뿐인 문을 열면서 말한다. 곡면의 승강구가 보잉 747기의 것과 놀랄 만큼 비슷하다. "종말에 맞게 수정된 것 몇 개와 비교해도 더 잘 만들어진, 가장 훌륭한 캠핑카야."

우리가 그녀의 이상한 바퀴 위의 작은 집에 줄지어 들어가자, 그녀는 깔끔하게 정리하려고 애쓰며 서두른다. 그것은 익살스럽게도 가망 없는 짓이다. 레저용 차량의 내부는 뉴스 작성실과 괴짜 예술가의 작업실을 합쳐 놓은 것과 비슷하다. 모든 표면에는 서류들과 사진들과 오려낸 조각들의 콜라주, 벽에는 핀으로 꽂고 창문에는 그린 지도와 스케치들과, 그리고 당연히 사실상의 쓰레기들도 가득하다.

수많은 노란 종이들에 둘러싸인 낡아 빠진 오래된 복사기 한 대가 주방 작업대를 차지하고 있다.

"그러니까 여기가 마법이 일어나는 곳이군요."

노라는 진심 어린 경탄을 담아 말한다.

톰슨은 이미 넘쳐흐르는 캐비닛 안으로 그 혼돈을 쑤셔 넣으려고 허둥대면서 쑥스러워하는 것처럼 보인다. 모든 좌석에 물건이 높이 쌓여 있고 문자 그대로 운전사 외에는 아무도 앉을 공간이 없다.

줄리는 그녀의 어깨에 손을 얹는다.

"톰슨. 아직도 이게 다 필요해요?"

톰슨은 쑤셔 넣기를 중단하고 줄리를 쳐다본다.

"당신 조사를 위해 있던 것들이죠, 맞죠? 탑을 찾으려고?"

"그리고 연감. 기사를 쓰고 연감을 발행하기 위해서."

"지금 막 탑 하나를 넘어뜨렸잖아요. 우린 다른 하나가 있는 곳을 알고요. 그러니까 이것들 전부……." 줄리는 주변의 혼돈을 가리킨다. "끝난 거 아닌가요?" "너 지금 연감을 중단하는 게 좋겠다고 제안하는 거야?"

노라가 아연해하며 묻는다.

"물론 아니지. 하지만 일단 우리가 그 방해 전파 발신기를 죽여야 연감이 방송될 수 있잖아. 당신이 원하기만 하면 전 세계로 방송할 수 있어요." 그녀는 쓰레기를 헤치고 햇볕에 그을린 복사기를 자세히 들여다본다. "이 복사기 한 대로 당신이 해 왔던 일은 정말로 놀라왔어요……. 하지만 더 이상 필요하지 않을지도 몰라요."

톰슨은 복사기를 쳐다본다. 상당한 애정과 향수라 추측되는 것으로 그것을 한참이나 들여다본다. 그러더니 그녀는 그 기계를 들어서 문 밖으로 난폭하게 내던졌고 나는 그 해석을 재고해야만 했다. 그것은 만족스럽게 으스러지는 소리와 함께 조각나 부서졌고, 그녀는 손을 탁탁 턴다. "안녕, 끝장난 세계."

* * *

우리는 조사 자료들을 퍼 올려서 인도 위의 거대한 무더기 속으로 던져 넣으며, 모두 제거 작업을 돕는다. 다른 누군가의 일생의 작업을 와르르 쏟아 버리는 것은 이상한 기분이었지만 이 작업은 끝이 난다. 곧 그녀는 다른 일을 시작할 수 있다.

출판사가 사라지자 남은 것은 화장실, 주방 공간, 침대로 접을 수 있는 소파 두 세트를 완비하고, 북슬북슬한 주황색 카펫으로 가득한 놀라울 정도로 널찍한 집이다. 캐비닛들은 통조림 음식, 도구, 자동차 부품, 그리고 기름 여과 장치의 종류로 사용되고 있는 한 개를 제외한 생존 장비로 이루어진 소중한 발굴물로 가득 차 있다. 거대한 뒤쪽 창문을 통해 걸이에 매달린 스쿠터가 한 대 보인다.

그 레저용 차량은 바퀴 위의 집이 아니다. 자족하는 도시다.

"H. 톰슨." 노라가 높여진 운전석 단 위에 왕좌처럼 놓여 있던 조수석을 천천히 돌리면서 말한다. "당신은 제가 만나 본 중에서 제일 멋진 사람이에요. 도대체 어디에서 이런 것들을 구했어요?"

"우리 아빠." 톰슨은 서랍을 닫고 헐거워진 물건들을 단단하게 고정시키고 승강구를 꼭 닫으러 잽싸게 움직이며 대답한다. "항상 한 걸음 앞서가셨거든. 이 모든 것이 닥칠 것을 아셨던 거지. 통화 붕괴 직전에, 평생 저금한 것을 미래를 견딜 수 있는 바버라에 쓰셨지." 모든 것이 안전했지만 그녀는 더 할 일을 찾아 계속 움직인다. "몇 년간 함께 잘 지냈어. 좋은 여행도 몇 번 했고. 연감의 처음 5호까지는 아빠가 하신 거야."

나는 그녀의 아버지는 지금 어디에 있냐고 물어보려고 입을 열었다가 줄리의 가르침이 생각나서 입을 다문다.

"그분의 글은 아름다웠어요." 줄리가 부드럽게 말한다.

"어떻게 그 옛날것들을 봤어? 그렇게 나이 들어 보이지 않는데…… 아닌가?"

줄리는 멋쩍게 미소를 짓는다.

"저는, 어…… 여행 가방에 넣어 가지고 다녀요. 제 소장품이죠."

톰슨은 당혹스러운 것 같다. "내 잡지를 모은다고?"

"모든 호가 다 있어요."

"우리가 조금 이상할 수도 있는데요." 노라가 말한다. "하지만 연감은 우리에게 뭔가 의미가 있거든요. 그것 같은 것은 아무것도 없어요, 그렇게 접근하려고 시도하는 사람도 아무도 없고요. 저기 밖에는 다른 탐험가들 몇 명이 있을지도 모르겠지만, 그들이 뭔가 좋은 것을 찾는다 해도, 분명히 세상과 그것을 공유하지는 않을 거예요. 그걸 해낸 당신은 미쳤던 게 분명해요."

"그건 우리한테 절대로 그냥 뉴스가 아니었어요. 마치…… 다른 은하계에서 온 유물 같은 거였어요. 다른 규칙, 다른 논리를 가진 은하계요, 다른 가능성도."

톰슨은 그들 사이를 번갈아 본다. 그녀의 혼란은 더 깊은 감정에게 자리를 내준다. 그녀의 목이 긴장된다. 그녀는 운전석 자리로 올라가서 벨트를 채우고 끝부분이 흰, 넓은 앞 유리창을 응시하며 잠시 그 자리에 앉아 있는다. 그러더니 스위치 몇 개를 휙 젖히고 측정기 몇 개를 확인하고는 키를 돌린다. 골동품 엔진(혹은 그녀의 아버지가 설치했을 주문 제작한 기계 장치든 무엇이든)이 긴 낮잠에서 깨어나며 몇 번 콜록거리더니 깊은 디젤 차량의 울림과 함께 생명을 얻어 으르렁거린다. 공기는 예상치 못한 냄새로 가득 찬다.

"이거……." 줄리가 킁킁거린다. "감자튀김?"

"식물성 기름이야. 폐유."

"우와." 노라가 싱긋 웃는다. "감자튀김 냄새를 맡아 본 게 언제……." 그녀는 잠시 생각하고 몇 번 눈을 깜박거린다. 그녀의 미소가 흔들린다. "모르겠네. 기억도 안 나." 그녀는 의자를 돌려 앞 유리창을 마주했고 의자는 달칵 소리를 내며 자리를 잡는다.

나는 M을 힐긋 보고는 비슷하게 불안한 표정을 발견한다. 그의 익살스러운 얼굴에서는 거의 보기 힘든 심각한 표정으로 노라의 뒤통수를 보고 있다.

오래된 레저용 차량이 움직이기 시작하자 우리는 모두 긴 의자로 물러난다. 브루클린 거리로 올라가자마자 M의 이목구비에서 그 그늘이 걷혔고 노라의 얼굴에서도 역시 그러하다. 그러나 그것은 내 마음 속에는 길게 남아 있다. 나는 줄리를 힐끔 보고는 다른 것들은 이해할 수 없는 채 남아 있긴 했지만, 내가 추측할 수 있는 몇 가지, 그녀 자신의 집착에 사로잡혀 헤매는 그녀를 발견한다. 그리고 갑자기 내가 종종 잊곤 하는 사실을 의식하게 된다. 나는 잠긴 문을 가진 유일한 사람이 아니다. 내 주변의 모든 사람이 숨겨진 상처로 가득하지만, 모아 놓은 나 자신의 무더기가 항상 내 시선을 가로막아 왔다. 그들의 금지된 다락방은 어떤 것일까? 그들의 판자로 막아 둔 지하실은? 그들의 괴물이 나의 것과 상대가 될까?

줄리는 나의 시선을 의식하지 못하고 옆 유리창을 내다보고 있다. 그래서 나는 그녀의 얼굴과 몸, 엉겨 붙은 머리카락에서부터 얼룩진 옷들, 새로 생긴 상처들과 오래된 흉터까지 이리저리 쳐다본다. 나의 로맨틱한 상상의 여행에도 불구하고, 그녀는 티 하나 없는 천사가 아니다. 그녀는 나 자신을 측정하는 완벽의 기준이 아니다. 나는 디트로이트에서 거의 공허하게 세 명을 총으로 쏴서 쓰러뜨리던 그녀의 분노를, 에이브럼에게 한 번 그리고 두 번 총을 쐈을 때 그녀의 눈 안에 있던 차가움을 떠올린다. 나는 마약과 면도칼과 의식을 잃고 골목길에서 벌인 정사가 담긴 그녀의 모든 이야기, 그녀가 절대로 나와 나누길 두려워하지 않았던 흉측한 사실을 기억한다. 나는 듣기를 두려워했던가? 내가 정말로 이 여성을 알아오긴 했던 것일까, 아니면 나에게 영감을 주는 이미지를 그려서 그녀 앞에 세워 뒀었던 것일까? 그녀의 고통에 숭고한 비극의 빛을 주고, 내가 아름답게 꾸밀 수 없는 무언가를 쾌활하게 생략하면서 그녀의 결함을 미화했던 걸까?

나는 우리 사이에 녹아 없어지는 뭔가를 느낀다. 신화와 관념의 모호한 영화. 나는 호의적이지 않은 현실의 날카로움 속에 그녀를 본다. 자신과 모순되고, 경솔하게 행동하고 어둠 속을 더듬거리며 나아가는 신경증과 정신병, 냄새나는 발과 기름진 머리카락을 가진 연약한 인간.

그녀가 그렇게 아름답게 보인 적이 없다.

줄리는 아직도 입을 딱 벌리고 쳐다보는 나의 시선을 알아채지 못하고 차가 고속도로에서 가속하자 균형을 시험하며 일어나서 뒤쪽 침실로 이동한다. 그녀는 태양의 다홍색 빛 속에 우리 뒤로 물러나는 부서진 뉴욕의 겉껍질을 쳐다보며 커다란 창문을 손끝으로 누른다. 그러더니 긴 의자 한 개에 앉아 나를 쳐다보며 옆자리를 다독인다.

나는 줄리가 내 머릿속 폭풍을, 내 목구멍에 걸린 응어리를 알아챘는지 궁금해하며 그녀 옆의 갈색 격자무늬 쿠션 위에 푹 앉는다. 그녀가 나를 알아 온 동안, 나는 내가 아무도 아니었다고 주장해 왔다. 이제 나는 내가 누구였는지 알았고, 그녀에게는 누구인지를 알려야만 한다.

"나…… 말할게." 살아 있던 날의 첫날처럼 내 혀가 단어들과 싸운다. "말할게…… 전부."

그녀의 눈이 조심스러워진다. 그녀는 어리고 연약해 보였지만, 그다지 두려워하지는 않는 것 같다. "나한테 전부 말하고 싶어?"

나는 주저한다. 나의 혼란과 두려움을 전부 그녀에게 내보인다. 그러고 나서 말한다. "그래."

그녀는 고개를 끄덕였다. "좋아." 그녀는 내 어깨에 머리를 기댄다. "하지만 지금은 아니야."

"지금이 아니야?"

그녀는 길고 느리게 숨을 내쉬고는 눈을 감는다.

"지금은 아니야."

그녀의 얼굴은 기진맥진해서 창백하다. 그녀의 눈꺼풀은 최근 눈물의 홍수로 부어 있다. 당연히 지금은 아니다. 앞에 놓인 긴 여정에 고백(그리고 그 결과들)을 위한 시간이 있을 것이다. 지금은 그녀에게 휴식을 줄 것이다. 지금은 남아 있는 신뢰의 순간을 위해, 내 어깨에 놓인 그녀의 머리를 고맙게 여길 것이다.

우리 뒤로, 도시는 노을의 불길 속에 녹아내리는 것처럼 하늘을 배경으로 작아진다. 나는 그것이 사라질 때까지 지켜보면서 내가 했던 모든 일들이 그것과 함께 녹아 사라져 버리는 것을 상상한다. 그러고 나서 이 소용없는 공상을 일축해 버린다. 나의 과거는 내 뒤에 있는 것이 아니다. 그것은 내 앞에서 대군과 함께 서쪽으로 행진하고 있다.

우리

지구는 동쪽으로 돈다. 그러나 지표 아래, 그곳에는 다른 움직임이 있다. 지구의 녹은 강은 이상한 변동 위로, 때로는 지각과는 반대로 흘러가고, 그것의 태양에 가까운 열기 속 깊숙이 떠내려가면서 우리는 변화를 느낀다. 우리는 모든 것의 구조를 통해 밀어 올리는 중요성이고, 지구는 우리의 압력에 반응한다. 지구의 심장이 서쪽으로 흐르기 시작한다.

수천 명의 인간들이 같은 방향으로 흘러가고 있다. 몇몇은 재앙에서 달아나고 있다. 몇몇은 텔레비전이나 라디오에서 들은 목소리에 순종하고 있다. 소년과 그의 세 친구들과 같은 다른 이들은 이 문제에서 선택의 여지가 없다. 그들은 수갑을 찬 손목을 무릎 위에 올려

667

두고, 버스 뒤에 앉아서 그들이 가고 있는 곳이 어디인지 무슨 일이 그들에게 벌어질지 언제 도착하게 될지를 궁금해하고 있다. 하지만 이런 질문들은 소년의 목록에서는 하위에 존재한다. 더 긴급한 것들은 그가 우리에게 직접 묻는 것들이다.

우리가 이것을 바꿀 수 있을까?

목소리는 차분하지만 그는 도서관 안을 마음껏 달리고 있다. 그는 우리 홀을 바쁘게 달려 다니면서 우리 책장을 뒤적이고, 종이와 유리와 따스한 살아 있는 피부, 세월을 넘나드는 수많은 삶들의 기억들의 페이지들을 스치듯 훑어본다.

우리가 어리고 작은 동안에 할 수 있는 일이 뭐야? 어떻게 더 크게 자랄 수 있을까?

그는 각 세대의 가로대와 살아 있는 뼈로 된 우리의 사다리를 올라가서 제일 높은 곳의 책들을 끄집어낸다. 그는 그것들을 읽으려고 안간힘을 쓰지만 이 알아볼 수 없는 방언의 시의 언어, 이런 봉인과 오직 희귀한 종류의 눈으로만 볼 수 있는, 이상한 잉크로 휘갈겨 쓴 상형문자를 아는 저자조차 없다.

우리는 무엇이 될 수 있을까?

더러운 실험실 가운을 입고 혼란에 빠진 채 화물 트레일러 뒤에 떼지어 실려 있는 차가운 잿빛 여자도 비슷한 질문들을 하고 있다. 그녀는 소란 속에 혼자 있지 않다. 그녀는 이 트레일러 안과 한때 미국이라 알려졌던 불안정한 땅 덩어리 전역의 다른 곳에 있던 그녀와 같은 다른 이들로 둘러싸여 있다. 그들은 그 답이 오길 기다리는 동안 배고픔을 유예하고 움직임 없이 선 채, 잊힌 도시들의 거리에서,

숲과 동굴에서 모였다.

그리고 우리는 이 대답을 줄 수 있기를 얼마나 희망하는가. 기억의 침묵에서 벗어나서 현실에 외치길 얼마나 간절히 바라는가. 필사적으로 찾는 모든 이들에게 우리 비밀을 드러내고 마침내 그 베일을 찢어 버리길 얼마나 바라는가. 하지만 도서관이 수많은 유창한 목소리들로 그득해도, 세상이 읽으려고 몸을 기울이기 전까지는 한 마디도 말할 수 없다.

그래서 우리는 기다린다.

우리는 첩자 아니면 아마도 동맹처럼 여러 단계의 **죽은 자**들 사이를 넘나들며 기다린다. 그리고 가만히 있지 못하고 허기진 채 전쟁에 나갈 준비를 하는 분위기를 그들과 함께 공유한다. 그들 수를 헤아려 보려는 시도가 있은 지 수년이 흘렀다. 수적으로 그들이 우세하다는 것을 알지 못해도, 살아 있는 자들은 이미 그들을 충분히 두려워하니 좋은 일이다.

죽은 자들은 그 어느 때 모였던 것보다 대규모의 군대가 되었다. 그들은 지도자도 따르지 않고, 협박도 두려워하지 않고, 뇌물이나 타협도 받아들이지 않는다. **죽은 자**들은 침묵하는 다수이며, 그들이 뭔가를 말하려고 결정하기라도 하면 그것이 그 땅의 새로운 법이 될 것이다.

따스한 손이 살짝 떠미는 것처럼 그들의 발 아래로 맨틀이 흘러가고, 하나씩 하나씩, 그들은 서쪽을 헤매기 시작한다.

감사의 말

이 책(그리고 다른 것들)을 만드는 것을 가능하게 해 준 역사를 통틀어 살았고 죽었던 1080억 명의 사람들에게, 그리고 도움을 줬던 더 많은 수의 인간이 아닌 생명체들에게 감사를 표합니다. 아주 고맙게 생각해요. 편집자 에밀리 베스틀러, 그리고 에이전트 편집자 조 리갈, 그리고 이 오만한 책의 배가 다양한 빙산을 피해 가도록 인도해 준 그들의 회사에 있는 모든 이들에게 또한 마땅히 감사를 표해야겠네요. 저스틴 길드는 데이비드 보잉을 터무니없는 이야기의 필요 범위 내에서 가능한 한 현실적으로 만들도록 도와주었습니다. 여동생인 간호사 크리스타 휠러는 정신을 어지럽히는 수많은 의학적 질문에 답해 줬답니다. 스티븐 맥도넬은 영원히 전화선에 도사리고 있을 공포를 만들도록 도와주었습니다. 프리몬트 커피 컴퍼니의 바리스타들은 나에게 글을 쓰고 카페인을 섭취할 따스한 자리를 내

췄습니다. 네이던 마리온과 제러드 맥셰리는 이 이야기의 아이디어들의 형태를 잡은 장황한 철학적 토론에 나를 끌어들였답니다. 그리고 마지막으로, 충격적일 정도로 후하게 지원해 주신 나의 독자들에게 궁극적인 감사를 돌립니다. 이 책에 대한 말들을 퍼뜨리고, 카드를 배포하고 포스터들과 다른 굉장히 멋진 열정의 표현들을 전시해 주고, 이 부족한 글을 그저 읽어 주신 것만으로도 감사드립니다. 여러분 없이 저는 제 머릿속에서 혼자였겠지요.

옮긴이 | 박효정

고려대학교 생물공학과 생명산업과학부 졸업. 동대학원 석사. 현실과 가상의 살아 있는 것을 좋아함. 번역한 책으로는 『웜 바디스』, 『스타터스』, 『엔더스』, 『여배우는 죽어야 한다』, 『리부트』 등이 있다.

타오르는 세계

1판 1쇄 찍음 2018년 7월 6일
1판 1쇄 펴냄 2018년 7월 13일

지은이 | 아이작 마리온
옮긴이 | 박효정
발행인 | 박근섭
편집인 | 김준혁
책임편집 | 장은진
펴낸곳 | 황금가지

출판등록 2009. 10. 8 (제2009-000273호)
주소 | 06027 서울 강남구 도산대로 1길 62 강남출판문화센터 5층
전화 | 영업부 515-2000 편집부 3446-8774 팩시밀리 515-2007
홈페이지 | www.goldenbough.co.kr

도서 파본 등의 이유로 반송이 필요할 경우에는 구매처에서 교환하시고
출판사 교환이 필요할 경우에는 아래 주소로 반송 사유를 적어 도서와 함께 보내주세요.
06027 서울 강남구 도산대로 1길 62 강남출판문화센터 6층 민음인 마케팅부

ISBN 979-11-5888-421-5 04840
ISBN 979-11-5888-420-8(세트)

㈜민음인은 민음사 출판 그룹의 자회사입니다.
황금가지는 ㈜민음인의 픽션 전문 출간 브랜드입니다.